ACTION

BAND 56

Wenn Lesen zur Mutprobe wird ...

www.Festa-Verlag.de

BEN COES

EIN TAG ZUM TÖTEN

Aus dem Amerikanischen von Alexander Amberg

FESTA

Die amerikanische Originalausgabe *Independence Day*
erschien 2015 im Verlag St. Martin's Press.
Copyright © 2015 by Ben Coes

1. Auflage Mai 2018
Copyright © dieser Ausgabe 2018 by Festa Verlag, Leipzig
Lektorat: Alexander Rösch
Titelbild: Arndt Drechsler
Alle Rechte vorbehalten

ISBN 978-3-86552-624-3
eBook 978-3-86552-625-0

Wenn das grüne Feld sich wie ein Deckel hebt,
Enthüllt, was besser im Verborg'nen lebt –
Unangenehm.
Und sieh nur, hinter dir, ganz ohne Laut,
Treten die Wälder näher, stehen herum
Im tödlichen Halbrund.

Der Bolzen rutscht in seine Nut;
Draußen vor dem Fenster steht ganz gut
Der schwarze Leichenwagen.
Und jetzt, ganz plötzlich, kommen sie heran,
Verschleierte Frauen, bucklige Wundärzte
Und der Scheren-Mann.

– W. H. Auden, *The Witnesses*

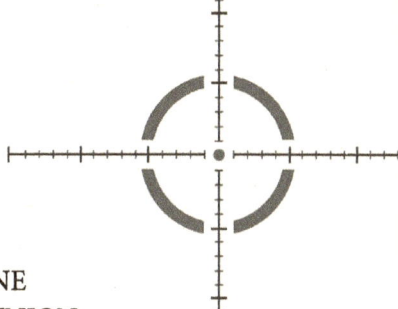

PROLOG

Pjotr Vargarin, fünf Jahre alt, zog ein zerknittertes Blatt Papier aus seiner Regenjacke und faltete es auseinander.

Mein lieber Sohn Pjotr,
vielleicht bist du noch zu jung, um zu begreifen, was ich dir mitteilen möchte. Gleichwohl muss ich mein Bestes geben, dir zu erklären, weshalb deine Mutter und ich gemeinsam den Entschluss zu unserem Vorhaben gefasst haben. Zwar sollte man keinem Fünfjährigen die Macht geben, über das Schicksal einer Familie zu entscheiden, doch ich bringe dir den größten Respekt entgegen und werde mich stets, wann immer es mir möglich ist, um dein Verständnis, deine Sympathie und deine Zustimmung bemühen.

Warum, fragst du, müssen wir in die Vereinigten Staaten von Amerika umziehen? Ist denn nicht die Sowjetunion unser Land? Sage ich denn nicht immer, Moskau sei der schönste Ort auf Erden? Wer macht dich denn so gern darauf aufmerksam, dass die Eiszapfen wie riesige Säbel vom Dach des Kreml herabhängen? Oder dass die Chrysanthemen am Ufer der Moskwa uns im Frühling zuwinken wie alte Freunde?

Weiß ich denn nicht mehr, wirst du fragen, wie wir bei der Datscha auf dem Feld gelegen haben und in den

Sommerhimmel blickten, beobachteten, wie die Wolken vom Horizont heranzogen und sich nicht mehr von der Stelle rührten, während der warme Regen auf uns, auf dich und mich, niederprasselte; wie wir darüber lachen mussten und wie fuchsteufelswild Mama war, als wir, völlig mit Schlamm bedeckt, nach Hause kamen? Natürlich weiß ich das noch! An dieser Erinnerung können wir immer festhalten! Und jetzt werden wir uns neue Erinnerungen schaffen. Ich werde dir Abenteuer zum Geschenk machen, mein kleiner Liebling, mein Ein und Alles, mein kostbarer Schatz, Pjotr, mein kleines Wölkchen …

Der Mann auf dem Vordersitz der Limousine drehte sich um und lächelte den Jungen an. »Was liest du denn da, Pjotr?«

Trotz der Narbe neben dem Nasenflügel, die ihn dauernd so komisch blinzeln ließ, als hätte er etwas im Auge, strahlte er etwas Freundliches und Liebenswürdiges aus.

Pjotr blickte zu ihm auf. Rasch faltete er den Brief zusammen und verstaute ihn in der Jackentasche. »Nichts.«

»Nichts?« Der Mann lachte dröhnend. »Ich wünschte, ich könnte genauso glücklich sein wie du, wenn ich nichts lese.«

Der Mann hieß Mr. Roberts. Er war der Amerikaner, von dem Papa gesprochen hatte. Er fuhr sie zum Boot, das sie nach Istanbul bringen sollte, von dort ging es mit dem Flugzeug weiter in die Vereinigten Staaten.

»Einen Brief.«

Pjotr schaute seine Mutter an. Sie starrte aus dem Fenster der Limousine auf die vorbeihuschende Landschaft.

»Magst du Feuerwerk, Pjotr?« Roberts hatte den Kopf nach wie vor in seine Richtung gedreht. »Kann sein, dass du eins zu sehen bekommst, wenn du heute Abend in New

York landest. In deiner neuen Heimat feiert man den Unabhängigkeitstag. Independence Day nennt man ihn dort.«

Pjotr erwiderte nichts darauf.

»Bist du genauso intelligent wie dein Vater?«

Pjotr schenkte seiner Mutter einen Hilfe suchenden Blick. Sie erwiderte ihn kaum merklich; es war in Ordnung, mit dem Fremden zu reden.

»Ja«, sagte Pjotr. »Ich bin der Klügste in der ganzen Sowjetunion.«

»Der Klügste?« Der Amerikaner lachte. »Du bist ganz schön bescheiden.«

»Es stimmt«, entgegnete Pjotr ruhig. Wieder ein Blick zu seiner Mutter.

»Du sollst nicht angeben«, mahnte sie.

Zum ersten Mal schaute sie Roberts an. »Es ist wahr.« Sie legte Pjotr die Hand aufs Bein. »Bei den genormten Prüfungen schnitt er in der Altersgruppe der Fünf- und Sechsjährigen als Bester ab.«

Roberts mimte den Erstaunten. Ihm schienen fast die Augen aus den Höhlen zu quellen.

»Von ganz Moskau?«, fragte er. »Das ist unglaublich. Es gibt wohl …«

»Als Bester der ganzen Sowjetunion«, versetzte sie scharf und wandte sich erneut dem Fenster zu.

Roberts musterte den Jungen. »Nun, das ist äußerst beeindruckend, Pjotr«, meinte er, heftig nickend. »Vielleicht wirst du ja mal genauso berühmt wie dein Vater, Dr. Vargarin? Möchtest du später auch Wissenschaftler werden?«

Als Pjotr ein paar Stunden später aufwachte, lag sein Kopf im Schoß seiner Mutter. Sie streichelte ihm über die Wange, um ihn zu wecken.

»Wir sind da, kleines Pummelchen«, flüsterte sie.

Vor der Limousine standen zwei Männer. Sie trugen schwarze Anzüge, so wie Roberts. Einer von ihnen hielt eine Maschinenpistole in der Hand.

Sie folgten Roberts einen unbefestigten Weg entlang durch den Wald. Mehr als anderthalb Kilometer gingen sie zu Fuß. Durch die Bäume hörten sie, wie in der Ferne Wasser gegen eine Felsküste brandete. Schließlich erreichten sie eine Lichtung. Vor ihnen erstreckte sich das Schwarze Meer. Ein rotes Motorboot lag vertäut an einer hölzernen Pier. Pjotrs Vater stand auf der Lichtung, umgeben von weiteren Bewaffneten. Die Arme waren auf dem Rücken festgebunden, das rechte Auge zugeschwollen. Unter seiner Nase sammelte sich Blut.

»Pjotr!«, rief er, als er seinen Sohn sah.

Pjotr wollte zu seinem Vater stürmen, doch einer der Männer hielt ihn am Kragen fest.

»Lass ihn los«, mahnte Roberts.

Pjotr rannte los. Mittlerweile weinte er. Er rutschte aus, fiel hin, rappelte sich auf. An der Kleidung seines Vaters klebte überall Blut und Dreck. Sie war stellenweise zerrissen. Er trug nur noch einen Schuh.

»Ich will nicht nach Amerika.« Pjotr schluchzte und streckte die Hände nach dem Arm seines Vaters aus.

»Wir gehen nicht nach Amerika«, flüsterte der. Traurig blickte er auf ihn hinab. »Du hattest recht mit deinem Bauchgefühl, Pjotr. Kindliche Weisheit; ich hätte auf dich hören sollen. Tut mir leid. Bitte, bitte verzeih mir eines Tages, was ich dir jetzt antue. Vergib mir die schrecklichen Wunden, die der heutige Tag in dir reißen wird. Ich werde nicht dabei sein, wenn du gesund wirst.«

Roberts trat zu ihnen. Zum ersten Mal verschwand das Lächeln aus dem Gesicht des Amerikaners. Pjotr sah nichts als nackte Wut darin. Die Narbe wirkte keineswegs mehr fehl am Platz, im Gegenteil, sie komplettierte das Gesamtbild.

»Wir waren geduldig, Doktor, aber unsere Geduld ist jetzt am Ende. *Wo ist es?*«

»›Geduld‹? Halten Sie das für die passende Formulierung? Sie haben die Familie eines Mannes hergebracht, damit sie ihm beim Sterben zusieht!«

Roberts starrte Vargarin an. Er langte in sein Jackett und zückte eine Pistole. Ohne den Blick von Vargarin zu lösen, richtete er die Mündung in die entgegengesetzte Richtung und drückte ab. Der Schuss ließ Pjotr zusammenzucken. Er drehte sich um und sah seine Mutter zu Boden sinken, ein großes Loch in der Stirn.

Pjotr machte Anstalten, zu ihr zu laufen, doch Roberts packte ihn an den Haaren und stieß ihm den Lauf der Pistole in den Mund. Er war warm, schmeckte nach Öl und Pulverdampf.

»Wo ist es?«

Pjotr blickte auf. Er hatte seinen Vater noch nie weinen sehen.

»Im Institut«, schluchzte dieser. »Unter dem Zettelkatalog. In der Schublade mit dem Buchstaben ›O‹.«

Mit einem Ruck zog Roberts die Waffe aus dem Mund des Jungen, richtete sie auf Vargarin und schoss. Die Kugel traf ihn genau in die Brust und schleuderte ihn zurück. Er war auf der Stelle tot. Mit verdrehten Gliedmaßen stürzte er in den Schmutz.

Pjotr riss den Mund weit auf, um zu schreien, doch kein Laut kam ihm über die Lippen. Neben seinem Vater sank er zu Boden und starrte ihn an. Jegliche Emotion war aus Pjotrs Augen gewichen, er konnte den Blick nicht von dem Toten lösen, der dort am Boden lag.

»Legt sie ins Boot«, befahl Roberts einem der Männer. »Nehmt die Handschellen ab, legt eine Waffe dazu und lasst das Boot anderthalb Kilometer vor der Küste treiben. Ich fahre nach Moskau und hole die Diskette.«

»Was ist mit dem Jungen?«

Roberts richtete die Waffe auf Pjotrs Hinterkopf. Mehrere Augenblicke lang verharrte er so. Nach fast einer halben Minute steckte er sie zurück ins Schulterholster.

»Bringt ihn ins örtliche Waisenhaus.«

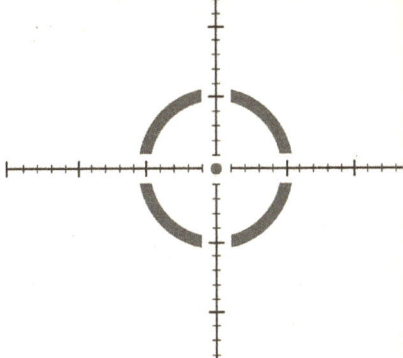

1

YERMAKOVA ROSCHA
PRESNENSKY-VIERTEL
MOSKAU, RUSSLAND
GEGENWART

Mit röhrendem Motor donnerte eine rot-weiße Ducati Superleggera 1199 durch das Stadtviertel Presnensky – verlassen, dunkel und trügerisch ruhig präsentierte es sich an einem milden Moskauer Morgen kurz vor Sonnenaufgang.

Mit über 160 Sachen, gerade noch so unter Kontrolle, als wollte er die Grenzen seines Könnens ausloten, jagte der schwarz behelmte Fahrer das Superbike die Rilsok entlang. Er war ein versierter Fahrer, aber Erfahrung allein reichte nicht, wenn man auf einer Maschine hockte, die das beste Leistungsgewicht aller Serienmotorräder mitbrachte.

Presnensky war ein sauberes Viertel voller Gegensätze. Atemberaubende Villen und Luxus-Apartmenthäuser standen in unmittelbarer Nachbarschaft von Lagerhallen. Das Donnern des wassergekühlten Superquadro-Motors fiel in dieser Umgebung nicht aus dem Rahmen. Niemand schien davon Kenntnis zu nehmen. Mehr als in jedem anderen Bezirk der expandierenden russischen Hauptstadt hatten die Bewohner Presnenskys schon vor langer Zeit gelernt, den Mund zu halten, wegzuschauen und ihre Neugier zu zügeln.

An einer Straße mit dem Namen Velka neigte sich der Biker abrupt nach rechts und legte die Ducati dermaßen schräg, dass sie um ein Haar wegkippte, während er bei

140 km/h in sanftem Bogen durch die 90-Grad-Kurve schoss. Das Knie schrammte über den Boden, doch er wurde nicht langsamer, nein, drehte das Gas sogar noch weiter auf und peitschte die Maschine hindurch. Als seine Handschuhe den Asphalt streiften, drehte er noch einmal am Gasgriff, jagte die Drehzahl in letzter Sekunde noch höher, setzte sich über Logik und Schwerkraft hinweg und kitzelte das Letzte aus dem Motor heraus.

Einen Augenblick später beschrieb der Fahrer eine scharfe Kehre. In einer Aktion, die einem den Atem verschlug, legte er die Ducati abrupt in die entgegengesetzte Richtung – scharf links – und riss mit qualmendem Vorderreifen den Gashahn voll auf. Für einen Sekundenbruchteil schwebte das Hinterrad in der Luft, bevor das Geschoss den letzten Kilometer der verlassenen, unbeleuchteten Straße durchmaß und vor einem dreigeschossigen weißen Backsteinbau mit einem einzigen Fenster mit dunkelrot getönter Scheibe schlitternd zum Stehen kam.

Der Fahrer stellte den Motor ab, klappte den Seitenständer aus, stieg ab, zog den tiefschwarzen Helm vom Kopf und ließ ihn auf der Sitzbank zurück. Die Superleggera traf eine klare, unmissverständliche Aussage. Der Helm auf der Sitzbank bildete das sprichwörtliche Tüpfelchen auf dem i: *Unterstehe dich, mich zu klauen. Du wirst schon sehen, was du davon hast.*

Presnensky war der Stadtteil, in dem die Moskauer Mafia das Sagen hatte, eine Stadt innerhalb der Stadt. Hier galten eigene Gesetze. Jeder, die Polizei eingeschlossen, wusste das. Einige wenige Privilegierte betrachteten Moskau als rechtsfreien Raum. Und Presnensky lag im Epizentrum dieser Gesetzlosigkeit.

Der Mann trat auf den Eingang des Gebäudes zu. Dumpfe Bässe wummerten im Inneren. Er zog die Tür auf. Mit der

Lautstärke einer Bombenexplosion schwappte Musik auf die Straße; ein chaotisches elektronisches Synthesizer-Gemisch, unterlegt mit einem eintönigen, seismischen Beat.

Drinnen tobte die Hölle. Ein wildes, vom Kokain angeheiztes Pandämonium aus Leibern, Musik, Lichtern und Rauch mit einem düsteren, dystopischen Beigeschmack. Unter zuckenden blauen, orangefarbenen und gelben Scheinwerfern tanzten wenigstens 1000 Männer und Frauen wie entfesselt zu donnernden, grotesk und offenbar willkürlich gemixten Synthesizer- und Schlagzeugklängen, die den Boden unter den Füßen erbeben ließen. Ein Geruch nach Schweiß, Rasierwasser, Parfüm und Marihuana schwängerte die Luft.

Er begab sich in den Hexenkessel. Die drogenverhangenen Blicke junger Moskauer streiften ihn beim Spießrutenlauf durch die Menge. Er stieß Leute zur Seite und bahnte sich einen Weg durch die gut gefüllte Tanzfläche. Der blonde Afrolook und die unbändig auf und ab wippenden Locken verliehen ihm ein enormes Charisma und ließen ihn aus der Masse herausstechen. Die Augen jeder Frau im Umkreis von drei Metern hingen an ihm. Das lag nicht zuletzt an seinem schmalen, hageren, aber ungemein einnehmenden Gesicht.

Am Ende des riesigen Dancefloors befand sich ein roter Samtvorhang. Der Mann schritt hindurch. Prompt blickte er in die Mündung einer silbernen MP-448 Skyph 9 mal 18 Millimeter. Der Security-Mann, der die Pistole umklammerte, war allein. Der Kerl war ein wahrer Schrank, sah gefährlich aus. Er trug ein enges, schwarzes, bis zum Nabel aufgeknöpftes Seidenhemd und musterte den Fremden, als dieser durch den Vorhang trat, bewegte sich auf ihn zu und hielt ihm die Waffe an die Stirn.

»*Semdesyat dva*«, murmelte er.

»*Da.*«

Der Posten steckte die Skyph ins Holster unter der linken Achselhöhle zurück und tastete den Neuankömmling ab. Ohne Augenkontakt signalisierte er ihm mit einem Nicken, dass er passieren dürfe.

Der Mann stieg eine Treppe in den Keller hinab und ging durch den schwach erhellten Korridor. Am Ende des Ganges versperrte eine Stahltür den Weg. Wie Säulen standen zwei Bewaffnete davor. Beide hielten Maschinenpistolen in den Händen. Als er näher kam, richteten sie instinktiv die Läufe auf ihn.

Falls es ihm etwas ausmachte, sich im Visier zweier MPs zu befinden, ließ er sich nichts davon anmerken.

Der Posten zu seiner Linken suchte ihn erneut ab, energischer diesmal, auf der Suche nach allem, was er vor ihm verbergen mochte. Da er nichts fand, nickte er seinem Kollegen zu. Dieser streckte die Hand nach dem Türgriff aus.

Der Mann trat ein, während die Wache die Tür hinter ihm schloss.

Ein großer, fensterloser Raum, in dem pedantische Ordnung herrschte. Auf der einen Seite stand ein Glasschreibtisch, leer bis auf einen Laptop, einen kleinen Stapel Papier und eine Pistole. Auf der anderen Seite befand sich eine Sitzecke. An der Wand hing ein riesiger Plasmabildschirm und zeigte eine Szene aus einem Videospiel. Ein Schlachtfeld, bemerkenswert lebensecht, fast wie eine dokumentarische Aufnahme aus den Nachrichten. Man verfolgte die Szene aus dem Blickwinkel eines Soldaten, der sich über das Schlachtfeld bewegte und auf Gegner feuerte.

Auf einer schwarzen Ledercouch direkt vor dem Fernseher saß ein Mann mit braunem, nach hinten gegeltem Haar, das er in der Mitte gescheitelt trug. Ein Muskelshirt spannte sich über der trainierten Brust, um den Hals lag eine Goldkette über der anderen. Er starrte auf den Bildschirm und traktierte das Gamepad.

»Hallo, Cloud!« Malnikov, das 34-jährige Oberhaupt der Moskauer Mafia, drehte sich um und strahlte seinen Besucher an. Lächelnd erhob er sich von der Couch. »Was darf ich dir anbieten?«

»Wodka.«

»Aber klar doch!«

Malnikov trat an eine Bar in der Ecke, schenkte zwei Gläser ein und kam damit zurück.

»Bitte!« Malnikov reichte Cloud den Drink und deutete auf eine zweite Couch neben dem Schreibtisch. »Nimm Platz, mein Freund!«

Die Couch war lang, leicht geschwungen, mondsichelartig und mit zartgelbem Leder bezogen. Malnikov und Cloud nahmen an entgegengesetzten Enden Platz, weit auseinander. Beide nippten an ihrem Glas und beäugten sich schweigend.

»Halten wir dieses Treffen möglichst kurz.« Cloud nahm einen Schluck, während sein Blick durch den Raum huschte. »Ich bin nicht besonders gern hier. Wie viel?«

Malnikov lachte. »Was hast du denn?« Er ließ den Blick durch sein Büro schweifen und klang leicht beleidigt. »Gefällt dir mein Büro etwa nicht?«

Cloud bedachte Malnikov mit einem verächtlichen Blick. Auch das Oberhaupt der Moskauer Mafia konnte ihm keine Angst einjagen. »Ich habe deine Spielchen satt, Alexei«, blaffte er. »Wenn du mich umlegen wolltest, hätte mir einer deiner Männer längst eine Kugel in den Kopf gejagt. Du hast eine Atomwaffe. Es gibt genau einen einzigen Menschen auf diesem Planeten, der dir diese Last von den Schultern nehmen kann, ohne dass die CIA Wind davon bekommt. Wie viel, du raffgieriger Wichser?«

Die Röte schoss Malnikov ins Gesicht. »Wie kannst du es ...?«

Cloud schnitt ihm mitten im Satz das Wort ab. »*Wie viel?*«, brüllte er, hob den Zeigefinger, deutete damit auf Malnikovs Gesicht, das sich zunehmend dunkelrot färbte.

Malnikov lehnte sich zurück. Die Nasenflügel bebten, er ließ die Zähne aufblitzen. In seinem Blick lag ein mörderischer Ausdruck, so als würde er mit sich ringen, Cloud nicht auf der Stelle umzubringen.

Die Tür flog auf. Einer der Bewaffneten trat in den Raum, die Maschinenpistole auf Cloud gerichtet.

Malnikov hob die Hand und bedachte den Posten mit einem strengen Blick. »*Raus, verdammt noch mal!*«

Nachdem die Tür zugeschnappt war, wandte er sich Cloud zu. Malnikov schwieg sekundenlang, kämpfte darum, sich zu beruhigen und die Fassung zurückzugewinnen. Gerade in dieser Situation durfte er auf keinen Fall die Nerven verlieren.

Dank seines Vaters führte Malnikov ein privilegiertes Leben. Zwei Jahrzehnte lang hatte sich dieser um eine Vormachtstellung im Bereich des organisierten Verbrechens in Russland bemüht. Alles, was innerhalb einer Generation durch Erpressung, Bestechung, Schutzgeld und Mord angehäuft worden war, floss in Alexei Malnikovs Taschen. Yuri Malnikovs Verhaftung hatte Alexei zum Boss der russischen Unterwelt gemacht. Seine erste Amtshandlung bestand darin, sich ein nukleares Druckmittel zu beschaffen.

Nach über zwei Jahren Schmiergeldzahlungen, Drohungen und noch mehr Schmiergeldern war es Malnikov vor drei Wochen endlich gelungen, einen korrupten ukrainischen General namens Bokolov so weit unter Druck zu setzen, dass dieser ihm eine gestohlene 30-Kilo-tonnen-Bombe sowjetischer Machart verkaufte, Baujahr 1953. Malnikov hatte sie erstanden, um seine Position zu stärken. Er betrachtete die Bombe als eine Art Lebensversicherung für den Fall, dass der FSB oder eine ausländische Strafverfolgungsbehörde ihn hinter Gitter brachte, so wie es seinem Vater passiert war. Sollte es jemals so weit kommen, wollte er sie einsetzen, allerdings nur dann.

Vor der Küste Floridas hatte das FBI Yuri Malnikov auf seiner Jacht festgenommen, nun saß er in Colorado in einem Gefängnis namens ADX Florence, besser bekannt als Supermax. Aller Voraussicht nach saß er dort für den Rest seines Lebens ein.

Doch Alexei Malnikov hatte sich verkalkuliert. Total verkalkuliert. Nach nicht mal einem Tag bereute er seinen Schritt. Er hasste diese Atomwaffe und wünschte sich, sie nie gekauft zu haben. Die Vorstellung, damit ein wirksames Druckmittel zu besitzen, wich schon bald einer ausgedehnten Paranoia.

Malnikov setzte schon heute mehr Heroin um als jeder Kriminelle sonst auf der Welt, doch dann packte ihn der Größenwahn. Er wollte sich nicht länger mit dem lukrativen Geschäft begnügen, damit, dass er jederzeit Frauen haben konnte, Luxushäuser, Kunst, seltene Weine, was immer sich mit einer schwarzen American-Express-Karte bezahlen ließ. Da war ihm die Idee gekommen, die Bombe könne ihn vor dem einen Gegner schützen, den jeder Gangster fürchtete: vor dem langen Arm des Gesetzes. Eine krasse Fehleinschätzung. Wer eine Atomwaffe kaufen wollte oder – Gott behüte – eine besaß, legte sich nicht allein mit den Ordnungsbehörden an, sondern gleich mit ganzen Nationen.

Malnikov hatte einen schwerwiegenden Fehler begangen und wollte das elende Teil unbedingt loswerden.

Als Käufer kamen beispielsweise die Dschihadisten infrage. Über einen Geschäftspartner in Tschetschenien hatte bereits ein Vertreter des Islamischen Staats Interesse bekundet. Und die Hisbollah würde auch nicht lange auf sich warten lassen. Er hatte keinen Schimmer, wie der IS von seiner Nuklearwaffe Wind bekommen hatte, aber die Tatsache jagte ihm eine Heidenangst ein. Wenn er nicht an sie verkaufte, stand irgendwann der Tag bevor, an dem die Turbanträger ihm einen Selbstmordattentäter in den Nachtclub oder nach Hause schickten.

Wobei die Dschihadisten Malnikov nicht mal die größten Bauchschmerzen bereiteten, sondern eindeutig die Amerikaner, genauer gesagt: die CIA.

Seine Drogengeschäfte und sonstigen illegalen Aktivitäten interessierten den US-Auslandsgeheimdienst nicht besonders. Die Jungs in Langley hatten größere Sorgen. Aber die Atombombe machte ihn zu einer ernsthaften Bedrohung. Ins Visier der CIA zu geraten, war wirklich das Letzte, was er gebrauchen konnte. Sollte die Agency von seinem Kauf der Bombe erfahren, könnte er mit seinem russischen Hintern durchaus in Guantanamo Bay landen und dort die nächsten zehn Jahre in einer Zelle schmoren. Sofern die Amis ihn nicht gleich direkt umlegten, um die Sache aus der Welt zu schaffen.

Es wurde Zeit, diese verfluchte Bombe zu verhökern. Und Cloud hielt den Schlüssel dazu in der Hand.

Malnikov holte tief Luft und sah seinen Besucher an. »Beruhigen wir uns ein bisschen«, schlug er vor. »Wir stehen auf derselben Seite.« Er spürte den Blick des anderen auf sich ruhen. Entweder war diesem Hacker-Genie gar nicht bewusst, was für ein Risiko er einging, wenn er die Bombe besaß, oder es war ihm schlichtweg egal.

Malnikov fürchtete Cloud, so wie jeder, der mit ihm

zu tun hatte. Er war unkalkulierbar, skrupellos und flößte einem Angst ein. Es ging das Gerücht, im Vorfeld von 9/11 habe er geholfen, die Systeme zur US-Luftraumüberwachung zu manipulieren, und so einen zentralen Beitrag zum größten Terroranschlag in der Geschichte Amerikas geleistet.

Wenn man Cloud dumm kam, konnte er ziemlichen Schaden anrichten, und zwar innerhalb kürzester Zeit. In Clouds Händen wurden Computer zu Waffen.

Malnikov trank einen Schluck Wodka, dann stellte er seine Forderung in den Raum: »100 Millionen Dollar.«

Cloud reagierte zunächst nicht. Seine Augen wirkten wie eine Rechenmaschine, blinzelten, huschten unstet hin und her, während in seinem Gehirn Zahlen ratterten. Nach längerem Schweigen meinte er: »100 Millionen? Das klingt vernünftig.« Mit ausgestreckter Hand beugte er sich zu Malnikov.

»Gut.« Malnikov lächelte erleichtert.

»Wann wirst du mir das Geld überweisen?«

Malnikov dachte, er höre nicht recht. »Was hast du gerade gesagt?«

»Wann wirst du mir das Geld überweisen?«, wiederholte Cloud mit einem unschuldigen Lächeln auf den Lippen.

Malnikov stand auf. Mit zwei Schritten war er bei dem Besucher, hob den Arm und holte zu einem Schwinger aus.

Cloud wehrte ihn lässig ab, indem er die Hand hob. »Ich nehme an, es kommt von deinem Konto auf Guernsey?«

Malnikov fing sich, stoppte den Schlag nur Zentimeter vor Clouds Wange ab.

»Ich habe mir die Freiheit genommen, mir die ersten 50 Millionen selber zu holen, bevor ich bei dir vorbeikam«, sagte Cloud. »Diese Verschlüsselungscodes sind heutzutage echt schwer zu knacken. Ich brauchte fast zehn Minuten, um in die Bank reinzukommen. Mit den Firewalls und dem ganzen technischen Beiwerk wird es immer komplizierter.«

Malnikov starrte Cloud mit offenem Mund an. Schließlich wankte er an seinen Schreibtisch, tippte wie ein Wilder auf dem Laptop herum, loggte sich bei seinem Bankkonto ein. Er starrte Cloud an. »Was hast du getan?«, flüsterte er mit hasserfüllter Stimme.

Malnikov langte nach der Pistole auf dem Schreibtisch, lud durch und richtete sie auf Cloud.

Mit dem kristallenen Longdrinkglas in der Hand stand Cloud auf, blickte erst Malnikov in die Augen, dann auf die Pistolenmündung. Abrupt schwand das Lächeln aus seinem Gesicht. Er schüttelte den Kopf. »Was mache ich bloß mit dir, Alexei?«, fragte er mitfühlend. »Du verstehst anscheinend immer noch nicht, oder?«

Cloud kippte den letzten Schluck Wodka herunter, wartete eine halbe Sekunde und warf dann das Glas auf den Betonboden, wo es in Tausende Stücke zersprang.

Malnikov kam um den Schreibtisch herum und baute sich vor Cloud auf. Er war 15 Zentimeter größer als sein Gegenüber und wesentlich breiter gebaut. Ihn mit bloßen Händen in Stücke zu reißen, wäre kein Problem gewesen. Bei jedem anderen hätte er es getan. Malnikov hielt Cloud die Mündung der Pistole circa zwei Zentimeter vors rechte Auge.

»Ich will mein Geld zurück, du kleiner Wichser, jeden Cent!« Malnikov kochte vor Wut. »Und was die Atombombe angeht, die kannst du dir in den Arsch schieben. Sieh dir diese Waffe an, du kleiner Nerd, sie ist nämlich das Letzte, was du im Leben sehen wirst.«

Cloud blieb ganz ruhig, sein Verhalten war eher abschätzig. »Was glaubst du, wer dafür gesorgt hat, dass dein Vater in den Knast gewandert ist?«, fragte er. »Der mächtigste Gangster

Russlands, womöglich der ganzen Welt, und ich habe ihn geleimt und niedergemäht wie einen Grashalm. Es war so einfach, ich hätte mich hinterher fast totgelacht. Aus diesem US-Gefängnis kommt er nie mehr raus. Er wird den Rest seines Lebens dort schmoren.«

Entsetzt und ungläubig sperrte Malnikov den Mund auf. Er griff sich an die Brust. »Warum …?«

»Warum? Weil mir klar war, dass dein Vater nicht so blöd ist, sich eine Atombombe zuzulegen. Du dagegen schon.«

Malnikov wollte etwas erwidern, brachte aber keinen Ton heraus.

»Wenn du willst, dass ich dir die Bombe abnehme, wirst du mich dafür bezahlen, Alexei. Sobald du anfängst zu jammern, räume ich dein Konto komplett leer. Die Bombe wird heute um Mitternacht an einem Dock in Sewastopol übergeben.«

»Wie stellst du dir das vor?«, raunte Malnikov. Seine Hand zitterte. »Die Zeit reicht nicht, sie bis heute Abend nach Sewastopol zu schaffen.«

Cloud holte tief Luft.

»Vielleicht sollte ich noch erwähnen, dass du vernichtet wirst, falls ich nicht« – Cloud warf einen Blick auf seine Armbanduhr – »in 17 Minuten zurück in meiner Datscha bin. Vergiss mal für einen Moment dein Geld. Deine komplette Organisation wird aufgerollt und weggesperrt. *Alles!* Vereinigte Staaten, Hongkong, Europa, Russland, Brasilien, Australien. Ist dir überhaupt klar, wie viel Heroin du diesen armen amerikanischen Schulkindern verkauft hast? Ganz zu schweigen von der Transaktion mit General Bokolov, deren elektronische Spur sich problemlos zu dir zurückverfolgen lässt! Wenn ich so darüber nachdenke, werden sie dich wohl einfach nach Guantanamo schicken. Wenn ich nicht in … 16 Minuten zurück bin, dürftest du spätestens

23

morgen früh Fußeisen tragen, und zwar für den Rest deines Lebens.«

Malnikov starrte Cloud an. Er befand sich in einem Stadium jenseits von Hass oder Wut. Er war sprachlos, wie betäubt, völlig perplex. Hastig senkte er die Waffe.

»Du kannst mich innerhalb eines Augenblicks umbringen, das wissen wir beide«, meinte Cloud beschwichtigend. »Hier geht es nicht darum, ein Mann zu sein oder zu beweisen, wer von uns der Härtere ist, Alexei. *Du* bist der Härtere. Bei dem, was mir vorschwebt, ist eine andere Eigenschaft gefragt. Dafür braucht man Hass.«

Malnikov wich einen kleinen Schritt zurück. »Du bist wahnsinnig …«

Cloud nickte. »Ja, ich schätze, das stimmt. Also bring mich um. Du hast die Waffe. Erschieß mich einfach. Die Sache ist die, es wäre mir egal. Ob ich nun sterbe oder morgen wieder aufstehe, macht für mich keinen Unterschied. Für dich dagegen schon. Und darum wirst du mir 100 Millionen Dollar zahlen, damit ich dir diese Atombombe abnehme. Ich schätze, ich könnte deutlich mehr aus dir rausquetschen. Aber, siehst du, ich bin eben ein großzügiger Mensch.«

Cloud wandte sich von der Pistolenmündung ab und ging zur Tür. »Noch etwas … Sie werden zu dir kommen. Sobald die Bombe bewegt wird, bekommen sie es mit und verfolgen die Spur zu dir zurück. Das ist unvermeidlich. Ich schätze, es werden die Amis sein. Lüg sie ruhig an, es ist zwecklos. Sie werden dich an einen Lügendetektor anschließen, und falls du die Wahrheit verschweigst, werden sie diverse Methoden anwenden, um die Wahrheit aus dir herauszubekommen. Früher oder später haben sie damit Erfolg. Tu dir also selbst einen Gefallen, Alexei. Sag ihnen alles, was du weißt. Sosehr du mich im Moment hassen magst, die Wahrheit ist, ich bin dir dankbar. Ich will dir nichts Böses. Ich wünsche dir ein langes, erfolgreiches Leben. Du hast einen schweren Fehler begangen, das wissen wir beide. Und zwar an dem Tag, an dem du Bokolov die Hand geschüttelt hast, um den Kaufvertrag für die Bombe mit ihm abzuschließen. Tu, was man dir sagt. Es ist die einzige Möglichkeit, wie du da rauskommst.«

»Die werden von mir verlangen, dass ich ihnen helfe, dich aufzuspüren«, gab Malnikov zu bedenken.

»Tu, was du nicht lassen kannst. Die werden mich nicht finden, erst wenn es zu spät ist.«

»Was wirst du …?«, setzte Malnikov an, hielt dann jedoch inne, als fürchtete er die Antwort.

»Wofür ich deine Bombe einsetzen will? Ist das deine Frage?«

»Ja.«

Cloud sah sich noch einmal zu ihm um, während er am Türknauf drehte. »Für etwas, das ich schon vor langer Zeit hätte tun sollen«, meinte er leise. Er verharrte einen Moment und blickte Malnikov eindringlich an. »Sewastopol. Mitternacht. Sei pünktlich.«

2

THE CASTINE INN
MAIN STREET
CASTINE, MAINE

Am ersten Samstag des Sommers hatte sich morgens um kurz vor acht eine Menschenmenge vor dem eleganten, leicht heruntergekommenen Castine Inn mit der dottergelben Außenfassade versammelt. Schätzungsweise 200 Männer,

Frauen und Kinder hatten sich eingefunden, von Säuglingen in Babytragen bis hin zu Großeltern, die ihre hölzernen Gehstöcke umklammerten. Es wurde geredet und gelacht, Kaffee getrunken, Kakao und Cider. Nach dem langen Winter brachte man einander auf den neuesten Stand. Alle warteten. Sie stammten ausnahmslos aus Castine – bis auf einen, den Freund eines Mädchens aus der Nachbarschaft; ein nett aussehender Bursche aus San Francisco, der sie übers Wochenende besuchte. Mit großer Wahrscheinlichkeit ahnte er nicht, dass ihm gleich beim ersten Besuch in dem bezaubernden, abgeschiedenen, mitunter etwas launischen Küstenstädtchen ein mörderischer Wettlauf geboten wurde und man von ihm erwartete, dass er daran teilnahm.

33 Läufer – 13 Männer, 20 Frauen – standen hinter einem gelben Streifen Absperrband auf der Straße, machten ihre Dehnübungen, liefen auf der Stelle und bereiteten sich auf den Lauf vor. Ihre Kleidung wirkte bunt zusammengewürfelt. Sie trugen Shorts und T-Shirts in unterschiedlichen Farben und Formen. Das Ungewöhnliche an dieser Läuferschar war allerdings, dass niemand Turnschuhe trug. Nur Arbeitsschuhe, wohin man blickte.

Hinter der Läufergruppe stand etwas abseits ein kräftiger Mann. Er war muskulös und mit seinen über 1,90 der Größte der Truppe. Ausgetretene Timberland Boots, Madras-Shorts und ein grünes T-Shirt. Die langen braunen Haare machten den Eindruck, als hätten sie wochenlang keine Bürste gesehen, seine Bartstoppeln deuteten auf eine längere Rasierpause hin. Lässig lehnte er an der vorderen Stoßstange eines rostigen hellgrünen Ford Pick-ups.

Um Punkt acht Uhr trat Doris Russell, die 72-jährige Bürgermeisterin Castines, vom Bordstein auf die Straße. Auf den ersten Blick eine liebenswürdige und mütterliche Frau, aber jeder wusste, dass sie ein spitzes Mundwerk hatte und fluchen konnte wie ein Seemann. Sie schwenkte die Arme in der Luft, um die Aufmerksamkeit auf sich zu lenken. Langsam senkte sich Schweigen über die Menge.

»Guten Morgen zusammen«, sagte sie mit hoher, fast schon piepsiger Stimme, ein breites Lächeln auf dem Gesicht. »Ich hoffe, ihr alle hattet einen wunderbaren Winter.«

»Er hat mich angekotzt, und wie«, rief jemand weit hinten im Gedränge.

Die Leute brachen in Gelächter aus.

»Wer war das?« Doris spähte in die Versammlung. »Du etwa, Tom? Ja, meiner war auch sehr schön. Wenn du's genau wissen willst, bin ich die Treppe runtergeflogen und hab mir die Hüfte gebrochen. Zu allem Überfluss haben sie meine Enkelin aus der Miss Porter's School geworfen. Aber danke der Nachfrage.«

»Er hat doch gar nicht nachgefragt«, kam eine weitere Stimme.

Abermals dröhnendes Lachen.

Doris schüttelte den Kopf und musste sich alle Mühe geben, nicht selbst loszuprusten. »Wenn ihr mich diesen Lauf nicht endlich starten lasst, stehen wir noch den ganzen Tag hier rum. Die Chancen stehen nicht übel, dass ich dann tot umfalle.«

»Wir werden dich vermissen, Doris.«

Kopfschüttelnd stimmte Doris in das Kichern der anderen ein. Schließlich hob sie die Hand. »Nun, wie auch immer. Ihr wisst ja alle, dass heute der erste Samstag unseres heiß geliebten Castine-Sommers ist. Danken wir Gott dafür. Ich habe die kalte Jahreszeit so verdammt satt, ich könnte glatt jemanden umbringen.«

»Meine Frau meldet sich bestimmt gern freiwillig«, steuerte ein Unbekannter bei.

Erneut tosendes Gelächter.

»Ich wäre auch lieber tot, als mit dir verheiratet zu sein, Burt«, konterte Doris. »Na ja, wie gesagt, da wir heute den ersten Samstag nach dem Sommeranfang haben, wird es Zeit für den alljährlichen Wadsworth Cove Marathon.«

Lautes Klatschen und begeisterte Beifallsrufe brandeten auf.

Wie viele Städte an der gewundenen Felsküste Maines tolerierte Castine seine Sommergäste, wohlhabende Leute von weit weg, die im Juni kamen und am Labor Day Anfang September abreisten, als notwendiges Übel. Die langen, harten, bitterkalten Wintermonate hingegen blieben den Menschen vorbehalten, die das ganze Jahr über hier lebten: Fischer, Lehrer, Krankenschwestern, Bauarbeiter, Busfahrer, Farmer, Elektriker, Klempner, Polizisten, Ärzte, ein Rechtsanwalt und sogar einige Künstler.

Die meisten Ortschaften in Maine pflegten ihre ganz eigenen Traditionen, um das Ende der Wintermonate zu begehen, der Jahreszeit, die sie eben noch an ihre Häuser gefesselt hatte und die in dieser Region ohne die Verlockungen des Frühlings direkt in den Sommer überging. In Castine wurde der Wetterumschwung mit dem Wadsworth Cove Marathon eingeläutet. Die Strecke führte über strapaziöse sechseinhalb Meilen zur Bucht, von dort einen Feldweg den Bog Brook entlang zu einer riesigen, in der ganzen Region bekannten Birke und anschließend zurück in die Stadt. Laufschuhe waren nicht erlaubt, lediglich Arbeitsstiefel. Das hatte Tradition, weil der Lauf für die Arbeiterschicht gedacht war, nicht für irgendwelche Auswärtigen. Rein theoretisch durfte allerdings jeder daran teilnehmen, der wollte. Dieses Jahr hatte sich eine ungewöhnlich große Zuschauerschar versammelt, um dem Lauf beizuwohnen. Immerhin hielt sich ein Prominenter in der Stadt auf. Kein Star im herkömmlichen Sinn, bloß ein Kind der Region, das jeder kannte – der 39-jährige Bursche mit dem unbändigen braunen Haar.

»Nun, den meisten von euch dürfte bekannt sein, dass dies die 25. Auflage des Wadsworth Cove Marathon ist«, meinte Doris gerade. »Ich erinnere mich noch gut an die Premiere. Dieser feine Pinkel aus New York City, Jed Sewall, hatte die Idee dazu. Jeds Sohn war damals Captain des Cross-Country-Teams an der Harvard University.«

»Yale«, brüllte jemand.

»Was?«

»Yale. Er hat in Yale studiert.«

»Ach, um Himmels willen, Harvard, Yale, was mich angeht, macht das überhaupt keinen Unterschied«, kommentierte Doris kopfschüttelnd. »Das sind doch beides bloß Kaderschmieden für Arschlöcher. Gebt mir jemanden, der die Maine Maritime Academy absolviert hat, und ein Glas Gin dazu, dann bin ich vollkommen zufrieden. Aber sei's drum, worauf ich hinauswill, ist, dass Jed seinen lächerlichen Lauf ins Leben gerufen hat, damit Jed junior jeden in der Stadt vorführen konnte.«

Ganz hinten in der Menge wurden Rufe und Gejohle laut.

Doris hielt einen Moment inne. Sie legte eine kurze Pause ein, um den Höhepunkt ihrer kleinen Ansprache einzuleiten: »Aber natürlich zog Jed damals nicht in Betracht, dass ein gewisser 14-Jähriger aus Castine sich dazu entschließen könnte, an dem Lauf teilzunehmen!«

Die Menge brach in laute Beifallsrufe aus, einige skandierten sogar seinen Namen: »Dewey! Dewey!«

»Ein Junge, der, und ich freue mich, das sagen zu dürfen, nach 25 Jahren in die Heimat zurückgekehrt ist. Nach allem, was ich gehört habe, will er seinen Titel unbedingt verteidigen.«

Doris hob die Hand und zeigte auf den Mann, der am Pick-up lehnte. Er zeigte keinerlei Regung und schien nicht mal mitzubekommen, dass es gerade um ihn ging.

Dewey Andreas war ein Teil dieser Stadt, so wie dieser harte, windgepeitschte Flecken Erde auch ein Teil von ihm war. Zur Welt gekommen im Krankenhaus von Castine, einer Klinik mit drei Zimmern. Doris Russells verstorbener Mann Bob hatte ihn damals aus dem Bauch seiner Mutter befreit. Er war auf einer ziemlich weitläufigen Farm namens Margaret Hill aufgewachsen, am Ende einer Schotterstraße gelegen, die sich hinter dem Golfplatz in Serpentinen den Hügel hinaufwand. Ein Junge wie jeder andere hier, bis zu jenem besonderen Tag, an dem jeder mitbekam, dass Dewey sich eben doch von Gleichaltrigen unterschied. Der Zwischenfall mit dem damals Achtjährigen ereignete sich während des jährlichen Picknicks zum Unabhängigkeitstag im Golfclub von Castine, das jeder Anwohner besuchte, die Sommergäste ebenfalls.

Dewey hatte mit seinem älteren Bruder Hobey Tennis gespielt, beide barfuß. Irgendwann war ein junger Schnösel namens Hampton aufgetaucht, der auf eine private High School ging und hier Urlaub machte. Er forderte die zwei Andreas-Brüder auf, vom Court zu verschwinden. Man dürfe den Platz nicht ohne Schuhe benutzen. Als Hobey den Älteren aufforderte, er solle gefälligst warten, bis er an der Reihe sei, beschimpfte dieser Hobey als »Bauerntrampel«.

Was gleich darauf auf dem Rasenplatz Nummer zwei geschah, ging in die geheime Chronik von Castine ein. Dewey stürmte heran und warf den größeren Jungen, der schon 15 war, mit einem heftigen Stoß vor die Brust zu Boden. Als Hampton sich berappelt hatte, stürzte er sich auf Dewey und holte zu einem fürchterlichen Schlag gegen dessen Kopf aus. Doch der Kleine duckte sich geschickt und verpasste Hampton einen Fausthieb auf die Nase. Hampton ging vor Schmerz schreiend zu Boden, das Blut schoss ihm aus der Nase. Sein Gegner war allerdings noch nicht mit ihm fertig. Die entsetzten Zuschauer verfolgten von der Terrasse aus, wie Dewey sich rittlings auf ihn setzte und zuschlug, wieder und wieder. Er prügelte ihm regelrecht die Scheiße aus dem Leib und hörte erst auf, als es Hobey gemeinsam mit ihrem Vater, John Andreas, gelang, ihn vom blutüberströmten, heulenden Neuntklässler des St.-Paul's-Internats herunterzubekommen.

Von da an wusste jeder, dass es unklug war, sich mit dem Jüngeren der Andreas-Brüder anzulegen, dem Burschen mit dem unbändigen braunen Wuschelkopf, dem kleinen Kerl, der am liebsten mit dem Pferd zur Schule ritt, dem hübschen, schweigsamen Jungen mit den eiskalten, stahlblauen Augen. Übrigens war es niemandem in Castine unangenehm, dass Dewey Hampton vermöbelt hatte. Im Gegenteil. Dewey hatte sich für seinen Bruder eingesetzt – und im übertragenen Sinn auch für seine Stadt.

Sie sahen ihn aufwachsen. Bereits in der sechsten Klasse überragte er mit 1,80 alle Gleichaltrigen und wies den hageren, sehnigen Körperbau eines Athleten auf. Er hatte wenige Freunde, meistens hing er nur mit seinem Bruder herum. Mit der überschaubaren Zahl von Bekannten verbanden ihn die Begeisterung fürs Schießen, die schweigsame Ader und die tiefe Verachtung für Mädchen und Sommergäste.

Als er in die High School kam, war er 1,93 Meter groß, wog 90 Kilo und hatte die Haltung und den Gang eines Profiboxers. Nachdem Dewey jeden High-School-Rekord im Football gebrochen hatte, wagte er sich nach Süden aufs Boston College, um für die BC Eagles zu punkten.

Zu behaupten, dass die Leute in Castine Dewey bewunderten, wäre die Untertreibung des Jahrhunderts gewesen. Im Herbst wurde zweimal pro Spielzeit ein Bus angemietet, um die Fans nach Chestnut Hill zu kutschieren, wo sie verfolgten, wie der kompromisslose Zwei-Zentner-Halfback jede Verteidigungslinie der Big-East-League durchbrach.

Nach dem College kehrte Dewey gerade lange genug nach Castine zurück, um sich das hübscheste Mädchen der Stadt zu schnappen: Holly Bourne, die Tochter eines Professors, der an der Maine Maritime Academy lehrte. Jeder Einwohner des Städtchens kam zur Hochzeit. Unterdessen bereitete Dewey sich darauf vor, es bei den U.S. Army Rangers zu versuchen. Er trug das Haar kurz geschnitten. Da begann manch einer zu begreifen, dass Deweys distanziertes Wesen, sein reserviertes Verhalten, sein Selbstvertrauen, die schonungslose Härte in seinem Blick, das Raubtierhafte an seiner Art zu gehen, dass ihm all dies aus einem ganz bestimmten Grund mitgegeben worden war. Keinen überraschte, dass Dewey bei den Rangers unter 188 Rekruten als Jahrgangsbester abschloss.

Es gab zähe Burschen in Castine. Es gab harte Burschen in Maine. Und dann gab es noch Burschen wie Dewey. Als er von den Rangers zur Delta Force wechselte, hörte man auf, über ihn zu tratschen. Es ging nicht länger darum, dass man stolz auf ihn war. Dewey, das war allen klar, erhielt jetzt den letzten Schliff, um einer der erlesensten Elitesoldaten Amerikas zu werden. Nicht allein dass er seinem Land diente, nun wurde er dazu ausgebildet, ein Teil der gezackten Speerspitze Amerikas zu werden, stand dort, wo für Geheimnisse Blut floss, wo getötet wurde, in Städten, von denen kaum jemand etwas gehört hatte; dort, wo bei Nacht und Nebel Nationen ihre Kräfte maßen. Inmitten von alldem stand Dewey, im Auge des Orkans. Man spürte die Aura politischer Verwicklungen förmlich, selbst wenn sich der berühmteste Sohn gar nicht in der Stadt aufhielt.

Bei den wenigen Gelegenheiten, zu denen er mit Holly und ihrem Knirps Robbie die alte Heimat besuchte, stellte man fest, dass aus dem stillen, wortkargen Dewey ein völlig schweigsamer Mann geworden war. Deweys Schweigen kündete von einer Welt, die die Leute in Castine niemals kennenlernen würden; einer Welt, von der sie, wenn es nach Dewey ging, nichts erfahren durften. Und zwar nicht weil er diese Menschen nicht mochte, sondern gerade deswegen.

Wo ich hingehe, könnt ihr nicht hin. Ich kämpfe, damit es euch erspart bleibt.

In Castine blieb man weiterhin stolz auf ihn, aber der Stolz verwandelte sich in etwas Tiefgreifenderes, All-umfassendes. Die seltenen Anlässe, zu denen Dewey nach Hause zurückkehrte, bekam jeder mit, doch keiner verlor ein Wort darüber. Jeder wusste, dass er im Auftrag der US-Regierung handelte und nicht darüber sprechen durfte. Dewey, *ihr* Dewey, stand an der blutigen Front des gehei-men Krieges, den Amerika gegen den Terror führte. Er *war* die Klinge der Jäger. Mit einem Mal ergab alles einen Sinn. Seine Zähigkeit, seine Wildheit, die Tatsache, dass man ihn nicht aufhalten konnte, dass er keinen Schmerz empfand.

Doch wie von einem Blitz aus heiterem Himmel wurde alles zunichtegemacht. Die Leukämie holte Robbie im Alter von sechs Jahren. Ganz Castine versammelte sich auf dem Friedhof, um Dewey und Holly beizustehen, als sie ihren Jungen zu Grabe trugen. Alle reagierten sprach-los, wie betäubt. Einen Monat darauf wurde Holly in einem Apartment unweit von Fort Bragg, North Carolina, tot auf-gefunden und Dewey stand unter Mordanklage. Die ganze Stadt trauerte, alle waren zutiefst erschüttert. Statt den

Zusammenhalt zu zerstören, brachte die Tragödie sie umso näher zusammen.

Niemand zweifelte je an Deweys Unschuld. Zu so etwas war er schlicht nicht fähig. Jede Familie in der Stadt spendete Geld, damit Dewey sich einen guten Anwalt nehmen konnte – eine Geste, die er durchaus zu schätzen wusste, allerdings nicht annahm. Ja, er nahm überhaupt keinen Anwalt, obwohl ihm die Todesstrafe drohte. Er verteidigte sich selbst, stellte sich allein einem bestens vorbereiteten Staatsanwalt entgegen und sagte die Wahrheit, zeigte Rückgrat und bewies großen Mut, genau wie all die Jahre zuvor auf dem Tennisplatz.

Als er nach nur 30-minütiger Beratung freigesprochen wurde, bildete dies den Abschluss einer schrecklichen Serie von Ereignissen, die ganz Castine in Mitleidenschaft gezogen hatte. Danach sprach niemand mehr über Dewey. Jeder wusste, dass er den Vereinigten Staaten den Rücken kehren wollte, aber keiner fragte, wohin er ging oder was er vorhatte. Man ließ ihn in Ruhe. Seine Eltern, John und Margaret, wurden alt und verließen Margaret Hill nur noch selten. Hobey zog nach Blue Hill. Zehn Jahre vergingen, hin und wieder hörte man Gerüchte, Dewey arbeite in fernen Ländern auf irgendwelchen Bohrinseln, mehr nicht.

Und dann kehrte er zurück, eine Woche nach dem schwersten Terroranschlag auf amerikanischem Boden seit 9/11. Einem feigen Verbrechen, das auf das Konto des libanesischen Terroristen Alexander Fortuna ging. Maines größter Arbeitgeber, das Stahlwerk in Bath, wurde bei dem Anschlag vernichtet. Niemand wusste, wer den Terroristen letztlich gestoppt hatte. Einige Zeitungsberichte erwähnten einen Roughneck – einen Arbeiter von einer Bohrinsel – mit militärischem Hintergrund, die Regierung bezog dazu jedoch nicht Stellung. Ja, damals war er zurückgekommen und keiner wagte zu fragen, ob es sich bei diesem Roughneck um ihn handelte. Sie wussten auch so Bescheid.

Und nun war er wieder da und jeder kannte den Grund. Die Nachrichten hatten wochenlang darüber berichtet. Deweys Verlobte, Jessica Tanzer, die Nationale Sicherheitsberaterin des Präsidenten der Vereinigten Staaten, war in Argentinien ermordet worden. In jenem Herbst war Dewey am Boden zerstört gewesen, ein gebrochener Mann. Die meisten gingen davon aus, er werde nach ein paar Tagen wieder verschwinden, doch aus Tagen wurden erst Wochen, dann Monate. Da begriffen die Menschen in Castine allmählich, dass Dewey möglicherweise für immer bleiben wollte. Vielleicht hatte es ihn diesmal endgültig fertiggemacht. Er hatte Robbies und danach Hollys Tod überstanden, aber der Mord an Jessica hatte ihm einen Nackenschlag versetzt, von dem er sich nicht mehr zu erholen schien. Der sprichwörtliche Tropfen, der das Fass zum Überlaufen brachte.

Als Doris auf Dewey deutete, klatschte die Menge und Anfeuerungsrufe wurden laut. »Hey, Dewey«, rief jemand, »willst du dieses Jahr wieder gewinnen?«

Dewey lehnte an der Motorhaube, drehte sich nach dem Fragenden um, sagte jedoch nichts.

»Gesprächig wie eh und je, was, Dewey?«

Verhaltenes Gelächter.

Schweigend blickte Dewey in die Richtung, aus der die Bemerkung gekommen war.

»Na, Dewey, wie kommt deine neue Talkshow denn so an?«, erkundigte sich jemand aus dem hinteren Teil.

Deweys Lippen verzogen sich zu einem Lächeln. Sein Blick wanderte zu dem Sprecher.

»Ha, ich hab ihn zum Lächeln gebracht!«

Dewey fing an zu lachen. »Ich hab dich nicht angelächelt, Onkel Bill«, sagte er.

»Warum hast du dann gelächelt?«

»Ich musste daran denken, wie wir damals auf Entenjagd waren und du dir dabei in den Fuß geschossen hast.«

Weiteres Gelächter.

»Das war ein Unfall, verdammt.«

»Natürlich«, konterte Dewey.

»Es macht nichts, wenn du diesmal nicht gewinnst, Dewey!«, erscholl ein Ruf von der Seite.

Jetzt konnte endgültig niemand mehr an sich halten.

»Lasst den Jungen doch mal in Ruhe!« Doris hob die Hand. »Warst du das, Dickie? Ich kann deinen fetten Hintern gar nicht sehen.«

»Das ist kein Fett. Das sind 100 Prozent Muskeln. Nun hör schon auf, mir dauernd auf den Hintern zu starren.«

»Richard Pye, der einzige Muskel, den du noch hast, ist der, mit dem du die mickrigen Kröten tief unten in deinen Grand-Canyon-Hosentaschen festhältst.«

»Ich habe hier fünf Dollar, Bürgermeisterin, für den, der diesen Lauf hier gewinnt, wer es auch sein mag.« Pye hielt einen Fünf-Dollar-Schein hoch, damit jeder ihn sehen konnte.

»Sieh sich das mal einer an«, meinte Doris. »Abe Lincoln muss glatt die Augen zusammenkneifen, weil er die Sonne schon so lange nicht mehr gesehen hat.«

Während Dewey dem Geplänkel lauschte, beugte er sich vor, löste sich von der Stoßstange des Pick-ups und ging hinüber zu seiner Nichte, Reagan, die neben ihrem Freund stand.

»Kannst du sie schlagen, Will?«

Lächelnd schüttelte Will den Kopf.

»Keine Chance. Sie ist die schnellste Läuferin in Andover, keiner, weder Junge noch Mädchen, kann sie schlagen.«

»Und die hübscheste Läuferin noch dazu, habe ich recht?« Er strich Reagan liebevoll über die Schulter.

»Das versteht sich von selbst«, meinte Will.

Mit finsterem Gesicht blickte Reagan erst Dewey, dann ihren Freund an. »Ich weiß, was ihr zwei Knilche vorhabt, aber es wird nicht funktionieren. Ich lass mich nicht ablenken. Will, dich werd ich *definitiv* in Grund und Boden laufen. Deinetwegen mach ich mir schon eher Sorgen, Onkel Dewey.«

»Wie ist deine Bestzeit über eine Meile?«, wollte Dewey wissen.

»4:55.«

»Dann wirst du mich schlagen«, beruhigte Dewey. »In 4:55 schaff ich es nicht mal zur State Street.«

»Hör auf damit. Ich lass mich nicht unter Druck setzen. Ich durchschau deine Tricks.«

Er überhörte die Bemerkung. »Andererseits, in Arbeitsschuhen zu laufen ist etwas ganz anderes. Erst tut es nur ein bisschen weh, dann löst sich die Haut von den Fersen. Es fängt an zu bluten und dann wird es ein bisschen matschig im Schuh.«

»Iiiih«, machte Reagan.

»Ja, es ist eklig«, setzte Dewey nach. »Wie Erbsensuppe. Nur dass es keine Erbsensuppe ist, du weißt schon, wie ich's meine?«

Unbewusst blickte Reagan auf ihre Füße hinab. »Ich hab sie extra bandagiert.«

»Oh, dann dürfte alles okay sein«, meinte Dewey. »Bandagen sind noch nie abgefallen.«

»Du solltest sie auch auf das Extragewicht hinweisen, Dewey«, warf Will lächelnd ein. »Die Schuhe sind verdammt schwer.«

»Ein ausgezeichneter Hinweis, William.« Dewey nickte. »Mit dem ganzen zusätzlichen Ballast kriegst du richtig dicke, muskulöse Beine wie eine Amazone. Will, was meinst du, stehen die Jungs heutzutage auf Mädchen, die Schenkel wie Baumstämme haben?«

Dewey und Will bogen sich vor Lachen. Reagan schäumte vor Wut und Ärger, trotzdem stahl sich ein leises Lächeln auf ihr Gesicht. »Hört zu, normalerweise drück ich mich nicht so aus, also entschuldigt bitte im Voraus, aber verpisst euch, alle beide. Hoffentlich hat der Staub, den ich aufwirbele, sich schon gelegt, wenn ihr mit euren lahmen Hintern hinter mir hergekrochen kommt.«

Kopfschüttelnd stürmte sie davon.

In diesem Moment stieß Doris Russell einen lauten Pfiff aus. »Die Party kann beginnen, Leute. Es wird Zeit, dass dieser Lauf endlich startet. Heute Abend habe ich Gäste, elf Leute kommen zum Dinner, und ich hab noch keine Ahnung, was ich ihnen auftischen soll.«

»Glaub mir, Doris, niemand kommt wegen deiner Kochkünste zu dir«, rief ein Mutiger.

»Viel Glück für deine Hummer-Lizenz, Lincoln, mal sehen, ob du noch mal eine bekommst.« Damit griff Doris nach dem Absperrband, bereit, es mit einem Ruck aus dem Weg zu zerren. »Also, auf die Plätze ...«

Die Läufer drängten sich vor der Linie, nur Dewey nicht, er blieb ein paar Schritte hinter den anderen stehen.

»Fertig ...«

»Wartet!«, erscholl ein Stück weit die Straße hinauf eine Stimme. »Wartet auf mich!«

Doris schwenkte die Arme und brach den Countdown ab.

Ein Junge kam über den Kamm des Hügels die Main Street entlanggerannt. Mit nacktem Oberkörper und einem Gesicht, das er mit Tarnfarbe grün und schwarz bemalt hatte, kam er herangestürmt. Er trug rote, knapp geschnittene Nantucket-Shorts und war barfuß. In jeder Hand hielt er einen Arbeitsstiefel, der eine lang und orange, der andere kurz und braun.

Ein Lächeln legte sich auf Deweys Gesicht. Er blickte zu Reagan, die das Ganze kopfschüttelnd verfolgte. »Oh, verdammt«, murmelte sie.

Manche mussten beim Anblick des 13-jährigen Sam Andreas lachen, andere feuerten ihn an oder klatschten. Die meisten beobachteten amüsiert, wie er die letzten paar Meter zur Startlinie hetzte.

»Sorry, Tante Doris«, keuchte Sam im Näherkommen. Er bedachte seine ältere Schwester mit einem diabolischen Blick und setzte sich auf den Bordstein, um in die Stiefel zu schlüpfen. »Reagan hat meine Boots versteckt.«

»Hab ich nicht«, widersprach Reagan.

»Doch, hast du! Deshalb muss ich jetzt diese blöden Dinger hier anziehen.«

Sam steckte den linken Fuß in einen kniehohen, grell orangefarbenen Gummistiefel, an den rechten Fuß kam ein L. L. Bean Hunting Boot. »Herrgott, ich weiß nicht mal, wem die gehören.«

»Drück dich bitte etwas gepflegter aus«, erscholl eine Warnung aus dem Publikum.

»Sorry, Grandma.« Sam wirkte verlegen. »Ich wusste nicht, dass du da hinten stehst.«

»Selbst wenn ich nicht da bin, junger Mann, ist es dir nicht gestattet, den Namen des Herrn zu missbrauchen«, maßregelte ihn Margaret Andreas.

»Entschuldigung«, meinte er zerknirscht und grinste Reagan dabei frech ins Gesicht. »Es tut mir leid.«

Sam schnürte seinen Jagdstiefel fertig, stand auf, duckte sich unter der Absperrung durch und baute sich vor Reagan auf. Er war mindestens 15 Zentimeter kleiner als sie. Unter der dunklen Tarnfarbe musterte er sie aus tiefblauen Augen durchdringend. »Viel Glück da draußen, Schwesterherz«, flüsterte er höhnisch. »Gleich wirst du merken, was es heißt, gegen einen 13-Jährigen zu verlieren, der in Grandmas Schuhen am Lauf teilnimmt.«

»Eigentlich gehört dieser Bean Boot ja mir«, schaltete sich Dewey ein.

Sam blickte auf. Ein Lächeln zierte seine Lippen. »Hey, Onkel Dewey.« Noch immer ließ er seine Schwester keine Sekunde aus den Augen. »Danke, dass du mitmachst. Ich hab schon befürchtet, es gäbe keinen ernsthaften Gegner.«

»Mach ich doch gern«, meinte Dewey, während Reagan Sam den Finger zeigte. »Was ist das für ein Make-up?«

Mit einem Mal stand Sam da wie ein begossener Pudel. »Das ist Tarnfarbe. Hab ich aus dem Army-Store in Brewer. Findest du, es sieht nicht gut aus?«

»Nein, passt super. Sollten irgendwelche Vietcongs in der Nähe sein, hast du nichts zu befürchten.«

Doris klatschte in die Hände und stieß erneut einen Pfiff aus. »Okay, alle mal herhören. Jetzt, wo anscheinend alle Läufer versammelt sind, können wir starten. Auf die Plätze, fertig, los!«

Doris riss das Absperrband vor den Läufern weg und die dicht gedrängte Schar schwärmte aus, allen voran Reagan Andreas. Unter lautem Johlen und Rufen spurteten die Läufer die Main Street entlang.

Dewey startete als Letzter und lächelte Doris zu, als er an ihr vorbeirannte. »Ich drück dir die Daumen«, raunte sie ihm zu.

Sobald er die Startlinie überquert hatte, wurde sein Blick von einer Seitenstraße zur Rechten angezogen. Auf halber Höhe des Blocks stand zwischen den parkenden Subarus und

Pick-ups eine schwarze Limousine mit laufendem Motor. Er spürte ein warmes Prickeln im Kreuz, das sich im ganzen Körper ausbreitete; ein Gefühl, das er schon lange nicht mehr gehabt hatte. Er musterte die Limousine noch einen Moment, ehe er sich wieder auf den Lauf konzentrierte.

Bei der Limousine handelte es sich um einen umgebauten Cadillac CTS mit getönten, kugelsicheren Scheiben, stahlverstärkten Seitenteilen, einer Stahlplatte unter dem Bodenblech zum Schutz vor Sprengfallen und Niederquerschnittsreifen mit Stahldrahtgewebe. Auf dem Rücksitz saß ein kräftiger, dunkelhaariger Mann im tiefblauen Anzug. Auf seinem Schoß lagen zwei Zettel. Er studierte sie, während er an einem Kaffeebecher mit rot-gelbem Tim-Hortons-Logo nippte.

Auf beiden Dokumenten prangte das Logo des SSCI-Geheimdienstausschusses, des Senate Select Committee on Intelligence. Dabei handelte es sich um das Kontrollorgan, mit dem der US-Kongress die Nachrichtendienste beaufsichtigte. CIA, NSA, FBI und wie sie alle heißen mochten. In dieser Funktion war der Ausschuss berechtigt, jedwede Ermittlung durchzuführen, die er für angebracht hielt, um sicherzustellen, dass die Einsatzkräfte ihren Job ordentlich erledigten. Der Mann vertiefte sich in eine streng vertrauliche Analyse über einen CIA-Agenten, von dem manche annahmen, er sei »aus der Spur geraten«. Bei den Unterlagen handelte es sich im Prinzip um zwei Versionen derselben Akte. Die eine war stark zensiert, die andere die ursprüngliche, unbearbeitete Fassung, die dem Mann unter der Hand von einer Kontaktperson im Ausschuss zugespielt worden war.

Die meisten CIA-Agenten im Auslandseinsatz wurden formal bei der Botschaft oder einer anderen unverfänglichen

Regierungsbehörde angestellt, damit sie offiziell diplomatische Immunität genossen und sowohl Schutz als auch eine Tarnung besaßen. Auf diese Weise bewahrte man sie vor den rigiden Strafen, die Spionen in Gefangenschaft in der Regel drohten. Wurde ein offizieller Agent geschnappt, eskortierte man ihn üblicherweise zur Grenze und verwies ihn des Landes.

Es gab aber auch Agenten, die sich ohne diplomatische Immunität, also ohne jeden Schutz, auf gegnerisches Terrain vorwagten. Solche Fälle bezeichnete man als *Non-Official Cover*. Wurden solche Leute geschnappt, drohten ihnen schwere Strafen bis hin zur Exekution. Sie operierten allein hinter feindlichen Linien, ohne Sicherheitsnetz. In Langley nannte man sie scherzhaft *die Illegalen*. Das offizielle Kürzel lautete NOC.

Stellte man die Einschleusung geschickt an, verfügte ein NOC über deutlich mehr Bewegungsfreiheit, weil er beziehungsweise sie im Gegensatz zu Botschaftsmitarbeitern nicht notwendigerweise auf der Beobachtungsliste der jeweiligen Regierung stand. Aber der Vorteil bestand nicht nur darin, dass sie für die gegnerische Regierung unverdächtig waren. NOCs galten als die tödlichsten Krieger, die Militär und US-Nachrichtendienste hervorbrachten. Handverlesene Spezialisten, die sich ausschließlich aus den paramilitärischen Einheiten der CIA, der Delta Force und den Navy SEALs rekrutierten. Die NOCs galten als Langleys effektivste und gefährlichste menschliche Waffen. Manche wurden dazu ausgebildet. Andere strandeten in diesem Bereich, weil es sonst nichts mehr gab, wo sie hinkonnten.

Dummerweise waren sie auch diejenigen Agenten, bei denen das Risiko schwerer psychologischer Probleme am höchsten lag. Wenn so etwas vorkam, ließ sich der Ausgang nicht vorhersagen, mitunter kam es zu katastrophalen Folgen. NOCs wiesen unter allen Bundesbediensteten die bei Weitem höchste Selbstmordrate auf. Hinzu kam die zweithöchste Scheidungsrate, nur bei Kongressabgeordneten lag sie noch höher. Alkoholabhängigkeit, häusliche Gewalt und eine Vielzahl weiterer, nicht ganz so schwerer Plagen quälten diese Spezialisten. Probleme, die überwiegend außerhalb der Einsatzzeiten auftraten.

Schlimmer jedoch war die Gefahr, dass ein NOC von einem feindlichen Nachrichtendienst abgeworben wurde. In den vergangenen zehn Jahren hatte es sechs entsprechende Fälle gegeben. Jedes Mal stand Langley vor einer schwierigen Entscheidung. Tötete man den *Non-Official Cover* oder ließ man zu, dass er seine Geheimnisse – in der Regel die Parameter taktischer Planungen – an Amerikas Feinde verhökerte? Bislang war das Urteil stets dasselbe gewesen: Terminieren!

Bei der Person, die im Mittelpunkt der gegenwärtigen SSCI-Ermittlungen stand, handelte es sich ebenfalls um einen NOC.

Der Mann überflog die beiden Dokumente zum x-ten Mal, zunächst die zensierte Fassung:

U. S. SENATE SELECT COMMITTEE ON INTELLIGENCE
Washington, D. C. 20510

FOKUS:

██████████████

████████

GENEHMIGT:
SSCI RK667P

lt. Anweisung des Bevollmächtigten: US Sen. Furr

███████████████

19. November

BEGUTACHTET:
24.–25. Januar
7.–10. Februar

AUFTRAG:
Deckname Schwarze Witwe

██

SITUATION:
████████ männlich ███████████████ zeigt vermutlich Züge
einer posttraumatischen Belastungsstörung (PTBS). Auslöser ██████████████████████ nachrichtendienstlicher
US-Operation. ██████████████ ███████████████████████
████████████████████████████
██
████████████████████████████████
████████████████████████████

ERGEBNIS:
Psychoanalyse nicht abgeschlossen
HUMINT ungenügend

EMPFEHLUNG:
Ohne angemessene Kommunikation Therapeut/Patient
erachten wir die Maßnahme als ergebnislos. ████████ █████
██
████████████████████████████████
██████████████████████████████
██████████████████████████

KONSULTIERT:
Dr. Edward Hallowell
TS #9773921A

VORGELEGT:
Sudbury, MA
1. März

Anschließend nahm er sich die unzensierte Beurteilung vor:

U. S. SENATE SELECT COMMITTEE ON INTELLIGENCE
Washington, D. C. 20510

FOKUS:
Andreas, Dewey
NOC 295-R

GENEHMIGT:
SSCI RK667P
lt. Anweisung des Bevollmächtigten: US Sen. Furr
i. A. DDCIA Gant
19. November

BEGUTACHTET:
24.–25. Januar
7.–10. Februar

AUFTRAG:
Deckname Schwarze Witwe
nicht zur Weitergabe (gemäß Dep Dir Gant)

SITUATION:
Andreas, männlich, 39 Jahre, zeigt vermutlich Züge einer posttraumatischen Belastungsstörung (PTBS). Auslöser u. a. Tod der Verlobten infolge nachrichtendienstlicher US-Operation. Da die Testperson bereits in der Vergangenheit potenziell soziopathische Züge aufwies, wurde diese Dienststelle gebeten, festzustellen, ob Andreas eine Bedrohung für die Sicherheit der Vereinigten Staaten von Amerika darstellt.

ERGEBNIS:
Psychoanalyse nicht abgeschlossen
HUMINT ungenügend

EMPFEHLUNG:
Ohne angemessene Kommunikation Therapeut/Patient erachten wir die Maßnahme als ergebnislos.
Die Analyse von Andreas' persönlichem, militärischem und nachrichtendienstlichem Hintergrund zeigt einen außergewöhnlich fähigen Agenten, dessen Wiederherstellung die Agency oberste Priorität einräumen sollte. Andererseits machen ihn dieselben Fähigkeiten, aufgrund derer er Priorität genießt, ohne Rehabilitationsmaßnahme zu einem äußerst gefährlichen Gegner.

KONSULTIERT:
Dr. Edward Hallowell
TS #9773921A

VORGELEGT:
Sudbury, MA
1. März

Der Fahrer riss den Mann aus seinen Gedanken.

»Was meinen Sie? Ob Andreas gewinnen wird?« Mit einer Kopfbewegung deutete er auf die Läufer, die über die Main Street spurteten.

Der Mann auf dem Rücksitz blickte auf, ihre Blicke trafen sich im Rückspiegel. »Nein.«

Als das Läuferfeld den Bog Brook erreichte, der die Hälfte der Strecke markierte, lagen zwei Teilnehmer deutlich vorn, der Rest des Felds hatte sich weit auseinandergezogen. Reagan führte, Dewey folgte in wenigen Metern Abstand. Beide atmeten schwer und schwitzten stark.

Jedes Mal, wenn Reagan sich nach Dewey umblickte, lächelte er ihr zuversichtlich und völlig entspannt zu. Er spielte mit ihr. Seine Füße klatschten auf den Untergrund, während sie von dem schmalen Fluss in Richtung Straße spurteten, wo nach knapp einer Meile die Ziellinie wartete.

Als sie am Stadtrand vom Feldweg auf die Battle Avenue wechselten, setzte Dewey zu seinem entscheidenden Schachzug an, um sich links an Reagan vorbeizudrängen. Ihm war klar, dass er unerwartet und mit Nachdruck überholen musste, und zwar in einem erheblich höheren Tempo. Langsam aufzuholen, hätte sie wahrscheinlich bloß noch mehr angespornt. Dewey erreichte das kleine Hinweisschild an der Einfahrt zum Golfclub von Castine. Inzwischen war sein Vorsprung vor Reagan schon auf knapp 100 Meter angewachsen. Seine Lunge brannte, die Beine schmerzten und er verlangte sich alles ab. Dewey verzichtete darauf, sich umzusehen. Er hätte den Ausdruck in Reagans Augen nicht ertragen. Ein Teil von ihm hatte ein schlechtes Gewissen, weil er im Begriff stand, sie zu schlagen. Er bog auf die Zielgerade in der Main Street ein und hörte die ersten Anfeuerungsrufe. Zufrieden holte er die letzten Reserven aus sich heraus.

Mit einem Mal schoss Deweys Blick nach links. Da war ein Läufer. Dewey hatte ihn nicht kommen hören, aber er, das begriff Dewey nun, war der Grund für den Jubel. Hilflos musste er mit ansehen, wie die drahtige, hemdlose Gestalt seines Neffen Sam an ihm vorbeiflitzte, einen orangefarbenen Gummistiefel am linken, einen Bean-Jagdstiefel am rechten Fuß. Seine mageren Arme pumpten auf und ab, während er förmlich vom Boden abhob.

»Shit!«, fluchte Dewey und spurtete los, suchte nach dem Extra-Gang, den er brauchte, um seinen Neffen noch einzuholen. Vergeblich. Er konnte bloß zusehen, wie Sam ihm mühelos enteilte. Je näher der Junge der Ziellinie kam, desto schneller schien er zu werden. Anscheinend war er sich seiner gottgegebenen Schnelligkeit gar nicht bewusst.

Die Menge drehte durch, als Sam auf das gelbe Absperrband zuschoss, das die Ziellinie markierte. Dewey befand sich mindestens sechs Meter hinter ihm. Sonst war noch niemand in Sicht.

Direkt vor der Ziellinie blieb Sam stehen. Vornübergebeugt stand er da, als hätte er heftiges Seitenstechen. Er rang um Atem, während Dewey herankam, blieb vor der Ziellinie stehen und wartete auf seinen Onkel.

»Was treibst du denn da?«, fragte Dewey keuchend.

Sam blickte ihm gelassen ins Gesicht. »Ich möchte, dass du gewinnst. Nächstes Jahr bin ich dran.«

Dewey schob ihn durchs Absperrband. Die Menge brach in tosenden Jubel aus.

Er wartete, bis Reagan die Ziellinie erreicht hatte. Mit einem breiten Lächeln auf dem Gesicht verfolgte er, wie sie die letzten paar Meter zurücklegte und sie überquerte. Schließlich trat auch er über das Absperrband und begnügte sich mit dem dritten Platz.

Sam kam zu ihm. »Warum hast du das gemacht? Ich wäre gar nicht mitgerannt, wenn ich gewusst haben würde, dass du das vorhast.«

»Gewusst *hätte*«, korrigierte Dewey. »Du hast verdient gewonnen, Sam. Du wirst dich damit abfinden müssen.«

Er legte seinem Neffen die Hand auf die Schulter. Dabei erfasste er im Augenwinkel erneut die schwarze Limousine, die in der Court Street parkte. Aus dem Auspuff stiegen Abgasschwaden in die Luft. Der Anblick verhieß nichts Gutes.

»Sollen wir uns ein paar Pfannkuchen holen?«, fragte Sam.

Dewey lächelte. »Klar. Gib mir fünf Minuten.«

Gelassen spazierte Dewey in die Court Street. Als er sich dem Wagen näherte, sprang mit einem Mal die hintere Tür auf. Ein Mann im Anzug stieg aus. Er war hochgewachsen, ein wenig füllig und hatte dichtes schwarzes Haar. Der Mann, Hector Calibrisi, Direktor der Central Intelligence Agency, starrte Dewey sekundenlang an, ohne etwas zu sagen. »Hi, Dewey«, meinte er schließlich.

»Hector.«

»Wie geht's denn so?«

»Gut.«

»Hast du den Lauf gewonnen?«

»Nein.«

Es entstand eine kurze Pause. Dann räusperte Calibrisi sich. »Ich muss mit dir reden.«

»Ich sagte dir doch schon am Telefon, dass ich kein Interesse an einer Rückkehr habe.«

»Jessica ist seit sechs Monaten tot, Dewey.«

»Bist du extra hergeflogen, um mich daran zu erinnern?« Dewey funkelte Calibrisi wütend an.

»Entschuldige. Das kam falsch rüber.«

»Was sind das für Leute, die hier rumschleichen? Hast du sie geschickt?«

Calibrisi schüttelte den Kopf. »Nein.«

»Wer dann?«

Der CIA-Chef lehnte sich mit verschränkten Armen gegen den Wagen. Mit einem Blick bedeutete er dem Fahrer, den Motor abzustellen. »Es gibt Leute, die sich deinetwegen Sorgen machen.«

»Was waren das für Kerle eben?« So leicht ließ sich Dewey nicht ablenken.

»Seelenklempner im Auftrag des Geheimdienstausschusses. Auf Anweisung von Senator Furr.«

»Sollte mir jemand blöd kommen, Hector …«

Calibrisi hob die Hand. »Hör auf damit!« Er ließ den Blick umherschweifen, fokussierte sich instinktiv auf das Risiko, dass man sie elektronisch überwachte und jemand mithörte.

»Womit?«

»Kein Wort mehr.«

Dewey beugte sich vor. Mit den Händen auf den Knien starrte er zu Boden. Sein Atem ging nach wie vor stoßweise.

Calibrisi ging in die Hocke, um den Abstand zu ihm zu verringern.

»Warum waren sie hier?«, flüsterte Dewey.

Calibrisi schwieg, wandte den Blick ab, wich der Frage aus.

»Was verschweigst du mir?«

»Jemand möchte dich als Sicherheitsrisiko einstufen lassen«, verriet Calibrisi.

»Was zum Henker soll das heißen?« Allmählich wurde Dewey wütend.

»Du hast Kenntnis von gewissen Dingen«, erklärte Calibrisi. »Das gilt für alle NOCs. Sollten diese Informationen in falsche Hände gelangen, wäre das eine Katastrophe.«

»Das ist doch bescheuert.«

»Letztes Jahr haben wir zwei NOCs verloren. Einen an China, einen an Russland. Das ist eine Tatsache.«

Dewey richtete sich auf.

»Diese Bezeichnung mochte ich noch nie, das weißt du.«

»Du hast damals Ja gesagt.«

»Ich bin kein Sicherheitsrisiko«, beharrte Dewey. »Sag denen einfach, sie sollen sich verpissen.«

»Das werde ich ganz bestimmt nicht tun«, widersprach Calibrisi. »Wir müssen Ruhe bewahren.«

Dewey nickte. »Was stellen die mit Sicherheitsrisiken an?«

Calibrisi holte tief Luft. »Es könnte ein paar Sitzungen bei einem Weißkittel bedeuten. Bei einem CIA-Psychologen. Sich auf die Couch legen. Ich sagte dir ja selbst schon mal, dass du das nötig hast.«

Dewey blickte Calibrisi forschend ins Gesicht. »Ist das alles? Klingt gar nicht so schlecht. Ich könnte durchaus mal ein Nickerchen auf Staatskosten vertragen.«

»Es könnte auch auf ein paar Wochen irgendwo in einer Klinik hinauslaufen«, ergänzte der Chef der Agency.

Dazu fiel Dewey spontan kein flotter Spruch ein.

»Oder es kommt noch schlimmer«, fuhr Calibrisi fort. »Viel schlimmer. Sie nennen es ›behördliche Unterbringung‹. Das bedeutet Inhaftierung in einer CIA-Klinik am Arsch der Welt, wo sie dich mit Medikamenten vollstopfen und jahrelang nicht mehr rauslassen. Hängt davon ab, für wie wahrscheinlich sie es erachten, dass du deine Funktionsfähigkeit zurückerlangst.«

Deweys Blick war leer, ohne jede Regung. Er starrte auf seine Stiefel. »Meine Funktionsfähigkeit?«, flüsterte er. »Was bin ich, ein beschissener Toaster? Du bist doch der Boss!«

»Was glaubst du, warum ich gekommen bin? Die einzige Möglichkeit, dir das zu ersparen, besteht darin, dich zurückzuholen.«

Dewey schüttelte den Kopf. »Ich bin nicht bereit.«

»Wir bringen dich schon auf Vordermann.«

Dewey schüttelte den Kopf. »Ich will keine Einsätze mehr durchführen, Hector. Ich will meine Ruhe.«

»Das ist keine Option.«

»Ich werde Dellenbaugh anrufen«, drohte Dewey.

»Nein, wirst du nicht.«

Dewey sah Calibrisi durchdringend an. In seinem Blick lagen weder Wut noch Feindseligkeit, vielmehr spiegelte sich so etwas wie Trauer darin. »Wer steckt wirklich dahinter?«, wollte er wissen.

»Er heißt Gant. Hat bei der Agency eine steile Karriere hingelegt. Keine Ahnung, was er aussheckt. Er ist gerissen. Ein skrupelloser Machtmensch.«

Dewey wandte sich ab. Er begriff, dass Hector gekommen war, um ihm zu helfen, dass er extra hergeflogen war, um ihn zu warnen, dass er ihn zurückholen wollte, weil er sich Sorgen um ihn machte. Aber etwas konnte Hector nicht wissen; etwas, das nur Dewey verstand. Dewey sagte es nicht einfach so, er war *wirklich* noch nicht bereit.

»Es handelt sich um ein unkompliziertes Projekt«, beruhigte ihn Calibrisi.

»Ein Projekt? Du hast mich schon eingeteilt?«

»Eine Kokainfabrik unten in Mexiko. Du gehörst zu einem Zwei-Personen-Team, dein Partner ist ein guter Mann. Er hält sich bereits im Einsatzgebiet auf. Ein Kinderspiel.«

Gefasst starrte Dewey in die Ferne.

»Es steigt heute Nacht«, fuhr Calibrisi fort.

Dewey drehte sich um, sein Blick glitt über die Menschen, die hier wohnten. Er sah, wie Doris Sam den Siegerpokal überreichte.

»Ich kann gut nachvollziehen, dass du lieber hierbleiben würdest.« Mit einer ausholenden Armbewegung deutete Calibrisi auf die Menschen, die sich um den Zielbereich scharten. »Es ist eine wunderschöne Stadt. Aber sie wird immer noch hier sein, wenn du alles erledigt hast. Im Moment brauche ich dich bei der Agency.«

»Wie viel Zeit habe ich?«

Calibrisi gab dem Fahrer ein unauffälliges Zeichen. Der Motor wurde angelassen. »Wir brechen sofort auf.«

3

111 EDGEMORE LANE
BETHESDA, MARYLAND

Josh Gant stand mit einer Tasse Tee in der Hand an der Kücheninsel und las die Tageszeitung. Am anderen Ende des Raums verknotete sich seine Frau Mary auf einer lila Yogamatte, was zu ihrer festen Morgenroutine gehörte.

Gant trug ein blaues Button-down-Hemd, dazu eine gelbe Krawatte, Hosenträger, eine Schildpattbrille und eine olivgrüne Hose. Er achtete penibel auf ein elegantes Auftreten. Sein Haar war mit Gel nach hinten gekämmt, in der Mitte gescheitelt. Er überflog die Schlagzeilen des *Wall Street Journal.*

»Liebling, vergiss nicht, wir müssen um zwei zur Therapie«, erinnerte seine Frau mit geschlossenen Augen in ihrem breiten Connecticut-Akzent, bei dem sie die Zähne nicht auseinanderbrachte.

Mit einem Ruck hob Gant den Blick, einen hasserfüllten Ausdruck in den Augen. Im nächsten Moment verzogen sich seine Lippen zu einem verbindlichen Lächeln, als hätte jemand einen Schalter umgelegt.

»Es steht bereits in meinem Terminkalender, Schatz«, sagte er. Eines seiner beiden Handys klingelte. »Hallo?«

»Mr. Gant, John McCauley hier vom Country Club. Sie wollten mich sprechen?«

»Hey, John. Vielen Dank für Ihren Rückruf. Es handelt sich um eine etwas delikate Angelegenheit.«

»Ich sichere Ihnen äußerste Diskretion zu, Mr. Gant.«

»Gut, John. Sehen Sie, es geht darum, dass einer der Herren, mit denen ich Tennis spiele, offensichtlich Schwierigkeiten hat, sich an die Regeln des Clubs zu halten.«

»An die Regeln, Mr. Gant? Wollen Sie damit andeuten, dass er … schummelt?«

»Nein, nichts dergleichen. Aber er trägt keine weiße Kleidung, wie die Statuten es nun mal vorschreiben. Ich meine, ja, manchmal schon natürlich, aber ebenso gut kann es vorkommen, dass er bunte Shorts oder ein gestreiftes T-Shirt trägt.«

McCauley, Geschäftsführer des Country Clubs von Bethesda, schwieg einen Moment. »Ich verstehe, Sir.

Hatten Sie schon Gelegenheit, Ihr Anliegen gegenüber dem betreffenden Mitglied zu erörtern, Mr. Gant? Die Erfahrung zeigt, dass sich viele Probleme mit einem kurzen Gespräch sozusagen aus der Welt schaffen lassen.«

»Nein«, erwiderte Gant. »Das halte ich auch für keine gute Idee. Wissen Sie, ich spiele regelmäßig Tennis mit ihm.«

»Selbstverständlich, ich verstehe. Möchten Sie, dass ich das Mitglied darauf anspreche?«

»Ich glaube, satzungsgemäß fällt es in die Zuständigkeit des Clubausschusses, sich mit der Angelegenheit zu befassen.« Einen Augenblick lang bebten ihm die Lippen bei dem Gedanken an den anonymen Anschlag auf den Ruf des Mitglieds, eines Spielers, der Gant mittlerweile seit vier Jahren in Folge bei den vereinsinternen Meisterschaften geschlagen hatte.

McCauley schwieg.

»Mein Name darf auf keinen Fall damit in Verbindung gebracht werden.« Gants Zweithandy vibrierte. Er schielte auf die Kennung auf dem Display:

:: US SEN FURR ::

Gant beendete rasch das Gespräch und nahm den anderen Anruf entgegen. »Hallo, Senator!«

»Wir haben ein Problem«, raunte Furr, der Junior-Senator aus Illinois, seine Stimme kaum mehr als ein Flüstern.

»Wo sind Sie?«, fragte Grant. »Sie klingen, als ob Sie in einem Aufzug stecken.«

»Wen schert es, wo ich stecke?«, platzte Furr heraus. »Wir haben ein Problem. Jemand hat die Akte Andreas an Calibrisi weitergegeben.«

»Damit habe ich gerechnet, Senator. Keine Sorge, alles ist korrekt abgelaufen.«

»Er wird Ihnen den Kopf abreißen.«

»Calibrisi? Mit dem werde ich fertig. In der Zwischenzeit müssen Sie weiterhin Aufklärung zu allen weiteren Aspekten von Andreas' Leben verlangen, die auch nur im Entferntesten Fragen aufwerfen. Der Tod seiner ersten Frau. Seine Zeit auf der Bohrinsel. Jessica Tanzers Ableben. Machen Sie anständig Dampf!«

»Hören Sie, Josh, ich mag den Kerl auch nicht«, sagte Furr. »Ich war bereit, das psychiatrische Gutachten zu forcieren, aber ich habe nicht vor, sein Leben zu ruinieren. Wir sprechen hier von einem amerikanischen Helden. Zum Teufel, der Präsident hat ihm die Medal of Freedom verliehen, die Freiheitsmedaille! Dellenbaugh hält große Stücke auf ihn.«

Gant nippte an seinem Tee. »Sie verstehen nicht, Senator. Hier geht es nicht um Dewey Andreas. Er ist bloß Mittel zum Zweck. Eine Schachfigur, die geopfert werden kann, ein Pokerchip, wenn Sie so wollen, nichts weiter.«

»Ja, ich weiß«, meinte Furr. »Aber sollte er unschuldig sein …«

»Es geht hier nicht darum, ob Andreas schuldig ist oder nicht«, fiel Gant ihm ins Wort. »Es geht ums Image. Dies ist eine politische Kampagne. Wir decken ein Sicherheitsrisiko in den höchsten Ebenen der Central Intelligence Agency auf. Damit werden wir in aller Munde sein, Senator.«

»Ich bin nicht sicher, ob ich an dieser Art von Popularität interessiert bin.«

»In aller Munde bedeutet, dass man auf der Leiter direkt eine Sprosse unterhalb von ›unverzichtbar‹ angelangt ist.«

Kurzes Schweigen.

»Es wäre eine Titelstory«, pflichtete Furr bei. Allmählich beruhigte er sich. »Die amerikanische Öffentlichkeit liebt einen Helden – bis man ihn als etwas anderes entlarvt.

Dann zerreißen sie ihn in der Luft und schicken ihn in die Wüste. Es wäre ein gefundenes Fressen für die Presse, Josh.«

»Wir müssen Geduld haben«, sagte Gant. »Calibrisi könnte sich darüber beschweren, aber damit komme ich schon klar. Warten wir ab, bis der richtige Zeitpunkt da ist.«

4

PIVDENNA-BUCHT
SEWASTOPOL, UKRAINE

Ein rostiger hellblauer 12,5-Tonnen-CMK-Kran spuckte Dieselschwaden in den Himmel über Sewastopol. Die Abgase vermischten sich mit dem dichten Nebel, der über der Hafenstadt lag, während das Morgengrauen näher kroch. Gegen sechs Uhr würde die Sonne den Nebel vertreiben, doch im Augenblick, um halb fünf, hüllte er den Hafen noch stark genug ein, um jede Überwachung durch Satelliten oder ukrainische Patrouillenboote zu boykottieren.

Der Kranführer saß in der Kabine und rauchte, während er den Ausleger manövrierte und ihn über einen Tieflader schwenkte, der auf einer in den Ozean hinausragenden Betonpier stand. Er stoppte den Ausleger, als Katze und Haken über einem braunhäutigen Mann namens Al-Medi schwebten.

Der Mann war hochgewachsen, hatte einen schmalen Schnurrbart, der ihm ein düsteres Aussehen verlieh, eine Hakennase und langes, schwarzes Haar. Mit bloßem Oberkörper stand er auf dem Heck des Tiefladers neben einer

Holzkiste, Brust und Schultern muskelbepackt. Die Kiste war 1,20 Meter hoch und 2,40 Meter lang. Stahlseile wanden sich darum, liefen oben an einem mächtigen Vorhängeschloss zusammen.

»Ab!«, brüllte Al-Medi dem Kranführer zu. »Noch 30 Zentimeter. Mach schon!«

An der Pier war ein Fischerboot vertäut, gut 60 Meter lang und hochseetauglich. Jahrelang hatte es im Trockendock gelegen, bevor der jetzige Besitzer es vor gerade mal einer Woche erworben und bar bezahlt hatte. Buchstaben in kyrillischer Schrift zogen sich am Bug entlang. *Samotníy Rybalka*. Grob übersetzt hieß das ›Einsamer Fischer‹.

Das Schiff war schmutzig, alt und unansehnlich. Den Rumpf zierten lange, über Jahrzehnte erworbene Roststreifen und Kratzer. Ein halbes Dutzend Crewmitglieder stand an Deck. Sie waren jung, alle Anfang 20. Nicht einer von ihnen lächelte. Ihre Blicke schweiften über die Schotterstraße hinter der Pier, den begrenzten Bereich des Hafens, der von hier aus einzusehen war, und den nebelverhangenen Himmel. Sie hielten Ausschau nach ungebetenen Gästen.

Der Haken senkte sich neben Al-Medi herab. Er griff danach, führte ihn über die Kiste und klinkte ihn an einem Stahlring in der Mitte des Behältnisses ein.

Langsam wurde die Kiste angehoben. Die eingerosteten Bolzen und Seilrollen des Kranauslegers ächzten unter der Last. Mit spitzen Fingern schwenkte der Kranführer die Kiste durch die Luft zum Deck des Schiffes. Als der Ausleger sich mitten über dem Deck befand, ließ er die Kiste ab, bis sie zum Stillstand kam. Einer der Männer löste den Haken.

In der Ferne war etwas zu hören, Lärm übertönte das leise Dröhnen des Krans. Alle drehten sich um. Eine braune Staubwolke. Motorengeräusche. Erde stob nach allen Seiten. Ein mattblauer Porsche 911 4S näherte sich. Instinktiv hoben zwei der Männer an Deck ihre Maschinenpistolen und richteten sie auf das näher kommende Fahrzeug.

»Die Waffen runter!«, brüllte Al-Medi wütend.

Der Porsche hielt am Ende der Pier. Die Fahrertür öffnete sich und ein Mann stieg aus. Ein weiterer gesellte sich zu ihm, schon in den Siebzigern, grauhaarig, mit Brille. In der Hand hielt er einen stählernen Aktenkoffer.

Al-Medi sprang vom Tieflader, um die Neuankömmlinge zu begrüßen. Während er auf sie zuging, schaute er zu den sechs Männern an Bord. »Bereit machen zum Ablegen!«, blaffte er. »Kiste abdecken. Ausführung! Faqir, komm mit.«

Einer der Männer sprang vom Boot und ging mit Al-Medi auf die Besucher zu.

»Cloud!«, grüßte Al-Medi, als er auf den Parkplatz trat.

Cloud trug schwarze Jeans und eine Lederjacke, dazu eine Sonnenbrille mit weißem Gestell. Sein blonder Afro stand wild nach allen Seiten ab. In der rechten Hand hielt er eine Reisetasche.

Als Cloud näher kam, streckte Al-Medi die Hand aus, doch Cloud machte keinerlei Anstalten, die Geste zu erwidern. »Ist alles bereit?«, fragte er nur, Dringlichkeit in der Stimme.

»Ja«, versicherte Al-Medi. »Sie werden innerhalb einer Stunde ablegen. Das ist der Captain, Faqir.«

Cloud musterte den Mann. »Wie alt bist du?«

»27.«

»Und, kriegst du das hin?«

»Ich habe den Atlantik in meinem Leben schon sechsmal überquert«, antwortete Faqir. »Ja, ich glaube, ich werde es schaffen, Sir.«

»Hast du bei diesen Überquerungen jemals am Ruder gestanden?«

Cloud blickte dem Araber fest in die Augen. Er kannte die Antwort bereits, aber er wollte hören, was Faqir sagte.

»Nein, Sir, habe ich nicht.«

Cloud nickte gelassen. Faqirs Antwort gefiel ihm. Immerhin log der Kerl ihn nicht an.

Er reichte ihm die Reisetasche. »Das ist ein UKW-Gerät. Es wurde in Nova Scotia gekauft und ist auf einen kanadischen Staatsangehörigen registriert. Das AIS-Signal zeigt an, dass es sich um einen Kabeljauschlepper aus Halifax handelt. Wenn ihr an die Georges Bank kommt, nehmt Kontakt zum erstbesten Schiff auf. Setzt auf keinen Fall ein Notsignal ab. Ihr habt lediglich Maschinenprobleme. Informiert, wen auch immer ihr an die Strippe bekommt, dass ihr dringend neue Luftfilter braucht. Wenn sie näher kommen, tut, was ihr tun müsst, um das Boot zu übernehmen. Keine Zeugen. Verladet die Bombe, dann versenkt euer Schiff.«

»Verstanden«, bestätigte Faqir.

»Dr. Poldark hat Jodtabletten für die Mannschaft. Ihr müsst sie von heute an nehmen. Sie werden die Strahlenkrankheit zwar nicht stoppen, aber immerhin aufhalten. Du weißt, was danach zu tun ist. Die speziellen Karten und Zeitachsen hast du bereits erhalten.«

»Ja, ich habe sie ausgiebig studiert.«

Mit einer Kopfbewegung deutete Cloud auf den älteren Mann, der ihn begleitete. »Das ist Dr. Poldark. Er wird sich die Bombe ansehen und den Zünder anschließen. Gebt ihm jede Unterstützung, die er benötigt.«

Faqir nickte dem anderen zu. »Es ist mir eine Ehre, Sie kennenzulernen, Sir.«

»Ist meine Ausrüstung da?«, fragte Poldark. »Drehmaschine? Lötkolben? Sprengstoff?«

»Gestern Abend eingetroffen. Alles schon an Bord gebracht.«

»Sehr gut«, sagte Poldark. »Wie steht es mit den Schutzanzügen?«

»Ebenfalls verladen.«

»Habt ihr sie mit der Plane abgedeckt, die ich geschickt habe?«

»Ja, Sir. Wozu ist das gut?«

»Die Amerikaner können die Strahlung per Satellit messen«, erklärte Poldark. »Der Uranzerfall sendet eine Signatur aus, die es ihnen ermöglicht, die Bombe von geostationären Positionen im Weltall aus präzise zu lokalisieren und zu verfolgen, allein anhand der Strömungseigenschaften auf molekularer Ebene. Schon bald werden die USA wissen, dass die Bombe in Bewegung ist. Sie werden die Küste danach absuchen. Wenn ihre Milstar-Satelliten versuchen, ihre spezifische radioaktive Signatur aufzuspüren, wird die Abdeckung die Messwerte stören, sodass sie den Sprengkörper für mehrere Stunden aus den Augen verlieren. Bis dahin sollten wir ihren Messbereich verlassen haben. Auf diese Weise werden sie nie erfahren, wohin sie verschwunden ist.«

»Falls die Amerikaner uns aber doch irgendwie aufspüren ...«, gab Faqir respektvoll zu bedenken.

»Es sind viel zu viele Schiffe unterwegs, auf dem Meer herrscht jede Menge Verkehr und es ist zu weitläufig, als dass man euch erwischen könnte«, unterbrach Cloud. »Sollten die Amis euch trotzdem schnappen, erzähle ihnen ruhig alles, was du weißt. Es bringt nichts, wenn du versuchst, mich zu decken. Dann werden sie dich bloß foltern, um die Wahrheit aus dir herauszupressen. Ich bin dir zutiefst dankbar für deine Dienste und das Opfer, das du bringst. Ich möchte auf keinen Fall, dass du meinetwegen Schmerzen erdulden musst. Und jetzt los mit euch! Ich melde mich, sobald ihr die Straße von Gibraltar passiert habt und auf dem offenen Meer seid.«

Er wandte sich zum Gehen, doch zuvor griff er in die Tasche und zog eine Fernbedienung im Miniaturformat heraus. »Faqir!« Damit warf er sie in die Richtung des anderen. »Der Zünder.«

Faqir fing das Gerät mit leicht panischem Blick auf.

»Er ist noch nicht angeschlossen«, beruhigte Poldark.

Cloud ging die Zufahrt entlang. Al-Medi folgte ihm, kam dicht genug heran, dass Poldark und Faqir ihr Gespräch nicht verfolgen konnten.

»Ich muss dir was sagen«, meinte er leise. »Gestern gab es beim Abendessen Gerede, Geschwätz eben. Alle reden vom nächsten 9/11. Sie wissen etwas.«

»Das liegt an deinen Dschihadisten.« Mit einer Kopfbewegung deutete Cloud auf Faqir. »Wir brauchen sie, aber es sind ziemliche Großmäuler.«

»Was, wenn die Amerikaner …?«

»Du scheinst dir ja ganz schön Sorgen zu machen«, unterbrach ihn Cloud. »Erinnerst du dich noch an 9/11? Weißt du noch, wie du nach der Schule zu mir gekommen bist und mich um Hilfe gebeten hast? Damals hattest du keine Angst, oder?«

Cloud trat dicht an Al-Medi heran, sodass ihn nur noch wenige Zentimeter von dessen Gesicht trennten. Er blickte ihm fest in die Augen. »Lass die CIA meine Sorge sein. Du hast einen Job zu erledigen. Setz dieses Schiff in Bewegung und dann mach, dass du zurück nach Moskau kommst.«

Er reichte Al-Medi ein Handy.

»Behalte das bei dir. Ich will dich jederzeit erreichen können.«

»Was ist mit meiner Bezahlung?«

Cloud ging die Anhöhe hinauf, stieg in den Porsche, startete den Motor und ließ ihn aufheulen, während er Al-Medi anblickte, der vor dem Wagen stand. Er starrte auf das Handy, das Al-Medi in die Tasche seiner Jeans schob.

Er ließ das Fenster herab. »Du bekommst dein Geld,

wenn das Boot die Straße von Gibraltar passiert hat. Das dürfte am Freitag oder Samstag der Fall sein. Samstagabend gebe ich eine Party in der Datscha. Komm doch vorbei. Es wird dir gefallen. Dann bezahle ich dich.«

Mit einem Ruck riss Cloud das Lenkrad im Uhrzeigersinn herum, trat aufs Gas und ließ eine glühend heiße Staubwolke hinter sich zurück.

5

IGUALA, MEXIKO

Ein weißer Chevy Suburban mit verspiegelten Scheiben preschte mit 160 km/h über eine ramponierte, mit Schlaglöchern übersäte Straße. Es war kurz nach Mitternacht.

Im Vorüberfahren vermittelte das Fahrzeug den Einheimischen eine schlichte, unheilschwangere Botschaft: *Haltet euch verdammt noch mal raus.*

Jeder ging davon aus, dass der glänzend weiße SUV dem Sinaloa-Kartell beziehungsweise jemandem gehörte, der damit zu tun hatte. Die Landbevölkerung fürchtete die Psychos an der Spitze des Kartells. Dass ein Einheimischer niedergeschossen wurde, bewegte sich nicht nur im Rahmen des Möglichen, es passierte andauernd, oftmals ohne erkennbaren Grund. Niemand wagte es, das Fahrzeug auch nur näher anzusehen, während es über die kurvenreichen Straßen Igualas raste.

Das Sinaloa-Kartell war die größte kriminelle Organisation in ganz Mexiko. Drogenhandel und Geldwäsche zählten zum Tagesgeschäft, ein Krake im organisierten Verbrechen, der in Größe und Umfang der Moskauer Mafia in nichts nachstand. Die Fangarme beider Gruppierungen erstreckten sich bis weit in die USA, nach Europa und Asien hinein.

Doch der Suburban gehörte zu keinem Kartell.

In dem Fahrzeug saßen schweigend zwei Männer. Der eine fuhr, der andere saß auf dem Rücksitz. Seit sie vor zwei Stunden aus Mexiko-Stadt aufgebrochen waren, hatten sie kein Wort miteinander gewechselt.

»Noch fünf Klicks«, meinte Pete Bond, während er im Rückspiegel auf Dewey schielte.

Der andere nahm es gar nicht wahr. Er konzentrierte sich auf das Fenster und die vorbeiziehende Landschaft.

»Dewey?«

Langsam wandte Dewey den Blick vom Fenster ab und musterte Bond wortlos.

»Ich muss dich einweisen.«

»Klar. Geh alles mit mir durch.«

Bond arbeitete für die CIA, ein höherer Offizier aus der Political Activities Division des National Clandestine Service. Die Kleidung, die er trug, konnte man nur als protzig bezeichnen: schwarze Lanvin-Slacks, ein weißes Anzughemd von Givenchy, mehrere Goldkettchen, Prada-Schuhe, die Haarpracht mit Wachs gebändigt. Außerdem hatte er einen Schnäuzer. Bond hatte sich für den Fall, dass sie unterwegs angehalten wurden, bewusst für diesen Aufzug entschieden. So wirkte er wie ein hochrangiger Capo des Kartells oder zumindest wie ein Gangster, der mit dem Kartell Geschäfte trieb und sich die nahe gelegene Koksküche ansehen wollte.

Dewey hatte Jeans an, ein schwarzes Synthetik-Hemd, das ihm an Brust, Armen, Schultern, überhaupt am Leib klebte, eine Splitterschutzweste und eine Lycra-Skimütze. Sein Gesicht war mit Tarnfarbe geschwärzt. Quer auf seinem

Schoß lag ein ungewöhnlich aussehendes Sturmgewehr: ein MR762A1-SD von Heckler & Koch. Als Delta hatte Dewey sich bereits Schießereien mit dem Kartell geliefert und aufgrund dieser Vorerfahrung für diese Waffe entschieden: ein schallgedämpftes, äußerst wirkungsvolles Tötungsgerät, mit dem sich ein Wachposten aus fast 200 Metern Entfernung geräuschlos ausschalten ließ, ohne dass einen jemand sah oder hörte. Schon im nächsten Augenblick konnte man damit ein Dutzend seiner Kollegen niedermähen, bevor sie den Leichnam des Postens entdeckten und zu den Waffen griffen.

Die Kokainfabrik befand sich in einer abgelegenen Gegend mehrere Stunden südlich von Mexiko-Stadt, streng genommen noch auf dem ausgedehnten Stadtgebiet Igualas, allerdings über 20 Meilen von den heruntergekommenen Vororten entfernt. Auf der Fahrt bot sich ein Bild des Elends. Bretterbuden säumten den Straßenrand, ungefähr alle 30 Meter eine. Alte Ölfässer, in denen Benzinfeuer brannten, spien Flammen in den Himmel. In Vorgärten trieben sich Hühner und Straßenköter herum.

Die Raffinerie befand sich am Ende einer von Unkraut überwucherten, kilometerlangen Schotterpiste. Vor 100 Jahren hatte der Weg zu einer Zuckerrohrmühle geführt, aber sie war schon vor langer Zeit aufgegeben worden, die Gebäude mit Brettern vernagelt und schließlich von Randalierern niedergebrannt. Jetzt stand an ihrer Stelle eine unauffällige Wellblechhalle. In ihrem Innern produzierte eine hochmoderne Maschinerie straßenfertiges Rauschgift, das die Halle in Sattelzügen Richtung USA verließ.

Für das Sinaloa-Kartell war die Raffinerie weder wichtig noch von besonderem Wert. Es war nur eine von über 100 vergleichbaren Produktionsstätten, wie sie in Mexiko überall in ländlichen Gegenden existieren. Im Notfall schnell zu verlegen, Unmengen von Profit abwerfend, jederzeit entsorgbar.

Bond war ein hervorragend ausgebildeter Operator, doch zu seinen eigentlichen Spezialitäten gehörten Informationsbeschaffung im Einsatzgebiet, Synthese, Analyse und Strategie. Er hatte die Operation geplant, Dewey war für die Durchführung zuständig.

»Nimm dir die Scans«, sagte Bond. »Unter dem Sitz.«

Dewey langte nach unten und fand eine Aktenmappe, die er sich auf den Schoß legte. Er zückte das an der Weste befestigte SOG-Kampfmesser, knipste die kleine, in den Griff eingebaute Taschenlampe an, nahm das Messer zwischen die Zähne und richtete die Lampe auf das darin enthaltene Bildmaterial.

»Frisch vom NGA-Satelliten, vor einer Stunde.«

Die NGA, die National Geospatial Intelligence Agency, die nationale Agentur für geografische Aufklärung, lieferte der CIA unverzichtbare Unterstützung für ihre Operationen in Form von Echtzeitaufnahmen der jeweiligen Einsatzgebiete. Insbesondere wertete man die Fotos nach Hinweisen auf unerwartete gegnerische Kräfte aus.

Mehrere der Bilder waren tagsüber entstanden. Sie zeigten eine rechteckige Lagerhalle mit ein paar rückwärts an eine Laderampe geparkten Sattelzügen. Es gab auch Nachtaufnahmen, mittels hoch entwickelter holografischer Verfahren aus großer Höhe fotografiert. Sie wirkten wie Röntgenbilder. Bei einem der Abzüge handelte es sich um eine Nahaufnahme der Gebäudelängsseite. Eine der Türen war mit einem roten Kreis markiert.

Dewey war mit der Sichtung fertig und warf die Ausdrucke auf den Sitz.

»Du näherst dich zu Fuß von Nordosten her, betrittst das Gebäude durch eine Seitentür. Die Position ist auf den Fotos markiert. Schalte jeden aus, der dir begegnet, dann meldest du dich über Funk bei mir. Ich komme runter, wir setzen die Sprengladungen, hauen ab und lassen das Ganze per Fernzünder hochgehen. Von Acapulco aus dürften wir per Air America wegkommen. Sollte es hässlich werden, steht SEAL Team Four bereit, um uns rauszuhauen.«

Dewey starrte durch die Heckscheibe des Suburbans. Sosehr er sich auch bemühte, Bond zuzuhören, seine Worte schienen aus endloser Entfernung an seine Ohren zu dringen. Er versuchte sich zu konzentrieren, schaffte es jedoch nicht.

Schließlich zwang er sich, in die Gegenwart zurückzukehren. »Sind die Kartelle dein erster Job?«, fragte er.

»Der zweite. Ich war fünf Jahre in Russland.«

»Und was hast du dort getrieben?«

»Ich gehörte einem Team an, das Putin vor seiner Wahl politisch destabilisieren sollte. Bekanntlich hat es nicht allzu gut funktioniert.«

Dewey schloss die Augen und rief sich Jessica in Erinnerung. Am Nachmittag ihrer Ermordung. Sie saß auf einem Pferd, ritt mit ihm aus, in Argentinien. Er war direkt hinter ihr. Aus unerfindlichen Gründen kam ihm ausgerechnet diese Situation in den Sinn, während er auf die mondbeschienene Landschaft Igualas hinausstarrte. Ihr Tod lag fast auf den Tag genau sechs Monate zurück. Sie hatten heiraten wollen. Vielleicht hätte jetzt schon ein kleines Bäuchlein auf eine Schwangerschaft hingewiesen.

Er schloss die Augen mehrere Sekunden lang, schlug sie auf und wappnete sich gegen die Traurigkeit, die ihn, wie er aus Erfahrung wusste, bald wie ein Fieberschub heimsuchen würde.

»Ich habe gehört, du hast einige Zeit damit verbracht, das Norte-del-Valle-Kartell zur Strecke zu bringen.« Bond spielte auf eines der berüchtigtsten Kartelle Südamerikas an, eine Gruppierung, von der so gut wie nichts übrig geblieben war.

»Ja.« Dewey erwiderte Bonds Blick. Er zwang sich in die Gegenwart zurück, in den Suburban, zu dem, was Bond sagte, nach Iguala.

»Welche war die größte Koksfabrik, die ihr hochgenommen habt?«

Dewey starrte Bond im Rückspiegel an. Er blieb stumm. *Hör endlich auf, dauernd an sie zu denken.* »Ich weiß es nicht mehr«, entgegnete er. »Da war eine wie die andere.«

»Ich habe mich ausgiebig mit der Zerschlagung von Norte del Valle beschäftigt. Du warst mittendrin dabei.«

»Falls das stimmt, habe ich es gar nicht richtig mitbekommen.« Dewey blickte Bond im Rückspiegel an. »Kann ich dich etwas fragen?«

»Klar.«

»Und es verlässt diesen Wagen nicht?«

»Bleibt unter uns, versprochen.«

»Kennst du in der Agency jemanden namens Gant?«, wollte Dewey wissen.

Im Rückspiegel sah er Bonds Augen aufblitzen. »Den neuen Deputy Director? Ja. Warum?«

»Nur so.«

Bond zögerte einen Moment. »Halt dich von ihm fern. Ich trau ihm nicht. Politiker sind schlimm genug, aber die Kerle, die dafür sorgen, dass sie gewählt werden? Die reinsten Arschlöcher.« Er trat auf die Bremse. »Wir sind da.« Damit zog er sich ein thermisches Nachtsichtgerät über den Kopf, schaltete die Scheinwerfer aus, bog nach links in den Zufahrtsweg ein und beschleunigte auf der verlassenen Schotterpiste. Nach einer Minute brachte er den Wagen zum Stillstand.

Dewey langte auf den Sitz neben sich, nahm ein halbmondförmiges Magazin und ließ es in seinem Gewehr einrasten. Er öffnete die Tür, stieg aus und führte die Hand ans Ohr. »Com-Check.«

»Ich hör dich«, bestätigte Bond. »Bis gleich.«

Im Laufschritt setzte Dewey sich in Bewegung, verschwand von der Zufahrt zwischen dem niedrigen Gestrüpp und dem ausgetrockneten Schachtelhalm. Er hatte zwar ein Nachtsichtgerät, schnallte es jedoch nicht von der Koppel los, da er sich lieber aufs Mondlicht verließ. Nachdem er ein paar Minuten gerannt war, gelangte er an eine Hügelkuppe und sah zum ersten Mal, keine 200 Meter entfernt am Fuß einer steilen Böschung, die Lichter der Raffinerie aufblitzen.

Dewey stoppte, um wieder zu Atem zu kommen, und überprüfte seine Waffe ein letztes Mal. Geduckt schlich er die Böschung hinunter, auf den ihm am nächsten gelegenen Seiteneingang zu. Im Gehen hob er das Gewehr.

Unten angekommen, bewegte er sich auf die Seitentür zu, die auf den Aufnahmen mit einem Kreis markiert war. Er spürte, wie ihm das Herz bis zum Hals schlug, bekam kaum noch Luft. Er streckte die Hand nach dem Griff aus, fühlte sich wie gelähmt, beobachtete, wie seine Hand sich der Tür näherte. Im trüben Licht konnte er sehen, wie seine Hand zu zittern begann. Länger als eine Minute starrte Dewey die Lagerhalle an. Aus einer Minute wurden zwei, dann drei. Trotzdem rührte er sich nicht vom Fleck.

Plötzlich vernahm er ein leises Flüstern in seinem Ohr. »Wie läuft's?« Es war Bond.

Dewey angelte nach dem Ohrstöpsel. Sein Arm blieb gelähmt, nach der Tür ausgestreckt. Er bebte förmlich.

»Dewey, bist du okay?«, flüsterte Bond.

»Nein.«

»Ich bin sofort unten. Bleib, wo du bist.«

Dewey trat einen Schritt zurück, dann noch einen. Langsam entfernte er sich von der Lagerhalle. Er hörte den Motor, richtete den Blick auf die Zufahrt. Der Suburban jagte auf ihn zu und kam schlitternd zum Stehen. Bond stieg aus, die Maschinenpistole im Anschlag, und stürmte auf den Vordereingang der Lagerhalle zu, von Dewey aus gesehen um die Ecke.

Als Bond bereits im Begriff stand, die Tür zu öffnen, blickte er Dewey kurz an und lächelte ihm aufmunternd zu. Anschließend hob er die Maschinenpistole und riss die Tür auf.

Aus dem Lagerhaus dröhnte das Stakkato der Schnellfeuerwaffe. Dewey stand reglos da. Es schien eine Ewigkeit zu dauern. Endlich kehrte Bond zurück und kam zu ihm. 30 Zentimeter vor ihm blieb er stehen, streckte den Arm nach Deweys Waffe aus und nahm sie ihm aus der Hand. »Meinst du, du kannst mir helfen, die Bombe zu tragen?«, fragte er.

Dewey nickte. »Ja.«

Einen letzten Moment lang beäugte Bond Dewey eindringlich. »Du bist nicht der Erste«, sagte er aufmunternd, »und wirst auch nicht der Letzte sein. Und jetzt fackeln wir die Bude ab und machen, dass wir von hier verschwinden.«

6

SOVIETSKAYA ULITSA
ELEKTROSTAL, RUSSLAND

Cloud parkte den Porsche in einer Seitenstraße hinter dem Bahnhof von Elektrostal. Hinter der schwarz getönten Sonnenbrille waren seine Augen blutunterlaufen, rotgerändert von zu wenig Schlaf. Er trug eine schwarze Lederhose, Stiefel, dazu ein grünes T-Shirt. Er war hager, so dünn, dass es schon ungesund aussah. Mit raschen Schritten ging er los. Mehrere Blocks vom Bahnhof entfernt blieb er vor einem Gebäude stehen und blickte sich in beide Richtungen um, ob ihm auch niemand gefolgt war. Dann versenkte er einen Schlüssel im Schloss einer breiten Stahltür.

Das Gebäude war vier Etagen hoch, aus senfgelben Ziegelsteinen errichtet. Wie die meisten Bauten in der Stadt hatte es sich schon vor langer Zeit dem Verfall ergeben. Es wirkte verwahrlost, die Fassade voller Rost- und Stockflecken. Früher einmal hatte hier die Verwaltung eines Stahlrohr-Herstellers ihren Sitz gehabt, jedoch in den 70er-Jahren Konkurs angemeldet. Für Cloud war es der vierte Standort innerhalb eines Zeitraums von zehn Jahren.

Jeden dieser Standorte zeichneten die gleichen Merkmale aus. Sie befanden sich jeweils in einer Stadt, die groß genug war, um ein gewisses Maß an Anonymität und eine gewisse Infrastruktur zu gewährleisten, waren jedoch nicht so groß, dass sich ein Nachrichtendienst dafür interessierte. Jede dieser Städte lag nur wenige Stunden von Moskau entfernt und verfügte über eine gute Bahnanbindung. Alle lagen wirtschaftlich am Boden, was eine Vielzahl leer stehender Bürogebäude garantierte.

Elektrostal gehörte zu den kleineren Industrieschmieden des Landes, eine Autostunde östlich der Moskauer City. Eine Handvoll Maschinenfabriken, Stahlwerke und Chemieanlagen waren in der von einem Grauschleier überzogenen Stadt angesiedelt. Die Straßen Elektrostals glichen einem Gitternetz mit gradlinigen, ausladenden Plattenbauten und halb verwaisten Einkaufsmeilen, die sich wie mit dem Lineal gezogen kilometerlang erstreckten. Abgesehen von einer unterirdischen Urananreicherungsanlage im nördlichen

Außenbezirk hatte Elektrostal keinerlei Bedeutung, ein unwichtiger Standort, an dem kaum etwas von Belang produziert wurde. Mindestens ein Viertel der niedrigen, ursprünglich Unternehmen vorbehaltenen Betonbauten stand leer. Es gab nicht eine einzige Lagerhalle, die nicht zumindest an einzelnen Stellen rostete.

Für Cloud spielte es keine Rolle, ob ihm Elektrostal gefiel oder nicht. Für ihn war der schmutzige Flecken Erde mit seinen ärmlichen, vergrämten Einwohnern, seinen miserablen Restaurants, seinem Scheißwetter und der miesen Stimmung irrelevant. Elektrostal diente ihm lediglich als Zugang zu der Welt, in der er eigentlich lebte. Ähnlich wie sich ein Naturwissenschaftler am liebsten tief in der Infrastruktur einer Zelle eingenistet hätte, konzentrierte er seine Existenz auf die digitalen Pfade des Internets.

Nachdem Cloud eingetreten war, erklomm er die Treppe. Die ersten beiden Stockwerke lagen im Dunkeln, leer, ungenutzt. Im zweiten Obergeschoss empfing ihn eine spärliche Beleuchtung.

Ein kurzer Blick durch die verglaste Einfassung der Brandschutztür zeigte, dass die Hälfte des Stockwerks mit leistungsstarken Servern zugestellt war; alles in allem 58 in China hergestellte Huawei-Rechner für den professionellen Einsatz, allesamt in Stahlgehäusen, die sich problemlos abtransportieren und andernorts neu aufstellen ließen. Man hatte sie von allen verräterischen digitalen Kennungen befreit, die etwa ein Remote-Tracking oder eine Echtzeit-Standortbestimmung ermöglicht hätten.

Ein halbes Dutzend industrieller Klimaanlagen lief rund um die Uhr, egal zu welcher Tages- oder Jahreszeit, unabhängig von den herrschenden Witterungsbedingungen. Es ging einzig und allein darum, die von den Servern erzeugte Abwärme auf ein vertretbares Maß herunterzuregeln. Selbst mitten im Winter sank die Temperatur in dem Raum nie unter 26 Grad.

Cloud erreichte das dritte Obergeschoss. Die Ebene bestand aus einer offenen Fläche, hell erleuchtet und makellos. Alle nicht tragenden Wände waren entfernt worden. In der Mitte des Raumes stand eine größere Zahl von Tischen in Form eines großen U mit langen Reihen von Monitoren und Drehstühlen, insgesamt jeweils 36 Stück.

Jeder Quadratzentimeter Fußboden, Wand, Fenster und Decke war von einer dünnen Schicht Kupfergeflecht überzogen, festgeklebt wie eine Tapete, um Lauschangriffe oder sonstige Abhörbemühungen von außerhalb zu unterbinden.

Sascha blickte zu ihm auf, als er eintrat. Er schien gedanklich gerade ganz woanders zu sein. »Hey, Cloud.«

»Was ist mit Malnikov?«, fragte Cloud. »Wurde er schon von der CIA kontaktiert?«

»Nicht dass wir wüssten.«

»*Nicht dass wir wüssten?*«, raunzte Cloud verärgert. Er erwartete keine Antwort. »Was soll das heißen? Ich dachte, wir fangen jeden Anruf und Alexei Malnikovs gesamte elektronische Kommunikation ab.«

Sascha hob die Hände. »Ich wollte damit nur sagen«, meinte er kleinlaut, »dass wir es nicht mitbekämen, wenn jemand ihm einen persönlichen Besuch abstattet, um mit ihm zu reden.«

»Wir haben gerade eine Atombombe gekauft«, sagte Cloud. »Also erspar mir deine Wortklaubereien. Du hast mir grad eine Heidenangst eingejagt.«

»Tut mir leid.«

Cloud nickte. »Schon gut. Du warst früher schon immer derjenige, der die Pferde scheu gemacht hat, oder? Ich hätte dich wohl besser in St. Anselm gelassen.«

Cloud kam durch den Raum und postierte sich neben dem Stuhl seines Mitarbeiters. Als sein Blick beiläufig einen der Monitore streifte, auf dem eine Online-Schachpartie dargestellt wurde, stutzte er. »Du hast einen meiner Türme geschlagen«, flüsterte er und konnte es nicht glauben.

»Du warst abgelenkt«, erwiderte Sascha. »Ansonsten hättest du mich niemals auch nur in die Nähe deines Turms gelassen, Pjotr, da bin ich mir sicher.«

Cloud starrte das Spielbrett an.

Sascha gehörte zu den wenigen Menschen auf der Welt, die ihn schon gekannt hatten, bevor er sich Cloud nannte. Damals war er noch Pjotr Vargarin gewesen, der kleine Pjotr, Sohn des renommierten Wissenschaftlers Anuslav Vargarin, der aus Gründen, die niemand kannte, sich und seine Frau auf einem Motorboot umgebracht und Pjotr als Waise zurückgelassen hatte.

Sie waren einander in dem einzigen Zuhause begegnet, an das er sich erinnern konnte – einem feuchten, furchtbaren Ort in Sewastopol, der St. Anselm an der See hieß. Im einzigen Waisenhaus der Stadt, einer grausamen, grässlichen Einrichtung, geleitet von einem Priester namens Pater Klimsov, der dem Alkohol verfallen war.

»Pjotr«, sagte Cloud. »So wurde ich schon lange nicht mehr genannt.«

Eine Erinnerung blitzte auf.

»Pjotr, komm bitte herein«, hatte Pater Klimsov eines Tages zu ihm gesagt.

Es regnete. Wann immer es in St. Anselm regnete, bildeten sich überall kleine Pfützen, weil das Dach voller Löcher war. Auf dem Schreibtisch des Paters stand ein Blecheimer, halb gefüllt mit Wasser.

»Pjotr, das ist Dr. Tretiak«, stellte Pater Klimsov seinen Besucher vor.

Nach über sechs Jahren in St. Anselm war es das erste Mal, dass er Pater Klimsovs Büro betreten hatte.

Pjotr konnte Pater Klimsov nicht leiden. Er war ein fettleibiger, gefühlloser alter Mann.

»Dr. Tretiak ist Präsident der Technischen Universität Moskau. Es ist die angesehenste Bildungseinrichtung der ganzen Sowjet…, ich meine, ganz Russlands.«

In Tretiaks Gesicht prangte ein freundliches Lächeln. Er streckte Pjotr die Hand zur Begrüßung entgegen, doch Pjotr reagierte nicht.

»Ich habe mir sagen lassen, dass du schüchtern bist.« Tretiak lachte. »Keine Angst, ich beiße nicht.«

»Dr. Tretiak bringt gute Neuigkeiten«, erklärte Klimsov.

»Ist das so, Pater?«

»Du wirst zur Technischen Universität Moskau zugelassen. Im kommenden Herbst ziehst du nach Moskau.«

»Du bist ein äußerst kluger junger Mann«, schaltete sich Tretiak ein. »Aber das weißt du ja selbst, nicht wahr?«

Pjotr rührte sich nicht, allerdings nicht weil er verängstigt, unhöflich oder es ihm schlicht und einfach egal war. Nein, er stand wie gelähmt da, weil ihn etwas auf Klimsovs Schreibtisch in seinen Bann zog. »Ja, ich weiß«, antwortete er wie in Trance, während er das Objekt anstarrte.

»Was sagen wir, wenn uns jemand ein Kompliment macht, Pjotr?«, fragte Pater Klimsov.

Pjotr sah weder Klimsov noch Dr. Tretiak an. Er konnte den Blick nicht von dem Gegenstand auf Klimsovs Schreibtisch losreißen.

»Das ist kein Kompliment, sondern die Wahrheit«, antwortete Pjotr.

In jener Nacht schlich Pjotr nach der Schlafenszeit in Pater Klimsovs Büro und schaltete den Computer ein. Doch dieser machte ihm einen Strich durch die Rechnung, indem er ein Passwort verlangte. Pjotr versuchte es fast einen Monat lang Nacht für Nacht, bis er es erriet. Aber kaum war er dahintergekommen, eröffnete sich ihm eine völlig neue Welt. Es kam ihm vor, als verließe er eine dunkle Höhle, um alles zum ersten Mal so zu sehen, wie es wirklich war. Er las und las, eine gefühlte Ewigkeit lang, Texte aus aller Herren Länder. Fasziniert betrachtete er Bilder von Orten, von denen er noch nie gehört hatte. Als ihn einmal eine Fehlermeldung vom Weiterlesen abhielt, rief er den Quelltext der Seite auf und studierte ihn stundenlang. In der Nacht darauf kehrte er zurück und nahm ihn sich erneut vor, schaltete zwischen HTML-Code und Seitenansicht hin und her. Er hatte keine Erklärung dafür, doch irgendwann fügte sich beim Betrachten des weißen, mit scheinbar sinnlosen Wörtern, Leerzeichen und Symbolen angefüllten Bildschirms eins zum anderen. Im Quelltext fand er auf einmal vage das wieder, was visuell dargestellt wurde. Schon bald reichte ihm ein kurzer Blick auf eine Codezeile, um zu wissen, welchen Zweck sie erfüllte.

Innerhalb weniger Monate eignete Pjotr sich genügend Kenntnisse an, um sich in die Union Bank von Sewastopol zu hacken, wo er ein Konto einrichtete und anschließend 25.000 Dollar von einem anderen Konto als Guthaben transferierte. Von dem Geld kaufte er einen Laptop und einen WLAN-Router und ließ beides an das Postamt liefern, das unweit des Waisenhauses in derselben Straße lag. Nachdem er das ins Waisenhaus führende Internetkabel angezapft hatte, fügte er dem verstaubten Hausanschlussraum seinen Router hinzu. Seine persönliche Rettungsluke. Nacht für Nacht kletterte er hindurch, wagte sich hinaus in eine Welt jenseits von St. Anselm an der See, jenseits Sewastopols, jenseits der Küsten eines Landes, das ihm nichts als ein gebrochenes, von Hass erfülltes Herz gelassen hatte.

Sascha war der einzige Mensch auf der Welt, der ihn noch aus dem Waisenhaus kannte. Der Einzige, der ebenfalls die Wahrheit über Clouds Vater wusste. Nämlich dass er nicht Selbstmord begangen hatte. Dass ein Amerikaner ihn umgebracht hatte. Ein Mann mit Narbe im Gesicht.

Cloud vertraute ihm. Zwischen Waisen, die gemeinsam aufwachsen, entwickelt sich etwas, das sogar stärker ist als das Band zwischen Geschwistern. Eine Mischung aus Wut und Selbsthass, die daraus resultiert, dass man im frühesten Kindesalter zum Opfer von Gewalt und Hinterlist wird. Ein Stachel im Fleisch, den niemand herausziehen kann, hineingetrieben durch die quälenden Fragen: *Warum haben sie mich alleingelassen? Warum musste ausgerechnet mir das passieren? Womit habe ich so etwas verdient?*

Die lautlose Litanei aller Waisenkinder.

In der Hölle, die das einzig Reale ist, was Waisenkinder besitzen, fließen Kummer und Leid ineinander wie geschmolzene Lava, härten aus und verwandeln sich in Stein und schließlich zu Stahl. Einem Stahl, der Waisen zusammenschmiedet; ein Band, das niemand zu lösen vermag.

Cloud kehrte aus seinen Erinnerungen in die Gegenwart zurück. »Erinnerst du dich noch an Klimsov?« Sein Blick ruhte auf dem Monitor.

»Ja. Was ist mit ihm?«

»Er war ein beschissener Schachspieler.« Prüfend musterte er die Konstellation auf dem Brett. Er war an der Reihe.

»Ich habe nie mit ihm gespielt«, meinte Sascha.

»Ich schon. Er war grottenschlecht.«

»Wie kommst du gerade jetzt auf diesen alten Mistkerl?«

»Ich habe mir überlegt, ob er dir vielleicht das Schach-spielen beigebracht hat.« Er beugte sich vor und tippte seinen Zug in die Tastatur ein.

»Schach und matt, Sascha! Und jetzt zum Teufel mit dir.«

7

ANDREWS AIR FORCE BASE
CAMP SPRINGS, MARYLAND

Eine zivile weiße Gulfstream V landete um Punkt zwei Uhr an einem wolkenverhangenen, brutal schwülen Nachmittag. Dewey stieg hinter Bond die Gangway hinunter. In einiger Entfernung fegte ein schwarzer Chevy Suburban über die Rollbahn.

»Wenn man vom Teufel spricht«, raunte Bond.

»Wer ist das?«

»Gant.«

Der Suburban fuhr genau auf Dewey und Bond zu und hielt direkt vor ihnen. Die beiden blieben stehen. Sie trugen noch ihre Kampfmontur.

Die hintere Fensterscheibe senkte sich. Auf dem Rück-sitz saß mit ernstem Gesichtsausdruck Gant. »Wie ist es in Iguala gelaufen?«, erkundigte er sich.

»Gut.«

»Was ist passiert?« Während Gant auf Bonds Antwort wartete, musterte er Dewey von oben bis unten.

»Einsatz erfolgreich ausgeführt. Wenn Sie uns jetzt ent-schuldigen, Sir, wir sind beide ein bisschen müde.«

»Ich möchte genau wissen, was vorgefallen ist.«

»Sir, das landet alles im Einsatzbericht.«

»Sofort!«

Bond holte tief Luft und schluckte seinen Ärger runter. Mit einem Nicken signalisierte er Dewey, einfach weiterzugehen.

Die hintere Tür des SUV wurde aufgerissen. Gant hastete Dewey und Bond hinterher und verstellte ihnen den Weg. Wütend unterzog er Dewey einer erneuten Begutachtung. Dieser zeigte keine Reaktion, sah ihn nicht einmal an. Stattdessen richtete er den Blick in die Ferne, ohne dem anderen Beachtung zu schenken.

Gant deutete mit dem Finger auf Bond. »Ich will den Bericht zuerst.«

Bond blickte auf Gants Finger. »Bei allem Respekt, Sir, aber Bill Polk ist mein verantwortlicher Vorgesetzter.« Bonds Stimme war kaum mehr als ein Flüstern. »Ihm bin ich zur Rechenschaft verpflichtet, nicht Ihnen.«

8

GEORGETOWN
WASHINGTON, D. C.

Dewey saß im Erdgeschoss eines wunderschönen alten, makellos eingerichteten Stadthauses am Fuß einer mit Teppich ausgekleideten Wendeltreppe und trank ein Bier. Es war bereits sein viertes. Bei genauerer Überlegung könnte es auch schon das fünfte sein. Er lehnte im Schneidersitz an der Wand, unverändert in voller Montur.

Das Haus gehörte inzwischen Dewey. Jessica hatte es ihm in ihrem Testament hinterlassen. Zum ersten Mal seit ihrem Tod setzte er einen Fuß hinein. Neben ihm stand eine Kiste

Bier, bereits teilweise geleert. Außerdem zwei Sixpacks Bud Light und zwei Yuengling, ein etwas stärkeres Gebräu. Nach jedem Yuengling trank Dewey jeweils ein Bud. Bud Light betrachtete er als gleichwertig mit Leitungswasser, auf diese Weise wollte er sicherstellen, nicht zu betrunken zu werden. Selbstredend machte die Flasche Jack Daniel's, die sich noch in der Papiertüte befand, diesen Gedankengang schon bald hinfällig.

Er fixierte eines der großen Ölgemälde an der Wand, das eine grüne Schwertlilie zeigte. Jessicas Lieblingsbild. Dewey dachte jedoch nicht über das Gemälde oder Jessica nach. Er dachte noch nicht einmal an Gant, obwohl er vermutlich allein aus dem Grund nach Andrews gekommen war, um Dewey in Augenschein zu nehmen.

Nein, Dewey dachte an Mexiko.

Er konnte an einer Hand abzählen, wie oft er bisher im Einsatz versagt hatte. Seine Misserfolge ließen sich dabei ausnahmslos auf Umstände außerhalb seines Einflussbereichs zurückführen. Bei allen hatte es sich um komplizierte, schwierige Operationen gehandelt. Mexiko hätte dagegen ein Kinderspiel sein müssen. Weder besonders gefährlich noch besonders kompliziert und auch keine logistische Herausforderung. Eine brillant durchgeplante Operation, simpel und vergleichsweise sicher. Und doch hatte er bloß starr vor Angst dagestanden wie das Kaninchen vor der Schlange.

Dewey fragte sich, was das zu bedeuten hatte. Warum hatte er die Tür nicht öffnen können? Woher rührte diese abrupte Lähmung? Je angestrengter er nach einer Antwort suchte, desto schwerer bekam er sie zu fassen. Trotzdem musste er eine Erklärung finden. Ihm blieb gar keine andere Wahl. Calibrisi war nicht nach Castine gekommen, um ihn zu rekrutieren. Er war gekommen, um ihn zu retten.

Dewey zückte sein Handy und drückte eine Kurzwahltaste.

»Ja?«

»Hey, Rob.«

Tacoma, ein Ex-Navy-SEAL, war Deweys engster Freund beziehungsweise das, was einem Freund am nächsten kam. Ein paar Tage vor Jessicas Beerdigung hatte Dewey zum letzten Mal mit ihm gesprochen, seitdem nicht mehr.

»Dewey.«

»Mir geht's gut, danke der Nachfrage.«

»Als ob ich derjenige bin, der sich ausgeklinkt hat, Blödmann. Was treibst du so? Noch oben in Maine? Was willst du dort anstellen? Beschissene Hummer fangen?«

»Vielleicht«, meinte Dewey. »Ich mag Hummer. Tut mir leid, dass ich mich nicht gemeldet habe. Ich war … na ja, ich musste mir über einiges klar werden.«

»Hoppla. Machst du jetzt Yoga oder so 'n Mist? Akupunktur? Nein, warte, du bist ein verfluchter Veganer geworden, stimmt's? Wusst ich's doch! Sag mir jetzt bloß nicht, du fährst einen Prius. Dann werd ich nie mehr ein Wort mit dir wechseln, das schwör ich dir.«

Dewey lachte. »Nein, ich hab meine Eier noch. Ich bin in D. C. In Jess' Haus.«

»Wirklich? Super.«

Tacoma tat sein Bestes, den Begeisterten zu mimen, der Tatsache zum Trotz, dass Dewey Jessica erwähnt hatte und sich nun offensichtlich allein in dem Haus aufhielt, das ihr gemeinsames Heim hätte werden sollen. »Ich bin in ein paar Tagen zurück«, lenkte er vom Thema ab. »Sollen wir uns mal treffen?«

»Ja, klingt gut.«

»Hör zu, wir haben Anweisung, unsere Handys auszuschalten«, sagte Tacoma. »Ich ruf dich an, wenn …«

»Ich hab noch eine kurze Frage.«

»Oha! Lass mich raten. Du sitzt im Knast. Dann ruf verflucht noch mal Hector an, Mann!«

Dewey musste erneut lachen. »Kämpfst du noch?«

»Was meinst du mit ›kämpfen‹?«

»Mixed Martial Arts. Dieser Ultimate-Fighting-Quatsch, von dem du in einer Tour schwärmst.«

Tacoma zögerte einen Moment. »Ja«, meinte er schließlich widerwillig. »Warum?«

»Macht's dir Spaß?«

»Nicht mehr so wie früher. Mittlerweile sind ein paar ganz schöne Dreckskerle dabei. Als ich das letzte Mal in der Halle war, hätte mir einer von denen fast den Hals gebrochen. Die glauben alle, sie werden eines Tages berühmt. Dauernd sind die UFC-Talentscouts da, als wollten sie zeigen, was sie draufhaben. Davon abgesehen ist es die einzige Möglichkeit, in Form zu bleiben, außer man zieht in einen Einsatz.«

Dewey langte nach der braunen Papiertüte, schraubte den Deckel ab und nahm einen kräftigen Schluck.

»Es gibt ein halbwegs anständiges Studio in Adams Morgan. Mit ein paar guten Kämpfern.«

»Haben sie dir dort fast den Hals gebrochen?«

»Nein.« Tacoma schwieg ein paar Sekunden. »Dewey, hör zu, ich kenn dich.«

»Was zum Teufel soll das heißen?«

»Ich weiß, dass du getrunken hast.«

Dewey blickte auf die Kiste Bier, hob die Flasche Jack Daniel's an den Mund und nahm einen ordentlichen Schluck. »Sag mir, wie das Studio heißt. Ich versprech dir, dass ich niemanden umbringe.«

Tacoma lachte. »Um die mach ich mir keine Sorgen.«

»Rob.«

Tacoma stieß einen Seufzer aus.

»Okay, na gut. Es ist in Southeast, draußen beim Redskins-Stadion. Der Laden heißt Whitewater. Aber wehe du jammerst hinterher, ich hätte dich nicht gewarnt.«

Wirtschaftlich gesehen war das Viertel eine, vielleicht zwei Stufen von einem Getto entfernt. An ein paar Läden priesen handgeschriebene Schilder Waren an, andere standen leer, verrammelt mit graffitibesprühten Rollläden aus billigem Wellblech. Auf den Treppenaufgängen ausgebrannter, mit Brettern vernagelter Häuser saßen und standen Leute herum, rauchten und tranken.

Es war kurz vor acht, noch früh am Abend. Doch schon vor langer Zeit hatte sich die Dunkelheit über diesen vergessenen Teil der Hauptstadt gesenkt.

Der Taxifahrer setzte ihn an der Rückseite des Lincoln Parks ab, weiter wollte er nicht in diesen Teil der Stadt hineinfahren. Dewey stieg aus, ohne ihm ein Trinkgeld zu geben, und ging das letzte Dutzend Blocks bis zum Whitewater MMA zu Fuß. Er trug Jeans und ein grünes T-Shirt, dazu Laufschuhe. Mit grimmigem Gesichtsausdruck, den Blick weit in die Ferne gerichtet, schritt er den Gehsteig entlang. Als er durch die Stahltür des Studios trat, heulte ein paar Kreuzungen weiter eine Sirene los.

Im Innern herrschte eine feuchte Schwüle, vermischt mit einem säuerlichen, beißenden Geruch, der die Nase reizte. In der riesigen Halle schienen die Körperausdünstungen mehrerer Jahre in der Luft zu hängen. Die meisten empfanden diesen Geruch als abstoßend, vielen wurde dabei übel. Dewey hingegen atmete ihn tief ein. Er kannte ihn nur zu gut, früher hatte er ihn gehasst, dann angefangen, ihn zu lieben, zunächst im Boston College im Umkleideraum des Uni-Footballteams. Später dann, bei den Rangers, in der Nahkampfausbildung, in der Dewey und dem Rest des Jahrgangs die Grundlagen des Kampfs Mann gegen Mann vermittelt wurden. Nicht gerade angenehme Erinnerungen, aber ein Teil von ihm.

Eine Menge Leute hielten sich in der Halle auf. 50 bis 60, vor allem junge Männer Anfang 20, schwarz oder lateinamerikanischer Abstammung. Die wenigen, die älter waren, trugen Straßenkleidung. Dewey nahm an, dass es sich um die Trainer und Talentscouts handelte. Ein paar der Anwesenden drehten sich nach Dewey um, als er eintrat. Kalte Blicke empfingen ihn.

Es gab drei Ringe, zwei davon kleinere Sparring-Ringe zu Trainingszwecken. Beide waren belegt. In dem einen arbeitete ein kleiner, über und über tätowierter hispanischer Jugendlicher mit einem Coach. Er trug rote Lycra-Shorts, kein T-Shirt und war barfuß. Der Coach feilte an der Fuß-technik des Jungen. Alle paar Sekunden griff dieser mit einer Kombination brutaler Tritte an, mitunter fegten seine Füße über den Kopf des Trainers hinweg.

In dem anderen Ring war ein Kampf im Gang. Ein paar Leute sahen zu, wie die beiden muskulösen, barfüßigen Hünen einander umkreisten. Plötzlich griff der eine an, sprang hoch, trat mit dem rechten Fuß nach dem Kopf seines Gegners, traf und schickte ihn taumelnd auf die Matte. Dem Mann am Boden schoss das Blut aus dem Mund, doch innerhalb weniger Augenblicke rappelte er sich hoch, wich mit einem Side-Crawl dem nächsten Treffer aus, stand auf, rammte seinem Kontrahenten die Faust in den Leib, gleich darauf die andere, packte ihn und brachte ihn zu Fall.

»Hey, das is' nich' umsonst.«

Dewey drehte den Kopf. Ein Mann im Rollstuhl blickte ihn an. »Wenn du zugucken willst, schön, aber das kostet was.«

»Wie viel?«

»Zehn Dollar.«

»Wie viel, wenn ich in den Ring will?«

Der Mann im Rollstuhl musterte Dewey von oben bis unten. »Wozu?«, fragte er schließlich. »Willst du ein bisschen Pilates machen?«

Dewey ignorierte den Spott. »Wie viel, wenn ich kämpfen will?«

»Sparring?«

»Kämpfen.«

Der Mann grinste. »Hast dir wohl im Fernsehen die Ultimate Fighting Championship angeguckt? Das hier ist nichts für weiße Amateure aus Alexandria, die mal eben Fighten lernen wollen.«

Dewey sah ihn eindringlich an. »Wie viel für einen Kampf?«

Der Mann streckte die Hand nach Deweys rechtem Arm aus, packte ihn am Handgelenk, zog es zu sich herunter. Er schob Deweys T-Shirt hoch und enthüllte eine lange, fies aussehende, tief dunkel- bis hellrote Narbe, die vom Schulterblatt über die Vorderseite des Bizeps verlief. »Woher hast du die denn?«

Dewey ignorierte die Frage.

»Zäher Bursche. Okay, du willst einen Kampf. Ich besorg dir einen Kampf.«

Der Mann griff nach einer Trillerpfeife, die ihm um den Hals hing, und blies hinein. Einen Augenblick später rückte ein hochgewachsener Schwarzer an. »Daryl«, sagte der Mann im Rollstuhl, während er mit einer Kopfbewegung auf Dewey wies. »Hol Chico oder sonst einen von den jungen Burschen. Steck sie in den großen Ring. Unser Hübscher hier will seine Jugend noch mal erleben.«

Der Mann im Rollstuhl wandte sich wieder Dewey zu. »50 Dollar, im Voraus.«

In einem engen Umkleideraum neben der Halle zog Dewey Schuhe, Jeans und T-Shirt aus. Darunter trug er mit Farbflecken bedeckte Kaki-Shorts. Etwas anderes hatte er in Jessicas Stadthaus nicht auftreiben können.

Er ging zurück in die Halle. Die kleineren Wettkampfflächen waren mittlerweile leer. Alle hatten sich um den Ring in der Mitte versammelt. Dewey zwängte sich durch die Menge.

Im Zentrum der Arena stand Daryl; offensichtlich um als Schiedsrichter zu fungieren. Hinter ihm ein kleiner, untersetzter junger Hispano-Amerikaner in einem knallgelben Lycra-Trikot. Arme, Hals und Beine waren mit bunten Tattoos bedeckt, das schwarze Haar kurz geschnitten. Unter dem linken Auge hatte er eine große Träne tätowiert. Muskelbepackt wartete er auf seinen Gegner und boxte, auf bloßen Füßen auf und ab federnd, Löcher in die Luft.

Dewey kletterte in den Ring. Daryls Blick streifte zunächst Deweys Shorts, dann seine Narbe. Schließlich sah er Dewey ins Gesicht, ging auf ihn zu und beugte sich zu ihm.

»Hey, Mann«, flüsterte er. »Ist keine Schande, wenn du jetzt lieber aussteigen willst. Klar, was ich meine?«

Dewey gab ihm keine Antwort.

Um ehrlich zu sein, bekam er kaum etwas von dem mit, was der Kerl sagte.

Vielleicht lag es am Geruch in der Halle. Oder an den zweifelnden Blicken, die auf ihm ruhten. Oder an dem Kampf, den er eben noch auf der Sparring-Fläche beobachtet hatte, an dem auf die Matte strömenden Blut. Was auch immer, allmählich begann er, die Wärme zu spüren, die er schon so lange vermisste. Die er in Mexiko eigentlich hätte spüren müssen. Adrenalin. Nur einen ganz leisen Hauch, trotzdem unverkennbar. Er blickte auf seinen rechten Arm hinab, auf den kleinen schwarzen Blitz, der darauf tätowiert war. Und mit einem Mal explodierte die Wärme in ihm und er brannte lichterloh.

Mit einer Handbewegung bedeutete Daryl den beiden, in die Mitte des Rings zu treten. »Eine Runde geht über drei Minuten. Es gibt nur eine Regel: Wenn ich sage ›Stopp‹, hört ihr sofort auf. Abgesehen davon könnt ihr euch gegenseitig die Scheiße aus dem Leib treten.«

Der Hispano musterte Dewey von oben bis unten. »*Voy a matar a ti, viejo.*« *Ich werde dich umbringen, alter Mann.*

Dewey verkniff sich eine Antwort und würdigte seinen Gegner keines Blicks.

Die beiden Kämpfer kehrten in ihre jeweilige Ecke zurück. Allmählich kam das Publikum in Stimmung. Ein paar Buhrufe gegen Dewey brachten seinen Gegner zum Lächeln, während er weiterhin barfuß auf und ab hopste.

»Chico! Leg das Arschloch um!«

Daryl nickte jemandem zu, der neben dem Ring saß. Mit einem Hammer schlug der Mann die Glocke.

Langsam trat Dewey in die Mitte der Arena, während Chico nach links tänzelte. Deweys Augen wanderten zu dem Mann im Rollstuhl, der direkt hinter der Begrenzung saß und alles beobachtete. Ihre Blicke trafen sich. Dann startete Chico seinen ersten Angriff. Er sprintete auf Dewey zu, schwang dabei wild die Fäuste, links, rechts, so schnell, dass man es kaum verfolgen konnte. Er zielte auf den Kopf seines Gegners.

Dewey wartete, die Deckung gesenkt, ruhig und doch bereit, mit leicht gebeugten Knien. Als die Schläge näher kamen, registrierte er das Gebrüll der Menge. Die Vorfreude auf ein schnelles, brutales Ende des Spektakels.

Chico kam in seine Reichweite. Dewey spürte einen linken Haken durch die Luft sausen und tänzelte zur Seite. Der andere taumelte an ihm vorbei, lief, vom eigenen

Schwung vorwärtsgetragen, ins Leere. In einer fließenden Bewegung zog sich Dewey wie eine gespannte Feder zusammen, drehte sich im Uhrzeigersinn und ließ den rechten Fuß zu einem Roundhouse-Kick nach oben schnellen. Sein Fuß krachte in Chicos Gesicht, traf wie ein Hammer den Kiefer, zertrümmerte ihn, sodass er gleich mehrfach brach. Chico wurde zur Seite geschleudert, stürzte hilflos zu Boden und blieb bewusstlos liegen. Blut schoss ihm aus Mund und Nase.

Der Tritt brachte die Menge augenblicklich zum Schweigen.

Dewey trat ins Zentrum der Arena. Seine Brust, der Oberkörper, Arme und Beine waren von der momentanen Anstrengung und dem Adrenalinschub gerötet, die Muskeln hart und klar definiert. Er umkreiste die Kampffläche, die Augen auf die Menge gerichtet. Ein paar spendeten höflich Applaus, hörten jedoch schnell damit auf.

Dewey baute sich vor dem Mann im Rollstuhl auf, während zwei Helfer den bewusstlosen Kämpfer aus dem Ring schleppten. »Kann ich jetzt bitte einen ernsthaften Gegner bekommen?«, fragte er.

9

DEFENSE INTELLIGENCE AGENCY (DIA)
JOINT BASE ANACOSTIA-BOLLING
WASHINGTON, D. C.

Will Parizeau saß vor zwei hell erleuchteten Plasmabildschirmen, die leicht schräg versetzt auf einem langen Stahltisch angeordnet waren. Durch die Brillengläser zuckte sein

Blick zwischen den beiden Monitoren hin und her. Auf seinem jugendlichen, geröteten Gesicht machte sich erst ein besorgter Ausdruck breit, dann nackte Angst. Er öffnete leicht den Mund und konnte sich kaum noch beherrschen.

»Herr im Himmel!«, platzte es aus ihm heraus.

Auf dem linken Schirm zeigte ein Rasterfeld vier Satellitenbilder. Auf dem rechten Schirm waren Zahlenreihen in einer Tabelle angeordnet. Parizeau gehörte zu den erfahrensten Analysten im DIA-Ressort Naturwissenschaft und Technik. Mithilfe von Radar-, akustischer, nuklearer, chemischer und biologischer Aufklärung konnte die Defense Intelligence Agency sowohl feste als auch bewegliche Ziele aufspüren und verfolgen, zum Beispiel Atomwaffen.

Während es der National Security Agency darum ging, auf der Suche nach zweifelhaften Zeitgenossen, die den USA schaden konnten, E-Mails, Telefonanrufe, Internetverkehr und sonstige elektronisch übermittelte Informationen abzufangen, bestand der Auftrag der DIA darin, den Erdkreis nach Objekten abzusuchen, deren sich jene Zeitgenossen bedienten.

Parizeaus Schreibtisch befand sich in einem riesigen, fensterlosen, dürftig beleuchteten Raum zwei Ebenen unter der Erde in einem respektablen, wenn auch nicht allzu spektakulären Backsteinbau. Eins von mehreren gut erhaltenen, in den 1920ern errichten Gebäuden auf einem über dreieinhalb Quadratkilometer großen, als Fort Bolling bekannten Militärareal im Südwesten von Washington.

Parizeau gehörte einem Stab von über 100 Analysten an, jeweils von Monitoren umgeben. Ihre Arbeit konzentrierte sich auf Kernwaffen, die entweder diebstahlgefährdet waren oder im Verdacht standen, an Terroristen veräußert zu werden. Sein Job bestand darin, den Überblick über alle verdächtigen Atomwaffen in der ehemaligen Sowjetrepublik und dem nun souveränen Staat Ukraine zu behalten. Die DIA ging davon aus, dass noch vier Atombomben in der Ukraine versteckt wurden, deren Existenz sowohl die ukrainische als auch die russische Regierung leugneten. Ihre verräterischen chemischen Signaturen dienten als Leuchtfeuer für die eigens darauf ausgerichteten Satelliten, die von ihren geostationären Umlaufbahnen aus alles beobachteten.

Der Zerfall der Sowjetunion 1991 hatte dem missbräuchlichen Umgang mit Zehntausenden Nuklearwaffen überall in den neuerdings unabhängigen abtrünnigen Republiken Tür und Tor geöffnet. Aufgrund ihrer geografischen Lage verfügten diese kleinen Gebiete nunmehr über Atombomben. Verarmte Regionalregierungen, oftmals von Bauern und Landbewohnern geführt, wussten in der Regel nicht, was sie mit dem nutzlosen Zeug anfangen sollten. Nuklearwaffen standen ganz oben auf der Liste der Dinge, die sie loswerden wollten. Ja, sie machten die Liste im Prinzip aus.

Jahrelange Verhandlungen zwischen Russland und dem Westen sollten gewährleisten, dass alle sowjetischen Atomwaffen erfasst und sicher verwahrt wurden. Der chaotische Umgang der russischen Regierung mit ihrem Arsenal an Kernwaffen beunruhigte die USA schließlich so sehr, dass sie vorsichtshalber über 300 Milliarden Dollar ›investierten‹, um Russland beim Schutz der eigenen Atomwaffen zu unterstützen. Doch der gewaltigen Bestechungssumme zum Trotz verschwanden einige der Sprengkörper spurlos.

Hinter den komplizierten Verhandlungen zwischen den Vereinigten Staaten und Russland zur Sicherung der abgängigen Bomben verbarg sich eine tiefere Sorge. Einerseits wollten die Russen die USA glauben machen, sie verfügten über den Einfluss, alle Waffen zurück in ihren Besitz zu bringen. Andererseits hatte Russland eine bunte Mischung neu geschaffener Republiken am Hals, allesamt unabhängig, die ebenfalls ihr Stück vom US-Bestechungs-kuchen abhaben wollten. Letzten Endes kaufte Amerika für die Russen deren eigene Waffen von den Republiken zurück. Dabei ließ sich nicht vermeiden, dass zum Beispiel in der Ukraine einige üble Zeitgenossen einige der Bomben für sich behielten.

Offiziell hatte die Ukraine 1994 ihren gesamten Bestand von 1900 Nuklearwaffen der Russischen Föderation im Austausch gegen ihre Souveränität, eine Reihe wirtschaft-licher Zugeständnisse, Schuldenerlasse und natürlich Bar-geld ausgehändigt. Weder die ukrainische Regierung noch Moskau fanden eine zufriedenstellende Erklärung für die ermittelte Abweichung. Vier der 1900 Bomben fehlten. Es erforderte einiges an Technologie und ungefähr zwei Jahre harter Arbeit, um die verräterischen Tritium-Emissionen aufzuspüren und die vier fehlenden Nuklearwaffen zu lokalisieren. Seitdem war Parizeau den ganzen Tag damit beschäftigt, die angeblich nicht existenten Atombomben auf dem Gebiet der Ukraine zu überwachen.

Parizeau verließ sich auf einen hoch entwickelten, von der U.S. Air Force betriebenen Satelliten, einen von fünf, die in geostationären Umlaufbahnen über der Erde kreis-ten. Parizeau verbrachte seine Zeit damit, eine Reihe ver-dächtiger chemischer und biologischer Symptome zu überwachen, darunter den Plutoniumzerfall, um die Ver-nichtungswaffen aufzuspüren.

Der Scan, den Parizeau im Moment wie gebannt anstarrte, war keine 24 Stunden alt. Die Zahlen zeigten, dass eine der Atombomben in der Ukraine verlegt worden war. Genauer gesagt, sie war verschwunden.

Er griff zum Telefon. »Geben Sie mir Mark Raditz drüben im Pentagon.«

Mark Raditz, der Vize-Verteidigungsminister, saß an seinem Schreibtisch in der ersten Etage des fünfeckigen Gebäudes. Sein Telefon summte.

»Mark«, meldete seine Sekretärin Beth über die Sprechanlage. »Will Parizeau ist auf Leitung eins.«

»Wer?«

»Will Parizeau. Abteilung Ukraine bei der DIA.«

»Stellen Sie ihn durch.«

Raditz schaltete ein hellbraunes Plastikgerät ein, das an ein übergroßes Radio erinnerte. Es handelte sich um einen Raumluftreiniger. Raditz zog die oberste Schreibtischschublade auf, entnahm ihr eine Schachtel Camel Lights, schob eine Zigarette zwischen die Lippen und zündete sie an. Er lehnte sich im ausladenden roten Bürosessel zurück und legte die Cowboystiefel auf die Tischplatte.

»Was gibt's, Will?« Mit einem leichten Gähnen schlug Raditz die Beine übereinander. »Wie läuft es so in der Ukraine?«

»Wir haben einen Irrläufer.«

Raditz schwieg einen Moment, dann sprang er auf und beugte sich über die Telefonanlage. »Sagen Sie das noch mal!«

»Eine Atombombe ist abgängig. Eine von vier Bomben, von der wir annehmen, dass sie nach wie vor im Besitz der Ukraine ist.«

»Wann und wo wurden die letzten verlässlichen Messungen vorgenommen?«

»Bei der Messung vor vier Tagen befanden sich beide Bomben erwiesenermaßen an ihrem angestammten Platz in einer Lagerhalle im Süden Kiews. Die Messung um zwei Uhr heute Morgen zeigt jedoch einen um 50 Prozent reduzierten Plutoniumzerfall an. Einer der Sprengkörper ist verschwunden, Sir.«

Raditz zog ein letztes Mal an seiner Zigarette, hob den linken Fuß und drückte den Stummel am Stiefelabsatz aus. »Will, ich werde jetzt gleich aufstehen und in Harry Blacks Büro gehen. Es befindet sich direkt gegenüber von meinem auf der anderen Seite des Flurs.« Damit meinte er den Verteidigungsminister. »Secretary of Defense Black wiederum wird den Präsidenten der Vereinigten Staaten alarmieren. Sind Sie wirklich 100-prozentig sicher, dass Ihre Behauptung zutrifft?«

»Ja, absolut.«

Raditz holte tief Luft.

»Bleiben Sie am Apparat. Ich veranlasse eine Konferenzschaltung.«

Er drückte eine Taste an seinem Telefon. »Holen Sie mir Josh Brubaker aus dem Weißen Haus in die Leitung«, wies er seine Sekretärin an. »Und dann noch Torey Krug vom EUCOM. Außerdem brauche ich noch Hector Calibrisi, Piper Redgrave und Arden Mason. Am besten auch Sarah Greene von der Fourth Space Operations Squadron. Und zwar schnell!«

»Ist alles okay, Mark?« In Beths Stimme schwang Sorge mit.

Raditz hielt einen Moment inne, um sich zu sammeln. »Nein. Es ist nicht alles okay.«

Innerhalb von acht Minuten stand eine spezielle Hochsicherheitsverbindung zwischen dem Pentagon, der Defense Intelligence Agency, Langley, der National Security Agency, dem Joint Special Operations Command Abteilung Eurasien, der Fourth Space Operations Squadron, dem Heimatschutzministerium und dem Weißen Haus. Lieutenant Colonel Sarah Greene von der Schriever Air Force Base klinkte sich bei Raditz und Parizeau ein. Greene unterstanden die Milstar-Satelliten. Von einem Hochsicherheitstrakt aus, in einem Berg ein paar Meilen vor Colorado Springs gelegen, koordinierte sie die Hardware.

Hinzu kam General Torey Krug, Befehlshaber von EUCOM, dem Europäischen Kommando der Vereinigten Staaten, einem von neun Oberkommandos der US-Streitkräfte. Piper Redgrave, Direktorin der National Security Agency, stieß einen Moment später dazu. Der Minister für Heimatschutz, Arden Mason, schaltete sich von der mexikanischen Grenze aus in die Leitung. Schließlich meldete sich auch Calibrisi mit seinem Kollegen Bill Polk, der den National Clandestine Service leitete. Eine Reihe leitender Mitarbeiter diverser Nachrichtendienste wurde ebenfalls einbezogen. Josh Brubaker, der Nationale Sicherheitsberater, klinkte sich aus dem Westflügel des Weißen Hauses ein.

»Hallo, zusammen!«, grüßte Brubaker. »Was gibt es, Mark?«

»Die Ukraine«, antwortete Raditz. »Wir haben eine Atombombe, die verschwunden ist. Will, setzen Sie alle ins Bild.«

»Unsere Milstar-Nachtscans fingen erhebliche geografische Verschiebungen auf. Das bedeutet, dass eine Kernwaffe transportiert wird. Es handelt sich um eine RDS-4, eine der sogenannten Tatyana-Bomben, Baujahr 1953, ungefähr 30 Kilotonnen. Eine technisch veraltete Bombe, relativ kompakt und leicht, ursprünglich für den Abwurf aus einem Flugzeug vorgesehen, um U-Boote auszuschalten. Bei der Detonation würde sie eine große Fläche zerstören. Den größten Teil Manhattans. Ganz Boston. Es ist keine taktische Waffe, wir reden hier von einer echten Bedrohung.«

»Wie lange ist es her, dass Sie reduzierte Messergebnisse erhielten?«, wollte Brubaker wissen.

»Den letzten belastbaren Messwert lieferte der Milstar-Satellit vor vier Tagen«, sagte Parizeau. »Innerhalb dieses Zeitraums muss sie abtransportiert worden sein.«

»Handelt es sich um eine der vom bisherigen ukrainischen Militär kontrollierten Bomben?«, fragte Calibrisi.

»Ganz recht. General Wladimir Bokolov.«

»Piper, setzen Sie umgehend Bruckheimer darauf an«, befahl Calibrisi. Bruckheimer leitete die Abteilung Signals Intelligence der NSA – Fernmelde- und elektronische Aufklärung. »Wir müssen Bokolov finden.«

»Bin schon dabei«, erwiderte Redgrave.

»Will, wie lange dauert es, die Bombe zu demontieren, um die Ladung zu entnehmen?«, erkundigte sich Polk.

»Warum ist das relevant?«, hakte Brubaker nach.

»Davon hängt ab, wie sie sie transportieren«, antwortete Polk. »Wenn sie die Bombe innerhalb weniger Stunden entkernen können, ist sie leicht genug, um sie in einem Pick-up zu transportieren. Sollte dies der Fall sein, wäre die Suche danach Zeitverschwendung.«

»Es dauert mindestens 48 Stunden, die nukleare Komponente komplett zu entfernen«, beruhigte Parizeau.

»Und was heißt das jetzt?«, fragte Brubaker.

»Es heißt, dass sie die Bombe so schnell wie möglich auf dem Wasserweg wegschaffen werden«, erläuterte Polk. »Die Alternative wäre der Landweg per Sattelschlepper, aber den würde man an der Grenze mit einem Geigerzähler untersuchen. Dieses Risiko dürften sie nicht eingehen.«

Raditz trat an die Wand, an der ein großformatiger Plasmabildschirm hing. »Will, können Sie übertragen, was Sie sich gerade ansehen? Legen Sie es auf IAB 33, damit wir es alle auf dem Monitor haben.«

Im nächsten Augenblick erschien eine erstaunlich farbenfrohe 3-D-Satellitenansicht der Ukraine auf Raditz'

Bildschirm, ebenso auf den Displays der übrigen Konferenzteilnehmer.

»Das ist Kiew«, kommentierte Parizeau, während er eine Reihe von Lichtern fokussierte. An der Oberkante des Bildschirms, direkt über einer digital eingeblendeten roten Linie, die für die Atmosphäre stand, blinkte ein rot-weißblaues Objekt, das den US-Milstar-Satelliten darstellte.

»Ist das eine Echtzeit-Aufnahme?«, erkundigte sich Polk.

»Ja«, bestätigte Parizeau.

»Heben Sie die Routen zum Schwarzen und zum Asowschen Meer hervor«, bat Polk.

Mit einem Mal verzweigte sich südöstlich von Kiew ein Netz gelber Linien. Die Straßen, die an die Küste führten. Mindestens 15 unterschiedliche Routen.

»Will, korrigieren Sie mich, wenn ich mich irre, aber aufgrund der radioaktiven Emissionen sind Sie in der Lage, diese Bomben anzumessen, nicht wahr?«, fragte Raditz.

»Plutonium, Uran, Tritium.«

»Könnten Sie anhand der Messungen den Laster lokalisieren, in dem die Bombe transportiert wird?«

»Dazu bräuchte man schon eine gehörige Portion Glück.«

»Können Sie die Chance etwas genauer beziffern?«

»Eins zu 1000. Wenn der Lkw in Bewegung ist, verflüchtigen sich die radioaktiven Emissionen. Wir justieren alles nach und versuchen, die Abweichungen zu kompensieren, indem wir nach niedrigeren Werten suchen, aber da wir nicht wissen, wie schnell sich das Fahrzeug bewegt, liegen wir mit größter Wahrscheinlichkeit falsch.«

»Ganz zu schweigen von eventuellen Maßnahmen, mit denen sie die Radioaktivität womöglich verschleiern«, ergänzte Calibrisi.

»Wenn ihre einzige Option darin besteht, die Bombe auf dem Wasserweg außer Landes zu schaffen, schicken wir eben alles an die Küste«, meinte Raditz. »Ich will, dass jeder Satellit in der Nähe des Einsatzgebietes genutzt wird, um diese Bombe aufzuspüren. Richten Sie alles neu aus, was wir oberhalb von Weißrussland, Polen, der Slowakei, Ungarn, Rumänien und Moldawien am Himmel haben. Unverzüglich. Decken Sie die Häfen ab, insbesondere Sewastopol und Odessa.«

»Sollen wir die Russen informieren?«, fragte Brubaker.

Schweigen machte sich breit. Eine heikle Frage. Einerseits konnte die Russische Föderation unter Umständen helfen, die Leute aufzuhalten, in deren Hand sich der Sprengkörper befand. Die Russen kannten sich garantiert besser mit den Akteuren in der Region aus. Andererseits herrschte ein tiefes Misstrauen in der Führungsriege des US-Militärs und der Nachrichtendienste. Immerhin hatte Russland jahrzehntelang die schiere Existenz der vier Bomben in der Ukraine geleugnet. Überdies war der russische Präsident, Wladimir Putin, früher selbst für den KGB tätig gewesen. Tief im Innern, jenseits aller diplomatischen Höflichkeiten, jenseits aller Gipfeltreffen und Staatsbanketts, hassten die USA und Russland einander. Viele in Russland schmerzte es nach wie vor, dass sie den Kalten Krieg verloren hatten, heute meist sogar mehr als damals.

Calibrisi fand als Erster die Sprache wieder. »Auf gar keinen Fall dürfen wir es Moskau mitteilen«, sagte der CIA-Chef. »Das wäre eine vorprogrammierte Zeitverschwendung. Wir sollten unsere Energie lieber darauf konzentrieren, diesen Atomsprengkopf zu lokalisieren. Sobald wir die Russen um Hilfe bitten, werden sie dessen Existenz leugnen. Wir sähen uns gezwungen, unsere Behauptung zu belegen, dass in der Ukraine noch Kernwaffen stationiert sind, bis wir feststellen, dass wir drei Tage mit ereignislosen diplomatischen Winkelzügen verschwendet haben.«

»Da muss ich Ihnen widersprechen«, meinte Mason, der Heimatschutzminister. »Wir sollten uns deren Wissen umgehend zunutze machen. Das ist kein rein amerikanisches, sondern ein globales Problem.«

»General Krug«, sagte Brubaker. »Konkrete Vorschläge?«

»Wir hinken bereits hoffnungslos hinterher«, antwortete Krug. »Wenn diese Bombe vor vier Tagen verschwunden ist, dürfte sie längst den Bosporus passiert haben, wahrscheinlich auch fast das gesamte Mittelmeer. Ich empfehle, Russland, die Ukraine und alles andere links liegen zu lassen. Konzentrieren wir uns auf den zehn Meilen breiten Abschnitt zwischen Gibraltar und Tanger. Wenn sie es durch die Straße von Gibraltar schaffen, liegt bis zur US-Ostküste nur noch offenes Meer vor ihnen. Dort sind zu viele andere Schiffe unterwegs, um sie verlässlich zu orten.«

»Wonach sollten wir Ausschau halten?«

»Wir müssen davon ausgehen, dass sie klug genug sind zu wissen, dass sie von Satelliten beobachtet werden und Spektrografen ihre Bewegungen erfassen«, meinte Krug. »Sie brauchen ein Schiff, das nicht auffällt und den Atlantik überqueren kann. Ich tippe auf einen hochseetüchtigen Fischtrawler, mindestens 60 Meter lang. Von der Sorte schwimmen da draußen buchstäblich Hunderttausende herum. Wir sollten über der Straße von Gibraltar sofort Drohnen einsetzen, dazu alles, was wir im spanischen Flottenstützpunkt Rota an Kriegsschiffen haben. Vom SEAL Team Six sind dort ein paar Männer stationiert, die würde ich in Schnellbooten positionieren.«

»Wie lange dauert es, alles in Stellung zu bringen?«, fragte Raditz.

»Ein paar Stunden.«

»Schicken Sie sie los!«

»Ich schlage vor, wir koordinieren das Ganze von Langley aus«, meinte Krug.

»Wieso gerade Langley?«, wollte Brubaker wissen.

Krug räusperte sich. »Nun, um ehrlich zu sein, sollten die Kerle es an Spanien vorbei schaffen, wird es ohnehin zu einer CIA-Operation«, erklärte er. »Bill, leiten Sie schon mal alles Entsprechende in die Wege.«

»Einverstanden«, sagte Polk. »Wir sind bereit, die Leitung zu übernehmen. Ich lasse die Zentrale eine abhörsichere Verbindung einrichten.«

»Ich setze die Schiffe, die SEALs und die Drohnen in Marsch«, ergänzte Krug. »Josh, gibt es sonst noch etwas?«

»Nein, im Moment nicht. In einer Stunde sollten wir uns noch mal zur Abstimmung zusammenschalten.«

»Ich muss leider unterbrechen«, meldete sich Piper Redgrave, die Chefin der National Security Agency, zu Wort. »Ich habe Ihnen etwas mitzuteilen, das damit in Verbindung stehen könnte.«

»Piper« – Brubakers Stimme klang fast flehentlich – »bitte sagen Sie mir, dass es sich um etwas Positives handelt.«

Redgrave schwieg einige bedeutungsschwangere Sekunden lang. Schließlich räusperte sie sich. »Es ist uns gelungen, einen Server zu hacken, der von einem Al-Qaida-Mitläufer in Damaskus betrieben wird. In der gesamten Terrorgemeinde kursieren unzählige Gerüchte, dass ein weiterer großer Anschlag auf die Vereinigten Staaten bevorsteht. Der Codename lautet ›9/12‹.«

In der Leitung wurde es vorübergehend still.

»Herr im Himmel«, meinte Brubaker schließlich. »Wieso erfahren wir erst jetzt davon?«

»Wir haben die Informationen gerade vor einer halben Stunde entschlüsselt«, erwiderte Redgrave.

Niemand sagte etwas, bis Brubaker die Initiative ergriff.

»Mike, wir müssen den Präsidenten informieren. Nehmen Sie Secretary Black mit. Sie können ihn auf dem Weg zum Weißen Haus ins Bild setzen. Hector, Bill: Die taktische Führung liegt beim NCS. Lassen Sie die Protokolle alle über Langley laufen und von dort aus unverzüglich an alle Ressorts verteilen. Die Milstar-Daten zwingen uns zum Handeln, erst recht in Verbindung mit den Gerüchten um ›9/12‹. Piper: Die NSA muss diesbezüglich tiefer graben, und zwar auf der Stelle. Durchforsten Sie PRISM, MYSTIC, Thin Thread und alle übrigen Datenarchive, auf die die NSA Zugriff hat. Wir müssen herausfinden, ob etwas dran ist und die Atombombe in den Planungen eine Rolle spielt. Wenn dem so ist, möge Gott uns beistehen.«

10

BÜRO DES CIA-DIREKTORS
LANGLEY, VIRGINIA

Calibrisi befand sich mit Polk und mehreren weiteren NCS-Mitarbeitern, Analysten und Führungsoffizieren in seinem gläsernen Eckbüro in der sechsten Etage. Sein Telefon vibrierte. Es war Jim Bruckheimer von der NSA.

»Sagen Sie bloß, Sie haben Bokolov gefunden.«

»Ja, wir haben ihn. Aber es kommt noch besser.«

»Lassen Sie hören.«

»Die Spur führte nach Südfrankreich. Vor einer Viertelstunde erstand er bei einem Juwelier in Cannes eine 40.000 Dollar teure Rolex Daytona. Diese ukrainischen Generäle müssen ziemlich gut verdienen, was?«

»Jemand bezahlt ihn vermutlich gut.«

»Genau das nahmen wir ebenfalls an, also recherchierten wir ein bisschen weiter. Vor einem Monat hat ihm Alexei Malnikov acht Millionen Dollar von einem Züricher Nummernkonto überwiesen.«

Calibrisi tauschte einen raschen Blick mit Polk. Beide kannten Malnikov und auch seinen Vater Yuri. Malnikov leitete die größte kriminelle Vereinigung weltweit. Im letzten Jahr hatte die Agency dem FBI dabei geholfen, Malnikovs Vater vor der Küste Floridas aufzuspüren, und unter der Hand inoffiziellen Beistand bei der Festnahme des russischen Mafiabosses geleistet, die weltweit durch die Medien ging. Jetzt hockte der Kerl in einer Gefängniszelle in Colorado.

»Wir haben Malnikovs Bankkonten überprüft«, fuhr Bruckheimer fort. »Keine relevanten Zahlungseingänge. Allerdings überwies er umgekehrt vor vier Tagen 100 Millionen Dollar an einen Dritten.«

»An wen?«

»Das wissen wir nicht. Das Konto, auf dem das Geld landete, wurde geschlossen. Es sieht fast so aus, als hätte jemand eine halbe Sekunde vor der Überweisung das Konto eröffnet und danach sofort wieder aufgelöst.«

Calibrisi griff nach seinem Handy und zog sich außerhalb der Hörweite der anderen zurück.

»Zentrale«, meldete sich eine Frauenstimme.

»Geben Sie mir John Barrows.«

Ein hochgewachsener grauhaariger Mann stand am Rand des 17. Green des Augusta National Golf Clubs und beobachtete einen seiner Klienten bei den Vorbereitungen zum Einlochen.

Er spürte ein leises Vibrieren in der Tasche. Eigentlich durfte er sein Handy gar nicht dabeihaben. Handys waren auf dem Platz strengstens untersagt. Doch es gab gewisse Anrufe, die er für wichtiger hielt als eine Mitgliedschaft im exklusivsten Golfclub der Welt.

Barrows sah zu, wie sein Klient, ein Geschäftsmann aus Omaha, den Ball antippte. Während der Ball in einer anmutigen Kurve über das vereiste Green rollte, blickte er auf das Display:

:: CALIBRISI H. C. ::

Dies war einer jener Anrufe.

Barrows hob das Handy ans Ohr. »Hi, Hector.«

»Ich muss mit einem Ihrer Klienten sprechen.«

»Ich habe viele Klienten.«

»Er ist Russe.«

Barrows spazierte vom Rasen zu einer Reihe von Hornsträuchern und sah sich dabei um, ob es jemand bemerkt hatte.

»Ich kann mir beim besten Willen nicht vorstellen, dass mein Klient in Stimmung ist, dem Chef der Central Intelligence Agency einen Gefallen zu tun«, sagte er. »Seit er in einer fensterlosen Zwei-mal-zwei-Meter-Zelle sitzt, ist er nicht mehr sonderlich gut auf Sie zu sprechen.«

»Ich rede nicht von Yuri.« Calibrisis Tonfall war höflich, aber kompromisslos. »Ich muss mit Alexei Malnikov sprechen, John. Und zwar sofort.«

Barrows schielte zu seinem Klienten, der zum 18. Tee marschierte, dem Abschlagspunkt des finalen Lochs.

»Sind Sie bereit, mit mir zusammenzuarbeiten, um Yuri Malnikov in eine passendere Einrichtung zu verlegen?«, fragte Barrows.

»Wenn ich Alexei Malnikov nicht in den nächsten fünf Minuten am Telefon habe«, sagte Calibrisi gereizt, »landet er an einem Ort, gegen den Yuris Zelle wie eine Suite im Four Seasons wirkt. Kapiert?«

»Ich rufe Sie gleich zurück.«

Alexei Malnikov stand auf dem Balkon vor seiner Suite im Bulgari Hotel und bewunderte die Mailänder Scala. Er trug eine schwarze seidene Pyjamahose von Derek Rose. In der Düsternis des italienischen Abends nahm außer der Frau, die drinnen auf ihn wartete, so gut wie niemand von seiner Anwesenheit Kenntnis. Von Moskau aus war er erst nach Paris, dann nach Mailand geflogen. Er hatte sich eingebildet, von Moskau wegzukommen würde ihn beruhigen, was die ganze Sache mit Cloud betraf, doch das erwies sich als Trugschluss. Er fürchtete, dass seine Welt schlagartig zusammenbrechen könnte. Es wurde zunehmend wahrscheinlicher.

Sein Handy gab ein leises Piepsen von sich. »Hallo?«

»Alexei, ich bin's, John Barrows. Bist du allein?«

»Ja.«

»In genau drei Minuten wird dein Handy klingeln. Geh auf jeden Fall ran.«

»Wovon redest du?«

»Ich habe keine Ahnung, was du angestellt hast, und will's auch gar nicht wissen. Aber du musst das Gespräch annehmen.«

»Wer ist es?«

»Hector Calibrisi.«

Malnikov schloss die Augen.

»Warum will er mit mir reden?«

»Hör auf, mich zu verarschen«, mahnte Barrows. »Und versuch bloß nicht, Calibrisi irgendeinen Mist aufzutischen. Wenn du ihn anlügst, kann dir keiner mehr helfen. Wenn es dich beruhigt, ich glaube nicht, dass er hinter dir her ist.«

»Woher willst du das wissen?«

»Wenn er es wäre, hätte er mich nicht angerufen.«

»Wozu rätst du mir, John?« In Malnikovs Stimme schwang so etwas wie Furcht mit.

»Wozu ich dir rate? Sei ehrlich zu ihm. Da braut sich was zusammen und du hast damit zu tun. Ich hab das Gefühl, du weißt ganz genau, worum es geht. Calibrisi ist der Letzte, mit dem du dich anlegen solltest. Dann verschwindest du nämlich schneller von der Bildfläche, als du der teuren Nutte in deinem Bett *Ciao* sagen kannst.«

»Woher weißt du …?«

In der Leitung klickte es.

Malnikov nahm einen tiefen Zug aus seiner Gitane. Er ging in die Hotelsuite und hob ein rotes Seidennegligé auf.

»Verschwinde!« Damit warf er der Frau auf dem Bett das elegante Nachthemd zu. »Sofort.«

Im Badezimmer spritzte er sich kaltes Wasser ins Gesicht. Da piepte auch schon sein Handy. Malnikov zündete sich eine neue Zigarette an und trat auf den Balkon hinaus.

:: H. C. CALIBRISI ::

»Hallo!«

»Alexei, hier spricht Hector Calibrisi.«

»Was wollen Sie?«

»Ich werde sehr offen zu Ihnen sein. Sie müssen begreifen, dass es sich um keine Drohung handelt, sondern um eine Tatsache. In dem Moment, in dem Sie diese Atombombe gekauft haben, wurden Sie in den Augen der Regierung der Vereinigten Staaten zu einem Terroristen.«

Malnikov starrte auf den Bürgersteig hinab. »Ich bin kein Terrorist«, flüsterte er.

»Das werden wir sehen. Möchten Sie uns helfen?«

»Ob ich möchte? Natürlich nicht. Ob ich Ihnen helfen werde? Ja, selbstverständlich.«

»Wer hat die Bombe?«

»Er heißt Cloud. Ein Computerhacker. Seinen richtigen Namen kenne ich nicht. Er ist Russe.«

»Wurde die Bombe an einen Hafen geliefert?«

»Sewastopol.«

»Haben Sie ihm deshalb 100 Millionen Dollar gezahlt?«, fragte Calibrisi. »Damit Sie das Teil endlich los sind?«

»Ja.«

»Warum haben Sie sie überhaupt gekauft?«

Malnikov schleuderte den Zigarettenstummel in die Luft und sah zu, wie er auf der belebten Straße ein Dutzend Stockwerke tiefer landete.

»Zu meinem Schutz. Ein Pokerchip, den ich ausspielen wollte, sollte ich je Gefahr laufen, verhaftet zu werden.«

»Wo ist er?«

»Ich weiß es nicht.«

»Wissen Sie, wohin er die Bombe bringen will?«

Malnikov zögerte. »Nein. Aber ich habe ihn gefragt, was er damit vorhat.«

»Und seine Antwort?«

»Sinngemäß sagte er: ›Etwas, das ich schon vor langer Zeit hätte tun müssen.‹«

Wieder entstand eine Pause im Gespräch. »Interessant«, meinte Calibrisi. »Das könnte hilfreich sein. Was ist mit dem Boot? Haben Ihre Leute es zu Gesicht bekommen?«

»Nein. Sie lieferten die Bombe auf einem Parkplatz am Stadtrand von Sewastopol ab. Seine Männer trugen Skimasken.«

»Wie kommunizieren Sie mit ihm?«

»Das ändert sich von Mal zu Mal. Per Telefon, per E-Mail, manchmal steht er plötzlich vor der Tür. Die Initiative geht immer von ihm aus. Irgendwie muss er von dem Deal mit Bokolov Wind bekommen haben.«

»Was sagte er?«

»Dass er die Bombe haben will. Ich hielt das zunächst für ein Kaufangebot.«

»Aber stattdessen haben Sie ihn bezahlt. 100 Millionen, richtig?«

»Ja. Genau genommen holte er sich die ersten 50 schon vor der Einigung.«

»Ganz schön dreist.«

Malnikov lachte freudlos. »Er ist ein mieser Wichser. Seine Augen sind pure Bosheit. Es heißt, bei 9/11 habe er geholfen, die amerikanische Luftraumüberwachung zu stören.«

Calibrisi sagte nichts.

»Er hat angekündigt, dass Sie sich bei mir melden und um Hilfe bitten. Ich solle Ihnen ruhig alles sagen, was ich weiß, meinte er.«

Calibrisi überlegte. »Er hat Sie explizit aufgefordert, uns zu unterstützen?«

»Ja, darauf schien er großen Wert zu legen.«

»Mein Gott«, entfuhr es Calibrisi. »Was hat er noch gesagt?«

»Dass er die Informationen beschafft hat, welche die USA damals in die Lage versetzten, meinen Vater zu verhaften.«

Calibrisi schwieg einen Moment. »Wollen Sie mich auf den Arm nehmen?«

»Nein.«

»Haben Sie ein Foto von ihm?«

»Leider nicht.«

»Aber Sie sind ihm begegnet, richtig?«

»Zweimal.«

»Bleiben Sie am Apparat, Alexei. Ich lasse unseren Zeichner kommen.«

Fünf Minuten später saß der beste Phantombildzeichner der CIA in Calibrisis Büro, lauschte Malnikovs Beschreibung und fertigte auf dieser Grundlage ein Porträt von Cloud an.

Calibrisi schaute ungeduldig auf die Armbanduhr. Man erwartete ihn bereits im Weißen Haus.

Er ging in den Vorraum zu Lindsay, seiner Sekretärin. »Ist Pete zurück?«

»Er wartet in der Zwei auf Sie.«

»Ist Dewey bei ihm?«

Sie schüttelte den Kopf.

Calibrisi betrat den benachbarten Konferenzraum. Darin saß, die Prada-Schuhe auf dem Tisch, Pete Bond. Calibrisi trat ein und schloss die Tür hinter sich. »Wie lief es in Mexiko?«

Bonds Miene blieb ausdruckslos. »Wir haben die Mission ausgeführt.«

»Danach habe ich nicht gefragt.«

»Ich weiß.«

»Und?«

»Er konnte es nicht«, sagte Bond. »Genau wie von Ihnen erwartet.«

Calibrisi nickte. »Wo ist er?«

»Ich habe ihn in Georgetown abgesetzt.«

»Danke, Pete.«

Calibrisi wandte sich zum Gehen.

»Chief, da ist noch etwas, das Sie wissen sollten.«

»Was denn?«

»In Andrews wurden wir von Gant in Empfang genommen. Er hat uns direkt nach der Landung abgefangen.«

Calibrisis Kopf ruckte herum. Scharf blickte er Bond an. »Was?«

»Er wartete am Rollfeld und wollte sofort eine Einsatznachbesprechung durchführen. Hat mich ganz schön zusammengestaucht, als ich mich weigerte.«

»Was haben Sie ihm erzählt?«

»Nun, wahrscheinlich hätte ich es nicht tun sollen, aber ich sagte ihm, dass ich Bill unterstellt bin und er sich den Bericht bei ihm besorgen soll.«

»Das war genau richtig. Danke fürs Bescheidsagen.« Calibrisi streckte die Hand nach der Tür aus, drehte sich jedoch noch einmal um. »Holen Sie ihn her. Mir ist egal, ob er einsatztauglich ist oder nicht.«

Bond nickte.

»Wird gemacht, Boss.«

Calibrisi ging zur Feuertreppe, nahm immer zwei Stufen auf einmal nach unten, erreichte die dritte Etage und folgte einem gewundenen, von Glaswänden gesäumten Flur zu den Büroräumen von Deputy Director Josh Gant. Im Gegensatz zu Calibrisi nutzte er einen kompletten Trakt inklusive großen Foyers, an dessen Wänden gerahmte Fotografien hingen. Auf ihnen grinste er mit US-Präsident J. P. Dellenbaugh um die Wette.

Gants Sekretärin sprang auf, als Calibrisi ins Vorzimmer stürmte und an ihr vorbeirauschte. Er betrat Gants Büro und schloss die Tür hinter sich. Sein Vize deckte den Telefonhörer mit der Hand ab. Er trug Fliege und Hornbrille. Sein Teint war sonnengebräunt, die braunen Haare fein säuberlich frisiert. Ein Seersucker-Anzug, ein gelbes Knöpfhemd und Slipper aus feinstem Rossleder vervollständigten sein vornehmes Outfit.

»Ich telefoniere gerade.«

»Legen Sie auf!«

Gant blickte Calibrisi durchdringend an und nuschelte in den Hörer: »Ich rufe gleich zurück.«

»Was zum Teufel glauben Sie, was Sie da treiben?«, fragte der CIA-Chef.

»Ich versuchte gerade, meine Tochter davon zu überzeugen, an ihrem Hauptfach Betriebswirtschaft festzuhalten und nicht zu französischer Literaturwissenschaft zu wechseln, wenn Sie's genau wissen wollen.«

»Ich rede von Dewey Andreas.«

»Sinaloa gehört in meinen Verantwortungsbereich, Chief. Sie selbst haben mir die Sache übertragen, schon vergessen?«

»Ich rede von der psychologischen Evaluation, die Sie bei Furr veranlasst haben.«

»Der Kerl hat eine Schraube locker, Hector, und ich mag es nicht, wenn ein NOC eine Schraube locker hat. Sie sollten so etwas auch nicht auf die leichte Schulter nehmen.«

»Ich habe nicht vor, diesen Blödsinn auch nur mit einer Silbe zu würdigen.« Calibrisi hatte Mühe, sich zu beherrschen. »Halten Sie sich gefälligst fern von Dewey, verstanden? Was Sie getan haben – den Geheimdienstausschuss zu missbrauchen, um auf US-Boden einen Haftbefehl gegen Dewey zu erwirken –, verstößt gegen das Gesetz.«

Er bemerkte Gants irritierten Gesichtsausdruck. »Ach, Sie wollen ihn gar nicht einsperren lassen? Wollten Sie allen Ernstes einen Schießbefehl für den Mann erwirken, der Alexander Fortuna aufgehalten hat?«

»Das ist absurd«, entgegnete Gant. »Wieso sollte ich ihn tot sehen wollen? Ich möchte lediglich, dass das Richtige getan wird. Sollte das heißen, Dewey wieder raus in den Einsatz zu schicken, großartig! Damit habe ich überhaupt kein Problem. Hier geht es doch nicht um Persönliches. Aber wenn ein medizinischer Experte es für notwendig erachtet, ihn für ein paar Monate oder Jahre in eine Klinik einzuweisen, damit er keinen Wert mehr als Whistleblower besitzt, unterstütze ich das sofort. Allein im vergangenen Jahr wurden zwei NOCs erschossen. Das muss endlich aufhören.«

Calibrisi trat an Gants Schreibtisch. »Entweder Sie halten sich von Dewey fern oder ich rufe Dellenbaugh an und erzähle ihm, was sein politischer Mitläufer so treibt. Dann können Sie geradewegs wieder in dem Loch verschwinden, aus dem Sie gekrochen kamen.«

Gant starrte Calibrisi an. Ganz ruhig sagte er: »Der Präsident ist über mein Vorgehen selbstverständlich unterrichtet.« Er schwenkte ein digitales Diktiergerät. »Außerdem muss Ihnen bewusst sein, dass ich für den Fall, dass Dewey aus der Reihe tanzt, jede Einzelheit dokumentiere und alles festhalte, womit Sie mich daran hindern, ihn aus dem Verkehr zu ziehen.«

»Sie haben das aufgenommen ...« Einen Moment lang rang Calibrisi um seine Fassung.

»EPPA 7664, Paragraf H91, Absatz 2«, zitierte Gant. »›Jeder Mitarbeiter der Central Intelligence Agency erklärt sich mit einer Einschränkung gewisser verfassungsmäßiger Rechte einverstanden, darunter auch elektronischen Aufzeichnungen ohne vorherige Bekanntgabe oder Zustimmung.‹«

Gant schwieg einen Augenblick, ließ seine Worte wirken.

»National Security Act von 1947«, konterte Calibrisi. »›Der Direktor der Central Intelligence Agency kann das Beschäftigungsverhältnis eines jeden Beamten oder Angestellten der Central Intelligence Agency jederzeit nach eigenem Ermessen beenden, wenn der Direktor die Entlassung des Beamten beziehungsweise Angestellten als notwendig oder ratsam erachtet.‹«

»›Im Interesse der Vereinigten Staaten‹«, ergänzte Grant die Vorschrift. »Ein Agent wie Andreas könnte den Vereinigten Staaten enormen Schaden zufügen.«

Calibrisi wandte sich zum Gehen.

»Noch etwas, Hector«, sagte Gant.

Calibrisi blieb an der Tür stehen.

»Wo ist er?«, fragte Gant.

»Sie können mich mal!«

11

WHITEWATER MMA
WASHINGTON, D.C.

Der Mann im Rollstuhl starrte Dewey an. Schließlich wandte er sich an Daryl. »Wo ist Tino?«

Daryl beugte sich zwischen den Seilen des Rings hindurch. »Hältst du das für 'ne gute Idee?«, fragte er leise.

»Schaff ihn her!«, knurrte der andere.

Daryl erhob sich. Suchend schweifte sein Blick über die Menge, blieb am Fenster hinten in der Halle hängen. Dort saß ein dunkelhäutiger Mann mit Kopfhörern auf dem Sims. Offenkundig nahm er seine Umgebung gar nicht wahr. Daryl winkte ihn zu sich, wurde jedoch ignoriert. Jemand tippte dem Jüngeren gegen den Arm. Der Junge blickte auf, sah Daryl und stand auf.

Die Menge fing an zu rufen und zu klatschen, als Tino sein ärmelloses Flanellhemd aufknöpfte und in Richtung Ring schlurfte. Im Näherkommen ließ er das Hemd einfach zu Boden fallen. Automatisch traten die Leute beiseite, um ihn durchzulassen.

Tino war zwar nicht übertrieben muskulös, aber was er hatte, wirkte gut definiert. Er schien seinen Muskeltonus insbesondere Fitness, Schnellkraft und vor allem Gewalt zu verdanken. O-beinig kam er daher, beugte den Kopf im Gehen nach links und rechts, um seinen Nacken zu dehnen. Als er mit nacktem Oberkörper in den Ring stieg und die Anfeuerungsrufe lauter wurden, entdeckte Dewey das einzige Tattoo, das er hatte: eine 30 Zentimeter breite Jesusdarstellung auf dem Rücken.

Der Jüngere trug lange Nylon-Shorts, die ihm bis über die Knie reichten, kletterte, ohne auf Dewey zu achten, in die Arena und marschierte in die Ecke.

Die Menge war außer sich, stolz brüllte sie Tinos Namen. »*Tii-no! Tii-no!*«

Dewey blickte zu Daryl. »Ich mach dir dasselbe Angebot wie vorhin, Mann«, meinte der, »aber ich glaube, ich kenne deine Antwort schon.«

Dewey verzichtete auf eine Erwiderung. Zwar bekam er diesmal mit, dass Daryl etwas zu ihm sagte, doch die Worte rauschten an seinen Ohren vorbei. Er erfasste ihre Bedeutung nicht, als spräche der andere eine fremde Sprache.

Das Einzige, was Dewey momentan registrierte, war Wärme. Sie war da, angestiegen auf den Pegel, den er kannte, dem er vertraute, wenn dieser die Führung übernahm, zu ihm sprach.

Er wird versuchen, dich umzubringen. Er will dich umbringen. Die Frage ist nur, ob du das zulässt.

Daryl winkte Dewey und Tino in die Mitte der Kampfzone.

Tino ignorierte Dewey zunächst weiter. Erst ganz am Schluss schaute er kurz auf. Ihre Blicke trafen sich. Der Junge hatte dunkle, fast schwarze Augen. Die Schneidezähne fehlten, an ihrer Stelle klaffte eine große Lücke. Nun musterte er seinen Gegner ausgiebig.

»Welche Waffengattung?« Tinos Stimme war kaum mehr als ein Flüstern.

Dewey gab keine Antwort. Er war völlig entrückt, vernahm nicht einmal den Lärm des aufgepeitschten Publikums. Die Rufe wurden lauter, die Stimmung drohte jederzeit in Krawall umzuschlagen. Dewey konzentrierte sich allein auf seine Gedanken.

Es wird Zeit, dass du zurückkehrst. Und zwar jetzt.

»Eine Runde geht über drei Minuten«, verkündete Daryl. Er musste es brüllen, damit Dewey und Tino ihn trotz des Radaus hörten. Alle drängten sich um die Kämpfer und den Schiedsrichter.

Daryl beugte sich zu Tino. »Wenn ich sage ›Stopp‹, heißt das auch Stopp. Das mein ich verdammt ernst, Tino.« Der Junge lächelte und hüpfte auf und ab, hin und her, federte auf den Fußballen, während er Dewey herausfordernd anstarrte.

»Okay, dann legt los, ihr Mistkerle!« Damit trat Daryl zur Seite und gab ihnen ein Zeichen, sich in ihre jeweilige Ecke zurückzuziehen. Er nickte jemandem zu. Kurz darauf erklang eine Glocke und der Fight begann.

Dewey trat vor, bewegte sich in die Mitte des Rings. Tino verharrte in seiner Ecke, richtete den Mundschutz scheinbar lässig, ohne auch nur in Deweys Richtung zu blicken. Er rückte weiter vor, doch sein Gegner provozierte ihn, suchte stattdessen Blickkontakt zu jemandem im Publikum, lächelte, nahm den Mundschutz heraus, rief dem Betreffenden etwas zu. Er wandte Dewey demonstrativ den Rücken zu. Die geballten Fäuste erhoben, kam Dewey noch näher, wartete, dass Tino sich zu ihm umdrehte. Dieses kurze Zögern nutzte Tino aus, explodierte förmlich, machte einen Satz nach links wie ein Löwe, der sich im Busch auf seine ahnungslose Beute stürzt.

Dewey bekam die Bewegung gerade noch mit, doch zu spät. Er versuchte, den Angriff zu blocken, aber bis sein

Schwinger von rechts nach links sauste, war Tinos Kopf bereits verschwunden, unter Deweys Arm abgetaucht, weil die nächste Attacke Deweys Beinen galt – ein heimtückischer Satz mit dem Kopf voran gegen die Oberschenkel. Dewey begriff, dass er einen Fehler gemacht hatte, und wappnete sich für das Schlimmste.

Wie ein Vorschlaghammer prallte Tinos Schädel gegen seinen linken Oberschenkel. Mit einer derartigen Wucht hatte er nicht gerechnet. Der schonungslose Schmerz setzte sofort ein. Mit einem Mal fühlte Dewey sich ganz leicht, während der Jüngere ihn unnachgiebig zurücktrieb. Eine schreckliche Sekunde lang hing Dewey in der Luft. Noch ehe er auf der Matte aufschlug, umklammerte Tino seine Beine. Scharfe Fingernägel bohrten sich in seine Haut, wollten sie aufreißen.

Schließlich landete Dewey, Tino knallte auf ihn. Zunächst prallte Dewey mit dem Rücken auf die Matte, dann mit dem Hinterkopf. Einen hitzigen Moment lang hörte er Tino knurren, ein entsetzliches Geräusch, dazu das fiese Ziehen im Oberschenkel und das dumpfe, migräneartige Pochen im Schädel.

Alles in der Halle brüllte, brach in lauten Jubel aus.

Es hatte ganze zehn Sekunden gedauert. Dewey war klar, dass er in ziemlichen Schwierigkeiten steckte.

Die Menge rückte näher heran, scharte sich um die Kämpfer und feuerte Tino an.

»Mach ihn kalt!«

»Gib's ihm, Tino!«

Dewey lag auf dem Rücken, die Beine wie in einen Schraubstock eingespannt. Er rammte Tino die Faust gegen den Hinterkopf, in den Nacken, in die obere Rückenpartie, ohne auch nur ein Ächzen hervorzurufen. Tinos Knie schnellte vor, traf Dewey mitten in die Eier. Eine halbe

Sekunde später ließ Tinos rechter Arm Dewey los, holte zu einem heftigen Schwinger gegen das Gesicht aus.

Dewey sah den Schlag kommen, hob den linken Arm, blockte ihn ab, um mit der rechten Hand Tinos Faust zu packen; das, was er davon zu packen bekam. Er suchte Tinos Zeige- und Mittelfinger und drückte zu, brach ihm beide Finger am Knöchel in ebendem Moment, in dem ihm Tinos andere Faust gegen den rechten Bizeps krachte.

Tino stöhnte vor Schmerz auf, während er mit der Linken erneut ausholte und Dewey an der Schulter traf. Deweys rechter Arm schoss vor, unter Tinos Ellbogen, arretierte ihn in einer hilflosen Position. Ruckartig riss er den rechten Arm hoch, um Tino den Ellbogen zu brechen.

Doch der andere war bereits dabei, sich zu befreien. Nach wie vor auf Dewey liegend, stieß er sich mit dem Kopf, der rechten Hand und den Beinen ab, wirbelte in einer kontrollierten Pirouette in die Luft, drehte sich um 270 Grad zur Seite, löste sich so aus Deweys Umklammerung und landete auf den Füßen.

Dewey wälzte sich nach links, allerdings nicht schnell genug, um Tinos bloßem linkem Fuß auszuweichen. Ein brutaler Tritt traf ihn am Mund, Blut spritzte. Sofort wurde mit dem rechten Fuß nachgesetzt. Er parierte, ließ seine Beine über die Matte fegen und erwischte Tino am Knöchel, brachte ihn zu Fall.

Dewey wurde übel. Benommen und heftig blutend, richtete er sich auf, kam auf die Beine.

Daryl, der Ringrichter, stand mit verschränkten Armen in der Ecke, verfolgte das Kampfgeschehen mit ausdrucksloser Miene.

Dewey kam es vor, als duellierte er sich bereits seit Stunden, doch nun rührte Daryl sich zum ersten Mal: Er hob zwei Finger. In der ersten Runde blieben noch zwei

Minuten. Erst eine Minute war um. »Dreckskerl«, keuchte Dewey, während ihm das Blut übers Kinn rann, auf die Brust tropfte und er endlich wieder die Erfahrung machte, was es bedeutete, auf eigenen Beinen zu stehen.

Bond stellte den Audi S6 in einem ruhigen Wohngebiet hinter der Wisconsin Avenue in Georgetown ab. Er fand die Gasse, die sich hinter der Reihe von Stadthäusern entlangzog, von denen eines Dewey gehörte, erklomm die Backsteinmauer, die den kleinen Garten säumte, und glitt lautlos hinüber.

Das Anwesen lag im Dunkeln. Kaum hatte er das Grundstück betreten, kletterte er auf einen Baum, bis er einen Ast erreichte, der im zweiten Obergeschoss über die Dachtraufe hing. Von dort sprang er auf den Balkon. Er zog eine dünne, feste Titankarte aus der Brieftasche, schob sie in die Fuge zwischen oberer und unterer Scheibe und hebelte die Verriegelung auf. Er betrat die Wohnung und ging über die Treppe ins Erdgeschoss. Dort stieß er auf die Kiste Bier und die Sammlung leerer Flaschen, daneben der Jack Daniel's, zu einem Drittel geleert. Auf die Papiertüte, in der der Whiskey steckte, war fast unleserlich ein Wort gekritzelt: WHITEWATER.

Bond seufzte. Er zückte das Handy und tippte Calibrisis Nummer ein. Bevor er die Wähltaste drückte, hielt er inne, steckte das Gerät wieder ein und schlich zur Haustür. Nein, das gab er lieber nicht an Calibrisi weiter, schließlich wollte er ja helfen.

Zurück auf der Wisconsin Avenue, winkte er ein Taxi heran, statt selbst zu fahren. Ihm war klar, dass er seinen Audi vermutlich abschreiben konnte, wenn er ihn in Whitewater abstellte.

Nachdem Dewey und Tino zum ersten Mal richtig aneinandergeraten waren, nahmen sie an entgegengesetzten Seiten des Rings Kampfstellung ein. Dewey rang um Atem, während Tino einen Gegner musterte, mit dem er eigentlich längst fertig sein müsste. Sie machten sich nicht die Mühe, einander zu umkreisen. Dewey stützte sich mit der Linken am Seil ab, umklammerte es, um nicht hinzufallen. Blut floss ihm aus dem Mund und sprenkelte die Matte rot.

Tinos Gesicht war knallrot und schweißgebadet. Die Linke hatte er zur Faust geschlossen, an der rechten Hand standen die zwei gebrochenen Finger unnatürlich ab.

Die Menge war kaum noch zu halten. Wie aus einer Kehle skandierte sie Tinos Namen.

Dewey schielte nach links, zwischen den Seilen hindurch neben den Ring. Der Mann im Rollstuhl ließ ihn nicht aus den Augen.

Sosehr Dewey das Ende der Runde herbeisehnte, um kurz verschnaufen zu können, war ihm doch klar, dass er dem Kampf jetzt ein Ende bereiten musste, weil er sonst in der zweiten Runde aller Wahrscheinlichkeit nach starb oder, schlimmer noch, aufgeben musste.

Hab keine Angst vor dem Tod.

Langsam und wohlüberlegt arbeitete sich Dewey in Tinos Reichweite vor. Mittlerweile war alles bis auf den letzten Platz gefüllt, es gab nur noch Platz zum Stehen. Sein Blick fiel auf jemanden ganz hinten an der Wand neben dem Eingang. Dort stand Bond mit verschränkten Armen und schaute zu. Er bemerkte, dass Dewey ihn anstarrte, nickte ihm zu, hielt sich jedoch im Hintergrund.

Dewey schob sich näher an Tino heran. Seine Attacken zerteilten die Luft vor ihm, links, rechts, als ob er eine unsichtbare Schutzschicht beackerte.

Zeit für den alten Dewey.

Tino griff an, wie zuvor aus heiterem Himmel. Seine nackten Füße trommelten über die Matte, während das Publikum in brüllenden Jubel ausbrach.

Doch diesmal war Dewey vorbereitet.

Mit einem Satz hechtete Tino, die Hände vorgestreckt, auf Deweys Bauch zu. Ein tiefer, gutturaler Schrei entfuhr seiner Kehle, während er abermals probierte, Dewey zu Fall zu bringen. Dewey wartete einen Augenblick, noch einen, schätzte den richtigen Zeitpunkt ab, beobachtete, wie der Jüngere näher kam. Nur noch wenige Schritte, einen Schritt, wenige Zentimeter. Er blendete das animalische Knurren aus, das ihn bloß ablenken, ihm Angst einjagen sollte. Und dann spürte Dewey es. Kein kurzer Schub, nein, das Adrenalin erfüllte seinen kompletten Körper mit Glut. Als Tinos Fingerspitzen seinen Oberkörper streiften, peitschte Deweys rechter Fuß hoch in die Luft zu einem brutalen Kick, der genau saß und Tino mit einem dumpfen Schlag mörderisch an der rechten Schläfe traf. Mit der Wucht des gegnerischen Angriffs war es damit vorbei. Der Kopf des Jungen wurde unglücklich zur Seite geschleudert. Er taumelte nach rechts auf die Matte, fiel neben den Seilen hilflos und wie benommen auf den Rücken.

Die Gaffer verstummten. Dewey behielt sein Opfer im Auge, während er sich mit dem Handrücken das Blut vom Mund wischte. Auf den Fußballen federnd baute er sich vor dem anderen auf und wartete, dass dieser aufstand.

Tino berappelte sich auf die Knie, blickte hoch in der Erwartung, Dewey werde ihm gleich einen Tritt verpassen. Doch Dewey blieb auf Abstand, die Fäuste geballt. Blut sickerte ihm aus dem Mund. »Steh auf«, murmelte er.

Tino kam auf die Beine, schüttelte sich, bemüht darum, wieder einen klaren Kopf zu bekommen. Dewey rückte vor. Sie schlugen aufeinander ein, es ging hin und her, die

Fäuste flogen so schnell, dass die meisten die Anzahl der Treffer kaum mitbekamen. Jedes Mal, wenn Dewey eine Serie erfolgreicher Faustangriffe entfesselte, kam wie aus dem Nichts von irgendwoher Tinos Bein, entweder der Fuß oder das Knie, und erwischte ihn, wo immer es möglich war. Doch Dewey stand im Begriff, den Kampf zu gewinnen. Tino hatte eine Platzwunde über dem linken Auge, es war zugeschwollen und blutete. Über die linke Wange zog sich ein dünner roter Film, ebenso über Schulter und Arm.

Dewey ignorierte die Tritte, steckte sie einfach weg, trieb den Kontrahenten mit seinen Fauststößen in die Ecke, indem er den Schädel mit Schlägen eindeckte. Tino brachte die Fäuste nach oben, um seinen Kopf zu schützen. Folglich verlagerte Dewey seine Bemühungen auf den Oberkörper.

Unter Deweys vernichtenden Hieben schien Tino in sich zusammenzusinken, suchte Schutz hinter seinen Händen.

»Aufhören«, murmelte Tino, die Stimme kaum hörbar. Außer Dewey bekam es niemand mit.

Er stellte seine Angriffe ein, gerade lang genug, dass Tino hochspringen, sich auf ihn stürzen und ihm einen Kopfstoß versetzen konnte, direkt über dem linken Auge, der ihn auf die Matte beförderte. Mit einem Satz war Tino über ihm und fing an, ihn wie ein Wilder mit Fäusten und Knien zu traktieren.

Dewey spürte nur noch das taube Gefühl, das heftigem Schmerz vorausgeht, und die ersten Nebelschleier einer Gehirnerschütterung. Von weit her vernahm er die Glocke, die das Ende der Runde einläutete. Tino prügelte unablässig auf ihn ein, erst Sekunden später hörte er undeutlich, dass Daryl brüllte, er solle von ihm ablassen.

Dewey mühte sich ab, aufzustehen, stemmte eine Hand auf den Boden, stützte sich ab, kippte jedoch auf die Seite. Ihm war übel und schwindlig. Schwankend richtete er sich auf, packte das Seil, kotzte über den Rand des Rings, während er sich am Seil festklammerte. Zentimeterweise kroch er in seine Ecke. Es gab keinen Hocker, aber ein Arm reichte ihm eine Wasserflasche. Mit dem offenen rechten Auge sah Dewey einen schwarzen Jugendlichen, der zu ihm raufglotzte.

Daryl kam in Deweys Ecke. »Für den Kopfstoß kann ich ihn disqualifizieren.«

Dewey nahm einen Schluck Wasser, spuckte ihn aus und richtete den Blick auf die gegenüberliegende Seite des Rings. Tino saß auf einem Hocker.

»Nein.« Er schüttelte den Kopf.

Daryl meinte: »Mir war, als hätte ich mitbekommen, wie er ›Aufhören‹ sagte.«

Deweys Blick haftete unbeirrt weiter auf Tino. Seine Benommenheit verzog sich rasch. »Nein«, stöhnte er. »Er hat nicht ›Aufhören‹ gesagt.«

Eine halbe Minute später läutete die Glocke die zweite Runde ein.

Leicht schwankend, die Fäuste an den Seiten, trat Dewey in die Mitte des Rings, beobachtete Tino, wie dieser ihn umkreiste. Die Menge war ruhiger geworden. Einige skandierten immer noch »Tino, Tino«, aber es waren nicht mehr so viele, die Anfeuerungsrufe kamen seltener.

Dewey rührte sich nicht vom Fleck. Reglos stand er da, bewegte lediglich den Kopf, verfolgte Tino aus dem Augenwinkel.

Es wird Zeit, zurückzukommen. Dein Job ist noch nicht erledigt.

Dewey wartete den Moment ab, in dem er Tino nicht mehr sah. Der tote Winkel hinter ihm, abgeschirmt vom zugeschwollenen linken Auge, für das rechte nicht einsehbar. Er dachte an seine Delta-Ausbildung: fortgeschrittene

Nahkampftaktik, einen zermürbenden Sommer lang in der Wüste von Utah, fast nur bei Nacht.

Ihr werdet lernen, wie man bei Tag kämpft, aber ihr werdet auch die Nacht kennenlernen. Die meisten betrachten die Dunkelheit als Feind, nicht jedoch ein Delta. Wir werden euch beibringen, bei völliger Dunkelheit zu kämpfen.

Dewey schloss die Augen, lauschte auf Tinos kehliges Keuchen. Seine Fußsohlen warteten darauf, die leiseste Bewegung zu erfassen, während Tino auf der Matte näher heranrückte.

Er erfasste eine Bewegung hinter sich, hörte das Trappeln, mit dem Tino zum Angriff ansetzte.

Wenn ihr die Nacht seid, kann euch niemand auf der Welt aufhalten. Es gibt keinen Mann, den ihr nicht töten könnt.

Dewey wartete, auf das leise Knurren konzentriert, das Tinos Vorstöße begleitete, spürte, wie die Matte sich ganz leicht senkte, hörte die Schritte und schließlich, im buchstäblich letzten Moment, spürte er die Gegenwart der Bestie, die ihn ansprang.

Er rechnete damit, dass Tino ihm mit einem Hechtsprung an die Knie gehen wollte.

Dewey wirbelte herum, öffnete die Augen und machte einen Satz in die Luft.

Tino hechtete unter Dewey hindurch, während die Menge spontan in vielstimmige Beifallsrufe ausbrach. Tino machte sich auf den bevorstehenden Aufprall gefasst, landete auf den Händen, sprang auf, drehte sich um.

Mit erhobenen Fäusten rückte Dewey schrittweise vor. Sein Gegner nahm ebenfalls die Fäuste hoch. Langsam rückten sie aufeinander zu, verharrten gerade noch außerhalb der Reichweite des jeweils anderen.

Dewey tänzelte leicht hin und her, kam bedächtig näher, drang in Tinos Revier ein. Tino schlug zu, traf ihn an der

Brust. Dewey steckte den Fausthieb weg, gleich darauf noch einen weiteren ans Kinn, ehe er zu einem brutalen Schwinger gegen Tinos Kopf ansetzte. Doch Tino duckte sich, winkelte das Bein seitlich an und versetzte Dewey in einer fließenden Bewegung einen heftigen Fußstoß in die Rippen, der ihn zurücktrieb und aufstöhnen ließ. Tino setzte mit einem umgekehrten 270-Grad-Round-house-Kick nach, indem er den linken Fuß auf der Matte drehte, um den rechten im Uhrzeigersinn gegen Deweys Kopf zu schwingen.

Dewey blockte Tinos gestreckten Fuß mit dem linken Unterarm ab, den er, kaum dass der Fuß auftraf, nach oben riss und in Richtung seines Gegners stieß, sodass dieser hintenübergeschleudert wurde. Der Junge riss die Augen weit auf, weil ihm klar war, was ihm blühte. Er schlug mit dem Scheitel auf der Matte auf, noch bevor seine Hände den Sturz abfangen konnten, und überschlug sich.

Dewey trat zu ihm. In diesem Moment hätte er ihm einen Tritt verpassen können, hätte ihm ohne Weiteres das Nasen-bein zertrümmern oder den Kopf fest genug nach hinten reißen können, um ihm bleibenden Schaden zuzufügen, ebendas, was Tino mit ihm vorgehabt hatte. Aber er tat es nicht. Stattdessen blieb er vor ihm stehen. Während ihm das Blut nach wie vor aus dem Mund rann, wartete er mit geballten Fäusten für den Fall, dass der andere noch immer nicht genug hatte.

Daryl kam zu Tino, kniete sich neben ihn, packte ihn am Ohr, hob den Kopf leicht an, damit er ihn sehen konnte. Tino blickte auf, die Augen verdreht. Er schüttelte den Kopf, gab auf.

Ein paar Sekunden lang schwiegen alle. Schließlich fing jemand an zu klatschen. Dewey entdeckte den schwarzen Jungen, der ihn mit einem breiten Grinsen anstrahlte. Nicht lange, dann wurde es in der Halle lauter, als andere in den Applaus einfielen.

Er trat ans Seil, hob es an, kletterte darunter hindurch und machte sich auf den Weg zur Tür, drehte sich jedoch noch einmal um. Dabei sah er den Mann im Rollstuhl. Dieser nickte Dewey zu. Er erwiderte die Geste mit ausdruckslosem Blick.

Am Eingang traf Dewey auf Bond, der mit verschränkten Armen an der Wand lehnte.

»Um ein Haar hätte er Sie umgebracht«, meinte Bond.

Dewey langte sich ans Auge. »Ach, sagen Sie bloß!«

»Ihnen ist schon klar, dass Sie gerade den Top-Anwärter auf die US-amerikanische Ultimate Fighting Championship besiegt haben?«

Dewey rieb sich das Auge. »Ich wünschte, das hätte mir jemand gesagt, bevor ich in diesen Ring gestiegen bin. Wie haben Sie mich überhaupt gefunden?«

»Ich war in Ihrem Stadthaus.«

»Das ist Einbruch. Dafür kann man sich in D. C. ein Bußgeld einfangen.«

»Verklagen Sie mich doch.«

»Schickt Hector Sie?«

Bond nickte.

»Keine Ahnung, warum er sich Sorgen um Sie macht«, meinte Bond kopfschüttelnd. »Gehen wir.«

12

Faqir stand im Ruderhaus und qualmte eine Zigarette nach der anderen. Sein Blick schweifte hin und her zwischen der kümmerlichen Navigationsanlage und den anderthalb Meter hohen Wellen der windgepeitschten See, die von Halogenscheinwerfern auf dem Vordeck des Trawlers beleuchtet wurde. Fast Mitternacht.

Das hölzerne Deck des Trawlers wurde von Meerwasser durchtränkt, der Stahl entlang der Reling rostete vor sich hin. Kurz vor dem Bug erhob sich ein neun Meter hoher Beobachtungsturm, dort angebracht, um Fischschwärme auszumachen. Ein Kabel zog sich vom Turm zum Ruderhaus, eine Leuchtgirlande darum drapiert. Allerdings waren die meisten Birnen kaputt. Die wenigen funktionierenden warfen einen schummrigen, trüben Lichtschein auf das Deck.

Im Ruderhaus roch es streng nach Fisch, Körperausdünstungen, Öl und Zigaretten.

Das Boot tuckerte mit 24 Knoten dahin und spie dichten Rauch aus zwei Schornsteinen hinter dem Ruderhaus. Das Triebwerk war laut und gab ein ungesundes Knirschen von sich. Faqir machte sich deswegen jedoch keine Sorgen. Nicht allein dass er den Atlantik schon in deutlich seeuntüchtigeren Schiffen überquert hatte, ihn umgab auch die typische Gelassenheit eines Dschihadisten. Er fürchtete den Tod nicht, weil er im tiefsten Innern daran glaubte, dass ihn als Nächstes das Paradies erwartete.

Vor zwölf Stunden hatten sie in Bizerta an der tunesischen Küste aufgetankt. Faqirs Schätzung zufolge nahm der

Trip durch die Straße von Gibraltar noch einen weiteren Tag in Anspruch. Bis dahin beabsichtigte er nicht, das Ruderhaus zu verlassen.

Er hörte eilige Schritte an Deck und drehte sich im selben Moment um, da die Tür zum Ruderhaus aufgerissen wurde. Schwer atmend stand ein Crewmitglied vor ihm. »*Vrach dolzhen vam srazu.*« *Du musst sofort zum Doktor kommen.*

»*Sledit' za ognyami*«, gab Faqir zurück. »*Krichat', yesli vy vidite kakoy-libo. Vy ponimayete?*« *Halt nach Lichtern Ausschau. Ruf, wenn du welche siehst. Verstanden?*

Der junge Mann nickte und übernahm das Ruder.

Unter Deck passierte Faqir den Maschinenraum und gelangte schließlich, fast mittschiffs, in einen Frachtbereich. Davor hingen mehrere rosafarbene Schutzanzüge, um ihre Träger vor chemischer, biologischer, atomarer und Strahlenbelastung zu schützen. Jeder verfügte über ein von der Umgebungsluft unabhängiges Atemgerät. Faqir legte einen der Anzüge an und trat ein.

Die Bombe ruhte seitlich auf einer Stahlkonstruktion. Ein Teilstück war entfernt und gestattete einen Blick auf einen metallischen Zylinder im Mittelsektor der Bombe.

Dr. Poldark stand, ebenfalls in Schutzmontur, darübergebeugt und begutachtete den Zylinder.

»Was gibt's, Doktor?«

»Wir haben ein Problem«, verkündete Poldark. »Der Sprengstoff in der Gun-Baugruppe ist hinüber. Sie wird nicht explodieren.«

Faqir schüttelte den Kopf. »Ich bin kein Atomwissenschaftler, Dr. Poldark.«

Poldark holte tief Luft, dann lächelte er geduldig, deutete auf den hervorstehenden Stahlzylinder. »Das ist eine Kernspaltungsbombe«, erläuterte er. »Dies hier ist die sogenannte Gun-Baugruppe. Sie funktioniert nach einem simplen Prinzip. Ganz am Ende ist eine konventionelle Sprengladung angebracht. Wird sie gezündet, schießt in dem Zylinder eine Kugel aus hoch angereichertem Uran auf ein größeres Stück ebenfalls hoch angereicherten Urans am entgegengesetzten Ende zu. Trifft die Kugel auf das Gegenstück, setzt sie damit eine Kettenreaktion in Gang. Kritische Masse. *Bum.*«

Poldark tätschelte den Stahlzylinder. »Das Problem ist, diese Bombe ist verdammt alt. Sie wurde 1952 oder '53 zusammengebaut. Ich war damals noch ein Teenager. Deine Eltern, Faqir, waren wahrscheinlich noch nicht mal auf der Welt. Das Uran hat keinen Schaden genommen. Es hält ewig, jedenfalls lang genug, um unser Vorhaben umzusetzen. Aber der konventionelle Sprengstoff, der die Kettenreaktion auslösen soll, ist, so fürchte ich, nicht mehr zu gebrauchen.«

»Ich habe Sprengstoff dabei, Doktor«, sagte Faqir.

Er wandte sich an einen der Männer, der an der Wand lehnte. »*Guzny, gde zhe detonatorov?*«, blaffte er den jungen Tschetschenen an. *Guzny, wo sind die Sprengkapseln?*

Der Blick des Tschetschenen huschte nervös hin und her. Schließlich antwortete er, seine Stimme kaum mehr als ein Flüstern: »*Ya iskal vezde. Ya, dolzhno byt', zabyli ikh.*« *Ich hab überall nachgesehen. Ich muss sie vergessen haben.*

Faqir lief rot an, sein Gesicht wutentbrannt. Er zog seine Pistole aus dem Hüftholster, hob sie und drückte ab. Die Kugel traf den jungen Tschetschenen in die Stirn, Blut spritzte an die Wand des Laderaums. Er sank zu Boden.

Faqir herrschte die beiden anderen Crewmitglieder an: »Werft ihn ins Meer!«

Sein Blick wanderte zurück zu Poldark. »Ich entschuldige mich für die Inkompetenz meines Mitarbeiters.«

»Ohne Treibladung ist diese Bombe nutzlos«, erklärte Poldark.

Zornig starrte Faqir den Wissenschaftler an. »Ich werde Ihnen Sprengstoff besorgen, Dr. Poldark.«

»Wie denn?« Mutlos, fast resignierend schüttelte Poldark den Kopf. »Wir können nicht zurück. Keine Chance.«

Faqir hörte ihm gar nicht zu. Auf Äkkisch, einem arabisch beeinflussten tschetschenischen Dialekt, wandte er sich an einen seiner Leute: »Macht die Waffen bereit. Und auch die Nachtsichtgeräte.«

13

PRIVATRESIDENZ
WEISSES HAUS
WASHINGTON, D.C.

Amy Dellenbaugh wartete mit ihren beiden Töchtern Summer und Sally im Wohnzimmer der Privatresidenz im Executive Mansion des Weißen Hauses. Die beiden Schwestern, neun und zwölf Jahre alt, hielten jeweils einen Lacrosseschläger in der Hand und warfen sich gegenseitig einen Ball zu. Der Präsident trat zu ihnen und strahlte. Die Dellenbaughs wollten zu ihrem alljährlichen Urlaub am 4. Juli aufbrechen.

»Wer freut sich schon auf Montana?«, fragte Dellenbaugh.

Sally schleuderte den Hartgummiball in Richtung ihrer Schwester. Er verfehlte Summers Schläger, hüpfte über den Marmorboden, prallte ab, traf den hölzernen Bogen über der Tür.

Von dort schoss er nach links auf ein riesiges Ölgemälde von Winslow Homer zu, das einen Mann im Ruderboot in einer aufgewühlten See zeigte. Kurz bevor der Ball auf der

Leinwand aufschlug, riss Dellenbaugh den rechten Arm hoch und fing ihn auf.

Sally starrte ihren Vater an, dessen Gesicht mit einem Mal ziemlich ernst wirkte.

»Ich freue mich auf Montana«, lenkte sie von der Beinahe-Katastrophe ab.

Nachgiebig schüttelte er den Kopf und reichte ihr den Ball zurück.

»Sorry, Dad«, meinte sie blinzelnd.

»Schon okay, Liebes.« Dellenbaugh ging zu ihr, legte ihr tätschelnd die Hand auf den Kopf, beugte sich hinunter und küsste sie auf die Stirn. »Sei bloß froh, dass du so niedlich bist.«

Seine Frau verdrehte kopfschüttelnd die Augen. »Im Ernst, J.P., so ein Softie wie du ist mir noch nie begegnet. Dieses Mädchen wickelt dich um den kleinen Finger. Wie soll sie da je eine Lektion lernen?«

»Es ist ihr Job, mich um den kleinen Finger zu wickeln.« Damit nahm er Sally auf den Arm und ging zum Aufzug.

Die Dellenbaughs betraten die Kabine. Summer drückte die Taste fürs Erdgeschoss und sie fuhren abwärts. Draußen vor dem Fahrstuhl stand mit verschränkten Armen Calibrisi und wartete, aschfahl im Gesicht.

»Guten Morgen, Mr. President. Amy, Summer, Sally, wie geht es euch?«

»Hi, Mr. Calibrisi«, begrüßte Summer ihn.

Calibrisi lächelte und gab Dellenbaugh mit einem kurzen Blick zu verstehen, dass sie reden mussten.

»Ich komm gleich nach«, sagte Dellenbaugh zu seiner Frau.

»Nein. Ich fürchte, nicht, Sir«, erwiderte Calibrisi.

Amy bemerkte den Ausdruck im Gesicht des Geheimdienstchefs. Sie ging zu ihrem Mann und schlang die Arme um ihn. »Schon okay, Liebling, ich heb einen Hotdog für dich auf.«

»Tut mir leid.«

»Das braucht es nicht«, flüsterte sie ihm ins Ohr. »Du bist der Präsident der Vereinigten Staaten. Montana wird noch da sein, wenn du fertig bist.«

Dellenbaugh begleitete seine Familie durch den Map Room nach draußen zum Südrasen, wo Marine One, der Hubschrauber des Präsidenten, darauf wartete, die First Family zur Andrews Air Base zu fliegen. Hinter Marine One standen zwei weitere Helikopter. Einer sah genauso aus und diente sowohl als Ablenkungsmanöver als auch als Kampfhubschrauber für den Fall, dass jemand einen Anschlag auf den Präsidenten versuchte, solange er sich an Bord von Marine One aufhielt. Mit dem dritten Heli war der CIA-Direktor eingetroffen.

Auf dem Rückweg nahm Dellenbaugh die Abkürzung durch den Rosengarten und betrat das Oval Office durch eine Terrassentür.

Gemeinsam mit Josh Brubaker, dem Nationalen Sicherheitsberater, saß Calibrisi bereits auf einem der hellbraunen Chesterfield-Sofas. Dellenbaugh setzte sich ihm gegenüber auf die zweite Couch.

»Wie schlimm ist es?«

»Schlimm.«

»Lassen Sie hören.«

»Hier geht es um keinen einfachen Deal, Mr. President«, sagte Calibrisi.

»Ich glaube, ich verstehe nicht ganz, was Sie damit meinen, Hector.«

»Was ich meine, ist: Diese Sache hier entwickelt sich zu einem Anschlagsszenario, das eindeutig in den Bereich der Vulnerability Matrix fällt, Sir.«

Die Vulnerability Matrix, ausschließlich für die Augen des Präsidenten bestimmt, war eine streng geheime Analyse, gemeinsam von CIA, Pentagon und RAND Corporation erstellt. In vierteljährlichem Abstand zeigten die kurzen, streng geheimen Auswertungen dem Präsidenten Amerikas kritische Sicherheitslücken und Schwachstellen auf. Ein Dokument, bei dessen Lektüre es einem kalt über den Rücken lief.

Calibrisi zückte ein Blatt Papier und reichte es Dellenbaugh. »Ich habe mir erlaubt, die relevante Seite herauszunehmen«, erklärte er, während Dellenbaugh ihm das Blatt aus der Hand riss und den Inhalt rasch überflog.

PRESIDENT OF THE UNITED STATES, VERTRAULICH
VULNERABILITY MATRIX 997-A-554

Aufschlüsselung der Risikofaktoren:

1 Kontrollierbar: Bedrohung kann durch US-Regierung/Exekutivorgane effektiv unter Kontrolle gebracht werden

2 Kritisch: Bedrohung hätte realistische Chance auf Erfolg und wäre nur schwer zu stoppen

3 Maximal: Bedrohung stellt ein nicht kalkulierbares Risiko dar, dem nicht zuverlässig begegnet werden kann; darum muss sie im Voraus verhindert und/oder durch Präventivmaßnahmen ausgeschaltet werden

SZENARIO A5-788
Atombombe an Bord eines Schiffes: Ostküste
Risikofaktor: 3
Erläuterung:
Das größte Sicherheitsrisiko für Amerika besteht seit 74 Monaten unverändert in einem Terroranschlag mittels einer improvisierten oder gestohlenen Atombombe, die per Schiff in eine Stadt an der US-Ostküste transportiert wird. Der Grund liegt auf der Hand: Anzahl kommerzieller Fischtrawler (schätzungsweise sechs bis sieben Millionen) × Länge der US-Ostküste = Entdeckung extrem unwahrscheinlich. Dies ist die größte Schwachstelle mit maximaler Verwundbarkeit. Das heißt, würde ein derartiger Anschlag jemals in die Tat umgesetzt, stünden die Aussichten, ihn zu verhindern, bei nahezu null.

Präsident Dellenbaugh starrte das Blatt Papier an, einen gequälten Ausdruck im Gesicht. »Was wissen wir über die Bombe?«

»Es handelt sich um eine sowjetische 30-Kilotonnen-Bombe aus den 50er-Jahren.«

»Stärker als Hiroshima?«

»Viel stärker. Sie enthält mehr hoch angereichertes Uran und es steckt größeres Know-how hinter der Konstruktion. Abhängig von der Integrität des Zünders könnte die Wirkung dieser Bombe zehnmal so hoch sein.«

Dellenbaugh legte das Blatt zur Seite. Seine Hand zitterte so sehr, dass man es sah. »Von wie vielen Menschen sprechen wir?«

»Geht man davon aus, dass sie eine Stadt ins Visier nehmen, von mindestens einer Million.«

»Wie viel Zeit bleibt uns?«, wollte Dellenbaugh wissen.

Calibrisi antwortete nicht direkt. Stattdessen blickte er auf den Cowboyhut, den der Präsident neben sich aufs Sofa gelegt hatte. In Montana trug er ihn von morgens bis abends. Calibrisis Blick wanderte zurück zum Präsidenten. »Bis zum 4. Juli.«

»Independence Day. Das sind noch vier Tage, Chief. Machen wir uns an die Arbeit.«

14

NATIONAL SECURITY AGENCY (NSA)
OFFICE OF TAILORED ACCESS OPERATIONS (TAO)
FORT MEADE, MARYLAND

In einem hell erleuchteten Büro der NSA-Zentrale saßen Serena Pacheco und Jesus June nebeneinander. Es war drei Uhr morgens.

Pacheco und June zählten zu den Top-Analysten der NSA im Bereich der elektronischen Aufklärung. Dazu griffen sie auf eine große Bandbreite eigens darauf zugeschnittener, extrem leistungsfähiger Software-Tools zurück, die den Internet-, Telefon- und Satellitenverkehr durchforsteten und die meisten Daten unbemerkt abgriffen.

Sie hatten bereits von Cloud gehört, allerdings nur im Zusammenhang mit weiteren bestens bekannten russischen Hackern; einer Gruppe, die ihrem Wesen nach als kriminell eingestuft, aber noch nie als Bedrohung für die nationale Sicherheit betrachtet worden war. Als sie die Aufnahme des Gesprächs abhörten, das Calibrisi mit Malnikov geführt hatte, erhielten sie zum ersten Mal eine Bestätigung für eine Theorie, die bisher jeder ins Reich der Legenden verbannt hatte. Nämlich dass es sich bei den in Verbindung mit 9/11 aufgetretenen Problemen der Luftraumüberwachung um das Werk von Computerhackern handelte.

Im Augenblick verteilten sie die Aufgaben. Pacheco konzentrierte sich auf Clouds Aussehen. Von der CIA hatten sie ein auf Malnikovs Beschreibung basierendes, hochauflösendes Phantombild erhalten, das Pacheco sofort an Interpol und andere Nachrichtendienste weiterleitete. Es war ein Versuch, festzustellen, ob jemand ihn persönlich kannte oder beruflich schon einmal mit ihm zu tun gehabt hatte. Außerdem digitalisierte Pacheco die Zeichnung und ließ sie durch eine Reihe von NSA-Überwachungsprogrammen laufen. Eins davon, PRISM, glich sie weltweit mit unterschiedlichsten Bildmedien ab, darunter beispielsweise Überwachungskameras an öffentlichen wie privaten Einrichtungen, Bahnhöfen und Flughäfen, Führerschein-Scanner und – in Städten, die darüber verfügten, zum Beispiel London – polizeiliche Videoüberwachungsanlagen in stark frequentierten öffentlichen Bereichen. PRISM durchsuchte auch soziale Medien wie Facebook und Instagram einschließlich bestimmter webbasierter Fotoarchive wie iCloud, Dropbox, Flickr, Google Drive und Dutzende weitere Angebote von größeren und kleineren Betreibern.

Tauchte ein Bild auf, das Cloud ähnelte, sei es aktuell oder an irgendeinem Punkt in der Vergangenheit, schlug die Software Alarm. Bis ein Uhr morgens hatte sie insgesamt viermal angeschlagen. In drei Fällen entpuppte es sich als Blindgänger, doch das vierte Bild, ein Instagram-Foto, aufgenommen von einem Mädchen in Alexei Malnikovs Nachtclub, zeigte eindeutig Cloud. Auf dem Schnappschuss war er im Hintergrund zu sehen. Hager, blass und im Muskelshirt. Sein Haar sprang einem sofort ins Auge, ein beängstigend blonder Afro.

PRISM teilte das Foto, dessen Ursprung sowie alle damit verbundenen Daten mit weiteren NSA-Überwachungsplattformen, um die Fahndung auszuweiten.

June konzentrierte sich ausschließlich auf das Einzige, was ihnen an konkreten Daten vorlag: die digitalen Mitschnitte der Telefongespräche, die der Hacker mit Malnikov geführt hatte. Insgesamt drei an der Zahl. Da Malnikov bereits auf einer NSA-Watchlist stand, waren die Telefonate aufgezeichnet worden.

June machte sich gar nicht erst die Mühe, die Gespräche anzuhören. Ihn interessierten vorerst nur die Telefonnummern. Anschließend ermittelte er die Provider, die bei den jeweiligen Anrufen für die Netzabdeckung gesorgt hatten. Zwei der Nummern gehörten zu einem Anbieter namens Beeline, die dritte einer Firma namens MegaFon.

Rechtlich gesehen hatte er keinerlei Befugnis, ohne Einwilligung der Telefongesellschaften auf deren Daten zuzugreifen. Gewisse Gesellschaften gestatteten es aus Gründen der nationalen Sicherheit, aber weder Beeline noch MegaFon standen auf dieser Liste. June scherte sich allerdings nicht darum. Wenn eine Atombombe auf die US-Küste zusteuerte, hielt sie Rechtsfragen für reichlich irrelevant.

Beeline gehörte einer Firma mit Sitz in Amsterdam, eingetragen im Firmenregister der Bermudainseln. June gelang es recht schnell, sich in den dortigen Server zu hacken, von dem aus alle Gründungsunterlagen an die Finanzbehörden verschickt worden waren. Innerhalb des Servers richtete June sein Augenmerk auf die Rechnungsunterlagen. Es handelte sich um einen umfangreichen Datensatz mit Abrechnungen für 220 Millionen Kunden weltweit, der mehrere Jahre zurückreichte.

Als June die beiden Prepaidnummern mit der Datenbank abglich, erhielt er jeweils nur einen einzigen Eintrag: Alexei

Malnikov. Cloud hatte ihn angerufen und die SIM-Karten hinterher vermutlich weggeworfen. Beide Nummern waren danach nie wieder benutzt worden.

Ähnlich ging June bei MegaFon vor, nur drang er diesmal durch eine Backdoor ein, die er selbst schon vor Jahren angelegt hatte. Ein Hack, der eigentlich Tage, wenn nicht Wochen dauerte, ging auf diese Weise in weniger als einer Stunde über die Bühne.

Wie bei den Prepaidhandys war auch mit dem Samsung-Handy von MegaFon nur eine einzige Nummer gewählt worden: Alexei Malnikov. Damit hatte June gerechnet. Womit er nicht gerechnet hatte, war die Tatsache, dass das Samsung-Handy noch eingeschaltet war. Als er die Nummer in MegaFons Abrechnungssystem eingab, richtete er sich ungläubig auf und beugte sich näher an den Monitor heran.

»Ruf Jim an«, sagte er und tippte hastig auf der Tastatur herum.

»Was ist los?«

»Sein Handy ist noch an.«

Als Bruckheimer ins Büro kam, trat er hinter June, da neben June bereits Pacheco stand, um ihm über die Schulter zu sehen.

Auf dem Bildschirm erschien ein Stadtplan von Moskau. Ein paar Tastenanschläge später legte sich ein leuchtendes Koordinatennetz über die Karte. Der Feed wurde schärfer, zoomte heran und fokussierte eine konkrete Straßenkreuzung.

Bruckheimer beugte sich vor und drückte die Taste der Freisprechanlage. »Holen Sie Polk an den Apparat.«

15

NATIONAL CLANDESTINE SERVICE (NCS)
MISSION THEATER TARGA
LANGLEY, VIRGINIA

Zwei Etagen unter der Erde, an mehreren Sicherheits-
kontrollen vorbei, hatten sich in einem spärlich beleuchteten,
fensterlosen Saal, an dessen Wänden HD-Flachbildschirme
hingen, Calibrisi, Polk und ein halbes Dutzend weiterer Personen eingefunden.

In der CIA-Zentrale gab es vier Kontrollzentren, die
sogenannten Mission Theaters: Bravo, Echelon, Firehouse
und Targa. Quasi die Epizentren verdeckter CIA-Einsätze
in aller Welt.

Während einer CIA-Operation diente das Mission Theater
als taktischer Führungsstab. Solange der leitende Offizier die
Führung nicht an die Agenten im Einsatzgebiet delegierte,
hatte jemand in Langley das Sagen. Audiovisuelle Übertragungen in Echtzeit erlaubten den Leitstellen, durch den
Einsatz von Technologie, Datenmaterial und dem, was ihre
Informanten beitrugen, den Kontakt zu den unterschiedlichen, oftmals in Bewegung befindlichen Einsatzkräften
vor Ort zu halten und diese zu koordinieren. Indem die
Agency ihre Operationen von einem zentralen Knotenpunkt
aus leitete, konnte sie ihre Agenten, die an vorderster Front
den Kopf riskierten, flexibel dirigieren und mit Informationen versorgen, zum Beispiel über das Eintreffen feindlicher
Kräfte oder darüber, ob ihre Bewegungen aufgeflogen waren.

Die vier CIA Mission Theaters beanspruchten eine komplette unterirdische Ebene. Echelon war das größte, doch
Polk zog die intime Atmosphäre von Targa vor. Er wollte

seinen Führungsoffizieren, Fachleuten für den Außeneinsatz, Kampfunterstützungsexperten und den Analysten des Teams in die Augen sehen.

Im Lautsprecher klingelte es zweimal, dann meldete sich Jim Bruckheimer. »Wir haben hier etwas, und zwar live.«

»Was denn?«, fragte Polk.

»Das Handy, mit dem er Malnikov angerufen hat, ist nach wie vor in Betrieb. Ich übermittle Ihnen die Koordinaten. Er ist in Moskau.«

Polk trat hinter einen seiner Analysten, der vor einem Computer hinter einem großen, dunklen Monitor saß. »Holen Sie den Moskauer Stadtplan mit den Standorten aller CIA-Agenten auf den Schirm.«

Der riesige Plasma erwachte zum Leben. Ein gestochen scharfes Satellitenbild von Moskau erschien. Wenige Sekunden später leuchteten grüne Punkte auf, die das gesamte einsatzbereite Personal der Central Intelligence Agency in und um Moskau symbolisierten. In der Stadt hielten sich aktuell zwei Agenten auf.

»Koordinaten der Zielperson einblenden«, befahl Polk.

Links unten auf dem Bildschirm flackerte ein orangefarbener Punkt auf, dazu die Beschriftung ›Prospekt Vernadskogo 15‹.

»Er befindet sich in der Nähe der Technischen Hochschule«, sagte der Analyst.

Polk deutete auf einen der grünen Punkte – ein CIA-Agent in unmittelbarer Nähe. »Heben Sie den mal hervor.«

Der Analyst führte den Cursor über den Punkt und klickte doppelt. Das Foto eines jungen Mannes mit schwarzem Haar und Schnurrbart erschien. Unter dem Bild öffnete sich eine leere Box mit Passwortabfrage. Der Analyst drehte sich zu Polk. »Sir?«

Polk ließ seinen Blick durch den Saal schweifen, um

sicherzugehen, dass alle Anwesenden über die notwendige Sicherheitsstufe verfügten. »553 Bindestrich TS Bindestrich 7.«

Nachdem der Analyst die Zeichenfolge eingetippt und Enter gedrückt hatte, breitete sich vor ihnen in Blockbuchstaben die Biografie des Mannes aus:

```
NOC:   344K-6T ALPHA
LTK:   4. OKT. 2011
PDS:   MAYBANK, JOHN BRAEBURN, Lt.
GEB.:  14.04.88, Charleston, SC
REW:   U. S. Navy SEAL Team Ten (SO1)
RANG:  4 V. E. X.
```

Polk zog ein kleines Gerät aus der Brusttasche. Es handelte sich um einen Ohrhörer, ungefähr so groß wie ein Kaubonbon. Er steckte ihn sich ins Ohr.

»Wir sind jetzt live«, sagte Polk. »Ich übernehme die Leitung.«

»Roger, Control«, meldete sich eine Frauenstimme über den Lautsprecher.

»Protokoll.«

»Roger, Protokoll wird über ›IVY‹ eingeblendet, over.«

»Alpha 344K Bindestrich 6T«, sagte Polk.

»Roger, Alpha 344K Bindestrich 6T. Bleiben Sie in der Leitung, ich schalte um.«

Johnny Maybank vernahm ein Summen, gleich darauf vibrierte es an seinem Handgelenk. Das Telefon in seiner Smartwatch verfügte über fünf unterscheidbare Anrufsignalisierungen. Bei dieser, einer kontinuierlichen Schwingung, handelte es sich um einen Anruf aus einer der

Einsatzzentralen in Langley. Das hieß, im Moment lief eine Operation und Maybank wurde hinzugezogen. Maybank lag in seinem abgedunkelten Moskauer Apartment, gönnte sich noch eine Extrasekunde, ehe er mit einem Satz aus dem Bett sprang und einen Code in seine Smartwatch tippte, während er bereits ins Badezimmer stürmte.

»Maybank.«

»Control 344K. Gehen Sie auf Empfang.«

Neben dem Waschbecken fand Maybank ein kleines Tablettenfläschchen, schraubte es auf, entnahm ihm einen durchsichtigen Gegenstand von der Größe eines Tic Tac – seinen Ohrhörer –, zog die Hülle davon ab und stöpselte sich das Headset ins Ohr. »Bestätige: Bin auf Empfang.«

»Ich gebe Ihnen Mission Theater Targa, Control Leader Polk«, verkündete die Frau.

»Roger.«

»Guten Morgen, Johnny, Bill am Apparat.«

»Ja, Sir«, sagte er, während er nach einem Paar Shorts langte, die auf dem Boden lagen.

»Das Foto, das Sie gleich sehen werden, zeigt einen russischen Computerhacker, bekannt als Cloud«, erklärte Polk. »Überdies ist er ein Terrorist, der im Moment eine Operation gegen ein Schlüsselziel in den USA durchführt.«

Maybank blickte auf sein Handgelenk. Das Foto eines Weißen mit wilden blonden Locken erschien.

»Die Zielperson befindet sich knapp eine Meile von Ihnen entfernt«, sagte Polk. »Die Koordinaten müssten gleich im GPS an Ihrem Handgelenk eintreffen. Er ist in Bewegung, könnte bewacht werden und ist als äußerst gefährlich zu betrachten. Sie müssen jede notwendige Maßnahme ergreifen, um ihn festzunehmen und noch im Operationsgebiet sofort einem Verhör zu unterziehen. Auf gar keinen Fall dürfen Sie ihn töten, wir brauchen ihn lebend.«

»Roger, Bill.«

»Wir versuchen, Ihnen Unterstützung zukommen zu lassen, Johnny, aber rechnen Sie nicht fest damit. Beeilen Sie sich. Out.«

Maybank trat aus dem Eingangsbereich des Gebäudes und verfiel in einen raschen Laufschritt. Er trug orangefarbene Laufschuhe von Puma, keine Socken, Shorts und eine blaue Windjacke über dem T-Shirt. Er sprintete durch eine Seitenstraße bis zum Prospekt Vernadskogo, bog rechts ab und joggte den Gehsteig entlang, hin und wieder einen Blick nach unten werfend, um sich auf dem Mini-Stadtplan am Handgelenk zu orientieren. Maybank, der an der University of Texas Football gespielt hatte, legte eine Meile in viereinhalb Minuten zurück. Als Maybank laut Handgelenk-Computer nur noch gut drei Meter von dem infrage kommenden Handy entfernt war, blieb er stehen. Im Umkreis von drei Metern gab es nur einen einzigen Laden, einen kleinen Coffeeshop. Er nahm sich eine Minute, um zu verschnaufen, öffnete die Tür des Ladens und trat ein.

Ein gutes Dutzend Tische war von Studenten belegt, die auf ihre Computer starrten, telefonierten, lasen oder an ihren Getränken nippten. Er ließ seinen Blick ringsum schweifen, um den Mann mit dem blonden Afro ausfindig zu machen. Nicht da. Maybank sah in den Waschräumen nach, hinter dem Tresen. Nichts. Wäre es nach Maybank gegangen, hätte er so gut wie jeden Gast des Lokals als potenziellen Terroristen eingestuft. Die Hälfte stammte aus Nahost, die andere Hälfte bestand aus langhaarigen Russen.

Maybank stellte sich in die Schlange und behielt das GPS-Signal im Auge. Laut der Peilung hielt sich Cloud in einem Umkreis von 1,20 Metern auf. Maybank tippte an den Knopf im Ohr. »Die Zielperson ist nicht da.«

»Sind Sie sicher?«, fragte Polk.

»Ja.«

»Control. Rufen Sie das Handy an, das wir verfolgen.«

»Roger, NCS.«

»Sind Sie bereit, John?«

Maybank trat an die Theke, seine Rechte wanderte unter die Windjacke, ertastete den Griff der SIG Sauer P226. Er spürte den Druck des Schalldämpfers seitlich am Oberkörper.

»Ja, bin bereit.«

»Legen Sie los, Control«, sagte Polk.

»Roger, NCS. In fünf, vier, drei, zwo, eins …«

»Was darf es sein?«, fragte das Mädchen hinter dem Tresen auf Russisch in genau dem Augenblick, in dem Maybank hinter sich das leise Klingeln eines Handys vernahm.

»Einen Espresso bitte.« Er warf einen Blick über die Schulter.

Ein hochgewachsener, dünner, jung aussehender Mann, dessen Blick hin und her huschte, hielt ein Mobiltelefon in der Hand. Ein Orientale, seine Haut war olivfarben, das Gesicht von einem Vollbart bedeckt.

Maybank sah zu, wie sich der Mann das klingelnde Handy ans Ohr hielt.

»Jemand ist rangegangen«, sagte Maybank. »Ein Araber.«

»Wir brauchen ein Foto.«

Maybank zog beiläufig die Hand aus der Windjacke und fotografierte den Typen, indem er lässig eine Taste am Handgelenk drückte.

Prompt erschien das Foto auf einem der Monitore im Mission Theater Targa. Rote Gitterlinien legten sich über das Bild, während die Gesichtserkennungssoftware der CIA es rasch in einen Block präziser Metadaten beziehungsweise Zeichen zerlegte, um es anschließend mit einer ganzen Bibliothek an Datenbanken von CIA, FBI, NSA, Interpol und weiteren Partnern abzugleichen. In weniger als einer Minute tauchte auf dem Bildschirm ein Profildatenblatt auf, das neben einer Biografie eine Reihe von Fotos ein und derselben Person zeigte:

Interpol-Meldung: Terrorfahndung:
WANTED DEAD OR ALIVE
WARNUNG: AL-QAIDA (LEVEL-2-KÄMPFER)
GESUCHT: AL-MEDI, Zhia
NATIONALITÄT: Tschetschene, RUSSLAND
GEB.:   26.02.1985
WOHNSITZ: Grosny, Tschetschenien
LETZTER BEKANNTER AUFENTHALTSORT:
             11.01.12 – Damaskus, Syrien [I-Case L87-34-00K]

AKTIONEN: Madrid, Spanien + [Antiterror-Akte WAW 45]
          11.03.2004 +
          Madrider Zuganschläge
          191 Tote: Al-Medi spielte mutmaßlich eine
          untergeordnete Rolle beim Anschlag auf den
          Bahnhof Atocha
          Riad, Saudi-Arabien + [Antiterror-Akte S09U]
          12.05.2003 + Anschlag auf das Gelände der
          US-Botschaft
          36 Tote: Al-Medi Fahrer des Tanklasters aus
          dem Libanon (später von Al-Houri zur Bombe
          umgebaut)
          Khobar Towers (US-Verteidigungs-
          ministerium – 67T el-forte)

Polk tippte sich ans Ohr. »Johnny, der Kerl heißt Al-Medi. Er gehört zu Al-Qaida und hat eine lange Vorgeschichte als Terrorist. Seien Sie *äußerst* vorsichtig. Er könnte einen Sprengstoffgürtel tragen. Und lassen Sie es bloß nicht zu, dass er sich in den Mund greift. Schließlich wollen wir nicht, dass er auf eine Zyankalikapsel beißt, bevor wir ihn durch die Mangel drehen können. Wie gesagt, wir brauchen ihn unbedingt lebend.«

»Roger, Bill.«

Polk deutete auf einen separaten grünen Lichtpunkt auf dem Bildschirm. »Markieren Sie das mal.«

Der Analyst bewegte den Cursor über den Punkt und doppelklickte darauf. Das Gesicht einer Agentin erschien. Sie war schwarz, trug das Haar kurz geschnitten.

SAD: 55007 ZEBRA
PDS: BRAGA, CHRISTINA CATHCART
GEB.:   09.03.1988, Los Angeles, CA
REW: Rekrutierung: Sprachabteilung RUS
        Juilliard (2002–4) *Ballett/Modern Dance*
        Yale University, Russian Studies
        (Dr. phil. 2009) *summa cum laude*

»Ist das unsere beste Option?«, fragte Calibrisi.

Polk nahm sich einen Moment und musterte den Moskauer Stadtplan an der Wand. »Sie ist unsere *einzige* Option.«

Er tippte seinen Ohrhörer an.

»Control.«

»Roger, NCS.«

»55007 Zebra.«

»Warten Sie einen Moment, NCS.«

Christy Braga saß in ihrem Büro in der zweiten Etage der US-Botschaft und tippte gerade etwas in ihren Laptop, als die Smartwatch am Handgelenk zweimal piepste. Sie stand auf, schloss die Tür und drückte einen Knopf seitlich am Gehäuse.

»Gehen Sie auf Empfang«, ertönte Polks Stimme. »Wir sind live.«

»Roger, NCS.« Damit langte sie nach einem silbernen Medaillon, das sie um den Hals trug, klappte es auf und entnahm ihm einen Ohrhörer, den sie sich ins Ohr steckte. »Bin auf Empfang, Bill.«

»In Ihrer Nähe läuft gerade eine Operation, Christy«, erklärte Polk. »Ich möchte, dass Sie, mit taktischen Waffen und Fluchtoptionen ausgerüstet, ein Koordinatenpaar aufsuchen. In wenigen Sekunden erhalten Sie die Koordinaten. Nehmen Sie einen Wagen.«

Braga klappte ihren Laptop zu, trat an den Büroschrank, nahm einen stählernen Waffenkasten heraus und hakte die Laschen auf. In dem Kasten befanden sich, mit Klettverschlüssen gesichert, Kampfmesser, mehrere Pistolen mit Schalldämpfer und zwei HK-MP7A1-Maschinenpistolen. Sie nahm einen schallgedämpften Colt M1991 heraus, ein SOG-SEAL-Pup-Messer und eine MP 7A1, in die sie ein Magazin einschob. Anschließend schraubte sie einen Schalldämpfer auf den Lauf.

Sie verließ den Raum und spurtete, jeweils drei Stufen auf einmal nehmend, die Personaltreppe hinab. Keine Minute später saß sie hinter dem Lenkrad eines roten BMW M5 und rollte auf ein Stahltor im rückwärtigen Teil des Botschaftsgeländes zu.

»Kann ich ein paar Infos kriegen, Bill?«

»Es handelt sich um einen Aufklärungseinsatz, Notfall mit absoluter Priorität«, sagte Polk. »Agent Maybank verfolgt ein aktenkundiges Al-Qaida-Mitglied und benötigt wahrscheinlich Unterstützung.«

»Was stellen wir mit ihm an, wenn wir ihn haben?«

»Vernacular House!« Damit bezog Polk sich auf ein Safe House der CIA in Moskau. »Er darf auf keinen Fall getötet werden. Er ist Handlanger bei einem Terroranschlag, der bereits im Gang sein dürfte. Wir müssen uns unbedingt mit ihm unterhalten.«

Maybank zahlte, Al-Medi im Auge behaltend, und stellte sich ans Ende des Tresens, um auf seinen Espresso zu warten. Ohne direkt hinzusehen, beobachtete er den Araber. Er nahm sein Getränk in Empfang und verließ den Coffeeshop. Durch die Fensterscheibe blickte er ins Innere. Al-Medi hielt sich das Telefon ans Ohr, legte auf, ließ seinen Blick argwöhnisch durch den Raum schweifen.

Maybank lief über die Straße, trat hinter einen geparkten Wagen und wartete. Wenig später kam Al-Medi nach draußen.

»Er ist in Bewegung«, meldete Maybank. »Scheint Verdacht geschöpft zu haben.«

»Wir haben seine Koordinaten«, sagte Polk. »Solange er das Handy nicht wegwirft.«

Auf der Straße drängten sich die Menschen. In dem Viertel wimmelte es von Studenten der Technischen Universität Moskau, die sich nur ein paar Kreuzungen entfernt befand.

Al-Medi orientierte sich nach links. Von Weitem beobachtete Maybank ihn, stürzte seinen Espresso hinunter, entsorgte den Becher in einem Mülleimer. Er folgte ihm im Abstand von drei Metern im selben Tempo, allerdings auf der anderen Straßenseite.

Während Al-Medi den Bürgersteig entlangging, drehte er bedächtig den Kopf und suchte ganz ruhig seine Umgebung ab. Seine Gelassenheit war nur vorgetäuscht. Die Jagd hatte begonnen, so viel stand fest.

Der Anruf änderte alles. Wäre es Cloud gewesen, hätte er sich gemeldet. Doch die Person auf der anderen Seite der Leitung sagte kein Wort. Damit war Al-Medi klar, dass sie ihm auf die Schliche gekommen sein mussten. Von dem Moment an, in dem er den Anruf entgegengenommen hatte, hefteten sie sich an seine Fersen.

Abrupt blieb Al-Medi stehen, spähte in eine Schaufensterscheibe, als würde er die Auslagen betrachten. Stattdessen prüfte er die Spiegelungen in der Scheibe auf Anzeichen eines Verfolgers, musterte ganz genau jeden Einzelnen, der vorbeiging. Niemand wirkte auch nur entfernt verdächtig. Dann sah er ihn auf der anderen Straßenseite, einen großen Schwarzhaarigen, der hinter einem Citroën stand und ihn beobachtete.

Al-Medi ging weiter, lässig schlenderte er am Bordstein entlang. An einem Briefkasten blieb er stehen, öffnete die Klappe und warf das Handy hinein. Er sah, dass der Mann direkt auf ihn zugerannt kam. Im Schutz des Postkastens zog Al-Medi seine Waffe – eine halbautomatische Helwan aus ägyptischer Produktion, eine 9-Millimeter-Pistole.

»Er hat das Handy weggeworfen«, sagte Maybank. »Er flieht.«

»Bleiben Sie an ihm dran«, antwortete Polk. »Es ist von äußerster Wichtigkeit, dass Sie ihn nicht verlieren, Johnny. Zum jetzigen Zeitpunkt ist er unser einziger Anhaltspunkt.«

Maybank stürmte auf die verkehrsreiche Straße, wich nur knapp einem Van aus, dessen Fahrer ihn nicht gesehen hatte. Als er endlich um den Wagen herum war, fand er sich im Fadenkreuz von Al-Medis Waffe wieder.

»Shit!« Fluchend machte er bereits einen Satz nach links, während der Schuss durch die Straße hallte. Die Kugel verfehlte ihn. Maybank riss den rechten Arm hoch, bekam den Griff seiner P226 in ebendem Moment zu fassen, als der Araber ein zweites Mal feuerte. Diesmal erwischte er ihn am Schenkel.

»Mist!«, brüllte Maybank, während er Al-Medi weiter hinterhersprintete. Dieser war in eine Seitenstraße abgebogen, die Baku hieß.

»Johnny?«, fragte Polk nervös.

»Ich brauche Hilfe«, bellte Maybank, trotz der Kugel im Schenkel nach wie vor im Laufschritt. Er blickte an sich hinab. Der untere Teil des linken Beines war blutüberströmt.

»Bin fast da«, kam eine weibliche Stimme.

In den engen, verstopften Straßen rings um die Technische Universität Moskau schlängelte Braga sich mit dem BMW durch den Verkehr. Bemüht, die günstigste Route zu finden, wanderte ihr Blick zwischen ihrer Smartwatch, die auf einer Minikarte ihre Position im Verhältnis zu Maybank anzeigte, und der Straße hin und her.

»Control, ich brauche Hilfe bei der Navigation.«

»Control, over«, erscholl eine Stimme. »Bleiben Sie dran.«

Sie warf einen kurzen Blick auf den Tacho: 125 km/h.

»Biegen Sie nach etwa 30 Metern scharf rechts ab. *Jetzt!*«

Braga riss das Lenkrad des M5 nach rechts, trat auf die Bremse und fuhr in die Baku.

»Er kommt direkt auf Sie zu«, meldete sich CIA-Control in ihrem Ohr.

An der Ecke zur Baku riss Al-Medi sich die Jacke vom Leib und spurtete durch die enge Seitenstraße. Noch zwei Blocks, dann kam eine Metrostation.

Er blickte zurück. Mittlerweile hielt der Mann eine Waffe in der Hand. Sie schwang in seiner Linken auf und ab, während er sich abmühte, ihn einzuholen. Doch der Treffer am Bein machte ihn langsam.

Ständig blickte Al-Medi sich um, anfangs aus Angst, er könnte sich eine Kugel einfangen. Bald wurde ihm klar, dass sein Verfolger, wer es auch sein mochte, ihn lebend wollte.

Maybank fiel zurück, während das Blut den Schuh durchnässte und der Schmerz schier unerträglich wurde.

In weiter Ferne, am Ende der Straße, sah er Bragas roten BMW auftauchen. Al-Medi befand sich zwischen den beiden, rannte direkt auf Braga zu.

»Sie müssen ihn aufhalten«, brüllte der Agent.

Al-Medi bewegte sich so, wie man es ihm beigebracht hatte, im Zickzack, die Fußgänger als Deckung benutzend, um seinem Verfolger die Aufgabe zu erschweren, ihn zu kriegen.

Die Metrostation war keinen ganzen Block mehr entfernt. Dort wollte er den Kerl abhängen.

Braga hielt am Ende der Straße, sah von Weitem zu, wie Al-Medi auf sie zustürmte. Maybank konnte sie ebenfalls sehen. Er hinkte ihm mit blutüberströmtem Bein hinterher.

Braga machte sich auf ihrem Sitz ganz klein, behielt den Kopf gerade weit genug oben, um durch den Zwischenraum des Lenkrads zu spähen.

Al-Medi kam näher, sprintete an der Reihe parkender Autos entlang. Sie legte den Rückwärtsgang ein, schlug das Lenkrad gegen den Uhrzeigersinn ein und wartete.

Er war ein Dutzend Wagen entfernt, zehn, schließlich nur noch fünf, einen wilden, wütenden Ausdruck in den Augen. Als er den Wagen vor ihr erreichte, blickte sie auf, sah zu, wie er schweißgebadet an ihrer Tür vorbeirannte, ohne überhaupt mitzubekommen, dass sie da war. Sie wartete noch einen Moment, nahm dann den Fuß von der Bremse, trat aufs Gas. Der M5 machte einen Satz nach links, schlingernd traf das Heck Al-Medis Beine und schickte ihn mit voller Wucht auf den Asphalt. Er schlug hart auf, beide Beine gebrochen, und schrie laut.

Braga stieg aus, öffnete die Hecktür im selben Moment, als Maybank eintraf. Ihr Kollege schlang Al-Medi Plastikfesseln um die Handgelenke, während Braga ihm die Füße zusammenband. Als Letztes zog Maybank ihm eine Kapuze über den Kopf und dämpfte so seine Schreie. Sie hievten ihn auf den Rücksitz und stiegen ein. Maybank hinten, Braga am Steuer.

Während sie wendete und aufs Gaspedal trat, zog Maybank sein Kampfmesser aus der Scheide und rammte es Al-Medi in den Mund, stemmte ihm damit die Zähne auseinander und suchte den Mundraum ab. Schließlich fand er einen falschen Backenzahn und rupfte ihn heraus. Im Innern befand sich eine weiße Pille: *Zyankali*. Er öffnete das Fenster und schleuderte den Todbringer auf die Straße.

Maybank packte Al-Medis T-Shirt, zerrte es ihm herunter, riss es durch, schlang es sich ums Bein und legte sich einen Druckverband an, indem er den Stoffstreifen oberhalb der Wunde festzurrte.

Braga peitschte den M5 mit 130 Sachen die Baumanskaya entlang, wich geschickt Fahrzeugen und Fußgängern aus, dem konspirativen Unterschlupf der CIA entgegen. Maybank tippte seinen Ohrstöpsel an. »Wir haben ihn«, berichtete er schwer atmend. »Warte auf Instruktionen.«

»Schaffen Sie ihn ins Vernacular House und bereiten Sie die sofortige Vernehmung vor«, erwiderte Polk.

»Nach welchen Regeln?«

»Dayton-Protokoll«, antwortete Polk. »Wir haben es mit einer terroristischen Bedrohung der Stufe eins zu tun. Setzen Sie jedes notwendige Mittel ein, um Cloud ausfindig zu machen. Out.«

16

NSA

Serena Pacheco hatte sich in der NSA-Cafeteria angestellt, um ein Sandwich und eine Tasse Kaffee zu kaufen. Ihr Handy fing an zu klingeln. »June, J.« stand auf dem Display.

»Pacheco«, meldete sie sich.

»PRISM überschlägt sich hier oben gerade«, sagte June.

»Bin gleich da.«

Pacheco ließ ihr Tablett auf dem Tresen stehen.

Zurück an ihrem Arbeitsplatz in den Büros der Spezialabteilung TAO, der Hackerabteilung der NSA, fand Pacheco zwei voneinander unabhängige Treffer vor, beide basierend auf dem Phantombild, das die CIA von Cloud angefertigt hatte. Beide Fotos zeigten eine Frau mit dunkler Haut und langen schwarzen Haaren. Auf der einen Aufnahme verließ die Frau gerade ein Moskauer Restaurant. Neben ihr ein blonder Mann im Smoking. Das andere Bild zeigte dieselbe Frau beim Einsteigen in eine Limousine. Hinter ihr der gleiche Mann, der ihr die Tür aufhielt. Pacheco zoomte heran und schob die Vergrößerungen zwischen das Phantombild der CIA und den Instagram-Post von Cloud. Das erste Foto sah weder dem Cloud auf dem Phantombild noch der Aufnahme aus dem Nachtclub ähnlich; es zeigte ihn adrett und gut aussehend, sein Haar glatt und fein säuberlich gekämmt. Bild Nummer zwei ließ sie hingegen genauer hinsehen. Es waren die Augen. Dunkel, misstrauischer Blick. Unverkennbar dieselben Augen.

Rasch übertrug Pacheco den Schnappschuss der Frau in das PRISM-Analysetool. Innerhalb einer Minute flimmerten wie Dominosteine erst Dutzende, dann Hunderte von Fotos über den Bildschirm.

Basaeyeva, Katya

STAATSANGEHÖRIGKEIT: Russisch
GEB.:   ca. 09.10.1990,
            Jakutsk, Republik Sacha, SIBIRIEN

VITA: Konvent Zum Guten Hirten, Jakutsk
            Jakutsk, SIB 1990–2002
            Bolschoi-Akademie der Darstellenden Künste
            Moskau, RUS 2002–07
            Bolschoi-Ballett, Troupe-Ballerina, 2007–08
            Bolschoi-Ballett, Primaballerina, 2008–

Katyas Biografie erstreckte sich über 27 Seiten. Alles in allem spürte das System über 100.000 Fotos der renommierten russischen Ballerina auf. Nur auf zwei davon war sie in Begleitung von Cloud zu sehen.

Eins der Motive auf Pachecos Bildschirm war erst vor einer Stunde aufgenommen und von jemandem auf

Pinterest eingestellt worden. Pacheco klickte darauf. Es zeigte Katyas hübsches Gesicht auf einem riesigen Plakat über einem Theatereingang. Ihre blauen Augen leuchteten wie Juwelen. Auf ihrem Gesicht lag ein rätselhaftes Lächeln, das ihre makellos weißen Zähne zeigte, die einen starken Kontrast zu den rosenroten Lippen bildeten:

Das Kirov-Ballett präsentiert Tschaikowskis
Schwanensee
mit Gaststar
Katya Basaeyeva
»Der Sibirische Diamant«
4. Juli – 28. Juli
Mariinski-Theater, St. Petersburg

»Ich habe seine Freundin gefunden«, sagte Pacheco.

17

AN BORD DER *SAMOTNÍY RYBALKA*
IN DER NÄHE VON NADOR, MAROKKO
MITTELMEER

Faqir ließ den Trawler auf nur einer Maschine laufen und tuckerte im Abstand von nicht mal einem Kilometer an der im Dunkeln liegenden nordafrikanischen Küste entlang. Die meisten Boote in der Gegend hatten für die Nacht festgemacht, die Anker ausgebracht und warteten auf das Morgengrauen.

Die *Samotníy Rybalka* fuhr ohne Positionslichter. Faqir navigierte mithilfe einer hochmodernen portablen

Sonaranlage, die auf der hölzernen Ablage neben dem Ruder stand.

Sie hielten sich nach wie vor in sicherem Fahrwasser auf, doch schon in wenigen Stunden erreichten sie die Straße von Gibraltar. Wenn man sie abfing, dann dort. Dass ein Mann seiner Crew den Sprengstoff vergessen hatte, verstärkte Faqirs ungutes Gefühl. Dieser Abstecher war denkbar unnötig. Er kostete sie wertvolle Stunden.

Die Frontscheibe des Ruderhauses stand offen. Im Krähennest vorn am Bug des Schiffes hatten sich in neun Metern Höhe zwei der Tschetschenen postiert und suchten mit Wärmebild-Nachtgläsern das Wasser vor und zu beiden Seiten des Trawlers ab.

Die Anweisungen, die er ihnen gegeben hatte, schlugen zwei Fliegen mit einer Klappe. Einerseits sollten sie ihn warnen, falls sie einem anderen Schiff zu nahe kamen. Fast noch wichtiger: nach Nationalflaggen von Indonesien, Vietnam, Manila, Thailand sowie beliebigen afrikanischen Ländern Ausschau zu halten.

Faqir bemühte sich, nicht über Guznys enorme Dummheit nachzudenken. Allerdings wanderten seine Überlegungen immer wieder in diese Richtung. Es war unglaublich. Alles, wofür sie gearbeitet hatten, könnte jetzt ruiniert sein, bloß weil ein Untergebener eine Reisetasche vergessen hatte.

Plötzlich fing einer der Männer im Krähennest an, hektisch mit den Armen zu rudern und nach rechts zu zeigen.

Faqir verließ das Ruderhaus und überquerte das Deck. »Was gibt's?«, brüllte er.

»Flagge«, erhielt er zur Antwort. »Vietnam.«

»Alle Mann bereit machen.«

Faqir ging zurück zum Ruderhaus und richtete das Schiff auf die fernen Lichter eines Bootes aus. Sie brauchten

20 Minuten, um hinzugelangen. Faqir navigierte zur Steuerbordseite des kleineren Kahns. Es handelte sich um einen ziemlich mitgenommenen Fischkutter, der tief im Wasser lag. Ein paar Lichter brannten, doch nichts rührte sich an Bord. Achtern baumelte vom Flaggenstock ein rotes Rechteck mit gelbem Stern in der Mitte.

Faqir hatte drei Jahre auf so einem Kahn zugebracht. Überwiegend wurden die Fische völlig legal gefangen, doch wenn der Fang knapp wurde, war sein Captain sich nicht zu schade gewesen, auch mal Sprengstoff ins Wasser zu werfen und zu warten, was so an die Oberfläche trieb. Eine streng verbotene Vorgehensweise. Faqir lernte schnell, welche Länder diese Praktiken ausübten. Die Vietnamesen waren mit Abstand am schlimmsten.

Während die *Samotniy Rybalka* näher tuckerte, versammelten sich die Tschetschenen mit den Waffen im Anschlag an der Backbordseite. Faqir stellte den Motor im selben Moment ab, als auf dem anderen Deck ein Matrose mit Taschenlampe erschien. Als er das herankommende Schiff bemerkte, traten ihm fast die Augen aus den Höhlen. Er brüllte los und wandte sich zur Flucht. Einer der Tschetschenen eröffnete daraufhin das Feuer. Das Stakkato der automatischen Waffe zerriss die relative Stille. Eine Salve traf den Mann im Rennen, er ging zu Boden, die Taschenlampe polterte auf die Planken.

Die *Samotniy Rybalka* trieb dichter und dichter heran, bis sie schließlich gegen die Seite des vietnamesischen Bootes schlug. Während zwei seiner Leute die Wasserfahrzeuge miteinander vertäuten, sprangen die anderen an Bord des fremden Kahns.

»Keine Zeugen!«, rief Faqir, während seine Männer über das Deck zur nach unten führenden Treppe rannten, dorthin, wo die Crew schlief.

Faqir lief zum anderen Ruderhaus und hörte erst Schreie, dann das Rattern von Maschinenpistolen direkt unter ihm. Er durchwühlte alle Schränke, um nach Sprengstoff zu suchen. Fehlanzeige. Sein Blick huschte zur Tür. Darüber hing ein Stahlkasten. Er holte ihn herunter, um ihn zu öffnen. Darin lagen mehrere Dutzend Stangen Gelatine-Dynamit nebst einem Haufen Sprengkapseln. Er schnappte sich sechs Stangen und sämtliche Sprengkapseln und huschte nach draußen.

Kaum war er zurück an Bord der *Samotníy Rybalka* geklettert, erschienen die ersten der Männer, die nach unten gegangen waren, wieder an Deck. Faqir bedeutete ihnen winkend, herüberzukommen. »Beeilt euch!«, blaffte er.

Weit auseinandergezogen rannten die Bewaffneten zurück zum Trawler und kamen an Bord, während Faqir die Maschine startete.

Einer der Männer kam ins Ruderhaus. »Alles erledigt. Es waren insgesamt 14 Besatzungsmitglieder.«

»Habt ihr nachgesehen, ob sich noch jemand versteckt?«

»Niemand. Sie sind alle tot. Sollen wir das Boot versenken?«

»Womit denn, du Idiot? Etwa mit Sprengstoff?«

»Wie wäre es mit Feuerlegen?«

»Nein. Das erregt nur unnötig Aufmerksamkeit. Kappt die Ankerleine. Vielleicht treibt das Boot in die Felsen und sinkt von allein.«

Faqir brachte das Triebwerk auf Touren. »Macht die Taue los«, rief er durchs Fenster. »Zwei Mann ins Krähennest, und zwar plötzlich!«

18

Al-Medi sah zu Maybank auf und kämpfte darum, wieder Luft zu bekommen. Er war vollkommen durchnässt, bleich und gerade noch am Leben.

»Wo ist er?«, wollte Maybank wissen.

Seit einer Stunde nahm der Kerl ihn mittlerweile in diesem schalldichten, fensterlosen Kellerloch in die Mangel. Braga sah von der Tür aus zu, wie er versuchte, Al-Medis Willen zu brechen.

»Ich sagte doch schon, ich habe keine Ahnung, von wem Sie reden«, beteuerte Al-Medi mit starkem tschetscheni-schen Akzent. »Ich habe das Handy *geklaut*.«

»Wir haben deine Fingerabdrücke überprüft. Wir wissen, wer du bist. Hör auf, mich zu verarschen.« Damit drückte Maybank Al-Medis Kopf erneut unter Wasser. Gelassen blickte er auf seine Armbanduhr. Erst nach Ablauf einer vollen Minute zog er ihn wieder heraus.

Al-Medi war tropfnass. Völlig entkräftet stierte er Maybank an. Auf einmal verdrehte er die Augen und kippte nach links, drohte vom Stuhl zu fallen.

»O nein, du stirbst mir nicht weg, du Wichser.« Mit einem harten Ruck riss Maybank den mittlerweile besinnungs-losen Terroristen am Arm. Schweiß und Wasser regneten auf ihn herab, während er den Gefangenen so weit wie möglich wegschleuderte. Al-Medi prallte gegen die Beton-wand und sank mit einem schmerzvollen Ächzen zu Boden. Maybank ging zu ihm und trat ihm gegen die Kniescheibe. Al-Medi stieß einen entsetzlichen Schrei aus.

»Wo ist er?«

»Fick dich«, flüsterte Al-Medi. Er hustete. Wasser rann ihm aus dem Mund und tropfte auf den Boden.

Maybank versetzte ihm einen Tritt ans andere Knie, fester diesmal. Al-Medi schrie auf und stöhnte, hustete anschließend weitere Flüssigkeit aus.

Braga trat zu ihrem Chef, der zunehmend entnervt wirkte. »Darf ich es mal versuchen?«

Maybank überragte die zierliche Braga bei Weitem. Er nickte. »Klar.«

Braga baute sich vor dem Gefangenen auf. »Seit wann hast du das Handy?«, fragte sie nüchtern. »Ich meine, es ist doch komisch, dass er damit den Kauf einer Atombombe abwickelt und es dann weitergibt, anstatt es einfach wegzuwerfen. Findest du das nicht auch seltsam?«

Al-Medi keuchte und erbrach noch mehr Wasser.

»Hast du dir diese Frage nie gestellt?«, drängte Braga. »Ich meine, er ist doch ein namhafter Hacker. Da müsste ihm doch klar sein, dass derjenige, der das Telefon in seinem Besitz hat, zwangsläufig entdeckt wird, oder?«

Braga hielt einen Moment inne, blickte auf Al-Medi hinunter und kniete sich neben seinem Kopf auf den Boden. Der Terrorist wirkte benommen.

Schwer zu sagen, ob er überhaupt mitbekam, was sie sagte.

»Alexei Malnikov hat Cloud 100 Millionen Dollar dafür gezahlt, dass er ihm die Bombe abnimmt«, meinte Braga. »Wusstest du das?«

Al-Medi ballte die Hände zu Fäusten. Das erste Anzeichen von Wut, die erste Emotion, die er seit Beginn des Verhörs überhaupt zeigte.

»Wir haben uns überlegt, wie hoch dein Anteil gewesen sein mag. Johnny tippt auf zehn Millionen. Meine Schätzung liegt höher. Ich gehe von mindestens 30 Millionen aus. Na, wer von uns hat recht?«

Al-Medi schloss die Augen.

»O mein Gott«, sagte sie. »Er hat gar nicht mit dir geteilt, stimmt's? Stattdessen überlässt er dir ein Handy, für das du entweder getötet wirst oder den Rest deines Lebens im Gefängnis landest. Nicht einen Cent hat er dir gegeben.«

Reglos starrte Al-Medi auf den Boden.

Braga tippte ihren Ohrstöpsel an, um eine Verbindung zu Targa und damit Polk herzustellen. »Bin ich befugt, mit ihm einen Deal auszuhandeln?«, flüsterte sie.

»Bieten Sie ihm an, was immer Ihnen sinnvoll erscheint.«

Braga nahm eine Dose Cola vom Tisch, öffnete sie, beugte sich zu Al-Medi hinab, schob ihre Hand unter seinen Kopf, um ihn abzustützen, setzte die Dose an seinen Mund an und flößte ihm behutsam die Flüssigkeit ein. Al-Medi trank wie ein Verdurstender.

»Wenn du uns hilfst, ihn zu finden«, lockte Braga, »lassen wir dich frei. Ohne weitere Bedingungen. Außerdem bekommst du Geld.«

»Wie viel?«

»Ein paar Millionen.«

Al-Medi stürzte den Rest der Cola hinunter, bis die Dose leer war.

»Ich glaube Ihnen nicht«, flüsterte er.

»Aber es muss sofort geschehen«, überging Braga seinen Einwand. »Du weißt es und ich weiß es. Sei nicht dumm. Freiheit und Geld oder eine Betonzelle in einem Gefängnis, von dem kaum jemand weiß, dass es überhaupt existiert. Und solltest du einer dieser Märtyrer sein, die glauben, in unseren Black Sites ereile sie ein schneller Tod, muss ich dich enttäuschen. Wir lassen unsere Häftlinge nicht sterben. Du wirst 100 Jahre alt, ganz allein in einem dunklen Keller an eine Wand gekettet. Das soll kein Vergnügen sein, hab ich mir sagen lassen.«

»Woher weiß ich, dass Sie nicht lügen?«

»Das kannst du nicht wissen.«

Braga tippte ihren Ohrstöpsel an, bereit, die Informationen zu übermitteln, die sie gleich von Al-Medi bekommen würde.

»Was wollen Sie wissen?«

»Um was für ein Boot handelt es sich?«

»Es ist ein Fischtrawler. 60 Meter lang.«

»Was ist mit Cloud?«, fragte sie. »Wo ist er?«

»Im Moment? Das weiß ich nicht. Aber ich kenne das Ziel seiner Reise.«

19

NATIONAL CLANDESTINE SERVICE
BÜRO DES DIREKTORS
LANGLEY, VIRGINIA

Bond betrat eine kleine Glaskuppel in der Büroflucht, die dem National Clandestine Service vorbehalten war. Darin stand mit verschränkten Armen Polk und studierte einen Ausdruck. Als der andere eintrat, blickte er auf.

»Ich schicke Sie nach St. Petersburg«, kündigte er an. »Ich weiß, Sie sind schon länger nicht mehr in Russland gewesen, aber ich brauche Sie für die Leitung von Phase Line Two.«

Im Sprachgebrauch des NCS bezeichneten Phase Lines die einzelnen Abschnitte einer Operation. Phase Line Two bedeutete in diesem Fall, dass Bond erst ins Spiel kam, wenn die erste Stufe – Phase Line One – fehlschlug oder abgebrochen wurde.

»Ich bin bereit«, sagte Bond. »Weshalb die Phase Lines?«

»Wir stehen vor einem echten Problem«, erwiderte Polk. »Ein russischer Terrorist hat eine Operation eingeleitet und will auf amerikanischem Boden eine Atombombe hochgehen lassen. Wir werden versuchen, ihn in Moskau zu schnappen. Sollte dieser Teil der Mission scheitern, kommen Sie zum Zug. Der Kerl hat eine Freundin in St. Petersburg. Bei Phase Line Two handelt es sich um eine Ausschleusung aus feindlichem Gebiet. Ein Zwei-Mann-Team, Sie sind für die Koordination vor Ort zuständig.«

»Warum planen Sie um so viele Ecken?«

»Die Bombe ist bereits auf dem Weg in die Vereinigten Staaten.«

»Können wir sie nicht vorher abfangen?«

Polk schüttelte den Kopf. »Die Küstenlinie ist zu lang. Die Navy schafft es im Idealfall, zwei, drei Städte abzuriegeln, mehr nicht. Das scheinen diese Verbrecher zu wissen. Wir bekommen nur eine Chance, ihn zu kriegen.«

»Wer ist er?«

Polks Blick wanderte ins Leere. »Cloud? Wer er ist? Das macht mir am meisten Angst. Wir haben nicht den blassesten Schimmer.«

Bond schwieg. Er hatte Dewey auf der anderen Seite der Scheibe entdeckt. Sein neuer Kollege stand am Ende des Flurs und unterhielt sich mit jemandem, während er sich einen Eisbeutel aufs Auge drückte.

»Ich muss wissen, wen Sie mitnehmen möchten.«

Bond zögerte ein paar Sekunden. »Dewey«, entschied er schließlich.

Polk zeigte keinerlei Regung. Er überlegte, wie er seine Bedenken am besten in Worte fassen sollte. »Dewey kann äußerst charismatisch sein, Pete. Viele der Jungs betteln um ihn als Partner. Aber in Iguala bekam er schon bei einem relativ harmlosen Job eine Blockade und konnte sich nicht mehr rühren. Ich halte es für kritisch, ihn in dieser Verfassung in einen Einsatz zu schicken.«

»In Mexiko war er blockiert, aber sechs Stunden später hätte er um ein Haar den besten Amateur-MMA-Fighter der USA umgebracht, der als nächster Champion gehandelt wird. Er ist bereit, glauben Sie mir.«

»Sollte in Moskau etwas schiefgehen und St. Petersburg aktiviert werden, können Sie sich nicht eine Sekunde lang Zweifel erlauben«, gab Polk zu bedenken. »Dann ist die Entführung seiner Freundin das Einzige, was uns noch bleibt, bevor diese Atombombe unsere Küste erreicht. Wenn wir diesen Anschlag nicht stoppen, wird er als 9/12 in die Geschichte eingehen und über die Entscheidungen, die wir heute getroffen haben, entstehen ganze Bücher. Ist Ihnen das klar?«

»Sie haben gefragt, wen ich als Partner haben möchte«, entgegnete Bond. »Ich werde mit jedem zusammenarbeiten, den Sie mir zuweisen, aber ich möchte Dewey. Teilen Sie ihn mir zu oder lassen Sie es bleiben. Aber halten Sie mir keine Vorträge darüber, was zu befürchten steht, falls die Sache in die Binsen geht. Ich habe ihn im Einsatz erlebt und mich entschieden: Ich will Dewey an meiner Seite haben. Sie sind doch derjenige, der mir beigebracht hat, auf mein Bauchgefühl zu hören.«

Polk lächelte. »Sorry. Ich wollte Ihre Erfahrung nicht infrage stellen. Allerdings habe ich auch schon die eine oder andere Aktion hinter mir. Ich bewundere Ihre Loyalität, aber ich denke, ich gebe Ihnen lieber Joe mit.«

»Warum haben Sie mich dann überhaupt gefragt?«

Polk zögerte.

»Na gut, okay«, meinte er schließlich mit einem Blick auf seine Armbanduhr. »Sie sind ein streitlustiger Mistkerl, wissen Sie das? Ich werd's mir überlegen.«

20

BUTIKOVSKY PEREULOK
KHAMOVNIKI-DISTRIKT
MOSKAU, RUSSLAND

Die Lobby des Apartmenthauses war minimalistisch und elegant. An den Wänden mit Nussbaumtäfelung prangten abstrakte geometrische Kunstwerke. Von der Decke hingen zwei Bleikristall-Leuchter, der Bodenbelag bestand aus kostbarem weißem Marmor mit türkiser Maserung.

Zwei kräftige Männer in dunklen Anzügen standen hinter dem Security Desk, beides hoch qualifizierte Agenten der GRU, des russischen Militärnachrichtendienstes, erfahren im Nahkampf mit und ohne Waffen und in der Aufklärung mit menschlichen Quellen. Russland sorgte für den Schutz seiner wichtigen Bürger, insbesondere der prominenten.

Ein leises Klingeln signalisierte den Wachen, dass jemand am Stahltor vor dem Haupteingang stand. Auf einem Monitor hinter dem Tresen musterte einer der Posten das Gesicht des Besuchers. »Es ist Vargarin«, erkannte er.

Sein Kollege drückte einen Knopf, um das Schloss zu entriegeln und ihn ins Gebäude zu lassen.

Cloud trat durch den Haupteingang, in einer Hand einen in Zellophan verpackten, mit einem weißen Band zusammengehaltenen Strauß roter Chrysanthemen, in der anderen ein Holzkästchen. Mit höflichem Lächeln trat er an den Schalter. »Hallo, Jonas, Mikhail. Wie geht's?«

»Sehr gut, Herr Vargarin. Sind diese Blumen für uns?«, fragte er grinsend.

»Ich fürchte, nicht«, antwortete Cloud lachend.

Seine Verwandlung war erstaunlich. Bis auf den durchdringenden Blick schien er ein völlig anderer Mensch zu sein, hatte nichts mehr gemein mit dem Wesen, das den gefährlichsten Gangster Russlands so sehr einschüchterte, dass dieser ihm eine Atombombe überließ. Clouds blonder Wuschelkopf war passé. Stattdessen trug er die Haare fein säuberlich gescheitelt. Zum karierten Sakko trug er ein weißes Hemd, Freizeithose und braune Brogues. Eine elegante Erscheinung, wie aus dem Ei gepellt. Ein Mann von Welt.

Schon vor langer Zeit hatte Cloud gelernt, sein Äußeres zum eigenen Vorteil einzusetzen. Er spielte mit der Wirkung, die er auf andere hatte. Heute noch ein freundlich wirkender, kultivierter, exotisch gut aussehender Mann, am nächsten Tag der dürre Paria, dem man die Drogensucht und die Verstrickung in dunkle Machenschaften schon von Weitem ansah.

Rein theoretisch waren die Wachen im Margaux dafür ausgebildet, potenzielle Sicherheitsrisiken sofort zu identifizieren, zuallererst Kidnapper oder Terroristen. Allerdings ahnten sie nichts von Clouds wahrer Identität.

Er stellte das Holzkästchen auf den Schalter.

Der eine Sicherheitsbeamte winkte ab. »Wir müssen da nicht reinsehen. Wir vertrauen Ihnen.«

»Es ist ein Geschenk für Sie beide, eine kleine Anerkennung für alles, was Sie tun, um Katya zu beschützen.«

Einer der Posten öffnete das Kästchen. Darin befanden sich zwei Flaschen ohne Etikett.

»Sie mögen doch Wodka, oder?«

»Natürlich.«

»Das hier ist Wodka aus Nikita Chruschtschows persönlicher Sammlung.«

Der Posten zur Rechten nahm eine der Flaschen heraus und betrachtete sie. Das Glas wies eine bläulich-grüne Tönung auf und schien mundgeblasen zu sein. »Herr Vargarin«, begann er. »Das kann ich nicht …«

»Bitte«, sagte Cloud. »Ich selbst trinke nichts Stärkeres als Tee. Ich habe für jeden von Ihnen eine mitgebracht.«

»Vielen Dank. Sehr großzügig von Ihnen.«

»Gern geschehen.«

»Wie kommen Sie an solche Raritäten?«, wollte sein Kollege wissen. In seiner Stimme lag ein Hauch von Argwohn.

Bei der Frage ging in Cloud eine Veränderung vor. Einen Sekundenbruchteil lang lag etwas Düsteres in seinem Blick, doch sofort verschwand es wieder. »Mein Vater hat sie mir hinterlassen.«

»Ihr Vater muss ein wichtiger Mann gewesen sein, um an so einen Schatz zu gelangen.«

Cloud blickte zu Boden, sein Gesichtsausdruck kalt. »Vor allem war er ein freundlicher Mann, mehr nicht. Wenn Sie mich jetzt bitte entschuldigen.«

Im Aufzug betätigte Cloud den Knopf für die oberste Etage. Dabei musste er an seinen Vater denken. Wäre er noch am Leben, würde er stolz auf ihn sein, das wusste Cloud, allerdings nur, was diesen Abschnitt seines Lebens betraf. Seine übrigen Aktivitäten, das Hacken und die Diebstähle, hätten seinen Vater zornig gemacht. Und was die Atombombe und ihren vorgesehenen Verwendungszweck betraf, dafür hätte Dr. Anuslav Vargarin keine Worte gefunden und sich zu Tode geschämt, wäre er noch am Leben.

Wäre er noch am Leben.

Aber er lag längst unter der Erde. Zusammen mit Clouds Mutter von den Amerikanern getötet. Vor seinen Augen umgebracht. Abgeknallt wie ein tollwütiger Hund. Alles nur wegen … nun, den Grund begriff Cloud bis heute nicht. Wegen einer Diskette, mehr nicht. Zahlen und Buchstaben, die das Lebenswerk seines Vaters symbolisierten. Daten. Nun beabsichtigte er, ihre Daten gegen sie zu verwenden. Die Informationsjäger wurden selbst zu Opfern der Desinformation. Dass sie die Forschungsergebnisse seines Vaters gestohlen hatten, sollte nun eine zerstörerische Wirkung entfalten – und zwar auf weit schlimmere Weise, als sie es sich je hätten träumen lassen.

Cloud beabsichtigte, die Schuld seines Vaters zu begleichen, auch wenn der gütige Mann, dessen sanfte Berührung er niemals vergessen konnte, es ganz bestimmt nicht so gewollt hätte.

Der helle Ton, der anzeigte, dass der sechste Stock erreicht war, riss Cloud aus seinem Tagtraum. Er trat aus dem Gitterwerk des Fahrstuhls zu der einzigen Tür, die sich auf der Etage befand, klopfte zweimal, wartete geduldig. Wenige Sekunden später wurde geöffnet.

»Pjotr«, sagte eine Frau. Liebevoll blickte sie ihn an und schlang ihm die Arme um den Hals.

»Katya.« Er legte ihr die Arme um die Hüften.

»Ich vermisse dich jetzt schon, dabei bin ich noch nicht mal weg«, sagte sie.

»Ich liebe dich so sehr, Katya«, flüsterte er, während er sie eng heranzog und über eine Minute innig umarmte.

»Ich liebe dich ebenfalls. Du machst mich so glücklich.«

Mit 26 zählte Katya Basaeyeva zu den berühmtesten Frauen Russlands und war auf dem besten Weg, als größte lebende Ballerina weltweit Anerkennung zu finden. Sie stammte aus Jakutsk, der größten Ansiedlung der fernen Republik Sacha, einem an den nördlichen Polarkreis grenzenden Teil Sibiriens, der für die Diamantproduktion bekannt war.

Im Konvent hatte ihr eine der Nonnen das Tanzen beigebracht, selbst einst eine gefeierte Tänzerin, ehe sie ihr Leben Gott gewidmet hatte. Mit zwölf war Katya gut genug, um Aufmerksamkeit zu erregen. Der für die Aufnahme zuständige Direktor der renommierten Akademie des Moskauer Bolschoi-Balletts stattete ihr einen Besuch ab. Danach dauerte es nicht lange, und sie fegte wie ein Wirbelwind durch die einem schonungslosen Wettbewerb ausgesetzten Sphären des russischen Balletts. Es gelang Katya mühelos, ohne großes Taktieren oder weil sie darauf hingearbeitet hätte. Ihr kometenhafter Aufstieg schien vom Schicksal vorbestimmt zu sein, begründet durch ihren einzigartigen Tanzstil. Sie verfügte über eine innere Anmut, ja, Schlichtheit, die man nicht lernen konnte, und selbst jene Tänzerinnen, die sie in den Schatten stellte, bewunderten ihren Stil. Jeder, der Katya kannte, mochte sie. Bei allen anderen Tänzerinnen, Choreografen und Dirigenten erfreute sie sich großer Beliebtheit. Die Tatsache, dass sie überdies auch noch hübsch und liebenswert war, machte sie endgültig einmalig.

Ihr Spitzname lautete: ›Der Sibirische Diamant‹.

Sie gingen in die Wohnung und Cloud überreichte Katya die Blumen.

»Die sind aber schön.«

»Möchtest du zum Abendessen ausgehen?«

Katya verbarg das Gesicht in den Chrysanthemen, sog ihren Duft ein, drehte sich zu ihm.

»Riechst du denn gar nichts?«, fragte sie ausgelassen.

»Was meinst du damit?«

»Ich hab dir dein Lieblingsessen gekocht.«

166

Mit einem Mal stieg ihm der Duft von Brathähnchen in die Nase, das im Ofen garte.

»Und zum Nachtisch gibt es Windbeutel.« Sie trat zu ihm, zog ihm das Sakko aus und schlang erneut die Arme um ihn. »Ich hab den ganzen Nachmittag damit verbracht. Deine Mutter muss eine Heilige gewesen sein. Die sind wirklich schwer zu machen.«

Mehrere Sekunden lang blickte Cloud ihr in die Augen. Lautlos übermittelte er seine Dankbarkeit und tiefe Liebe. »Einen Tag vor deiner Reise nach St. Petersburg kochst du für mich. Ich weiß gar nicht, was ich sagen soll.«

»Ich bin froh, wenn du glücklich bist.« Katya küsste ihn auf die Lippen.

Sie hatte pechschwarzes Haar, das ihr bis auf die Schultern fiel und im Licht verführerisch glänzte. Ihr Teint war dunkel, ihre Augen eisblau, eine ungewöhnliche Farbe, wie das Aufblitzen des Himmels an einem trüben, wolkenverhangenen Tag.

Ihr Apartment glich einem weitläufigen Labyrinth grotesk geschnittener Räume, hervorgegangen aus dem einstigen Dachboden des Palastes. Dennoch war es die teuerste Wohneinheit im Margaux. Katya hatte das Apartment vor zwei Jahren für zwölf Millionen Dollar gekauft. Es verfügte über vier palastartige Schlafräume, ein Esszimmer, einen Salon, ein eher lauschiges, intimes Wohnzimmer, einen Medienraum, ein Weinlager und einen Fitnessbereich. Gut die Hälfte der Fläche war zum Übungsbereich mit Barren, Matten und Spiegeln umfunktioniert.

Katya drapierte den Blumenstrauß in einer großen Vase, füllte sie mit Wasser und stellte sie auf ein Buffet an der Wand des Salons.

Sie hatten sich zu Beginn ihrer Ausbildung an der Bolschoi-Akademie kennengelernt. Er war damals Student am Technologischen Institut Moskau gewesen. Gleich am ersten Tag begegneten sie einander. In der großen Mensa, die sich beide Institute teilten, landeten sie beim Mittagessen zufällig am selben Tisch.

Wie Katya war auch Cloud allein wegen seines Könnens aufgenommen worden. Beim Technologischen Institut Moskau, der akademischen Top-Institution Russlands, konnte man sich nicht bewerben. Ganz wie die Bolschoi-Akademie durchstreifte auch das Institut Russland und die ehemaligen Sowjetrepubliken auf der Suche nach Ausnahmetalenten. Das TIM brachte die führenden Köpfe des Landes in den Naturwissenschaften, in Mathematik und Informatik hervor.

Wie Cloud hatte auch Katya keine Eltern mehr, beide waren auf sich allein gestellt. Mit vier Jahren schickte man Katya in den Konvent, nachdem ihr Vater im Afghanistankrieg gefallen und ihre Mutter im selben Jahr an Krebs gestorben war. Sie hatte keine Ahnung, was es hieß, Vater und Mutter zu haben. Cloud hingegen erinnerte sich noch daran, als Einzelkind geliebt zu werden. Und er wusste, was in einem vorging, wenn diese Eltern vor den eigenen Augen ermordet wurden.

Wie zwei im Wind gefangene Vögelchen freundeten sich Cloud und Katya in Moskau an. Aus Freunden wurden beste Freunde, schließlich verliebten sie sich ineinander. So wie Katyas Ruhm sich ausbreitete, wurde auch Cloud zunehmend bekannter. Seine Fertigkeiten im Umgang mit Computern entwickelten sich ebenso rasant wie Katyas Können als Ballerina.

Dasselbe galt für seinen Hass auf das Land, das seine Eltern auf dem Gewissen hatte.

Mit 15 feierte Katya ihr Debüt als Primaballerina im *Nussknacker*, der Weihnachtsaufführung des Bolschoi-Theaters. Im selben Jahr trug Cloud mithilfe eines Computers in der

Bibliothek dazu bei, am Morgen von 9/11 die Luftraumüberwachung in den USA zu manipulieren. Beide Leistungen waren, auf ihre jeweilige Weise, außergewöhnlich.

Nun, etwas mehr als zehn Jahre später, waren sie untrennbar miteinander verbunden. Doch ebenso sehr wie Katya im Rampenlicht stand, agierte Cloud im Verborgenen. Sie war zur bekanntesten Tänzerin Russlands geworden und lebte im Blick der Öffentlichkeit. Cloud dagegen war als bester Hacker seines Landes ein Meister der Tarnung. Für Katya blieb er Pjotr Vargarin, ein Computerfachmann, der viel Geld verdiente, aber ungern über seine Arbeit sprach.

An einem Ende des langen Esszimmertisches aßen sie zu Abend und gönnten sich eine Flasche Wein, untermalt von den leisen Klängen Tschaikowskis.

»Erzähl mir von Kirow.« Damit meinte Cloud das Kirow-Ballett in St. Petersburg, das Katya in einer Gastrolle für seine Sommerproduktion verpflichtet hatte. Eine mit Spannung erwartete Reihe von Auftritten, für die sie fünf Millionen Dollar erhielt. Die Vorstellungen waren in weniger als einer Stunde ausverkauft gewesen.

»Ich habe gehofft, dass du es dir auch ansiehst.«

»Sehr gern«, antwortete Cloud. »Im Moment arbeite ich zwar an einem großen Projekt, aber ich werde versuchen, es einzurichten.«

»Wie lange wird dieses Projekt dauern?«

»Ungefähr eine Woche.«

»Um was geht es dabei?«

Cloud beugte sich vor und nahm Katyas Hand. »Es handelt sich um eine langweilige Geschichte, die mit Computern zu tun hat.«

»Computer, Computer, Computer«, neckte sie. »Du glaubst, das sei zu hoch für mich, deshalb willst du mir keine Einzelheiten erzählen, was?«

»Nein, keineswegs, es ist bloß langweilig.«

»Versuch's doch!«

Cloud schwieg mehrere Sekunden lang. Er wollte Katya nicht anlügen. »Nun, ich helfe, ein paar wissenschaftliche Güter umzuverteilen«, erklärte er schließlich.

»Wozu?«

»Nun, diese Güter werden dazu beitragen, ein wenig Wärme und Licht in einen Teil der Welt zu bringen, der es dringend nötig hat.«

Lächelnd beugte Katya sich zu ihm und küsste ihn auf die Lippen. »Ich bin ja so stolz auf dich.«

»Nicht so sehr wie ich auf dich. Ich werde probieren, dich in St. Petersburg auf der Bühne zu sehen. Im Übrigen habe ich dich schon so oft tanzen sehen. Es wäre doch nur fair, anderen auch einmal Gelegenheit zu geben, diesem Wunder beizuwohnen.«

Katya errötete. »Du Schmeichler! Aber ich muss dir sagen, Pjotr, ich tanze ganz anders, wenn du im Publikum sitzt. Ich bewege mich geschmeidiger. Ich kann höher springen. Allein dein Blick spornt mich an, mein Bestes zu geben.«

Cloud blickte auf Katyas Hand, die auf seiner lag, auf ihre Finger, die über seinen goldenen Siegelring strichen. Angst durchfuhr ihn, nicht wegen der schrecklichen Sache, die er geplant hatte, sondern wegen der furchtbaren Täuschung, die in die wichtigste – die einzige – Beziehung Einzug gehalten hatte, die ihm etwas bedeutete. Er hatte ein Lügengerüst konstruiert, um in ihren Augen gut dazustehen und das Bild, das sie von ihm hatte, zu bewahren. Eins stand fest: Sollte sie je dahinterkommen, wie er wirklich war, zerstörte es alles. »Darf ich dich etwas fragen?«

»Ja«, antwortete sie.

Er griff in seine Tasche und förderte ein kleines rotes

Lederkästchen zutage. Mit zittriger Hand stellte er es auf den Tisch. »Katya«, flüsterte er, seine Augen gerötet vor lauter Emotion. »Ich liebe dich mehr, als je ein Mann eine Frau geliebt hat. Ich täte alles für dich. Der Gedanke, dass du einen ganzen Monat lang weg sein wirst, quält mich schon jetzt. Ich werde dich so sehr vermissen. Zugleich bin ich überaus stolz auf dich und will es gar nicht anders haben.«

Katya lächelte. In ihrem rechten Auge erschien eine kleine Träne, als sie die Hand ausstreckte, um nach dem roten Kästchen zu greifen.

»Vergib mir, dass ich so viele Worte mache und doch nicht zum Wesentlichen komme, aber was ich dir gleich sage, ist das Wichtigste, was mir je über die Lippen kommen wird.« Cloud wurde von seinen Gefühlen übermannt, Tränen liefen ihm über die Wangen. »Willst du mich heiraten, teure Katya?«, flüsterte er. Er sah sie an, in seinem Blick nichts als Verletzlichkeit.

Katya öffnete das Kästchen und wurde mit einem atemberaubenden Anblick konfrontiert. Einem gelben Diamanten von der Größe einer menschlichen Fingerspitze, eingefasst in einen Platinring mit antikem Relief.

»Das …«, begann Katya und verstummte. Ihr blieb der Mund offen stehen, als sie das Juwel bewundernd aus dem Behälter nahm. Freudentränen bedeckten ihr Gesicht. »Er ist wunderschön.«

Cloud steckte ihr das Schmuckstück an den Ringfinger der rechten Hand, anschließend hielt er ihre Hand ins goldene Licht des Kronleuchters.

»Er stammt aus Sibirien«, sagte er.

Mehrere Sekunden lang starrte sie darauf.

Für Cloud war es der schönste Augenblick seines Lebens. Er wartete, Angst schnürte ihm die Kehle zu.

»Ja«, flüsterte sie endlich.

Später, nachdem er Katya beim Packen für St. Petersburg zugesehen und mit ihr Liebe gemacht hatte, nachdem sie längst eingeschlafen war, stand Cloud auf, warf sich einen seidenen Bademantel über, ging lautlos aus dem Schlafzimmer und durchquerte die Wohnung. In der Diele starrte er sekundenlang die Kirschholz-Anrichte an, fast so, als würde er sie bewundern. Er kniete sich hin, langte unter das Holz und tastete nach der Pistole, die mit Klebeband am Boden befestigt war. Bedächtig zog er die Waffe hervor: eine Stetschkin APS, an deren Mündung ein schwarzer Schalldämpfer geschraubt war.

Cloud ging zur Wohnungstür. Lauschend lehnte er sich dagegen, mehr als eine Minute lang, hörte jedoch nichts. Mit der Linken hob er den Lauf der Stetschkin und richtete ihn auf die Tür. Mit der Rechten drehte er langsam den Knauf, bis sie einen Spaltbreit offen stand. Links von sich erspähte er den Security-Mann, der nichts ahnend auf dem Boden saß. Cloud ließ die Tür aufschwingen und drückte ab. Die Kugel aus der schallgedämpften Waffe traf den kräftigen Russen an der Schläfe. Blut und Knochensplitter spritzten in den Flur.

Er glaubte, eine Bewegung hinter der nächsten Ecke zu erfassen, in der Nähe des Aufzugs, noch außer Sichtweite. Er ließ den linken Arm sinken, um die Reihenfeuerpistole zu verbergen, und huschte Richtung Lift.

»Frau Basaeyeva?«, hörte er den zweiten Wachposten.

Cloud bog um die Ecke und fand den Mann an der Wand lehnend vor. Er lächelte ihn an.

»Herr Vargarin«, sagte der andere. »Ist alles in Ordnung?«

»Nein«, antwortete Cloud. »Ich kann nicht schlafen.«

Clouds Arm schwang hoch und feuerte. Das Projektil durchschlug den Sicherheitsposten, ehe er begriff, wie ihm geschah, und schleuderte ihn nach hinten.

»Du scheinst dieses Problem allerdings nicht zu haben.«
Cloud blickte dem Mann in die Augen, während er an der
Wand hinabrutschte, die Hände an die Brust gedrückt,
bemüht, noch etwas zu sagen.

Mit dem Aufzug fuhr Cloud in die Lobby. Als die Kabine
hielt, zückte er die Waffe. Die Tür glitt auf, Cloud trat hinaus
und schoss, noch bevor er überhaupt Zeit zum Zielen fand,
auf die beiden Angestellten am Empfang. Die beiden ersten
Kugeln gingen fehl, doch das spielte keine Rolle. Das Duo
saß mit hochgelegten Füßen da und reagierte viel zu spät.
Als sie nach ihren Waffen griffen, deckte Cloud sie bereits
mit Geschossen ein. Den Ersten traf er ins linke Auge, den
anderen in die Stirn, verzierte die Mauer hinter ihnen mit
einer Mixtur aus Hirnmasse, Blut und Knochen.

Gelassen schlenderte Cloud zur Rezeption. Dort stand
eine der Wodkaflaschen, noch ungeöffnet. Er nahm sie,
zerrte den mit Wachs versiegelten Korken heraus und nahm
ein paar kräftige Schlucke, langte unter die Tischplatte, fand
den Taster für den Türöffner, drückte ihn und entriegelte so
den Eingang des Gebäudes. Sekunden später drängte eine
kleine Armee herein. Zwei der Männer trugen Anzüge,
genau wie die beiden Wachposten am Empfang, zwei weitere Slacks und Sweater, so wie die beiden erschossenen
Posten oben. Weitere zwei hatten dunkelgrüne Arbeits-
overalls angelegt, ihre Hände steckten in dunkelroten
Gummihandschuhen. Alle hatten große Reisetaschen dabei,
darin befanden sich Leichensäcke, Putzgerätschaften, Gips,
Holzkitt und Farbdosen, um die Wände auszubessern.

Die Männer machten sich an die Arbeit und verstauten
die beiden Leichen. Cloud nahm noch ein paar Schlucke
Wodka.

»Sind alle an Ort und Stelle, Leo?« Fragend blickte Cloud
einen seiner Leute in Reinigungsmontur an.

»Das Team ist in St. Petersburg.«

»Und die Verstärkung?«

»Ja, Cloud. Die Verstärkung auch. Und eine Sicherungsmannschaft. Und die Sicherung der Sicherungsmannschaft.
Und die beiden Frauen ebenfalls. Sie sind alle hervorragend
ausgebildet. Das Beste, was man für Geld bekommen kann.«

Cloud nickte. Ohne etwas zu sagen, drehte er sich um
und ging zum Aufzug. »Sollte etwas …«

»Ihr wird nichts passieren«, versicherte Leo. »Ich gebe
dir mein Wort.«

21

AN BORD DER *USS DONALD COOK* (DDG-75)
IN DER NÄHE VON CÁDIZ, SPANIEN

General Torey Krug stand mit fünf weiteren Männern auf
der Brücke der *USS Donald Cook*, einem Lenkraketen-
zerstörer der Arleigh-Burke-Klasse. Alle sahen sie sich dasselbe an: einen illuminierten Plasmabildschirm, der mit
diversen marine- und landgestützten Einheiten vernetzt
war. Das Display glich einem Monitor der Luftraumüberwachung; mit dem Unterschied, dass es anstatt der Maschinen der Fluggesellschaften in Echtzeit Kräfte des US-Militärs
im geografischen Gebiet südlich von Spanien abbildete.
Krug und seine leitenden Offiziere waren mit einem breiten
Spektrum an Teams verbunden, darunter zwei Aegis-
Zerstörer der Navy, zwei U-Boote, Drohnen-Kommando-
zentralen und Befehlshaber vor Ort, unter anderem
Angehörige von SEAL Team Six, die in Schnellbooten vor
der spanischen Küste Stellung bezogen hatten.

Im Augenblick verfolgten all diese Einsatzkräfte das gleiche Ziel: Sie suchten ein Boot.

Ihr Interesse galt überwiegend der Wasserfläche, die sich zwischen Spanien und Marokko erstreckte, besser bekannt als Straße von Gibraltar. In aller Eile hatte man 22 Drohnen in die Region beordert. Gray Eagles, Raptors und mehrere weitere unbemannte Kontrollsonden überflogen in niedriger Höhe die engste Stelle des Schifffahrtswegs zwischen dem spanischen Tarifa und Eddalya in Marokko, hin und her schwebten sie über die neun Meilen breite Wasserstraße. Krug hielt es für die strategisch beste Stelle, um die abtrünnige Atombombe abzufangen, bevor sie das offene Meer erreichte und damit die relative Freiheit des Atlantiks.

Krug und sein Team standen vor einer vielschichtigen Herausforderung. Sie verfügten nur über eine vage Beschreibung des fraglichen Boots. Darüber hinaus handelte es sich um einen extrem verbreiteten Schiffstyp. Sie hatten bereits zehn Trawler ausgemacht, die dem Suchprofil entsprachen. Sie hatten keine Ahnung, wie schnell der Gegner unterwegs war. Außerdem mussten sie sich mitten in der Nacht trotz des Einsatzes diverser Wärmebildkameras mit schwierigen Sichtverhältnissen arrangieren. Alles verschwamm ineinander.

Mit Unterstützung der spanischen und marokkanischen Marine sowie örtlicher Polizeikräfte patrouillierte eine kleine Armada aus Schnellbooten, deren Offiziere mit Geigerzählern ausgerüstet waren, und hielt Ausschau nach allem, was irgendwie verdächtig wirkte. Mehrere Schiffe hatte man bereits angehalten, allerdings ohne Erfolg.

Mechanisch blickte Krug immer wieder zu den nebeneinander hängenden Uhren, die die Zeit in unterschiedlichen Ländern anzeigten. In Spanien war es gerade fünf Uhr morgens. Die Dämmerung brach bald an. Einerseits half ihnen das Tageslicht. Andererseits sank mit jeder verstreichenden Stunde die Chance, das Boot ausfindig zu machen.

Eine krächzende Stimme meldete sich über die Sprechanlage. »*General Krug, ich schalte auf Livevideo. Dies ist Drohne UAV 16-Y. Wir haben eine Meldung über ein verdächtig aussehendes Schiff in Küstennähe bei Nador, Marokko.*«

»Roger, Major.« Auf der Suche nach der Drohne ließ Krug den Blick über den Plasmaschirm schweifen. Schließlich streckte er die Hand aus und tippte ein kleines Icon an. Ein körniges Bewegtbild erschien. Es zeigte eine verlassene Wasserfläche, angestrahlt vom starken Suchscheinwerfer der Drohne. Ein Motorboot, knapp zwölf Meter lang, wurde von der Optik erfasst. Drei Uniformierte an Bord. Etwa 100 Meter hinter ihnen trieb ein schäbiger Fischerkahn mit eingeschalteten Positionslichtern und Schlagseite offenbar führerlos im Wasser.

»Schicken Sie die Leute an Bord«, befahl Krug. »Und behalten Sie den Vogel in der Luft.«

Krug und seine Männer verfolgten, wie das Motorboot der marokkanischen Marine neben dem Trawler längsseits ging und die Leinen festzurrte.

Achtern flatterte eine vietnamesische Flagge. Am Heck des Schiffes stand der Name: BIẾN THIÊN CHÚA.

Meeresgott.

Zwei der Offiziere erklommen eine Stahlleiter und kletterten an Bord, orientierten sich zum Ruderhaus. Das Bild war zwar unscharf, aber trotzdem passabel genug, um ihre Bewegungen einzufangen. Beide schwenkten eine Maschinenpistole. Wenig später tauchten sie wieder auf, schüttelten den Kopf zum Zeichen, dass sie nichts gefunden hatten.

Einer von ihnen deutete auf seinen Helm.

Mit dem Finger wies Krug auf einen seiner Untergebenen. »Klinken Sie ihn bei uns ein.«

Auf dem Plasmabildschirm erschienen nun zwei Feeds. Einmal das Material, das die Drohne sandte, dazu die Aufnahmen von der Helmkamera des Offiziers.

Die Männer stürmten unter Deck, eine nur dürftig beleuchtete Treppe hinab. Tür um Tür öffnend, bewegten sie sich den dunklen Gang entlang, ohne etwas zu finden. Schließlich öffnete einer der Uniformierten eine Tür im Bugteil und enthüllte ein Bild des Grauens. Leichen der Fischer übersäten die Planken. Überall klebte Blut.

Die Offiziere gingen von einer Leiche zur anderen und forschten nach Überlebenden.

Ganz schwach nahm Krug eine Bewegung wahr. »In der Ecke«, blaffte er. »Geht da rüber!«

Einer der Offiziere trat zu einem Mann in der Ecke. Es handelte sich um einen jungen Vietnamesen. Seine Brust war rot durchnässt, die Augen hielt er geschlossen. Der Uniformierte schüttelte ihn, vorsichtig zunächst, dann stärker, bemüht, ihn aufzuwecken. Der Mann schlug die Augen auf.

»Legen Sie es auf Lautsprecher«, forderte Krug.

Der Offizier hielt seine Sprechmuschel ans Ohr des Sterbenden.

»Những gì họ muốn?«, fragte Krug. *Was wollten die Kerle?*
Der Fischer mühte sich ab, die Augen offen zu halten.

»Vật liệu nổ«, brachte er hustend hervor.

»Sprengstoff«, übersetzte Krug. Er wandte sich der Aufnahme des Sterbenden auf dem Bildschirm zu. »Bạn bị tấn công cách đây bao lâu?« *Wann wurdet ihr überfallen?*

»Đêm qua«, flüsterte der Vietnamese.

»Letzte Nacht«, dolmetschte Krug. Er konsultierte die Karte, nahm ein Lineal und rechnete rasch nach, überschlug die Zeit, die der Trawler von Sewastopol nach Nador gebraucht hatte, und schätzte ab, wie lange die Fahrt von Nador zur Straße von Gibraltar dauern mochte.

Ein deprimierter Ausdruck erschien auf seinem Gesicht. Er ließ den Blick rings über die Anwesenden schweifen. »Holen Sie Brubaker in die Leitung, Hector ebenfalls. Unsere Gegner dürften die Meerenge bereits passiert haben. Jetzt haben sie bis zur US-Ostküste nur noch Wasser vor sich.«

22

CIA SPECIAL OPERATIONS GROUP
BRIEFING COMMAND CENTER
LANGLEY, VIRGINIA

Calibrisi, Polk und ein halbes Dutzend weiterer hochrangiger Geheimdienstleute betraten einen Raum, der mit den luxuriösen, in drei übereinanderliegenden Reihen vor einem 140-Zoll-Bildschirm angeordneten Ledersesseln fast wirkte wie ein kleiner Kinosaal.

Sechs Mitglieder der paramilitärischen Abteilung der CIA, die man ausgewählt hatte, um nach Russland zu fliegen, saßen bereits dort.

Drei von ihnen hatten taktische Ausrüstung angelegt. Es handelte sich um die Kommandosoldaten, die für Phase Line One verantwortlich zeichneten: John Dowling, Dave Tosatti und Benoit Fitzgerald. Die drei übrigen Männer trugen Freizeitkleidung. Das Team für Phase Line Two, dem Dewey, Bond und Joe Oliveri angehörten.

»Gentlemen«, begann Polk. »Seit ungefähr einer Woche erfasst unsere elektronische Aufklärung in der internationalen

Terrorszene einen dramatischen Anstieg von Meldungen über den bevorstehenden Anschlag auf ein hochempfindliches Ziel in den Vereinigten Staaten. Die Kerle haben auch schon einen Namen dafür: Sie sprechen von ›9/12‹.«

Die Beleuchtung wurde gedimmt, als der Screen schlagartig zum Leben erwachte und die einzigen Bilder präsentierte, die ihnen von Cloud vorlagen: das nach Malnikovs Angaben angefertigte Phantombild, das Foto aus dem Nachtclub und die beiden Schnappschüsse mit Katya Basaeyeva.

Polk deutete auf den Monitor. »Er heißt Cloud. Das ist ein Deckname. Er ist als Hacker tätig. Spätestens vor einer Woche hat er eine sowjetische Atombombe mittlerer Größe erworben, die in der Lage ist, ein Gebiet von der Größe der Bostoner Innenstadt auszulöschen. Nach bisherigen Erkenntnissen hat er den Sprengkörper an der ukrainischen Küste im Hafen von Sewastopol an Bord eines Schiffes gebracht. Dieses Schiff ist unterwegs in die Vereinigten Staaten.«

Auf dem Monitor wurde ein Gebäude eingeblendet, eine moderne Glas- und Stahlkonstruktion, umgeben von einer Grünfläche. »Heute früh schnappten wir dank NSA-Informationen einen Mistkerl namens Al-Medi, der mit Cloud zusammenarbeitet. Im Rahmen des Verhörs entlockten wir ihm die Information, wo Cloud sich morgen Abend aufhalten wird. Und zwar in einer Datscha außerhalb von Moskau, dort wird er an einer Dinnerparty teilnehmen. Deshalb sind Sie hier. Ihr Job besteht darin, das russische Einsatzgebiet zu infiltrieren und Cloud gefangen zu nehmen – und zwar lebend.«

Calibrisi betrachtete das Fotomaterial. »Im Moment ist Cloud der einzige Mensch, der weiß, wohin dieses Schiff fährt. Wir müssen ihn finden.«

Calibrisi schwieg ein paar Sekunden, ließ seinen Blick nacheinander auf den sechs Kommandosoldaten ruhen. »Ich bilde mir ein, dass alle CIA-Einsätze von Bedeutung sind, und das sind sie auch. Aber dies ist die Mutter aller Einsätze. Der Grund, weshalb Sie sich ursprünglich zum Militärdienst verpflichtet haben. Weshalb ich vor 40 Jahren zur Truppe gestoßen bin. Es klingt wie eine Floskel, aber nichts könnte wahrer sein: Ihr Land braucht Sie, jetzt, in diesem Moment. Sie stehen als Einzige zwischen dem Frieden und der Stabilität, dem ruhigen Leben, das die Amerikaner gewohnt sind, und einer Katastrophe entsetzlichen, nie da gewesenen Ausmaßes. Einer Katastrophe, die Amerika über Generationen hinweg tiefe Wunden zufügen wird.«

Calibrisi wandte sich Polk zu. »Die Einsatzplanung ist noch nicht abgeschlossen. Aber wir müssen euch jetzt schon losschicken. Dowling, Tosatti, Fitzgerald: Auf dem Hubschrauberlandeplatz wartet bereits ein Black Hawk. Start in fünf Minuten. Ihre Instruktionen erhalten Sie auf dem Weg nach Frankfurt.«

»Ja, Sir.«

»Bond, Oliveri, Sie gehen zum CMG und holen sich Ihre Ausrüstung. Anschließend fliegen Sie nach St. Petersburg.«

Polk blickte erst Bond an, dann Dewey. »Dewey, Hector und ich müssen mit Ihnen reden. Im Büro des Direktors.«

23

»Gehen Sie ruhig rein, Dewey«, sagte Lindsay, Hector Calibrisis Sekretärin. »Die warten schon auf Sie.«

Er schob die mächtige Glastür auf und betrat das riesige Eckbüro des CIA-Direktors, von dem aus man auf einen säuberlich gestutzten Rasen und den dichten Birken- und Ahornwald dahinter blickte, dessen Laub in der Morgenbrise raschelte. Ein heller, sonniger Sommertag.

Calibrisi stand hinter dem rechteckigen Stahlschreibtisch mit der Glasplatte, hatte die Hemdsärmel hochgekrempelt und den oberen Knopf geöffnet. Vornübergebeugt stand er da, vertieft in ein Schriftstück.

Davor saß ein kahlköpfiger Mann mit Anzug und Hornbrille: Bill Polk.

»Was wollt ihr?«, fragte Dewey. Er trug ein orangefarbenes T-Shirt und Shorts, dazu Flip-Flops.

»Mit Ihnen reden«, antwortete Polk.

»Setz dich«, forderte Calibrisi ihn auf.

Dewey blieb an der Tür stehen.

»Es geht um St. Petersburg«, begann Polk.

»Bill möchte dich von St. Petersburg abziehen«, sagte Calibrisi. »Ich bin noch unschlüssig.«

Dewey nickte.

Polk musterte Dewey mit kaltem Blick. »Was ist in Mexiko vorgefallen?«

Schweigend starrte Dewey ihn an, suchte Calibrisis Blick. Auf der Kommode dahinter stand ein silberner Rahmen mit einem Foto von Jessica.

»Ich war blockiert«, erwiderte Dewey. »Es wird nicht mehr vorkommen.«

Die Augen hinter dem Schildpattrahmen von Polks Brille huschten zu Calibrisi, der nach wie vor schwieg.

»Sollte in Moskau etwas schiefgehen«, sagte Polk, »müssen wir uns darauf verlassen, dass dieser Mann Leistung bringt, und zwar auf einem Niveau, zu dem er im Moment nicht in der Lage ist.«

»Ich schaff das, Bill«, sagte Dewey.

»Er ist im Team einer unserer besten Agenten«, ergänzte Calibrisi. »Pete hat ausdrücklich um ihn gebeten.«

Polk schüttelte den Kopf, sah Dewey an. »Sie sind ein fähiger Agent. Aber im Moment sind Sie angeschlagen. Sie müssen erst einen klaren Kopf bekommen. Ein Einsatz, der rasch aus dem Ruder laufen könnte, zumal noch in einem Operationsgebiet, in dem wir keinerlei Unterstützung anbieten können, scheint mir für eine Psychotherapie nicht geeignet zu sein.«

Fassungslos starrte Dewey ihn an.

»Ihnen ist doch klar, was die Russen mit einem Agenten ohne diplomatische Immunität anstellen, wenn sie ihn zu fassen kriegen?« Polks Blick wanderte erneut zu Calibrisi. Dieser schwieg weiterhin.

»Schön, ich werde es ihm sagen. Wenn die Russen Sie im Einsatzgebiet erwischen, mitten in einer Operation, werden Sie Russland für den Rest Ihres Lebens nicht mehr verlassen. *Nie mehr.* Wir werden nicht in der Lage sein, Sie rauszuboxen. Die werden jede Information aus Ihnen rauspressen, die sie rauspressen können. Das dürfte maximal einen Monat dauern. Danach verfrachtet man Sie in einen Gulag irgendwo in Sibirien. Nach Krasnokamensk vielleicht oder, noch schlimmer, in eins der zahllosen Straflager, die nicht mal einen Namen haben, irgendeinen Gebäudekomplex, der nur mit einer Nummer gekennzeichnet ist.« Dewey starrte auf den Teppich.

»Es wird noch besser«, fuhr Polk fort. »Die stecken Sie in eine Uranmine, in der Sie arbeiten müssen, oder probieren experimentelle Medikamente an Ihnen aus. Sollten die der Meinung sein, dass ein Fluchtrisiko besteht, werden Sie kurzerhand umgelegt.«

Dewey sah Calibrisi an. Der Mann war wie ein Vater für Dewey. Er las die Entscheidung in seinen Augen, während der Blick des CIA-Chefs unbewusst von ihm weg zu Jessicas Foto wanderte.

Calibrisi holte tief Luft. »Ich ziehe dich von der Operation ab«, verkündete er. »Ich denke, Bill hat recht. Ich glaube, du brauchst noch ein bisschen Zeit.«

Dewey empfand es wie einen Schlag in den Magen. Er versuchte, keinerlei Regung zu zeigen. Lediglich seine Hand verriet ihn; sie wanderte nach hinten, packte die Türklinke zunehmend fester, bemüht, Wut, Enttäuschung und vor allem Abscheu vor sich selbst unter Kontrolle zu bringen. Ihm war klar, dass sie recht hatten. Er hatte sich das Ganze selbst eingebrockt.

»Ich verstehe.« Er wandte sich zum Gehen.

»Noch etwas«, sagte Polk. »Ich gebe Ihnen intern eine sechsmonatige Auszeit. Ihre Bezüge laufen weiter. Offiziell wird es als Sonderprojekt des Direktors abgerechnet. Ich möchte, dass Sie nach Sedona in die Klinik gehen. Ich schicke Sie erst wieder in einen Einsatz, wenn Dr. Goldstons psychologische Beurteilung positiv ausfällt.«

»Das ist nicht Ihr Ernst?«, fragte Dewey ungläubig.

»Doch, ich meine es äußerst ernst. Ich möchte, dass Sie zurückkommen, aber Sie sind noch nicht bereit. Sie brauchen jemanden, der Ihnen hilft, alles zu verarbeiten.«

Dewey sah Hilfe suchend zu Calibrisi. »Das meinst du

also, wenn du davon sprichst, mich zur Agency zurückzuholen? Zu meinem Schutz? Ha, gib's zu, das hattest du von
Anfang an vor!«

»Nein«, widersprach Calibrisi.

»Ich brauche keinen beschissenen Seelenklempner. Ich
brauche eine Waffe und eine Mission.«

Calibrisi biss sich auf die Unterlippe.

»Fahren Sie zur Andrews Air Base und steigen Sie in
einen Jet«, sagte Polk. »Mary wird sich darum kümmern,
dass bei Ihrer Ankunft eine der Gulfstreams bereitsteht.«

Dewey nickte und zog die Tür auf. Ein letztes Mal drehte
er sich um. »Viel Glück bei der Operation.«

24

LANGLEY, VIRGINIA

Dewey ging durch den Korridor zu den Aufzügen. Unterwegs warf er einen kurzen Blick in jedes einzelne Büro und
nickte zahlreichen Mitarbeitern Calibrisis zu. Auf halbem
Weg stieß er auf einen leeren Raum. Unauffällig blickte er
sich um, trat ein, ging zum Schreibtisch und zog die Schubladen auf, bis er auf einen Schlüsselbund stieß. Er ging
zurück in den Flur. Nach wie vor war niemand zu sehen.

Mit dem Aufzug fuhr er ins Untergeschoss und betrat den
Trakt, in dem die Special Operations Group untergebracht
war. Er holte den Rucksack aus dem Spind, der seine Ausrüstung für den Einsatz in St. Petersburg enthielt.

Er sah Bond, der sich auf den Flug nach Russland vorbereitete.

»Kommst du mit?«, fragte Bond.

»Nein«, antwortete Dewey.

Bond starrte ihn einen Moment zu lange an. Die Überraschung wirkte einen Tick übertrieben.

»Du musstest die Wahrheit sagen«, meinte Dewey. »Ich hätte an deiner Stelle dasselbe getan. Viel Glück da drüben. Und danke, dass du mich dabeihaben wolltest.«

Dewey verließ die CIA-Zentrale durch den südlichen Ausgang. Er hatte seinen Pick-up auf dem riesigen Parkplatz gegenüber dem Gebäude abgestellt. Im Schatten des Vordachs blieb er stehen, beobachtete minutenlang den Parkplatz und wartete. Abgesehen von ein paar Angestellten, die zu ihren Wagen gingen, fiel ihm nichts Ungewöhnliches auf. Er zückte ein Wärmebild-Zielfernrohr und suchte den Bereich rings um den Pick-up ab. Er entdeckte zwei Verfolger, den einen zwei Wagen dahinter, den anderen links versetzt, einige Reihen weiter.

Bill meint es aber verdammt ernst.

Dewey holte die gestohlenen Schlüssel aus der Tasche und drückte die Taste zum elektronischen Entriegeln, doch nichts geschah. Er behielt den Daumen darauf und schlich geduckt an der vordersten Wagenreihe entlang. Endlich vernahm er ein dumpfes Klicken. Er drehte sich um. Die Frontscheinwerfer eines Minivans blitzten auf. Er stieg ein und setzte sich langsam Richtung Ausfahrt in Bewegung, behielt den Rückspiegel im Auge, um zu verfolgen, was seine Beschatter machten. Er hatte keine Ahnung, was ihn erwartete, als er dem uniformierten Posten am Ausgang seinen Ausweis reichte, aber das spielte nun auch keine Rolle mehr. Ihm blieb keine andere Wahl.

Der Mitarbeiter zog den Ausweis durch den Scanner und reichte ihn durchs Fenster.

Plötzlich nahm Dewey im Rückspiegel eine Bewegung wahr. Einer der Wagen stieß aus der Parklücke, gleich darauf der andere Verfolger.

»Officer, darf ich Sie mal was fragen?«

»Klar.«

»Nehmen wir mal an, ich hätte gerade gesehen, dass jemand in seinem Wagen sitzt und Alkohol trinkt …«

»Alkohol? Was denn?«

»Sah aus wie 'ne Flasche Jack Daniel's«, log Dewey. »Ich will ja niemanden anschwärzen, aber ich fänd's nicht gut, wenn sich ein CIA-Mitarbeiter eine Anzeige wegen Trunkenheit am Steuer einfängt oder, Gott bewahre, jemanden verletzt. Das ist genau die Art Publicity, die wir nicht gebrauchen können.«

»Da haben Sie völlig recht.« Damit ließ er ihn passieren. Im Rückspiegel verfolgte Dewey, wie der Mann gemeinsam mit zwei Kollegen aus dem Wachhaus trat, um den nachfolgenden Wagen zu stoppen. Dewey registrierte blondes Haar und einen Schnauzbart, eine Sonnenbrille und einen frustrierten Hieb gegen das Lenkrad, während er nach links in die Colonial Farm Road bog und beschleunigte.

Seine Beschatter unterstellten mit Sicherheit, dass er eine der zwei viel befahrenen Straßen nahm, die von hier wegführten, den Dolley Madison Boulevard oder den Georgetown Pike.

Am Ende der Colonial Farm Road fuhr er geradeaus weiter, vorbei an Hinweisschildern mit der Aufschrift THE POTOMAC SCHOOL, zwischen grünen Rasenflächen hindurch, die den Campus bildeten. Mit einer Hand am Steuer langte er in den Rucksack und holte sein SOG-Einsatzmesser heraus.

Er stellte den Minivan zwischen den parkenden Fahrzeugen vor der Schule ab, stieg aus und hielt Ausschau nach der ältesten Karre, die er finden konnte. Ein roter Dodge Charger erfüllte alle Kriterien. Mit dem Heft des Messers zertrümmerte er die hintere Seitenscheibe, öffnete die Vordertür und setzte sich ans Steuer. Rasch ging er an die Arbeit, zog die Plastikabdeckung von der Lenksäule ab, fand den Stecker des Kabelbaums und darin ein Bündel Drähte. Er separierte Anlasser-, Zünd- und Batteriekabel und drillte die beiden letzteren zusammen. Am Schluss berührte er mit dem Startkabel die übrigen Drähte. Grollend erwachte der Motor zum Leben. Mit einem heftigen Ruck riss Dewey das Steuer erst nach links, dann nach rechts, um das Lenkradschloss zu knacken. Es dauerte keine zwei Minuten, dann rollte er auf dem Beltway in Richtung Norden.

Ein warmes Gefühl durchströmte Dewey, während er seine CIA-Verfolger abhängte. Er hatte ein klares Ziel vor Augen, dessen Umsetzung er fast als Urinstinkt empfand. Wie ein Fieber, ein innerer Drang: Er *musste* nach Russland. Unter Umständen sah er dem Einsatz bloß von Weitem zu. Allemal besser, als tatenlos in einer Klinik festzusitzen, während jemand einen Anschlag auf Amerika verübte.

Auf der 95 fuhr er nordwärts, starrte auf das endlose Einerlei von Autos in beiden Richtungen und achtete auf etwaige Verfolger.

Polk hielt ihn also für ausgebrannt, für verängstigt. Das konnte Dewey ihm schwerlich zum Vorwurf machen. Ebenso wenig, wie er es Calibrisi verübelte, dass er ihn von der Operation abgezogen hatte.

Dewey hatte es nicht geschafft, Jessica zu beschützen. Er hatte sich eingebildet, indem er ihre Mörder jagte und Rache nahm, heilten seine Wunden. Doch Rache war ein Elixier, das bestenfalls vorübergehend wirkte. Worum es Dewey tatsächlich ging, war Wiedergutmachung. Und das ging nicht, wenn er weglief oder sich irgendwo auf die Couch eines Therapeuten legte. Wiedergutmachung bedeutete, für diejenigen zu kämpfen, die er liebte. Dafür musste er nach Russland. Und im Moment hatte er keine Chance, an Bord eines Fliegers zu gelangen, ohne dass man ihn bei der ersten Sicherheitskontrolle festsetzte. Er brauchte Hilfe.

An einer Tankstelle außerhalb von Philadelphia erstand Dewey ein Prepaidhandy und wählte bereits, als er den Wagen zurück auf die Interstate 95 lenkte.

»Ja«, meldete sich eine Stimme mit deutschem Akzent. »Wer ist da? Es ist halb fünf Uhr morgens.«

»Hallo, Rolf«, sagte Dewey zur Begrüßung.

25

LONDON

»Dewey Andreas!« Borchardt spuckte die Worte förmlich durch die Leitung. »Das letzte Mal, als ich Sie gesehen habe, wollten Sie mir mit dem Griff Ihrer Waffe eins überziehen.«

»Das ist komisch«, meinte Dewey. »Als ich Sie das letzte Mal gesehen habe, waren Sie besinnungslos und bluteten am Kopf.«

Rolf Borchardt gehörte zu den einflussreichsten Waffenhändlern der Welt. Von seinem Londoner Hauptquartier aus wickelte er Deals in aller Herren Länder ab, mit praktisch jeder Regierung. Er kaufte und verkaufte Waffen, Waffensysteme, Munition und Informationen. Er schloss Deals mit Demokratien und Diktatoren, sogar mit Terroristen. Über den Handel mit Informationen hatten Dewey und Borchardt einander kennengelernt. Borchardt hatte Aswan Fortuna ein Foto von ihm verkauft. Außerdem verriet er

Dewey an den chinesischen Geheimdienst, was dieser jedoch vorhergesehen hatte.

Borchardt mochte zwar niederträchtig sein, trotzdem hatte er Dewey bei zahllosen Gelegenheiten auch geholfen. Die Beziehung zwischen ihnen war kompliziert. Dewey hätte Borchardt schon mehrmals töten können, hatte sich jedoch stets dagegen entschieden. Borchardt verfügte über ein einzigartiges Instrumentarium, das sich mitunter als enorm nützlich erwies.

»Davon ist mir eine Narbe geblieben«, sagte Borchardt.

»Ich wette, damit sehen Sie ziemlich tough aus.«

Borchardt lachte. »Der typische Dewey-Humor. Sie haben Ihren Beruf verfehlt. Wären Sie doch lieber Stand-up-Comedian geworden.«

»Danke, sehr schmeichelhaft.«

»Ich höre, Sie haben so etwas wie eine … Auszeit genommen? Es heißt, Sie haben psychische Probleme. Eine posttraumatische Belastungsstörung. Ist das wahr?«

»Jepp«, bestätigte Dewey. »Ich bin durchgeknallt wie eine Scheißhausratte. Deshalb brauche ich auch Ihre Hilfe.«

»Meine Hilfe? Ich dachte, Sie trauen mir nicht.«

»Tu ich auch nicht. Aber mir bleibt keine andere Wahl.«

»Was brauchen Sie?«

»Einen Flug.«

»Wohin?«

»Russland.«

»Russland ist groß.«

»St. Petersburg. Keiner darf etwas davon mitkriegen. Ich muss sauber reinkommen, bloß keine Gesichtserkennung. Außerdem benötige ich Waffen.«

»Warum springen Sie nicht einfach in Andrews an Bord einer Air-America-Maschine?« Borchardt spielte auf die Flotte der CIA-Jets an.

»Sagen wir, niemand wollte mir einen Platz reservieren.«

»Interessant. So langsam wird die Geschichte spannend. Wie viel Zeit habe ich?«

»In zwei Stunden bin ich am JFK-Airport.«

Eine lange Pause.

»Schön«, meinte Borchardt schließlich. »Das Flugzeug wird am privaten Terminal warten. Halten Sie nach Carlyle Aviation Ausschau. Eine schwarz-rote Gulfstream 100. Aber bitte bringen Sie niemanden an Bord um und schmeißen Sie auch nicht mit Kaffeetassen um sich. Die Maschine ist nagelneu.«

»Ich werde mich benehmen.«

»Das Ganze hat allerdings seinen Preis«, schob Borchardt nach.

»Das dachte ich mir. Was wollen Sie?«

»Dass Sie mir verraten, weshalb Sie so dringend nach Russland müssen.«

»Sie wissen doch, dass ich darüber nicht sprechen darf.«

»Vielleicht kann ich Sie bei Ihrer Mission unterstützen. Ich habe eine Menge Freunde in Russland.«

»Da bin ich mir sicher. Wahrscheinlich lauter hippe Typen. Aber ich habe alles im Griff, denke ich.«

»Sie verstehen offenbar nicht ganz. Ich will wissen, was los ist. Das ist der Preis. Entweder Sie verraten es mir oder Sie müssen sich eine Mitfahrgelegenheit suchen.«

Dewey schüttelte verärgert den Kopf. »Sie sind ein elendes Arschloch, Rolf.« Damit schaltete er das Gespräch stumm und tat, als hätte er aufgelegt.

»Dewey?« Borchardt ignorierte das dürftige Manöver. »Wenn Sie mich beleidigen, bringt Sie das auch nicht weiter.«

Er lauschte.

»Dewey?«, fragte Borchardt nach einigen Augenblicken. »Haben Sie aufgelegt? Dewey? Mistkerl! Falls Sie zuhören, okay, Sie müssen es mir nicht sagen.«

Dewey schaltete das Gespräch wieder laut.

»Schön, dass wir uns einigen konnten, Rolf.«

»Sie sind ein manipulativer Bastard.«

»Schmeicheleien bringen Sie auch nicht weiter«, konterte Dewey. »Ach, noch etwas …«

»Was?«

»Erst müssen Sie mir versprechen, dass Sie es niemandem weitersagen.«

»Was denn?«

»Versprechen Sie's?«

»Na schön.«

»Sagen Sie es. Sagen Sie: ›Ich verspreche es‹.«

»Ich verspreche es«, blaffte Borchardt.

»Ich brauche eine Karte fürs Ballett.«

26

REKI FONTANKI
ST. PETERSBURG

Eine warme Brise von der Ostsee raschelte in den Blättern der uralten Graubirken, die den Gribojedow-Kanal säumten. Es war Samstagabend in der ältesten, historisch bedeutendsten und schönsten aller russischen Städte. Die hastig durch die überfüllten Straßen fahrenden Wagen tauchten St. Petersburg in funkelnde gelbe und orangefarbene Lichttümpel, während lachende Menschen, manche bereits leicht angeheitert, sich zu Cocktails, Partys oder einem Essen begaben, zu Treffen mit Freunden, der Familie oder Geliebten.

Die Temperatur lag immer noch bei knapp 25 Grad. Ein herrlicher Sommerabend mit trockener Luft. Von den golden schimmernden Fenstern der prall gefüllten Restaurants und den honigfarbenen Flammen der Gaslaternen an den Straßenecken ging ein festlicher Glanz aus, der die Phantome der Nacht und die russische Finsternis verdrängte. Eine rauschähnliche, ausgelassene, sorglose Stimmung herrschte.

Gefahr.

In Schrittgeschwindigkeit rollte ein dunkelroter Mercedes die Reki Fontanki entlang und hielt an der nächsten Ecke. Knapp 15 Meter entfernt stand einsam ein groß gewachsener Mann in Jeans und hellbrauner Belstaff-Lederjacke auf der Brücke des Newski-Prospekts. An einen hüfthohen Pfeiler gelehnt, blickte er gedankenversunken ins düstere Wasser des Kanals.

Er war mindestens 1,93 Meter. Wie er so dastand, wirkte er jedoch größer. Unrasiert. Offenbar ließ er sich einen dichten Vollbart wachsen. Das braune Haar trug er lang. Etwas verwahrlost und ungepflegt kaschierte es sein markantes, attraktives Äußeres.

Der Mann schien den Mercedes gar nicht wahrzunehmen, der an den Seitenstreifen gefahren war. In Wirklichkeit hatte er ihn durchaus registriert. Er wusste, dass zwei Agenten darin saßen: Joe Oliveri, ein Kommandosoldat der Special Operations Group, und Pete Bond von der Political Activities Division.

Das Verhalten des Mannes sprach Bände. Er verhielt sich reserviert, zurückhaltend, schweigsam. Jedem Vorbeigehenden vermittelte er eine klare Botschaft: *Lass mich bloß in Ruhe!*

Wäre es jemandem gelungen, ihm in die Augen zu blicken, hätte er wenig Greifbares vorgefunden. Höchstens eine Andeutung von Einsamkeit oder eine Spur Wut. Die meisten hätten die nichtssagende Miene als Kälte missdeutet. Nur wer über einschlägige Erfahrung verfügte, mochte erkennen, welche Gefahr darin lauerte.

Er holte eine Packung Davidoff aus der Jackentasche, nahm eine Zigarette heraus und ließ eine Flamme am Feuerzeug aufflackern. Nach einem tiefen Zug stieß er den Rauch aus und schielte auf die Armbanduhr. Anschließend blickte er über den Kanal auf die roten Marmorpilaster des Mariinski-Theaters.

Der prachtvolle Haupteingang war hell erleuchtet, betuchte Russen standen auf dem Vorplatz. Es war gerade Pause bei der *Schwanensee*-Aufführung des Kirow-Balletts mit der berühmtesten Ballerina Russlands, Katya Basaeyeva, in der Hauptrolle.

»Hey, Leute. Entschuldigt, dass ihr warten musstet.« Mit einem winzigen Klebestreifen war im Ohr des Mannes ein Zwei-Wege-Kommunikationsgerät von der Größe eines Tic Tac befestigt, das ihn mit einem fensterlosen Konferenzraum in Langley verband. *»Wir warten noch auf die Freigabe aus dem Weißen Haus, aber ich werde euch vorab schon einweisen. Uns bleibt nicht mehr viel Zeit.«*

Die Stimme gehörte Bill Polk, dem Direktor des National Clandestine Service, einer Unterabteilung der CIA.

»Wir verfolgen einen Russen«, fuhr Polk fort. *»Es handelt sich um einen Hacker, bekannt unter dem Decknamen Cloud. Außerdem ist er ein Terrorist. Vor ein paar Tagen hat Cloud eine Atombombe erworben. Diese ist auf dem Weg in die Vereinigten Staaten von Amerika. Groß genug, um enormen Schaden anzurichten – wesentlich größeren Schaden als die Bombe, die wir über Hiroshima abgeworfen haben.*

193

Womöglich ist dies die einzige Gelegenheit, den Kerl zu fassen, bevor es zu spät ist. Jeder von Ihnen wurde für diese Mission handverlesen. Wir brauchen eine blitzsaubere Ausführung. In der Kill Zone darf Ihnen nicht der geringste Fehler unterlaufen.«

Der Mann auf der Brücke zog an seiner Zigarette und starrte aufs Wasser hinab, während er zuhörte. *»Diese Operation besteht aus zwei Phase Lines und setzt eine chirurgisch präzise Infiltration in Russland voraus. Darum müssen wir scheißvorsichtig sein. Den Genossen am Roten Platz würde es ganz und gar nicht gefallen, wenn sie wüssten, dass wir unbefugt in ihr Territorium eindringen.«*

Reflexartig schob der Mann auf der Brücke die Hand in die Tasche, um sicherzugehen, dass seine Waffe noch an Ort und Stelle war.

Du musst jederzeit wissen, wo deine Waffe ist.

»Phase Line One, Moskau, macht den Anfang«, fuhr Polk mit seinen Erklärungen fort. *»Das Team besteht aus drei Kommandosoldaten, die sich im Moment 10.000 Meter über der Ukraine befinden, auf dem Weg zur russischen Grenze. Johnny, sind Ihre Männer bereit?«*

»Ja, Bill, wir sind bereit.«

Dowlings Stimme. Er hatte die Führung von Phase Line One, Moskau, der Speerspitze der Operation.

»Wenn Sie 50 Meilen auf russisches Gebiet vorgedrungen sind, sagen Sie Ihrem British-Airways-Flug Auf Wiedersehen. Absprung aus großer Höhe, weiter per Gleitschirm, Landung an einer Datscha außerhalb von Moskau. Unseren Informationen gemäß besucht Cloud dort eine Dinnerparty. Sie schnappen ihn und bringen ihn in ein Safe House eine Meile entfernt. Dort werden wir ihn verhören. Ich wiederhole, das alles wird sich im Einsatzgebiet abspielen.«

»Warum?«, wollte Dowling wissen.

»*Wir können nicht riskieren, dass bei einer Grenzüberquerung etwas schiefgeht.*«

»*Ja, Sir.*«

»*Einsatzvideo startet, sobald Sie im freien Fall sind. Sie werden die Landezone sehen und dazu noch ein paar weitere Fotos, die die NSA auftreiben konnte.*«

Der Mann in St. Petersburg verhielt sich ruhig. Er zog den Reißverschluss seiner Lederjacke auf. Darunter trug er ein rotes T-Shirt mit einem verblassten Logo der Boston Bruins.

»*Phase Line Two in St. Petersburg müsste bereits aktiv sein*«, sagte Polk. »*Hoffen wir, dass wir sie nicht brauchen. Clouds Freundin befindet sich in der Stadt. Sie ist eine Ballerina und heißt Katya Basaeyeva. Falls in Moskau alles glatt läuft, lassen wir sie in Ruhe. Aber sollte bei der Datscha etwas schiefgehen, schleusen wir sie aus. Wir schnappen sie uns beim Verlassen des Theaters. Das ist wichtig. Wir haben nämlich keine Ahnung, wo sie abgestiegen ist oder wie viele Leibwächter sie begleiten. Wir müssen sie von der Straße weg zum Wasser schaffen. SEAL Team 6 ist bereits im Hafen. Per SDV werden wir sie zur USS Hartford bringen, ein paar Meilen vor der Küste. Wir schaffen sie außer Landes und stellen fest, was sie weiß. Allerdings nur, falls in Moskau nicht alles wie geplant läuft. Alles klar, Jungs?*«

SDV stand für SEAL Delivery Vehicle, ein kleines, nahezu lautloses Mini-U-Boot, mit dem sich SEALs dicht unter der Wasseroberfläche tief in feindliches Gebiet transportieren ließen.

»Positiv«, antwortete Bond.

»*Können Sie uns noch mehr Informationen über Cloud geben?*«, fragte Dowling vom Flugzeug aus.

»*Ich habe Ihnen gesagt, was wir wissen*«, erwiderte Polk. »*Dieser Kerl ist ein Phantom. Praktisch niemand kennt ihn. Chief, hast du noch etwas über ihn?*«

»*Ja*«, schaltete Calibrisi sich in das Briefing ein. »*Es geht das Gerücht, dass er dazu beigetragen hat, an 9/11 die Luftraumüberwachung zu stören.*«

»*Wie steht es mit den RoE?*«, fragte Dowling. Damit bezog er sich auf die Rules of Engagement – die Einsatzregeln, die festlegten, inwieweit sie tödliche Gewalt anwenden durften.

»*Es gibt keine*«, kam Polks Antwort. »*Aber denken Sie dran, wir brauchen Cloud lebend. Vermeiden Sie, dass sonst jemand zu Schaden kommt. Falls es sich nicht vermeiden lässt: Ihre Waffen und Munition sind russischer Bauart und damit sauber.*«

»*Mit wie vielen Gegnern müssen wir rechnen?*«

»*Das wissen wir nicht.*«

»*Was, wenn er nicht da ist, Sir?*«

»*Dann wechseln Sie zur Standardvorgehensweise. Alles, was Sie brauchen – Bargeld, Pässe, Visa et cetera –, ist am Moskauer Hauptbahnhof deponiert. Sie trennen sich und verlassen einzeln das Land.*«

»*Roger, Sir.*«

»*Ach, übrigens*«, sagte Polk. »*Die Datscha ist gut bewacht. Rechnen Sie mit Ex-Agenten. Gruppe Alfa, Vityaz, SpezNas … Sie wissen schon. Zunächst mal, alle Russen sind Arschlöcher. Aber ich gehe davon aus, dass diese Kerle ganz besonders fies reagieren. Erst recht sobald sie kapieren, dass ihr Agenten im Einsatz seid.*«

Der Mann auf der Brücke hatte dem gesamten CIA-Briefing gelauscht, ohne etwas zu sagen. Er beobachtete das Mariinski-Theater, ließ den Blick nach rechts schweifen, um sicherzugehen, dass sich niemand in seiner Nähe aufhielt. Er nahm einen letzten Zug von der Zigarette und schnippte sie in die Luft. Das glühende Stäbchen trudelte in die Tiefe und traf auf dem Wasser auf.

Dewey hätte sich eigentlich gar nicht hier aufhalten dürfen. Weder hier in St. Petersburg noch in Russland im Allgemeinen. Und definitiv durfte er keine Einsatzbesprechung der CIA abhören. Eigentlich sollte er in Arizona sein, in der CIA-Bergklinik in Sedona, einer gut gesicherten Reha-Einrichtung, in die man Agenten mit psychischen Problemen schickte, um sie schrittweise in die Realität zurückzuholen. Die Ärzte in Sedona behandelten überwiegend posttraumatische Belastungsstörungen. Dewey war klar, dass er an so etwas litt. Es war schließlich nicht das erste Mal. Er schätzte, die Ermordung Jessicas mit anzusehen hatte die Symptome bereits zum vierten Mal ausgelöst.

Ebenso klar war ihm, dass er nach sechs Monaten Herumsitzen auf einer Ledercouch erst recht ausflippen würde. Er wusste, wie er mit dem Problem umgehen musste. Es war zwar nicht gerade der klassische therapeutische Ansatz, aber Dewey hatte eine ganz spezielle Methode entwickelt. Unterdrück es. Steck es in eine Schachtel. Verbuddle sie. Und dann vergiss das Ganze. Kapp die Erinnerung, die dich straucheln lässt. Schneid sie weg und vernichte sie. So ähnlich wie einen Wald niederzubrennen. Der Prozess, seine Erinnerungen auszulöschen, machte aus Dewey einen kälteren, härteren und gemeineren Mann. Aber es war die einzige Methode, die Erfolg versprach.

Er spürte etwas Festes, das gegen den Oberkörper drückte: sein Colt M1911A1, eine halbautomatische Kaliber-45-Waffe, an deren Lauf ein 20 Zentimeter langer Osprey-Schalldämpfer geschraubt war. Um den Griff hatte er einen Streifen schwarzes Hockey-Tape gewickelt.

Es lag 16 Stunden zurück, dass Calibrisi ihn von der Operation abgezogen hatte. Dank Rolf Borchardt war er mit einem Privatjet nach Russland geflogen. Er war sich nicht völlig sicher, weshalb er hergekommen war. Sie hatten ihn kaltgestellt. Eigentlich müsste er sich ärgern. Das tat er auch, allerdings über sich selbst. Er ärgerte sich über sein Selbstmitleid, darüber, dass er sich dermaßen gehen ließ. Vor allem jedoch über seine Schwäche.

Dewey redete sich ein, hier zu sein, um Wiedergutmachung zu leisten. Doch nicht einmal das stimmte. Tief im Innern kannte Dewey den wahren Grund. Er wusste nicht, wo er sonst hinsollte. Er hatte nichts anderes.

Der Agent außer Dienst zog den Reißverschluss der Jacke hoch und flanierte zum Theater. Ein durchtriebenes Grinsen huschte über sein Gesicht. Sie hatten es versäumt, die Ausrüstung zurückzuverlangen, den Ohrstöpsel eingeschlossen, der es ihm gerade erlaubt hatte, die Vorbereitungen der Operation zu verfolgen. Sollte Calibrisi oder Polk herausfinden, dass er sie belauschte, wäre er für alle Zeiten bei ihnen untendurch.

»Scheiß drauf.«

27

MISSION THEATER TARGA
LANGLEY

Die Stimmung in dem spärlich beleuchteten Hörsaal mit der hohen Decke war angespannt, regelrecht aufgeladen, der Ruhe zum Trotz, die in dem fensterlosen CIA-Kontrollzentrum herrschte.

Polk warf einen Blick auf die riesige Wanduhr und schaltete die Verbindung zu den beiden Phase-Line-Teams stumm. Sein Blick wanderte nach rechts zu einem Mann, der mit verschränkten Armen und gelockerter Krawatte, den schwarzen Haarschopf aufs Geratewohl zurückgekämmt, an der Wand lehnte: Hector Calibrisi, der Direktor der Central Intelligence Agency.

Vor den Bildschirmen waren in zwei Reihen Arbeitstische angeordnet, vor denen Techniker saßen. Ihre Aufgabe bestand darin, alle Informationen einzublenden, die der Operation Commander anforderte.

Ein Dutzend Männer und Frauen, die keinen Sitzplatz hatten, lehnten an der Rückwand. Es handelte sich um Einsatzoffiziere, Auswerter, Leiter der Datenerfassung, Führungsoffiziere und Planungsbeauftragte. Sie waren gekommen, um Fragen zu beantworten, die im Zuge der Durchführung auftauchten.

Alle Anwesenden, Polk eingeschlossen, betrachteten aufmerksam zwei große, hell erleuchtete Displays an der Stirnseite, die den Einsatz dokumentierten. Polk legte einem der Analysten, die davor saßen, die Hand auf die Schulter. »Wo ist der Flieger?«

Der Analyst, Jerry Lesesne, erweckte den linken Monitor mit ein paar gezielten Tastendrücken zum Leben. In strahlendem Blau zeigte er eine Karte der Ukraine, die sich in östlicher Richtung bis Russland ausdehnte. Ein Piktogramm in Orange, das British-Airways-Flug 319 entsprach, leuchtete in der Bildmitte auf.

»In vier Minuten überqueren wir die russische Grenze, Sir.«

Polk blickte zu Calibrisi. »Wir sind im Begriff, in den russischen Luftraum einzudringen, Chief«, sagte er mit besorgtem Gesicht. »Wir benötigen die Freigabe des Präsidenten.«

Calibrisi warf einen Blick aufs Handy. Auf dem Display lief eine Liveübertragung von CNN. Präsident J. P. Dellenbaugh stand auf einem Podium und hielt eine Rede. Calibrisi hatte den Ton leise gestellt. Er verfolgte die Ausstrahlung, um zu wissen, wann er mit Dellenbaughs Antwort rechnen konnte. Er erwiderte Polks Blick.

»Wie lautet die Entscheidung?«, fragte dieser.

28

MESSEZENTRUM
DETROIT, MICHIGAN

Präsident J. P. Dellenbaugh lächelte. Zum vierten Mal winkte er der Menschenmenge zu, die sich im Detroit Convention Center versammelt hatte und anhaltend applaudierte. Schließlich hob er die Hand und wartete, bis Ruhe einkehrte.

»Es ist ein tolles Gefühl, zu Hause zu sein«, sagte er. Erneut wurden Jubelrufe laut. Rasch brachte er das Publikum mit einer Geste zum Schweigen. »Aber jetzt will ich noch ein ernstes Thema ansprechen. Es geht um einen Wunsch, von dem ich hoffe, dass Sie mich alle bei der Umsetzung unterstützen werden.«

Aus dem Augenwinkel bekam er mit, wie sein Referent, Holden Weese, vier Finger in die Höhe hielt. Das tat er nun schon seit einigen Minuten. *Der CIA-Direktor ist am Apparat und es ist dringend.*

»Nein, es geht nicht um den Weltfrieden, auch nicht um wirtschaftlichen Wohlstand oder dergleichen«, fuhr Dellenbaugh fort. Er trat lässig in Jeans und Polohemd auf. Der Präsident war in einem kleinen Siedlungshaus mit drei Zimmern ganz in der Nähe aufgewachsen, seine Eltern hatten bis zur Rente bei General Motors am Fließband gestanden. Darum besaß er einen Draht zu den Menschen dieser Stadt. Aus dem simplen Grund, dass sie aus dem gleichen Holz geschnitzt waren wie er. Deshalb standen die überwiegend aus Arbeitern bestehenden Zuschauer – in der Hauptsache Demokraten – kurz vor dem Ausflippen. Dellenbaugh war Amerikaner – von ganz unten – und das jährliche Sommertreffen der Teamsters Union – der Gewerkschaft der Transportarbeiter – machte ihm, ungeachtet der Tatsache, dass er Republikaner war, jedes Mal von Neuem deutlich, dass auch noch der letzte Malocher J. P. Dellenbaugh als einen der Seinen betrachtete.

Das Auditorium verstummte. Stille trat ein, während alle gespannt auf sein Schlusswort warteten.

»Ich wünsche mir, dass die Red Wings nächstes Jahr den verdammten Cup gewinnen!«

Die Menge brach in begeisterten Jubel aus.

»Danke schön, Big D!«, sagte Dellenbaugh. »Mann, ich liebe es, euch zu besuchen. Habt einen großartigen 4. Juli.«

Dellenbaugh winkte ein letztes Mal in den Pulk, dann verließ er das Podium.

Kaum war er hinter dem Vorhang verschwunden, rannte er im Laufschritt an Weese vorbei durch den Flur zu einem sicheren Warteraum, vor dem mit Maschinenpistolen und Karabinern bewaffnete Secret-Service-Agenten in Zivil Wache standen.

In dem Raum hielt ihm ein Militärattaché in dunkelblauer Navy-Uniform einen schwarzen Aktenkoffer hin, aus dem ein tragbares Telefon ragte. Neben dem Attaché standen zwei Männer, die winzige Antennen schwenkten. Es handelte sich um Störsender, die über das ohnehin bereits verschlüsselte Signal hinweg alles zerhackten, was der Präsident sagte, sodass ein eventueller Lauscher kein Wort mitbekam.

Dellenbaugh griff nach dem Telefon. »Schießen Sie los, Hector.«

»Entschuldigen Sie die Störung, Mr. President«, begann Calibrisi. »Wir haben Cloud ausfindig gemacht. Ich benötige Ihre Freigabe, um ein paar Männer reinzuschicken und ihn zu schnappen. Die Zeit drängt. In weniger als einer Stunde soll er eine Dinnerparty in der Nähe von Moskau besuchen. Das könnte unsere einzige Gelegenheit sein, ihn festzunehmen.«

»Was ist mit dem Boot?«, wollte der Präsident wissen.

»Es hat die Straße von Gibraltar passiert, Sir. Bis zur Ostküste haben die Kerle nur noch offenes Meer vor sich.«

»Arbeiten wir mit den Russen zusammen?«

»Negativ.«

»Warum nicht?«

Schweigen.

»Mehr brauchen Sie nicht zu sagen. Was benötigen Sie genau, Hector?«

»Emergency Priority«, sagte Calibrisi. »Exfiltration aus Feindgebiet. Wir haben bereits ein Team in der Luft. Die Information ist mehrere Stunden alt. Es dürfte unsere letzte Chance sein, ihn zur Strecke zu bringen.«

Was Calibrisi verlangte, war im Geheimdienstjargon die Ermächtigung durch den Präsidenten, mit Angehörigen eines paramilitärischen US-Teams in einen souveränen Drittstaat, in diesem Fall Russland, einzudringen. Emergency Priority entsprach der höchstmöglichen Klassifizierungsstufe. Es besagte, dass die Mission von entscheidender Bedeutung für die nationale Sicherheit der USA war. Das Verleihen derartiger Berechtigungen räumte den Agenten vor Ort weitreichende Befugnisse ein, gleichbedeutend mit der Lizenz zum Töten. In den drei Jahren, in denen Calibrisi die CIA leitete, stellte er eine derartige Anfrage zum ersten Mal.

»Wie viele Leute werden bei ihm sein?«, fragte der Präsident.

»Das wissen wir nicht. Es ist eine Dinnerparty. Wir legen es nicht darauf an, die übrigen Gäste zu verletzen, Sir.«

Dellenbaugh blickte zu einem Foto, das an der Wand hing, eine altertümliche Schwarz-Weiß-Aufnahme, die Henry Ford zeigte, der im Begriff stand, eine Champagnerflasche an der Kühlerhaube einer Limousine zerschellen zu lassen.

»Tun Sie es«, entschied Dellenbaugh. »Sagen Sie dem Justizminister, er soll mir das Dokument vorlegen. Und seien Sie bloß vorsichtig da drüben, Hector.«

29

IN DER LUFT
BRITISH-AIRWAYS-FLUG 319

In einem stockfinsteren Verschlag nahe dem Heck von British-Airways-Flug 319 saßen dicht aneinandergedrängt drei Männer. Jeder von ihnen trug schwarze Militärkleidung, dazu wärmende Funktionsunterwäsche aus Polypropylen. Auf dem Kopf saßen luftdichte Helme, aus denen Schläuche traten, die zu vor die Brust geschnallten Sauerstofftanks führten. Auf dem Rücken trug jeder Mann einen HAHO-Freifallschirm, konzipiert für den Ausstieg und das Öffnen in großer Höhe, damit die drei Kommandosoldaten der Special Operations Group mithilfe von GPS-Navigation und unter Ausnutzung von Höhenwinden eine lange Strecke im Gleitflug zurücklegen konnten. Den Freifall aus großer Höhe hatte man entwickelt, um Spezialkräfte in die Lage zu versetzen, unbemerkt tief in feindliches Gebiet vorzudringen.

»*Phase Line in 20, Jungs*«, sagte Polk.

Zwischen den Beinen hatte jeder der Männer einen Rucksack mit Waffen und Munition, darin befanden sich jeweils eine PP-2000-Maschinenpistole, ein Urban Assault Rifle des Typs ASh-12.7 und eine vollautomatische OTs-33 von Pernach. Alle Waffen waren mit Schalldämpfern versehen. Darüber hinaus enthielt Fitzgeralds Rucksack ein Scharfschützengewehr, ein VSS Vintorez, auch liebevoll als ›Thread Cutter‹ bezeichnet. Am rechten Oberschenkel trug jeder der Männer eine Extrawaffe; Dowling eine GSh-18, Tosatti und Fitzgerald jeweils eine P-96 Kompakt.

Seit mittlerweile drei Stunden saßen die drei Kommandosoldaten mittlerweile im versteckten Laderaum des British-Airways-Fluges, der zweimal täglich Frankfurt mit Moskau verband. Niemand an Bord der Maschine wusste von ihrer Anwesenheit, nicht mal die Piloten. Das winzige Abteil gehörte zu den bestgehüteten Geheimnissen des Königreichs, auf streng geheime Direktive von 2001 hin entworfen vom SAS, dem britischen Special Air Service, in Zusammenarbeit mit British Airways.

Absprünge aus großer Höhe beschränkten die maximale Entfernung zum Ziel auf 75 Meilen, und das auch bloß bei starkem Rückenwind. Moskau lag jedoch über 200 Meilen von der nächsten Grenze entfernt. Dies bedeutete, dass innerhalb der russischen Hauptstadt die Durchführung verdeckter Missionen quasi unmöglich war, es sei denn, die Einsatzkräfte hielten sich bereits vor Ort auf. Der winzige Verschlag versetzte England und infolgedessen auch die USA in die Lage, Agenten mithilfe eines anonymen Linienfluges bei Bedarf kurzfristig tief im Herzen der Metropole abzusetzen.

»Roger, Langley«, bestätigte Dowling per Funk. Der

Truppführer der Special Operations Group drückte einen Keramikschalter am Handschuh und wechselte auf interne Kommunikation, um ungestört mit Tosatti und Fitzgerald zu sprechen. Die Außenscheibe der Helme, die die Männer trugen, war dunkelblau getönt. Das machte es unmöglich, von außen etwas zu erkennen. Mit Ausnahme der Spiegelung des eigenen Helms sah er nichts.

»Überprüft eure Ausrüstung.« Damit meinte Dowling die Fallschirme.

»Bereit«, meldete Fitzgerald.

Tosatti nickte zum Zeichen, dass er ebenfalls bereit war. »Ich hasse diese verfluchten Freifallsprünge.«

Dowling sah auf seine Armbanduhr. »Unter fünf Minuten.«

Fitzgerald streckte den Arm aus, drückte einen gelben Schalter an der Wand. Während der folgenden beiden Minuten wurde der Druck aus dem Abteil abgelassen, um den Luftdruck an den Außendruck anzupassen. Die Temperatur fiel dabei auf unter minus 40 Grad.

»Scheiße, ist das kalt«, schimpfte Fitzgerald.

»Soeben kommt der Upload rein.« Dowling berührte den Keramiktaster. Bei allen drei Kommandosoldaten erwachte das Helmdisplay in der rechten oberen Ecke zum Leben. Sie sahen das Schwarz-Weiß-Foto eines jungen Mannes mit dunkelblondem Afro. Mitte 20, dünnes, hageres Gesicht.

Sekundenlang prägten sie sich das Gesicht ein, dann betätigte Dowling erneut den Schalter.

Das Foto der Zielperson wich einem Video, das automatisch abgespielt wurde. Es zeigte eine dreidimensionale topografische Darstellung, links das Flugzeug, rechts knallrot das Wort ›Moskau‹.

Eine monotone weibliche Stimme vom Band kommentierte die Aufnahme. »*Gentlemen, Sie befinden sich nun im russischen Luftraum auf dem Weg zu einer Datscha bei Moskau.«*

Das Bild zoomte heran, zeigte das Flugzeug von der Seite. Drei winzige Silhouetten – stellvertretend für die drei Kommandosoldaten – lösten sich aus dem Heck der Maschine. Ihre Fallschirme öffneten sich. Ein roter Pfeil erschien, dazu eine Linie, die von den drei Figuren Richtung Moskau führte, schließlich nach unten tauchte und vor einem hellgrünen X zum Stehen kam. Die geplante Flugroute.

»Vom Absetzpunkt aus legen Sie 81 Meilen in nordöstlicher Richtung zurück«, fuhr die Frauenstimme fort. *»Die Landezone ist eine Datscha im Nobelvorort Rubljowka nahe Moskau. Wir nehmen an, dass sich die Zielperson dort aufhält.«*

Auf das Video folgte eine Reihe von Fotos. Allesamt fingen sie eine moderne Stahl-und-Glas-Konstruktion aus unterschiedlichen Perspektiven ein. Das weitläufige Gebäude erstreckte sich in L-Form über einem Felsvorsprung. Nach allen Seiten umgaben gepflegte Rasenflächen den beeindruckenden transparenten Bau.

»Neben der Wachmannschaft dürfte der Komplex auch über eine anspruchsvolle Infrarotsicherung verfügen. Sie müssen trotzdem auf dem Anwesen landen.«

Ein Plan erschien. Das Grundstück war zwar schmal, zog sich jedoch stark in die Länge.

»Die Gesamtfläche beträgt rund 8000 Quadratmeter. Wie Sie sehen, ist es nicht sonderlich breit. Sie schnappen sich die Zielperson, dann organisieren Sie ein Fahrzeug und fahren zu Safe House B.«

Abermals zeigte das Video die Karte. Ein roter Pfeil, der das Fahrzeug simulierte, bewegte sich die lang gestreckte Zufahrt entlang. Der Kartenausschnitt wurde aufgezogen und eine rote X-Markierung, die das Safe House darstellte, tauchte auf. »*Von Safe House B aus werden Sie von einem SRR-Team ausgeschleust. Viel Glück, Gentlemen.*«

Das Video fror ein und verschwand. Ein dunkelrotes Blinklicht pulsierte, bis es auf Grün umsprang.

»Wir steigen aus«, sagte Dowling. »Folgt meiner Stroboskoplampe. Wir sehen uns am Boden.«

Mit einem Mal glitt am Flugzeugrumpf eine 90 mal 90 Zentimeter große Metallplatte zur Seite. Der dunkle Himmel geriet in Sicht. Dowling beugte sich vor und sprang. Tosatti folgte ihm mit einem Satz in die bitterkalte, nahezu sauerstofflose Nachtluft über Russland, danach kam Fitzgerald.

Einen Moment später glitt die Platte an den alten Platz zurück und wurde am Rumpf des Jumbos arretiert, während die Kommandosoldaten in der Tiefe verschwanden.

30

MARIINSKI-THEATER
ST. PETERSBURG

Die Lobby des Mariinski-Theaters war ein vier Ebenen in die Höhe ragendes Atrium aus zinnoberrotem Marmor mit Granitpilastern und Statuen der gefeiertsten Tänzer und Tänzerinnen Russlands. Im brechend vollen Vorraum herrschte eine erwartungsvolle Stimmung.

Ein riesiges Frauenporträt, mehr als drei Stockwerke hoch, hing über dem Eingang an der Wand. Gebräunte Haut, orientalisch und ausnehmend hübsch, das Haar rabenschwarz. Bei den strahlend blauen Augen drängten sich unweigerlich Vergleiche mit Saphiren auf. Ein geheimnisvolles Lächeln umspielte die Lippen der Schönheit.

Quer unter dem Bild stand in fetter schwarzer Kursivschrift: **Katya.**

Dewey näherte sich dem Eingang zum Theatersaal. Prächtige Malereien zierten Decke und Wände, dazu Landschaftsgemälde in hoch aufragenden Goldrahmen. Ringsum erstreckten sich die Logen, in denen Besucher in vornehmer Abendgarderobe saßen. Es herrschte eine festliche und zugleich gedämpfte Stimmung. Die beinahe greifbare Vorfreude auf etwas Außergewöhnliches. Alles nur wegen Katya.

Dewey bestellte einen Whiskey an der Bar. Er war noch nie im Ballett gewesen.

Eine Frau kam auf ihn zu. Ihr langes blondes Haar schimmerte im Glanz der Kronleuchter, ihre grünen Augen weiteten sich ein wenig, während sie Dewey musterte, fingen an zu strahlen, als sie ihn selbstbewusst anlächelte. Sie beugte sich zu Dewey und sagte etwas auf Russisch.

»Tut mir leid«, erwiderte er. »Ich beherrsche Ihre Sprache nicht.«

»Ich fragte«, meinte die Frau mit bezauberndem, weichem russischem Akzent, »wie Ihnen die Aufführung gefällt.«

»Ich bin gerade erst gekommen.«

»Ach, das ist aber schade. Es war sehr schön.«

Die Frau war Ende 20. Womöglich ein Model. Die Blicke von mindestens einem halben Dutzend Männer folgten ihr. Doch sie hatte nur Augen für den hochgewachsenen Amerikaner.

»Ich heiße Petra.« Sie streckte die Hand aus. »Sind Sie aus den USA?«

»Ja.«

»Haben Sie Lust, mit mir nachher noch etwas trinken zu gehen?«

»Sehr freundlich«, sagte Dewey, »aber ich bin anderweitig verplant.«

In der Garderobe hinter der Bühne drängten sich Dutzende von Tänzerinnen, saßen vor einer schier endlosen Aneinanderreihung von Spiegeln und schauten sich selbst ins Gesicht. Manche rauchten. Die Atmosphäre hätte das Publikum vermutlich überrascht. Es herrschte eine ausgelassene Stimmung. Überall wurde gelacht, hin und wieder rief jemand etwas durch den Raum.

Ein halbes Dutzend Maskenbildnerinnen wanderte reihum, von einer Tänzerin zur anderen, frischte Rouge und Puder für den Schlussakt auf.

»Noch zehn Minuten«, rief eine der Regieassistentinnen.

Die Wände des spärlich beleuchteten Korridors hinter der Garderobe zierten gerahmte Fotos berühmter russischer Tänzerinnen, meist alte Schwarz-Weiß-Aufnahmen, von einer dünnen Staubschicht bedeckt. Das Foto vor der Tür am Ende des Korridors war in Farbe. Es zeigte Katya Basaeyeva.

Ein schwarzhaariger Mann mit Schnurrbart, ein wahrer Koloss, schob vor der Tür Wache.

In der Privatgarderobe stand ein langer Tisch, übersät mit Sträußen aus frischen Schnittblumen, Champagnerflaschen und noch verpackten Geschenken. An der Wand hingen Dutzende von Artikeln, ausgeschnitten aus Zeitungen und Zeitschriften der letzten Wochen, allesamt mit Katyas Bild. Ankündigungen ihrer Auftritte in St. Petersburg.

Katya war allein. Nackt stand sie vor einem ovalen Ganzkörperspiegel, schüttete sich aus einem Glasfläschchen

Babypuder in die Hand, bestäubte damit ihre braune Haut, rieb ihn sacht ein, damit sie den Tänzern, die sie auffangen sollten, später nicht vor lauter Schweiß entglitt. Eine übliche Methode, weil die Scheinwerfer so heiß waren – und das Tanzen so anstrengend.

Katya schlüpfte in ihr Kostüm für den Schlussakt.

An der Tür pochte es leise.

»Ein Päckchen, Katya«, erscholl die Stimme des Bodyguards.

Sie antwortete nicht und beäugte sich kritisch in einem der Spiegel.

»Katya?«

»Von wem ist es?«

»Hat er nicht gesagt.«

Sie schloss die Augen, sammelte sich, stand auf, ging zur Tür, öffnete sie einen Spaltbreit und nahm das Päckchen entgegen.

Eine blaue Schachtel mit weißer Schleife. Katya setzte sich an den Schminktisch, stellte die Schachtel auf den Schoß, zog an der Schleife und hob den Deckel ab.

Im Inneren befand sich ein langes, schmales, in hellblauen Samt eingeschlagenes Kästchen. Sie öffnete es. Darin befand sich ein atemberaubendes Collier. Den Blickfang bildete auch hier ein gelber Diamant. Katya nahm es heraus, starrte es mehrere Sekunden lang an, legte es um den Hals und bewunderte ihr Spiegelbild.

Eine kleine Notiz steckte in der Schachtel: *Ich liebe dich, meine zukünftige Ehefrau.*

Ein sanftes Klopfen an der Tür.

»Zwei Minuten, Katya.«

Katya ließ die Notiz fallen, aus ihren Fingern glitt der Zettel zu Boden. Sie legte das Collier ab, deponierte es auf dem Garderobentisch und ging zur Tür.

»Ja.« Ihre Stimme war kaum mehr als ein Flüstern.

Die Tür öffnete sich. Katya ging am Bodyguard vorbei, ohne ein Wort zu sagen, während in einiger Entfernung bereits die Scheinwerfer im Bühnenbereich aufblitzten.

Bond saß auf dem Rücksitz der Mercedes-Limousine, die im gleichen Moment einen Block hinter dem Mariinski-Theater parkte. Er trug einen Leinenanzug. Sein Haar war nach hinten gekämmt und schwarz gefärbt, ein weißes Tuch ragte aus der Brusttasche. Der Aufzug kam ihm etwas übertrieben vor, aber nachdem er in Diensten der CIA zwei Jahre in St. Petersburg gewesen war, wollte Polk jegliches Risiko vermeiden, dass ihn jemand mitten im Einsatz wiedererkannte.

Auf dem Fahrersitz saß Joe Oliveri in Chauffeursuniform. Als ehemaliger Angehöriger der Force Recon, der Elite-Fernaufklärung der Marines, galt er in Langley als einer der Topagenten, wenn es ums Absetzen aus feindlichem Gebiet ging. Ihn betraute man in der Regel damit, Menschen und Material zum Ausschleusepunkt zu bringen.

Heute Abend bestand Bonds Aufgabe darin, Katya zu entführen, falls es die Entwicklung der Situation notwendig machte. Oliveris Job lautete, sie ans Wasser zu schaffen, wo fünfeinhalb Meter unter der Oberfläche bereits die Navy SEALs lauerten.

Schweigend starrte Bond aus dem Seitenfenster, während die Finger seines Teamkollegen geistesabwesend auf dem Lenkrad trommelten.

»Hat dein Junge es ins Baseball-Team geschafft, für das er sich beworben hat?«, fragte Bond.

»Ja.« Oliveri wandte den Blick nicht von der Straße ab, die vor ihm lag. »Morgen Abend hat er sein erstes Spiel. Hoffentlich läuft hier alles glatt, dann bin ich rechtzeitig zurück, um es mir anzusehen.«

Ein Saaldiener führte Dewey zum Orchestergraben vor der Bühne. Er hatte einen Platz direkt am Gang und setzte sich neben eine Frau und deren kleine Tochter. Er lächelte das Mädchen an, das ihn anstrahlte. Die Mutter musterte ihn skeptisch.

Sein Blick schweifte über die Logen zur Linken und Rechten. Darin saßen elegant aussehende Grüppchen von Russen in Abendgarderobe. Das Äußere der Männer variierte, die Frauen wirkten allesamt, als wären sie dem Titelbild eines Modemagazins entsprungen.

Der Vorhang hob sich für den Schlussakt von *Schwanensee*.

Als Katya auf die Bühne kam, ging ein Raunen durchs Theater. Sogar Dewey beugte sich auf seinem Platz vor, um besser zu sehen.

Die Ballerina trug ein schlichtes weißes Kleid, das so eng saß, dass es auf den Körper gemalt zu sein schien. Ihr schwarzes Haar war zu einer Flechtfrisur hochgesteckt und glänzte im Schein der Bühnenbeleuchtung. Weißes Make-up ließ ihre dunkle Haut blasser erscheinen. Reglos stand sie im rückwärtigen Bühnenbereich, verletzbar, traurig, zerbrechlich. Ganz leicht nur drehte sie den Kopf, ihr Blick strich sanft wie ein Windhauch über das Publikum.

Innerhalb eines Sekundenbruchteils war alles, was eben noch schwach oder verängstigt wirkte, wie weggeblasen. Ihre Schönheit überstrahlte alles andere wie ein Blitz, der unverhofft den Nachthimmel erhellt. Unwillkürlich rutschten die Zuschauer auf ihren Sitzen nach vorn. Das kleine Mädchen zwei Plätze neben Dewey streckte den Arm aus und deutete auf Katya. Im Publikum herrschte knisternde Spannung, dabei hatte Katya noch nicht mal ihren ersten Schritt getan.

Mit einem Mal lief sie los. Als galoppierte sie mit dem Wind um die Wette, bewegte sie sich zur Bühnenmitte hin, sprang mit einem Satz hoch in die Luft. Über die Orchestermusik hinweg hörte man das Publikum verzückt aufstöhnen. Eine unmögliche Zeitspanne lang schien sie zu schweben. Die Beleuchtung hinter ihr wurde heller, ließ ihre in die Höhe strebende Gestalt nur noch als dunklen Umriss erkennen, strahlte sie an wie einen fünfzackigen Stern, der vor der Sonne vorüberzieht.

Gerade als es schien, ihr Sprung wolle niemals enden, taumelte sie wie ein Vogel, mitten im Flug angeschossen, schlaff, kraftlos, hilflos, ohne jeden Gedanken an ihr Wohlergehen. Sie stürzte, als hätte sie mitten im Sprung ihr Leben ausgehaucht.

Nur Zentimeter bevor Katya auf dem Bühnenboden aufschlug, fing ein Tänzer sie auf, wirbelte sie herum, aufwärts, sodass sie auf einer Zehenspitze landete und Pirouetten drehte wie ein unersättlicher Kreisel, bis sie endlich still stand, triumphierend den Arm über den Kopf hob und den Blick übers Publikum schweifen ließ. Ein geheimnisvolles Lächeln umspielte ihre Lippen.

Der gesamte Zuschauerraum brach in frenetischen Jubel aus, die Menschen erhoben sich von ihren Plätzen, um ihrer heiß geliebten Katya zu huldigen.

Von ihr schien ein inneres Leuchten auszugehen, sie strahlte förmlich, und doch blickte sie niemanden an, den Tänzer nicht, der sie aufgefangen hatte, und auch nicht das begeistert kreischende Publikum. Sie befand sich in einer völlig anderen Welt.

So etwas hatte Dewey noch nie erlebt. Noch nie hatte er so viel Schönheit gesehen wie jetzt auf der Bühne.

Schließlich ebbte der Applaus ab und die Menschen nahmen Platz, um sich den Rest der Aufführung anzusehen.

In Deweys Ohr erscholl Bill Polks monotoner Philadelphia-Akzent und riss ihn aus seiner Versunkenheit. »*Wir haben die Freigabe des Präsidenten. Geht rein und bringt es hinter euch.*«

31

ELEKTROSTAL, RUSSLAND

Sascha nickte Cloud zu. Cloud kam um den Tisch herum zu ihm.

Sascha war selbst ein begabter Programmierer. Er war derjenige, der in das VPN – das Virtuelle Private Netzwerk – von Alexei Malnikovs Vater eingedrungen war und es Cloud so ermöglicht hatte, dem alten Malnikov eine Falle zu stellen.

»Was gibt's?«, fragte Cloud.

»Die Trapdoor für den Langley-Zugang. Vor einer Stunde war sie noch da. Jetzt kann ich sie nicht mehr finden.«

Im Hacker-Jargon bezeichnete eine Trapdoor eine Sicherheitslücke im System. Quasi eine geheime Hintertür, die der Administrator eines Netzwerks absichtlich eingerichtet hatte.

Hastig beugte er sich über Saschas Workstation. »Ausgerechnet jetzt. Sie werden gleich ihre Operation durchführen.«

»Ich weiß.«

Cloud tippte eilig auf Saschas Tastatur. »Ah, alles klar … bei einem unserer letzten Besuche scheinen sie etwas bemerkt zu haben. Eine Spur. Ungefähr so, als wären sie auf die Asche eines Feuers gestoßen. Aber sie sind noch nicht mal in der Nähe der Streichhölzer, geschweige denn des Benzins.«

Behutsam schob Cloud Sascha zur Seite und übernahm die Kontrolle. Er gab eine URL in den Webbrowser ein. Es handelte sich um den Unternehmensserver in Elektrostal. Cloud arbeitete sich durch eine Serie von Abfragen, trug Passwörter in Abfragemasken ein und drückte jedes Mal den rechten Daumen kurz auf den integrierten Finger-abdruckscanner des Keyboards. Mit dem fünften Fenster erschien ein großes, wie eine Karikatur wirkendes Auge. Cloud lehnte sich in Richtung Bildschirm und fokus-sierte die in den Laptop eingebaute Kamera. Nach ein paar Sekunden erklang ein elektronischer Signalton, das Auge verschwand und auf dem Schirm erschienen die Wörter:

Willkommen zu Hause, Cloud

Es war ihm gelungen, sich bei der CIA einzuhacken, aller-dings ohne sich dazu des Netzwerks der Agency zu bedienen. Die Chancen, durch eine solche ›Front Door‹, den Haupteingang, vorzustoßen, standen nicht nur extrem schlecht. Vermutlich hätte es die IT-Experten des Geheim-dienstes auch sofort auf seine Spur gelenkt. Beim CIA-System handelte es sich im Wesentlichen um einen geschlossenen Kreislauf. Jeder externe Zugriff hinterließ zwangsläufig elektronische Fußabdrücke. Das hieß, es gab nur wenige exponierte Zugangspunkte. Die wenigen, die existierten, tangierten keine kritischen Bereiche und waren ausschließlich für ›passive‹ Aktivitäten wie Stellenaus-schreibungen und Bewerbungen sowie Public Relations konzipiert. Wo die Allgemeinheit per E-Mail oder Web-browser Zugang zur CIA hatte, wurden die Datenflüsse streng überwacht und die Besucher in eine digitale Welt umgeleitet, die vollkommen von wichtigen Informationen, wie zum Beispiel der Direktkommunikation bei laufenden Operationen, abgekoppelt war.

Der Anschlag, der den USA bevorstand, setzte auf ein Überraschungsmoment. Zwar hatte Cloud im Lauf der Jahre amerikanische Unternehmen um Hunderte Millionen Dollar erleichtert, dabei jedoch nie Ziele ins Visier genommen, bei denen man von einem Angriff auf die nationale Sicherheit sprechen konnte.

Im konkreten Fall hatte er einen wesentlich prosaischeren Ansatz gewählt, um sich in Langley einzuschleichen. Er hatte einen Virus programmiert, der, einmal heruntergeladen, zunächst völlig harmlos und für den User unsichtbar blieb. Lautlos schlummerte der Virus, unmöglich aufzuspüren. Sobald jemand versehentlich einen Link in einer E-Mail anklickte, wurde er aktiviert. Einmal aktiv, nahm der Virus Musikdateien ins Visier und hängte sich beim Download an den digitalen Code eines Songs an. Danach lauerte er. In den meisten Fällen bis in alle Ewigkeit, ohne etwas zu tun.

Der Virus war so konzipiert, dass er lediglich zum Leben erwachte, falls er auf den CIA-Hauptrechner gelangte. Erst dann trat er in Aktion und erzeugte eine raffinierte Trapdoor für Cloud.

Cloud hatte den Virus selbst programmiert und in einem Radius von 50 Meilen um Langley in Umlauf gebracht. Sein Erfolg beruhte darauf, dass irgendein Mitarbeiter der Agency mit hoher Freigabestufe, der Zugang zum abgeschotteten System des Hauptrechners hatte, gegen die Vorschriften verstieß und sich Musikdateien vom heimischen PC in die Firma mailte, um sie auf dem Rechner am Arbeitsplatz abzuspielen.

Fast ein Jahr hatte er sich in Geduld geübt. Täglich gingen E-Mails auf den Rechnern der Agency ein, oftmals Millionen. Bis es endlich passierte. Ein junger Führungsoffizier synchronisierte sein iPhone mit seinem PC in Langley. Keine 45 Sekunden nachdem er die USB-Verbindung hergestellt hatte, bescherte er Cloud auf der anderen Seite der Welt einen Einstieg in das abgeschottete System des Hauptservers.

Kurz darauf hatte er ein Livevideo auf dem Schirm. Dasselbe Video, das gerade im Mission Theater lief. Schweigend tippte er mehr als fünf Minuten lang, drückte schließlich mit theatralischer Geste die Enter-Taste.

Sascha lächelte ihn an.

Cloud tat bescheiden. »Glück gehabt.«

Links unten auf dem Bildschirm sprang ein Dialogfenster auf, das die Audiokommunikation zwischen Langley und den Agenten vor Ort in Echtzeit transkribierte:

1842   phase line in 20 jungs
1843   das hat absolute priorität
1844   es ist unerlässlich dass wir den kerl schnappen
1845   tun sie alles notwendige um ihn lebend zu kriegen
1846   roger langley
1847   wir haben die freigabe des präsidenten
1848   geht rein und bringt es hinter euch

Cloud lehnte sich mit verschränkten Armen zurück. »Es geht los.«

32

IN DER LUFT
BRITISH-AIRWAYS-FLUG 319

Dowling blickte zur Erde hinab, drückte den Keramikschalter am Handschuh. Im Helmdisplay wurde ein digita-
ler Höhenmesser eingeblendet:

32.880,7 FUSS
10.022,04 METER
006,23 MEILEN

Die in schwachem Orange leuchtende Einsatzuhr links oben
im Visier verriet:

1:06:32

Ihnen blieb etwas mehr als eine Stunde. Erneut drückte er
die Taste. Eine digitale Karte erschien. Sie zeigte Dowlings
Position im Verhältnis zu der Stelle, an der er sich unter Be-
rücksichtigung von Höhenwinden und weiteren Kriterien
eigentlich befinden sollte.

Die Daten, die die Karten generierten, wurden in Echtzeit gesammelt und verarbeitet, basierend auf Messwerten
in den Helmen der Männer, weitergeleitet an eine AWACS
der Air Force, die in diesem Moment über dem Kaspischen
Meer flog.

Dowling schaltete weiter und betrachtete eine weitere Darstellung. Sie zeigte die drei Kommandosoldaten,
Angaben über ihre aktuelle Flughöhe und ihre Entfernung
zueinander.

Bei den Rangers hatte das Trio jahrelang den militärischen Freifall perfektioniert. Absprünge aus großer Höhe mit sofortigem Öffnen des Schirms, um im Gleitflug die Landezone zu erreichen – sogenannte HAHO-Manöver –, und Sprünge, bei denen der Schirm erst in niedriger Höhe geöffnet wurde, das HALO-Äquivalent.

Ein Gleiteinsatz aus großer Höhe war die reinste Strapaze. Ständig mussten das Kartenmaterial konsultiert und, davon ausgehend, Steuerung und Höhe der Fallschirmkappe unentwegt nachjustiert werden. Es verlangte äußerste Konzentration, insbesondere vom Navigator, der die Führung innehatte, in diesem Fall Dowling. Eine Stroboskoplampe am Helm ermöglichte es den Männern, ihm zu folgen.

Der Himmel über Russland war warm und wolkenlos, als das Team langsam tiefer glitt. Wie ein Teppich breiteten sich unter ihnen die Lichter der Vorstädte Moskaus aus – gelb und zunehmend heller. In konzentrischen Kreisen schwebten sie auf die Datscha zu.

Sie befanden sich in einer Höhe von rund 300 Metern, als sie das Randgebiet der Rubljowka erreichten. In der oberen Ecke von Dowlings Helm erschien ein grünes Licht, begleitet von einem anhaltenden Piepton. Sie glitten direkt über das Ziel hinweg.

Immer engere Kreise ziehend, verloren sie rasch an Höhe, einem Strudel ähnlich, der in einen Abfluss gesaugt wird. Die Beleuchtung wurde heller. Dowling betätigte mehrmals in kurzer Folge den Keramikschalter am Handschuh, bis in hellem Orange der Grundriss des Anwesens erschien. Mehrere Fahrzeuge parkten hintereinander in der Zufahrt.

Er glitt nach links, über das Haus und den in völliger Dunkelheit liegenden Rasen hinweg. Durch das Nachtsichtgerät nahm er den Boden als hellgrünen Schimmer wahr. Mehrere hohe Kiefern ragten genau vor ihm auf, dahinter folgte freies Feld. Immer schneller driftete er abwärts. Unmittelbar, bevor seine Füße die Erde berührten, regelte er den Fallschirm ein letztes Mal nach, ließ sich vom Aufwind in die Höhe tragen, um die bevorstehende Landung abzufangen.

Eine Minute später landete wenige Meter von ihm entfernt Fitzgerald, kurz darauf auch Tosatti. Das Team legte Fallschirme, Flugausrüstung, Sauerstofftanks und Helme ab – alles, was nicht zwingend notwendig war – und verpackte sie in schwarzen Nylonbeuteln, die sie eigens zu diesem Zweck mitführten.

Aufgrund der beheizten Sprungkombis schwitzten die drei Männer stark. Hinzu kam das Adrenalin, das sie wie eine Hitzewelle durchströmte. Jeder von ihnen trug dieselbe Montur: schweißabsorbierende Shirts und Hosen und leichte Kampfstiefel.

Fitzgerald holte ein Nachtsichtgerät aus der Tasche und inspizierte das Anwesen.

Dowling aktivierte sein Sprechgerät. »Wir sind bereit.«

In warmen Blau- und Orangetönen erhellten die Lichter der Datscha den Nachthimmel.

Jeder aus dem Trio zog den Reißverschluss des Waffenrucksacks auf, entnahm ihm die Maschinenpistole und schob ein Magazin ein. Tosatti griff nach seinem ASh-12.7 Urban Combat Assault Rifle mit Nachtsichtgerät und unter dem Lauf montiertem Granatwerfer. Dowling und Fitzgerald packten ebenfalls ihre Sturmgewehre aus und rammten die Ladung hinein, anschließend schnappten sie sich ein paar Ersatzmagazine und befestigten sie an der Koppel. Das vollautomatische OTs-33 Pernach 9x18 wanderte in das Hüftholster.

Lautlos überquerten sie das freie Feld und bewegten sich auf die Datscha zu.

Dowling langte ans Handgelenk, um das Funkgerät zu aktivieren. »Phase Line One gelandet«, flüsterte er.

Fitzgerald, Tosatti und Dowling schlugen einen weiten Bogen um die Rückseite der Datscha und pirschten sich im Schatten des Laubdachs der Birken an das Gebäude heran, einen modernen, fast zur Gänze aus Glas bestehenden Kasten, der erhöht auf Stahlpfeilern stand. In allen Zimmern brannte Licht.

Auf der Südseite der Datscha hatte sich eine große Gruppe von Menschen in einiger Entfernung vom Fenster um einen Esstisch versammelt.

Tosatti schnippte mit den Fingern und deutete auf die Zufahrt.

Dowling klappte das Nachtsichtgerät vor die Augen. Auf der Zufahrt standen zwischen zwei Autos zwei Männer. Der eine rauchte. Beide hielten Maschinenpistolen in den Händen, den Lauf zum Boden gerichtet.

Dowling nickte Tosatti und Fitzgerald zu. »Auf mein Zeichen«, flüsterte er. »Ich übernehme den Iwan weiter hinten. Dave, du schnappst dir den anderen. Fitz, gib uns Deckung.«

»Roger«, bestätigte Fitzgerald leise.

Die drei Männer hoben ihre Karabiner. Dowling zielte auf den ihnen zugewandten Posten, während Tosatti den Mann ins Visier nahm, der ihnen den Rücken zukehrte.

Fitzgerald sicherte, indem er die Waffe auf einen Punkt zwischen den beiden Russen richtete. Er schoss nur, wenn Dowling oder Tosatti nicht trafen.

»Auf drei«, raunte Dowling. »Eins, zwei …«

Tosatti und Dowling drückten ab. Dowling erwischte seinen Mann über dem rechten Ohr. Der Kerl ging zu Boden wie ein nasser Sack. Im selben Augenblick rasierte Tosatti dem anderen Posten die Schädeldecke ab.

Leise gingen sie weiter zum hinteren Rand des Rasens und hielten nach weiteren Wachen auf dem Gelände Ausschau. Sie entdeckten keine.

Mit einem leistungsstarken monokularen Fernglas nahm Dowling das Esszimmer ins Visier. Er zählte 14 Leute, die sich an dem ovalen Tisch zum Dinner versammelt hatten. Er nahm sich jeden Gast einzeln vor. Rechts hinten entdeckte er den Hünen mit blondem Afro. Zwar ließ sich das Gesicht nicht deutlich erkennen, doch die Frisur war unverkennbar.

»Ich hab ihn«, verkündete er. »Vorne rechts.«

Fitzgerald huschte zur Zufahrt. Er zog einen präparierten Sprengsatz aus seinem Gürtel: C4 mit einem Fernzünder. Er erreichte das Gebäude und schlich in Richtung Vorderseite, wobei er sich eng an die Wand drückte. Gerade als er um die Ecke zur Haustür biegen wollte, durchstachen Scheinwerfer die Dunkelheit. Ein Fahrzeug jagte durchs Tor auf ihn zu. Er bekam davon nichts mit, doch bald würden die Scheinwerfer ihn erfassen.

Dowling stieß einen warnenden Pfiff aus, während Tosatti den Karabiner auf den näher kommenden Wagen richtete. Fitzgerald schaute in ihre Richtung. Dowling gab ihm ein Zeichen, sich nicht vom Fleck zu rühren.

Der Range Rover brauste mit hoher Geschwindigkeit die Zufahrt entlang und hielt nur wenige Meter vor den toten Bodyguards. Die Scheinwerfer erloschen. Die Fahrertür öffnete sich und eine Frau im weißen Sommerkleid stieg aus. Sie hatte die Toten noch nicht bemerkt, drohte allerdings jede Sekunde über sie zu stolpern.

Mit dem Scharfschützengewehr nahm Tosatti die Frau ins Visier, die sich inzwischen dem Eingang näherte. Die beiden Toten lagen genau auf ihrem Weg. Tosatti zielte und wartete auf den richtigen Moment. »Sorry, Süße«, flüsterte er und drückte ab. Die Kugel zerfetzte ihr die Brust und schleuderte sie nach hinten. Blut spritzte auf ihr Outfit. Taumelnd sank sie zu Boden.

Dowling nickte Fitzgerald zu. Dieser schlich zur Haustür. Der Plan war simpel: am Vordereingang für Ablenkung sorgen, dann von der Rückseite her eindringen. Die Ablenkung erledigte der Sprengsatz. Fitzgerald befestigte einen kleinen Block C4 an der Tür, direkt unter dem Knauf, anschließend schlich er an der Wand zurück zu Dowling und Tosatti.

Dowling führte das Team an die Rückseite des Glasbaus, wo sie die gedämpfte grüne Unterwasserbeleuchtung eines Swimmingpools begrüßte. Dahinter führte eine Treppe zur Terrasse. Die drei Männer bewegten sich zügig, umrundeten das Becken und sprangen die Stufen hinauf. Vor dem raumhohen Fenster verharrten sie. Prüfend fuhr Dowling mit der Hand am Scharnier entlang. Er zog einen Sprengsatz von der Koppel ab, kleiner als der gerade am Vordereingang deponierte, und befestigte ihn unter dem Griff.

Reglos wie Statuen standen die Männer da. Dank ihrer geschwärzten Gesichter verschmolzen sie mit der Finsternis.

»Ich kümmere mich um die Zielperson«, verkündete Dowling.

Tosatti und Fitzgerald nickten.

Dowling aktivierte die Funkverbindung über den Taster am Handgelenk. »Wir sind in Stellung«, flüsterte er, um Langley mitzuteilen, dass der Zugriff unmittelbar bevorstand.

Mit verschränkten Armen stand Polk direkt vor dem Plasmabildschirm und verfolgte die Videobilder, die von einer Beobachtungssonde in 16 Kilometern Höhe weitergeleitet wurden. Direkt hinter ihm hatte sich Calibrisi postiert. Jeder im Raum blickte wie gebannt auf den Monitor.

Polk war die Ruhe selbst. Er hatte schon unzählige Male an dieser Stelle gestanden und im Rahmen seiner ereignisreichen Laufbahn buchstäblich Hunderte von Einsätzen geleitet. Mit Hornbrille, gestreifter Seidenkrawatte, pinkfarbenem Anzughemd, legerer Stoffhose, schmalem, besticktem Leinengürtel und Slippern hätte er genauso gut Lehrer an einer High School sein können. Stattdessen wurde er als bester In-Mission-Commander in der Geschichte des NCS gehandelt.

Wie Geistererscheinungen hob die Wärmebilddarstellung in der linken Bildschirmhälfte Dowling, Tosatti und Fitzgerald hervor, zu dritt nebeneinander an der Tür zusammengedrängt. Im Hausinneren, nur wenige Meter von den lauernden Kommandosoldaten entfernt, zeichneten sich die Infrarotumrisse der Partygäste ab. Jeweils sieben Leute saßen einander zu beiden Seiten der Tafel gegenüber, ihre Bewegungen, wenn auch ein wenig schemenhaft, gut erkennbar – das rasche Hin und Her von Armen, Köpfen, Schultern. Menschen bei einem Festmahl.

Einer der Anwesenden stand auf und setzte sich Richtung Vordereingang in Bewegung.

Polk streifte Calibrisi mit einem alarmierten Blick und aktivierte die Funkverbindung. »Ihr habt jemanden, der zur Haustür geht«, sagte Polk. »Macht, dass ihr reinkommt.«

An der Hintertür der Datscha fing Dowling den Funkspruch des Commanders auf. Er blickte Fitzgerald an, der den Auslöser für die Sprengladung am Haupteingang in der Hand hielt, und nickte.

Fitzgerald klappte die Metallkappe des Auslösers hoch und drückte einen kleinen roten Knopf. Eine laute Detonation zerriss die Stille auf der anderen Seite des Gebäudes und ließ die Erde erbeben.

Die stählerne Haustür wurde in den Flur der Datscha katapultiert. Wie eine Kanonenkugel schlug sie mit einer Geschwindigkeit von über 80 km/h in die Frau ein, die gerade zur Toilette gehen wollte, und tötete sie auf der Stelle.

Stahl- und Betontrümmer des Türsturzes wurden neun Meter hochgeschleudert. Ein rötlich-gelber Feuerball schoss in die Luft. Überall im Vorderflügel der Datscha splitterte Glas, während sich laute Rufe rasch in hysterische Schreie verwandelten.

Die Alarmanlage schrillte los, eine nervtötende Sirene, die das allgemeine Durcheinander noch verstärkte.

Als das Chaos scheinbar den Höhepunkt erreicht hatte, löste Dowling die zweite Sprengladung aus. Eine kleinere Explosion riss das Terrassenfenster aus den Angeln. Die Scheibe zersplitterte und das Gekreische aus der Datscha wurde lauter.

Tosatti hielt einen kleinen Taschenspiegel in den Durchgang, um nach Security-Personal oder Anzeichen von Waffen zu forschen. Das Einzige, was er durch den Rauch zu Gesicht bekam, war der Esstisch, um den sich die Leute drängten. Alle hielten die Hände in die Höhe.

Tosatti gab seinen beiden Kameraden ein Zeichen und setzte sich in Bewegung.

Durch den dichten Qualm rückten sie ins Esszimmer vor. Tosatti stürzte als Erster hinein, das ASh-12.7 fest im Griff, den Schalldämpfer nach vorn gerichtet. Er scherte nach rechts aus. Einen halben Schritt hinter ihm folgte Fitzgerald, ebenfalls mit einem ASh-12.7 bewaffnet. Er deckte die linke

Seite ab und umrundete den Tisch. Als Letzter rannte Dowling hinein und spurtete, von Tosatti und Fitzgerald gedeckt, zur Zielperson.

Die verbliebenen Gäste starrten die Agenten an. Mehrere der Frauen brachen in Tränen aus, überreizt und völlig mit den Nerven durch.

»*Comment?*«, fragte einer der Männer auf Französisch.

Dowling trat vor den Kerl, den sie lediglich als Cloud kannten. Doch vor Dowlings Schalldämpfer kauerte kein junger, sondern ein wesentlich älterer Mann. Mit erhobenen Armen starrte er Dowling verdutzt an.

»Wo ist er?«, wollte Dowling wissen.

»Wer?«, flüsterte der Mann erstickt.

»Cloud.«

Der Angesprochene schwieg. Die hoch über den Kopf gestreckten Hände zitterten.

Fitzgerald hob das Handgelenk vor den Mund und aktivierte das Sprechgerät. »Bill, wir haben ein Problem.«

Bevor Polk dazu kam, ihm eine Antwort zu geben, erschütterte eine weitere Explosion die Nacht.

Unter der Datscha ging es los – innerhalb eines grausamen Augenblicks, dem sich niemand zu entziehen vermochte, entluden sich viereinhalb Kilogramm Semtex. Die Detonation zerriss den Fußboden und jagte einen weißglühenden, alles versengenden Feuerball durch die Datscha; ungefähr so, wie eine Handgranate eine Sandburg zerfetzt.

Gemeinsam mit den Gästen verglühten die drei Kommandosoldaten, ehe sie überhaupt begriffen, dass die Flammen sie verschlangen.

Die Glas-Beton-Konstruktion zerbarst. Brachial und ungezügelt schleuderte die Wucht der Explosion Stahlträger nach allen Seiten, wirbelte sie durch die Luft. Die Datscha verwandelte sich in eine glühende Flammenhölle, die weiß, gelb und rot unter dem trostlosen russischen Nachthimmel glomm.

33

Im CIA-Hauptquartier verfolgten Polk, Calibrisi und der Rest des NCS-Teams, wie das Plasma-Display abrupt hell aufleuchtete. Mitten auf dem Schirm erschien ein greller, orangefarbener, sich in konzentrischen Kreisen ausbreitender Feuerball, der alles erfasste und in rasender Hitze auslöschte.

Im Hintergrund des Konferenzsaals stöhnten die Leute auf.

Mit einem Satz war Calibrisi am Bildschirm. »Heilige Muttergottes«, fluchte er.

»Johnny!«, brüllte Polk. Doch er erhielt keine Antwort.

Polk beobachtete die Darstellung noch einige Sekunden, während sich die gleißende Helligkeit lautlos ausdehnte, ehe plötzlich alles schwarz wurde. In der Regel ließ er sich keine Gefühlsregungen anmerken, doch nun huschte ein gequälter Ausdruck über sein Gesicht. Für einen Moment schloss er die Augen, schluckte und trat schließlich nach links vor den anderen Screen. Eine Luftaufnahme zeigte den roten Mercedes, kaum größer als ein Spielzeugauto.

Polk blickte zu Calibrisi und drückte bereits die Taste der Sprechanlage. »St. Petersburg«, befahl er ruhig. »Einsatz!« Abermals kurzer Augenkontakt mit Calibrisi. Dieser hob den linken Zeigefinger, um Polk zu signalisieren, dass er den Agents noch eine weitere Information geben sollte.

Erneut drückte der Commander die Sprechtaste. »Es handelt sich um einen Notfall mit absoluter Priorität. Ich wiederhole: *Notfall mit absoluter Priorität.* Keinerlei Einschränkungen. Ergreifen Sie alle notwendigen Maßnahmen, um das Mädchen zu schnappen.«

34

ELEKTROSTAL, RUSSLAND

Cloud las die Transkription und schüttelte ungläubig den Kopf.

119   sankt petersburg einsatz

»Diese Idioten«, murmelte er.

»Was ist los?«, fragte Sascha.

»Die wissen immer noch nicht, dass wir alles mithören.«

Er trug eine Oliver-Peoples-Sonnenbrille, die seine aufgrund von akutem Schlafmangel rot geränderten Augen verbarg, eine schwarze Lederhose, Saint-Laurent-Boots und ein ärmelloses grünes Trägershirt. Seine Muskeln waren sehnig und wirkten extrem natürlich. Weder Gewichte noch Steroide hatten sie geformt. Jedes männliche Familienmitglied schien sie zu erben.

Mit den Füßen auf dem Tisch verfolgte er desinteressiert die Anzeige auf dem Monitor und las die Auswertung der CIA-Operation mit:

120   es handelt sich um einen notfall mit absoluter
       priorität
121   ich wiederhole: notfall mit absoluter priorität
122   keinerlei einschränkungen
123   ergreifen sie alle notwendigen maßnahmen um
       das mädchen zu schnappen

Wer im Museum einen Monet betrachtet, erkennt sofort, was da gemalt ist: Blumen, Farben, Wasser. Nur wenige beschäftigen sich mit dem, was über die visuelle Information hinausgeht. Sie analysieren die Pinselstriche, die Schichten jenseits der Farbe an der Oberfläche, Leerräume. Erfassen inneren Antrieb und Leidenschaft, Täuschung und Bequemlichkeit. Begreifen, wie das Gemälde entstanden ist, von der ersten aufkeimenden Idee bis hin zur Vollendung auf eine Art, wie es nur Monet selbst vermocht hätte.

Auf die gleiche Weise verarbeitete Cloud Informationen aus dem Internet.

124   roger bill
125   wir gehen in stellung
126   starten zugriff sobald sie aus dem theater kommt
127   was ist mit den seals

Die meisten Menschen nutzten es als Medium zur Kommunikation, Information und Unterhaltung. Für Cloud hingegen stellte diese oberflächliche Ebene der Interaktion nicht mehr als eine schöne Fassade dar, eine Ablenkung vom Wesentlichen. Ein Mädchen mochte online gehen, um auf Facebook zu lesen, was ihre Freundinnen so trieben, sich eine neue Bluse von J. Crew zu kaufen oder ihrem Freund eine SMS zu schicken. Doch jede einzelne Aktion war an den Transfer von Daten gekoppelt – Zahlen, Buchstaben, Symbole, die per

Kabel, Glasfaser oder Funk auf die Reise gingen. Diese Zahlen, Buchstaben und Symbole, für das menschliche Auge unsichtbar in wahnwitziger Geschwindigkeit übertragen, enthielten äußerst spezifische, klar strukturierte Befehle. Jene Bluse in dieser Größe an die und die Adresse senden. Bucht das Geld dafür von diesem und jenem Bankkonto oder mittels dieser und jener Kreditkarte ab. Eine eindeutige Sprache.

In jedem x-beliebigen Moment wurde die Welt von einer schier endlosen Anballung solch präziser Befehle und den Reaktionen geformt und verändert. Im weltweiten Datennetz ließ sich das alles mitverfolgen. Doch das Mädchen bekam davon nur das mit, was auf ihrem Bildschirm erschien. Das Ergebnis ihrer Befehle – Bilder ihrer Freundinnen auf Facebook, Fotos der Bluse bei J. Crew, Buchstaben auf einem Handy-Display, von ihrem Freund geschickt. Cloud dagegen registrierte auch die inhaltliche Struktur der Befehle und der Wege, die sie nahmen. Dadurch observierte er die Menschen hinter den Befehlen. Er hielt nach elektronischen Pinselstrichen Ausschau, denn in ihnen manifestierten sich menschliche Schwächen und Fehler, die ihm ein unbemerktes Eindringen und Anzapfen erlaubten.

Die Datenverläufe, die vielschichtigen Verbindungen quer durch öffentliche Netze – wohin die Informationen sich bewegten, auf welche Weise sie übertragen wurden – waren Clouds Äquivalent der Pinselstriche auf der Leinwand. Das war der Ort, an dem er lebte.

128   roger langley hier spricht jacobsson over
129   seid ihr bereit
130   roger
131   wir sind im hafen und warten auf ihren zugriff
132   ich wiederhole wir sind im hafen und bereit
       loszulegen over

133   danke lieutenant
134   ich melde mich wieder wenn wir startklar sind out

Clouds Handy piepte. Ein kurzer Blick auf die Nummer. Er holte tief Luft und lächelte. »Wie war dein Auftritt heute?«

»Grandios. Vielen Dank für das Collier.«

»Keine Ursache, Katya. Gefällt es dir?«

»Ob es mir gefällt? Es ist großartig. Das muss doch ein Vermögen gekostet haben.«

»Das ist erst der Anfang, Liebling. Du wirst noch viele Geschenke von mir bekommen.«

»Ich muss los«, sagte sie. »Draußen warten die Fans und wollen Autogramme. Ich ruf dich nachher vom Hotel aus an.«

»Bitte …«, setzte er an und verstummte.

Cloud starrte auf den Monitor. Sein Herz fing an zu rasen.

Er wollte sie warnen: *Halt dich von dem roten Mercedes fern.*

»Was denn?«, fragte sie irritiert.

»Pass bitte auf dich auf«, flüsterte er.

35

REKI FONTANKI
ST. PETERSBURG

Bond nickte Oliveri im Rückspiegel zu. Oliveri legte den Gang ein und fuhr los.

Bond tippte an seinen Ohrstöpsel. »Roger, Bill. Wir gehen in Stellung. Starten Zugriff, sobald sie aus dem Theater kommt. Was ist mit den SEALs?«

Eine neue Stimme meldete sich über Funk. Der Empfang war schlecht, als hielte sich der Sprecher in einem Tunnel auf.

»Roger, Langley, hier spricht Jacobsson, over.«

»Seid ihr bereit?«

Zügig fuhr der Mercedes die Reki Fontanki entlang, auf die Schlange wartender Limousinen zu, die vor dem Bühneneingang standen. Oliveri ließ den Wagen an zwei jungen Blondinen vorbeirollen, die in engen, fast durchsichtigen weißen Kleidern auf dem Kopfsteinpflaster des Bürgersteigs entlangschlenderten. Lachend hatten sie einander untergehakt, eine von ihnen hielt eine Zigarette in der Hand, die sie noch nicht angezündet hatte. Die beiden Mädchen sahen umwerfend aus. Sie waren leicht angetrunken, sangen kichernd ein Lied.

»Roger«, sagte Jacobsson. »Wir sind im Hafen und warten auf Ihren Zugriff. Ich wiederhole: Wir sind im Hafen und bereit, loszulegen. Over.«

»Danke, Lieutenant. Ich melde mich wieder, wenn wir startklar sind. Out.«

Als der Mercedes sich am Ende der Schlange einreihen wollte, blieb die linke der beiden jungen Frauen mit dem Absatz ihrer Stiletto-Sandalen an einem Pflasterstein hängen, stolperte ungeschickt und kippte zur Seite. Ihre Freundin versuchte noch, sie aufzufangen, reagierte jedoch zu spät. Das Mädchen stürzte, prallte mit dem Kopf auf den Bürgersteig, rappelte sich hoch und taumelte unbeholfen auf die Straße, direkt vor den heranrollenden Mercedes. Entsetzt starrte sie in die Frontlichter des Wagens, der sie zu überfahren drohte.

Oliveri trat voll auf die Bremse und brachte den Wagen mit quietschenden Reifen zum Stehen, sodass jeder im Umkreis von 30 Metern es mitbekam. Mit einem Ruck hielt der Wagen, der rechte Vorderreifen berührte bereits ihren Arm.

Bond tippte sich ans Ohr, um die Funkverbindung zu unterbrechen.

»Verfluchte Scheiße«, blaffte er. »Pass doch auf, wo du hinfährst.«

»Ich hab sie nicht gesehen.«

Mehrere Fußgänger strömten zu dem Mädchen.

»Wir müssen das in Ordnung bringen.« Bonds Stimme klang gereizt. »Du musst sie loswerden, bevor die Frau rauskommt.« Er öffnete die Hecktür und stieg aus. »*Ne dvigayutsya*«, rief er in einwandfreiem Russisch. »*My dolzhny ubedit'sya, chto ona ne ranen prezhde chem my pereydem yeye.*« *Nicht bewegen. Wir müssen uns erst überzeugen, ob sie nicht verletzt ist, bevor wir sie bewegen.*

Während Bond zu dem Mädchen lief, wanderte sein Blick nach rechts zum Bühneneingang, weil er damit rechnete, dass Katya gleich herauskam.

Mehrere Passanten eilten heran, um nachzusehen, wie es der jungen Frau ging. Ihre Freundin hatte den Arm um sie gelegt und wollte ihr aufhelfen.

Bond blickte zu Oliveri, der wie erstarrt hinter dem Lenkrad saß. Oliveri schüttelte den Kopf; die Sache gefiel ihm nicht.

In Bonds Rücken entstand ein kleiner Tumult. Aufgeregte Rufe und das Kichern junger Mädchen erschollen vom Seiteneingang des Theaters. Bond wirbelte herum. Katya hatte die Bildfläche betreten. Sie gab Autogramme und plauderte mit ihren Fans.

Er musste die Situation regeln, und zwar rasch.

Bond schob einen Mann zur Seite, der dem verletzten Mädchen auf die Beine helfen wollte, und kniete sich neben sie. Ihre Blicke trafen sich. Sie hatte eine Wunde am Kopf, die stark blutete. Bond holte ein Taschentuch hervor und presste es auf die Wunde.

»Danke«, hauchte sie auf Russisch.

»Sind Sie okay?«

»Mir ist schwindlig.«

»Ich möchte mich vielmals entschuldigen. Mein Fahrer hat nicht aufgepasst.«

»Nein, es war meine Schuld.« Sie lallte ein wenig.

»Unsinn. Ich werde für alles aufkommen.«

»Können Sie uns ins Krankenhaus fahren?«, fragte ihre Freundin. »Ich weiß nicht, ob sie es im Moment zu Fuß dorthin schafft.«

Bond nahm die junge Frau am rechten Arm und half ihr auf.

»Mein Herr, können Sie uns bitte ins Krankenhaus fahren?«, fragte die Freundin erneut.

Bond schielte zum Bühneneingang. Katya hatte die Schar der Autogrammjäger fast vollständig versorgt. Oliveri vollführte eine kreisende Bewegung mit dem rechten Zeigefinger: *Beeil dich, verdammt noch mal.*

»Nein«, sagte Bond, während er sich wieder zu Katya umdrehte. »Tut mir leid. Wir bezahlen Ihnen gern das Taxi, aber es gibt da etwas, worum ich mich dringend kümmern muss.«

Erst jetzt fielen Bond die Bodyguards in Katyas Begleitung auf – einer vor ihr, einer hinter ihr. Der vordere suchte systematisch den Bürgersteig nach Anzeichen von Gefahr ab. Als er Bond entdeckte, blickte er ihn misstrauisch an.

Bond blickte zu Oliveri und gab ihm mit der Rechten ein Zeichen.

Sie hat zwei Bodyguards. Waffen klarmachen und Angriff vorbereiten.

Oliveri starrte aus dem Beifahrerfenster des Mercedes, an Bond und den beiden Mädchen vorbei, wo Katya gerade ein letztes Autogramm gab, sich dann umwandte und der versammelten Menge mit beiden Armen zuwinkte.

»Mach schon, Pete«, raunte er.

Oliveris Hand verschwand unter einer Decke, umfasste den Griff eines Desert Tactical SRS-A1, eines kompakten, leicht zu verbergenden Scharfschützengewehrs mit Zielfernrohr. Ein kurzer, dafür dicker schwarzer Schalldämpfer war an den Lauf geschraubt.

Mit geübter Bewegung legte Oliveri den Sicherungshebel blind um. Er war sich durchaus bewusst, dass Zeugen eine große Gefahr darstellten. Doch es ließ sich nicht länger vermeiden.

Notfall mit absoluter Priorität.

Das war die höchste Einsatzeinstufung. Es hieß, dass das Erfüllen des Einsatzziels von höchster Bedeutung für die nationale Sicherheit der Vereinigten Staaten war.

Ohne die Decke wegzunehmen, hob Oliveri das SRS-A1, bis der Schalldämpfer gegen die Scheibe des Beifahrerfensters drückte. Er beugte sich nach unten und nahm, ohne das Zielfernrohr zu benutzen, den Bodyguard vor Katya ins Visier. Schussbereit ruhte der Finger am Abzug.

Unvermittelt wurde die Fondtür der Limousine geöffnet.

»Hier ist meine Karte«, sagte Bond, während er der jungen Frau eine Visitenkarte mit falschem Namen reichte. »Ich komme für sämtliche Kosten auf. Sie müssen sich ins Krankenhaus fahren lassen.«

Bond streckte den Kopf in die Limousine, Verzweiflung in den Augen. Er sah Oliveri und die Decke über dem Beifahrersitz. Sein Blick wanderte nach rechts. Katya stand keine 15 Meter von der wartenden Kolonne entfernt. Mit schnellen Schritten setzte sie sich in Bewegung.

Bond duckte sich, sprang in den Wagen und zog gleichzeitig die Tür hinter sich zu.

Doch bevor sie ins Schloss fiel, schossen beide Hände des verletzten Mädchens vor, packten das Blech und hielten es auf. Verblüfft drehte Bond sich um. »Nein!«, brüllte er, genau in dem Augenblick, in dem das zweite Mädchen in die Zigarette blies, die bislang ungenutzt an ihren Lippen gebaumelt hatte. Ein winziger Pfeil von der Größe eines Zahnstochers schoss aus der Zigarette und bohrte sich mitten in Bonds rechten Augapfel. Er stöhnte vor Schmerz auf, die Hand fuhr hoch zur Pupille.

Das verletzte Mädchen war mit einem Satz auf dem Rücksitz der Limousine, dicht gefolgt von ihrer Freundin, die bereits die Hand in ihrer ledernen Handtasche versenkt hatte.

Als Oliveri Bond aufstöhnen hörte, riss er sich vom Anblick Katyas und der beiden Bodyguards los. Noch bevor er den Kopf ganz herumdrehen konnte, zog sie eine Glock 18C aus ihrer Handtasche. Oliveris Augen weiteten sich, als er die Waffe bemerkte. Er duckte sich, versuchte, nach dem Türgriff zu langen, doch zu spät. Sie betätigte den Abzug.

Mit einem dumpfen Schlag durchbohrte das Geschoss die Lehne des Ledersitzes und grub sich in Oliveris Hals. In feinem Sprühregen spritzte das Blut auf Lenkrad und Windschutzscheibe, während Oliveri nach vorn geschleudert wurde. Er tastete mit der Hand an den Hals, wollte schreien. Sie drückte erneut ab, diesmal jagte sie ihm die Kugel in den Kopf.

Hilflos musste Bond, der CIA-Agent, der die Führung innehatte, mit ansehen, wie sie Oliveri tötete. Er mühte sich ab, das Sprechgerät zu erreichen, um eine Warnung abzugeben, doch das tödliche, rasch wirkende Gift der Pfeilspitze lähmte ihn. Wenige Sekunden später war er erstickt.

Das verletzte Mädchen kletterte über den Vordersitz, zerrte Oliveri auf die Beifahrerseite, schob seinen schweren Körper auf den Boden und setzte sich ans Lenkrad. Sie drehte sich zu ihrer Begleiterin um. »Ich kann nichts sehen«, sagte sie auf Russisch. Das Blut auf der Windschutzscheibe nahm ihr die Sicht. Das Mädchen auf dem Rücksitz reichte ihr ein Taschentuch, um das Glas zu reinigen, so gut es ging. Augenblicke später trat sie aufs Gaspedal und jagte die Reki Fontanki entlang.

36

REKI FONTANKI
ST. PETERSBURG

»*Es handelt sich um einen Notfall mit absoluter Priorität. Ich wiederhole: Notfall mit absoluter Priorität. Keinerlei Einschränkungen. Ergreifen Sie alle notwendigen Maßnahmen, um das Mädchen zu schnappen.*«

Gerade als der Schlussakt sich seinem Ende näherte, vernahm Dewey Polks gehetzte Worte.

Der Einsatz in Moskau war schiefgegangen.

Bleib ruhig.

Er stand auf, ging rasch den Gang zwischen den Sitzreihen entlang, dann hörte er in seinem Empfänger zum ersten Mal Bonds Stimme:

»*Roger, Bill. Wir gehen in Stellung. Starten Zugriff, sobald sie aus dem Theater kommt. Was ist mit den SEALs?*«

Dewey verließ das Mariinski-Theater durch den Haupteingang, während hinter ihm Beifall und jubelnder Applaus aufbrandeten.

»*Roger, Langley, hier spricht Jacobsson, over.*«

»*Seid ihr bereit?*«

Dewey wandte sich nach links und überquerte die Seitenstraße. Ein paar Meter weiter saß ein ältliches Paar auf einer Bank. Dewey ging an ihnen vorbei und blieb an der nächsten Abbiegung stehen. Von hier aus konnte er die am Theater vorbeiführende Straße überblicken. Einen halben Block weiter stand vor dem Bühneneingang eine Reihe dunkler Limousinen, die mit laufendem Motor auf VIPs und Künstler warteten. Dewey fiel ein roter Mercedes auf, einen Block hinter der wartenden Schlange, der rasch näher kam.

»*Roger. Wir sind im Hafen und warten auf Ihren Zugriff. Ich wiederhole: Wir sind im Hafen und bereit, loszulegen. Over.*«

Dewey spürte, wie er Herzrasen bekam. Er langte in seine Jacke, tastete nach dem Griff der Waffe, während er die Einsatzzone sondierte.

Es fing schon wieder an. Dasselbe lähmende Gefühl wie in Mexiko. Er rief sich Tino und den Kampf im Whitewater MMA in Erinnerung, doch alles, was er wahrnahm, war seine bebende Hand, erstarrt in der Nachtluft von Iguala, unfähig, die Tür zur Koksfabrik zu öffnen.

Dewey beobachtete, wie der Mercedes sich den am Theater wartenden Limousinen näherte. Die alte Frau auf der Bank sagte etwas. Er drehte sich um. Das Rentnerpärchen hielt Händchen, friedlich saß es da und genoss den warmen Abend. Der Anblick beruhigte ihn. Es gelang ihm, seine Gefühle schrittweise unter Kontrolle zu bekommen.

Polk hatte mit allem recht gehabt. Er brauchte tatsächlich Hilfe. Er hatte wieder nur wie gelähmt dagestanden. In diesem Augenblick erreichte sein Selbstwertgefühl den Nullpunkt. Er empfand eine intensive Abscheu vor sich selbst, so stark wie noch nie. Alles, wofür er gearbeitet hatte, war wie weggeblasen. Einfach alles.

»*Danke, Lieutenant. Ich melde mich wieder, wenn wir startklar sind. Out.*«

Dewey wandte dem Einsatzort den Rücken zu. Gedankenverloren schlenderte er zum Kanal, erfüllt von Selbsthass und Zweifeln. Ihm war ganz flau im Magen. Er nahm sich vor, die Pistole ins Wasser zu werfen und den Ohrstöpsel gleich dazu, danach ein Hotelzimmer zu mieten, an die Hotelbar zu gehen und zu trinken, bis er nicht mehr klar denken konnte. Morgen wollte er dann nach Hause fliegen, zurück nach Castine, um den Rest seiner Tage dort zu verbringen, bis er im hohen Alter starb.

Ein letztes Mal drehte er sich zum Theater um. Am Bühneneingang entstand Unruhe, als Katya das Theater verließ. Autogrammjäger, überwiegend kreischende Gören im Teenageralter, brachen beim Anblick der berühmten Ballerina in lauten Jubel aus.

Er bekam mit, wie sich der rote Mercedes in Position schob. Sein Blick fiel auf zwei Mädchen, die neben dem Mercedes leicht schwankend den Bürgersteig entlanggingen. Dewey schenkte ihnen keine nähere Beachtung. Er erreichte die Granitpfeiler, die oberhalb des Kanals das Geländer trugen, steckte die Hand in die Jacke, fand den Griff seiner Waffe. Er zog sie heraus, packte sie am Lauf, holte aus, um sie in das düstere Wasser da unten zu werfen …

Wie ein Donnerschlag zerschnitt das Quietschen von Bremsen die Stille und riss ihn aus seinen Gedanken.

Mit der Pistole in der Hand drehte er sich um.

Eiskalt lief es ihm den Rücken hinunter. Ungläubig, voller Entsetzen wurde er Zeuge, wie eine der jungen Frauen so tat, als würde sie stolpern und ausrutschen, um im nächsten Moment vom Mercedes gestreift zu werden.

»Eine Falle«, entfuhr es ihm.

Bond und Oliveri schwebten in äußerster Gefahr.

Dewey hastete zurück zum Theater. Eine Menschenmenge scharte sich um die junge Frau, um ihr zu helfen. Bond stieg aus, half ihr beim Aufstehen und führte sie zum Wagen.

Er überquerte die Straße. Das Mädchen streckte die Hände aus und sprang durch die Hecktür in den Mercedes. Plötzlich spritzte von innen Blut gegen die Windschutzscheibe. Sekunden später setzte sich der Wagen schlingernd in Bewegung.

Bond und Oliveri waren tot.

Mit hoher Geschwindigkeit entfernte die Limousine sich vom Theater, kam direkt auf die Stelle zu, an der Dewey stand, beschleunigte weiter. Er trat auf die Straße hinaus, stellte sich den Flüchtenden in den Weg. Er hatte die Hand bereits in der Jacke, umklammerte den mit Hockey-Tape umwickelten Griff seines Colt M1911A1 Kaliber 45. Die Fahrerin bremste nicht und machte keinerlei Anstalten, ihm auszuweichen.

Einen Moment bevor der Mercedes ihn über den Haufen fuhr, zückte Dewey die Waffe, machte einen Satz nach rechts und feuerte, so schnell sein Finger den Abzug betätigen konnte. Die Schüsse verstärkten das ohnehin herrschende Chaos. Projektil um Projektil durchschlug die Scheibe auf der Fahrerseite, zerschmetterte erst das Glas, dann den Schädel des Mädchens. Mit einem heftigen Ruck wurde ihr Kopf nach rechts geschleudert, als ein Geschoss sie direkt über dem Ohr traf. Blut spritzte über den Vordersitz, während der Wagen mit quietschenden Reifen haarscharf an Dewey vorbeischlingerte. Um ein Haar hätte ihn noch die hintere Stoßstange erwischt. Im nächsten Moment scherte der Wagen nach rechts aus und krachte mit voller Wucht gegen einen parkenden Lieferwagen.

Aus einiger Entfernung kündigte sich Sirenengeheul an.

Dewey stürmte los, da ihm bewusst war, dass die andere Killerin ihn jeden Moment aufs Korn nahm. Noch während er auf das Heck des Mercedes zusprintete, um in Deckung zu gehen, warf er in vollem Lauf das Magazin des Colts aus, rammte ein neues hinein, genau in der Sekunde, in dem die Heckscheibe unter dem Beschuss des zweiten Mädchens zersplitterte. Er machte einen Satz nach links und landete mit einem Hechtsprung auf der Straße, während die Patronen direkt vor seinen Füßen in den Asphalt schlugen.

Er kroch an die Heckstoßstange, um Schutz zu suchen, robbte unter den Wagen, spürte die Hitze des Auspuffs am Rücken, arbeitete sich zur vorderen Beifahrertür weiter, kam unter dem Wagen hervor und öffnete leise die Tür, während die Sirenen lauter wurden. Zwei Leichen, Oliveri und eines der Mädchen, dazu ein Scharfschützengewehr und überall Blut auf den weißen Ledersitzen. Er stahl sich lautlos hinein, die Waffe auf den Hinterkopf des Mädchens gerichtet, durchgeladen und entsichert.

Durch den Spalt zwischen den Sitzen konnte Dewey ihren Rücken ausmachen. Hektisch hielt sie hinter dem Wagen nach ihm Ausschau.

Mit einem Satz war Dewey über den Sitz, knallte ihr den Kopf nach unten, mit der anderen Hand verdrehte er ihr den Arm, in dem sie die Waffe hielt, hinter dem Rücken.

»Wohin wird Katya fahren?«

»Ich weiß es nicht.«

Mit einem Ruck zerrte Dewey ihren Arm hoch, bis er brach. Sie schrie auf.

»Wohin fährt Katya?«

Dewey packte die Frau am Hals und drückte zu. Ihr Gesicht lief puterrot an.

»Sag mir, wohin sie fährt, und ich lass dich am Leben.«

»Four …«, ächzte sie.

»Seasons?«

Sie nickte.

Dewey brach ihr das Genick, sprang aus dem Mercedes und rannte los, während bereits die ersten Streifenwagen mit blinkenden Signallichtern am Tatort auftauchten.

Er machte, dass er verschwand, die Reki Fontanki entlang, mischte sich unter die Menschenmassen, die vom Unfallort weg in Richtung Newski-Prospekt drängten.

37

MISSION THEATER TARGA
LANGLEY

Im Kontrollzentrum herrschte eine fast schon unheimliche Stille. Niemand sagte ein Wort. Mit verschränkten Armen stand Calibrisi an der Stirnseite des Saals, ebenso fassungslos wie alle anderen.

Auf dem Bildschirm dokumentierte ein Feed in Echtzeit das Chaos in St. Petersburg, aufgenommen von der Wärmebildkamera eines Satelliten mehrere Kilometer über der Erdoberfläche. Die körnige, in Schwarz-Weiß- und Grautönen gehaltene Darstellung stellte die von menschlichen Körpern und Fahrzeugen abgegebene Wärme jeweils als weißes Exoskelett dar. Die Menschen wirkten wie Gespenster. Doch jeder in der Operationszentrale hatte bereits Hunderte von Nachteinsätzen mitverfolgt und konnte sich einen Reim darauf machen.

Sie wussten, welcher Schemen dem Mercedes entsprach, hatten die aktuelle Position von Bond und Oliveri im Auge.

Sie verfolgten den Zusammenstoß mit dem Mädchen, Bond, der zu ihr ging, ihr Eindringen in den Mercedes. Das Mündungsfeuer der Killerin sah aus, als zündete jemand ein lautloses Feuerwerk. Sie alle beobachteten stumm, wie Bonds und Oliveris Wärmebilder langsam verblassten.

Innerhalb einer knappen Viertelstunde hatte die CIA den schlimmsten Verlust ihrer Geschichte erlitten. Noch nie waren so viele Agenten an einem einzigen Tag gefallen. Trotzdem dachte keiner im Saal an die toten Einsatzkräfte, sondern an die Schicksale dahinter. Jeder hier hatte die fünf Toten persönlich gekannt.

Schließlich riss Polk alle aus ihren Gedanken. Er trat an die hintere Wand, an der ein seit Monaten, vielleicht sogar seit Jahren nicht mehr benutztes Whiteboard hing, nahm einen Stift und schrieb:

Alle ausgehenden Verbindungen unterbrechen.

Wir werden abgehört.

Ein Führungsoffizier vorne im Saal hob den Daumen zum Zeichen, dass er verstanden hatte, tippte wie wild auf seiner Computertastatur und drückte Enter.

»Wir sind abgeschottet«, verkündete er. »Targa steht unter Quarantäne. Die Kommunikation ist vollständig offline.«

»Spielen Sie das Video noch mal ab«, bat Polk. »Von dem Moment an, in dem der Mercedes sich wieder in Bewegung setzt.«

Die Bilder, wie sich die Limousine schlingernd vom Tatort entfernte, wurden wiedergegeben. Beide Killerinnen hoben sich wie gespenstisch weiße Phantome von der dunklen Straße ab. Als der Wagen Fahrt aufnahm und um ein Haar einen Fußgänger überfuhr, schnippte Polk mit den Fingern.

»Anhalten!«, sagte er. »In Zeitlupe weiter.«

Quälend langsam wurden die nächsten Augenblicke der Aufnahme Bild für Bild abgespielt. Ein Fußgänger, der im Begriff stand, überfahren zu werden. Er trat zur Seite, wich dem Wagen aus. Streckte den Arm aus. Mündungsfeuer aus einer automatischen Waffe blitzte auf, außerhalb des Wagens. Die Fahrerin wurde nach rechts geschleudert. Der Wagen geriet außer Kontrolle, kam ins Schleudern, knallte gegen ein Hindernis. Der Schütze rannte zum Heck des Mercedes, verschwand darunter, tauchte an der Beifahrertür wieder auf, stieg in den Wagen und tötete den letzten noch verbliebenen Insassen.

»Was zum Henker ist da gerade passiert?«, fragte Calibrisi.

Polk zuckte mit den Schultern. »Keine Ahnung.«

38

FOUR SEASONS LION PALACE
ST. PETERSBURG

Dewey betrat das Foyer des Fünfsternehotels. Sein Herz raste.

Beruhig dich erst mal!

Den 45er hatte er in der Jackentasche, die Hand ebenfalls. Fest schloss sie sich um den Griff, bereit, ihn beim geringsten Anzeichen von Gefahr zu zücken.

Die Wände der ausufernden Lobby glänzten, ebenso der Boden, weil sich der Schein der Kronleuchter im polierten Marmor brach. Es herrschte reger Betrieb. In der Mitte der Fläche saß ein Paar auf einem Sofa, links davon drei Geschäftsleute im Anzug, die sich lautstark unterhielten.

An der Rezeption checkte eine vierköpfige Familie ein, Eltern mit ihren beiden Töchtern. Mehrere Pagen in Uniform hielten sich in der Nähe bereit. Direkt gegenüber vom Eingang wartete eine hochgewachsene Frau hinter dem Empfangstresen auf Gäste. Dewey ging über den schwarz-weiß geäderten Marmorfußboden zu ihr.

Er brauchte Zeit zum Nachdenken, zum Planen. Die Operation war auf ganzer Linie gescheitert. Er musste in Windeseile eine alternative Strategie erarbeiten. *Was ist da gerade passiert?*

»*Dobro pozhalovat'v Four Seasons …*«

»Ich spreche kein Russisch«, unterbrach Dewey seelenruhig.

»Entschuldigen Sie bitte. Willkommen im Four Seasons. Wie kann ich Ihnen helfen?«

Dewey schielte aufs Handgelenk. 21:45 Uhr.

»Ich hätte gern ein Zimmer.«

»Ja, natürlich.« Sie tippte etwas in einen Computer. »Eine Royal Suite mit Blick auf die Isaakskathedrale? Ich fürchte, sonst ist nichts mehr frei.«

»Schon in Ordnung.«

Er reichte ihr eine Alias-Kreditkarte, die zur CIA-Tarnung gehört hatte, bevor sie ihn von der Operation abzogen.

Zu Hause in Langley würden jetzt die Alarmglocken schrillen, doch das war ihm völlig egal. Nachdem sie die Karte durch den Scanner gezogen hatte, reichte ihm die Angestellte ein kleines Mäppchen mit der Keycard.

»Hat das Restaurant noch geöffnet?«, erkundigte er sich.

»Natürlich, Mr. Sullivan.« Sie deutete auf den Eingang am anderen Ende des Foyers. »Das Kalbfleisch ist übrigens ausgezeichnet. Soll ich eine Reservierung für Sie vornehmen?«

»Ich bitte darum«, sagte Dewey. »Eine Nische, abseits vom Getümmel.«

Dewey suchte den Waschraum im Foyerbereich auf. Zum ersten Mal bemerkte er den Blutfleck am Ärmel, entfernte ihn notdürftig, wusch sich die Hände und musterte sich im Spiegel.

Abgesehen davon, dass seine Wangen ein wenig gerötet waren, wirkte er entspannt und völlig normal. Die Stelle über dem Auge verheilte bereits, der Bluterguss war verschwunden. Trotzdem dürfte ein aufmerksamer Beobachter seine Rückschlüsse ziehen können.

Er starrte in den Spiegel, bemüht, seine Gedanken zu sortieren, und überlegte, was er als Nächstes unternehmen sollte. Er dachte an Dowling, einen der Kommandosoldaten von Phase Line One in Moskau. Im letzten Jahr hatte Dowling Dewey in Portugal das Leben gerettet. Nun war er tot. Oder vielleicht auch nicht. Womöglich hatte Cloud sich gar nicht in der Datscha aufgehalten? Nein, Dewey spürte tief im Innern, was los war. Er hatte es Polks Stimme sogar über Funk angemerkt. Der Mann hatte sich meistens unter Kontrolle, doch kurz war ein verzweifelter Unterton in seinen Worten mitgeschwungen.

Für Dewey stand fest: Dass Cloud über St. Petersburg Bescheid wusste, bedeutete, dass er auch über die Planungen in Moskau informiert war. Es passte in sein Muster, Leute in einen Hinterhalt zu locken und dann eiskalt zu ermorden. Vermutlich war er über das Vorgehen seines Gegners informiert gewesen, lange bevor Bond und Oliveri überhaupt den Fuß auf russischen Boden setzten. Die Mädchen waren Agentinnen, wahrscheinlich vom Geheimdienst ausgebildet. Den Anschlag hatten sie meisterhaft ausgeführt. Ein abgekartetes Spiel. Bond und Oliveri waren blind in die Falle getappt.

»Er hat uns reingelegt«, flüsterte Dewey zu niemandem im Besonderen.

Woher wusste Cloud Bescheid? Er konzentrierte sich auf diesen Aspekt. Hatte der Kerl sie abgehört? Observiert? Sonst gab es nur eine andere Erklärung: Jemand in Langley musste ihm einen Tipp gegeben haben. Nein, diese Möglichkeit verwarf Dewey sofort.

Der Anschlag auf Pete und Joe war bis ins letzte Detail inszeniert worden, ähnlich einem Theaterstück mit mehreren Akten und fest besetzten Rollen. Wenn Dewey einen Vorteil hatte, dann den, dass er sich inoffiziell in St. Petersburg aufhielt. Er war mitten in den Schlussakt hineingeplatzt. Der Trick mit den stolpernden Mädchen war exakt nach Plan gelaufen, doch ihren Tod hatte der Regisseur nicht eingeplant. Dewey schickte sich an, den Ausgang des Dramas umzuschreiben. Cloud ging davon aus, dass der Schlussvorhang gefallen war, doch Dewey war im letzten Moment darunter hindurchgeschlüpft.

Jetzt musste er etwas unternehmen.

Falls Cloud vom Tod der beiden Frauen noch nichts mitbekommen hatte, würde er es sicher bald erfahren. Und dann würde er Katya aus der Stadt schaffen. Dewey musste umgehend handeln. Er musste die Ballerina finden und aus dem Weg schaffen – allerdings auf andere Weise als Cloud.

Unvermittelt ging die Tür auf. Ein groß gewachsener Mann betrat den Waschraum. Schon älter, ein Geschäftsmann. Er nickte Dewey grüßend zu. Dieser machte, dass er wegkam.

Im Restaurant herrschte gedämpftes Licht, das eine intime, warme Atmosphäre zauberte. Die Wände waren in dunkles Rot getaucht, vier Kristallleuchter hingen an der niedrigen Lamellendecke, die eine kunstvoll grün-weiß gemusterte Tapete zierte.

Dewey sah sich rasch um; die meisten Tische waren besetzt. Eine hübsche, rothaarige Hostess führte ihn zu einer Nische ganz rechts. Eine Minute später kam ein Kellner und reichte ihm eine dicke, in Leder gebundene Speisekarte.

»*Chto-nibud' vypit', ser?*«, fragte er.

»Ich …«

»Etwas zu trinken, Sir?«

»Whiskey pur. Bourbon, falls Sie welchen haben.«

»Möchten Sie etwas essen?«

Dewey bemühte sich, möglichst entspannt zu wirken. »Ein Steak bitte. Noch blutig. Und eine Flasche Wein dazu, einen roten, ruhig etwas Teures.«

»Sehr wohl.«

Ein kleines Rechteck hochlehniger Nischen mit rotem Lederpolster umgab ein halbes Dutzend Vierertische in der Mitte. Die Beleuchtung war schummrig.

Eine Minute später kehrte der Kellner mit einem Glas Bourbon zurück.

Dewey trank einen großen Schluck, genoss das Brennen in der Kehle. Im Einsatz sollte er besser auf Alkohol verzichten, doch im Moment galt es, die Nerven zu beruhigen. Das hatte eindeutig Vorrang.

Er zückte sein Prepaidhandy und tippte eine sechsstellige Nummer ein. Eine Nummer, die von der ganzen Welt aus erreichbar war. Eine halbe Minute lang herrschte Stille in der Leitung, dann klingelte es mehrmals, gefolgt von einem hohen, gleichbleibenden Piepton. Dewey gab einen Code ein. Eine sanfte, sinnliche Frauenstimme meldete sich.

»Name?«

»Andreas, Dewey.«

»Identifikation?«

»NOC 2294-6.«

»Sprechen Sie.«

»Benötige verschlüsselte Verbindung zu NCS One, keinesfalls über Funk. Nur per Festnetz.«

»Bleiben Sie dran.«

Er hörte es ein paarmal klicken, während sein Anruf zu Polk durchgestellt wurde. Es dauerte fast zwei Minuten, bis der andere sich meldete.

»Mit wem spreche ich?«

»Ich bin's, Dewey.«

Kurzes Schweigen.

»Was zum Teufel fällt Ihnen ein, mich über die Leitstelle anzurufen? Wir befinden uns hier mitten in einer Operation ...«

»Ich bin in St. Petersburg.«

Polk erfasste die Situation sofort. »Waren Sie das?«

»Ja.«

»Was sind das für Leute?«

»Keine Ahnung«, erwiderte Dewey. »Aber definitiv Profis. Sie sind beide tot. Ich habe herausgefunden, wo Katya ist.«

»Wie kommen Sie überhaupt nach Russland?«

»Das spielt im Moment keine Rolle. Ich bin hier und benötige Instruktionen.«

Längeres Schweigen.

»Bill?«

»Das muss ich erst mal verdauen.«

»Hören Sie, Bill, ich verstehe ja, weshalb Sie mich von der Operation abgezogen haben. Die Sache ist nur, ich habe nicht vor, mich in Arizona auf eine dämliche Couch zu legen, während jemand einen Anschlag auf mein Land verübt. Dafür wurde ich nicht ausgebildet. Können Sie das nachvollziehen?«

Polk sagte sekundenlang kein Wort. »Ja«, meinte er schließlich. »Wo sind Sie?«

»Im Four Seasons, dort ist sie abgestiegen.«

»Was brauchen Sie?«

»Verschlüsselten Kontakt zum Leiter des SEAL-Teams, wer immer das sein mag.«

»Geht klar, ich kümmere mich darum.«

»Die kannten jede Einzelheit der Operation.«

»Langley ist infiziert«, erwiderte Polk. »Wir haben die Funkverbindung gekappt.«

Deweys Blick huschte nach links. Einer von Katyas Leibwächtern betrat das Restaurant. Ein Riese, fast zwei Meter groß. Seine Augen standen weit auseinander, er hatte einen militärisch wirkenden Bürstenschnitt und eine mächtige, leicht vorspringende Stirn, stakste o-beinig durch den Raum und machte beim Gehen dicke Arme. Zu seinen Jeans trug er einen grauen, eng an Schultern, Brust und Rumpf anliegenden Sweater. Er sah aus wie ein Ex-Soldat. Irgendeine Spezialeinheit. Mit ernster Miene scannte er die Umgebung ab.

»Ich muss los«, verkündete Dewey.

»Moment, eine Sache noch«, hielt ihn Polk in der Leitung.

Der Blick des Bodyguards wanderte durch das Restaurant, streifte zunächst, nur einen Lidschlag lang, die Paare am Tisch vor Dewey und blieb schließlich an ihm haften. Sekundenlang musterte der Russe ihn durch das spärlich beleuchtete Restaurant hinweg.

»Dieselbe Mahnung wie zuvor«, hörte er Polks Stimme.

»Was meinen Sie?«

»Sie dürfen sich auf keinen Fall schnappen lassen, Dewey. Lassen Sie sich vom SEAL-U-Boot zurückbringen. Haben Sie mich verstanden?«

»Keine Sorge.« Unbehaglich rutschte Dewey unter dem wachsamen Blick des russischen Gorillas auf seinem Platz hin und her. »Ich werde an Bord sein.«

39

FOUR SEASONS LION PALACE
ST. PETERSBURG

Roman, Katyas Bodyguard, setzte sich an einen Tisch, zückte sein Handy, fing an zu tippen:

Roman: Potenzielles Problem
Cloud: Erklärung
Roman: CIA ist hier
Cloud: Mach ein Foto

Roman stand auf und zog sich an die Wand zurück, wo ihn der Fremde nicht länger sehen konnte. Er zückte sein Handy, streckte es hinter einer verschnörkelten Holzsäule nur knapp bis zur Kameralinse hervor und knipste, ohne hinzusehen, mehrere Fotos. Er betrachtete sie. Auf einem davon hatte er den Mann eingefangen, wie er gerade aus einem Glas trank. Er schickte es als MMS an Cloud, ging zurück an den Tisch und wartete auf weitere Instruktionen seines Auftraggebers.

40

ELEKTROSTAL, RUSSLAND

Cloud betrachtete den körnigen Schnappschuss des Fremden aus dem Restaurant. Aufgrund des schwachen Umgebungslichts war auf der Aufnahme nicht gerade viel zu erkennen. Er übertrug die Bilddatei in ein Gesichtserkennungsprogramm. Im Schnelldurchlauf scrollten Tausende von Fotos zum Abgleich über den Monitor. Nach etwa einer Minute erschienen die Worte:

Keine Übereinstimmung gefunden

»Komm mal her«, sagte er.

Sascha stand vom Rechner auf und sah sich das Foto an. »Wer ist das?«

»Keine Ahnung. Sieh zu, dass du im Hotel etwas findest. Eine Gästeliste. Wir müssen mehr über ihn in Erfahrung bringen.«

Sascha kehrte an seinen Computer zurück.

Unvermittelt flimmerte eine Eilmeldung über einen von Clouds Bildschirmen, der Bericht eines Moskauer Fernsehsenders. Eine Einblendung am unteren Bildrand verkündete: LIVE AUS RUBLJOWKA. Hinter einem Reporter schlugen die Flammen der brennenden Datscha in die Höhe. Eine Polizeiabsperrung geriet ins Visier der Kamera, außerdem Löschfahrzeuge, Kranken- und Streifenwagen.

Wie gebannt starrte Cloud auf das Schreckensszenario, das er selbst erzeugt hatte. Ein Anflug von Trauer blitzte in seinen Augen auf.

Mit einem Mal stieß Sascha einen Pfiff aus. Cloud stand auf und eilte zu ihm. Auf einem von Saschas Bildschirmen prangte ein Schwarz-Weiß-Foto. Der Mann aus dem Restaurant, jedoch ungleich schärfer. »Wo hast du das her?«

»Von den Überwachungskameras des Hotels«, verriet Sascha.

Der Kerl trug eine hellbraune Motorradlederjacke mit dem Schriftzug BELSTAFF quer auf der Brust. Sein brauner Schopf war in der Mitte gescheitelt, allerdings nachlässig. Das von Natur aus krause Haar wuchs ihm bis über die Ohren, die Spitzen glänzten dunkel vor Schweiß. Er trug einen dichten Vollbart, sah auf eine raue Art gut aus. Sonnengegerbtes Gesicht, harte, brutale Miene; jemand, mit dem man sich besser nicht anlegte. Sein Blick war ausdruckslos, verriet nichts und ließ doch keine Fragen offen. Es lag an der Art, wie er in die Kamera blickte; fast herausfordernd, als wüsste er, dass jemand auf die Aufnahme stoßen und sie überprüfen würde, was in diesem Moment tatsächlich geschah.

Cloud beugte sich näher heran. Die Jacke stand leicht offen. Im Halsbereich zeichnete sich ein schmaler Riemen ab. »Ein Schulterholster«, sagte er.

Sascha deutete auf den Ärmel. Unweit des Handgelenks zeichnete sich auf der Innenseite ein großer, dunkler Fleck ab. An der Hand klebten ebenfalls Spuren von Blut.

»Wer ist der Kerl?«

»Keine Ahnung.«

»Gab es Hinweise auf einen dritten CIA-Mann vor Ort?«

»Nicht dass ich wüsste. Nach der Explosion bei der Datscha brach die Übertragung ab.«

Cloud übernahm die Tastatur und fing an zu tippen.

»Was machst du da?«, fragte Sascha.

»Ich gleiche das Foto mit der GRU-Datenbank ab.«

Damit bezog Cloud sich auf den russischen Auslandsnachrichtendienst. »Womöglich haben die ihn auf dem Radar.«

Cloud lud Deweys Foto in die gleiche Gesichtserkennungssoftware hoch. Erneut scrollten Tausende von Fotos im Schnelldurchlauf über den Bildschirm. Diesmal stoppte das Programm nach einer halben Minute. Das Porträt eines wesentlich jüngeren Mannes erschien. Mit kurz geschorenen Haaren stand er auf dem Rollfeld eines Flughafens, in der Rechten einen großkalibrigen Karabiner, dessen Mündung zu Boden zeigte. Er ging einer kleinen Gruppe von Leuten voran, unter denen sich der ehemalige Präsident Afghanistans befand.

Cloud klickte das dazugehörige Datenblatt an:

GRU-AKTE 112-A-77
ABTEILUNG USA
BETREFF: ANDREAS, DEWEY
INAKTIVE AKTE

DATEN:
Staatsbürgerschaft: US-amerikanisch
geb. in Castine, ME (ca. 1973)
U. S. ARMY 1993–4
*US ARMY RANGERS 1994
Winterausbildung
Rang: Bester von 188
***1st SFOD – DELTA FORCE

STATIONEN (bestätigt):

+ Lissabon, Portugal: Januar bis März 96
  (Mission unbekannt)

+ San Isidro de El General, Costa Rica: Oktober 96 bis Januar 97: Drogenbekämpfung: Nicaragua, Kolumbien, Venezuela

+ München, Deutschland: April 97: Exfiltration Constantine Vargarin (gesucht von Russland/GRU) [Mission erfolgreich]

+ Buenos Aires, Argentinien: September bis Dezember 97: Drogenbekämpfung: Argentinien, Kolumbien, Chile, Bolivien

+ Montreal, Kanada: Januar 98: Attentat auf Constantine Vargarin [Mission erfolgreich]

+ Lissabon, Portugal: März 98: Attentat auf Frances Vibohr (Siemens-Manager unter Verdacht des Geheimnisverrats an Saudi-Arabien) [Mission erfolgreich]

+ London, England: April 98: Attentat (versucht) auf Subhi al-Tufayli/Hisbollah [Mission abgebrochen; Datum korrigiert, ursprünglich fälschlicherweise April 97]

+ Bali, Indonesien: August 98: Attentat auf Rumallah Khomenei [Mission erfolgreich]

ANMERKUNGEN:

ANDREAS ist Offizier der Combat Applications Group (früher Delta Force) mit umfangreicher Auslandserfahrung. Im Anschluss an den Tod von GRU-DIREKTOR LEONID PARSKY (1988–1997) erhielt der GRU-Informationsdienst die Aufforderung, eine Akte über ihn anzulegen.

ANDREAS führte mindestens drei verdeckte Operationen in Russland durch. Die erste (April 1997) war ein

Erkundungsauftrag zur Lagebestimmung. ANDREAS verbrachte vier Tage in Moskau, um Vorbereitungen für sein zweites Eindringen zu treffen. ANDREAS' zweiter Aufenthalt war kürzer, zwei Tage, und fiel zeitlich mit PARSKYs Ermordung zusammen (September 1997).

Zwar wurden keinerlei Beweise über eine Verbindung zwischen ANDREAS und dem Mord an PARSKY gefunden. Allerdings traf ANDREAS sich bei seinem ersten Moskau-Aufenthalt mit MILOS ABRAMOVICH. Auf Anordnung PARSKYs ermittelte eine GRU-Sondereinheit gegen ABRAMOVICH, der, wie man später herausfand, als Spion für die CIA arbeitete. Nach Einschätzung des GRU-Informationsdienstes ließ die US-Regierung PARSKY töten, um ABRAMOVICH zu schützen. Mit hoher Wahrscheinlichkeit versorgte ABRAMOVICH also ANDREAS mit Informationen, die es diesem ermöglichten, PARSKY zu töten.

ANDREAS' dritte Infiltration fand im November 1997 statt. Dabei wurde ABRAMOVICH erfolgreich außer Landes geschleust, um sein Leben zu retten. (Später, im Januar 1998, wurde ABRAMOVICH aus unbekannten Gründen von ANDREAS in Montreal getötet.)

ANDREAS gilt als außergewöhnlich gefährlich und verfügt über Fähigkeiten der Stufe 12 in allen Einsatzaspekten einschließlich Häuserkampf, Nahkampf, Schusswaffengebrauch, Sprengstoff, Klingenwaffen, Transportmittel und Improvisation. Er ist sowohl für den militärischen Einsatz unter extremen Bedingungen als auch als Attentäter ausgebildet und hat auf der ganzen Welt zahlreiche Einsätze in feindlicher Umgebung absolviert.

JULI 2003: AKTE WURDE ALS <u>INAKTIV</u> GESCHLOSSEN

Schweigend lasen Cloud und Sascha die Ausführungen. Sascha legte die Stirn in Falten und wirkte besorgt.

Cloud griff nach seinem Handy und verfasste eine kurze SMS an Roman: Leg ihn um.

41

FOUR SEASONS LION PALACE
ST. PETERSBURG

Eine Minute später summte Deweys Handy.

»Ja«, meldete er sich.

»Commander John Drake von der *USS Hartford*. Wo sind Sie, Dewey?«

Die Kellnerin erschien mit einem Teller, auf dem Deweys Steak lag.

»Im Four Seasons. Wo ist das Team?«

»Das SDV ist im Hafen. Ich stelle Sie zu Jacobsson durch, er ist der Pilot.«

»Vielen Dank, Commander.«

Kurz darauf betrat ein weiterer Mann das Restaurant. Kleiner als der erste, aber auf seine Art furchteinflößender. Sein Hemd trug er bis zum Nabel aufgeknöpft. Goldkettchen baumelten um den Hals. Kurzes blondes Haar, die Spitzen nach oben gegelt. Drahtig und blass. Seine harten Augen durchmaßen den Raum. Einen Moment später vernahm Dewey eine Stimme. »Jacobsson hier. Sind Sie da, Dewey?«

»Ja.«

»Haben Sie das Mädchen?«

Als der Blick des Russen Dewey erfasste, blieb er mehrere angespannte Sekunden lang an ihm haften.

»Noch nicht«, antwortete Dewey. »Es dürfte noch eine Weile dauern.«

»Wir warten auf Sie«, sagte Jacobsson. »Das U-Boot ist jederzeit startklar.«

An der Brust des Kerls bemerkte Dewey die verräterische Wölbung einer Waffe. Der Riemen des Holsters schlang sich um den Nacken.

»Wo befindet sich der Einstiegspunkt?«, fragte Dewey.

»Sie müssen in den Kanal springen. Rechts vom Hotel.«

Die aufgeregte Stimme der Hostess unterbrach die gedämpft geführten Unterhaltungen. Kurz darauf betrat Katya in Jeans und weißem, kurzärmligem Pulli den Speisesaal, das Haar zu Zöpfen nach hinten geflochten. Sie schüttelte der Chefkellnerin die Hand und unterhielt sich kurz mit ihr.

Die vier Leute am Tisch vor Dewey drehten alle auf einmal den Kopf und tuschelten aufgeregt miteinander.

Der dürre Bodyguard blickte erneut zu Dewey. Dieser tat, als würde er es gar nicht bemerken, säbelte einen Bissen von seinem Steak ab und steckte ihn in den Mund. Einen Sekundenbruchteil ließ ihn der Typ links liegen, sagte etwas zu seinem größeren Kollegen und deutete auf eine Nische außerhalb von Deweys Blickfeld.

Die Hostess führte Katya durchs Restaurant. Die Ballerina schaute mit einem unbekümmerten Lächeln im Gesicht kurz in Deweys Richtung, stellte flüchtigen Augenkontakt her und verschwand, flankiert von ihren Bodyguards, hinter einem Sichtschutz.

»Verstanden«, sagte Dewey. »Geben Sie mir ein paar Minuten.«

42

»Ich will eine Liste aller Non-Official Cover-Agenten im Einsatzgebiet«, forderte Calibrisi bei Polk an, »mit ihrer genauen Position.«

Einer der Analysten fing an zu tippen, rief alle NOCs in Russland und den angrenzenden Ländern auf. Drei Kurz-porträts mit Foto verteilten sich auf dem Bildschirm:

1. Maybank,   J, NOC 333,   Moskau, Russland
2. Fairweather, T, NOC 009,   Posen, Polen
3. Brainard,   T, NOC AW-22, Minsk, Weißrussland

»Vergiss nicht, dass Johnny verwundet ist«, sagte Polk. »Er hat eine Kugel im Bein.«

»Wie schlimm ist es?«

»Er liegt mit Fieber im Bett. Christy meint, er braucht einen Arzt.«

Beiden war klar, was das hieß. Erforderte Maybanks Verletzung einen chirurgischen Eingriff, mussten sie ihn ausschleusen. Im Moment hatten jedoch andere Punkte Priorität.

»Schick Brainard und Fairweather nach Moskau«, sagte Calibrisi, bereits unterwegs zur Tür. »Sag Christy, sie muss die Kugel selbst rausholen. Und dann gib Dewey Bescheid. Er muss am Einsatzort bleiben. Wir können es uns nicht leisten, ihn mit dem Mini-U-Boot wegzuholen.«

43

FOUR SEASONS LION PALACE
ST. PETERSBURG

Dewey beendete seine Mahlzeit und zahlte. Außer ihm befanden sich nur noch Katya und ihre Leibwächter im Restaurant. Sie saßen in einer Nische außerhalb seines Sichtfeldes. Bevor er aufstand, zog er den 45er aus einer verdeckten Innentasche der Lederjacke und schraubte einen in der Hosentasche mitgeführten Schalldämpfer unter dem Tisch unauffällig am Lauf fest. Er steckte die Waffe wieder ein und ging zur Tür. Ein Blick nach rechts zu Katyas Nische. Die beiden Männer, die bei der Ballerina saßen, erwiderten seinen Blick. Als Dewey am Maitre d' vorüberkam, bemerkte er, dass der Mann auf eine Stelle hinter ihm starrte.

Er durchquerte das Foyer und blickte kurz auf die Keycard für seinen Raum. Bis auf die Angestellte an der Rezeption hielt sich niemand im Foyer auf. Sie lächelte ihm zu und wünschte eine gute Nacht.

Vor dem Aufzug vernahm Dewey Schritte, die sich von hinten näherten. Schwere Schuhe, die über den Marmorboden klackten. Im nächsten Moment stand der wuchtigere der beiden Bodyguards neben ihm, ungefähr genauso groß wie er. Gemeinsam warteten sie auf den Lift. Der Russe stieg vor ihm in die Kabine. »Welche Etage, mein Freund?«, fragte er mit schwerem Akzent.

»Dritte.«

Als die Türen sich schlossen, behielt Dewey den anderen sorgsam im Auge, nahm breitbeinig einen festen Stand ein für den Fall, dass er im Fahrstuhl auf ihn losging. Stattdessen drückte der Leibwächter lediglich die Taste für den dritten Stock sowie das Stockwerk darüber.

Der Aufzug hielt. Dewey stieg aus, ging den spärlich beleuchteten Flur entlang, wandte dem anderen den Rücken zu, bemühte sich jedoch, trotzdem völlig locker und ungezwungen zu wirken. Seine Rechte wanderte unter die Jacke, schloss sich fest um den 45er, bugsierte ihn, den Lauf samt Schalldämpfer nach hinten gerichtet, unter die linke Achsel, alles verdeckt, damit der Kerl nichts davon mitbekam.

Dewey vernahm das leise metallische Klicken, mit dem eine Waffe durchgeladen wurde.

Er erreichte die letzte Tür am Ende des Flurs. Mit der Linken, seiner freien Hand, zog er die Keycard aus der Tasche und schob sie in den Kartenleser, während der Zeigefinger seiner Rechten sich um den Abzug krümmte. Ein rotes Lämpchen leuchtete auf. Im selben Moment drückte Dewey ab, feuerte, so schnell es der Abzug hergab, mehrere rasche Schüsse durch die Jacke, schwenkte den Lauf, ohne hinzusehen, von links nach rechts quer über den Flur.

Beim zweiten Schuss schrie der Russe auf. Parallel zischte ein schallgedämpftes Projektil an Dewey vorbei und schlug direkt über seinem Kopf in die Tür ein.

Geduckt wirbelte er herum. Der Schütze lag auf dem Rücken, die Pistole neben ihm. Er hatte ihn im Bauch getroffen, das Hemd war bereits blutgetränkt. Als Dewey näher kam, langte der Russe stöhnend nach seiner Waffe. Rasch trat er zu dem am Boden liegenden Mann. Die Lache um ihn herum breitete sich aus. Dewey hatte den 45er gezogen. Wortlos zielte er auf den Kopf des Killers und schoss. Die Kugel traf den Gegner ins rechte Auge.

Unvermittelt wurde die Tür zu seiner Rechten geöffnet, vermutlich ein neugieriger Hotelgast. Das Geräusch einer Sicherungskette, dann ein entsetzter Schrei. Hastig versetzte er dem Holz einen Tritt, sodass die Kette zersprang, und war mit einem Satz im Zimmer.

Vor ihm stand ein Mann im Bademantel, bereits über 70. Dewey deutete aufs Bett, zielte mit der Waffe auf ihn und legte den Finger an die Lippen, um ihm zu verdeutlichen, dass er besser den Mund hielt. Rückwärts, den Mann dabei weiterhin im Visier behaltend, öffnete er die Tür, packte den toten Bodyguard am Knöchel, zerrte ihn hinein. Der Lauf des Colts blieb die ganze Zeit über auf den Kopf des alten Mannes gerichtet.

Dewey schloss die Tür, den Toten ließ er direkt dahinter liegen.

»Bitte tun Sie mir nichts«, stammelte der Alte.

Dewey trat wortlos zu ihm, drehte ihn auf den Bauch, zog ein Gerber-Kampfmesser aus dem Knöchelholster, schnitt ein Handtuch durch und riss es in Streifen. Er knebelte den Senior und fesselte Hände und Füße. Danach wandte er sich dem Toten zu. Er hatte noch eine Waffe einstecken – eine Walther PPK – und eine Schachtel Zigaretten. In einer Geheimtasche der linken Socke stieß Dewey auf eine Plastikkarte – den Zimmerschlüssel.

Ein kurzer Blick ins Badezimmer. Auf dem Waschbecken lag ein Rasierapparat. Dewey nutzte die Gelegenheit, um den Bart loszuwerden und die Kopfhaare zu trimmen. Das Ganze dauerte fünf Minuten und sah entsprechend unprofessionell aus. Er trug jetzt eine Kurzhaarfrisur, sechs Millimeter lange Stoppeln. Im ersten Moment erkannte er sich im Spiegel selbst nicht mehr.

Er sah noch mal nach dem alten Mann, um sicherzugehen, dass ihn nicht zu eng gefesselt hatte, dann lugte er durch den Türspion auf den Flur. An der Wand befand sich ein blutiger, wie ein Halbmond geformter Fleck. Der beige Teppich war rot verklebt.

Er musste von hier verschwinden.

Eilig verließ er das Zimmer, bewegte sich methodisch den Flur entlang und schob die Schlüsselkarte des Bodyguards versuchsweise in jede Tür, doch jedes Mal flackerte das Lämpchen der Leseeinheit rot auf. Er nahm die Feuertreppe in die vierte Etage und wiederholte das Ganze. Ganz am Ende des Flurs wurde er endlich mit einem grünen Licht und klickenden Schloss belohnt.

Dewey zog seine Waffe, öffnete die Tür und trat sie mit Wucht gegen die Wand.

Der andere Bodyguard saß mit nacktem Oberkörper auf einem der Betten, der Fernseher lief. Neben sich hatte er eine Maschinenpistole liegen.

Er sah Dewey an. Dann wurde sein Blick aus unerklärlichen Gründen magisch vom Wandschrank neben dem Eingang angezogen. Dewey schwenkte die Waffe und gab mehrere Schüsse auf den Schrank ab. Gleichzeitig griff der Bodyguard nach seiner MP.

Dewey wirbelte den Colt herum und drückte erneut ab. Er jagte dem Mann eine Kugel in die Brust. Mit einem Ruck riss er die Schranktür auf. Auf dem Boden lag ein weiterer Mann, zu seinen Füßen eine Pistole. Blut quoll ihm aus der Brust. Er blickte zu Dewey empor und flüsterte etwas auf Russisch, wobei sich die Wunde auf seiner Brust ausbreitete.

Dewey machte den Schrank wieder zu und trat ans Fenster. Vor dem Hotel blitzten rote Blinklichter auf, mindestens ein Dutzend Streifenwagen war eingetroffen, dazu eine stetig länger werdende Reihe dunkler Limousinen.

»Fuck«, fluchte er.

Er trat an die Verbindungstür zum Nachbarzimmer und klopfte.

»*Da*«, erscholl eine Frauenstimme.

Dewey sagte nichts, wartete, klopfte erneut an. Ihm wurde geöffnet. Im Rahmen stand Katya. Sie trug einen weißen Frotteebademantel.

Dewey hob seine Waffe und richtete sie auf ihren Kopf. »Sagen Sie nichts. Schreien Sie nicht. Versuchen Sie nicht, wegzulaufen. Halten Sie sich daran, dann passiert Ihnen nichts.«

Katya nickte. Sie sah aus, als würde sie jeden Moment anfangen zu heulen.

»Wer sind Sie?«, fragte sie schockiert.

»Ziehen Sie sich was an.« Er schloss die Verbindungstür und inspizierte das Blaulichtgewitter durch die Scheibe. Durchs Fenster drang Sirenengeheul.

Er hielt die Waffe auf Katya gerichtet, während er das Handy zückte und die Nummer von Jacobsson wählte, dem SEAL, der ihn im Hafen erwartete.

»Jacobsson hier, was gibt's?«

»Ich habe das Mädchen. Wir müssen uns beeilen.«

»Wer sind Sie?«, wiederholte die Ballerina ihre Frage.

Dewey ignorierte sie.

»Wo sind Sie gerade?«, erkundigte sich Jacobsson.

»Im Four Seasons.«

»Gehen Sie zum Haupteingang raus. Genau einen Block bis zum Kanal. Ich werde dort sein, unter der Brücke.«

»Wie weit ist es?«

Ein durchdringendes Piepen übertönte die Sirenen. Der Feueralarm des Hotels. Das Four Seasons wurde evakuiert.

»Fünf Minuten. Bis Sie dort sind, bin ich in Position.«

»Bis gleich«, sagte Dewey seelenruhig.

44

FOUR SEASONS LION PALACE
ST. PETERSBURG

Dewey steckte Katyas Handy ein, durchwühlte Koffer, Geld-
börse, Handtaschen, Jackentaschen, alles, was er fand. Im
Bad kramte er im Kulturbeutel herum, den Lauf der Waffe
stets durch die offene Tür auf die Tänzerin gerichtet.

»Wonach suchen Sie?«, fragte sie. »Wissen Sie überhaupt,
wer ich bin?«

Dewey kehrte in den Wohnbereich der luxuriösen Suite
zurück, widmete sich dem Schlafzimmer, auch hier durch
die offene Tür Katya im Visier, zog die Schubladen der
Kommoden auf, schaute unter Wäschestücken nach. Er trat
an den Mahagoni-Schreibtisch vor dem Fenster, ohne darin
etwas zu finden, und kehrte in den Wohnbereich zurück.

»Ziehen Sie sich an«, sagte Dewey. »Auch Schuhe. Sofort.«

»Weshalb tun Sie das?«, fragte Katya mit zitternder
Stimme.

Dewey zog ein Blatt Papier aus der Tasche und faltete es
auseinander. Es zeigte Fotos von Cloud. Er reichte es ihr.

Katya schlug die Hand vor den Mund.

»Ist das Ihr Freund?«, fragte Dewey.

Sie nickte, während ihr Tränen über die Wangen liefen.

»Er ist ein Terrorist und plant einen Anschlag auf die Vereinigten Staaten.«

Katya wischte sich das Gesicht trocken, starrte das Blatt
an und ließ es zu Boden fallen.

»Er hat heute Nacht fünf Amerikaner umgebracht, indem
er sie erst in eine Falle lockte und dann tötete. Die Männer

hatten keine Chance. Jetzt ziehen Sie sich schon endlich was über.«

Katya heulte erneut los. »Pjotr ist kein Terrorist.«

»Wie lautet sein Nachname?«

»Vargarin.«

Dewey nahm sein Handy aus der Jacke und drückte eine Kurzwahltaste.

»Control. Identifizieren Sie sich.«

»Andreas, stellen Sie mich zu Bill Polk durch.«

Während Dewey wartete, nickte er Katya zu. »Ziehen Sie sich an«, wiederholte er mit drohendem Unterton. »Auf der Stelle!«

»Dewey?«, meldete sich Polk.

Dewey ging ans Fenster, außer Hörweite, sprach mit leiser Stimme, die ganze Zeit über die Waffe auf Katya gerichtet.

»Ich habe sie«, flüsterte er.

»Wo?«

»Im Hotel.«

»Das erklärt, weshalb die St. Petersburger Polizei am Rad dreht.«

»Ja, ich weiß. Ich bin auf dem Sprung, aber ich wollte Ihnen vorher etwas mitteilen: Der Kerl heißt Pjotr Vargarin.«

»Haben Sie das von ihr?«

»Sie schien ehrlich betroffen zu sein, dass er ein Terrorist ist. Entweder eine brillante Lügnerin oder sie hat tatsächlich keine Ahnung, was ihr Freund so treibt.«

»Hat sie ein Handy?«

»Moment!«

Dewey zog Katyas Handy aus der Tasche und diktierte Polk die Nummer.

Polk räusperte sich. »Da ist noch etwas. Sie müssen in Russland bleiben. Soeben kam die Meldung, dass die

Nuklearwaffe die Straße von Gibraltar passiert hat. Katya Basaeyeva ist damit unsere einzige Verbindung zu Cloud. Schaffen Sie Katya raus. Dann bleiben Sie am Einsatzort und warten weitere Anweisungen ab. Verstanden?«

»Ja, verstanden.«

»Dann los!«

»Wohin bringen Sie mich? Bitte, sagen Sie es mir!«

»Sie sind unsere einzige Verbindung zu Cloud. Ich bringe Sie weg aus Russland.«

»Sie entführen mich«, stellte sie schluchzend fest.

»Von mir aus. Entführung, Verschleppung. Nennen Sie es, wie Sie wollen. Wir werden alles tun, was notwendig ist, um den Anschlag auf die Vereinigten Staaten zu unterbinden. Ich will Ihnen nicht wehtun, Katya. Aber das liegt ganz an Ihnen. Haben Sie verstanden?«

Schweigend musterte sie ihn. Er erwiderte ihren Blick, bemüht, ihr nicht zu lange in die Augen zu schauen, keine Beziehung zu ihr zu entwickeln, an nichts anderes zu denken als an die Mission. Sein Blick glitt zum Fenster, hinab auf das heillose Durcheinander vor dem Hotel.

»Bitte ziehen Sie sich an«, wiederholte er.

Dewey beobachtete Katyas Spiegelbild in der Fensterscheibe, während sie ihren Bademantel auszog und zu Boden sinken ließ. Er wandte den Blick von der verschwommenen Reflexion ab, bis sie in eine weiße Jeans und einen Sweater geschlüpft war. Sie griff nach einem Gegenstand auf dem Tisch – etwas, das unter ihrer Bluse lag – und wollte ihn unter ein Buch schieben.

»Was war das?«

»Nichts.«

»Geben Sie her.«

Katya kam mit dem Gegenstand zu ihm. Ihre Augen schienen ihn erdolchen zu wollen, als sie ihm ein ledernes

Objekt von der Größe einer Brieftasche reichte. Dewey schlug es auf. Es handelte sich um ein Reisefotoalbum mit Steckplätzen für nur wenige Fotos. Zwei Bilder steckten darin. Eins davon zeigte ein Teenager-Pärchen, Mädchen und Junge. Sie saßen in einem Restaurant. Vor dem Mädchen ein Stück Kuchen mit einer brennenden Kerze darauf. Die beiden hielten Händchen. Sie hatte Zöpfe und ein breites Lächeln im Gesicht, der Junge kurze, lockige Haare. Er grinste.

Dewey starrte sekundenlang auf die Aufnahme, danach zu Katya.

»Mein 15. Geburtstag«, verriet sie.

»Ist er das?«

Katya nickte.

Das zweite Bild war ein Schwarz-Weiß-Foto, so alt, dass die Ecken schon ausgefranst waren. Darauf stand ein Junge vor einem Tisch, umringt von Gleichaltrigen. Ein Erwachsener, vermutlich ein Lehrer, überreichte ihm einen riesigen Pokal. Hinter ihm stand eine gewöhnlich aussehende, leicht rundliche Frau neben einem hochgewachsenen, bärtigen Mann mit Brille und lockigem braunem Haar. Die Frau trug eine ernste, ausdruckslose Miene zur Schau. Der Mann lächelte stolz.

Dewey erkannte Cloud sofort, obwohl er noch sehr jung war. Trotzdem trug er bereits ein elegantes Hemd mit Krawatte. »Was ist das?«

»Das einzige Foto, das er von seinen Eltern hat«, antwortete sie. »Sie sind beide tot.«

»Wie alt ist er?«

Katya zuckte mit den Schultern. »Ich habe keine Ahnung. Er weiß es ja selber nicht.«

Dewey zog das Schwarz-Weiß-Foto aus dem Leder-Etui, faltete es in der Mitte und steckte es ein.

Katya sah ihm ungläubig zu. »Das ist das einzige Foto, das Pjotr …«

»Pjotr hat nicht mehr lange zu leben«, erklärte Dewey. »Ich glaube nicht, dass er das Foto vermissen wird.«

»Nie im Leben hat Pjotr etwas mit Terrorismus zu tun«, protestierte sie. »Er ist ein sanftmütiger Mensch. Ich kenne ihn seit meinem 13. Lebensjahr. Er könnte keiner Fliege etwas zuleide tun. Das müssen Sie mir glauben, bitte.«

»Was ich glaube oder nicht, ist nicht von Bedeutung.« Vor dem Four Seasons wimmelte es mittlerweile nur so von Streifenwagen. »Außerdem sind da draußen ungefähr an die 100 Cops, alle mit Knarren. Ich glaube, die sind im Moment nicht sonderlich gut auf mich zu sprechen.«

»Vielleicht werden die Sie erschießen, so wie Sie meine Leibwächter erschossen haben.«

Dewey sah sie an. »Zumindest trage ich keine weiße Hose.«

Katya blickte auf ihre Jeans hinab. »Was stimmt nicht mit weißen Hosen?«

»Sie sind ein leichtes Ziel für einen Schützen, vor allem bei Nacht. Wahrscheinlich werden die auf mich schießen, aber wenn sie mich verfehlen, dürfte man Sie treffen.«

»Warum wollen Sie mir Angst einjagen?«

Dewey ging zu Katya, baute sich vor ihr auf. »Weil ich will, dass Sie Angst haben. Wenn Sie Angst haben, hören Sie mir eventuell zu. Es gibt nur einen einzigen Weg hier raus. Aber Sie müssen genau tun, was ich sage.«

Katya wurde ganz still. »Wohin werden Sie mich bringen?«

»Die Antwort auf diese Frage entzieht sich meiner Kenntnis.«

»Bitte sagen Sie mir, wie Sie heißen. Ich habe ein Recht darauf, es zu erfahren.«

»Das ist irrelevant.«

»Für mich nicht.«

Katyas Englisch war zwar nicht fehlerlos, doch mit ihrem aristokratischen, weichen Akzent klangen die Mängel überaus bezaubernd.

Er schob den Vorhang zur Seite. Ein Polizeikordon zog sich vor dem Hotel quer über die Straße. »Mein Name ist Dewey Andreas.«

»Was hat er getan?«

»Er hat sich eine Atombombe beschafft und sie auf ein Schiff verfrachtet, das in diesem Augenblick in die Vereinigten Staaten unterwegs ist. Dort will er sie zünden.«

Entsetzt starrte sie ihn an, ging zu einem der Sofas und setzte sich. »So etwas würde er niemals tun. Es muss sich um einen Irrtum handeln.«

»Wo ist er?«

»Ich weiß es nicht.«

»Sie wissen nicht gerade viel«, meinte Dewey. »Trotzdem haben Sie, mal sehen, eins, zwei, drei Bodyguards? Wozu sollte jemand so viel Schutz brauchen?«

»Wollen Sie damit andeuten, ich hätte etwas damit zu tun?«

»Ich finde es lediglich merkwürdig, dass Sie sich von drei Agenten bewachen lassen. Militärischer Hintergrund. SpezNas, sollte ich raten müssen.«

Sie starrte ihn an. »Die werden mir gestellt. Ich habe Bodyguards, solange ich denken kann.«

Dewey lugte aus dem Fenster. »Einer ist mir nach oben gefolgt und wollte mich umbringen.«

Ihre Blicke trafen sich.

»Warum sollte ich Sie denn umbringen lassen?«, fragte sie leise. »Es gibt doch ohnehin schon genug Elend auf der Welt. Ich will Sie nicht tot sehen. Es gibt überhaupt niemanden, den ich tot sehen will.«

Sie stand auf, stellte sich neben Dewey und schaute hinaus.

»Gehen wir«, sagte er.

Sie deutete auf den Polizeikordon. »Sind Sie verrückt?«

»Wir nehmen den Haupteingang. Ich bin einer Ihrer Leibwächter.«

Katya schüttelte den Kopf. »Das wird nicht funktionieren.«

»Wahrscheinlich haben Sie recht. Die werden mich erschießen, dann können Sie wieder reingehen, Ihren Terroristen daten und im Vogelkostüm über die Bühne hüpfen. Das heißt aber nicht, dass wir nicht alles auf eine Karte setzen und es wenigstens versuchen.«

Dewey nahm Katya am Handgelenk, ganz sacht nur, und drängte sie Richtung Tür. »Ich erkläre Ihnen jetzt, wie es läuft«, sagte er ruhig. »Ich befand mich schon in der gleichen Situation wie die Männer da draußen, an denen wir vorbeimüssen. Im Moment halten die nach einem Killer Ausschau. Sie allein können sie davon überzeugen, dass ich nicht der Mann bin, den sie suchen. Es funktioniert wie bei einer Theateraufführung. Sie sind der Star und mimen die stinksaure Ballerina, die Schießereien und Sirenen hasst und in ein anderes Hotel umziehen will. Ich bin der Gorilla, der auf Sie aufpassen soll. Kapiert? Wenn die Ihnen das abkaufen, bleiben wir zwei am Leben. Wenn nicht, sterben wir beide.«

»Was, wenn ich Sie verrate?«

»Dann sterben Sie.«

»Sie würden mich umbringen?«, fragte sie leise.

»Ja.«

»Aber ich habe doch nichts Falsches getan.«

»Wenn Sie mich verpfeifen, zählt das als verdammt falsch. Zumindest was mich betrifft.«

»Ich bin unschuldig.«

»Wenn Sie unschuldig sind, wird Ihnen nichts passieren. Hinter Ihnen sind wir nicht her. Man wird Sie bitten, uns dabei zu helfen, Cloud aufzuspüren. Danach lässt man Sie gehen. Keine Sorge.«

Sie schloss die Augen, schaute zu Boden, hob den Kopf und suchte direkten Augenkontakt. »Also gut, ich werde versuchen, Ihnen zu helfen. Aber ich glaube nach wie vor nicht, dass der Mann, den Sie für einen Terroristen halten, derselbe Mann ist, den ich kenne. Trotzdem unterstütze ich Sie. Ich hege ausschließlich freundschaftliche Gefühle für die USA.«

Er deutete auf das Telefon, das auf dem Schreibtisch stand. »Rufen Sie die Rezeption an und fragen Sie, was los ist. Und zwar in meiner Sprache. Ich will es verstehen. Fragen Sie, warum die Polizei hier ist. Dann verlangen Sie, dass man Ihren Wagen vorfahren lässt. Sie möchten ins Grand Hotel umziehen.«

Katya nahm den Hörer ab, wählte die Nummer der Rezeption und tat genau, was Dewey ihr aufgetragen hatte. Danach legte sie auf.

Er nahm ihre Tasche.

»Was jetzt?«

»Laufen Sie vor mir her, als ob ich für Sie arbeite.« Er reichte ihr eine Sonnenbrille. »Und setzen Sie die auf.«

»Sie trauen mir nicht?«

»Nehmen Sie's nicht persönlich.«

Dewey folgte Katya zur Tür. Sie traten in den Flur. Zwei bewaffnete Polizisten in kugelsicheren blauen Westen waren vor dem Aufzug postiert.

Der erste Beamte sah erst Katya an, dann Dewey. Dieser nickte ihm lässig zu.

»Frau Basaeyeva«, sagte der Mann auf Russisch. »Wir möchten, dass alle Gäste auf ihren Zimmern bleiben.«

»Ich reise ab«, erwiderte sie auf Englisch. Damit stolzierte sie zum Aufzug.

Der Polizist versperrte ihr den Weg.

»Gehen Sie zur Seite«, herrschte sie ihn entrüstet an.

Der Mann rührte sich nicht. »Ich habe meine Anweisungen, Frau Basaeyeva. Tut mir leid. Solange der Mörder nicht gefasst ist, betritt oder verlässt niemand das Hotel.«

Dewey befand sich hinter Katya, den 45er-Colt hinter dem Rücken in der rechten Hand. Er hob die Waffe, glitt an Katyas Seite und schoss.

Die schallgedämpfte Kugel traf den Beamten in die Stirn. Ehe sein Kollege reagieren konnte, feuerte Dewey erneut. Das Geschoss traf den Mann in den Mund und schleuderte ihn zurück. Er ging zu Boden.

Mit weit aufgerissenen Augen starrte Katya auf die Toten, angewidert vom blutigen Anblick.

Dewey packte Katya am Handgelenk und zerrte sie in den Aufzug. Er drückte den Knopf fürs Erdgeschoss, anschließend den für die erste Etage, stellte sich in die linke hintere Ecke der Kabine und wartete. Sein Blick blieb gelassen, ausdruckslos, vor allem jedoch kalt mit einer unterschwelligen Andeutung von Zorn.

Der Aufzug kam in der ersten Etage zum Stehen. Dewey musterte Katya. In einer raschen Bewegung hob er die Waffe und richtete sie auf die Aufzugtür. Als sie zur Seite glitt, hielt er die Tänzerin mit der Linken an der Jacke fest.

Ein Soldat in blauer Kevlar-Weste mit Gefechtshelm zielte mit einem Karabiner auf die Kabine. Auf Russisch schnauzte er die beiden an.

Katya schrie eine Warnung. »Zapustit!« – Lauf!

Mit einem Satz war Dewey aus dem Lift und feuerte. Der Soldat wollte fliehen, doch er traf ihn unterhalb des Helms, nicht mal einen Zentimeter über der Schutzweste. Der Mann ging zu Boden.

Er drehte sich um, um nach Katya zu sehen, und erhaschte nur noch einen Blick auf das Weiß ihrer Jeans, als die Aufzugtüren zuglitten.

Dewey stürzte zum Aufzug, schaffte es, einen Finger zwischen die Türen zu bekommen, ehe sie komplett schlossen. Der Mechanismus protestierte knirschend. Dewey kämpfte gegen den Motor an. Fuhr das Teil ohne ihn nach unten, konnte er Katya abschreiben. Das mechanische Knirschen verstärkte sich, während Dewey mit verzerrtem Gesicht Druck ausübte. Aus dem Innern des Förderkorbes erscholl ein leises Klingeln. Dewey hörte, wie im Schacht die Stahlseile am Kabinengehäuse zerrten, um es nach unten zu befördern. Doch Dewey ließ es nicht zu. Mit einem Mal verstummte das Geräusch und die Türen gaben nach.

Dewey trat in die Kabine und wurde von Katya mit einem heftigen Tritt in den Unterleib empfangen, der ihn in die Knie gehen ließ. Die Aufzugtüren wollten sich erneut schließen, da ging seine Begleiterin auf ihn los. Mit schmerzverzerrtem Gesicht holte er zu einem Schwinger aus, doch sie wich aus, wirbelte herum, um ihm den rechten Fuß gegen den Uhrzeigersinn mit voller Wucht an den Kopf zu hämmern.

Dewey merkte, dass sie über Kampfsporterfahrung verfügte. Sein Gehirn verarbeitete die Information im Sekundenbruchteil nach dem Tritt in die Leistengegend. Als ihr Fuß auf seinen Kopf zuraste, rechnete er bereits damit, duckte sich, sodass Katyas mörderischer Kick die Luft über seinem Kopf zerteilte. Deweys linker Arm schoss vor, er hieb ihr die Faust ans Knie, anschließend verpasste er ihr einen brutalen Hieb gegen den Brustkorb, der sie gegen die Kabinenwand schleuderte und zusammensacken ließ.

Dewey trat einen Schritt zurück, die Waffe auf sie gerichtet. Er blickte zur Aufzugtür und zurück zu Katya. Beide wussten, dass im Erdgeschoss eine ganze Armee russischer Polizisten auf sie wartete.

Dewey hielt die Hand vor die Lichtschranke, ehe die Tür sich schließen konnte. Automatisch glitten die Flügel zur Seite. Er packte Katya am Handgelenk, zog sie mit vorgehaltener Waffe aus dem Aufzug und wandte sich nach rechts. Am Ende des Flurs pochte er mehrmals an ein Zimmer. Als eine Frau öffnete, stieß Dewey die Tür mit erhobener Waffe nach innen. Die Frau brach in Tränen aus. Er deutete aufs Badezimmer und befahl ihr, sich darin einzuschließen.

Er löschte das Licht und ging ans Fenster. Unter ihm befand sich ein Innenhof, Tische und Sonnenschirme waren bereits für die Nacht zusammengeräumt. Dahinter eine Straße. Und jenseits davon der Kanal.

Er rief Jacobsson an.

»Ich muss sofort los.«

»Nur zu«, sagte Jacobsson. »Ich bin bereits da.«

Vom Flur her vernahm Dewey laute Rufe auf Russisch, gleich darauf das Poltern von Schritten. Er blickte zu Katya, genau in dem Moment, als sie den Mund aufmachte und zu schreien anfing. Dewey stürzte sich auf sie, passte sie vor dem Bett ab und presste ihr die Hand auf den Mund, um sie zum Schweigen zu bringen. Ihre Zähne schnappten zu.

Dewey zerrte die blutende Hand aus ihrem Mund, schlang ihr den Unterarm um den Hals und drückte zu. Sie wehrte sich, trat ihm gegen die Beine, versuchte, nach ihm zu schlagen, doch vergebens. Innerhalb von Sekunden erlahmten ihre Bewegungen. Sie erschlaffte in seinen Armen.

Er trug ihren reglosen Körper ans Fenster. Prüfend lugte er auf den Hof hinab, während hinter ihm mit einem dumpfen Schlag eine Stahlramme gegen die Tür krachte.

Dewey nahm ein paar Schritte Anlauf und richtete die Waffe auf die Scheibe.

Die Ramme krachte ein zweites Mal gegen die Tür. Begleitet von lautem Knacken splitterte Holz.

Dewey hievte Katyas Körper hoch, legte ihn sich um den Nacken, umklammerte mit der Linken fest Beine und Genick, während seine Rechte die Waffe hielt. Er stürmte zum Fenster, als hinter ihm krachend die Tür nach innen flog. Er feuerte, die Scheibe zersplitterte im gleichen Augenblick, als er einen Satz darauf zu machte.

Jemand brüllte etwas auf Russisch, Schüsse aus automatischen Waffen brandeten auf. Mit dem rechten Fuß stellte Dewey Kontakt zum Fenstersims her, stieß sich ab, sprang so weit hinaus, wie er nur konnte, während ihm bereits die Kugeln um die Ohren pfiffen. Der Schwung des Absprungs war rasch verflogen; wie ein Sack stürzten Dewey und Katya dem Boden eine Etage tiefer entgegen, Dewey wild mit den Beinen rudernd, bemüht, das Gleichgewicht zu wahren, Katya fest um seinen Nacken geschlungen. Ihre Flugbahn trug sie zu einem rot-weißen Sonnenschirm. Mit den Füßen voran landete er in dem festen Segeltuch und zerriss es. Schmerzhaft prallte er gegen den Pfosten des hölzernen Schirmständers, der in die Brüche ging, und schlug auf. Seine rechte Handfläche, Ellbogen, Hüfte und Knie fingen die Wucht ab. Wenigstens schützte er damit die besinnungslose Katya.

Trotz des stechenden Schmerzes in seinem Bein sprang Dewey auf.

Das Stakkato ungedämpfter Schüsse zerriss die St. Petersburger Nacht.

Er verlagerte Katya auf die linke Schulter, packte sie im Bergungsgriff, stürmte durch den Hof des Four Seasons und setzte über eine gepflegte Buchsbaumhecke hinweg, während rings um ihn die Projektile Löcher in die Schieferplatten schlugen.

Sie versuchten, ihn aufzuhalten oder ihm Angst einzujagen, damit er stehen blieb. Die Schützen zielten jedoch nicht direkt auf ihn, um Katya nicht zu gefährden. Allein diese Tatsache gewährte ihm ein Minimum an Schutz.

Nur anderthalb Blocks entfernt tauchte die eiserne Balustrade über dem Zugang zum Kanal vor ihm auf. In Schweiß gebadet, sprintete er, so schnell er konnte. Es herrschte das blanke Chaos. Schüsse, Rufe, Schreie, hupende Autos und in der Ferne das leise Dröhnen eines näher kommenden Hubschraubers.

Zu beiden Seiten schwärmten Polizisten aus. Erst jetzt bemerkte Dewey die oliv-roten Uniformen russischer Soldaten. Er sprintete einen Straßenzug mit herrschaftlichen Bauten entlang, taumelte mit brennender Lunge mitten in den Verkehr und wich den Autos aus, als er die letzte Straße überquerte, die sie noch vom Kanal trennte. Plötzlich erspähte er zu seiner Linken zwei Soldaten, die auf ihn zugestürmt kamen.

Hupen plärrten. Kugeln schlugen in ein Taxi ein und zerschmetterten die Windschutzscheibe. Unter das Sirenengeheul mischte sich hysterisches Kreischen.

Dewey machte einen Satz auf den Gehsteig der anderen Straßenseite. Er hatte ein paar Meter Vorsprung vor den direktesten Verfolgern, doch sie holten auf. Nur noch ein halbes Dutzend Kalksteinbauten. Danach konnte ihn nichts mehr aufhalten.

Unvermittelt jagte direkt hinter dem letzten Prachtbau, genau dort, wo Dewey hinrennen wollte, ein Streifenwagen quer über die Straße, holperte auf den Bürgersteig und versperrte ihm den Weg.

Dewey sprintete unbeirrt weiter, während vorne und hinten bewaffnete Beamte aus dem Fahrzeug sprangen. Als einer der Männer auf ihn zutrat, rammte Dewey ihn mit der linken Schulter, sodass der andere rückwärtstorkelte, und jagte weiter auf den Kanal in Blickweite zu.

Polks Worte kamen ihm in den Sinn: *Die Nuklearwaffe hat die Straße von Gibraltar passiert … Schaffen Sie Katya raus. Dann bleiben Sie am Einsatzort …*

Trotz des Schmerzes im Hüftbereich verlangte sich Dewey alles ab, rannte wie ein Wilder, ein ganzes Rudel russischer Cops im Schlepptau. Nur wenige Schritte trennten sie voneinander. Sein Blick wurde nach rechts gelenkt, wo sich ein Beamter in Zivil auf ihn warf, um ihn mit einem Hechtsprung an den Beinen zu packen. Dewey wappnete sich für den Kontakt und spurtete weiter. Da schlangen sich die Arme des Gegners auch schon um seine Beine. Er durchbrach das Tackling, sein Knie traf den Mann am Kopf. Mit einem lauten Ächzen ging dieser taumelnd zu Boden.

Hinter Dewey wimmelte es nur so von Polizei. Wie es aussah, kamen sie von allen Seiten. Sie forderten ihn auf, Katya sofort loszulassen.

Am eisernen Tor über dem Kanal warf Dewey die Ballerina wie eine Stoffpuppe ins Wasser, dann schwang er sich mit einem Satz in die Luft übers Geländer. Er hörte ein lautes Platschen, als Katya unter ihm aufschlug, da landete er auch schon selbst mit den Füßen voran neben ihr. Er tauchte hinab in den dunklen Kanal, während direkt über seinem Kopf Kugeln ins Wasser peitschten.

45

GRIBOJEDOW-KANAL
ST. PETERSBURG

In den finsteren Fluten des Gribojedow-Kanals schwebte unmittelbar neben der 400 Jahre alten steinernen Einfassung in stationärer Position ein kleines, schwarzes Objekt direkt gegenüber einer eisernen Balustrade, hinter der sich der Newski-Prospekt erstreckte, vom Four Seasons aus der nächstgelegene Zugang zum Kanal.

Das Objekt sah auf den ersten Blick aus wie umhertreibender Müll; glanzloses, mattes Gummi in dunklem Grauton, an einer Seite eine Glasscherbe, weiter nichts. Es hätte sich um alles Mögliche handeln können: eine Boje, einen alten Stiefel, eine leere Wodkaflasche. Doch tatsächlich handelte es sich um die Haube eines taktischen Taucheranzugs. Das Glas gehörte zu einer speziell entwickelten Vollmaske, komplett mit Nachtsichtgerät und einer dynamischen, grafischen Benutzeroberfläche, die auf der linken Innenseite des Helms aktuelle Luftaufnahmen des Schauplatzes einblendete.

Sie befand sich am Körper von Navy SEAL John Jacobsson. Langsam bewegte er die Beine, atmete durch einen Rebreather ein und aus, ein Atemgerät mit geschlossenem Kreislauf, das den größten Teil des unverbraucht ausgeatmeten Sauerstoffs recycelte, sodass keine verräterischen Blasen aus dem Wasser aufstiegen und niemand etwas von seiner Gegenwart ahnte.

Er lauschte dem Lärm, der von der Straße zu ihm drang, der Kakofonie der Gewalt, die er voller Anspannung und Furcht registrierte; dem Tumult einer Exfiltration, deren

Erfolgschancen mit jedem verstreichenden Augenblick sanken.

Per Ohrstöpsel hielt Jacobsson Verbindung zum SDV, das direkt unter ihm im Leerlauf wartete, knapp fünfeinhalb Meter unter der Oberfläche.

Keine Minute nachdem Jacobsson aufgetaucht war, knatterten in unregelmäßigen Abständen Schüsse. Ihr Echo hallte übers flache Wasser und wurde von der steinernen Kanaleinfassung zurückgeworfen. Bei jedem Knall schlug Jacobssons Herz unwillkürlich ein bisschen schneller.

»Hier klingt es wie im verfluchten Beirut«, flüsterte er in sein Sprechgerät und trat weiterhin Wasser.

Sein Teamkamerad Davey Wray saß im beengten Cockpit des Miniatur-U-Boots und wartete auf Jacobssons Rückkehr. »Roger. Ich höre es.«

In der Rechten hielt Jacobsson eine merkwürdig aussehende Waffe: eine HK P11. Dabei handelte es sich um eine eigens für den Unterwassergebrauch entwickelte Pistole zum Abschießen von Stahlpfeilen.

Mit einem Mal geriet direkt gegenüber von ihm das Signallicht eines Streifenwagens in Sicht, der mit quietschenden Reifen auf dem Bürgersteig genau vor der Balustrade zum Stehen kam.

Die Rufe wurden lauter, befanden sich nun direkt über ihm.

Etwas kam heruntergeflogen, ein menschlicher Körper, schlaff wie eine Leiche. Eine Frau, die langen Haare unverkennbar. Mit voller Wucht klatschte sie in den Kanal.

Jacobsson stürzte sich unter die Oberfläche, wie wild mit den Beinen strampelnd. Mit der Rechten steckte er die P11 zurück in den Gürtel, gleichzeitig zog seine Linke ein rotes Röhrchen von der Größe einer Packung Gummidrops hervor. Jacobsson tauchte dorthin, wo er den Aufprall der Frau vermutete, suchte hektisch nach ihr, bis er fündig wurde. Besinnungslos trieb sie knapp anderthalb Meter unter der Oberfläche. Jacobsson zerrte sie tiefer hinein, dem SDV entgegen. Er schob ihr das Röhrchen in den Mund und drückte einen schwarzen Knopf an dessen Ende. Sauerstoff strömte ihr in den Mund, während Jacobsson mit festen Stößen weiter in die Tiefen des Kanals vordrang.

Dewey schlug hart auf dem Wasser auf, mit den Füßen voran, nur wenige Zentimeter neben der Stelle, an der Katyas regloser Körper in den Kanal gestürzt war. Er tauchte in genau dem Augenblick so weit und rasch wie möglich unter, in dem Kugeln rings um seinen Kopf einschlugen. Bemüht, in Sicherheit zu gelangen, schossen seine Hände verzweifelt nach unten, dem Schmerz zum Trotz traten seine Beine, so fest sie konnten, und allmählich begriff er, dass er eine ernsthafte Verletzung am rechten Knie davongetragen hatte.

Er mühte sich parallel aus seiner Belstaff-Lederjacke, befreite die Arme aus den Ärmeln und ließ sie dann einfach los.

Dewey öffnete die Augen unter Wasser, wo ihn nichts als endlose Schwärze empfing. Instinktiv hielt er nach Anzeichen von Jacobsson beziehungsweise Katyas weißer Hose Ausschau.

Polks letzte Worte kamen ihm in den Sinn: *Sie müssen in Russland bleiben.*

Er war hergekommen, ohne auf einen längeren Außeneinsatz vorbereitet zu sein. Die Situation schien deutlich ernster zu sein, als es jemand daheim in Amerika vorhergesehen hatte. Wer auch immer ihr Gegner sein mochte, die Person oder Gruppierung ging äußerst gerissen vor.

Im kalten Wasser des Kanals stand ihm noch einmal deutlich vor Augen, wie er sich beim Sprung aus dem Hotelfenster verletzt hatte. Jedes Mal wenn er den rechten Arm oder das rechte Bein bewegte, durchfuhr ihn ein durchdringender Schmerz.

Beiß die Zähne zusammen. Du hast deinen Job noch nicht erledigt. Nicht mal ansatzweise.

Dewey hatte schon immer gut mit Schmerzen umgehen können. Er begrub sie tief in seinem Innern und schob sie beiseite, sodass er sie zwar nach wie vor spürte, seine Arbeit davon jedoch nicht beeinträchtigt wurde. Er brauchte jetzt alle erdenkliche Kraft. Vor allem sein Bein fühlte sich an, als baumle es nur noch an einem schmalen Strang von seinem Knie.

Er suchte das Wasser nach Jacobsson und Katya ab. Natürlich würde er in Russland bleiben, aber das SDV hatte einen Verbandkasten an Bord, der ihm die Chance bot, das Bein später zu verarzten.

Im trüben Wasser sah er unter sich etwas Weißes aufblitzen. Er tauchte in die Richtung. Tatsächlich, Katyas weiße Jeans. Jacobsson zog sie hinab zum SEAL Delivery Vehicle.

Dewey schwamm ihnen nach.

Je tiefer er kam, desto düsterer wurde es, wie in einem finsteren Tunnel. Katyas weiße Hose war das Einzige, was sich noch erkennen ließ, doch sie verblasste allmählich vor seinen Augen.

Dann war sie verschwunden.

Dewey fand sich tief im Wasser wieder, wusste nicht mehr, wo oben oder unten war. Außerdem ging ihm die Luft aus. *Lass es bleiben.*

Dewey stellte die Schwimmbewegungen ein, rührte sich mehrere Sekunden lang nicht vom Fleck. Er spürte, wie der Auftrieb seinen Körper allmählich nach oben trug. Die Schwärze verwandelte sich in ein lichtgesprenkeltes, verschwommenes Grün. Er wusste, dass oben die Russen lauerten, die Mündungen aufs Wasser gerichtet. Doch daran ließ sich im Moment nichts ändern. Er durchbrach die Oberfläche, schnappte nach Luft und tauchte sofort wieder ab, möglichst tief, wartete auf das dumpfe Stakkato der Schüsse. Doch nichts geschah. Er blieb fast eine ganze Minute lang unter Wasser, ehe er es wagte, noch einmal aufzutauchen.

Im Umblicken stellte er bestürzt fest, dass der Kanal sich verbreitert hatte. Die Strömung hatte ihn Hunderte Meter vom Ausgangspunkt weggetrieben. Er befand sich gut zehn Meter vom Ufer entfernt, vor einem Jachthafen mit fast voll besetzten Anlegeplätzen.

Dewey bemühte sich, wieder zu Atem zu gelangen. In Seitenlage paddelte er ans Ende eines Docks, das ins Wasser hinausragte. Zu beiden Seiten des Holzsteges lagen kleine Segelboote vertäut. Alles ruhig und verlassen.

Er schob die Hand auf den Steg, hielt sich minutenlang daran fest, atmete tief durch und betrachtete die hell erleuchtete Szenerie kanalaufwärts. Dort schwebte mittlerweile ein Hubschrauber, der Suchscheinwerfer über die Wasseroberfläche schweifen ließ. Beide Ufer des Kanals wurden von seinen Strahlen und den Signallichtern der Streifenwagen erhellt. Polizeischnellboote näherten sich dem Chaos mit heulenden Sirenen.

Ein Geräusch ließ ihn herumfahren. Hinter ihm glitt ein weiteres Polizeiboot heran. Die Scheinwerfer suchten das Wasser ab, strichen rasant über den Jachthafen. Gleich würden sie ihn haben. Als der Lichtkegel das Segelboot rechter Hand von Dewey erfasste und taghell ausleuchtete, tauchte Dewey unter und hielt sich dabei am Steg fest. Nach einer halben Minute tauchte er zum Luftschnappen auf. Das Polizeiboot kroch den Kanal entlang, auf das Four Seasons zu. Unentwegt schwenkte der Scheinwerfer über die angrenzende Mauer. Sie machten Jagd auf ihn.

Dewey wandte sich in Richtung Hotel. Entlang der Terrassen ließen mindestens ein Dutzend Bewaffnete die Läufe ihrer Waffen bedrohlich über den Kanal gleiten. Noch während er die Szenerie beobachtete, glitten mehrere Taucher ins Wasser, um nach Katya zu suchen. Und nach ihm.

Jacobsson schwamm, Katya mit sich ziehend, in ein kleines Abteil am Heck. Innen drückte er einen Knopf, die Klappe schloss wasserdicht ab und wurde verriegelt.

»Los!«, bellte Jacobsson Wray an, der in einem separaten Abteil ein Stück weiter vorn im Trockenen saß. Jacobsson redete nach wie vor in seine Maske und verständigte sich über die Sprechanlage.

Das SDV trat den Rückzug an, der nahezu lautlose Antrieb beförderte es vorwärts in die Finsternis, weg vom Gribojedow-Kanal, raus in offene Gewässer.

Da das Abteil immer noch voller Wasser war, drückte Jacobsson eine weitere Taste. Eine leistungsstarke Pumpe erwachte zum Leben und pumpte es hinaus. Nicht lange, und der Wasserstand im SDV sank. Binnen zehn Sekunden war alles abgepumpt.

Jacobsson legte Katya auf den Rücken, tastete an der Halsschlagader nach ihrem Puls. Nichts.

Er streifte die Maske ab, legte ihren Kopf vorsichtig nach hinten, hielt ihr die Nase zu und begann mit der Mund-zu-Mund-Beatmung. In regelmäßigen Abständen blies er Luft durch ihre Lippen in die mit Wasser verstopfte Lunge. Nach über einer Minute gab sie ein leises Stöhnen von sich und erbrach die in rauen Massen geschluckte Flüssigkeit.

Langsam schlug Katya die Augen auf. Sie wirkte verängstigt und verwirrt. Zögernd blickte sie sich in der beengten Umgebung um und fing hemmungslos an zu schluchzen.

Lautlos strich das SDV durchs Wasser, ging immer tiefer, jagte mit 15 Knoten, gut 30 km/h, der *USS Hartford* entgegen.

Jacobsson pochte gegen die Scheibe, um Wray auf sich aufmerksam zu machen. »Heizung«, bat er seinen Kollegen und legte Katya die Hand auf den Unterarm, um sie zu beruhigen.

Nach minutenlangen Panikattacken fand sie endlich die Sprache wieder. »Wo bin ich?«

Jacobsson blieb ihr die Antwort schuldig.

20 Minuten später machte das SDV an seiner großen Schwester fest. Jacobsson öffnete die Klappe, packte die Waffe am Lauf und klopfte mit dem stählernen Griff gegen das U-Boot. Einen Moment darauf schwang eine runde Luke auf. Der Schein der Halogenleuchten hüllte die Umgebung in ein bläuliches, unheimliches Leuchten.

Jacobsson stieg als Erster die Leiter hinab, gefolgt von einem Paar bloßer Füße unter durchnässten weißen Denim-Jeans. Katya war tropfnass. Während sie auf eine Trage gelegt und aufs Quarterdeck gebracht wurde, glitt ihr Blick erst über das Innere des U-Boots, schließlich über das halbe Dutzend Männer, die vor ihr standen.

»Bringen Sie sie ins Offiziersquartier«, sagte Montgomery Thomas, der Kapitän der *Hartford*. »Geben Sie ihr etwas Trockenes zum Anziehen. Etwas zu trinken, wenn sie möchte. Lassen Sie sie keine Sekunde aus den Augen.«

Nachdem man Katya weggebracht hatte, sah Thomas fragend zu Jacobsson. »Was ist mit Andreas passiert?«

»Ich weiß es nicht.«

46

MISSION THEATER TARGA
LANGLEY

Calibrisi richtete sich an einen der NCS-Führungsoffiziere. »Holen Sie mir Montgomery Thomas von der *USS Hartford* an den Apparat. Benutzen Sie eine abhörsichere Verbindung.«

»Ja, Sir.«

Sekunden später brummte Calibrisis Handy.

»Monty?«

»Hector«, sagte Thomas. »Ich hab mich schon gefragt, wie lange es dauert, bis du anrufst.«

»Wie geht es ihr?«

»Gut. Sie ist ein bisschen verängstigt, aber wir haben ihr etwas Warmes zum Anziehen gegeben. Eins solltest du wissen: Andreas war nicht bei ihr.«

»Ich weiß. Wir brauchen ihn vor Ort. Es gibt da noch ein Problem.«

»Willst du mit der Lady sprechen?«

»Ja«, erwiderte Calibrisi. »Ich benötige einen Livestream, während ich mit ihr spreche, dazu euer EKG.«

»Moment!«

Calibrisi deckte sein Handy mit der Hand ab und wandte sich an eine Analystin. »Ich möchte, dass das Videosignal über FACS und das VRA-Modul geschleust wird.« Vereinfacht gesagt wies Calibrisi die NCS-Analystin damit an, in aller Schnelle zwei Methoden eines Remote-Lügendetektors vorzubereiten, die bei Katya zur Anwendung kommen sollten. FACS stand für Facial Action Coding System, ein Codierungsverfahren zur Erfassung und Auswertung von

Gesichtsausdrücken. Es würde Katyas Mimik innerhalb kürzester Zeit katalogisieren und einen digitalen Abdruck erstellen, der festhielt, wie Katya aussah, wenn sie die Wahrheit sagte, und wie, wenn sie ihnen Lügen auftischte.

Das Kürzel VRA stand für Voice Risk Analysis, ein von der CIA entwickeltes Verfahren zur Lügendetektion aus der Distanz. Zur selben Zeit, in der die Computer in Langley Katyas Gesichtsbewegungen sammelten, versuchte ein anderes Software-Modul ihren Tonfall mit Pulsfrequenz, Atemmuster und Blutdruck abzugleichen. In Kombination nicht ganz so effektiv wie ein klassisches Verhör, aber da Katya sich Tausende von Meilen entfernt auf einem U-Boot befand, blieb Calibrisi keine andere Wahl.

»Legen Sie es auf Leitung vier«, erscholl die Stimme einer jungen Frau.

»Wir beginnen mit einem Impulsboden«, bestimmte Calibrisi. »Wenn Sie ihn haben, geben Sie mir Bescheid.«

»Roger.«

»Hallo?«, meldete sich wenige Augenblicke später eine sanfte Frauenstimme über die Lautsprecheranlage.

Auf dem Plasmabildschirm an der Stirnseite von Kontrollzentrum Targa wurde Katyas Gesicht eingeblendet. Sie saß an einem Stahltisch. Ihre Frisur wirkte etwas unordentlich, was ihrer Schönheit allerdings keinen Abbruch tat. An Armen und Hals waren die Messkabel des EKG-Geräts zu sehen.

»Miss Basaeyeva, mein Name ist Hector Calibrisi. Ich arbeite für die US-Regierung. Auf meine Veranlassung wurden Sie aus Russland weggebracht. Ich möchte, dass Sie wissen, dass wir Sie genauso fair und respektvoll behandeln werden wie Sie uns. Das heißt, Sie müssen unsere Fragen wahrheitsgemäß beantworten. Wir möchten Ihnen nichts tun. Sie wissen, hinter wem wir her sind.«

»Sie haben mich entführt und jetzt foltern Sie mich und halten mich gegen meinen Willen fest. Ich weiß gar nichts. Ich glaube, Sie haben die Falsche. Pjotr ist kein Terrorist.«

»Sie sind von Beruf Ballerina, ist das korrekt?«

Katya schwieg einen Moment, blickte dann auf. Sie antwortete nicht.

»Wann sind Sie das letzte Mal vor Publikum aufgetreten?«

Katya schloss die Augen, als Calibrisi eine weitere Frage stellte. »Um was für eine Aufführung handelte es sich?«

Die Analystin drehte sich zu Calibrisi um und schüttelte den Kopf. Wenn Katya selbst auf die einfachsten Fragen keine Antwort gab, konnten sie unmöglich eine Basis austarieren, um festzustellen, wie die Ballerina sich verhielt, wenn sie die Wahrheit sagte.

»Wie lautete der Mädchenname Ihrer Mutter?«

Katya schlug die Augen auf und brach in Tränen aus.

Calibrisi schaltete die Leitung stumm und blickte zu Polk.

»So funktioniert das nicht«, meinte er. »Für ein geduldigeres Vorgehen fehlt uns die Zeit.«

Calibrisi stellte die Verbindung zur *Hartford* wieder laut. »Monty, geh bitte auf Empfang.«

Einen Moment später kehrte Thomas in die Leitung zurück. »Wohin willst du sie haben?«

»Haben wir irgendwo im Nordatlantik einen Flugzeugträger stationiert?«

»Negativ! Der nächste ist die *Nimitz,* und die liegt in Neapel.«

»Auf Live-Sat schalten«, bat Calibrisi.

Eine digitale Karte erschien. Sein Finger fand die *Hartford,* fuhr von dort in gerader Linie nach Südwesten und landete in Großbritannien.

Polk streckte die Hand aus und aktivierte den Mute-Modus für die Verbindung zur *Hartford.* »Was ist mit dem

MI6?« Er bezog sich auf Langleys engsten Verbündeten in der Branche, den britischen Nachrichtendienst.

»Gute Idee.« Calibrisi nickte.

»Soll ich mal anrufen?«

»Nein, darum kümmere ich mich. Deine Aufgabe ist es, diese Männer nach Moskau zu schaffen.«

Calibrisi stellte die Verbindung zur *Hartford* wieder her. »Monty«, sagte er, »bring sie zum Flughafen Inverness in Schottland. Danach sehen wir weiter.«

Auf der *USS Hartford* betätigte Thomas die Auflegen-Taste seines Handys. Er kletterte eine Leiter zum Quarterdeck hinab, trat an die digitale Karte und zeichnete mit dem Finger den Weg an die Nordküste Schottlands nach. »Nennen Sie mir die Reichweite einer V-22 Osprey«, forderte er einen seiner untergebenen Offiziere auf.

»Rund 1000 Meilen, Sir.«

»Was, wenn wir sie zusätzlich mit Treibstoff beladen?«

»Mit internen Tanks doppelt so hoch, Sir.«

Er nahm den Hörer eines der U-Boot-Telefone ab. »Hier spricht Montgomery Thomas von der *USS Hartford*. Wir haben einen absoluten Notfall. Ich benötige so schnell wie möglich eine V-22 mit genügend Treibstoff an Bord, um nach Schottland zu fliegen.«

Unter einem dunklen, sternenlosen Himmel tauchte die *Hartford* auf. Grauschwarzer Stahl vor einem grauschwarzen Himmel über dem grauschwarzen Meer.

Thomas stieg auf die Plattform. In der Ferne übertönte das leise Dröhnen eines Flugzeugs das Rauschen der Wellen. Hinter ihm hievten zwei Mann Katya an ihren mit

Plastikfesseln verschnürten Armen die Leiter hoch. Sie trug eine navyblaue Hose, schwarze Gummistiefel, ein blaues Polohemd und eine Fleecejacke, alles ein paar Nummern zu groß für sie. Sie hatten ihr eine Nylon-Schwimmweste umgeschnallt, eng umschloss sie Brust, Oberkörper und Beine. In Hüfthöhe baumelten zwei Edelstahlringe von der Weste – für den Transport.

Die Positionslichter der Maschine brachen durch die Wolkendecke, gleichzeitig wurden die Propellerturbinen der Osprey lauter. Abrupt erhellten drei grelle Halogenscheinwerfer den weißen Flugzeugrumpf. Die Scheinwerfer schwenkten, suchten den schwarzen Ozean ab, bis sie den massigen Stahlkörper des U-Boots erfassten.

Die Osprey senkte sich rasch herab. Einen kurzen Moment lang sah es so aus, als wollte sie direkt ins Meer fliegen. Unmittelbar darauf verharrte sie in der Luft. Die Propeller kippten von der vertikalen in eine horizontale Stellung und ließen das Flugzeug wie mithilfe eines Hubschrauberrotors über dem Boot schweben.

Im Bauch der Maschine öffnete sich eine stählerne Luke. Ein Blinklicht war zu sehen, wurde an einem Drahtseil herabgelassen. Montgomery griff mit einem Enterhaken danach und hakte das Seil an den Ringen an Katyas Schwimmweste ein, überprüfte noch einmal, ob es auch wirklich stramm saß. Anschließend reckte er den linken Daumen in die Luft.

Das Seil straffte sich und mit einem Ruck wurde Katya vom Deck der *Hartford* gehievt. Sie verschwand im Inneren der Maschine, die Luke wurde zugeklappt und mit heulenden Turbinen verschwand das Flugzeug Richtung Südwesten in die Nacht.

47

Cloud lauschte, wie Katyas Handy bereits zum dritten Mal klingelte. Als die Mailbox ansprang, schloss er die Augen und lauschte ihrer Stimme. »Hallo, leider kann ich im Moment nicht ans Telefon gehen. Bitte hinterlassen Sie eine Nachricht.«

Cloud legte auf und drückte sofort auf Wahlwiederholung.

Während er auf etwas wartete, das, wie ihm klar wurde, nicht eintrat, nie mehr eintrat – nämlich dass Katya abnahm –, warf er Sascha einen Blick zu. »Hast du die Männer erreicht, irgendeinen von ihnen?« Er meinte Katyas Bodyguards.

Sascha schüttelte den Kopf. »Ich habe es zweimal bei Roman versucht, dreimal bei Wladimir und dem anderen. Keiner nimmt ab.«

Katyas Handy klingelte. Nach dem zweiten Klingeln meldete sich eine Männerstimme: »Wer ist am Apparat?«, fragte der Fremde auf Russisch.

»Wo ist sie?«, wollte Cloud wissen.

»Hier spricht Oberst Polyan vom FSB. Mit wem spreche ich?«

»Ich bin … Katyas Vater. Ich versuche schon die ganze Zeit, sie zu erreichen.«

»Tut mir leid«, sagte der Offizier. »Sie ist nicht hier.«

»Wo ist sie? In den Nachrichten …«

Das Gespräch brach ab.

Cloud stand auf, einen psychotischen Ausdruck im Gesicht. Er feuerte das Handy an die Wand, wo es zerschellte, trat seinen Stuhl zur Seite und rauschte zur Treppe.

»Cloud«, rief Sascha mahnend.

Cloud beachtete ihn gar nicht und stürmte immer drei Stufen auf einmal nach unten. In der Tiefgarage angekommen, stieg er auf sein Motorrad. Er ließ den Motor an, drehte ein paarmal am Gasgriff, um ihn auf Touren zu bringen, und schoss mit quietschenden Reifen die Auffahrt zur Straße hinauf. Als er gerade beschleunigen wollte, erschien eine Gestalt auf der finsteren Straße und verstellte der Ducati taumelnd den Weg. Cloud legte eine Vollbremsung hin.

Es war Sascha.

»Komm wieder rein«, meinte er keuchend, immer noch schwer atmend, weil er so schnell gerannt war. Er hob beide Arme, als könnte er Cloud auf diese Weise dirigieren, genau das zu tun, was er verlangte. »Es ist etwas passiert.«

»Ich muss nach St. Peters…«

»Sie ist *verschwunden*, Pjotr«, brüllte Sascha ihn an.

Sekundenlang starrte Cloud seinen Freund an und sagte kein Wort. Sascha stand reglos wie eine Statue mit erhobenen Armen vor ihm. Schließlich nahm er sie herunter, ging zu Cloud und legte ihm sanft die Hand auf die Schulter. »Wir wussten, dass so etwas passieren kann. Wenn du nach St. Petersburg gehst, bringt es dir nichts, außer dass sie dich schnappen. Jetzt komm wieder mit rauf.«

Fünf Minuten später begleitete er Sascha an dessen Computer.

»Die CIA schickt noch weitere Männer ins Land.«

Cloud las, was auf dem Monitor stand. Die aktuelle Transkription des CIA-Funkverkehrs:

709   schick brainard und fairweather nach moskau
710   sag christy sie muss die kugel selber rausholen
711   und dann gib dewey bescheid
712   er muss am einsatzort bleiben

Ihre Blicke trafen sich. Beiden war klar, was das bedeutete. Sie machten Jagd auf ihn.

»Sie kommen, um sich mit Andreas zu treffen«, schlussfolgerte Sascha.

»Sie werden es versuchen. Find raus, wo das Safe House ist. Dort halten sich bereits Agenten auf.«

Cloud ging an seinen Rechner, klinkte sich in Saschas Verbindung zum CIA-Netzwerk ein und heftete einen Tracking-Code, ähnlich einem Cookie, an die Datensätze der Agenten, die Langley zu Deweys Unterstützung nach Russland entsandt hatte. Jegliche Kommunikation, in die Brainard oder Fairweather einbezogen wurden, löste auf diese Weise einen Alarm aus, der Cloud zeitnah darauf aufmerksam machte.

Nachdem er seine Arbeit beendet hatte, sagte er zu Sascha: »Verbreite Andreas' Foto. Übermittle es an Polizeibehörden und Nachrichtenagenturen.«

»Was ist mit seiner Identität?«

Cloud schwieg einen Moment, während er überlegte. »Nein, das ist noch zu früh.«

48

Dewey trat Wasser. In einem Gebäude des Jachthafens gingen die Lichter an. Sekunden später strömten Streifenwagen durch eine abgesperrte Zufahrt. Dewey tauchte unter, schwamm in die Finsternis, weg vom Uferbereich, und tauchte erst nach über einer Minute wieder auf. Scheinwerfer suchten die Wasseroberfläche in den Randbereichen ab. Er legte sich auf den Rücken und ließ sich mit der Strömung treiben, weg von der Stadt.

Das Wummern der Hubschrauberrotoren wurde leiser, ging irgendwann im Klatschen der Wogen unter.

Etwa eine Stunde lag er ruhig auf dem Wasser, bis die Lichter St. Petersburgs zu einer mattgelben, schweigenden Kuppel verschwammen, die sich am Horizont wölbte. An einem felsigen Küstenstreifen, der an ein Dickicht aus Bäumen und dichtem Gestrüpp grenzte, schwamm Dewey an Land.

Er fühlte sich erschöpft. Eine Wunde klaffte am Knie. Er war völlig durchnässt und fror. Am liebsten hätte er sich hingesetzt, um ein wenig auszuruhen. Doch das kam nicht infrage. Er musste weiter, in Bewegung bleiben, nicht später, sondern sofort.

Sie sind hinter dir her.

Mühsam kämpfte er sich voran. Sein Blick schweifte zwischen sternenklarem Himmel und Waldrand hin und her. So strebte er Richtung Osten, orientierte sich an den Sternen. Mindestens eine Stunde marschierte er querfeldein durch unwegsames Gelände, in dem sich Bäume mit

Feldern abwechselten. Schließlich stieß er auf die ersten Anzeichen von Zivilisation: Bahngleise.

Auf dem Schienenbett wucherte Unkraut, aber er roch frisches Öl. Die Trasse musste noch in Gebrauch sein!

Dewey hielt sich links, marschierte eine weitere Stunde an den Gleisen entlang, bis er auf die ersten Ausläufer eines Bahndepots stieß. Ein riesiges Gelände. Die Anlage teilte sich in ein rundes Dutzend verschiedener Spuren auf. Auf den Rangiergleisen standen Loks und Güterwagen.

Deweys Kleidung war unvermindert feucht. Er hatte Hunger. Vor allem schmerzte der tiefe Riss am Knie. Doch er verschob die Beschäftigung mit diesen Erschwernissen auf einen späteren Zeitpunkt. Im Moment musste er sich auf das Wesentliche besinnen. Überleben stand ganz oben auf seiner Liste.

Er fasste sich an die linke Wade. In einer Scheide am Bein steckte sein Gerber-Kampfmesser. 18 Zentimeter schwarzer Stahl mit Doppelwellenschliff. Er zog es heraus und setzte sich im Schutz der Bäume am Rand des ausgedehnten Bahndepots entlang in Bewegung. Sein Ziel war ein schlichtes, zweigeschossiges Backsteingebäude neben dem Rangierbahnhof.

Dewey inspizierte es vom Schatten der Bäume aus. Da sich dort nichts tat, rannte er über das freie Gelände und kauerte sich an die Mauer, sobald er die gegenüberliegende Seite erreichte. Den Rücken an die Backsteine gepresst, schlich er weiter bis zur nächsten Ecke, spähte um sie herum. Er fand den Eingang, jenseits davon einen verlassenen Parkplatz, lediglich zwei Pick-ups waren dort abgestellt.

Dewey rüttelte am Türknauf. Abgeschlossen. Er blickte sich suchend um, um sicherzugehen, dass er allein war, warf sich dann mit der Schulter gegen den harten Stahl. Doppelt verriegelt. Keine Chance. Mit Gewalt ließ sie sich nicht öffnen.

»Fuck.«

Er ging in die Hocke, tastete auf der Suche nach einem Schlüsselversteck das Fundament ab, kroch an der Mauer herum und fand – nichts.

Ein lautes Quietschen, gleich darauf krachte Stahl aufeinander. Im Rangierbahnhof hinter dem Gebäude rührte sich etwas. Ein Güterwagen wurde bewegt.

Dewey setzte seine Schlüsselsuche auf der anderen Seite der Tür fort, klopfte unablässig das Fundament ab. Ein paar Meter weiter stieß er auf ein loses Stück Beton. Dewey zog daran. Tatsächlich ließ es sich herausnehmen. Dahinter lag ein Schlüsselbund.

Zurück am Eingang probierte er so lange, bis einer passte. Er betrat das Gebäude und schloss hinter sich ab, tastete an der Wand nach einem Schalter und knipste das Licht an. Die Rechte fest ums Messer geschlossen, arbeitete Dewey sich in das Innere vor.

Er passierte zwei Büros und erreichte einen Umkleideraum mit Bänken und Spinden. An der Rückwand stapelten sich Arbeitsstiefel. Er schaute in den Schränken nach, öffnete und schloss sie, bis er etwas zum Anziehen fand: eine Jeans, die an einem Haken hing, dazu ein schmutziges T-Shirt. Er hielt die Hose hoch, doch sie war ihm viel zu klein. Im selben Moment wurde die Tür am Ende des Flurs geöffnet. Stimmen. Zwei Männer, die sich auf Russisch unterhielten.

Leise schlich Dewey an den Spinden entlang, zwängte sich in den Spalt zwischen dem letzten Schließfach und der Wand.

Eine der Stimmen kam näher. Er konnte zwar nicht verstehen, was der Mann sagte, aber der Tonfall verriet Zorn.

Dewey hörte, wie auf dem Flur Türen geöffnet wurden, dann Schritte, die sich die Treppe hinauf ins nächste Stockwerk bewegten. Die beiden Männer riefen einander etwas zu, das Gespräch ging hin und her.

Von seiner Ecke aus beobachtete Dewey durch eine kleine Lücke zwischen Spind und Decke den Raum. Zuerst sah er nur einen Schatten, dann den Mann selbst. Er war kräftig und trug eine dunkelgrüne Uniform. Ein Cop oder jemand von der Bahnpolizei.

Reglos stand Dewey da, verfolgte, wie der andere den Raum mit Blicken abscannte und einen Zug von der Zigarette nahm. Der Anflug eines Grinsens huschte über sein Gesicht.

Deweys Blick schoss in Richtung Bank. Darauf lag der Schlüsselbund.

»Fuck«, flüsterte er. *Wenn er den bemerkt, bin ich erledigt.*

Der Polizist verließ die Umkleide und schloss die Tür von außen.

Erleichtert seufzte Dewey auf. Er rechnete damit, erneut Stimmen zu hören, doch es kam nichts.

Er hätte in den Spinden nachsehen müssen.

In diesem Moment erkannte er, dass der Typ die Schlüssel gesehen hatte. Er holte bloß seinen Kollegen.

Verzweifelt suchte Dewey nach einem Ausweg. Es gab zwar zwei Fenster, doch beide waren winzig. Er musste durch die Tür abhauen.

Plötzlich ging das Licht aus.

Dewey schob sich aus seinem improvisierten Versteck. Ihm blieb verdammt wenig Zeit. Er kroch zum Stiefelhaufen, Dutzende von Paaren, die übereinander vor der Wand aufgestapelt waren. Er wühlte sich in den Haufen, bedeckte jeden Zentimeter von Körper und Kopf, behielt das Kampfmesser in der rechten Hand.

Über eine Minute wartete er. Schließlich vernahm er ein metallisches Schaben, ganz leise nur, als der Türknauf behutsam gedreht wurde. Er erahnte den Umriss einer Waffe eher, als dass er ihn sah. Der Lauf glitt herein, wurde nach rechts geschwenkt, auf die Stelle an der Wand direkt neben der Tür. Mit einem Mal peitschten Schüsse. Gleichzeitig stürmte ein weiterer Mann in den Umkleideraum, zielte in die andere Richtung, feuerte dreimal durch den Zugang. Hätte jemand dahinter gelauert, wäre er jetzt von Kugeln durchsiebt.

Einer der beiden schaltete das Licht an. Durch eine Lücke zwischen zwei Stiefeln verfolgte Dewey das Geschehen. Die zwei Beamten schauten ziemlich überrascht aus der Wäsche, weil die Ecke leer war und hinter der Tür kein Toter lag.

Der zweite Mann, ein kleiner, fetter Bursche, sagte etwas zu seinem Begleiter. In Anbetracht dessen, wie er den Kopf schüttelte, wohl so etwas wie: *Bist du sicher, dass hier einer drin ist?*

Der größere Wachposten trat an die Bank und hielt den Schlüsselbund hoch, als ob er ein Beweisstück präsentierte.

Deweys Ohren erfassten das fast unhörbare Geheul einer Sirene.

Der Kleine schnauzte seinen Kompagnon auf Russisch an. Dieser öffnete den Spind direkt neben der Tür, von Dewey aus betrachtet am gegenüberliegenden Ende. Er spähte hinein, vergewisserte sich, dass er leer war, und schlug ihn wieder zu. Methodisch schritt er die Reihe ab, öffnete Spind um Spind, ohne fündig zu werden.

Die Sirene wurde lauter, weitere fielen ein.

Sie rückten an, und zwar schnell und gut organisiert. Die russischen Behörden kochten offenbar vor Wut.

Aber woher wussten sie, dass er nicht längst außer Landes war?

Egal. Es gab nur eine Möglichkeit, aus diesem Rangier-bahnhof zu entkommen. Dabei hinterließ er zwangsläufig Spuren, höchstwahrscheinlich blutige. In wenigen Augen-blicken drohte die Situation haarig zu werden.

Durch eines der Fenster fiel für einen Moment Licht ein.

Der größere der beiden Posten registrierte, dass Ver-stärkung eingetroffen war. Er maulte den anderen an, der mittlerweile vor dem Stiefelhaufen stand, unter dem sich Dewey verkrochen hatte.

Sie stritten miteinander. Ihr erhitztes Wortgefecht wurde immer lauter, während sie sich gegenseitig mit Unfreund-lichkeiten eindeckten – zumindest der Körpersprache nach zu urteilen. Der kleinere Russe hielt nach wie vor eine Pis-tole in der Hand, den Lauf auf den Boden gerichtet. Seine Füße waren kaum 30 Zentimeter von Dewey entfernt. Durch seine Beine hindurch konnte Dewey den größeren verorten, der eine Maschinenpistole schwang, den Lauf, ohne es zu ahnen, direkt auf Deweys Kopf gerichtet.

Lautlos schob sich der linke Arm des Amerikaners zwi-schen den Stiefeln hindurch, kreiste unbemerkt in der Luft. Mit der Linken bekam er den Pistolenlauf des Kleineren zu fassen, während seine Rechte nach der Hand des Mannes angelte. Der Posten spürte, dass etwas an ihm zerrte, fing laut an zu kreischen und blickte sich suchend um. Ihm quol-len beinahe die Augen über, als ihm aufging, dass Dewey seine Waffe und nun auch seine Hand gepackt hielt. Mit einem Ruck versuchte der Russe, die Waffe loszureißen.

Verständnislos blickte der größere Polizist seinen Part-ner an, bis er Deweys Hand am Lauf sah. Er zögerte einen Moment, dann schwenkte er seine Maschinenpistole herum, während es Dewey im selben Augenblick gelang, den rech-ten Zeigefinger über dem Finger des Russen in den Abzugs-bügel zu zwängen. Dewey sprang auf, die Stiefel flogen dabei in alle Richtungen. Er überwältigte seinen Mann, schwenkte dessen Arm samt Pistole herum und feuerte in ebendem Augenblick, in dem der andere Security-Posten den Abzug betätigte und seine Munition rechts von Dewey in die Wand jagte.

Der Pistolenschuss klang wie eine Explosion. Das Geschoss pflügte durch die Stirn des Größeren, Blut spritzte aus seinem Hinterkopf. Er fiel auf den Rücken, während Dewey den Arm des Untersetzten nach links zwang. Schreiend packte dieser mit beiden Händen den Griff der Skyph. Doch Dewey war stärker. Mit Gewalt drehte er die Pistole nach oben, sodass der Lauf auf die Brust des Wachmanns zielte, und drückte ab. Die Kugel traf den Mann mitten in die Brust und tötete ihn augenblicklich.

Dewey stieg auf die Bank, um aus einem der Fenster auf den Parkplatz zu spähen. Dort standen in einer Staubwolke drei Streifenwagen mit eingeschalteten Scheinwerfern. Mehrere Polizisten kamen über den Parkplatz mit gezogenen Waffen auf das Gebäude zu.

Er rannte durch den Flur und verriegelte den Eingang, spurtete zurück in den Umkleideraum, pellte sich die feuchte Jeans vom Leib, zog dem größeren der beiden Wachleute die grüne Uniformjacke aus und schlüpfte hinein, während bereits die erste Faust mit einem dumpfen Pochen, das durch den ganzen Flur hallte, gegen das Stahltor hämmerte.

Hektisch nahm Dewey dem Kerl Waffengürtel, Stiefel und Hose ab und zog alles an. Das Hämmern wurde lauter, jemand brüllte etwas auf Russisch. Dewey zog dem Großen seine Jeans über, knöpfte sie gerade zu, da hallte eine laute Explosion durch den Flur. Deweys Blick zuckte nach oben. Die Eingangstür flog krachend nach innen gegen die Wand.

Dewey nahm die Pistole des ersten Wachmanns und drückte sie dem Großen in die Hand. Mit der Linken schnappte er sich die MP, während er die Finger der Rechten ins Blut des Toten tauchte und Stirn und Wangen damit einschmierte.

Als bereits die ersten Schritte durch den Flur hallten, legte Dewey sich seelenruhig hin, den Kopf leicht angehoben, richtete den Lauf der MP auf den Toten und wartete.

Dem Beobachter präsentierte sich eine chaotische Szene, die Schlussfolgerung lag auf der Hand: Es hatte eine Schießerei gegeben und der Wachmann, Dewey, der nun die Waffe hielt, hatte um Haaresbreite überlebt und den Eindringling getötet, nachdem dieser seinen Kollegen umgebracht hatte.

Dewey blickte auf, tat, als wäre er benommen, und stellte fest, dass gleich eine ganze Schar Polizeibeamter eintraf. Einer davon schaute ihn an und fragte etwas, doch Dewey reagierte nicht. Stattdessen schloss er die Augen, senkte die MP und ließ den Kopf zurückfallen.

Sie trugen Dewey zu einem Streifenwagen und legten ihn auf den Rücksitz. Die Tür wurde geschlossen, das Auto setzte sich in Bewegung.

Der Fahrer sprach ins Funkgerät, darauf folgte ein schrilles Quäken, dann eine Frauenstimme, wahrscheinlich die Leitstelle, die ihm Anweisungen gab, wohin er den verletzten Beamten bringen sollte.

Dewey betastete seinen Gürtel, zog die Pistole aus dem daran befestigten Holster. Er öffnete die Augen einen Spaltbreit, lugte zum Vordersitz. Außer dem Beamten am Steuer saß kein weiterer Polizist im Wagen.

Dewey richtete sich auf und hielt dem Mann die Mündung der Skyph an den Hinterkopf. Dieser zuckte zusammen, als er im Rückspiegel die Waffe an seinem Schädel entdeckte.

»Sprichst du Englisch?«, fragte Dewey.

Der Fahrer nickte.

»Ja«, erwiderte er mit rauem Akzent. »Nicht viel.«

»Fahr weiter. Nimm das Funkgerät *nicht* ab. Verstell *nicht* die Scheinwerfer. Lass die Hände am Lenkrad. Verstanden?«

Der Streifenwagen fuhr mit ziemlich hohem Tempo. Das Tageslicht verlieh dem Himmel bereits einen zarten Blauton.

»Sag, dass du mich verstanden hast!«

»Ja, habe verstanden.«

»Wen habt ihr gesucht?« Dewey kannte die Antwort bereits, aber ein Teil von ihm hoffte, dass er sich womöglich irrte. Außerdem wollte er herausfinden, wie viel sie wussten.

Mit verwirrtem Gesichtsausdruck blickte der Fahrer in den Spiegel. »Dich«, meinte er.

Mit einer Kopfbewegung deutete er nach rechts. Auf dem Beifahrersitz lag eine Kunstledermappe. Dewey beugte sich über die Lehne, die Waffe weiterhin auf den Kopf des Fahrers gerichtet, und schlug die Akte auf. Eine Art Fahndungsmeldung. Die obere Hälfte des Bogens war mit kyrillischen Schriftzeichen bedeckt. Dewey starrte die Seite an, schließlich streckte er den Arm aus und hob sie hoch. Darunter lagen zwei Fotos. Das erste zeigte ihn beim Einchecken im Four Seasons, aufgenommen von einer Überwachungskamera. Auf dem zweiten war Katya Basayeva zu sehen.

Dewey drückte dem Fahrer die Waffe fester ans Genick und schwenkte den Zettel.

»Was steht da drauf?«, wollte er wissen.

Der Fahrer visierte Dewey im Rückspiegel an. »Mehrfacher Mord. Und die Entführung der Ballerina.«

»Wer hat die Fahndung ausgeschrieben? Die Polizei von St. Petersburg?«

Der Fahrer musste kurz nachsehen. »FSB.« Aha, der berüchtigte russische Inlandsgeheimdienst.

»Wurde die Öffentlichkeit schon darüber informiert?«

Bei dieser Frage drehte der Polizist sich um, ehe Dewey ihm die Waffe in die Wange stieß und ihn zwang, wieder auf die Straße zu blicken. »Natürlich. Du hast eine bekannte Persönlichkeit entführt. Dein Foto ist überall.«

Der Polizist streckte die Hand aus und schaltete das Radio ein. Ein Wortschwall auf Russisch.

»Ich beherrsche deine Sprache nicht.«

»Hm, vielleicht besser. Er redet über dich.«

»Was sagt er?«

»Dass man dich kriegen will. Tot oder lebendig.«

49

BEST BUY
STERLING, VIRGINIA

Gant fuhr zu einem abgelegenen Best-Buy-Store und erstand ein neues Handy, das er mit einer unter falschem Namen gekauften Gutscheinkarte bezahlte.

Zurück im Wagen krempelte er den Hemdsärmel hoch. Mit Kuli hatte er sich auf dem Arm eine Telefonnummer notiert.

»*Hola*«, meldete sich eine sanfte Frauenstimme.

»Ist er da?«

»Nein.«

»Er soll mich zurückrufen. Es ist dringend.«

»Gut.«

Gant diktierte ihr die Nummer seines neuen Handys.

»Sag ihm, es ist extrem wichtig.«

Gant legte auf und unterzog den Parkplatz einer kurzen Sichtkontrolle. Anschließend holte er ein Päckchen Reinigungstücher aus dem Handschuhfach, wischte sich die Nummer vom Arm, knöpfte den Ärmel zu und machte, dass er von diesem Parkplatz verschwand.

50

AN BORD DER *SAMOTNÍY RYBALKA*
INTERNATIONALE GEWÄSSER

Bis zum Anbruch der Morgendämmerung dauerte es mindestens noch eine Stunde. Poldark trottete den feuchten, muffigen Korridor unter Deck entlang. Vor dem Frachtraum, in dem die Bombe gelagert wurde, legte er bedächtig den Schutzanzug an.

Ihn anzuziehen dauerte von Mal zu Mal länger, wahrscheinlich weil man trotz des geschlossenen Kreislaufatemgeräts etwas Strahlung abbekam. Aber diese kleinen Dosen würden bald der Vergangenheit angehören. Von heute an nahm die radioaktive Belastung für ihn und alle anderen auf dem Boot dramatisch zu. Der heutige Tag bedeutete den Anfang vom Ende für ihn und die Crew.

Er öffnete die schwere Stahltür, trat ein und achtete darauf, dass sie wieder ins Schloss fiel.

Alle äußeren Teile der ursprünglichen Bombe waren mittlerweile entfernt. Die Reste lagen auf dem Edelstahltisch. Eine gigantische, 1,20 Meter lange Suppendose mit einem Durchmesser von 60 Zentimetern aus dickem, dunklem, rötlich-grünem Stahl. An einem Ende wies der

Zylinder eine Schweißnaht auf, das andere Ende war glatt und abgerundet, leicht bauchig.

Poldark ging zu einer großen, roten Reisetasche, die an der Wand stand, öffnete sie und entnahm ihr einen Behälter mit mehreren Gerätschaften. Nachdem Poldark den Umfang des Endstücks gemessen hatte, befestigte er eine Reihe von Spezialzwingen und an diesen einen Draht. Das erlaubte ihm, den exakten Scheitelpunkt der Schweißnaht zwischen Zylinderende und Gehäuse zu bestimmen. Nachdem dieser Schritt erledigt war, zog er etwas aus dem Kasten, das an einen Bleistift erinnerte. Er setzte es an der Schweißnaht an und drückte eine kleine Taste. Mit einem leisen Surren bewegte sich eine winzige, fast nicht zu sehende Wolfram-Diamantsäge mit hoher Geschwindigkeit auf und ab, fräste eine mit bloßem Auge kaum erkennbare Spur in den Stahl.

Poldark brauchte sechs Stunden, um die Schweißnaht am Gehäuseabschluss zu durchdringen, und weitere acht Stunden, um den Schnitt so zu vollenden, dass nicht versehentlich der Auslöser aktiviert wurde.

Mit Ausnahme einiger Pinkelpausen verließ er den Raum nicht.

Irgendwann nach 20 Uhr ließ er die Bombe kurzerhand Bombe sein und begab sich auf direktem Weg in seine Kajüte, um sich in seine Koje zu legen. Er war so müde, dass er sogar vergaß, den Schutzanzug abzulegen. Auch das Atemgerät behielt er beim Einschlafen auf dem Kopf.

51

John Schmidt, Pressesprecher des Präsidenten, betrat das Oval Office. Dort hatten sich neben Staatsoberhaupt Dellenbaugh bereits der Nationale Sicherheitsberater Josh Brubaker und Vizepräsident Daniel Donato eingefunden.

»Meine Herren, entschuldigen Sie bitte die Verspätung.«

Die Stimmung wirkte angespannt. Schmidt hatte das Meeting einberufen, um ein Thema zu erörtern, das ihnen allen Bauchschmerzen bereitete. »Wir müssen die Tatsache, dass sich eine Atombombe auf dem Weg in die Vereinigten Staaten befindet, publik machen«, begann er, noch an der Tür stehend. »Es kommt sowieso ans Licht. Ich halte es für besser, wenn wir in die Offensive gehen.«

»Da bin ich anderer Meinung«, widersprach Brubaker. »Das Ausmaß an Panik, das wir damit erzeugen, wäre nicht nur schwer in den Griff zu bekommen, sondern erschwert auch unsere Bemühungen, die Bombe aufzuspüren.«

»Josh«, meinte Schmidt mit einem ungeduldigen Kopfschütteln, »wie oft haben wir diese Debatte schon zu wie vielen Themen geführt? Es wird zwangsläufig etwas durchsickern. Es sind so viele Personen aus unterschiedlichen Behörden involviert, ganz zu schweigen von dem Terroristen selbst.«

Unvermittelt wurde hinter Schmidt die Tür geöffnet. Gary Foster, sein persönlicher Assistent, steckte den Kopf herein. »Sie bringen die Story über Katya Basaeyeva«, verkündete er. »Ich dachte mir, das interessiert Sie vielleicht.«

»Wo läuft es?«

»BBC.«

Schmidt öffnete einen Bücherschrank, zumindest sah er so aus. Dahinter befanden sich sechs Flachbildschirme. Er nahm die Fernbedienung und schaltete den englischen Sender ein.

Eine Korrespondentin stand auf einer Brücke in Moskau, die Lichter der Stadt im Rücken.

»Hier spricht Sarah Rainsford. Ich berichte live aus Moskau. Heute Nacht haben mehrere Zwischenfälle das Land erschüttert und die russischen Behörden in höchste Alarmbereitschaft versetzt ...«

Ein Video wurde eingeblendet, die Luftaufnahme eines Nachrichtenhelikopters. Zu sehen war ein Gebäude, aus dem Flammen schlugen.

»Sie sehen Livebilder aus Rubljowka, einem exklusiven Moskauer Vorort. Mehreren Augenzeugen zufolge ereignete sich dort vor wenigen Stunden eine schwere Explosion. Die Flammen lodern immer noch, es ist das reinste Inferno. Die Feuerwehr versucht, ein Übergreifen der Flammen auf benachbarte Datschen zu verhindern ...«

Aufnahmen aus St. Petersburg wurden eingespielt. Auf einer abgesperrten Straße vor dem Four Seasons Lion Palace wimmelte es von Streifenwagen mit blitzendem Blaulicht.

»Überdies läuft in St. Petersburg, etwa 700 Kilometer von hier entfernt, eine intensive Fahndung, nachdem anscheinend eine der bekanntesten Bürgerinnen Russlands, die Ballerina Katya Basaeyeva, entführt wurde. Unseren Informationen zufolge hat man sie im Anschluss an eine Aufführung im Kirow-Ballett aus ihrem Hotelzimmer verschleppt. Die Aufnahme einer Überwachungskamera des Hotels zeigt einen noch nicht identifizierten Mann, den der FSB für den Hauptverdächtigen im Entführungsfall hält ...«

Ein Schwarz-Weiß-Foto von Dewey erschien auf dem Fernsehschirm.

Schmidt schaltete das Gerät stumm.

»Die Story fliegt uns früher oder später um die Ohren«, sagte er mit Nachdruck.

»Wir dürfen nichts über die Bombe an die Öffentlichkeit geben«, erwiderte Brubaker. Er brüllte fast. »Das amerikanische Volk gerät sonst in Panik und …«

»Sie kapieren es wirklich nicht, was?«, fiel Schmidt ihm kopfschüttelnd ins Wort. Er trat auf Brubaker zu und stieß ihm einen Zeigefinger entgegen. »Hier geht es nicht um das Weiße Haus gegen Amerika, Josh. Sondern um Amerikas Kampf gegen den Terror. Wir sind auf die Unterstützung der Öffentlichkeit angewiesen. Wenn man bei solchen Themen lügt, kann man nur verlieren. Man wird uns vorhalten, dass wir die jüngsten Entwicklungen verschwiegen haben, und mit ›uns‹ meine ich vor allem den Präsidenten.« Er wandte sich zum Gehen.

»Mr. President!« Brubaker blickte Dellenbaugh an. »Es ist an Ihnen, eine Entscheidung zu fällen.«

Dellenbaugh nickte Schmidt zu. »Ich kann Ihren Standpunkt nachvollziehen, John. Aber Josh hat recht. Sollte die amerikanische Öffentlichkeit Wind davon bekommen, dass eine Atombombe auf dem Weg ins Land ist, bricht ein komplettes Chaos aus. Wir können unmöglich die Terroristen aufhalten und uns gleichzeitig darum kümmern. Darum halten wir uns vorerst bedeckt.«

52

Cloud blickte aus dem Fenster auf die heruntergekommenen Bauten. Bisher hatte diese Stadt keine nennenswerten Emotionen in ihm ausgelöst. Er arbeitete hier, weiter nichts. Hier blieb man anonym, weil einen weder Polizei noch Nachrichtendienste auf dem Radar hatten. Ein Mann wie Alexei Malnikov hätte einen an einem solchen Ort niemals vermutet. Doch seit dieser Nacht hasste er dieses schäbige Kaff aus tiefstem Herzen.

Zwei Faktoren hatten ihn an diesen Punkt gebracht. Die Atombombe repräsentierte die Vergangenheit. Sein Lebenswerk, dessen Krönung die Detonation auf amerikanischem Boden darstellte. Dann wäre es vorbei, jenes Leben, das er unbedingt hinter sich lassen wollte, und er konnte noch einmal von vorn anfangen. Mit Katya. Ein anständiges Leben, in dem er zu jemandem gehörte. Und vor allem eine Familie hatte. *Ein Kind.* Ja, ein Kind. Diesen Teil hatte er noch nie jemandem eingestanden, nicht einmal ihr, doch das wünschte er sich mehr als alles andere. Eine kleine Tochter. Doch dazu würde es nicht kommen. Der Traum war vorbei.

Zum ersten Mal hatte ihn jemand besiegt. Innerhalb weniger Stunden löste sich sein sorgfältig ausgetüftelter Plan in nichts auf. Dewey Andreas war es gelungen, ihm seine Zukunft zu nehmen. Damit blieb ihm lediglich die Vergangenheit.

So sei es, dachte er.

»Haben die in Langley unsere Backdoors in ihren IT-Systemen schon geschlossen?«, fragte Cloud.

»Nein«, beruhigte Sascha. »Ihnen ist zwar aufgefallen, dass etwas nicht stimmt, und sie spulen die Standardprozeduren ab, um uns auszusperren. Aber es dürfte nicht klappen.«

»Sehr gut«, flüsterte Cloud so leise, dass der andere es nicht mitbekam.

Eine Erinnerung blitzte auf. Sein Vater. Er saß allein mit ihm vor dem Herd. Sie spielten Schach. Cloud hatte seine Stimme im Ohr: *»Im Schach gibt es Züge, die niemand versteht, nicht einmal Großmeister. Züge, die jener Teil unseres Gehirns ausheckt, der weiß, wie man gewinnt.«*

»Du hast es gewusst«, raunte er. »Du wusstest, dass sie hinter ihr her sein würden. Du hast sie dieser Gefahr trotzdem ausgesetzt. In dem Moment, als du Al-Medi geopfert hast, hast du sie preisgegeben. Es war unvermeidlich.«

Cloud hatte drei Männer zu Katyas Schutz angeheuert, die besten, die man für Geld kaufen konnte. Vielleicht hätte er sie überreden können, die Vorstellung abzusagen, doch damit wäre das Risiko einhergegangen, die Alarmbereitschaft der Amerikaner zu wecken. Die ganze Nacht basierte auf einer Täuschung, darauf, dass die Amis eine Sache glaubten, während unter der Oberfläche in Wirklichkeit etwas ganz anderes lauerte.

Eigentlich sollte er jetzt unterwegs nach St. Petersburg sein, um seine Verlobte zu überraschen. Doch hier stand er nun vor dieser Fensterscheibe, starrte seinem Spiegelbild in die Augen und sah nichts als finsterste Verwüstung.

Hatte er seinen Gegner falsch eingeschätzt? Hatten die Amerikaner ihn die ganze Zeit an der Nase herumgeführt?

»Unmöglich«, meinte er zu sich selbst.

Cloud wusste, dass die Vereinigten Staaten ihre Männer niemals für ein Täuschungsmanöver geopfert hätten. Sie würden es nicht zulassen, dass drei Soldaten einfach so in einer Datscha ums Leben kamen. So waren sie nicht gestrickt. Die Russen, die Chinesen, im Grunde fast alle Staaten hätten ihre Männer einfach abgeschrieben. Aber nicht die Amerikaner.

»O nein.« Ihm lief es kalt über den Rücken, während es ihm dämmerte: Er spielte Schach mit einem Gegner, der sich nicht an die Regeln hielt. Heute Nacht war er auf den schäbigsten aller Regelverstöße hereingefallen, die es gab. Auf einen Trick, wie er nur Kindern einfiel: Die Vereinigten Staaten hatten eine zusätzliche Figur auf dem Spielbrett. Und zwar nicht bloß einen Bauern oder einen Turm. Die Entführung musste das Werk eines Springers sein – kühn, brutal, rücksichtslos.

»Interessant«, sagte Sascha und riss Cloud aus seinen trüben Gedanken.

»Was gibt es?«

»Sieh selbst. Eine Fahndungsmeldung der Polizei in St. Petersburg.«

Cloud las das Dokument:

** HÖCHSTE DRINGLICHKEITSSTUFE **
Mutmaßlicher Mehrfachmord auf Rangierbahnhof
Kolpinsky Rayon km 554,7
Zwei Tote
** VERDÄCHTIGER AUF DER FLUCHT **

»Wo liegt Kolpinsky Rayon?«

Sascha rief eine Karte auf. Die Stadt lag mehrere Kilometer flussabwärts von St. Petersburg, weiter im Inland, Richtung Moskau.

»Es wird Zeit, mit Andreas' Identität an die Öffentlichkeit zu gehen«, sagte Cloud.

53

Vom Rangierbahnhof aus fuhren sie mehrere Meilen. Dewey blieb auf dem Rücksitz, drückte dem Beamten die Waffe in den Nacken.

Als sie eine kleinere Stadt durchfuhren, befahl Dewey dem Russen, auf den Parkplatz eines heruntergekommen wirkenden Einkaufszentrums einzubiegen, der um diese Uhrzeit verlassen dalag.

»Hinter das Gebäude!«

Der Polizist parkte neben einem großen Müllcontainer.

»Aussteigen!«

Der Polizist stieg aus. Dewey kletterte vom Rücksitz, hielt die Waffe pausenlos auf ihn gerichtet.

»Gib mir den Gürtel. Mach schon!«

Der Russe hakte seine Koppel aus und warf sie Dewey zu, der sie wiederum in den Streifenwagen schleuderte.

»Taschen ausleeren!«

Ein Bündel Scheine und ein Handy, sonst nichts. Dewey steckte das Geld ein, das Mobiltelefon legte er auf den Sitz des Streifenwagens.

»Du hast dir heute Nacht selber das Leben gerettet, weil du keine Dummheiten gemacht hast«, sagte er zu dem Polizisten. »Fang jetzt nicht damit an. Ich werde dich gleich k. o. schlagen. Wenn du aufwachst, liegst du in dem Müllcontainer da drüben. Dir wird der Schädel brummen, aber du wirst am Leben sein.«

»Kann ich etwas fragen?«

»Was denn?«

»Hast du sie entführt?«

Dewey ignorierte die Frage und zog dem Russen mit dem Griff der Pistole eins über. Ein geübter, exakt gezielter Hieb, der den Cop bewusstlos zusammensacken ließ. Er legte ihm an Handgelenken und Knöcheln Plastikfesseln an, riss ihm einen Streifen vom Hemd und funktionierte ihn zu einem Knebel um. Anschließend warf er sich den anderen quer über die Schulter und schleppte ihn zum Müllcontainer. Mit einem dumpfen Laut kam der Körper unten auf.

Mittlerweile dürfte bekannt sein, dass es sich bei den beiden Toten am Rangierbahnhof um Polizisten handelte. Die Suche nach dem Streifenwagen müsste längst eingeleitet sein.

Dewey stieg ein und fuhr ohne Licht los, weg von diesem Einkaufszentrum. Ein paar Meilen weiter sah er direkt voraus ein winziges schwarzes Objekt am Himmel, das ziemlich niedrig flog. Im nächsten Augenblick vernahm er das dumpfe Dröhnen von Rotoren, die die Luft zerteilten. Ein Hubschrauber. Er riss das Lenkrad nach rechts, jagte auf den Parkplatz eines Wohnblocks. Das Rotorengeräusch wurde lauter, während Dewey mit aufheulendem Motor über den randvollen Parkplatz raste. Er entdeckte eine freie Stellfläche, trat auf die Bremse und legte die letzten paar Meter schlitternd zurück, ehe er mit einem Ruck zum Stehen kam.

Die rechte Hand fest um die Waffe geschlossen, die linke am Türgriff, lauschte Dewey vom Auto aus, wie der Chopper über ihn hinwegbrauste. Stille folgte.

Dewey stieg aus und ging zu einem weißen Kombi. Mit dem Pistolengriff schlug er die hintere Scheibe ein, entriegelte und warf den Gürtel des Polizisten auf den Beifahrersitz.

Er klappte den Kofferraum des Streifenwagens auf. Darin befand sich eine Reisetasche aus Leinen. Er durchwühlte sie, fand Zivilkleidung, nahm die Hose und das kurzärmlige karierte Hemd heraus, zog sich um und deponierte die Uniform in der Tasche.

Die Sachen saßen ein bisschen schlabbrig, aber wenigstens scheuerte nichts an dem tiefen Riss im Knie.

Ganz unten im Gepäckstück stieß er auf ein Handy, vermutlich das Privatgerät des Polizisten.

In weniger als einer halben Minute hatte er den Kombi kurzgeschlossen und brauste in Richtung Hauptverkehrsstraße.

Was Dewey jetzt brauchte, war Zeit. Zeit, damit die Lage sich beruhigte und er aus der unmittelbaren Umgebung von St. Petersburg und dem Rangierbahnhof verschwinden konnte. Er steckte bis zum Hals in der Scheiße und musste dringend mit Langley in Kontakt treten. Dummerweise wurde er vom FSB gejagt, einem der schlagkräftigsten Geheimdienste weltweit.

Ihm blieb nichts anderes übrig.

Mach, dass du wegkommst. Das hat jetzt höchste Priorität.

Er schaltete das Handy ein und rief eine Karten-App auf. Er befand sich in der Nähe einer Stadt namens Lyuban. Moskau lag östlich davon. Er prägte sich die Route ein, verließ die App und wählte die Nummer der CIA-Zentrale.

Nach mehrmaligem Klingeln ertönte ein hoher, kontinuierlicher Piepton. Dewey gab einen Code ein. Eine Frauenstimme meldete sich.

»Zeichen.«

»TS 2294 Bindestrich 6.«

»Warten Sie bitte.«

Nach wenigen Sekunden vernahm Dewey ein Klicken, danach eine Stimme. »Wo bist du?«

Es war Calibrisi.

»Auf der Flucht. Wissen wir, wo er steckt?«

»Noch nicht.«

»Was soll ich machen?«

»Sieh zu, dass du in das Safe House in Moskau kommst. Dort findest du Lebensmittel und Waffen und kannst duschen. Ein anderer Operator erwartet dich bereits, außerdem eine Führungsoffizierin. Bill schickt weitere Männer rein.«

»Wer ist der Operator?«

»Maybank. Er ist verletzt.«

Dewey blickte auf seine Hose. Rot sickerte es aus der Wunde. Die Blutung wollte einfach nicht aufhören.

»Wie lange noch, bis wir die Information bekommen?«

»Wir arbeiten dran«, sagte Calibrisi. »NSA, Pentagon, Langley – alle konzentrieren sich im Moment drauf. Aber …«

»Was?«

»Es ist eine Nadel im Heuhaufen. Der Täter ist ein absolut unbeschriebenes Blatt. Ein Phantom.«

»Der FSB ist mir dicht auf den Fersen«, sagte Dewey. »Sollte ich der einzige einsatzfähige Operator vor Ort sein, ist das ein Problem.«

»Ich bin dabei, andere Optionen zu aktivieren. Ressourcen von außerhalb der Firma.«

»Israel?«

»Nein. Jemand außerhalb der offiziellen Kanäle. Ich erzähl dir mehr, sobald du im Safe House bist.«

54

Nach dem Gespräch mit Dewey legte Calibrisi auf, warf das Handy auf den Boden und zertrampelte es. Aus seinem Schreibtisch zog er ein weiteres Prepaid-Modell und wählte eine Londoner Nummer.

»Gansevoort PLC«, meldete sich eine sanfte Frauenstimme mit blasiertem britischem Akzent. »Mit wem darf ich Sie verbinden?«

»Ich hatte einen Autounfall auf dem Ratcliff Highway.«

»Bleiben Sie bitte dran.«

Sekunden später meldete sich eine andere Frauenstimme. »Büro des Direktors, wie kann ich Ihnen helfen?«

»Natalie, ich bin's, Hector Calibrisi.«

»Hallo, Hector. Ich hol ihn an den Apparat.«

Während Calibrisi wartete, erschien ein hochgewachsener Mann mit Brille vor der Glastür zu seinem Büro. Ted Wendell, der Technische Direktor der Agency. Er leitete die Auswertung, wie tief Cloud in die Netzinfrastruktur Langleys eingedrungen war. Und natürlich die Bemühungen, die Schäden einzudämmen.

Calibrisi hob die Hand zum Zeichen, dass Wendell warten sollte.

»Hector«, erscholl der aristokratische Akzent des MI6-Direktors Derek Chalmers in der Leitung. Er hatte eine Ausbildung in Cambridge genossen. »Wie geht es Ihnen?«

»Nicht allzu gut.«

»Ein bisschen zu viel Wodka, was, Hector?«, stichelte Chalmers.

Calibrisi ging nicht auf den Scherz ein.

»Was wissen Sie?«

»Sehr wenig. Aber Deweys Foto wird im Fernsehen verbreitet, also ist mir klar, dass etwas nicht stimmt. Sie haben ihn zwar nicht identifiziert, aber die Fahndung läuft. Sie werden ihn kriegen, Hector. Brauchen Sie Hilfe bei der weiteren Untersuchung?«

»Um Dewey mache ich mir keine Sorgen.«

»Hat er die Frau entführt?«

»Ja.«

»Verraten Sie mir, weshalb die USA auf einmal so großes Interesse an russischen Ballerinas entwickelt?«

»Ihr Verlobter ist ein Terrorist. Er hat eine Atombombe mit einer Sprengkraft von 30 Kilotonnen auf ein Schiff verfrachtet, das sich auf dem Weg in die Vereinigten Staaten befindet.«

Chalmers pfiff leise durch die Zähne. »Was benötigen Sie von uns? Es versteht sich von selbst, dass Sie auf unsere Unterstützung zählen können.«

»Katya Basaeyeva wird gerade nach Inverness geflogen. Ich brauche Ihren besten Vernehmungsspezialisten. Im Moment ist sie unsere einzige Verbindung zu dem Terroristen.«

»Und er ist der Einzige, der weiß, wohin genau die Reise geht?«

»Korrekt!«

»Wann wird das Schiff eintreffen?«

»In zwei Tagen.«

»Am 4. Juli«, bemerkte Chalmers. »Independence Day. Sie haben Glück, dass wir Briten nicht nachtragend sind.«

Calibrisi räusperte sich. »Großes Glück, Derek. Vielen Dank für Ihre Mithilfe.«

»Ich werde direkt losfliegen«, versprach Chalmers.

»Das ist nicht nötig. Schicken Sie einfach Ihren besten Vernehmungsoffizier hin.«

»Das bin zufälligerweise ich. Falls sie etwas weiß, bringe ich es in Erfahrung.«

»Dewey hält sie für unschuldig. Er meinte, sie klang ehrlich überrascht, dass ihr Verlobter ein Verbrecher ist.«

»Wie Sie wissen, bin ich, seiner aufbrausenden Art zum Trotz, einer von Deweys größten Fans. Aber er ist ein Operator. Ich hätte mal fast mein Leben verloren, weil ich einer Russin auf den Leim ging, die auf mich angesetzt war. Trauen Sie niemals einer Agentin aus dem Ostblock. Wie heißt der Verlobte übrigens?«

»Pjotr Vargarin, in Hackerkreisen besser bekannt als Cloud.«

»*Cloud?*«, fragte Chalmers. »Klingt nach Wichtigtuer! Der Bursche ist mir schon jetzt zuwider. Schicken Sie uns ein paar Infos zu seiner Biografie, wenn es geht.«

»Wird gemacht!«

Calibrisi legte auf und nickte Wendell zu. Daraufhin betrat dieser Calibrisis imposanten Glaspalast.

»Gibt es neue Erkenntnisse?«, erkundigte sich Calibrisi.

»Sieht übel aus«, antwortete Wendell. »Es handelt sich um eine Art Virus. Ihn zu beseitigen, dürfte eine ganze Weile dauern. Cloud ist seit über einem Jahr in unserem System aktiv und hat sich jede Menge Hintertüren eingerichtet. Er kann nach Belieben rein und wieder raus.«

»Können wir die Teile nicht einfach entfernen?«

»Das Problem besteht darin, dass wir weder wissen, wie viele es gibt, noch wo sie genau sind. Solange der Virus aktiv ist, könnten wir theoretisch alle Trapdoors entfernen, wären aber immer noch nicht zum Kern des Problems vorgedrungen.«

»Wie viel Zeit müssen wir für eine komplette Säuberung veranschlagen?«

Wendell zuckte mit den Schultern. »Ein paar Wochen, vielleicht einen Monat.«

»Können wir Fremdfirmen darauf ansetzen? Spezialisten für Cyber-Sicherheit?«

»Das ist, als ob man Polizisten engagiert, um einen Banküberfall zu verhindern, nachdem er bereits verübt wurde, Hector.«

»Worauf wollen Sie hinaus?«

»Er ist bereits drin«, betonte Wendell. »Er hat den Tresor geknackt und sichtet die Beute. Wir brauchen keinen Cop, sondern einen anderen Bankräuber.«

Calibrisi nickte gedankenversunken. »Vielen Dank, Ted.« Mit einer Kopfbewegung wies er zur Tür. »Das wäre vorerst alles.« Er wartete, bis Wendell gegangen war, dann legte er beide Hände auf den Schreibtisch und rang um Fassung. Seine innere Unruhe hatte inzwischen orkanhafte Ausmaße angenommen. Das lag nicht allein an der mangelnden Manpower in Russland. Auch hier, in den Vereinigten Staaten, waren sie ungeschützt. Die Zeit lief ihnen davon. Der Feind griff an allen Fronten an. Wie ein Krebsgeschwür war er lautlos eingedrungen, auf einer Ebene, die dem menschlichen Auge verborgen blieb. Als die Sache in Rubljowka in die Binsen ging, hatte er sich schon längst eingenistet.

Nun drohten sie Zeugen einer rapiden Metastasenbildung zu werden. Das Krebsgeschwür breitete sich unaufhaltsam aus. Das Allerschlimmste daran: Es war nicht länger eine vage Vorahnung, wann der Krebs sich sein Opfer holte. Chalmers hatte recht: Der makaber 9/12 getaufte Anschlag sollte am Unabhängigkeitstag stattfinden, am 4. Juli, dem Gründungstag der amerikanischen Nation. In nur zwei Tagen würde er bis in alle Ewigkeit als Datum eines Völkermords in die Geschichte eingehen.

Calibrisi griff nach einem Gegenstand auf dem Schreibtisch. Eine alte Pistole, eine Walther PPK, die schwarze Patina vom häufigen Gebrauch abgenutzt. Vor Jahren hatte ein Stasi-Agent versucht, ihn mit dieser Waffe in einem Berliner Wohnblock zu töten. Die Kugel verfehlte ihn. Nur um Haaresbreite, aber es genügte. Calibrisi jagte dem Deutschen erst eine Kugel durch den Kopf und nahm die Waffe dann an sich. Er bewahrte sie auf, weil sie ihn an den schmalen Grat zwischen Sieg und Niederlage erinnerte. Zwischen Glück und Pech, Leben und Tod. Ein paar Zentimeter hier, ein Augenblick da. Eine Attacke, wenn der Gegner am wenigsten damit rechnete.

Mit einem Mal wurde Calibrisi klar, was er tun musste.

Er durchquerte sein Büro, öffnete die kleine Kammer an der gegenüberliegenden Wand, stopfte rasch ein paar Kleidungsstücke in eine reichlich mitgenommene lederne Reisetasche, ging zurück an seinen Schreibtisch, zog eine Schublade auf, nahm einen Packen Prepaidhandys heraus und verstaute diese ebenfalls in der Tasche.

Wenige Minuten darauf trat Calibrisi acht Stockwerke tiefer mit der Tasche aus dem Aufzug und ging den Flur entlang. Neben der Tür schob er seine Hand auf den Scanner. Eine halbe Sekunde später wurde entriegelt und er betrat Mission Theater Targa.

Polk stand vor einem der Bildschirme und verfolgte die Liveübertragung der Kamera. Einer der Agenten, die gerade versuchten, Russland zu infiltrieren, trug sie bei sich. Der Feed zeigte eine Reihe von Passagieren, die an einem Flughafen Schlange standen.

Polk bemerkte Calibrisi und kam zu ihm. »Wie ist der Status des Teams?«

»Einsatzbereit«, sagte Polk. »Brainard und Fairweather werden innerhalb der nächsten Stunde in der Luft sein.«

Erst jetzt fiel sein Blick auf Calibrisis Reisetasche. »Wo willst du hin?«

Calibrisi zögerte, ehe er verriet: »Ich verschwinde für eine Weile vom Radar. Ich melde mich bald bei dir.«

55

AN BORD DER *SAMOTNÍY RYBALKA*
IN INTERNATIONALEN GEWÄSSERN

Als Poldark am nächsten Morgen aufwachte, musste er sich sofort zur Seite beugen und übergeben. *Dir bleibt nicht mehr viel Zeit.*

Die Strahlenkrankheit hatte ihn erwischt. Sie würde sich rasch ausbreiten, einen, zwei Tage lang wüten und jedes Mitglied der Besatzung dahinraffen. Bis sie an ihrem Bestimmungsort eintrafen, sehnte sich wahrscheinlich jeder von ihnen nach dem Tod. Er selbst weilte dann aufgrund seines fortgeschrittenen Alters vermutlich eh nicht mehr unter den Lebenden.

Poldark, Faqir und die übrigen sechs Männer an Bord des Trawlers hatten sich allesamt freiwillig auf diese Unternehmung eingelassen. Sie waren bereit, für ihre Ziele zu sterben.

Für Faqir und die Tschetschenen war dieses Ziel der Dschihad. Poldarks Motivation hatte damit jedoch nichts zu tun. Er tat es für einen Mann namens Vargarin, allerdings nicht für Pjotr.

Anuslav Vargarin war Poldarks Professor und Mentor gewesen. Poldark hatte unter ihm studiert. Er zeichnete dafür verantwortlich, dass er sein Leben im Alter von

21 Jahren der wissenschaftlichen Erkenntnis und akademischen Forschung verschrieb. Professor Vargarin hatte seine Diplomarbeit betreut, war später sein Doktorvater gewesen und danach 22 Jahre lang sein Kollege.

Poldark hatte dem Team angehört, das Vargarin dabei unterstützte, eine bloße Idee in eine Theorie zu verwandeln und daraus schließlich eine Formel abzuleiten; eine Formel, die Vargarin am Ende das Leben gekostet hatte. In wenigen Tagen kostete sie Poldark ebenfalls das Leben, wenn auch auf andere Weise. Poldark starb, weil er die Formel praktisch anwendete, um die Atombombe aufzusplitten. Um aus einer Bombe zwei zu machen. Im Verlauf dieses Prozesses wurde er zwangsläufig einer tödlichen Dosis Gammastrahlung ausgesetzt. Entweder starb er, wenn die Bombe in New York City gezündet wurde, oder bereits vor der Ankunft an den Folgen der Radioaktivität.

Was Vargarin mit Poldarks Unterstützung begründet hatte, war eine Methode, mit weniger Uran als bei einer typischen Nuklearwaffe eine superkritische Masse zu erzielen. Zwar hatten andere Wissenschaftler das gleiche Ziel erreicht, allerdings nur unter Zuhilfenahme chemischer Beschleuniger. Diese waren zwar nicht so schwer zu beschaffen wie Uran, verlangten aber den Einsatz von Apparaten und/oder Chemikalien, wie sie nur größeren Unternehmen zur Verfügung standen, einen Teilchenbeschleuniger zum Beispiel oder Polonium. Vargarins Methode erreichte die superkritische Masse mithilfe einer kleinen Modifikation, indem sie auf eine chemische Verbindung zurückgriff, die wesentlich leichter herzustellen war, bei der man keinen Teilchenbeschleuniger brauchte und auch keine seltenen Elemente wie Polonium.

Im Wesentlichen lief es darauf hinaus, dass aus einer Bombe zwei wurden. Zu Zeiten des Kalten Krieges, als die Sowjetunion und die USA sich einen atomaren Wettlauf lieferten, um Nuklearwaffen anzuhäufen, galt Vargarins Idee als revolutionär. Ein Land konnte sein vorhandenes Atomwaffenarsenal verdoppeln, ohne dafür mehr radioaktives Material zu benötigen. Eine famose Idee. So famos, dass die USA bereit waren, dafür zu töten.

Als die Amerikaner Anuslav Vargarin ermordeten und die Formel stahlen, begruben sie damit auch Poldarks Hoffnung auf eine wissenschaftliche Karriere, die ihn ebenso berühmt gemacht hätte wie Vargarin. Poldark wäre Teil des Teams gewesen, um das Projekt voranzutreiben. In der Sowjetunion wurden derartige Leistungen reich belohnt und die beteiligten Wissenschaftler gefeiert wie Rockstars. Doch Amerika hatte ihm seine Zukunft genommen.

Fast 30 Jahre danach galt Vargarins Theorem längst nicht mehr als innovativ. Niemand beschäftigte sich näher damit.

Für Poldark ein zweitrangiger Umstand. Was für ihn zählte, war allein die Tatsache, dass das Verfahren funktionierte.

Nachdem Poldark die Bombe behutsam in ihre Einzelteile zerlegt hatte, deponierte er zwei der acht Uranringe in einem Stahlbehälter unter dem Tisch. Er setzte das ursprüngliche Kernladungsmodul wieder zusammen, bohrte ein kleines Loch in die Abschlusskappe und schweißte sie an.

Danach holte er einen glänzenden Stahlzylinder aus der Reisetasche, länger und breiter als der Originalzylinder. Die nächsten Stunden verbrachte er damit, die Konstruktion der ursprünglichen Bombe nachzuahmen. Nachdem die Gun-Baugruppe montiert war, fixierte er eine vergleichbare Abschlusskappe, allerdings mit einer geringfügigen Modifikation. In der Mitte befand sich eine Gewindebohrung.

Erneut trat Poldark an die Tasche und entnahm ihr das wohl bedeutendste Bauelement: eine Thermoskanne, gefüllt mit einem flüssigen, radiogenen Bismut-Isotop, das aussah wie Wasser. Mithilfe eines Plastiktrichters schüttete er den Inhalt in die zweite Bombe.

Aus dem schwarzen Werkzeugkoffer holte er zwei eigens zu diesem Zweck gefertigte Kupferbolzen. Am Kopf jedes Bolzens standen wie kleine Fühler drei Schräubchen ab. In jede Abschlusskappe schraubte Poldark einen Bolzen und zog ihn in den Gewindebohrungen am Ende beider Bomben fest an.

Zwei kleine, identisch aussehende Apparaturen folgten. Sie sahen aus wie Handys, nur dass Drähte aus ihnen baumelten. Das waren die Auslöser. Er befestigte die Drähte an den Kupferbolzen an der Spitze jeder Bombe, drapierte sie um die Schrauben und zog diese an. Anschließend umwickelte er die Endstücke jeder Bombe mit mehreren Streifen Klebeband.

Zuletzt holte er zwei Zünder aus dem Werkzeugkoffer, schmale, rechteckige, weiße Plastikkästchen, etwa so groß wie eine TV-Fernbedienung. Bei beiden Zündern ragte an der Seite jeweils eine rechteckige blaue Abdeckkappe heraus. Poldark legte die beiden Zünder auf den Tisch und entfernte die Kappen. Darunter befand sich je ein Schalter, der in einem dunklen Rot glomm. Poldark setzte die Kappen wieder auf und wickelte Klebeband darum, um sicherzugehen, dass niemand versehentlich den Schalter umlegte, ehe sie an Ort und Stelle und bereit zur Zündung waren. Er kennzeichnete beide Zünder mit einer Ziffer, damit es nicht zu Verwechslungen kam, welcher Bombe sie zugeordnet waren.

Poldark trat vom Tisch zurück und verschränkte die Hände hinter dem Rücken. Er lehnte sich gegen die Wand und glitt langsam daran hinab, bis sein Hintern den Boden

berührte. Unter der Atemschutzmaske war er schweißgebadet, bleich, aschfahl, fast grau im Gesicht. Poldark
hockte sich in den Schneidersitz. Mehr als zehn Minuten
lang saß er da und starrte die Sprengkörper an.

Er blickte zu einer Wanduhr hinauf. Seit zwölf Stunden schuftete er bereits. Sein Blick kehrte zu den Bomben
zurück.

Er fragte sich, ob Anuslav wohl stolz auf ihn wäre, weil
er seine Vision in die Tat umsetzte. Weil er seinem Sohn
dabei half, Rache zu üben an jenen, die Vater und Mutter
vor seinen Augen ermordet hatten, vor den Augen eines
unschuldigen Fünfjährigen, den sie damit zu einem Leben
als Waise verurteilten, verkrüppelt von einer Erinnerung,
die sich nicht ausradieren ließ.

Hätte Anuslav es ebenfalls als Gerechtigkeit empfunden, wenn die Bomben Leib und Leben der Landsleute
seiner Mörder zerfetzten? Derjenigen, die sein Lebenswerk
geraubt, einen der fähigsten Wissenschaftler der Sowjetunion geopfert hatten, alles nur wegen ein paar Blättern
Papier, gefüllt mit Zahlen und Buchstaben? Wäre dieser
großartige Professor stolz auf ihn?

Poldark kannte die Antwort.

56

GRAMERCY PARK HOTEL
NEW YORK CITY

Durch einen Dunst aus Patrón und extrem teurem Marihuana hörte Igor sein Handy piepen. Das Zeug wurde in
einem Labor in Oregon gezüchtet, eigens für teure

Privatschulen designt, verschaffte einem einen leichten Rausch und wirkte sich ähnlich wie Viagra auf die Potenz aus. Zusätzlich zu dem Piepsen stupste ihn auch noch ein Fuß an, der sich ungefähr einen Zentimeter vor seinem Gesicht befand. Ein gebräunter, weicher Fuß mit rot lackierten Zehennägeln und einer Ferse, so glatt, dass sie anscheinend noch nie einen arbeitsreichen Tag erlebt hatte, obwohl dieser Fuß einem Model gehörte, das seine Brötchen auf dem Laufsteg verdiente. Das jedenfalls hatte sie Igor gegenüber behauptet. Er schlug das linke Auge auf und bewunderte den Fuß. Einen wunderschönen Fuß.

Wie hieß sie noch gleich? Alice? Allison?

Das Handy piepste zum fünften Mal.

Er spürte, wie das Mädchen am anderen Ende des Betts sein Fußgelenk küsste, danach das Knie, dann den Schenkel und schließlich den Schritt.

Wer immer da anruft, wird, na ja, warten müssen.

Unvermittelt spürte er eine Hand, die sich auf seine Brust legte. Sein Blick huschte nach unten. Eine schmale Hand, gebräunt, die Fingernägel weiß lackiert. Dann fiel ihm das schwarze Mädchen ein. *Sie* war Alice. Allmählich vervollständigte sich das Puzzle in seinem Kopf. La Piscine. Hotel Americano. Gemeinsam einen Joint geraucht. Mit der Limousine zurück ins Gramercy. Unter die Dusche.

Igor war über 100 Millionen Dollar schwer. Damit reichte er zwar nicht an Sergey Brin heran, einen seiner Kommilitonen in Stanford, aber es hätte schlimmer sein können.

Igor war der beste Programmierer seines Jahrgangs. Es gab andere, die besser verdienten, doch das machte ihm nichts aus. Sein Vermögen verdankte er einem Auftrag des amerikanischen Energieversorgers KKB. Ohne große Hilfe oder Trara hatte er einen Technologiekoloss entworfen, gebaut und administriert, der in Echtzeit alle Aspekte von

Exploration, Produktion, Speicherung und Vertrieb des größten Anbieters in Nordamerika steuerte und kontrollierte. Der Nummer zwei auf dem Weltmarkt.

Igor hatte das Ganze nicht nur allein hochgezogen, sondern verwaltete es auch mit einem Stab von lediglich zwölf Mitarbeitern. Die Manager und Makler des Unternehmens wussten zu jeder Zeit genau Bescheid, was in welchem Teilbereich der gewaltigen Versorgungskette des Konzerns gerade ablief.

Am beeindruckendsten war der komplexe Algorithmus, den Igor geschrieben hatte. Damit versetzte er KKB in die Lage, die Preisgestaltung seiner Produkte – Strom, Öl, Kohle – je nach Standort in Echtzeit zu optimieren. Ein mathematischer Software-Geniestreich, der dazu beitrug, die im Vergleich zu anderen Playern, ganz gleich ob groß oder klein, weltweit höchste Gewinnmarge zu erzielen.

KKB wiederum entlohnte Igor fürstlich. Allein im vergangenen Jahr hatte er 25 Millionen Dollar eingestrichen. Am Neujahrstag war Igor ein letztes Mal aus den KKB-Büros spaziert und hatte sich zur Ruhe gesetzt – mit genug Geld, um ein Leben voller Luxus und gelegentlicher Ausschweifungen zu führen. Im Moment war ihm all das völlig egal. Geld, KKB, Computer, die Welt – nichts davon beschäftigte ihn, während Alice auf Französisch etwas sagte, das er nicht verstand.

Von Neuem ging das Gepiepse los. Diesmal verstummte es nicht.

Widerstrebend schob Igor Alice von sich herunter und tastete nach seinem Handy. »Mit wem spreche ich?«, fragte er.

»Hector Calibrisi.«

Igor setzte sich auf und rieb sich den Nasenrücken, um den Kater und das Schwindelgefühl im Kopf zu vertreiben.

»Wie spät ist es?«

»Zwei Uhr.«

»Tag oder Nacht?«

Calibrisi überging die Frage. »Wir brauchen Ihre Hilfe, Igor.«

»Dann rufen Sie doch bei Geek Squad an.«

»Ich bin nicht zu Scherzen aufgelegt.«

»Ich auch nicht. Ich bin im Ruhestand, Hector.«

»Es geht um Ihre Wahlheimat, die Vereinigten Staaten von Amerika. Ich nehme an, Ihnen gefällt es bei uns?«

»O Mann! Wobei brauchen Sie meine Hilfe?«

»Ich muss einen Hacker schnappen.«

Igor schwang die Beine über die Bettkante, stand auf und ging ins Bad, während die beiden Mädchen einander umschlangen und anfingen, sich zu küssen.

»Was meinen Sie mit ›Hacker‹?«

»Er ist Russe. Sein Name ist Vargarin, auch bekannt als …«

»Cloud«, führte Igor den Satz zu Ende, während er unter die Dusche trat und das Wasser aufdrehte – kalt.

»Das ist richtig.«

»Okay!«, meinte Igor. »Zuallererst sagen Sie Ihren IT-Leuten, sie dürfen nichts herunterfahren. Nichts bereinigen, keinen Code entfernen. *Nichts!* Sie sollen einfach die Finger davon lassen.«

»Warum?«

»Er ist im System von Langley, korrekt?«

»Ja.«

»Cloud ist auf einem bestimmten Pfad reingekommen. Wir müssen den Anfang dieses Pfades zurückverfolgen. Sobald uns das gelingt, können wir ihn aufspüren.«

57

PARK TENISOWY OLIMPIA
POSEN, POLEN

Auf den Tribünen drängten sich die Fans, um das Zweit-
rundendoppel des einzigen Profi-Herren-Tennisturniers in
Polen zu verfolgen. Ein lauer Sommerabend, das Match
hatte bereits angefangen.

Das französische Team lag in Führung, hatte den ersten
Satz gegen zwei Amerikaner für sich entschieden. Auf
einmal fand Tom Fairweather sich im Niemandsland
wieder, bemüht, an einen Lob heranzukommen, der bereits
auf die Grundlinie zuraste.

Fairweather war mit einem Stoppball ans Netz gelockt
worden und nun blieb ihm keine andere Wahl. Er machte
einen langen Satz und erwischte den Ball gerade noch mit
der Kante des Schlägers. Unsicher eierte der Ball die Mitte
des Spielfelds entlang, zurück zwischen die beiden Franzosen.

»Den Return schnapp ich mir!«, rief Fairweather seinem
Partner zu.

Der französische Spieler erwischte den Ball, drehte
sich und schmetterte eine Vorhand diagonal über den
Platz. Fairweather sprintete los, stieß sich ab und hechtete
in vollem Lauf mit ausgestrecktem Schläger nach vorn.
Eine halbe Sekunde bevor er eine unfreiwillige Landung
auf dem Hartplatz hinlegte, hart aufschlug und auf dem
Bauch weiterschlitterte, was einem schon beim Zuschauen
Schmerzen verursachte und die Menge aufstöhnen ließ,
prallte der Ball von seinem Schläger ab. Vom Boden aus
sah er zu, wie der Ball den oberen Rand des Netzes streifte,
dort einen bedeutungsträchtigen Augenblick lang verharrte,

schließlich kippte, ins gegnerische Spielfeld fiel, kurz aufsprang, eher hüpfte, ein Stück weit rollte und zu guter Letzt liegen blieb.

Langsam kam Fairweather auf die Beine. Sein weißes Shirt und die Shorts waren vorn über und über mit Sand bedeckt, seine Arme und Beine ebenfalls.

Einer der französischen Spieler nickte ihm zu. »Guter Schlag!«

»Danke.«

Über die Schulter des Franzosen hinweg sah Fairweather eine Frau in weißem Hosenanzug am Eingang stehen. Sie hatte die Arme verschränkt und musterte ihn durchdringend.

Fairweather ging über den Court zu seinem Partner.

»Ich muss weg.«

»Kannst du nicht wenigstens bis zur nächsten Unterbrechung warten?«

»Nein, ich muss los. Sorry!«

Sein Partner holte tief Luft. »Wir befinden uns mitten in einem …«

Fairweather wartete nicht, bis sein Partner den Satz zu Ende führte. Er rannte zum Ausgang des Courts. In den unterirdischen Katakomben zwischen den Tribünen ließ er das Racket fallen und sprintete durchs Clubhaus auf die Straße hinaus. Dort wartete bereits ein silberfarbener Volvo-Kombi mit laufendem Motor.

Er stieg hinten ein, nahm neben der Frau vom Tenniscourt Platz und der Fahrer drückte aufs Gas.

Schwer atmend sah er sie an. »Was gibt's?«

»Moskau.« Mit einer Kopfbewegung deutete sie auf eine weiße Reisetasche auf dem Sitz. Er zog den Reißverschluss auf und fand darin Kleidung zum Wechseln, Geld, einen Pass und ein Flugticket.

Während sich der Volvo dem Flughafen näherte, zog Fairweather sich aus.

»Was weißt du?«, fragte er, während er in ein Paar trockener Boxershorts stieg. Er hob den Blick und ertappte sie dabei, wie sie seinen Körper taxierte.

»Tina, was weißt du?«, fragte er noch einmal.

Sie sah aus dem Fenster. »Emergency Priority!«

Mit einem Mal war Fairweather wie ausgewechselt. Er starrte vor sich hin. Mit kalter, ausdrucksloser Miene musterte er gedankenverloren die anderen Wagen auf der Straße.

Wenige Minuten darauf bog der Volvo auf den Zubringer des Flughafens Posen-Ławica ein. Er sah seine Kollegin an. »Sag mir, was du weißt. Ich weiß doch, dass da noch etwas ist.«

»Wir haben heute Abend schon fünf Mann verloren.«

»In Russland?«

»Ja.«

»Wie gut sind die Papiere?«

Sie löste den Blick vom Fenster. »Es ist einer von Mr. Coughlins alten Decknamen«, flüsterte sie. »Diejenigen, die er im Safe aufbewahrt. Bill hat darauf bestanden.«

58

HOTEL EUROPA
MINSK, WEISSRUSSLAND

Alina schilderte Brainard schon zum zweiten Mal an jenem Abend den Autounfall. Er hatte sich am Nachmittag ereignet, vor ihrem Büro am Siegesplatz. Eine ältere Frau war von einem Taxi angefahren und durch die Luft geschleudert worden. Alina war als Erste bei ihr gewesen. Mit dem Gesicht nach unten hatte das Opfer auf dem Bürgersteig gelegen. Sofort tot.

»*Miortvych*«, sagte sie auf Weißrussisch, während ihr schon wieder die Tränen kamen. »*Ja byu biezdapamozny, Todd.*« *Tot. Ich konnte nichts tun, Todd.*

Daran gewöhnt man sich, dachte er.

»*Josc, josc*«, redete er auf sie ein. *Ganz ruhig!*

Brainard schob seine Hand auf ihre, dann bemerkte er einen Mann, der an der Bar saß und ihn anstarrte. »*Ja chutka viarnusi*«, sagte er, bereits im Aufstehen begriffen. *Ich bin gleich zurück.*

An der Bar saß Carter, der Stationschef in Minsk, las Zeitung und trank ein Glas Wein. Schweißperlen standen ihm auf der Stirn. Brainard stellte sich neben ihn.

»Moskau«, flüsterte Carter. »Safe House. Emergency Priority – Notfall mit Priorität.«

»Was ist los?«

»Keine Ahnung! Bill rief an und sagte mir, ich soll dich sofort hinschicken.«

»Letzte Woche hat mich der FSB überprüft«, entgegnete Brainard. »Ich schaff es nicht mal durch den Zoll.«

Carter schob ihm einen Teil seiner Zeitung hin. Darunter lugte der Rand eines weißen Umschlags hervor. »Der Pass ist neu und absolut sauber.«

»Wie neu?«

»Zehn Minuten alt. Ab mit dir!«

59

Christy Braga klopfte an die Schlafzimmertür. Keine Antwort.

»Johnny?«

In der Hand hielt sie eine komplette Erste-Hilfe-Ausrüstung, untergebracht in einem großen Edelstahlkoffer. Sie zog die Tür auf.

Maybank lag auf dem Bett, starrte zu ihr hoch. Sein Gesicht war feuerrot. Trotz voll aufgedrehter Klimaanlage badete sein ganzer Körper in Schweiß.

»Wir müssen die Kugel rausholen«, sagte sie.

Maybank starrte sie aus blutunterlaufenen Augen an. »Mir geht's gut.«

Sie schlug die Decke beiseite. Die Matratze unter Maybanks Bein war von Blut durchtränkt.

Braga öffnete den Erste-Hilfe-Kasten, holte ein elektronisches Fieberthermometer heraus und schwenkte es über seiner Stirn.

Das Fieber war auf 40 Grad gestiegen.

»Dir wird es erst gut gehen, wenn wir sie entfernt haben.«

»Hau ab!«, stöhnte er, versuchte schwach, sie wegzustoßen. »Ich brauche einen richtigen Arzt.«

Braga suchte in ihrem Koffer, fand eine Spritze, zog sie mit Oxycodon auf. Sie hielt sie in der linken Hand, den Daumen auf dem Kolben, legte sich Skalpell, Zange, Nadel und Faden auf dem Kofferdeckel bereit.

»Leg dich zurück«, redete sie beruhigend auf ihn ein.

»Rühr mich nicht an.« Er keuchte.

Sie nahm das Skalpell, kam auf ihn zu. Er wollte nach ihr schlagen, doch sie wich aus und rammte ihm die Nadel in den Hals. Er verdrehte die Augen, seine Lider klappten zu.

Christy legte Maybank die Hand auf den Oberkörper, rieb ganz leicht. Sein Atem ging schnell. Bewusstlos, aber am Leben. Sie trennte seine Hosennaht am Oberschenkel auf, unmittelbar an der Wunde, griff nach dem Skalpell, nahm dicht am Einschussloch vier kleine Einschnitte vor, steckte die Zange in die Öffnung und suchte die Kugel. Nach über einer Minute ertastete sie den harten Rand eines stählernen Objekts. Behutsam packte sie es mit der Zange, rüttelte langsam hin und her und zog Maybank das Projektil aus dem Bein.

Sie säuberte die Wunde, nähte die Haut wieder zusammen und legte einen dicken Verband an. Zuletzt zog sie eine Spritze mit einem Antibiotikum auf und injizierte es Maybank ins Bein.

Christy setzte sich zu ihm aufs Bett und legte ihm die Hand auf die Stirn. Er glühte immer noch. Seine Augenlider öffneten sich einen Spaltbreit.

»Ruh dich aus. Sie werden bald hier sein. Wir brauchen dich noch.«

60

DURHAM DRIVE
POTOMAC, MARYLAND

Um kurz vor drei rollte Calibrisis schwarzer Lincoln Town Car unter sengender Sonne eine ruhige, zu beiden Seiten von weißen Pferdezäunen und prächtigen Villen gesäumte

Straße entlang. Der Wagen gelangte an ein schmiede-
eisernes Tor, dessen Flügel sich öffneten, als der Fahrer ihn
heranlenkte, und bog in eine Kieszufahrt ein. Die Zufahrt
endete in einer lang gezogenen Kurve vor einem grell-
weiß getünchten Gebäude, das geradezu wie ein Palast
wirkte.

»Herrgott«, meinte Calibrisi, als er die Hand nach dem
Türgriff ausstreckte. »Das tut einem ja in den Augen weh.«
Langsam ging er die Einfahrt entlang und erklomm die
Marmortreppe, die ihn vor ein drei Meter hohes, zwei-
flügeliges Portal führte. Er klingelte. Als die Tür geöffnet
wurde, stand eine junge Frau in knallgelbem Tennisoutfit
vor ihm.

»Mr. Calibrisi?«, fragte sie lächelnd.

»Ja.«

»Folgen Sie mir. John ist hinten. Möchten Sie etwas trinken?«

»Nein danke.«

Calibrisi folgte ihr durch eine Eingangshalle auf eine
Natursteinterrasse. An deren Fuß befanden sich ein Tennisplatz, ein Swimmingpool und ein sanft abfallendes Rasen-
stück, das sich bis zu einem Hunderte Meter entfernten
weißen Zaun erstreckte.

John Barrows saß auf einem Deckchair aus Teakholz. Er
trug weiße Shorts und ein gestreiftes Polohemd. Sein Haar
war zerzaust, seine Miene ausdruckslos. In der Hand hielt
er ein Glas Limonade.

»Hey, John!« Calibrisi nahm neben Barrows Platz. »Entschuldige, dass ich dich bei deinem Match gestört habe.«

Barrows war einer der einflussreichsten Anwälte von
Washington. Im Unterschied zu den meisten hochkarätigen
Anwälten der Stadt mied er die Öffentlichkeit. Nur wenige
Eingeweihte kannten seinen Namen.

Als die *Washington Post* vor Jahren einmal einen Beitrag über ihn veröffentlichen wollte, gelang Barrows etwas, das vor ihm noch nicht einmal US-Präsidenten gelungen war, nämlich die Story abzuschmettern. Sie wurde nie gedruckt. Barrows verfügte nicht bloß über Einfluss, sondern über Macht. Seine Klienten bildeten das Fundament des organisierten Verbrechens in den USA. Einerseits lag die US-Regierung im ständigen Clinch mit ihm, andererseits kam es vor, dass sie, zum Beispiel in Krisenzeiten wie diesen, auf höchster Ebene mit ihm zusammenarbeitete. Zusammenarbeiten *musste*.

»Was gibt's, Hector?«

»Bevor ich dir das erzähle, möchte ich, dass du Alexei Malnikov eine SMS schickst.«

»Warum?«

»Sag ihm, er soll alle seine Handys, Computer, überhaupt jedes Gerät, das mit einem Netzwerk von außerhalb verbunden ist, gründlich säubern. Er muss alles virenfrei machen. Dazu wird er eine gute IT-Kraft brauchen.«

Barrows griff nach seinem Smartphone.

»Ist jemand in euer System in Langley eingedrungen?«

»Ja«, bestätigte Calibrisi, während Barrows tippte. Als er die Nachricht abgesetzt hatte, blickte Barrows auf. »Sie haben das Wort, Herr Direktor!«

»Das Gespräch, das wir gleich führen werden, hat nie stattgefunden«, betonte Calibrisi. Er sah Barrows durchdringend an. »Kein Sterbenswort, zu niemandem.«

Barrows nickte. »Okay.«

»Ich will dir einen Deal vorschlagen.«

»Ich höre.«

»Alexei hat einen ukrainischen General gezwungen, ihm eine Atombombe zu verkaufen.«

»Behauptest du.«

»Er hat es zugegeben.«

Barrows nickte. »Ich dachte mir schon, dass es um etwas Heikleres geht als sonst.«

»Die Bombe ist unterwegs in die Vereinigten Staaten.«

Zum ersten Mal regte sich etwas in Barrows' Gesicht. Einen Augenblick lang wirkte er perplex. »Wie bitte?«

»Auf einem Boot. Einem Fischtrawler. Er hat Sewastopol vor drei Tagen verlassen.«

»Versenkt ihn.«

»Gute Idee. Warum sind wir nicht selber darauf gekommen?«

Barrows grinste ihn an.

»Weltweit sind vier Millionen kommerzielle Fischerboote registriert«, sagte Calibrisi. »Zählt man die nicht registrierten dazu, gibt es mindestens doppelt so viele.«

»Wie viele Fischtrawler?«

»Mit den Abmessungen des Kahns, auf dem die Bombe rumschippert? Ungefähr eine Million.«

»Alexei Malnikov ist kein Terrorist, Hector.«

»Dafür aber der Kerl, an den er die Bombe weitergegeben hat.«

»Wer ist es?«

»Er heißt Vargarin. Ein Hacker. Künstlername Cloud.«

Barrows trank einen Schluck Limonade. Er stand auf, ging zur Balustrade, von der aus man den Tennisplatz und den Swimmingpool überblickte. »Was brauchst du?«

»Alexeis Hilfe.«

»Meinst du, mein Klient weiß, wo dieser Kerl steckt?«

»Nicht unbedingt. Aber er könnte ihn womöglich ausfindig machen.«

»Wie kommst du darauf?«

»Sagen wir es mal so. Würde mich jemand in den Wald schicken, um nach Trüffeln zu suchen, fände ich wahrscheinlich keine.«

Barrows musste lachen. »Ich werde Alexei nicht verraten, dass du ihn mit einem Schwein verglichen hast.«

»Man kann Krieg zu Land, zu Wasser und in der Luft führen. Im Moment benötigen wir jemanden, der sich in der russischen Unterwelt auskennt.«

»Habt ihr denn kein Personal in Big Red?«

»Doch, natürlich! Aber wir brauchen Zugang zu den lokalen Netzwerken.«

»Welche Sprengkraft hat die Bombe?«

»30 Kilotonnen.«

Fassungslos sperrte Barrows den Mund auf. Er wurde aschfahl.

»Sollte diese Bombe explodieren, dürfte das ein sehr schwarzer Tag für dieses Land werden«, fuhr Calibrisi fort. »Wir reden von womöglich über einer Million Todesopfern. Wir brauchen Alexeis Hilfe. Wir sind bereit, eine Menge Geld zu zahlen.«

»Glaubst du, mit Geld ließe er sich zu irgendetwas bewegen?«, meinte Barrows spöttisch. »In der Forbes-Rangliste der 400 reichsten Amerikaner würde er Platz sechs einnehmen. 50 oder 100 Millionen mehr oder weniger oder was auch immer die US-Regierung ihm anbietet, sind ihm völlig egal.«

»Ich kann es nicht dem Zufall überlassen.«

Barrows lehnte sich zurück. »Es gibt nur eins, was Alexei wichtig ist, und das ist sein Vater. Wenn ihr etwas von ihm wollt, solltet ihr ihn in die Waagschale werfen.«

Was Barrows meinte, war klar: Alexei Malnikov könnte behilflich sein, Cloud aufzuspüren, wenn sie im Gegenzug seinen Vater freiließen.

»Eine Begnadigung durch den Präsidenten«, fügte Barrows hinzu, »und zwar in allen Punkten. Darunter läuft gar nichts.«

Calibrisi nickte bedächtig, tief in Gedanken versunken. Das war haargenau der Deal, den er mit Barrows aushandeln sollte. Doch nun, wo die Karten auf dem Tisch lagen, wurde ihm speiübel dabei.

Von fern drang das leise Wummern eines Hubschraubers heran.

»In Ordnung«, entschied Calibrisi. »Abgemacht!«

»Ich brauche es schriftlich«, sagte Barrows. »Vom Justizminister.«

Als das Hubschraubergeräusch lauter wurde, stand der CIA-Direktor auf. Ein navyblauer Sikorsky S-76C jagte über die Baumwipfel, schwenkte nach links und senkte sich mit nahezu militärischer Präzision auf Barrows' Rasen.

»Die Medaille hat zwei Seiten.« Calibrisi musste die Stimme heben, um den Lärm zu übertönen.

»Was soll das heißen?«, erwiderte Barrows wie aus der Pistole geschossen.

»Wir halten uns an die Abmachung. Er hilft uns, Cloud zu finden, wir stoppen die Bombe und sein Vater ist ein freier Mann. Sollten wir die Sprengung nicht verhindern können …«

»Der Junge kann es doch auch bloß versuchen«, protestierte Barrows. »Es wäre nicht fair von dir, es ihm anzulasten, falls dieser Irre auf amerikanischem Boden eine Atombombe hochgehen lässt.«

»Er hat sie beschafft!« Zum ersten Mal während des Gesprächs klang Calibrisi wütend. »Falls diese Bombe auf US-Boden detoniert, sollte jeder, der irgendwie damit in Verbindung steht, sich besser darauf gefasst machen, seine Angelegenheiten zu regeln.«

»Das klingt wie eine Drohung.«

Calibrisi beobachtete die Landung des Hubschraubers. Er schwieg einen Moment, ehe er Barrows mit einem zornigen

Blick bedachte. »Es *ist* eine Drohung. Alexei Malnikov hat explizit zur Entstehung dieses Problems beigetragen.«

Calibrisi machte ein paar Schritte auf die Treppe zu, die in den Garten führte, drehte sich dann jedoch noch einmal zu Barrows um. »Sag mir eines, John: Falls diese Bombe hochgeht und eine Million Menschen sterben, glaubst du, dass Alexei Malnikov es dann noch verdient, am Leben zu bleiben?«

61

MOSKAU, RUSSLAND

Malnikovs purpurrote Gulfstream 200 landete auf dem Internationalen Flughafen Moskau und rollte zum General Aviation Terminal, wo sie neben einem wartenden hellgrünen Lamborghini Aventador 720-4 zum Stehen kam. Als Malnikov die Treppe des Jets hinunterhastete, glitt die rechte Scherentür des Wagens wie eine Messerklinge nach oben. Malnikov stieg ein, nahm auf dem Beifahrersitz Platz und nickte dem Fahrer mit kaum kaschierter Wut zu. Noch bevor die Tür sich zur Hälfte gesenkt hatte, schoss der Lamborghini mit quietschenden Reifen quer übers Rollfeld zur Flughafenausfahrt.

Acht Minuten später bremste das Sportcoupé vor einem niedrigen Backsteinbau, in dem neben Malnikovs Operationsbasis auch sein Nachtclub untergebracht war. Malnikov stieg aus und ging zur Tür, die geöffnet wurde, als er sich näherte. Drinnen stand ein Bewaffneter. »Hallo, Alexei.«

Malnikov ignorierte die Begrüßung.

Im Club hielt sich niemand auf. Es roch nach verschüttetem Alkohol, Zigarettenqualm und Schweiß. Malnikov überquerte die mit Papier und Kippen übersäte Tanzfläche zur hinteren Treppe, vor der ein weiterer Knochenbrecher Position bezogen hatte.

»Bring mir Kaffee«, raunzte Malnikov ihn im Vorbeigehen an, ehe er die Stufen hinabstieg.

In seinem Büro hatten sich vier Männer versammelt: Prozkya, Radovitch, Leonid und Obramovitch.

Malnikov durchquerte den Raum, ging an den Schreibtisch, langte nach unten, öffnete einen Minikühlschrank, nahm eine Dose Red Bull heraus, trank einen großen Schluck und starrte seine Männer an. »Ich will, dass ihr alles stehen und liegen lasst. Im Moment gibt es nur einen Job für uns: Wir werden diesen Wichser Cloud umlegen. Findet und tötet ihn. Am besten rammt ihr ihm ein Steakmesser in die Schläfe. Kapiert?«

»Ich hab dir gleich davon abgeraten, diese Scheißbombe zu kaufen«, meinte Radovitch.

»Vielen Dank, dass du mir das unter die Nase reibst. Willst du einen Orden dafür? Du kannst deine Großkotzigkeit nehmen und sie dir in den Arsch schieben.«

»Dir geht's doch nur darum, dass er deinen Vater reingelegt hat, das wissen wir alle. Du bringst die ganze Organisation in Gefahr.«

Unmerklich bewegte Malnikov seine Hand an die Hüfte, holte aus und schleuderte ein Messer in Radovitchs Richtung. Die Klinge überschlug sich in einer engen Kreisbahn und blieb nur zweieinhalb Zentimeter vom Kopf des anderen entfernt im Leder der Couch stecken.

Malnikov blickte ihn durchdringend an. Ein langes, bedeutungsschwangeres Schweigen legte sich über den Raum.

»Halt verdammt noch mal den Mund«, sagte Malnikov. »Sei einfach still. Es geht nicht um meinen Vater. Es geht nicht um die Bombe. Und es geht auch nicht ums Geld. Es geht um die Ehre. *Meine* Ehre. *Eure* Ehre. Wir werden Cloud finden und sein Superhirn in Stücke säbeln. Hab ich mich klar ausgedrückt?«

»Ja.« Radovitch langte nach rechts und zog die Klinge aus dem Polster.

»Wie lautet der jüngste Status?«, wollte Prozkya wissen.

Malnikov spürte ein leises Vibrieren in der Hosentasche. Er zückte sein Handy und sah aufs Display, um zu erfahren, wer ihn erreichen wollte.

:: CALIBRISI H. C. ::

Einen Moment lang starrte er das Gerät an, dann nahm er ab. »Was gibt's?«

»Alexei, hier spricht Hector Calibrisi.«

Malnikov deckte das Mikrofon mit der Hand ab und gab seinen Männern mit einer Kopfbewegung in Richtung Tür unmissverständlich zu verstehen, dass sie verschwinden sollten.

»Was wollen Sie?«

»Wir benötigen Ihre Hilfe.«

»Habe ich Ihnen nicht schon genug geholfen?«

»Ihre Rechnung ist noch nicht bezahlt«, erwiderte der CIA-Chef. »Ich gebe Ihnen Bescheid, wenn Sie genug geholfen haben.« In der Leitung herrschte Schweigen.

»Haben Sie mit Ihrem Anwalt gesprochen?«, fragte Calibrisi.

»Ja.«

Malnikov langte in die Schreibtischschublade, um eine Packung Zigaretten herauszuholen. Er zündete sich eine an.

»Der Papierkram ist bereits in Bearbeitung. Der Präsident wird es unterschreiben.«

»Woher soll ich wissen, dass die USA Wort halten?«

»Dafür bezahlen Sie John Barrows doch so viel Geld.«

»Ich habe keine Ahnung, wo Cloud steckt.«

»Dann fangen Sie besser gleich mit der Suche an«, sagte Calibrisi.

Malnikovs Nasenlöcher weiteten sich. Er trank einen Schluck Red Bull.

»Hören Sie, ich rufe nicht an, um mit Ihnen zu streiten«, fuhr Calibrisi fort. »Sie haben uns bereits geholfen. Ich möchte, dass Sie wissen, wie dankbar ich Ihnen dafür bin.«

»Weshalb dann die Drohungen?«

»Die Bombe, die Sie an Cloud veräußert haben, ist bereits unterwegs in die Vereinigten Staaten. Ihr Leben hängt davon ab, dass es uns gelingt, sie abzufangen. Möchten Sie leben? Möchten Sie noch mitbekommen, wie Ihr Vater freigelassen wird? Dann finden Sie Cloud.«

»Ich werde ihn für Sie aufspüren«, versprach Malnikov. »Und dann bringe ich ihn persönlich um.«

»Sie rühren ihn nicht an. Wir brauchen ihn lebend. Er besitzt Informationen, die von elementarem Interesse für die Vereinigten Staaten von Amerika sind. Einer unserer Agenten ist auf dem Weg nach Moskau. Er hat vor Ort das Sagen bei allen Aspekten von Clouds Festnahme.«

Malnikov schüttelte den Kopf und nahm einen Zug von seiner Zigarette.

»Habe ich mich klar ausgedrückt?«

»Wie heißt er?«

»Dewey Andreas.«

»Sie wollen, dass ich Cloud ausfindig mache und zu diesem ... Dewey bringe?« In Malnikovs Stimme schwang Verachtung mit. »Ihn mit Samthandschuhen anfasse?«

Calibrisi schwieg einige Sekunden. Dann sagte er ruhig: »Ich stelle fest, Sie betrachten das Ganze wie einen Deal, der nicht ganz nach Ihren Vorstellungen läuft, Alexei. Aber es geht um weitaus mehr. Sie sollten Ihre Arroganz endlich ablegen und die Situation akzeptieren, in der Sie sich befinden. Sollte diese Atombombe innerhalb der Vereinigten Staaten detonieren, werden wir den ganzen Planeten durchkämmen, bis wir Sie finden. Und dann sterben Sie. Verstanden?«

»Ja, verstanden.«

62

IN DER LUFT

Katie Foxx starrte aus dem Fenster von Delta-Flug 35, der Direktverbindung von Chicago nach Atlanta um 21:10 Uhr. Sie saß in der First Class, daneben, an ihre Schulter gelehnt, Rob Tacoma. Er schlief, seit sie in O'Hare gestartet waren.

Katie ging davon aus, dass die übrigen Passagiere sie für ein Ehepaar hielten oder zumindest glaubten, sie hätten etwas miteinander. Dabei war Tacoma wie ein kleiner Bruder für sie. Genau genommen ging ihr sein Geschnarche fürchterlich auf die Nerven. Sie stieß ihren Ellbogen nach oben, traf ihn ziemlich heftig am Hals. Tacoma schlug die Augen auf, sah sie benommen und leicht verwirrt an, schloss die Lider erneut und kuschelte sich noch enger an sie.

Tacoma und Katie arbeiteten schon seit über zehn Jahren zusammen, zunächst bei der CIA, wo sie unter Bill Polk eine Special Operations Group geleitet hatte. Damals war

Tacoma ihr zuverlässigster paramilitärischer Agent gewesen, ein knallharter, furchtloser Auslandsagent, dessen körperliche Belastbarkeit sie schlicht unglaublich fand. Was den Nahkampf betraf, hatte sie noch nie einen Besseren kennengelernt. Zwar war er beim besten Willen nicht der Hellste, aber solange er Katie hatte, war das auch nicht nötig.

Als Katie Langley den Rücken kehrte, um ein eigenes Consulting-Unternehmen zu gründen, war Tacoma der Einzige, den sie mitnahm. Die Firma, die noch nicht einmal einen Namen hatte, bot Einzelpersonen wie Unternehmen ein breites Spektrum an Dienstleistungen unter dem Oberbegriff Security an. In der Regel gehörte es zum Service, im Ausland Dinge zu erledigen, die gegen das Gesetz verstießen.

Katie und Tacoma agierten mit ausdrücklicher Zustimmung und Erlaubnis der CIA. Ja, im Grunde war die Agency ihr größter Auftraggeber. Ihr Unternehmen versetzte Langley in die Lage, in Ernstfällen schneller und schonungsloser als normal zu operieren.

Die Ruhe der First-Class-Kabine wurde von einer Lautsprecherdurchsage durchbrochen:

»Ladys und Gentlemen, hier spricht Captain Fletcher. Ich fürchte, es gibt eine kleine Planänderung. Zwei unserer Passagiere klagen über gesundheitliche Probleme. Nichts worüber man sich Sorgen machen müsste, aber wir werden in Columbus landen, um sicherzugehen, dass alles in Ordnung ist. Ich bitte um Entschuldigung für die Unannehmlichkeit.«

Tacoma öffnete die Augen. Er blickte Katie an. Sie erwiderte seinen Blick.

»Das dürfte interessant werden«, meinte er.

Zehn Minuten darauf landete die Boeing 737 auf dem Columbus International Airport. Vom Terminal aus wurde eine mobile Gangway zu der Maschine aufs Rollfeld geschleppt. Dahinter folgte ein schwarzer Chevy Suburban.

Als der Rollsteg andockte, öffnete eine Stewardess die Kabinentür. Tacoma und Katie standen auf, holten ihre Taschen aus dem Gepäckfach, stiegen die Gangway hinab und sprinteten übers Rollfeld zu dem Suburban. Der Suburban kam vor einer glänzenden hellblauen Gulfstream G100 zum Stehen, deren Turbinen bereits liefen. Eine Minute später befand sich der Jet in der Luft mit Kurs auf New York City.

63

SHENNAMERE ROAD
DARIEN, CONNECTICUT

Kurz vor Mitternacht senkte Calibrisis Sikorsky S-76C sich aus dem dunklen Nachthimmel auf ein idyllisches Anwesen im ländlichen Connecticut und landete auf der kreisrunden Kiesauffahrt eines weitläufigen Herrenhauses, das um diese Zeit mit Ausnahme eines einsamen Lichts in einem der Fenster im Erdgeschoss im Dunkeln lag. Calibrisi, Foxx und Tacoma sprangen aus der Kabine, während die Rotorblätter noch die Nachtluft zerteilten.

Der CIA-Direktor hatte Foxx und Tacoma unterwegs bereits über die Lage in Russland informiert.

In der Auffahrt standen zwei Fahrzeuge, ein schwarzer Range Rover und ein Porsche 918 Spyder Cabrio, gelb mit schwarzen Racing-Streifen an den Seiten.

Im Eiltempo strebten die drei dem breiten Portal des Herrenhauses zu. Eine Kupferlaterne hing über der Tür, zwei Männer standen Wache, beide bewaffnet mit Maschinenpistolen und in Jeans, T-Shirt und Turnschuhen.

Calibrisi, Foxx und Tacoma nickten ihnen zu und betraten das Haus. Es war komplett eingerichtet und wirkte bewohnt. Ein weiterer Wachmann stand in der Eingangshalle. Mit einer Kopfbewegung lotste er sie zu einer Tür an der Seite.

Sie betraten eine Bibliothek. Hohe Bücherregale säumten die Wände. Alte Trophäen und ausgestopfte Tiere blickten auf sie herab. Nur ein einziger Schreibtisch stand darin. Ein Mann mit langem blondem Haar hackte wie ein Besessener auf eine Tastatur ein. Vor ihm standen drei Monitore. Der mittlere zeigte eine Weltkarte mit digitalen Markierungen. Auf dem Display der beiden anderen Bildschirme scrollten in Orange und Grün Tausende und Abertausende von Zahlen- und Buchstabenreihen vor einem schwarzen Hintergrund langsam nach unten.

Calibrisi schloss die Tür.

»Igor, das sind Katie Foxx und Rob Tacoma.«

Der Angesprochene drehte sich kurz um, nickte und wandte sich anschließend wieder seiner Tastatur zu.

Foxx und Tacoma sahen erst einander, dann Calibrisi an. »Dieser Typ soll jemanden aufspüren, der es geschafft hat, ins CIA-Netzwerk einzudringen?«, fragte Foxx skeptisch.

Igor tippte weiter, ohne sie zu beachten.

»Verstehen Sie mich bitte nicht falsch, aber Cloud kommt mir vor wie jemand, der ein bisschen mehr draufhat als ein Typ in einem Aerosmith-T-Shirt, das ihm zwei Nummern zu klein ist.«

»Oh, er hat wesentlich mehr drauf«, sagte Igor, während er weitertippte, ohne sich umzudrehen. »Auf seinem Level ist er der US-Regierung, was Anspruch und Komplexität betrifft, um Generationen voraus.«

»Das bezweifle ich«, meinte Katie.

Igor stellte seine Arbeit ein und drehte sich zu ihr um. »Dann sind Sie naiv«, pflaumte er sie an. »Will man einen

Hacker schnappen, muss man Schluss machen mit dem Selbstbetrug, wie großartig doch all diese brillanten Männer und Frauen bei der CIA und der National Security Agency sind. Zweifellos handelt es sich durchweg um Patrioten, aber einen Hacker zu erwischen, hat mit Patriotismus rein gar nichts zu tun. Da geht es allein um eine zeitliche Ansammlung von Zahlen und Buchstaben in einem dreidimensionalen Raster.«

Igor drückte ein paar Tasten. »Nennen Sie mir eine Stadt, in der Langley Agenten im Einsatz hat, Miss Foxx.«

»Sie können Katie zu mir sagen.«

Igor musterte sie von oben bis unten und lächelte. »Hat Ihnen schon mal jemand gesagt, dass Sie hübsch sind?«

»Tokio«, sagte sie.

Igor war eine halbe Minute lang beschäftigt. Mit einem Mal zoomte die digitale Weltkarte auf Japan, bewegte sich ganz dicht heran. Die Darstellung wurde schärfer, bis die Beschriftung ›Tokio‹ sichtbar wurde. Auf ein Kommando von Igor flackerten an verschiedenen Stellen der Stadt rote Punkte auf. Igor tippte erneut. Auf dem Bildschirm zu seiner Linken erschien ein Schachbrettmuster aus Schwarz-Weiß-Fotos; anscheinend handelte es sich um Überwachungsaufnahmen.

»Das ist bloß eine harmlose Demonstration«, stellte Igor nüchtern fest. »Tatsächlich habe ich das gleich in der ersten Stunde hingekriegt.«

Katie kam näher, musterte das Display und deutete auf eins der Fotos. Es zeigte einen Mann, der gerade aus einem Wagen stieg. »Das ist Kilmer«, stellte sie verdutzt fest. »Ein Einsatz aus dem letzten Jahr. Diese Bilder stammen von meinem Rechner.«

»Ja, in der Tat«, bestätigte Igor. »Sorry, aber keine Sorge. Ihre Nacktbilder hab ich mir nicht angeguckt.«

»Ich hab doch gar keine ...«, begann Katie fassungslos. »Mein Gott! Er hat meinen Computer gehackt!«

»Das ist gar nichts. Sehen Sie sich das hier an.«

Igor hämmerte auf das Keyboard ein. Der rechte Bildschirm verfärbte sich erst weiß, dann erschien eine Textfolge. Er vergrößerte sie.

```
DEL TT—H9—Unger re:4
979AS.83                                    NS: 4A
                                            NS: 4B
                        CMD > reroute ATLGA::COLOH
//                              J/Etd
  > CMD 2
```

»Was ist das?«, fragte Katie.

»Maschinensprache. Gefällt es Ihnen? Ein paar kleine Zeilen, so ähnlich wie ein Haiku. Damit habe ich die dazu gebracht, Sie in Columbus abzusetzen, Katie. Ach übrigens, ist das die Abkürzung für Katherine? Haben Sie schon was vor, nachdem wir diesen Freak dingfest gemacht haben?«

»Mein Gott!«, sagte sie abermals.

»Ja, das ist genau die richtige Antwort. Selbstbetrug hilft einem in Clouds Welt nicht weiter. Was einem weiterhilft, sind Zahlen und Buchstaben, angeordnet in einer dreidimensionalen Struktur ...«

»Nicht zu vergessen die Zeit«, fügte Katie hinzu, »bla, bla, bla.«

Igor überhörte es. »Stellen Sie sich einen Würfel vor. Dieser Würfel steckt in einer Hülle, einer Hülle, die sich aus Zahlen und Buchstaben zusammensetzt, und die verändern sich ständig. Aber wenn es uns gelingt, diese Hülle zu entfernen, finden wir darunter unseren Hacker. Wo wir hingehen, Katie, ist kein Platz für menschliche Emotionen. Aber nachdem wir ihn aufgespürt haben, wird es dort, wo Sie und ich hingehen werden, jede Menge Raum für Gefühle geben.«

»Dann wissen die also, dass wir hier sind?«, fragte Katie.

»Nein.«

»Warum nicht?«

Igor lächelte sie an. »Weil ich denen das Gegenteil gesagt habe.«

»Kannst du 100-prozentig garantieren, dass du ihn aufspüren wirst?«, wollte Tacoma wissen.

»Irgendwann werde ich ihn finden, ja«, antwortete Igor. »Aber bis die Bombe hier eintrifft? Nein, so schnell kann ich nichts garantieren. Ich sehe bestenfalls eine Chance von 20 Prozent.«

»Dann will ich genau verstehen, was Sie vorhaben«, verlangte Katie.

Igor zögerte einen Moment, blickte erst zu Calibrisi, dann zu ihr. »Also schön. Ich erkläre Ihnen, wie wir Cloud fassen werden. Danach müssen Sie mich in Ruhe arbeiten lassen.«

»Abgemacht!«

Igor tippte. »Im Grunde heißt Hacking nichts anderes, als menschliche Schwächen freizulegen und seinen Vorteil daraus zu ziehen«, meinte er, mit einer Hand in der Luft gestikulierend, während die andere weitertippte. »Die Computernetzwerke, die CIA, KKB, eine Bank oder einen persönlichen E-Mail-Account am Laufen halten – das ist alles bloß ein Haufen Maschinensprache, abgefasst von menschlichen Wesen. Die ganzen Codes werden durch unterschiedliche Verschlüsselungen geschützt, ebenfalls von Menschen entworfen. Die meisten dieser Verschlüsselungscodes sind fürchterlich primitiv. Manche taugen etwas mehr. Ein paar sind nahezu perfekt. Aber keiner ist vollkommen. Weil sie alle von menschlichen Gehirnen erdacht wurden. Hacker können angreifen, indem sie diese menschengemachten Fehler finden. Kaum ist eine Schwachstelle aufgedeckt, können sie sich auch schon Zugang zu einem Computernetzwerk verschaffen. Die besten Hacker sind nicht nur in der Lage, in die sichersten Netzwerke einzudringen, sie kriegen es auch hin, ohne dass man es überhaupt mitbekommt.«

Er deutete auf einen der Monitore vor Katie. Dieser zeigte eine schwindelerregende Flut aus Zahlen und Buchstaben, die endlos durchliefen. Sie beugte sich vor, um besser zu sehen.

»Ist das Chanel No. 5?«, flüsterte er.

»Könnten Sie bitte bei der Sache bleiben?«, herrschte sie ihn ebenfalls im Flüsterton an.

»Oh, ich bin ganz bei der Sache.«

»Was ich meine, ist, könnten Sie mir erklären, was das hier ist?« Sie deutete auf den Bildschirm. »Außerdem sind Sie sowieso nicht mein Typ.«

»Was ist denn Ihr Typ?«

»Sie nicht! Also widmen wir uns diesen Zahlen und Buchstaben, okay?«

»Das ist die Darstellung der Datenverarbeitung einer Serverfarm. Ein ganzes Lagerhaus voller Computer, die im Moment alle einzig und allein darauf ausgerichtet sind, Fehler in den Verschlüsselungsalgorithmen aufzuspüren, die die Central Intelligence Agency absichern.«

»Wo stehen diese Computer?«

Igor tippte. Die über den Bildschirm scrollenden Buchstaben wichen dem Inneren einer hell erleuchteten Lagerhalle von der Größe eines Fußballfelds, angefüllt mit Reihen von High-End-Servern, so weit das Auge reichte.

»In Island.«

»Gehören die Ihnen?«

»Nicht direkt.«

»Mit anderen Worten, wir werden uns in Langley einhacken?«

»Oh, das haben wir bereits getan. Bislang habe ich schon sechs verschiedene Schwachstellen ausgemacht. Allerdings noch nicht Cloud.«

Katie nickte, dabei unternahm sie gar nicht erst den Versuch, einen Hehl aus ihrer Skepsis zu machen. Sie sah Calibrisi an, der ihren Blick mit ausdrucksloser Miene quittierte.

»Cloud ist ein großartiger Programmierer«, sagte Igor. »Einer der besten Hacker der Welt. Ja, manche würden vielleicht sogar sagen, *der* beste. Aber damit lägen sie falsch. Es gibt einen Hacker, der besser ist als Cloud.«

»Wer?«, hakte Katie nach.

»Ein anderer Russe. *Er* ist der beste Hacker der Welt. War er zumindest mal. Er hat seit Jahren nicht mehr gehackt. Ist einfach von der Bildfläche verschwunden. Es gibt Leute, die darüber spekulieren, ob er tot ist. Aber natürlich ist er das nicht. Er hat sich lediglich entschlossen, nicht länger das Gesetz zu brechen. Nicht dass man ihn je erwischt hätte. Es wurde ihm einfach zu anstrengend.

»Kann er uns helfen?«, wollte Katie wissen.

»Er versucht es bereits«, meinte Igor lächelnd. »Aber es fällt ihm verdammt schwer, seine Arbeit zu erledigen, weil Sie ihm dauernd irgendwelche dummen Fragen stellen.«

Katie nickte. Sie musste grinsen. »Gesetzesbrecher, was?«

Igor lächelte.

»Entspricht das eher Ihrem Typ?«

»Ein wenig.«

Igor deutete auf den Videostream aus Island.

»Diese Lagerhalle erzeugt so viel Hitze, dass man sie in der Nähe eines kalten Gewässers bauen musste, damit die Klimatisierung nicht zu kostspielig wird. Im Moment durchforstet jeder Computer in dieser Halle Langleys technische Infrastruktur. Haben wir erst die genaue Schwachstelle ausgemacht, über die Cloud sich Zugang verschafft, seine Falltür sozusagen, dann, Katie, Sie wunderhübsches amerikanisches Mädchen, finden wir auch Cloud.«

»Wie lange wird das dauern?«

»Wenn ich schätzen müsste: eine Woche.«

»Eine Woche?«

»Andererseits, sollte eine gewisse Amerikanerin mit den umwerfendsten blauen Augen, die ich je erblickt habe, dazu bereit sein, mit mir auszugehen, könnte mich das vielleicht inspirieren, es schneller hinzukriegen.«

»Nun, ich will ihn zwar finden«, versetzte Katie mit einem boshaften Lächeln, »aber so verzweifelt bin ich nun auch wieder nicht.«

»Was passiert, wenn du ihn nicht aufspüren kannst?«, fragte Tacoma.

Igors Lächeln verschwand. »Dann sind wir im Arsch!«

64

ELEKTROSTAL, RUSSLAND

Cloud sah das rote, sternförmige Icon, das urplötzlich auf seinem Monitor aufpoppte. Er öffnete es mit einem Doppelklick und überflog, was da stand:

22:00:15
Reinholt T. C.
Minsk NA MSQ UMMS 223
Abhebung
NBRB
Umtausch 75.000 WEISSRUS Rubel * RUS Rubel

Wieder und wieder las Cloud die Alarmmeldung. Reinholt gehörte nicht zu den Männern, nach denen er suchte. Weshalb also schlug die Benachrichtigung an?

Er ging in die Datenbank und rief die elektronischen Signaturen der letzten beiden Tage sowohl für Brainard als auch für Reinholt auf. Brainards letzte Transaktion betraf die Bezahlung von Getränken in einem Minsker Restaurant. Die Abhebung am Geldautomaten im Flughafen war Reinholts erste Transaktion. Cloud schlug den Namen im Telefonverzeichnis nach, nutzte die in seinem Pass enthaltenen Informationen, um seine finanzielle Historie nachzuverfolgen – Kreditkarten, Bankkonten und was das Archiv sonst so hergab. Reinholt hatte drei Kreditkarten und zwei Bankkonten, allesamt am heutigen Tag eröffnet beziehungsweise ausgestellt. Genau genommen war die Abhebung die erste elektronische Spur überhaupt, die Reinholt hinterließ – die allererste Transaktion, die er je getätigt hatte.

»Vielleicht ist er ein Einsiedler«, überlegte er laut, »der sein bisheriges Leben in einem Baumhaus verbracht hat. Zufällig gelangt er an ein paar Kreditkarten und einen Haufen Geld. Und jetzt will er nach Moskau. Ergibt durchaus Sinn.«

Dieser Reinholt musste Langleys Agent sein, dieser Brainard.

Er befand sich am Nationalen Flughafen Minsk, wo er soeben weißrussische in russische Rubel umgetauscht hatte.

Cloud schlug in einer Suchmaschine die Verbindungen zwischen Minsk und Moskau nach. Heute Abend ging nur noch ein Flug nach Moskau, um 22:07 Uhr mit Belavia Airlines.

Er blickte auf seine Armbanduhr. In genau sieben Minuten.

Es dauerte keine Minute, bis Cloud eine Schwachstelle auf einem Aeroflot-Server aufgespürt hatte, über die er ins Computersystem der Airline eindringen konnte. Um 22:04 Uhr hatte er die Passagierliste von Belavia-Flug 9984 von Minsk nach Moskau auf dem Schirm. Er dachte kurz nach, dann kopierte er die Namen, um sie mit der Kundendatenbank von Belavia Airlines abzugleichen. Er stieß nur auf einen einzigen Neueintrag. Entweder verwendete Langley für Brainards Trip nach Moskau einen Decknamen, der nichts mit seiner Identität zu tun hatte, oder sie hatten ihn innerhalb der letzten Stunde mit einer neuen ID ausgestattet. Falls Ersteres zutraf, gab es im Moment nichts, was Cloud unternehmen konnte.

Um 22:06 Uhr rief Cloud die Hotline der Zollbehörde an.

»Hauptzollamt!«

»Mein Name ist Rudyev«, meldete sich Cloud. »Ich bin vom Föderalen Dienst für Sicherheit. Ein mutmaßlicher Terrorist befindet sich an Bord von Flug 9984. Ein gewisser Mr. Reinholt. Er sitzt auf 9B. Lassen Sie die Maschine auf keinen Fall starten!«

Zwei Minuten später konnte Brainard von seinem Platz in der Maschine aus durch ein großes Terminalfenster beobachten, wie mindestens 20 uniformierte Zollbeamte durchs Terminal stürmten.

Er zückte sein Handy und rief Carter an. »Ich bin aufgeflogen. Gib Bill Bescheid.«

65

Dewey fuhr auf die von St. Petersburg nach Moskau führende Schnellstraße, die M10. Ihm war klar, dass der FSB mit jeder Minute, die verstrich, mehr Männer darauf ansetzte, ihn aufzuspüren. Aber von Minute zu Minute gewann Dewey auch mehr Abstand und – je weiter er sich von St. Petersburg entfernte – Anonymität. Sie würden in Stadtnähe nach ihm suchen. Dann fiel ihm ein, was Calibrisi zu ihm gesagt hatte. Sein Foto war im Umlauf. Das Konterfei auf dem Fahndungsaufruf sorgte für erhebliche Komplikationen.

Allerdings war da etwas, das ihn von dem Gedanken, gejagt zu werden, ablenkte …

Er spürte es mittlerweile seit einer Stunde. Kalt, feucht und wund rann es an seinem Bein hinab.

Bisher hatte er es kurzerhand ignoriert, wie man es ihm beigebracht hatte, doch der Schmerz saß tief und wurde schlimmer. Deweys schiere Masse, die Muskeln an Armen, Beinen und Rumpf hatten ihn davor bewahrt, sich die Knochen zu brechen, als er am Four Seasons auf dem Boden aufschlug, doch im Moment war das kein großer Trost. Es hörte nicht auf zu bluten.

Er besah sich sein Bein. Vom Knie abwärts war die Hose durch und durch rot.

Dewey zog den Reißverschluss auf und streifte im Fahren langsam die Hose nach unten. Er stöhnte auf, als der grobe Stoff über die Knie und an der Wunde entlangscheuerte. Im ungewissen Licht bemerkte er einen tiefen Riss, der vor frischem dunklem Blut nur so glänzte.

Bis jetzt hatte er den Schmerz unterdrückt, doch der Blutverlust dürfte ihn bald schwächen, wenn er nichts dagegen unternahm.

An der nächsten Ausfahrt fuhr er von der Autobahn ab und bog auf das Gelände einer modernen Eka-Tankstelle mit orange-weißem Logo ein. Dort stieg er aus, versenkte den Zapfhahn im Tank und hinkte mit einem flüchtigen Blick auf die dünne, feuchte Blutspur, die aus seinem Hosenbein tropfte, in den angeschlossenen Laden.

Der Wind war stärker geworden. Dewey blickte zum düsteren Himmel auf. Dunkle Wolken, die sich zusammenballten, dazwischen noch weiße Streifen. Am Horizont flackerten die ersten Blitze auf. Ein Sturm zog heran.

Worte aus seiner Ausbildung kamen ihm in den Sinn: *Ihr werdet lernen, unter widrigsten Wetterbedingungen zu operieren, denn dann seid ihr bereit, wenn es so weit kommt. Ein Sturm ist eine Gelegenheit, ein Umstand, um Kraft und Stärke bedenkenlos auszunutzen. So betrachtet gerät das Wetter zur Waffe. Die besten Offensivaktionen ereignen sich nachts, und zwar während eines Unwetters.*

Der Laden war brechend voll. Dewey ging durch die Regalreihen auf der Suche nach etwas, womit sich die Blutung stillen ließ. Er nahm eine Packung Feuchtigkeitstücher für Babys, eine Schere, Klebeband, Müllbeutel, ein Päckchen Salz, Stärkemehl, Verbandzeug und eine Küchenrolle mit. Dazu schnappte er sich zwei große Flaschen Wodka. Als er aufsah, blickte er einem Mädchen im Teenageralter direkt in die Augen. Sie drehte sich auf dem Absatz um und machte, dass sie wegkam.

In der Ecke befand sich ein Spiegel. Dewey schaute hinein. Er war schweißgebadet, sein Gesicht knallrot. Die Sachen, die er trug, passten ihm nicht. Sein Blick wanderte vom Spiegel zum Boden. Um seinen Schuh hatte sich eine kleine Blutlache gebildet. In der gegenüberliegenden Ecke des Minimarkts hing ein Werbeplakat. Das Bild eines Fisches, der an einer Angelrute hing, die der Besitzer mit Schwung aus dem Fluss zog. Neben dem Plakat fand er einen großen Angelhaken aus Edelstahl, eine Spule Angelschnur und eine Zange.

Er stellte sich zum Bezahlen an. Das Durcheinander an der Kasse trug dazu bei, die Blutspur zu Deweys Füßen zu verbergen. Die Leute waren viel zu beschäftigt damit, nach Portemonnaies und Kleingeld zu kramen, um nach unten zu blicken. Als Dewey an der Reihe war, fuhr sein Blick nach links, zur Tür. Allerdings war es nichts von draußen, was seine Aufmerksamkeit erregte, sondern ein an die Scheibe geklebter Aushang. Ein Fahndungsplakat, ziemlich groß, frisch aufgehängt. In der Mitte prangte Deweys Foto.

Zum Glück zeigte es einen Mann mit langen braunen Haaren. Sich die Haare abzurasieren, war genau die richtige Entscheidung gewesen.

Seelenruhig wandte er sich der Kassiererin zu. Ein junges, rundliches Ding mit neonblau getönter Frisur und Eka-Montur.

Dewey deutete hinter sie auf ein Päckchen Zigaretten. Ein Feuerzeug nahm er ebenfalls.

Die Kassiererin scannte mechanisch die Artikel, ohne ihm ein einziges Mal in die Augen zu sehen.

Deweys Blick wanderte noch einmal zurück zum Fahndungsplakat, als er zu seiner Rechten Unruhe wahrnahm. Ihm war klar, dass es irgendwie mit ihm zu tun hatte. Er kämpfte gegen den Drang an, sich umzudrehen. Dann spürte er, wie ihm jemand auf die Schulter tippte. Als er sich umblickte, sah er einen Mann mittleren Alters, der auf den Boden und die zunehmend größere Blutlache auf dem Linoleum deutete. Neben ihm standen seine Tochter, die bei dem Anblick zu weinen anfing, und ihre Mutter, die der Kleinen die Hand auf den Mund presste.

Der Mann sagte etwas auf Russisch. Dewey beachtete ihn nicht weiter und konzentrierte sich auf die Kassiererin, die seine Einkäufe einpackte.

Dewey zog ein Bündel Geldscheine aus der Tasche und blickte noch einmal zum Fahndungsplakat. Zwei Männer standen davor und begutachteten Deweys Foto. Während der eine las, was auf dem Plakat stand, fiel der Blick des anderen auf Dewey. Er starrte ihn an, während er auf sein Wechselgeld wartete. Aus dem Augenwinkel bekam er mit, wie der Typ seinem Freund auf den Arm klopfte, um dessen Aufmerksamkeit zu wecken. Der andere drehte sich um und fixierte Dewey ebenfalls mit einem beunruhigenden Blick.

Rasch nahm er seine Tüten und ging zum Ausgang, direkt auf die beiden Männer zu, die stehen blieben und seine Ankunft argwöhnisch begleiteten. Sie rührten sich nicht vom Fleck, blockierten die Tür. Der eine deutete auf den Boden, auf die frische Blutspur, die Dewey hinter sich herzog, und sagte etwas auf Russisch. Dewey hielt inne, kurz bevor er mit ihnen zusammenstieß. Als keiner der beiden Anstalten machte auszuweichen, schob er sie mit dem rechten Arm auseinander und stürmte hinaus.

Ihm war klar, dass er diese Störenfriede unverzüglich abschütteln musste. Der Kombi parkte links vor der Zapfsäule. Stattdessen orientierte er sich nach rechts. Ein kurzes Schielen über die Schulter verriet, dass das Duo ihm folgte.

Ein erster Regentropfen landete auf seinem Kopf, dann ein zweiter. Mit einem Mal prasselte es nur so herab.

An der Ecke des Gebäudes bog er wieder rechts ab. Einer der Männer rief etwas. Dewey ließ die Einkaufstüten fallen und bewegte sich an der Wand der Tankstelle entlang in Richtung Werkstatt.

Hinter sich vernahm er schnelle Schritte, das Trommeln von Stiefeln. Die beiden Männer hetzten hinter ihm her.

Beide Werkstatttore waren geschlossen, es brannte kein Licht. Dewey warf sich mit der linken Schulter gegen die kleine Tür daneben. Der Rahmen knackte, vom Pfosten rieselten Holzsplitter zu Boden. Dewey stieß sie auf und fand sich in einem schmutzigen Büro wieder, in dem es nach Öl stank.

Die Verfolger waren ihm dicht auf den Fersen.

Er verfluchte sich dafür, die Skyph nicht mitgenommen zu haben, und huschte in die Dunkelheit. Mit ausgestreckten Händen tastete er sich an der Wand entlang. Vor einem großen Werkzeugschrank blieb er stehen und duckte sich.

Der Schmerz im rechten Knie wurde schlimmer. Er schloss die Augen, konzentrierte sich darauf, nicht zu stöhnen, damit sie nicht merkten, wo er sich verbarg.

Einer der Fremden kam in die Werkstatt gestürmt. Er tastete nach dem Lichtschalter, fand ihn, knipste die Lampen an. Die nächstgelegene Bucht war leer. In der zweiten stand ein Wagen auf einer Hebebühne.

In geduckter Position drehte Dewey den Kopf, ließ den Blick suchend über die Wand gleiten. Über ihm ragte der Hebel der Hydraulikanlage auf, über den sich die Bühne hochfahren und absenken ließ.

Es dauerte nicht lange, bis sich der zweite Russe zu seinem Begleiter gesellte. Sie hielten Waffen in der Hand. Einer verschwand nach links, der andere nach rechts.

Dewey griff an die Wade, zog sein Kampfmesser und balancierte es in der rechten Hand aus. Er beobachtete, wie einer der Männer die Werkstatt durchquerte, nach ihm suchte, Mülleimer umtrat, hinter Öltonnen spähte und an der gegenüberliegenden Seite alles durchwühlte. Der zweite Russe rief etwas, während Dewey sich an den

Werkzeugschrank kauerte, bemüht, sich nicht zu rühren und keinen Ton von sich zu geben. Vom Knie ausgehend, fuhr ihm ein stechender Schmerz durchs Bein.

Dewey konnte den anderen nicht sehen, hörte jedoch seine Schritte, während er schlurfend näher kam. Als Dewey spürte, wie auf der anderen Seite etwas sacht gegen den Werkzeugschrank stieß, hielt er den Atem an. Die Spitze eines Turnschuhs geriet in sein Sichtfeld, nur Zentimeter entfernt.

Ein letztes Mal suchte er das Dunkel der Werkstatt ab. Langsam schob der andere Kerl sich an die Grube unter dem aufgebockten Wagen heran, um zu prüfen, ob Dewey sich womöglich dort versteckte.

Auf dem Betonboden kauernd, blickte Dewey an die Stelle, wo gleich sein Mitstreiter auftauchen musste. Seine Rechte umklammerte das Messer fester. Der Russe tat einen weiteren Schritt. Über dem Werkzeugschrank ragte sein Gesicht auf. Im nächsten Augenblick erschien, wenige Zentimeter von Deweys Kopf entfernt, die Mündung der Waffe.

Vorsichtig schob der Zweite sich näher an die Grube unter der Hebebühne heran.

»Komm schon«, raunte Dewey, während sein Blick zum Gegner in seiner unmittelbaren Nähe zurückkehrte. Dieser entdeckte Dewey. Doch bevor er zu schreien vermochte, war der Amerikaner bereits aufgesprungen. Sein Messer sauste durch die Luft und bohrte sich in die Bauchdecke. Gleich darauf zog er es heraus und stieß es ihm in die Brust.

Schüsse peitschten, als der andere Russe das Feuer eröffnete, doch Dewey hatte sich bereits wieder in die Deckung des Werkzeugschranks zurückgezogen. Er hob die Hand über den Kopf, packte den Hebel der Hydraulikanlage, legte ihn mit einem Ruck um, während direkt vor ihm ein Projektil in die Wand einschlug. Der Wagen auf der Hebebühne sauste auf den Russen herab und zerquetschte ihn.

Dewey zog dem Toten das Messer aus der Brust, durchsuchte seine Taschen und nahm das Handy an sich.

Draußen vor der Werkstatt schüttete es wie aus Kübeln, der Wind trieb den Regen in Schleiern nur so vor sich her. Die Tropfen fühlten sich gut an auf der Haut, erfrischten ihn und wuschen das Blut ab.

Vor dem Eka-Store hob er seine Einkaufstüten auf. Mit schnellen Schritten ging er zu seinem Kombi, hängte die Zapfpistole ein und stieg in den Wagen. Kurz darauf war er zurück auf der Schnellstraße und reihte sich in die Schlange langsam vorwärtskriechender Fahrzeuge ein, die das heftige Unwetter beinahe lahmlegte.

Dewey rutschte in die Mitte des Vordersitzes und benutzte den linken Fuß zum Bremsen und Gasgeben. Er langte unter das Polster, fand die Waffe und legte sie neben sich, holte eine Flasche Wodka hervor, schraubte die Kappe ab und nahm einen großen Schluck, dann noch einen, bemüht, die Schmerzen zu unterdrücken, die von seinem Knie ausstrahlten.

Dewey setzte die Spitze des Kampfmessers am rechten Knie an, zählte bis drei und stieß zu, sodass die Klinge den Stoff durchdrang. Er zog sie an der Wade entlang nach unten, um die Hose aufzuschneiden, nahm das Messer zwischen die Zähne, packte den Stoff und riss daran, legte so die Haut am Knie frei.

Abrupt kam der Verkehr zum Erliegen. Kurz bevor Dewey die Stoßstange des Wagens vor sich rammte, trat er wuchtig auf die Bremse. Er nahm einen weiteren Schluck. Im schummrigen Licht konnte er kaum sein Knie erkennen, lediglich das feucht schimmernde Blut. Als die

Deckenbeleuchtung anging, bot sich ein fürchterlicher Anblick. Das Gelenk sah aus wie zermatscht. Die Haut rings um die Wunde hatte sich blau und grün verfärbt, die Verletzung lag offen vor ihm.

Dewey biss fest auf den Messergriff, schüttete Wodka über die Wunde und gab ein unterdrücktes Stöhnen von sich, während der Schmerz ihn durchzuckte. Er öffnete das Handschuhfach, legte das Messer auf die Ablage, goss noch mehr Wodka auf den klaffenden Riss, presste eine Handvoll Feuchtigkeitstücher auf die Wunde, langte in die Tüte und nahm den gekauften Angelhaken zwischen die Zähne. Ohne hinzusehen, fädelte er die Schnur durch die Öse und machte einen Henkersknoten.

Weit voraus erregte etwas seine Aufmerksamkeit. In der Ferne blitzte es blau und rot auf. Ein Streifenwagen raste mit halsbrecherischer Geschwindigkeit auf ihn zu, gefolgt von einem weiteren und dann noch einem. Der Regen dämpfte das Heulen der Sirenen. Zunächst war gar nichts zu hören, erst als sie am Auto vorbeijagten, wurde es richtig laut.

Dewey warf die blutigen Feuchtigkeitstücher auf den Boden, schüttete mehr Alkohol über die Wunde, langte in die Tüte, holte die Packung Mehl heraus. Er riss den Deckel auf und stellte die Packung auf das Armaturenbrett, fand das Päckchen Salz, klemmte es sich zwischen die Beine, stach von oben mit dem Messer hinein.

Er hob den Blick auf die Straße. Vor ihm erstreckte sich, so weit das Auge reichte, eine lange Reihe verschwommener Lichter. Er bremste leicht, musterte prüfend seine Verletzung, trank einen Schluck, kippte dann den restlichen Wodka auf die offene Stelle. Anschließend schüttete er Mehl in den klaffenden Riss, klopfte vorsichtig mit der Faust darauf, um es gut zu verteilen und in alle Bereiche der Wunde zu pressen, damit es das Blut aufnahm.

Erneut ein kurzer Check, um sicherzugehen, dass er keine Schlangenlinien fuhr.

Als Nächstes streute er eine großzügige Handvoll Salz in die Wunde und schrie auf, als es die Wunde kauterisierte. Es brannte wie Feuer, durchfuhr wie ein Stromschlag jeden Teil seines Körpers. Tränen traten ihm in die Augen und liefen ihm über die Wangen. Er stocherte das Salz in die Wunde, dann wiederholte er die Prozedur mit weiterem Salz, massierte es ein, bis die Blutung endgültig gestillt war.

Mit den Feuchtigkeitstüchern wischte er das überschüssige Pulver weg. Anschließend wartete er ein paar Minuten, bis das Brennen nachließ. Als der Schmerz sich weitgehend gelegt hatte und zu einem dumpfen Pochen verebbte, schnappte er sich den Angelhaken, sah kurz auf das vor ihm fahrende Auto, blickte wieder nach unten und stach die Spitze durch das gesunde Gewebe oberhalb des Wundrands. Er bohrte den Zeigefinger in die Wunde, schob ihn unter die Haut, zerrte sie zum Haken, packte dessen Ende und zog ihn mitsamt Angelschnur durch. Auf der anderen Seite stieß er ihn erneut durch die Haut und fädelte ein. Dewey achtete darauf, die Schnur nicht zu straff anzuziehen.

Methodisch bewegte er den Haken zwischen den Wundrändern hin und her, um sich notdürftig zusammenzuflicken. Er kappte die Schnur, verknotete die Enden, legte den Verband an und fixierte ihn mit Klebeband, rutschte zurück auf den Fahrersitz und zündete sich eine Zigarette an. Trotz des Regens öffnete er das Fenster ein Stück.

Vor ihm leuchtete ein riesiges grünes Verkehrsschild über der Straße:

MOSKVA – 300 km

66

Eine hellblaue Bombardier Global 6000 durchbrach die grauen Wolken und senkte sich in gerader Linie auf den Boden, um auf dem Rollfeld des Flughafens Inverness dröhnend zum Stillstand zu kommen. Versicherungstechnisch betrachtet war die Landebahn zu kurz für den Jet. Der Insasse hatte trotzdem auf einer Landung bestanden, und wenn Derek Chalmers etwas verlangte, geschah es in der Regel auch.

Der Tiefdecker des MI6 rollte zum eingeschossigen Terminal. Chalmers saß auf dem hellbraunen Pilotensessel, den Blick auf sein iPad gerichtet. Er vertiefte sich in die Akten, die das gesammelte Wissen der CIA über Cloud enthielten, einschließlich Fotos und der jüngsten Übertragungen der *USS Hartford,* dazu ausführliche biografische Angaben über Katya Basaeyeva.

Irgendetwas irritierte ihn, auch wenn er nicht den Finger daraufzulegen vermochte. Cloud kam ihm durch und durch verachtenswert vor, aber bei der Tänzerin war Chalmers sich nicht so sicher. Wie konnte es sein, dass sie keine Ahnung von seinen Unternehmungen hatte?

»Direktor Chalmers?«

Chalmers blickte auf, sah den Piloten an. »Ja, Brantley?«

»Sie sind im Anflug, Sir.«

Chalmers nickte. »Danke.« Er schaltete das Tablet ab und blickte eine unattraktive Frau mittleren Alters an, die direkt vor ihm saß, Victoria Smythson, die Leiterin der Abteilung für paramilitärische Operationen beim MI6. Chalmers war zwar nur gekommen, um Katya zu vernehmen, aber was bei der Vernehmung herauskam, mündete vermutlich in einen konkreten Einsatz.

»Ist das Banchor Cottage bereit?«, fragte er.

»Ja«, bestätigte Smythson. »Jemand vom Pharma-Dezernat ist bereits vor Ort.«

»Wer genau?«

»Dr. Robbins.«

»Ich dachte, er ist im Ruhestand?«

»Ja, aber er lebt jetzt in Aberdeen und hat sich spontan zum Aushelfen bereit erklärt.«

»Bei ihr würde ich lieber auf Drogen verzichten«, sagte Chalmers. »Sie haben das Dossier gelesen. Wie schätzen Sie die Lage ein?«

»Eine Atombombe befindet sich auf dem Weg in die Vereinigten Staaten«, meinte Smythson. »Sie wird in weniger als drei Tagen eintreffen. Ginge es nach mir, hätte das Weib in dem Moment, in dem sie durch die Tür kommt, schon eine Kanüle im Arm.«

Chalmers sah Smythson durchdringend an, zeigte jedoch keinerlei Reaktion. Ein dunkelgrüner Range Rover raste übers Rollfeld und hielt neben dem Jet. Im nächsten Augenblick ertönte das tiefe, höllisch laute Brummen der sich nähernden Osprey V-22.

Chalmers stand auf und zog seinen dunkelblauen Burberry-Trenchcoat über. Mit Smythson im Gefolge stieg er aus der Bombardier. Die Osprey tauchte dröhnend aus der Wolkendecke auf und schien in der Luft zu stehen, während die Rotoren nach oben schwenkten. Wie ein Helikopter senkte sich das Flugzeug wenige Meter von ihnen entfernt auf die Rollbahn.

Chalmers und Smythson liefen unters Heck der Maschine, um dem Regen zu entgehen. Einen Moment später wurde die Laderampe der Osprey herabgelassen. Oben stand Katya, flankiert von Soldaten.

Chalmers nickte einem der Aufpasser zu, dieser sagte etwas zu der Tänzerin. Langsam kam sie die Rampe herunter. Sie trug eine schwarze Gore-Tex-Arbeitshose, dazu ein graues Sweatshirt sowie Fesseln an Hand- und Fußgelenken. Sie wirkte zierlich mit ihrem dunklen Teint und den auffallend blauen Augen.

Am Fuß der Rampe ließ sie ihren Blick über den trostlosen Airport im strömenden Regen schweifen. Als sie nichts sonst von Interesse entdeckte, kam sie zu Chalmers und Smythson. »Wo bin ich?«, fragte sie.

»In Schottland.«

»Ich wusste es nicht.«

»Was denn?«

»Dass er vorhatte, die Amerikaner umzubringen. Er ist kein Terrorist, das müssen Sie mir glauben.«

Chalmers griff in seine Tasche, zückte das Handy und hielt ihr das Foto eines von Leichen übersäten Raumes mit blutbespritzten Wänden vor die Nase. Das Bild zeigte den vietnamesischen Fischerkahn. Ihr stockte der Atem. Sie schüttelte den Kopf und schloss die Augen, als ließen sich die Bilder durch pure Willenskraft aus dem Gedächtnis verbannen.

»Gehen wir!«, sagte der MI6-Direktor.

67

Das Icon leuchtete erneut auf Clouds Monitor auf. Er machte einen Doppelklick darauf.

Einen der CIA-Agenten – Brainard – hatte er in Minsk gestoppt. Blieb nur noch Fairweather übrig, der sich auf dem Weg nach Moskau befand. Vom Airport Posen-Ławica in Polen aus hatte der Mitarbeiter der Agency einen Anruf getätigt. Cloud überprüfte den Zeitstempel. Er lag bereits über eine Stunde zurück.

Cloud suchte nach Flügen von Polen nach Moskau. Heute Nacht ging keiner mehr. Als er frühere Verbindungen recherchierte, stieß er auf einen Aeroflot-Start um 22:58 Uhr. Mittlerweile war es Mitternacht.

Er überflog die Aeroflot-Passagierliste, ohne auf Anzeichen zu stoßen, dass Fairweather an Bord gegangen war. Ein Abgleich der Liste mit der Aeroflot-Kundendatenbank ergab keine Auffälligkeiten. Bei den Passagieren handelte es sich ausnahmslos um Russen oder Polen, die bereits mehrfach mit der Gesellschaft geflogen waren.

Cloud rief eine Webseite auf, mit deren Hilfe sich Flüge tracken ließen, und gab den Code der Aeroflot-Maschine ein. Sie war ihrem Zeitplan leicht voraus und sollte in einer knappen Viertelstunde in der russischen Hauptstadt landen.

»Wie konnte mir das nur entgehen?«, fragte er sich laut.

Cloud schloss die Augen, dachte an jenen Tag vor über zehn Jahren zurück, als er Al-Medi dabei geholfen hatte, für 9/11 in die Server der US-Flugüberwachung einzudringen. An jenen Tag, an dem er das Radar der Griffiss Air Force Base gestört und die Männer und Frauen der

Flugverkehrskontrolle des Northeast Air Defense Sector davon überzeugt hatte, dass American-Airlines-Flug 11 noch 20 Meilen entfernt war, während die Maschine in Wirklichkeit bereits auf den Nordturm des World Trade Centers zuraste. Damals hatte Cloud erkannt, wie leicht es war, eine nichts ahnende Welt mithilfe eines Computers in grenzenloses Unglück zu stürzen.

Als er die Augen wieder aufschlug, traf ihn Saschas beunruhigter Blick. »Alles okay?«

Er erwiderte nichts darauf.

Im Jahr 2001 hatte Cloud fassungslos festgestellt, dass Datensignale zwischen Flugzeugen und Towern in den USA größtenteils unverschlüsselt übertragen wurden. Nachdem es ihm gelungen war, sich über das ERP in den Griffiss-Tower zu hacken, hatte er einfach die von der Maschine ausgesandten Werte für Flughöhe, Längen- und Breitengrad manipuliert und so alle Beteiligten in die Irre geführt, bis es zu spät war.

In das System von Aeroflot einzudringen, zählte zu seinen leichtesten Übungen. Aber die Signale zu ändern, die das Flugzeug der Aufsicht in Moskau übermittelte, war exakt das Gegenteil von dem, was er wollte. Im Moment ging es nicht darum, den Tower zu täuschen, sondern den Piloten.

»Die staatliche Flugsicherung«, meinte er zu seinem Nebenmann. Ähnlich wie die FAA in den USA kontrollierte sie den nationalen Luftraum. »Hast du je versucht, dort einzudringen?«

»Nein«, antwortete Sascha. »Aber ich kenne jemanden, der es geschafft hat.«

»Ist es jemand, dem du vertraust?«

Sascha überlegte einen Moment. »Ja.«

»Dann soll er eine Trapdoor bei der Flugsicherung installieren. Und zwar sofort.«

68

MISSION THEATER TARGA
LANGLEY

Polk legte auf, nachdem Carter, der Stationschef in Minsk, ihn über die jüngsten Entwicklungen informiert hatte. »Brainard ist aufgeflogen. Sie haben ihn am Flughafen abgefangen.«

Polk saß an einer Workstation in der spärlich beleuchteten Operationszentrale. Der Raum war halb leer. Vor ihm stand eine Box mit gebratenem Reis und Hühnchen, die er bislang nicht angerührt hatte. Er konnte den Bildschirm an der Stirnwand des Saals nicht aus den Augen lassen. Die digitale Karte zeichnete Tom Fairweathers Flug von Polen in die russische Hauptstadt nach.

»Noch zehn Minuten«, verkündete ein Führungsoffizier. »Sie befinden sich im Endanflug.«

»Überprüfen Sie, was sich am Airport tut«, bat Polk. »FSB und Zoll. Stellen Sie fest, ob eine Warnstufe erhöht wurde.«

»Abgesehen von der Fahndung nach Dewey hat sich beim Zoll seit zwei Stunden nichts getan. Dasselbe gilt für den FSB.«

Polk nickte, griff nach einer Flasche Gatorade und trank einen Schluck. »Mach schon, Tommy!«, flüsterte er.

Es ärgerte Polk, dass die weißrussische Zollbehörde Brainard geschnappt hatte. Ein Hacker im System der Agency stellte eine ähnliche Belastung dar, als träte man mit Zentnergewichten um den Hals zu einem Marathon an. Es gab zwar keine Beweise, trotzdem ging er davon aus, dass Cloud dafür gesorgt hatte, Brainard in Weißrussland aus dem Flieger zu holen. Polk hatte bereits zweimal mit dem US-Botschafter in Weißrussland telefoniert, um auf die Freilassung des Agenten hinzuwirken. Bei Fairweather war Polk deutlich optimistischer. Den Pass, den dieser benutzte, hatten sie bei einem korrupten GRU-Beamten gekauft. Blitzsauber und darauf ausgelegt, jeder gängigen Datenbankabfrage an der russischen Grenze standzuhalten.

Polk erhob sich mit der Gatorade-Flasche in der Hand, trat an der Stirnseite des Raums vor den Monitor und verfolgte, wie der blinkende rote Punkt – Aeroflot-Flug 43 – Moskau näher und näher kam.

»Noch 30 Sekunden, Sir.«

Polk rückte seine Brille zurecht. Er wusste, dass die Radaranzeigen nicht 100-prozentig genau waren, trotzdem lief ihm ein kalter Schauder über den Rücken.

Er drehte sich zu dem Führungsoffizier um. »Sie kommen niedrig rein. Sind sie nicht zu weit links?«

Der Führungsoffizier markierte die Flugroute. Unvermittelt zoomte die Ansicht näher. Vor dem dunklen Hintergrund zeichneten sich die Landescheinwerfer an den Tragflächen ab. Über dem Flugzeug liefen in grellem Rot digitale Ziffernreihen durch, die Geschwindigkeit und Höhe dokumentierten.

»Da stimmt was nicht, Sir.«

Fairweather döste, als im Flugzeug der Alarm losschrillte. Eine durchdringende, gellende Sirene, die ihn auf dem Sitz nach vorn zucken ließ. Vom Band ertönte eine Frauenstimme, erst auf Russisch, dann Polnisch. In einer Tour wiederholte sie: »*Notfall. Sicherheitsposition einnehmen.*«

Schreie erfüllten den Jet. Einige Passagiere standen auf, wollten verzweifelt weglaufen, irgendwohin flüchten, obwohl es keinen Ausweg gab. Panik und Entsetzen machten sich breit. Ein Mann stürmte an Fairweather vorbei zum

Bug der Maschine. Einige öffneten die Gepäckfächer und rafften ihre Habseligkeiten zusammen.

Fairweather bemühte sich, ruhig zu bleiben. Das Bullauge verriet ihm, dass sie knapp über ein Wohnviertel flogen. Die Lichter eines Hauses kamen ihnen so nah, dass er in einem Schlafzimmer im Obergeschoss den Fernseher erkennen konnte. Er taxierte die weitere Umgebung. Fast eine halbe Meile entfernt pulsierten die Halogenscheinwerfer des Flughafengeländes durch die Nacht. Während die Sirene unablässig schrillte, die Stimme vom Band monoton ihre Warnung verkündete und die Schreie immer lauter wurden, spürte er eine Hand, die ihn sanft am Arm berührte. Er drehte sich um. Mit angsterfülltem Gesicht hielt eine junge Frau ihr Kind an sich gedrückt.

»Wird alles gut?«, flüsterte sie auf Polnisch.

Fairweather nickte bedächtig.

»Ja.« Er zwang sich zu einem Lächeln, während er den Rumpf bereits an den Baumwipfeln entlangstreifen hörte. »Alles wird gut.«

69

LANGLEY

Gant betrat die CIA-Zentrale durch einen der zahllosen Hintereingänge und zog seinen Ausweis durch den Scanner. Statt in sein Büro in der dritten Etage zurückzukehren, lief er geradeaus weiter zum Kinderhort der Agency.

In einer Kabine gegenüber einer Glaswand, hinter der die Sprösslinge herumtollten, saß eine Frau. Sie stand auf, als sie ihn bemerkte. »Hallo, Mr. Gant.«

Er schaute auf ihr Namensschild. »Anne, gibt es ein freies Büro, in dem ich einen Anruf erledigen kann? Es ist eilig.«

»Selbstverständlich.« Sie führte Gant in einen Raum am Ende des Flurs.

»Perfekt. Vielen Dank.«

Er schloss die Tür und ging zum Telefon.

»Büro von Senator Furr«, meldete sich eine Stimme.

»Josh Gant.«

»Einen Moment, ich verbinde Sie mit dem Senator.«

Gant schob seine Brille auf dem Nasenrücken hoch.

»Was gibt es?«, fragte Furr.

»Sie müssen die Sache abblasen, an der wir gearbeitet haben.«

»Andreas?«

»Ja.«

»Ich habe meinen verfluchten Ausschuss gerade eine lange Liste von Anfragen erstellen lassen …«

»Es gab einen Rückschlag, Senator. Das Ganze wird uns um die Ohren fliegen, glauben Sie mir.«

Furr schwieg sekundenlang. »Ich kann nicht einfach …«

»Blasen Sie es ab«, insistierte Gant.

70

SHENNAMERE ROAD
DARIEN, CONNECTICUT

Katie klopfte an die Tür zur Bibliothek. »Kann ich reinkommen?«

»Jaja. Natürlich.«

Katie ging in grünen Laufshorts mit gelben Bordüren zu Igor, der angestrengt auf den Monitor starrte. Dazu trug sie ein weißes ärmelloses Top und hochhackige Ledersandaletten. Das Outfit betonte ihre gebräunten Arme und die langen, muskulösen Beine.

Sie hielt zwei Starbucks-Becher in der Hand und stellte ihm einen auf den Schreibtisch.

Bedächtig, ohne den Blick vom Bildschirm abzuwenden, griff Igor danach. Versehentlich streifte er dabei Katies Hand, die noch immer den Becher umschloss. Er betrachtete ihre Finger, folgte ihrem gebräunten, kräftigen Arm bis hinauf zur Schulter. Ihre Blicke trafen sich.

»Schon Glück gehabt?«, fragte sie.

»Ja, ich hab etwas gefunden.«

Igor deutete auf einen komplexen Datenblock. »Das ist der Angriffscode«, erklärte er, »der Cloud in die Lage versetzt hat, sich Zugang zu einem Switch, einem CIA-Verteilknoten, in der Nähe von Madrid zu verschaffen. Vor 14 Monaten ist er dort eingedrungen und hat den Verschlüsselungsalgorithmus ausgehebelt. Das nennt man *Cold Boot Attack,* also Kaltstartattacke. Er oder jemand, der für ihn arbeitet, muss tatsächlich nach Spanien gefahren sein, den Verteiler ausfindig gemacht und die Stromzufuhr unterbrochen haben. Anschließend wurde der Inhalt des Arbeitsspeichers auf einen USB-Stick kopiert. So brauchte er nur noch den Code zu knacken, was kein größeres Problem für ihn darstellte. Keine Woche nach der Attacke in Madrid war er im CIA-System drin.

Und jetzt kommt das Erstaunliche: Er hat den Verschlüsselungsalgorithmus nicht geändert, stattdessen einen Virus in den Quellcode eingeschleust. Dieser Virus koppelte sich als Spion an alle Textdarstellungen an. Das hat schon beinahe etwas Poetisches, wenn man darüber nachdenkt.

Ein Spion, der andere Spione ausspioniert. Was zunächst nach einer harmlosen Verteilerstörung aussah, wurde von Langleys Sicherheitssystemen schnell behoben und gesäubert, von Malware und dem ganzen nutzlosen Kram befreit. Aber indem sie den Fehler behoben, aktivierten sie in Wirklichkeit den Virus.«

»Also so hat er sich bei der Agency reingeschlichen«, begriff Katie.

»Das Reinkommen war der einfache Teil«, erklärte Igor. »Mithilfe dieses Codes blieb er die ganze Zeit drin, ohne dass es jemand mitbekam.«

Katie nickte. »Ich bin beeindruckt.«

Igor blickte auf. »Danke.«

»Was kommt als Nächstes?«

»Der Virus, den Cloud in Langley eingepflanzt hat, ist genau genommen nichts als ein Programmcode. Und wie jeder Code erteilt er konkrete Anweisungen. Zum Beispiel befiehlt er gewissen internen Kommunikationsgeräten, Telefonen auf einem bestimmten Kanal, ihre Aktivitäten zu transkribieren und diese Transkriptionen, sobald sie vorliegen, an ihn zu senden. Was ich benötige, ist eine Mitfahrgelegenheit, wenn diese Informationen abgeschickt werden. Sollte mir das gelingen, erhalte ich Einblick in seine Sicherungssysteme und Verschlüsselungsprotokolle. Dann beginnt die eigentliche Arbeit.«

»Ohne bemerkt zu werden.«

»Genau.«

Igor blickte zu Katie auf. Sie lächelte.

»Sie haben ein hübsches Lächeln«, schmeichelte er.

Das Lächeln verschwand. »Ich habe doch gar nicht gelächelt.«

»Doch, haben Sie. Es fällt Ihnen offenbar schwer, Komplimente anzunehmen. Sie sollten es mal mit einem

Seelenklempner probieren. Ich gehe regelmäßig zum Psychiater.«

»Sie gehen zum Psychiater?« Das überraschte Katie.

»Ja. Ich scheue mich nicht, es zuzugeben.«

»Das brauchen Sie auch nicht«, meinte Katie mit Nachdruck. »Es gehört Mut dazu, einer Fremden so etwas anzuvertrauen. Wenn es Ihnen nichts ausmacht, darf ich fragen, weswegen Sie in Therapie sind?«

»Ich bin sexsüchtig.«

Angewidert schüttelte Katie den Kopf und wollte den Raum verlassen.

»Ach, übrigens, da ist noch etwas«, sagte Igor.

»Was denn, dass ich einen hübschen Hintern habe?«, versetzte sie sarkastisch.

»Ja, Sie haben tatsächlich einen hübschen Hintern, aber nein, ich meinte, dass ich in Langley noch auf etwas anderes gestoßen bin.«

Katie kehrte an den Schreibtisch zurück. »Weshalb so geheimnisvoll?«

»Nun, womöglich habe ich an einer Stelle rumgeschnüffelt, an der ich gar nicht sein durfte.«

Katie verschränkte die Arme. »Innerhalb der Agency?«

»Ja.«

In diesem Moment wurde die Tür zur Bibliothek aufgestoßen. Calibrisi und Tacoma kamen herein. Sie wirkten sichtlich aufgewühlt.

»Tommy ist tot!«, sagte Tacoma. Sowohl er als auch Katie hatten eng mit Fairweather zusammengearbeitet. Katie hatte ihn seinerzeit sogar rekrutiert.

»Sein Flugzeug ist beim Landeanflug auf Moskau abgestürzt«, sagte Calibrisi. »155 Passagiere mussten sterben, um zu verhindern, dass Tommy nach Russland gelangt.«

Schweigen senkte sich über den Raum.

»Ich muss zurück nach Washington«, erklärte Calibrisi.

»Igor hat etwas gefunden«, warf Katie ein. »In Langley.«

»Sie haben interne Akten gelesen?«, fragte der CIA-Direktor stirnrunzelnd.

»Ja.«

»Schießen Sie los.«

»Ich habe die Logs der Agency gescannt, Archive, Verzeichnisse, Zeug, das gelöscht war, alles, was man sich vorstellen kann. Dabei stieß ich auf ein blockiertes Archiv. Nicht mal mit höchster Freigabestufe ließ es sich öffnen. Na ja, natürlich fiel mir ein Kniff ein, trotzdem reinzukommen. Ein ganzer Haufen Projekte, anscheinend von der Sorte, über die niemand Bescheid wissen darf.«

»Und was hat das mit Cloud zu tun?«

»1986 ist etwas geschehen. Etwas, woran ein russischer Atomphysiker namens Anuslav Vargarin beteiligt war. Ein Projekt unter dem Codenamen ›Double Play‹. Die Agency hat Vargarin angeworben. Er sollte überlaufen und in Los Alamos arbeiten.«

»Was ist passiert?«

»Ich weiß es nicht. Alles andere wurde vernichtet.«

Calibrisi trank einen Schluck Kaffee und dachte nach. »Es gibt viele Vargarins. Woher wollen Sie wissen, dass er mit unserem verwandt ist?«

»Weil er laut Akte einen Sohn namens Pjotr hat.«

Vor Überraschung fiel Calibrisi der Becher aus der Hand, schlug auf dem Boden auf und kullerte weiter. »Machen Sie Witze?«

»Es ist mir todernst.«

»Zeigen Sie mir den Scan!«

Igor deutete auf den Monitor. Calibrisi überflog den Inhalt. Die Überreste der Akte bestanden nur aus wenigen Worten:

PROJEKT 818: <u>DOUBLE PLAY</u>
01/82 – 07/86
Rekrutierung von Vargarin, Anuslav,
Ehefrau Sylvie, Sohn Pjotr

»Wir müssen in Erfahrung bringen, was damals passiert ist«, entschied Calibrisi. »Finden Sie den Vorgang und dechiffrieren Sie ihn.«

»Die Daten sind verschwunden, Hector. Puff. Sie existieren nicht mehr. Was Sie hier vor sich sehen, ist eine Art Katalog-Key. Der eigentliche Inhalt wurde gelöscht, vielleicht weil er schon so alt war.«

»Nein, nicht gelöscht«, sagte Calibrisi. »Ich weiß, wo die Akte ist.« Er sah Katie und Tacoma an. »Ihr zwei begleitet mich.«

71

GEORGES BANK
IM ATLANTIK
80 MEILEN ÖSTLICH VON PRINCE EDWARD ISLAND,
KANADA

Als über dem Horizont die Dämmerung anbrach, stand Faqir bereits in der Kombüse und bereitete das Frühstück für die Crew zu. Nichts Ausgefallenes. Er kochte eine Kanne Kaffee, danach Haferbrei, den er in sechs Schalen löffelte und mit braunem Zucker bestreute.

Gegen sieben weckte er die Männer. Poldark ließ er weiterschlafen. Der alte Professor war mittlerweile zu schwach zum Aufstehen. Am Abend zuvor hatte er ein

Gespräch zwischen zwei tschetschenischen Matrosen darüber aufgeschnappt, wie lange Poldark es wohl noch machte. Faqir hatte ihnen einen brutalen Schlag ins Gesicht verpasst und sie angeherrscht, dass sie den Mund halten sollten.

Allmählich spürte auch er die Auswirkungen der Strahlenkrankheit. Zwar musste er sich noch nicht übergeben, aber mitten in der Nacht hatte die Übelkeit eingesetzt und war seitdem nicht mehr verschwunden. Nur ein einziges Mal wollte Faqir auf dem Trip Frühstück machen, an diesem entscheidenden Tag, und nun wurde ihm klar, dass es wahrscheinlich umsonst war. Wenn es den anderen annähernd so ähnlich ging wie ihm, hatten sie sowieso keinen Appetit.

Als die Mannschaft sich um den Kombüsentisch versammelte, schaufelte tatsächlich nur einer von ihnen eine Portion Haferbrei in sich hinein. Die anderen hatten keinen Hunger.

»Ich will, dass alle bereit sind«, sagte Faqir. Er sprach Tschetschenisch. »Das heißt, die Waffen müssen geladen und zur Hand sein. Ihr wartet unter Deck. Wenn das Boot kommt, wisst ihr, was zu tun ist. Achtet darauf, dass ihr freies Schussfeld habt.«

»Wie lange dauert es noch?«, wollte einer der Männer wissen.

»Wer weiß. Vielleicht kommt es bald, vielleicht dauert es auch noch den ganzen Tag.«

Einer der Tschetschenen beugte sich vor. Stöhnend legte er den Kopf auf den Tisch.

»Was zur Hölle?«, fluchte ein anderer.

Ohne Vorwarnung übergab sich der Mann, spie eine weiße, zähe, von Brocken durchsetzte, sauer riechende Flüssigkeit über den Tisch.

Eins der Crewmitglieder wollte aus dem Raum stürzen.

»Rühr dich nicht vom Fleck«, schimpfte Faqir. »Nur wenn ich es dir sage. Hast du mich verstanden?«

»Aber er hat doch gerade …«

»Keine Widerrede!« Wütend hob Faqir die Stimme. »Halt verdammt noch mal den Mund und mach deine Arbeit.«

Mit wutverzerrtem Gesicht, die Zähne gefletscht, trat Faqir zum Kranken, packte ihn am Schopf und zerrte ihn hoch. »Und du auch! Wir fühlen uns alle mies. Entweder reißt du dich zusammen oder du gehst über Bord.«

»Was ist mit dem alten Sack da unten?«, beklagte sich einer seiner Kollegen. »Warum ist er nicht hier?«

Langsam, bedächtig, voller Hass glitt Faqirs Blick zu dem jungen Tschetschenen, der die Frage gestellt hatte. »Dieser alte Mann ist der einzige Grund, weshalb wir diese Chance überhaupt bekommen haben.« Er legte eine effekthascherische Pause ein. »Wir stehen im Begriff, im Namen Allahs Geschichte zu schreiben. Wir werden hundertmal mehr Menschen töten als am 11. September 2001. Ihr alle werdet Ruhm ernten. Eure Namen werden auf der ganzen Welt bekannt sein. Was ihr heute vollbringt, wird den Westen noch Jahrhunderte beschäftigen und mit Hass erfüllen. Aber sie werden eure Namen kennen. Und dort, wo es am wichtigsten ist, werden jene, auf die es ankommt, euch für alle Zeiten lieben und ehren. Allah wird euch am vierten Tor willkommen heißen.«

Faqir verstummte, trat zu dem jungen Mann, der den Mund aufgemacht hatte, beugte sich zu ihm, starrte ihm mit fanatischem Ausdruck durchdringend in die schwarzen Augen. »Ohne die Arbeit dieses alten Mannes wärst du ein Nichts. Ein unbedeutendes Wesen. Wenn einer von euch sich auch nur noch ein einziges Mal respektlos über den alten Mann äußert, werde ich ihn auf der Stelle erschießen. Ist das klar?«

»Ja!« Der Jüngere senkte den Kopf. »Es tut mir sehr leid.«

Nickend nahm Faqir die Entschuldigung an und räumte dem reuigen Sünder eine letzte Chance ein. »Wir fangen jetzt an!« Sein Kopf zuckte zur Tür. »Unter Deck! Und vergesst nicht, achtet darauf, dass ihr freies Schussfeld habt.«

Zurück im Ruderhaus stellte Faqir das Funkgerät auf Kanal 16 ein, die Frequenz für Seenotrufe. Er griff zum Mikro. »Mayday. Mayday. Kann mich jemand hören?«

Während der nächsten beiden Stunden wiederholte Faqir den Hilferuf fast minütlich. Schließlich meldete sich über den Äther ganz schwach eine krächzende Stimme. »*Roger zum Mayday. Over. Hier ist die* Dogfish. *Ich höre Sie. Wie ist Ihre Lage?*«

»Hier spricht die *Samotniy Rybalka*«, antwortete Faqir. »Wir haben ein größeres Problem und benötigen dringend Hilfe. Over.«

»*Worin besteht das Problem, Captain?*«

»Wir haben zwar Sprit, aber die Pumpe arbeitet nicht. Wir brauchen eine Pumpe.«

»*Wo befinden Sie sich?*«

»Östlich von Neufundland. In der Nähe der Flämischen Kappe.« Er übermittelte dem Captain der *Dogfish* die Koordinaten.

»*Mal sehen, was ich für Sie tun kann. Wir sind gerade erst ausgelaufen und kommen ein Stück südlich von Ihnen vorbei. Mal sehen, ob wir eine Pumpe übrig haben. Schalten Sie um auf Kanal 41.*«

Eine Viertelstunde später kam die erhoffte Rückmeldung.

»*Rybalka, sind Sie noch da? Hier spricht die* Dogfish. *Over.*«

»Ich höre Sie, Captain.«

»*Wir haben eine Pumpe übrig. Allerdings erwarte ich eine Bezahlung dafür.*«

72

Cloud hatte den Ton leise gestellt und verfolgte auf seinem Rechner die Nachrichten. Die Maschine war unweit des Flughafens in einer Stadt namens Tolstopaltsevo zerschellt. An der Absturzstelle herrschte völliges Chaos.

Saschas Computer meldete sich mit einem Piepen. Cloud blickte hoch. Sascha winkte ihn zu sich. »Da tut sich was.«

»Rutsch rüber!«

Cloud übernahm die Tastatur und überflog den Bildschirminhalt. Der Datenverkehr der CIA während des vergangenen Tages. Am Abend zuvor hatte die CIA schlagartig sämtliche elektronischen Aktivitäten eingestellt und die Systeme neu hochgefahren.

Die Analyse wurde als lange Liste angezeigt. Der Virus, mit dem er Langley infiltriert hatte, übermittelte ihm präzise alle aktiven Netzwerkkomponenten. Neben jedem Eintrag wurde die Aktivität mit Zeitangaben und prozentualem Anteil am gesamten Datenverkehr ausgewertet.

Es war nachvollziehbar, dass Langley nach dem fehlgeschlagenen Versuch, ihn zu schnappen, alle Systeme gestoppt hatte. Womit er nicht gerechnet hatte, war die anschließende Wiederaufnahme. Das konnte nur eins bedeuten: Sie machten Jagd auf ihn. Langley wollte ihn auf dieselbe Weise aufspüren wie er sie umgekehrt, nämlich unter Zuhilfenahme des Internets.

Clouds gesamtes Netzwerk wurde von mehreren Ebenen modernster Verschlüsselungstechnologien abgeschirmt. Die einzige Möglichkeit, ihm auf die Schliche zu kommen, bestand darin, den Verschlüsselungscode zu finden und anschließend zu knacken. Allein Letzteres würde Monate dauern. Und um überhaupt eine Chance zu bekommen, das zu tun, musste die Gegenseite überhaupt erst mal eine Instanz des Algorithmus aufspüren. Fürs Erste tappte Langley vollkommen im Dunkeln.

Theoretisch war es allerdings möglich, dass sie seine Backdoor nutzten, um auf die Verschlüsselungsebene zu gelangen. Das hieß zwar noch lange nicht, dass sie dann weiterkamen. Aber allein der Gedanke, sie könnten auch nur einen flüchtigen Blick auf seine Verteidigungslinie erhaschen, machte Cloud nervös.

Mit verschränkten Armen lehnte er sich zurück und schloss die Augen. Nach ein paar Sekunden schlug er sie wieder auf, beugte sich vor und tippte. »Ruf Access vier auf«, sagte er, ohne den Kopf zu heben.

»Wozu?«, fragte Sascha erstaunt.

»Lösch ihn.«

»Wenn ich den Zugang lösche, ist unsere Hintertür futsch«, protestierte Sascha.

»Sollten sie auf Access vier stoßen, versetzt sie das in die Lage, uns zu finden. Löschen! Auf der Stelle!«

73

BANCHOR COTTAGE
SCHOTTLAND

Chalmers trat durch die Hintertür von Banchor Cottage und stieg eine Treppenflucht hinab bis zu einer verschlossenen Tür. Er steckte einen Schlüssel ins Schloss, schob die Tür auf und fand sich in einem fensterlosen Keller wieder.

Nur wenige, die Banchor besucht hatten, kannten diesen Teil der rustikalen Fischersiedlung: einen abgeschiedenen Raum mit niedriger Decke und der Atmosphäre eines altmodischen Krankenzimmers. Auf einer Seite stapelte sich auf Regalen die Kommunikationsausrüstung mit direkter Anbindung an die MI6-Zentrale in London. Im rückwärtigen Bereich befand sich die medizinische Ausrüstung, darunter Monitore für EKG-Auswertung und Überwachung von Vitalparametern. An der linken Wand stand ein reichlich ramponiertes Ledersofa, rechts zwei Krankenbetten.

Ein Schrank neben dem Sofa enthielt, vor neugierigen Blicken verborgen, ein rätselhaft aussehendes Gerät, das ein Vernehmungsoffizier einsetzen konnte, um durch moderaten Einsatz von Stromstößen an Informationen zu gelangen. Sosehr man in der Öffentlichkeit über das Thema Waterboarding diskutierte, blieb Elektrizität doch weiterhin die effektivste Methode, wollte man Terroristen zum Reden bringen. Und obwohl Großbritannien sich offiziell gegen Folterungen aussprach, waren im Laufe der Jahre etliche Schreie durch die Korridore von Banchor Cottage gedrungen.

Smythson saß auf dem Ledersofa und schmökerte in einer Zeitschrift. Robbins, der vom MI6 beauftragte Arzt, kehrte ihr den Rücken zu. Vor der rückwärtigen Wand inspizierte er den Inhalt einer Schublade mit Medikamenten.

Robbins drehte sich um, als er Chalmers eintreten hörte. »Hey, Derek«, begrüßte er ihn.

Chalmers nickte ihm zu. Sein Blick streifte eins der Betten. Katya lag darauf festgeschnallt, eine Vielzahl von Sensoren an Hals, Armen, Kopf, Brust und Beinen befestigt. Falls notwendig, konnte man Herzfrequenz, Blutdruck und Atmung von den MI6-Computern auswerten lassen, um einzuschätzen, ob sie die Wahrheit sagte.

»Geben Sie uns ein paar Minuten, okay?«, bat Chalmers den Arzt.

»Ja, natürlich. Ich bin dann oben.«

Smythson schaute von ihrer Lektüre auf. »Ich auch?«

Chalmers nickte.

Katya hatte sich nicht gerührt, seit sie ans Bett geschnallt worden war. Sie lag unter einer Flanelldecke, das Gesicht zur Wand, die Augen geschlossen. Bis auf BH und Slip hatte man ihr die komplette Kleidung weggenommen.

Während Chalmers sich auf ihre Vernehmung vorbereitete, ging er im Kopf alle Optionen durch. Unzählige Geschichten rankten sich um Chalmers' Laufbahn beim Nachrichtendienst. Er hatte zahllose erweiterte Verhörmethoden am eigenen Leib erfahren. Als Gefangenen des KGB hatten sie ihn 1979 über längere Zeiträume mit wiederholtem Schlafentzug gefoltert. 1982 hielt die IRA ihn in Belfast fast einen Monat lang in einem Lagerhaus fest. Dort sah er sich Waterboarding und Stromstößen ausgesetzt. Doch was er am tiefsten hasste, war die Erinnerung daran, wie sie ihn gezwungen hatten, fünf Tage lang vor einer Betonwand zu knien. Eine Glühbirne baumelte die ganze Zeit vor seinem Gesicht. Er wusste noch, wie er geweint hatte, als sie das Licht irgendwann ausknipsten, als wäre sie zu seinem einzigen Freund geworden, seinem privaten Gott. Bis zum heutigen Tag hatte Chalmers nie mehr eine Glühbirne ausgewechselt, ein eigentümliches Relikt seines Aufenthalts in jenem Keller.

Chalmers wusste also Bescheid, was erweiterte Verhörtechniken anging, und zwar nicht bloß theoretisch wie die meisten seiner Kollegen. Er hatte es selbst durchgemacht und wusste, was funktionierte und was nicht. Ob eine bestimmte Methode bei einem konkreten Gefangenen anschlug, wusste man allerdings erst, wenn die Vernehmung bereits im Gange war. Chalmers hielt grundsätzlich jede Form von Folter für effektiv, vorausgesetzt es gab überhaupt ein Geheimnis, das sich zutage fördern ließ. Andernfalls konnte ein Gefangener dafür sorgen, dass eine ganze Operation fehlschlug, indem er Märchen auftischte, nur um dem Schmerz zu entgehen.

Chalmers konnte nachvollziehen, dass Katya eine Beziehung mit jemandem führte, der Geheimnisse mit sich herumtrug. Die eigentliche Frage lautete, ob sie über seine konkreten Verfehlungen Bescheid wusste. Er hielt es für unwahrscheinlich. Jemand, der ständig auf Reisen war und seine Tage ansonsten mit Proben verbrachte, bekam vermutlich gar nichts von den dunklen Absichten des Partners mit.

Chalmers konnte den ganzen nächsten Tag damit verbringen, sie zu einem Geständnis zu bewegen, ohne am Ende einen einzigen Schritt vorangekommen zu sein. Falls sie nichts wusste, würde sie ihm notfalls Lügen erzählen, um sich den Qualen des Verhörs zu entziehen. Lügen, die die CIA in die Irre führen könnten, ausgerechnet in einer Phase, in der ohne ein gezieltes Vorgehen das Überleben Tausender auf der Kippe stand. Außerdem würde er sich damit jede Chance nehmen, ihr passive, aber dennoch entscheidende Informationen über Pjotr Vargarin zu entlocken. Wenn er das Vertrauen zerstörte, das Katya in ihn setzte, indem er ihr Schmerzen zufügte, würde sie dichtmachen. Er hatte es selbst erlebt. Der KGB hatte damals Informationen verlangt, die er schlicht nicht besaß. Als seine Peiniger ihn schlugen, verwirkten sie damit jede Chance, ihm andere Schlüsselinformationen zu entlocken.

Chalmers trat an den Hängeschrank über dem Sofa, holte zwei Gläser heraus und schenkte Scotch ein, jeweils halb voll. Er ging zum Bett und hob die Decke an.

Behutsam entfernte er die Sensoren von ihrem Körper, schnallte die Riemen um Arme und Beine los. Katya blieb mit geschlossenen Augen liegen, das Gesicht der Wand zugekehrt, und rührte sich nicht vom Fleck.

»Katya«, sprach Chalmers sie an.

Er wartete, bis die Frau den Kopf in seine Richtung drehte. Nach über einer Minute tat sie ihm den Gefallen und musterte ihn durchdringend. Die Inspektion durch leuchtend blaue Augen in einem bezaubernden Gesicht mit dunklem Teint und pechschwarzem Haar brachte ihn ein wenig aus dem Konzept.

»Möchten Sie einen Single Malt probieren?«, fragte er. »Die stellen ihn hier ganz in der Nähe her. Er schmeckt ziemlich gut und dürfte Sie etwas beruhigen.«

Chalmers hielt ihr das Glas hin. Langsam setzte Katya sich auf. Sie nahm das Glas, hielt es sich vor die Nase, schnupperte daran, stürzte es in zwei Zügen hinunter und hielt es ihm hin. »Mehr«, flüsterte sie leise.

Er lächelte, ging an den Schrank und schenkte nach. »Hier.«

»Danke sehr.«

Vom Sofa aus prostete er ihr zu. »Ich habe Sie schon auftreten sehen. In Paris.«

»Paris. Wann denn?«

»Vor fünf oder sechs Jahren, wenn ich mich recht entsinne. *Coppélia.*«

Katya nickte. »Franz«, sagte sie.

»Franz?«

»Mein Geliebter.«

»Ach ja, im Ballett.«

Sie nippte an ihrem Glas. »Cloud ist kein Terrorist«, versicherte sie. »Ich kenne ihn. Er ist ein Kind. Tief im Innern ist er ein Kind. Er ist verrückt nach Computern.«

»Und trotzdem hat er den Tod der kompletten Besatzung eines Fischerbootes auf dem Gewissen. Und den von amerikanischen Soldaten.«

»Nein, das glaube ich nicht. Sie haben mir Fotos gezeigt, aber die könnten von überall stammen.«

»Dann belüge ich Sie also? Diese Männer, die Sie entführt haben, was brachte sie denn auf die Idee?«

»Ich hab keine Ahnung. Fragen Sie lieber meine Kidnapper.«

»Das habe ich. Sie sind mit einem Terroristen verlobt.«

»Nein!« Sie schüttelte unwirsch den Kopf. »Nein, das glaube ich nicht.«

»Sie sind sich Ihrer Sache ja ziemlich sicher«, meinte Chalmers. »Ich frage mich, ob es etwas gibt, das Sie vom Gegenteil überzeugen könnte.«

»Nein.«

»Und wenn er es Ihnen selber sagen würde? Wenn er Ihnen erzählen würde, dass er beabsichtigt, in den USA eine Atombombe detonieren zu lassen, wären Sie dann überzeugt?«

Katya blickte Chalmers aus großen Augen quer durch den Raum an.

»Sie merken, worauf ich hinauswill, Katya, oder? Menschen haben Geheimnisse. Irgendwann tun sie Dinge, die dem widersprechen, was wir von ihnen erwarten. Geheimnisse. Swanilda hat Geheimnisse. Franz hat Geheimnisse. Jeder hat Geheimnisse. Ist es nicht so?«

Katya starrte Chalmers bloß an.

»Ich möchte Sie etwas fragen. Mögen Sie die USA? Ich nehme an, Sie sind dort schon aufgetreten, oder?«

Katya nickte. »Ich liebe die USA. Ich habe dort schon oft mit Ensembles gastiert. Bestimmt 50-, 60-mal.«

»Auch in New York?«

»Ja, natürlich, aber auch in anderen Städten. Wissen Sie, welche meine Lieblingsstadt ist?«

»Nein. Verraten Sie es mir bitte.«

»Kansas City. Meine allererste Tournee, damals war ich erst 15.«

»Dann lassen Sie mich Ihnen eine Frage stellen. Was glauben Sie, wie viele Menschen sterben, wenn mitten in Kansas City eine Atombombe explodiert?«

Katya nippte an ihrem Glas. »Ich weiß es nicht.«

»Ich schon! Sollte die Bombe, die Pjotr sich beschafft hat, in Kansas City detonieren, fordert sie dort mindestens 100.000 Todesopfer. Natürlich läge die Zahl in New York oder Boston, Städten, die eher als Ziel infrage kommen, dramatisch höher. Nur um es deutlich zu sagen: Sie wird man auf ewig als Freundin, ja Verlobte des Mannes in Erinnerung behalten, der für dieses perverse Verbrechen an der Menschlichkeit verantwortlich ist. Falls Sie wirklich von nichts wussten und Glück haben, landen Sie wahrscheinlich im Gefängnis, sagen wir für zehn Jahre. Sie werden nie wieder tanzen. Und um ehrlich zu sein: Sollten Sie sich in diesem speziellen Zeitraum, in dem jede Sekunde zählt, in dem es auf jede Minute ankommt, in dem man den Anschlag noch verhindern könnte ... sollten Sie in dieser Zeit auf stur schalten, dann, schätze ich, werden Sie das 30. Lebensjahr nicht erreichen. Denn falls eine Bombe hochgeht, wird die amerikanische Regierung jeden ausradieren, der damit zu tun hat.«

»Wie meinen Sie das?«

»Sie wissen genau, was ich meine. Wahrscheinlich wird es im Gefängnis passieren. Die werden Sie aufhängen und es als Selbstmord hinstellen. Oder nach ihrer Entlassung. Sie gehen nichts Böses ahnend eine Straße entlang und ein Wagen überfährt Sie. Es könnte sogar in den Wochen direkt nach der Explosion passieren. Sie dürfen nicht vergessen, dass Sie jetzt ein Phantom sind. Niemand weiß, dass Sie noch am Leben sind.

Die Zeit für Geduld, für eine Unterhaltung bei einem Glas Scotch oder auch zwei, wird dann vorbei sein. Sie brauchen nicht einmal zu wissen, was er tut. Sie brauchen überhaupt keine Ahnung von dem zu haben, was er treibt. Aber Sie müssen helfen. Tun Sie das nicht und diese Bombe geht hoch, werden Sie sterben – und zwar viel zu jung. Moskau, St. Petersburg, London, Kansas City – diese Städte werden Sie nie mehr wiedersehen. Und alles nur, weil Sie nicht zuhören wollten.«

»Sie drohen mir.«

»Ich sage nur die Wahrheit. Das ist keine Drohung, sondern eine Tatsache. Und dann hätten Sie es auch verdient. Ich könnte Sie foltern, Katya, aber das will ich nicht. Ich möchte, dass Sie mir vertrauen.«

»Wie kann ich noch irgendjemandem trauen? Wenn das, was Sie sagen, wahr ist, ist der einzige Mensch, den ich je geliebt habe, ein Ungeheuer.«

»Sie denken zu viel«, sagte Chalmers. »Im Moment sollten Sie sich aufs Überleben konzentrieren. Wenn Ihnen daran gelegen ist, kooperieren Sie. Helfen Sie uns.«

»Ich möchte Ihre Beweise sehen.«

»Im Regal hinter Ihnen steht ein Ordner. Lesen Sie es nach.«

Chalmers lehnte sich auf dem Sofa zurück. Katya streckte die Hand nach dem Ordner aus. In den folgenden 20 Minuten las sie ihn vollständig, während Chalmers an seinem Scotch nippte.

Als sie fertig war, stand sie auf, ging an den Wandschrank und schenkte sich ein Glas nach. Statt danach zurück zum Bett zu gehen, setzte sie sich neben Chalmers auf die Couch.

»Ich werde Ihnen helfen«, verkündete sie entschlossen. »Was genau wollen Sie wissen?«

74

ELEKTROSTAL, RUSSLAND

»Wir haben etwas übersehen«, erkannte Cloud. »Ich brauche die Transkriptionen der Funkkommunikation von Langley.«

»Seit wann?«

»Seit der Explosion.«

»In ein paar Sekunden hast du sie auf dem Schirm«, kündigte Sascha an.

Ein grünes Icon informierte ihn über den Eingang der entsprechenden Datei. Cloud öffnete sie mit einem Doppelklick und nahm sich die Gesprächsaufzeichnungen aus der CIA-Einsatzzentrale vor. Mit erstaunlicher Geschwindigkeit suchten seine Augen die Zeilen ab.

»Da haben wir es ja«, knurrte er, wütend auf sich selbst. »Hab ich's doch gewusst!«

706	vergiss nicht dass johnny verwundet ist
707	er hat eine kugel im bein
708	wie schlimm ist es
709	er liegt mit fieber im bett

»Wie konnte ich nur so nachlässig sein?«, rief er. »Es gibt noch mehr Agenten. Das müssen diejenigen sein, die Al-Medi geschnappt haben. Kennen wir seinen Standort?«

»Ja«, antwortete Sascha. »Zumindest wissen wir, wohin sie ihn ursprünglich gebracht haben. Es ist ganz in der Nähe des Park Pobedy.« Cloud stand auf und hob seinen Regenmantel vom Boden auf.

»Ich brauche die Adresse.«

»Was, wenn sie ihn mittlerweile verlegt haben?«

»Einer von ihnen ist verletzt. Vermutlich sind sie noch dort.«

Cloud zog den Reißverschluss des Regenmantels zu.

»Was hast du vor?«, wollte Sascha wissen.

»Kapierst du denn nicht?«, herrschte Cloud ihn an. »Es gibt noch zwei Agenten. Wir müssen sie beseitigen.«

Damit drehte er sich um zur Tür.

»Stopp!«, brüllte Sascha. »Sei doch kein Narr! Du kannst nicht gehen!«

Cloud drehte sich zu ihm um. »Und warum nicht?«

»Du bist der Einzige, der weiß, wohin die Bombe unterwegs ist. Wenn sie dich kriegen, pulen sie's dir aus dem Kopf wie einen Pfirsichkern.«

»Die kriegen mich nicht.«

»Und wenn doch …«

Cloud schüttelte den Kopf, ließ aber zumindest die Klinke los.

»Dann musst du eben los.«

Sascha nickte.

»Es regnet«, sagte Cloud. »Nimm den Mercedes. Park ein paar Blocks entfernt. Im Kofferraum ist Semtex.«

»Semtex?« In Saschas Stimme schwang Unbehagen mit. »Das wird …«

»Du musst das Haus plattmachen«, schnitt Cloud ihm das Wort ab. »Das ist der Plan. Du musst nichts weiter tun, als es an der Fassade anzubringen. Der Zünder hängt bereits dran. Hinterher ziehst du dich mindestens 200 Meter zurück und jagst das Gebäude in die Luft.«

75

MOSKAU, RUSSLAND

Dewey parkte den Kombi in einer ruhigen Seitenstraße nahe der Moskauer Universität, vom Safe House gesehen am anderen Ende der Stadt. Falls der FSB nach dem Wagen fahndete, würden sie ihn finden. Sollte es dazu kommen, wollte er weit weg sein.

Er nahm Pistole und Handy mit. Während er im strömenden Regen die Umgebung absuchte, schob er unauffällig die Hand in die rechte Jackentasche und bewegte den Zeigefinger an den Abzug der Waffe. Er zückte das Handy, schaltete es ein und wählte.

»Hi, Dewey«, meldete sich Calibrisi.

»Ich bin in Moskau.«

»Wir kommen Clouds Standort allmählich näher.«

»Was ist mit dem Team, das du herschicken wolltest?«

»Sie haben es nicht geschafft. Du findest zwei Agenten in unserem Safe House. Eine Führungsoffizierin, sie hat wirklich was drauf. Der andere ein Operator, aber er ist schwer verletzt.«

Mit leichtem Hinken marschierte Dewey einige Blocks weiter und tauchte in einer U-Bahn-Station ab.

»Du hattest noch jemanden erwähnt«, erinnerte Dewey, während er sich mit ruhigen Schritten, den Blick gesenkt, durch die hell erleuchtete Station bewegte, ständig nach Anzeichen von Ärger Ausschau haltend, die Hand an der Waffe, bereit, falls notwendig, erneut zu töten.

»Alexei Malnikov.«

»Er soll sich im Safe House mit mir treffen.« Damit legte er auf.

Es war schon spät und die Station mit Ausnahme einer grauhaarigen Frau völlig verlassen. Sie saß hinter kugelsicherem Glas an einem Fahrkartenschalter und wartete auf Kundschaft. Dewey brauchte zwar ein Ticket, wollte jedoch nicht das Risiko eingehen, anhand des Fahndungsplakats erkannt zu werden. Er ging am Schalter vorbei zum Drehkreuz und kletterte darüber. Ein Blick zurück. Nichts deutete darauf hin, dass sie seinen Gesetzesverstoß registriert hatte. Zumindest scherte sie sich einen Dreck darum.

Auf einer Bank an den Gleisen fand er eine liegen gelassene Zeitung. Obwohl er kein Russisch verstand, verrieten ihm die Bilder alles, was er wissen musste. Über dem Falz stieß er auf sein Foto und ein Bild von Katya Basaeyeva.

Der Zug zum Park Pobedy kam nach wenigen Minuten. Das Abteil war leer. Dort stieg er aus und kehrte über die lange Treppe in den strömenden Regen zurück.

Ein ruhiges Viertel, die Straße von Bäumen gesäumt. Vom Gehsteig ein wenig zurückgesetzt ragten hinter überschaubaren Vorgärten große, mit Stuck verzierte Backsteinhäuser in die Höhe. Einen halben Block entfernt erspähte er auf der anderen Straßenseite ein weißes vierstöckiges Stadthaus mit schwarzen Fensterläden.

Abgesehen von einem Laternenpfahl an der Ecke war es völlig dunkel. Der Regen hatte ein bisschen nachgelassen. Dewey verharrte mehrere Minuten unter einem großen Baum und beobachtete das Gebäude. Gerade als er auf die andere Seite wechseln wollte, bog ein Taxi um die Ecke. Er zuckte zusammen und duckte sich hinter den Baum, schob die Hand in die Jacke, klammerte sich an der Pistole fest. Er verfolgte, wie das Taxi näher kam und vorbeifuhr.

In der Stille, die sich anschloss, spürte er, wie sein Herz raste.

Beruhig dich, Mann!

Er fokussierte sich erneut auf das Safe House. Im selben Moment bemerkte er den Mann. Er spazierte auf der gegenüberliegenden Straßenseite an dem konspirativen Unterschlupf vorüber.

Wie lange war er schon da? Konnte es Malnikov sein?

Der Unbekannte trug einen Rucksack und hatte lange Haare. Mit eiligen Schritten und gesenktem Kopf huschte er die Straße entlang und entfernte sich. An der nächsten Abbiegung blieb er noch einmal stehen und starrte das Haus für einige Sekunden an, ehe er sich umdrehte und weiterging.

Statt die Straße zu überqueren, nahm Dewey die Verfolgung auf. Als er die Einmündung erreichte, wechselte er spontan die Seite. Genau in diesem Moment drehte der Mann sich ruckartig um. Als er Dewey sah, fing er an zu rennen.

Hinkend stürmte Dewey dem Kerl hinterher, bis einen Block entfernt die Scheinwerfer eines Wagens aufflammten.

Der Amerikaner zog seine Waffe. Im selben Moment vernahm er hinter sich eine ohrenbetäubende Explosion. Im nächsten Augenblick bebte die Erde unter seinen Füßen, eine heftige Druckwelle erfasste ihn und schleuderte ihn nach vorn. Die roten Rücklichter des fliehenden Wagens waren das Letzte, was er mitbekam, bevor er die Augen schloss und sich für den Aufprall wappnete.

76

Malnikov saß im Büro auf der Couch. In dem fensterlosen Raum herrschte enorme Hitze. Er trug Jeans und ein Muscleshirt und war barfuß. Er hätte die Klimaanlage einschalten können, verzichtete jedoch darauf. Aus keinem besonderen Grund. Genau genommen fiel ihm gar nicht auf, wie ungemütlich es war. Er grübelte über das Gespräch mit Hector Calibrisi nach.

In der Hand hielt er ein Glas 1986er Henri Jayer Richebourg, einen französischen Burgunder von der Côte de Nuits, der Malnikov satte 24.000 Euro gekostet hatte.

Malnikov mochte es gar nicht, wenn ihm jemand drohte. Er empfand es als demütigend. Mit dem Treffen mit Cloud hatte es angefangen. Von da an war alles den Bach runtergegangen. Er wusste, dass Calibrisi ihm einen großen Spielraum ließ, doch es stand außer Frage, wer abschließend das Sagen hatte. Langley. Er hatte einen großen Fehler gemacht, klar, aber nun legte Calibrisi bei ihm die Daumenschrauben an.

Finde Cloud oder stirb.

»Scheiß auf ihn«, fluchte er nicht zum ersten Mal, während er das Gespräch mit dem CIA-Direktor erneut Revue passieren ließ.

Malnikov konnte es darauf ankommen lassen. Natürlich müsste er seine Security beträchtlich verstärken. Sollte es Cloud tatsächlich gelingen, auf amerikanischem Boden eine Atombombe zu zünden, konnte er, Malnikov, auch gleich mit einer Zielscheibe auf der Brust durch die Gegend laufen. Allerdings wären Calibrisi und auch jeder sonst in der amerikanischen Regierung hinterher auf Jahre hinaus durch andere Aufgaben abgelenkt.

Der Kopf tat ihm weh. In seinem Inneren tobte ein Zwiespalt zwischen Zuneigung und Loyalität gegenüber seinem Vater und blankem Hass, weil er auf diese Weise unter Druck gesetzt wurde. Die reinste Tortur.

Bei dem Gedanken an Clouds Worte zuckte er innerlich zusammen: *Weil mir klar war, dass dein Vater nicht so blöd ist, sich eine Atombombe zuzulegen. Du dagegen schon.*

Es stimmte. Sein Vater hätte so etwas niemals getan. Falls doch, wäre er allerdings nicht davor zurückgeschreckt, die Verantwortung für sein Handeln zu übernehmen.

»Du hast es dir eingebrockt«, schimpfte Malnikov mit sich selbst. »Also musst du die Suppe auch auslöffeln. Stell dich deinen Pflichten.«

Er spürte ein Vibrieren in der Hosentasche. Während er das Handy aus der Tasche zog, sah er bereits, wer ihn anrief. »Hallo, Hector!«

»Sie müssen dringend in unser Safe House fahren und sich mit unserem Mann treffen.«

Calibrisi nannte Malnikov die Adresse des CIA-Unterschlupfs.

»Ist das der Typ, der schon die ganze Zeit in den Nachrichten ist?«

»Ja.«

Malnikov kippte den restlichen Wein hinunter, stand auf und ging zum Schreibtisch. Er griff nach der Waffe, die darauf lag, eine Desert Eagle .50 AE, und steckte sie ins Holster, das er verborgen vorn am Hosenbund trug. Anschließend nahm er die Lederjacke von der Stuhllehne und zog sie an.

»Wie heißt er?«

»Dewey Andreas.«

77

GEORGES BANK
IM ATLANTIK
80 MEILEN ÖSTLICH VON PRINCE EDWARD ISLAND,
KANADA

Vier Stunden später erschien ein Boot am südwestlichen Horizont. Faqir hob das Mikro vor den Mund. »Sind Sie das, *Dogfish?*«, fragte er. »Over.«

»*Ja. Wir können Sie bereits sehen. In circa 20 Minuten sind wir da.*«

»Roger«, funkte Faqir. »Vielen Dank.«

»*Ach übrigens, habt ihr was gesehen?*«

Furcht durchfuhr Faqir und es lief ihm kalt über den Rücken. Was meinte der Typ? Hatte man ihretwegen eine Warnung ausgegeben? Er drückte die Sprechtaste. »Was meinen Sie?«

»*Makrelen, Thunfisch? Wir sind auf Kurs nach Norden.*«

»Nein«, erwiderte er erleichtert.

»*Von wo seid ihr ausgelaufen?*«

Faqir betrachtete die Karte der Ostküste. Er hatte sich bereits intensiv damit beschäftigt, doch nun wurde ihm klar, dass er sich gewaltig in Schwierigkeiten bringen konnte, wenn er nicht aufpasste. Falls die *Dogfish* zufällig aus der Hafenstadt stammte, die er nannte, war er im Arsch. Sein Magen verkrampfte. »Portsmouth, New Hampshire.« Er nannte absichtlich eine größere Stadt, in der sich die Schiffskapitäne theoretisch nicht unbedingt alle kannten.

»*Schöne Stadt. Wir sind aus Halifax. Bis gleich.*«

Faqir hängte das Mikro in die Halterung, beugte sich vor und übergab sich in den Mülleimer neben der Konsole. Er ging zu Poldarks Kajüte unter Deck. Der Alte war bewusstlos, atmete aber noch. Faqir versuchte ihn zu wecken, streckte die Hand aus, um ihn sanft an der Schulter zu rütteln. Keine Reaktion. Er breitete eine Decke über ihn und lief durch den Gang zur Mannschaftsunterkunft.

»Es geht los!«

Das Boot, das sich näherte, war nur knapp halb so groß wie die *Samotniy Rybalka,* ein Ringwadenfischer mit Ruderhaus am Bug. Dunkelblau mit langen weißen Streifen am Rumpf. Ein hübscher Kahn, frisch gestrichen und gut in Schuss.

Faqir stand im Ruderhaus und schaute durchs Fenster zum Deck seines Trawlers. Dort entdeckte er zwei der Tschetschenen von der Crew. Zusammengesunken saßen sie zwischen gestapeltem Tauwerk, verborgen vom Rand des Rumpfs. Beide hielten Maschinenpistolen in der Hand. Lautlos saßen sie da und warteten auf Faqirs Zeichen.

Langsam tuckerte die *Dogfish* achtern vorbei, legte sich neben die *Rybalka,* kam an Backbord längsseits. Als sie die letzten Meter überwand, die die beiden Schiffe noch voneinander trennten, nahm Faqir Blickkontakt zu MacDonald auf, dem Kapitän der *Dogfish,* der am Ruder stand. Er hatte ein sonnengebräuntes Gesicht, bekam allmählich eine Glatze. Ein grauer Haarkranz säumte die bloße Kopfhaut.

Zwei weitere Männer standen hinter dem Ruderhaus an Deck, beide in abgenutztem gelbem Ölzeug voller Flecken. Einer von ihnen warf eine Leine aufs Deck der *Samotniy Rybalka,* genau in dem Augenblick, in dem Faqir den beiden Bewaffneten zunickte.

Faqir trat aus der Tür des Ruderhauses und winkte den Männern auf dem kleineren Kahn zu. »Hallo!« Er hob die Leine auf.

Im selben Moment erhoben sich die beiden Tschetschenen, drehten sich zur *Dogfish* und eröffneten das Feuer.

Das ungedämpfte Rattern der MPs übertönte das Rauschen des Meeres und das Dröhnen der Schiffsmotoren. Die zwei Crewmitglieder der *Dogfish* wurden gleichzeitig von Kugeln durchsiebt; einem stanzte die Salve Löcher quer über die Brust und ließ das Blut über den Oberkörper spritzen. Der andere kassierte mehrere Treffer in den Kopf. Während er auf die Planken sank, fetzten ihm die Geschosse die Schädeldecke weg.

Unvermittelt fuhr das andere Schiff schlingernd los. MacDonald rammte den Gashebel nach vorn und duckte sich. Die beiden Tschetschenen zielten auf ihn, doch der Captain befand sich in sicherer Deckung.

Faqir sprintete zum Bug der *Rybalka*. Mit einem Satz schwang er sich auf die Reling, stieß sich ab und sprang ins Leere. Er landete auf dem Heckbalken der *Dogfish* und klammerte sich daran fest, während seine Füße bereits das von den Triebwerken aufgewühlte Kielwasser streiften.

Faqir stemmte sich an Bord und hetzte zu MacDonald. Dieser drehte sich um, sah ihn und griff zum Messer. Als Faqir in das hinten offene Ruderhaus kam, stieß der andere mit der Klinge nach ihm.

Er tänzelte zur Seite und trat MacDonald die Beine weg. Dieser ging schreiend zu Boden. Faqir setzte ihm den Fuß in den Nacken, packte ihn mit beiden Händen an der Stirn und riss sie mit einem Ruck nach hinten, brach ihm das Genick.

Er trat an die Brücke und wendete das Boot, um es zurück zur *Rybalka* zu steuern. Er manövrierte die *Dogfish* längsseits, dann stoppte er und ging an Deck.

»Festzurren!«, befahl er den Tschetschenen. »Gebt mir eine Waffe.«

Faqir durchsuchte die *Dogfish* nach weiteren Besatzungsmitgliedern, wurde jedoch nicht fündig. Zurück auf der Brücke, nahm er das UKW-Funkgerät mit und kletterte an Bord seines eigenen Boots.

»Fertig?«

»Ja, Faqir.«

»Schafft die Toten weg, danach kommt ihr unter Deck.«

Im Verlauf der nächsten Stunde schleppte Faqir mit den sechs Tschetschenen die beiden Bomben vorsichtig die Treppe hinauf und brachte sie an Bord der *Dogfish*. Faqir nahm das Funkgerät der *Rybalka* aus der Halterung und reichte es einem der Tschetschenen. »Bring das aufs Boot.«

Unter Deck in Poldarks Kajüte schlug er die Decke beiseite, um den alten Mann nach oben zu tragen, doch er war bereits tot. Faqir setzte sich einen Moment hin und schloss die Augen. »Ein Gebet für dich, Professor«, flüsterte er. »Mögest du Frieden finden und möge der Himmel dich für deine Tapferkeit reich entlohnen.«

Im Maschinenraum schnappte Faqir sich einen Spritkanister, nahm ihn mit nach oben und schüttete ihn dort aus. Im Ruderhaus griff er nach dem Mikro des Funkgeräts von der *Dogfish* und wechselte auf den internationalen Seenotruf-Kanal. »Mayday, Mayday«, rief er. »Hier spricht die *Dogfish*. Mayday. Wir haben ein Feuer im Maschinenraum. Wir sind leckgeschlagen und benötigen dringend Hilfe. Mayday.«

»*Wir hören*, Dogfish«, meldete sich schwach eine Stimme.

Faqir verließ die Brücke und schleuderte das Funkgerät der *Dogfish* ins Meer. Er schnippte ein Feuerzeug an und hielt die Flamme ans Holz. Feuer loderte über die Planken und breitete sich rasch aus. Bis er an Bord der *Dogfish* kletterte, stand bereits das gesamte Deck der *Samotníy Rybalka* in Flammen und dunkler Rauch quoll in den Himmel.

»Leinen los!«, bellte er.

Er ging auf die Brücke, schob den Gashebel nach vorn und nahm Kurs auf die Ostküste.

»Sucht nach Lack und Farbe«, brüllte er. »Überstreicht alles, worauf der Name des Schiffs steht. Macht schon!«

78

NATIONALARCHIV
WASHINGTON, D.C.

Der Hubschrauber fegte in niedriger Höhe über die Hauptstadt, schoss die National Mall entlang, legte sich in eine Linkskurve und blieb einen Moment in der Luft stehen, ehe er sich aufs Dach des Nationalarchivs senkte.

Calibrisi reichte Katie eine stabile Plastikkarte von der Größe einer Visitenkarte. »Der Mann heißt Stoddard Reynolds. Gebt ihm die hier. Ihr braucht sie, um in den Raum zu kommen.«

»Was ist das?«

»In einer Staatskrise kann diese Karte gewisse Türen öffnen.«

»Kommt man damit auch an Bord des ›Doomsday Plane‹?«, schaltete sich Tacoma ein. »Wenn die Atombombe hochgeht?«

»Verliert sie nicht. Ich bin im Weißen Haus. Ruft mich an, wenn ihr was rausgefunden habt.«

Katie öffnete die Seitenluke des Helikopters und kletterte dicht gefolgt von Tacoma hinaus. Der blaue Sikorsky hob ab, schoss in den Himmel empor, während das Duo auf einen Mann an der Dachkante zuging.

»Sie müssen Reynolds sein«, rief Katie, um den Lärm der Rotoren zu übertönen.

»Folgen Sie mir!«

Sie nahmen den Aufzug in den Keller, passierten einen langen Korridor. Eine Treppe brachte sie noch zwei Ebenen tiefer. Nach einem weiteren ausgedehnten Flur erreichten sie eine große Stahltür.

»Ziehen Sie die Karte durch«, sagte Reynolds.

Katie hielt die Karte vor einen Digitalscanner. Eine Sekunde später vernahmen sie das Klicken der Stahlverriegelung. Über ihnen leuchtete ein grünes Lämpchen auf.

Reynolds griff nach der Klinke, stieß die Tür auf und winkte sie durch. »Nur zu!«

»Kommen Sie nicht mit?«

»Nein, ich habe keine Zugangsberechtigung. Ich warte hier draußen, bis Sie fertig sind. Sie müssen von innen verriegeln.«

Sobald sie die Stahlkammer betraten, sprang die Neonbeleuchtung an. Tacoma übernahm das Abschließen.

Der Saal war riesig, mindestens 30 Meter lang und genauso breit. Er stand größtenteils leer, fast wie eine Bibliothek, die man geschlossen und ausgeräumt hatte. Lediglich in der Mitte blieb das Auge an einer langen Reihe stählerner Aktenschränke hängen. Insgesamt rund 30 Stück.

Katie und Tacoma näherten sich den Schränken. Jeder war 1,50 Meter hoch und hatte vier Einschübe, allesamt unbeschriftet.

Tacoma zog die erste Lade auf, griff hinein und entnahm ihr eine dicke schwarze Hängemappe. Auf dem Deckel stand in Maschinenschrift:

OPERATION TRIANGLE 14

Tacoma schlug sie auf und fing an zu lesen. »Ach du liebe Scheiße!«, raunte er.

»Was ist?«

Tacoma setzte seine Lektüre fort, ohne zu antworten. Nach einer Minute schloss er sie, stellte sie zurück und knallte den Schubkasten zu.

»Was ist denn?«, wollte Katie wissen.

»Nichts«, meinte er leise.

»Rob …«

»Es ging um Kairo«, sagte Tacoma. »Vor einem Jahr. Erinnerst du dich noch an Bill Jarvis?«

»Ja, natürlich. Er war eine Zeit lang Stationschef, ehe er bei einem Autounfall ums Leben kam.«

»Das war kein Unfall«, sagte Tacoma. »Wir waren es. Das hier sind die Akten zu seiner Terminierung.«

»Und das bedeutet?«

»Wenn wir einen unserer Agents umlegen müssen, landen die Abschlussberichte hinterher hier.«

Katie nickte und begann die Reihe der Schränke abzuschreiten, entschied sich für einen und zog das oberste Fach heraus. »Das scheint alles total ungeordnet zu sein«, meinte Katie. »Ich fürchte, das wird eine ganze Weile dauern.«

Sie drehte sich zu Tacoma um, der immer noch wie gelähmt vor Schrank Nummer eins stand.

»Mensch, Rob, sei nicht so naiv!«, riss sie ihn aus seiner Trance.

»Interessiert dich denn nicht, wie es passiert ist? Bei Rodney zum Beispiel? Hast du dich das nie gefragt?«

»Nein, hab ich nicht. So ist das nun mal. Wir haben gerade ein wesentlich akuteres Problem. Los, hilf mir beim Suchen.«

79

Im Situation Room drängten sich die führenden Berater des Präsidenten aus den Bereichen Militär, Homeland Defense und National Security, darunter Vizepräsident Donato, sowie die sieben Mitglieder der Joint Chiefs of Staff, des Vereinigten Oberkommandos: der Vorsitzende und stellvertretende Vorsitzende des Gremiums, der Generalstabschef der Army, der Kommandant des Marine Corps, der Admiralstabschef der Navy, der Generalstabschef der Air Force und der Kommandeur der Nationalgarde. Ebenfalls zugegen waren Kabinettsmitglieder und die Chefs der Nachrichtendienste: Hector Calibrisi, Verteidigungsminister Harry Black, der Nationale Sicherheitsberater Josh Brubaker, Außenminister Tim Lindsay, FBI-Direktor George Kratovil, der Minister für Innere Sicherheit Arden Mason, die Direktorin der NSA, Piper Redgrave, Energieministerin Martha Blakely und Handelsminister John Wrigley.

Außerdem war eine Vielzahl wichtiger Berater und Referenten aus Weißem Haus und Pentagon anwesend, unter anderem der Stabschef des Weißen Hauses, Adrian King, Bill Polk und Josh Gant aus Langley sowie der stellvertretende Verteidigungsminister Mark Raditz.

Die Wände zierte eine beeindruckende Palette von Flachbildschirmen. Einige zeigten Luftaufnahmen des Atlantiks, während die Satelliten des militärischen Nachrichtendienstes, der Defense Intelligence Agency, das Meer in der vagen Hoffnung absuchten, das Boot doch noch auf hoher See auszumachen.

Eine weitere Wand präsentierte eine riesige elektronische 3-D-Karte der US-Ostküste, auf der kleine Lichtpunkte sämtliche Marine-, Militär- und Polizeikräfte sowie deren gegenwärtige Position darstellten. Auf einem Monitor am hinteren Ende des Saales liefen Liveübertragungen von Nachrichten: Fox, CNN, ABC, CBS, NBC, Al Jazeera, BBC und Russia Sky View, um zu verfolgen, ob sie etwas über die Bombe beziehungsweise den Terroranschlag brachten.

An der Wand direkt neben der Tür hing eine Uhr. In roten Digital-Lettern lief dort ein Countdown, der festhielt, wie viel Zeit noch bis 12:01 Uhr am 4. Juli blieb.

Vor dem Saal stand, ein Stück den Flur entlang, jenseits von zwei mit Maschinenpistolen bewaffneten Soldaten, Präsident Dellenbaugh. Er war allein, hatte die Augen geschlossen und stützte sich mit der Hand an der Wand ab, um sich für die nächsten Schritte zu wappnen.

Dellenbaugh hatte gerade den letzten Anruf erledigt, um den Eltern und, in zwei Fällen, Ehefrauen der sechs toten CIA-Männer zu versichern, dass sie für etwas gestorben waren, woran sie glaubten, und ihr Leben zum Schutz der Vereinigten Staaten geopfert hatten.

Es handelte sich um die erste Krise in Dellenbaughs Amtszeit. Am 11. September 2001 war er noch US-Senator gewesen. Der Anblick von Flug 77, wie er ins Pentagon krachte, hatte sich tief in sein Gedächtnis eingebrannt.

Die jetzige Bedrohung war weitaus schlimmer, keine Frage. Sollte die Atombombe auf US-amerikanischem Boden gezündet werden, drohte die Zahl der Toten die Hunderttausender-Marke zu sprengen. Mindestens. Was die hinterlassenen seelischen Wunden betraf – bei Kindern,

406

Familien, Schulen, Gemeinden und der ganzen Nation –, ging er davon aus, dass sie nie vollständig verheilten.

Länger als eine Minute hielt Dellenbaugh die Augen geschlossen und sprach ein stummes Gebet. Dann betrat er den Situation Room. Alle Gespräche verstummten. Jeder Mann und jede Frau im Saal erhob sich, um ihm die Ehre zu erweisen. In dieser Situation war er der Oberbefehlshaber.

»Harry, wie steht es mit der Suche nach dem Boot?«, fragte Dellenbaugh, während er am Kopf der Tafel Platz nahm.

Black griff zur Fernbedienung. Auf einem Monitor wurde eine weitere Atlantikkarte eingeblendet. »Das Boot hat vor drei Tagen die Straße von Gibraltar passiert.« Ein leuchtendes rotes Rechteck markierte einen bestimmten Bereich. Nördlich davon zeichneten sich die Umrisse von Grönland und Island ab. »Ausgehend von unseren Annahmen bezüglich der Geschwindigkeit des Bootes, Strömungen und anderen Faktoren nehmen wir an, dass die Terroristen sich irgendwo innerhalb dieses Sektors befinden.«

»Und das heißt?«

»Sie brauchen keine zwei Tage mehr, Sir.«

Dellenbaugh wandte sich an Brigadegeneral Phil Tralies, den Vorsitzenden der Vereinigten Stabschefs. »General?«

»Wir setzen alles ein, was wir haben, Mr. President«, versicherte Tralies, während er die Brille zurechtrückte. »Jede Langstreckendrohne, die wir erübrigen können, sucht nach diesem Schiff, basierend auf der uns vorliegenden Beschreibung, auf Schätzungen, wann es Spanien passiert hat, und auf der Analyse von Fahrtrouten, Strömungsverhältnissen, Wetter und natürlich der Geschwindigkeit des Schiffes. Wir nutzen ein ressortübergreifendes Protokoll, das im Moment an die gesamte Verteidigungs- und nachrichtendienstliche Infrastruktur übertragen wird.

Außerdem koordinieren wir unser Vorgehen mit der NATO, Interpol und allen größeren Schifffahrtsgesellschaften, die mit den USA kooperieren.«

Black drückte auf eine Taste. Auf einem anderen Schirm wurde die Darstellung eines Fischtrawlers eingeblendet. »So in etwa sieht das Boot aus. Ungefähr 60 Meter lang, Ruderhaus achtern, tauglich für die Hochseefischerei. Unglücklicherweise schippern zurzeit gut eine halbe Million davon durch den Atlantik. Das macht es zu einer enormen Herausforderung.«

»Ganz zu schweigen von etwas, das uns wirklich Angst macht«, fügte Tralies hinzu. »Mittlerweile könnten sie das Boot gewechselt haben. Dann wäre es fast unmöglich, sie abzufangen.«

Black warf Raditz die Fernbedienung quer über den Tisch zu.

»DIA-Satelliten suchen dieses Meeresplanquadrat ab«, erläuterte Raditz. »Wir schießen Fotos mit einer Geschwindigkeit von 1000 Bildern pro Sekunde und durchkämmen das Gebiet in einem bestimmten Radius, mit dem wir das Objekt zu lokalisieren hoffen.«

Raditz deutete auf die Bildschirme hinter sich, die eine sich rasch verändernde Abfolge von Nahaufnahmen der Meeresoberfläche zeigten. »Das ist der digitale Feed. Eine Menge Leute beschäftigen sich damit. Und wir schleusen die Aufnahmen, vielleicht noch wichtiger, durch ein paar ziemlich aufwendige Analysetools der NSA.«

»Haben wir schon eine Spur?«, erkundigte sich Dellenbaugh.

»Nun, wir konnten 24 Boote identifizieren, die der Beschreibung entsprechen«, antwortete Raditz. »Aber die waren alle sauber.«

»Wie können wir das wissen?«, hakte der Präsident nach.

»Wir überprüfen sämtliche Papiere. Zulassung und Gewerbeanmeldung«, erwiderte Raditz. »Wir stellen Standardfragen, eigens dazu konzipiert, möglicherweise verdächtiges Verhalten rasch zu erkennen. Diese Leute trennen wir dann sofort von den übrigen. Wir stimmen diese Befragungen, sobald sie sich ergeben, mit Vernehmungsspezialisten aus Langley ab. Die Audiomitschnitte lassen wir durch einen Lügendetektor laufen. Kommt uns etwas verdächtig vor, entern wir.«

Dellenbaugh starrte auf den Monitor. Bild um Bild zeigte nichts als schwarzen Ozean, nur gelegentlich durchbrochen von weißen Schaumkronen.

»Und wenn wir das Boot nicht rechtzeitig auf See erwischen?«

Raditz reichte die Steuerung dem Mann zu seiner Linken, Konteradmiral Henry Turner, dem Admiralstabschef der Navy.

»Vor der Ostküste bilden wir eine Absperrkette«, schilderte Turner. »Einen Kordon aus Militär- und Polizeikräften entlang der Küste. U-Boote, Schiffe, Boote, Flugzeuge und Bodenpersonal. Selbstverständlich richten wir unser Augenmerk dabei vor allem auf Städte und dicht bevölkerte Gebiete. Wir arbeiten mit dem Department of Homeland Security zusammen, um die Kommunikation zwischen lokalen und Bundespolizeikräften zu koordinieren, damit es nicht im letzten Moment zu einem kopflosen Durcheinander kommt.«

»Was ist mit einer Blockade?«, fragte Dellenbaugh. »Warum riegeln wir die ganze verdammte Küste nicht komplett ab?«

»Theoretisch könnten wir das versuchen, Sir«, sagte Turner. »Wir haben solche Szenarien durchgespielt. Allerdings würde uns das vor erhebliche Herausforderungen stellen. Zunächst mal: Wir reden hier über Tausende Meilen Uferlinie. Setzt man unser Durchsetzungspotenzial – Gerät und Mannschaften – gegen die Masse an Booten da draußen, dürfte es einem gewieften Captain gelingen, durch eine Lücke zu schlüpfen. Konzentrieren wir uns nur auf zwei oder drei Städte, scheitert er aller Wahrscheinlichkeit nach; allerdings kann er in diesem Fall kurzfristig auf Stadt Nummer vier, fünf oder sechs ausweichen. Oder auch abwarten, bis wir die Blockade ganz aufheben. Wir halten das, was wir im Moment tun, für die beste Strategie – eine flexible Verteidigungslinie mit transparenter vertikaler Koordination durch die gesamte Militär- und Behördenhierarchie hindurch.«

Dellenbaugh schwieg mehrere Sekunden. Schließlich wandte er sich an Tralies.

»General, wie stehen die Chancen, dass wir dieses Boot finden?«

Tralies nickte und wählte seine nächsten Worte sehr sorgfältig. »Normalerweise würde ich sie auf etwa 25 Prozent beziffern, aber …«

»Aber was?«

»Das Boot ist binnen kürzester Zeit durch schwierige Gewässer navigiert. Das setzt einen erfahrenen Captain voraus, der weiß, was er tut. Das reduziert, zumindest meiner Einschätzung nach, unsere Chancen.«

»Wie stark?«

»Auf etwa zehn zu eins, Sir!«

Dellenbaugh hielt einen Moment inne, streckte die Hand aus und schenkte sich eine Tasse Kaffee ein. Seine nächste Bemerkung richtete sich an eine Frau mit langen blonden Haaren, die am anderen Ende des Tischs saß: Energieministerin Martha Blakely, die den Aufbau des US-Kernwaffenarsenals verantwortete. »Die Terroristen mussten sich Sprengstoff von einem vietnamesischen Fischerboot beschaffen«, meinte der Präsident. »Was verrät Ihnen das, Martha?«

»Sir, eine Atombombe dieser Bauart ist auf konventionellen Sprengstoff angewiesen, um die Kernreaktion auszulösen«, erklärte Blakely. »Vermutlich hat ihr Nuklearexperte die Bombe geöffnet und dabei festgestellt, dass der Sprengstoff sich zersetzt hatte oder anderweitig schadhaft war.«

»Ist es schwer, den Sprengstoff zu ersetzen?«

»Nicht besonders, Mr. President. Zwar besteht eine Möglichkeit, dass der Versuch scheitert, aber die erachte ich als äußerst gering.«

»Wie sieht es mit nachrichtendienstlichen Erkenntnissen aus, Hector?«

»Wir wissen, wer hinter dem Anschlag steckt«, entgegnete Calibrisi. »Das ist ein bedeutsamer erster Schritt. Nun müssen wir ihn nur noch finden.«

Mit einer Kopfbewegung deutete Calibrisi auf den Screen. Die Karte der US-Ostküste verschwand und wich einer Reihe von Fotokacheln, sechs an der Zahl. Die Bilder zeigten samt und sonders Cloud.

Die wesentlichen Daten seines Lebenslaufs wurden aufgelistet:

NAME: VARGARIN, Pjotr ALIAS: ›CLOUD‹
GEB.:   1980 (gesch.) GEBURTSORT: Sewastopol,
          Ukraine
1980–85   nicht bekannt
1986–93   St. Anselm an der See, Waisenhaus
          (Sewastopol, UKR)
1992   Erste dokumentierte Verwendung von ›Cloud‹
1994   Einschreibung an der MSUIEC

1998	Erste dokumentierte Angriffe auf US-Computerinfrastruktur unter Beteiligung von ›Cloud‹
2001	Teilnahme an Aktivitäten in Zusammenhang mit 9/11, u. a. Manipulation der US-Flugverkehrskontrolle in den Stunden vor dem Anschlag
2002	Universitätsexamen als Bester/diverse Auszeichnungen
2002	Einschreibung an Graduate School – MIPT –, Russlands führender naturwissenschaftlich-technischer Hochschule
2007	Abschluss Master of Science *summa cum laude,* Bester von 1312 Studenten
2008	Anklage in Abwesenheit durch Schweizer Justizministerium
2008	Anklage in Abwesenheit: US-Justizministerium Russisches Justizministerium Chinesisches Justizministerium
2009	Erlangt Großmeister-Status nach Sieg bei den nationalen russischen Schachmeisterschaften
2010	Promotion *summa cum laude* Puschkin-Preis für beste wissenschaftliche Leistung

»Sie alle kennen diese Daten, jeder von Ihnen«, stellte Calibrisi fest. »Wir brauchen also keine Zeit zu vergeuden, indem wir Clouds Lebenslauf noch einmal durchkauen. Lassen Sie mich zum Kern der Sache kommen. Wir glauben, dass er sich in Moskau aufhält, und tun alles in unserer Macht Stehende, um ihn aufzuspüren. Es ist ein Versteckspiel.«

»Was für Einsatzkräfte haben Sie in Moskau vor Ort?«, fragte Dellenbaugh.

»Im Moment haben wir zwei Agenten und eine Führungsoffizierin.«

»Reicht das an Manpower?«

»Nein. Wir tun, was wir können, um ein größeres Team aufzustellen.«

»Haben wir etwas mit den Ereignissen in den Nachrichten zu tun?«, wollte Außenminister Lindsay wissen.

»Das kommt darauf an.«

»Worauf?«

»Von welchen Ereignissen Sie konkret sprechen, Tim.«

»Sie wissen verdammt gut, wovon ich spreche. Von der Entführung der Ballerina.«

»Ja.«

»Ich habe bereits viermal mit dem russischen Außenminister telefoniert.«

»Wie geht es ihm?«, fragte Calibrisi.

Leicht verärgert schüttelte Lindsay den Kopf. »Er ist stinksauer«, bellte er. »Wir hätten das übers russische Außenministerium regeln können. Wir hätten rüberfliegen und sie uns vorknöpfen können. Über offizielle Kanäle. Genau das hätten wir auch tun sollen.«

»Das bezweifle ich.«

»Warum denn? Glauben Sie etwa, er lügt? Wir müssen mit den Russen zusammenarbeiten, Hector. Und damit meine ich nicht die russische Mafia. Mein Gott, in was hat Langley uns da bloß reingeritten?«

Calibrisi sah Rickards, den Justizminister, mahnend an. Offensichtlich hatte er Lindsay und anderen von dem Deal mit Malnikov erzählt. Er holte tief Luft. »Es war doch Ihr State Department«, begann er, »das nach dem Zerfall der Sowjetunion die Verhandlungen über die Entsorgung nuklearen

Materials führte. Erst letzten Monat behauptete der russische Außenminister allen Ernstes, dass der Verbleib des kompletten nuklearen Materials und sämtlicher Atomwaffen aus der Sowjetära geklärt sei und sie in sicherer Verwahrung sind. Diese Bombe gehörte zu diesen angeblich gesicherten Waffen. Wenn Sie hier den Besserwisser spielen wollen, fangen Sie besser mal damit an, einen Blick in den Spiegel zu werfen.«

»Ich war noch Senator, als diese Abmachungen getroffen wurden ...«

»Dann liegt es also nicht in Ihrer Verantwortung?«, ätzte Calibrisi. »Das möchten Sie uns damit kundtun?«

»Wie können Sie es wagen ...?«

»Wir bewegen uns in der realen Welt, Senator«, fiel Calibrisi ihm ins Wort. »In jener Welt befindet sich eine Atombombe auf dem Weg in die Vereinigten Staaten. In jener Welt ist es einem Terroristen gelungen, in Langleys Computernetzwerk einzudringen und sechs amerikanische Soldaten zu töten. Ich werde alles Menschenmögliche tun, um zu verhindern, dass diese Bombe auf amerikanischem Boden explodiert. Dazu zählt auch, mit Leuten wie Alexei Malnikov zusammenzuarbeiten. Sie mussten ein paar wütende Telefonanrufe über sich ergehen lassen? Dazu kann ich nur sagen: Hören Sie auf zu jammern und packen Sie endlich mit an. Oder treten Sie zur Seite, während wir anderen die Arbeit erledigen.«

Lindsay sprang mit knallrotem Gesicht auf. Doch Dellenbaugh hob beschwichtigend die Hand. »Es reicht«, sagte der Präsident.

»Aber Mr. ...«

»Ich sagte: Es reicht. Falls Sie beide das draußen unter sich regeln wollen, habe ich allerdings nichts dagegen.« Der Präsident schwieg mehrere Sekunden und übernahm wieder die Kontrolle über den Saal. »*Ich* habe den Deal mit

Malnikov autorisiert«, betonte er. Und zu Calibrisi: »Und ich war Mitglied des Senats, als die Sowjetunion zerfiel und wir Warnungen des Mossad bezüglich ihrer Atomwaffen mit reinen Lippenbekenntnissen gekontert haben. Darum schätze ich, wenn Sie beide jemanden dafür verantwortlich machen wollen, dann doch bitte schön mich.

Als ich noch für die Red Wings gespielt habe, wusste ich jedes Mal im Voraus, wenn wir den Stanley Cup nicht gewinnen. Und zwar immer dann, wenn die Jungs nach einem verlorenen Spiel in der Umkleidekabine anfingen, sich gegenseitig die Schuld in die Schuhe zu schieben. Ich würde mein Leben dafür opfern, diese Bombe zu stoppen, und ich gehe davon aus, dass es jedem von Ihnen ebenso geht, unabhängig von Titel, Rang und persönlichen Überzeugungen. Wenn nicht, erwarte ich hier und jetzt Ihr Rücktrittsgesuch. Wenn dieser Sprengkörper explodiert, wird dieses Land tiefe Wunden davontragen und auf ewig gezeichnet sein. Hunderttausende Menschen, Millionen womöglich, werden sterben. Wir müssen ihn aufhalten. Eine andere Option gibt es nicht.«

80

SAFE HOUSE
PARK POBEDY
MOSKAU, RUSSLAND

»*Ty v poryadke?*«

Die Frage ging im Kreischen von mindestens einem Dutzend Autoalarmanlagen und fernem Sirengeheul fast unter.

Dewey hatte keine Ahnung, wie lange er bewusstlos gewesen war. Er lag auf dem Boden, mehrere Leute knieten bei ihm. Er nahm alles nur verschwommen wahr, wie durch Watte.

»*Ty v poryadke?*«, wiederholte der Mann, der sich über Dewey beugte. Er wollte wissen, ob alles in Ordnung war, und legte ihm die Hand auf die Stirn.

Dewey stieß den Mann weg, kam mühsam auf die Beine. Er sah dorthin, wo eben noch der Wagen gestanden hatte, und drehte sich dann um. Der komplette Wohnblock stand in Flammen, dichter Qualm stieg in die Luft. Das Safe House der CIA existierte nicht mehr. Die Gebäude zu beiden Seiten lagen in Trümmern, davor parkende Fahrzeuge brannten.

Schwankend machte Dewey Anstalten, zum Ort der Explosion zurückzulaufen, zwängte sich zwischen den Umstehenden durch. Zwar war ihm bewusst, dass die Agents in dem Haus tot sein mussten, trotzdem verspürte er den Drang, sich selbst davon zu überzeugen. Als er die Straßenecke erreichte, traf der erste Streifenwagen ein, gefolgt von mehreren Löschzügen.

Über den Gehsteig setzte er sich in Richtung Ruine in Bewegung. Er stand unter Schock, wusste nicht recht, was er tat, hatte sich den Kopf ziemlich stark angeschlagen. Er holte sein Handy hervor. Die Displayabdeckung war gesprungen. Nichts tat sich, als er versuchte, das Gerät einzuschalten.

Er tastete nach seiner Waffe. Weg.

Dewey drehte sich um, dorthin, wo er auf den Boden aufgeschlagen war.

Eine Frau zeigte auf ihn und redete hysterisch auf einen Polizisten ein, der, wie Dewey sah, seine Pistole in der Hand hielt. Der Polizist brüllte etwas auf Russisch. Dewey schlurfte weiter in Richtung Safe House, doch den Weg dorthin versperrten mittlerweile zwei Streifenwagen, deren blaue und rote Signallichter im Regen aufblitzten. Zwei Beamte stiegen aus dem vorderen Fahrzeug und schauten zu ihm. Er lugte über die Schulter. Der andere Polizist – der mit Deweys Pistole – kam auf ihn zugerannt. Das Gleiche galt für die neu angekommenen Cops. Sie hielten ihre Dienstwaffen auf ihn gerichtet. Von beiden Seiten schnitten sie ihm den Weg ab.

Abrupt wandte Dewey sich nach links, weg von den Beamten. Sie raunzten ihn auf Russisch an. Offenbar erwarteten sie, dass er stehen blieb. Nun, da konnten sie lange warten.

Hinkend und schwankend erreichte er eine Seitenstraße. Eine Kreuzung weiter blitzten die Scheinwerfer eines vorbeifahrenden Wagens auf. Unvermittelt hielt der Wagen, schlug schließlich scharf rechts ein und peste mit Vollgas die Straße entlang.

Dewey vernahm einen Schuss hinter sich, während der tief liegende Sportwagen zu ihm kam. Er sprintete weiter, während der Wagen die schmale Fahrbahn entlangschoss. Im letzten Moment riss der Fahrer nur wenige Meter von ihm entfernt das Lenkrad herum und trat auf die Bremse. Eine Stimme kam aus dem Wagen. Er trat ans offene Beifahrerfenster und sah sich mit der Mündung einer Waffe konfrontiert.

»Runter«, warnte der Mann.

Dewey duckte sich. Im selben Augenblick feuerte der Fahrer. Die Kugel traf seinen direktesten Verfolger in den Kopf und schleuderte ihn zwei Wagenlängen entfernt zu Boden.

»Steig ein«, erscholl es mit stark russischem Akzent aus dem Sportwagen.

Dewey tat es, während weitere Schüsse aufbrandeten.

»Gut festhalten!«

Der Fahrer legte den Rückwärtsgang ein und trat das Gaspedal durch, raste rückwärts, während er mit der Linken auf die zu Fuß heranstürmenden Polizisten zielte. Als das Magazin leer war, ließ er die Waffe fallen. In einer fließenden Bewegung schlug er mit der einen Hand das Lenkrad ein und zog mit der anderen die Handbremse. Der Wagen rotierte um 180 Grad. Der Unbekannte löste die Bremse wieder und gab Gas. Sie schossen davon, weg von der Explosionsstelle, ließen das Chaos hinter sich.

»Du musst Dewey sein«, meinte der Fahrer, ohne aufzublicken, die Hände konzentriert am Lenkrad. »Ich bin Alexei Malnikov. Willkommen in Moskau.«

81

CAPE ANN MARINE COMPANY
GLOUCESTER, MASSACHUSETTS

»Da ist so ein Typ draußen am Dock.«

Saxby hob den Blick. »Sollen wir die Cops rufen?«

Falls Scranton den Sarkasmus in Saxbys Ton mitbekam, ließ er sich nichts davon anmerken.

»Oder sollen wir ihn besser fragen, ob wir ihm behilflich sein können?«, feuerte Saxby die nächste Frage hinterher. »Dir ist schon klar, dass wir Boote verkaufen, Jack, oder?«

»Ich sag ja gar nichts. Aber dieser Typ will definitiv kein Boot kaufen. Der kommt mir verdächtig vor.«

Kopfschüttelnd trat Saxby aus der Nebentür des Hafengebäudes und überquerte die lange Pier. Eine Vielzahl unterschiedlicher Boote lag am Teakholz-Steg vertäut. Als er die Mitte erreicht hatte, sah er den Kerl. Er befand sich auf einer der Motorjachten, einer dunkelgrünen, 13 Meter langen Hinckley Talaria.

Saxby gab generell nicht viel auf Scrantons Meinung, aber er musste zugeben, dass der Mann nicht sonderlich vertrauenerweckend wirkte. Lange dunkle Haare und Bartstoppeln im Gesicht. Ein Araber. Er wirkte krank, als müsste er sich gleich auf dem Boot übergeben.

»Kann ich Ihnen helfen?«, fragte Saxby.

»Guten Morgen! Ich möchte dieses Boot kaufen.«

»Ihnen ist klar, was das kostet?«, fragte Saxby. »Wir reden hier von einem 450.000-Dollar-Boot. Wir bieten zwar auch Finanzierungen an, aber die Kreditfreigabe kann eine Weile dauern.«

»Ich zahle bar.«

»Per Scheck, meinen Sie? Ich kann Mr. Gardiner anrufen und ihn bitten …«

»Bar wie cash auf die Hand«, unterbrach der Fremde. »Und ich hätte es gern sofort.«

82

LE DIPLOMATE
FOURTEENTH STREET NORTHWEST
WASHINGTON, D.C.

Das Handy gab ein nicht enden wollendes, schrilles Piepen von sich, das Gant beim Essen zusammenfahren ließ.

Er war allein im Le Diplomate, seinem Lieblingsrestaurant. Bei jedem Besuch fühlte er sich an verschiedene Stationen seiner Laufbahn erinnert. Paris lag natürlich auf der Hand, doch aus einem unerfindlichen Grund kam ihm bei der gemütlichen, aus den unterschiedlichsten europäischen Quellen schöpfenden Atmosphäre auch immer Prag in den Sinn, wo er seine erste Frau kennengelernt hatte.

Im Moment gab Gant sich ganz seinen Gefühlen hin, ein wenig melancholisch gestimmt.

Die Agency führte eine ihrer wichtigsten Operationen seit Jahren durch und man hatte ihn aufs Abstellgleis geschoben. Bei seinem kürzlichen Versuch, an die aktuellen Dateien zu kommen, um sich über den Stand der Dinge zu informieren, hatte das System ihm den Zugriff verwehrt. Sie hatten ihn ausgesperrt.

Aber falls er geglaubt hatte, ein Besuch im Le Diplomate könnte ihm helfen, hatte er sich gründlich geirrt. Wenn überhaupt, wurde ihm hier höchstens bewusst, dass er im Begriff stand, bald alles zu verlieren.

Vielleicht waren es auch nur die Schuldgefühle, die ihn letztlich einholten.

Als sein Handy anfing zu klingeln, erkannte er an der Nummer auf dem Display sofort, wer da anrief. Er, der Mann, mit dem alles angefangen hatte; der Mann, der einen freundlichen sowjetischen Wissenschaftler getötet hatte, während dessen einziges Kind zusehen musste.

Er nahm ab.

»Hi, Sage.«

»So heiße ich nicht mehr.«

»Vielleicht nicht auf der Trauminsel, auf der du jetzt lebst, aber für mich wirst du immer Sage Roberts bleiben.«

»Was willst du?«

»Es tut sich was.«

»Was soll das, Josh? Hast du dich endlich auf den Sessel des Direktors hochgeschleimt?«

»Ich habe angerufen, um dich zu warnen.«

»In deinem ganzen verfluchten Leben hast du noch

nie etwas für einen anderen Menschen getan. Josh Gant interessiert sich nur für Josh Gant. Also lassen wir den Bullshit. Was ist los?«

»Vargarin.«

Dieses Wort brachte Roberts zum Schweigen. Sekundenlang sagte er nichts. Schließlich stieß er ein lautes Seufzen aus. »Junge, Junge!«

»Junge trifft es perfekt«, stellte Gant fest. »Der Sohn, den ich deinetwegen ins Waisenhaus stecken musste.«

»Pjotr. Ein kluges Kind.«

»Jetzt ist er ein Terrorist.«

»War fast klar! Ich hätte ihm damals besser eine Kugel in den Schädel verpasst«, meinte Roberts. »Weshalb rufst du an? Um mich zu ›warnen‹? Weil du so ein verdammt netter Kerl bist?«

»Warum hast du es getan?«, fragte Gant.

»Was denn?«

»Warum konntest du die Familie nicht einfach lassen, wo sie war? Die wollten in ihrer Heimat bleiben, du krankes Arschloch.«

»Die Antwort auf diese Frage wurde dir vor 15 Jahren auf dein Konto überwiesen, Josh. Werd endlich erwachsen. So ist die Welt nun mal.«

»Ich kann dir nur eins sagen: Du solltest besser darum beten, dass es ihm nicht gelingt, seinen Plan in die Tat umzusetzen. Denn wenn er diese Nummer durchzieht, werden sie dir jeden Killer, den sie haben, auf den Hals hetzen.«

83

Igor war bewusst, dass sich etwas tat. In einem geografisch eng umrissenen Gebiet östlich von Moskau ließ sich ein enormer Anstieg defensiver Aktivitäten verzeichnen. Das bedeutete, dass sein Ziel automatische Gegenmaßnahmen einleitete, um sich zur Wehr zu setzen.

Igors Serverfarm rannte gegen Clouds 128-Bit-Verschlüsselungscode an, malträtierte ihn unentwegt mit hartnäckigen Attacken, während die Rechner jede erdenkliche Zeichenkombination durchprobierten. Cloud hatte Logikbomben in seinen Verschlüsselungsalgorithmus eingebaut, sodass Gegenmaßnahmen initiiert wurden, sobald jemand bei dem Versuch, den Code zu knacken, messbare Fortschritte erzielte. Clouds Schutzeinrichtungen schlugen dann zurück, kämpften wie ein verwundetes Tier, taten alles, um zu zerstören, den aus Island stammenden Angriff aufzuhalten und den Urheber in die Irre zu leiten. Einen normalen Versuch, Clouds Code zu knacken, hätten sie längst unterbunden. Aber eine ganze Lagerhalle voller Angreifer, die nur ein einziges Ziel verfolgten, war keineswegs normal. Sie hatten Blut gerochen. Nun ließen sie sich nicht mehr aufhalten.

Igor hatte zwei seiner Monitore für die Jagd reserviert. Ein Schirm stellte den Paketaustausch in Echtzeit dar – den in winzigste Datenmengen aufgeteilten Verkehr zwischen seinen Servern und den Rechnern, über die Clouds Schutzmaßnahmen liefen. Anfangs waren die Server, über die Clouds Abwehr lief, über die ganze Welt verteilt, wehrten die frühesten Versuche ab, die hineinführende Root Line zu finden. Doch als Igors überwältigende Woge an Rechenleistung Verknüpfungen und Pfade entdeckte, die um jene erste Verteidigungslinie herumführten, zog sich Clouds dezentrale Rechenpower zurück und konzentrierte sich auf Abwehrmanöver im Kernbereich des Hauptrechners. Igor beobachtete den Schlagabtausch ungefähr so, als würde er sich ein digitales Tennismatch ansehen.

Der zweite Bildschirm gab die Standorte wieder, an denen die jeweiligen Schlachten ausgefochten wurden, stellte sie auf einer digitalen Karte als rote Punkte dar.

Fast als spürte er, dass das Ende bevorstand, beugte Igor sich über die Tastatur. Eine Minute verging, dann noch eine. Er landete einen vielversprechenden Treffer. Der erste Monitor erfasste eine 128-Bit-Zeichenfolge. Igor fing an, wie ein Derwisch zu tippen, fügte den Schlüssel seinem Code hinzu, befahl den noch verbliebenen Servern, ihn zu duplizieren. Wie ein sich rasch ausbreitendes Krebsgeschwür fielen sie über Clouds Netzwerk her, fraßen sich hindurch, erfassten wie mit Spinnenbeinen jedes einzelne Datenpaket, jedes Byte, jede Zeichenfolge in Clouds Besitz, blockierten alles, ließen ein ganzes Lebenswerk an Cyberkriminalität abstürzen.

Die Karte zoomte zu einer einzelnen Adresse:

Vostochnyy 17
Elektrostal

Igor griff zum Handy und drückte die Kurzwahltaste für Calibrisis Anschluss.

84

Calibrisi schwieg während Präsident Dellenbaughs kurzer Gardinenpredigt. Er wusste, dass er Lindsay niemals vor versammelter Mannschaft dermaßen hätte runterputzen dürfen, bereute es jedoch keine Sekunde. Calibrisi hegte ein tiefes Misstrauen gegenüber Politikern, und das schloss den Außenminister mit ein.

Natürlich durfte man nicht alle über einen Kamm scheren. Dellenbaugh entwickelte sich nach seiner Einschätzung zu einem großartigen Präsidenten und Dellenbaughs Vorgänger, Rob Allaire, den Mann, der ihn auf seinen Posten in Langley berufen hatte, vergötterte er regelrecht. Doch die beiden waren die großen Ausnahmen. Den meisten Volksvertretern ging es allein darum, wie hoch sie in der Wählergunst standen. Sie bewarben sich um ein Amt aus dem tief verwurzelten Bedürfnis heraus zu beweisen – sich selbst, ihren Eltern, Gott weiß wem –, dass die Menschen sie mochten. Falls sie nach ihrer Wahl zufällig etwas Gutes bewirkten, handelte es sich meistens eher um Zufall.

Calibrisi war müde. Bis auf ein kurzes Nickerchen im Hubschrauber auf dem Flug nach Washington hatte er seit Tagen kaum geschlafen. Wäre er ausgeruht gewesen, hätte er Lindsay bei dem Meeting kurzerhand ignoriert. Gar nichts zu sagen war in der Regel die eleganteste Form, jemandem ein *Leck mich am Arsch!* zu übermitteln.

Während er sich die Augen rieb, vibrierte sein Handy. Er blickte aufs Display:

Er hob das Handy ans Ohr. »Hi, Igor«, flüsterte er. »Was gibt's?«

»Ich hab ihn gefunden.«

»Sind Sie sicher?«

»Aber so was von!«

Calibrisi blickte den Präsidenten an.

»Was ist?«, wollte Dellenbaugh wissen.

»Ich muss einen dringenden Anruf erledigen, Sir.« Er war bereits aufgestanden.

»Geht es um etwas, das Sie vielleicht mit uns teilen möchten?«, fragte Lindsay provokant.

Calibrisi überhörte die Frage.

»Kommen Sie mit«, forderte ihn Brubaker auf.

Calibrisi hielt sich das Handy ans Ohr. »Okay, ich leg jetzt auf und ruf Sie gleich über eine abhörsichere Leitung zurück. Bleiben Sie in der Nähe Ihres Telefons.«

Der CIA-Chef nickte Polk über den Tisch hinweg zu und gab ihm zu verstehen, dass er mitkommen solle. Anschließend folgte er Brubaker mit der Aktentasche in der Hand zur Tür.

85

HAFEN
BOSTON, MASSACHUSETTS

Ein warmer, sonniger Julinachmittag am Vortag des Independence Day. Im Hafen von Boston herrschte reger Betrieb. Neben Hunderten von Seglern, Schnell- und Fischerbooten kreuzten auch Dutzende Polizeischiffe und Patrouillen der Küstenwache auf dem Wasser.

Gegen 15 Uhr lief Faqir in den Hafen ein.

Die Polizeipräsenz fiel ihm sofort ins Auge. Ihm war klar, dass sie Ausschau nach dem Trawler hielten, es sei denn, sie waren dahintergekommen, dass er ein zweites Boot gestohlen hatte. Allerdings bezweifelte er das.

Überhaupt interessierte es ihn nicht sonderlich. Faqir wollte nur noch den Plan ausführen und dann sterben.

Inzwischen musste er sich etwa jede halbe Stunde übergeben. Er würgte, aber es kam nichts. Wenn es sich vermeiden ließ, wollte er sich nicht schnappen lassen, aber falls es doch passierte, machte das auch nichts mehr. Was er am Anfang der Reise noch an Schmerz oder Enttäuschung empfunden haben mochte, schien wie weggeblasen zu sein. Die Strahlenkrankheit betäubte ihn körperlich und geistig gleichermaßen.

Es war Sommer, ein langes Wochenende stand bevor. Faqir lenkte die Talaria so, wie es ein wohlhabender Amerikaner seiner Vorstellung nach getan hätte. Er pflügte auf geradem Weg durchs Wasser und steuerte das Boot in gemächlichem Tempo durch das überfüllte Hafengebiet.

Mithilfe des GPS auf dem Smartphone navigierte er nach Revere, einer etwa fünf Meilen vom Stadtzentrum entfernten Siedlung.

Er passierte einen Jachthafen voller Segelboote und kam an einen alten Maschendrahtzaun, der sich an einem felsigen, müllübersäten Ufer erstreckte. Hinter dem Zaun erspähte er eine Kiesgrube. Überall auf dem staubigen Gelände verteilten sich Streusalz- und Schotterhaufen. Weiter weg lagen mehrere lange, flache Lastkähne an der Pier vertäut, um das Streugut zu den Kunden zu transportieren.

Faqir ließ den Blick übers Wasser wandern, um zu überprüfen, ob sie jemand beobachten konnte. Im Umkreis von 400 Metern hielt sich kein anderes Boot auf. Er ging neben einem der Kähne längsseits, wechselte in den Leerlauf, begab sich nach achtern und öffnete einen Kasten vor dem Heckspiegel.

Darin befanden sich die zwei Atombomben, eingeschlagen in grüne Planen.

Faqir und der andere Mann an Bord hoben eine davon an, schleppten sie zum Backbord-Schandeck und setzten sie vorsichtig auf dem Deck ab.

Eine Minute später schnitt die Talaria sanft durch das ruhige Fahrwasser Richtung Süden.

86

WHITE NIGHT
SVERCHKOV PEREULOK
MOSKAU, RUSSLAND

Malnikov nahm die Ausfahrt von der Schnellstraße, danach Seitenstraßen durch ein heruntergekommen wirkendes Viertel. Vor einer Bar parkte er.

»Was machen wir hier?«, wollte Dewey wissen.

»Cloud suchen. Warte hier!«

»Nein. Vergiss es. Was tun wir hier?«

»Einen alten Freund besuchen.«

»Warum?«

»Mir ist heute Morgen etwas eingefallen.«

»Und zwar?«

»Dass Menschen Arschlöcher sind.«

Damit langte Malnikov nach dem Türgriff und stieg aus.

»Überlass mir das Reden«, meinte er, während sie sich dem Eingang näherten.

Das White Night war so gut wie leer. Hinter der Bar zog sich ein Spiegel über die gesamte Länge des Gastraums, Hunderte von Flaschen füllten das Regal – Spirituosen, Bier und Wein. An den Wänden hingen gerahmte Fotografien bekannter sowjetischer Sportler: Eishockey- und Fußballstars, erfolgreiche Kurzstreckenläufer, Skisportler, Schwimmer vergangener Olympiaden, darunter eine riesige Schwarz-Weiß-Aufnahme der Turnerin Olga Korbut, Heldin der Olympischen Spiele von München 1972.

Nur ein einziger Mann hielt sich in der Bar auf. Gedrungen, glatzköpfig, mit Vollbart. Vornübergebeugt stand er am Tresen und zählte ganze Stöße gebündelter 100-Rubel-Scheine ab. Wie bei einem Kind, das mit Bauklötzchen spielt, nahmen die Geldstapel beinahe den ganzen Tresen ein.

Als Malnikov und Dewey eintraten, fuhr sein Kopf herum, der rechte Arm ebenfalls. Reflexartig richtete er eine Waffe auf sie. Als er sah, um wen es sich handelte, senkte er den Lauf.

»Nicht schießen, Leo«, sagte Malnikov.

»Alexei!« Tolstoy legte die Pistole zurück auf den Tresen. »Tut mir leid. Die Instinkte. Wer ist das?«

»Niemand.« Malnikov durchquerte die leere Bar. Zu Tolstoys Linker blieb er stehen. Dewey folgte ihm und nahm am Tresen Platz.

»Setz dich«, bat Tolstoy. »Willst du was trinken?«

»Nein danke«, erwiderte Malnikov. »Wir bleiben nicht lange.«

»Du bist früh wach.«

Malnikov nickte.

»Was gibt's?«, fragte Tolstoy und widmete sich wieder dem Geldzählen.

»Heute Morgen ist mir was eingefallen.«

»Was denn, Alexei?«

»Nachdem mein Vater verhaftet wurde, hast du etwas zu mir gesagt.«

Tolstoy drehte sich um, streckte die Hand aus und legte sie Malnikov auf die Schulter. »Ja, dass mir seine Verhaftung leidtut. Du weißt, dass ich deinen Vater liebe wie einen Bruder.«

»Nein, du meintest, ich könnte der Nächste sein. Dass ich ein ›Druckmittel‹ bräuchte. Erinnerst du dich?«

Tolystoy nickte, ein nervöses Lächeln umspielte seine Lippen. Er zog die Hand weg und griff nach einer Tasse Kaffee. Dabei schnellte sein Blick zur Waffe auf dem Tresen. »Dieser Meinung bin ich nach wie vor. Sollte dir etwas zustoßen, wären wir alle davon betroffen. Das weißt du doch.«

Malnikov fixierte Tolstoy mehrere Sekunden lang durchdringend. »Weißt du was, ich nehm doch was zu trinken«, meinte er schließlich. »Einen Wodka!«

»Ja, natürlich. Wie steht's mit deinem Freund?«

»Whiskey«, ließ Dewey verlauten.

Tolstoy stand vom Barhocker auf. Den Rücken Malnikov zugekehrt, nahm er die Pistole vom Tresen, machte einen Schritt und wirbelte herum, die Waffe auf Malnikov gerichtet. Doch der hatte es kommen sehen und stand bereit, hielt Tolstoys Arm mit der Linken fest, noch bevor dieser die Drehung vollenden konnte.

Tolstoy mühte sich, seinen Arm aus Malnikovs Umklammerung zu lösen.

Mit der freien Hand langte Malnikov nach unten und zog eine Waffe aus dem verdeckten Holster.

Unfähig, seine Pistolenhand von Malnikov zu befreien, stieß Tolstoy ein Bein nach vorn und trat Malnikov in den Unterleib. Im selben Augenblick feuerte Malnikov die Desert Eagle ab. Die Kugel erwischte Tolstoy am Knie und brachte ihn zu Fall. Er heulte vor Schmerz auf. »Du Drecks-kerl!«

Malnikov machte einen Schritt nach vorn, gleichzeitig holte er aus und verpasste Tolstoy einen Kick unters Kinn, der ihn gegen einen Barhocker schleuderte. Er trat erneut zu, diesmal in den Magen. Anschließend stellte er sich gelassen vor ihn, die langläufige Desert Eagle auf Tolstoys Kopf gerichtet.

»Wer hat dich angestiftet, mir das zu sagen?«

»Warum sollte ich dir das verraten?« Tolstoy stöhnte und umklammerte das blutüberströmte Knie.

Malnikov drückte erneut ab. Die zweite Kugel traf Tolstoy in den Bauch. Der stöhnte auf, hielt sich mit beiden Händen den Bauch, bemüht, die Blutung zu stoppen.

»Wenn du es mir auf der Stelle verrätst, ruf ich dir einen Krankenwagen.« Malnikov richtete die Waffe auf Tolstoys Kopf.

»Sascha«, flüsterte Tolstoy. »Der Mann heißt Sascha.«

Malnikovs Gesicht lief vor Wut rot an. »Ist das der Kerl, der dir Bokolovs Nummer gegeben hat?«

Tolstoy nickte.

Enttäuschung und Hass spiegelten sich in Malnikovs Gesicht. »Wo kommt er her?«

»Aus Elektrostal.«

Malnikov nahm sein Gegenüber weiterhin mit der Waffe ins Visier. Er zog ein Handy aus der Tasche und drückte eine Kurzwahltaste, um einen Mann namens Goran anzurufen, der in Elektrostal die Geschäfte für ihn leitete. Kaum dass es klingelte, schaltete er auch schon auf Lautsprecher.

»Alexei«, meldete sich eine verschlafene Stimme. »Wie spät ist es?«

»Da gibt es einen Typen, er heißt Sascha.« Malnikov starrte Tolstoy an, die Waffe nach wie vor auf dessen Schädel gerichtet. »Nach Auskunft von Leo ist er in deiner Stadt.«

»Hier gibt es viele Saschas«, erwiderte Goran im Halbschlaf.

»Ein Hacker.«

»Ach ja. Ich glaube, den kenne ich. Wie sieht er aus?«

Malnikov blickte Tolstoy fragend an. »Schwarzes Haar«, hustete Tolstoy. »Lang. Er hat einen Pferdeschwanz.«

»Ja, das ist er«, meinte Goran. »Er steht auf fette Bräute. Was soll ich mit ihm anstellen?«

»Besorg mir seine Adresse.«

Malnikov beendete das Gespräch, ohne die Waffe zu senken.

»Bitte, Alexei«, bettelte Tolstoy. »Der Krankenwagen.«

»*I to, chto ty, predatel'?*« Malnikov kochte vor Wut. *Und was hast du gekriegt, Verräter?* »Ein bisschen von dem Geld. Von *meinem* Geld.«

Tolstoys Lippen überzogen sich mit Blut, das ihm vom Gesicht herabtropfte, während er vom Boden zu Malnikov aufblickte.

»Er wusste alles«, keuchte Tolstoy durch den Klumpen in seiner Kehle. »Er sagte, ich ende sonst im selben Gefängnis wie dein Vater. Mir blieb keine Wahl.«

Malnikov drückte ab. Die Kugel riss Tolstoy ein gezacktes Loch zwischen die Augen, schleuderte den Kopf nach hinten, ließ Blut, Knochen und Hirnmasse über den Boden spritzen. Der Schuss tötete ihn augenblicklich.

»Man hat immer eine Wahl, Leo.«

87

Auf zwei von Clouds Bildschirmen liefen Nachrichten aus Moskau. Einer zeigte die laufende Berichterstattung über den Flugzeugabsturz, der andere eine Liveübertragung von der Explosion am Park Pobedy.

Er hörte, wie sich hinter ihm die Tür öffnete. Es war Sascha. Mit völlig durchnässter Kleidung und klatschnassem Haar kam er hereingestapft, das Gesicht rot und schweißüberströmt.

»Es läuft auf allen Kanälen«, sagte Cloud.

»Er war da.«

»Wer?«

»Andreas.«

Cloud stand mit offenem Mund da.

»Auf der anderen Straßenseite, so als würde er das Gebäude beobachten. Er hat mich verfolgt.«

»Und was hast du getan?«

»Den Sprengstoff gezündet. Er wurde in die Luft geschleudert. Ich glaube, ich könnte ihn getötet haben.«

Sascha trat hinter Cloud, um die Nachrichten zu verfolgen. Das Bild war stehen geblieben.

Cloud drückte eine Taste auf dem Keyboard. »Das System hat sich aufgehängt.« Er hämmerte mehrmals auf die Tastatur. »Shit, da muss jemand auf unseren Servern rumschnüffeln!«

Er ging zur nächsten Workstation und ließ eine Reihe von Diagnose-Scans laufen. Ein Stapelüberlauf wurde gemeldet – ein gewaltiges Datenaufkommen, das die CPU überlastete. Indem Cloud sich die Logs vornahm, konnte er rasch den Verursacher ausmachen. Der Angriff kam aus Nordamerika. Der Verursacher verfolgte ein einziges Ziel: das Streaming des Fernsehsenders zu unterbrechen.

Cloud kappte die unautorisierten Verbindungen, bevor er einen Neustart einleitete. Innerhalb von 20 Sekunden blieb das Bild erneut stehen.

Cloud widmete sich wieder den Logfiles und stieß auf Schadcode, der den Stapelüberlauf herbeigeführt hatte. Er isolierte das bösartige Segment und jagte es zur Auswertung durch ein Tool, das zur Kontextualisierung auf gängigen Hacker-Code zurückgriff. Dabei konzentrierte er sich auf Parallelen, um zu eruieren, woher der Angriff stammte und ob er eine Gefahr darstellte. Hunderte Millionen Codezeilen von Hackern aus aller Welt, darunter ihm selbst, rauschten zum Abgleich über den Monitor.

Nach weniger als einer Minute erschien eine rot blinkende Zeichenfolge:

hwpsraid:/7sxl:0.01

Entsetzt starrte Cloud sekundenlang auf den Screen. »Mein Gott«, flüsterte er.

»Was ist denn?«

Gedankenversunken schloss er die Augen.

»Cloud, was ist los?«

»Sie haben uns gefunden.«

Einige Meter vom Situation Room entfernt führte Brubaker Calibrisi und Polk in ein beengtes, fensterloses Büro. An den Wänden hingen Fotos, die ehemalige Präsidenten bei der Leitung von Sitzungen im Situation Room zeigten. An einer Wand stand ein Schreibtisch, darauf zwei große, ungewöhnlich aussehende, schwarze Telefonapparate. Brubaker betätigte die Sprechtaste an einem der Geräte.

»White House Signal«, meldete sich eine Frauenstimme.

»Hier spricht Josh Brubaker. Ich brauche eine abhörsichere Standleitung über NSA-Kanal zwo-zwo.«

»Warten Sie bitte einen Moment.«

Im Telefon piepte es zweimal laut, schließlich sagte jemand: »NSC-Code-Link hergestellt. Sie können frei sprechen. Agent O'Brien hier, schießen Sie los, Sir!«

»O'Brien, es geht um einen aktuellen Noteinsatz mit Emergency Priority«, sagte Brubaker. »Ich übergebe an Hector.«

»Ja, Sir. Es ist mir eine Ehre, Mr. Calibrisi.«

Brubaker klopfte Calibrisi auf die Schulter, dann ging er und schloss die Tür hinter sich.

»Wie ist die Übertragung verschlüsselt?«, fragte Polk.

»KEY-5 TLS-Codierung«, antwortete O'Brien. »Wie lautet die erste Nummer?«

»212-772-1001«, sagte Calibrisi.

»Einen Moment, Sir!«

Malnikov peitschte den roten Ferrari, einen F12 Berlinetta, rücksichtslos vorwärts. Trotz strömenden Regens raste er mit Tempo 240 auf der M7 Richtung Osten.

Auf dem Beifahrersitz starrte Dewey stur geradeaus. Sein Unbehagen war ihm kaum anzumerken. »Alexei?«

»Ja?«

»Dir ist schon klar, dass es schwierig wird, ihn zu schnappen, wenn wir uns unterwegs den Hals brechen?«

Kopfschüttelnd nahm Malnikov einen winzigen Tick Gas weg. »Ich dachte, du wärst ein harter Bursche.«

»Das hab ich nie behauptet. Außerdem spielt es keine

Rolle, wie hart man ist, wenn man mit über 200 Sachen gegen einen Betonklotz knallt. Das tut auf jeden Fall weh.«

»Wer siegen will, muss schnell sein«, konterte Malnikov. »Ihr Amerikaner geht alles so gemächlich an. Tempolimits und was nicht alles. Ihr seid viel zu vorsichtig. Vielleicht verliert ihr deshalb all eure Kriege? Vietnam. Afghanistan. Irak …«

Dewey traten beinahe die Augen aus den Höhlen, als der Russe auf einen Sattelschlepper zufuhr, das Steuer nach rechts herumriss und ihn nur um Haaresbreite verfehlte.

»Den Kalten Krieg«, ergänzte Dewey.

Malnikov bremste scharf, nahm die nächste Ausfahrt. Einige Minuten später erreichten sie den Stadtrand von Elektrostal. Er bog nach links auf die Mayakovskogo ab. Die Straße war von Schlaglöchern übersät. Bäume und Sträucher hatten sich auf den Bürgersteigen ausgebreitet. Alte Lagerhallen mit Rostflecken standen zwischen heruntergekommenen Gebäuden, die einst wohl Büros beherbergt hatten, nun aber weitgehend leer standen.

»Ich wusste gar nicht, wie schön es in Russland ist«, stichelte Dewey.

Malnikov lachte. »Unsere Frauen sehen besser aus.«

»Ansichtssache.«

»Nein, Fakt.«

»Katya ist ganz hübsch, zugegeben. Aber eine ländliche Schönheit aus Iowa ziehe ich jederzeit vor.«

»Eine ländliche Schönheit?« Angewidert schüttelte Malnikov den Kopf, während er den Wagen um die Schlaglöcher lenkte. »Wer will schon ein Bauernmädchen vögeln? Du musst mal mit mir um die Häuser ziehen. Dann zeige ich dir, was schöne Frauen sind.«

Malnikov machte einen Schlenker nach rechts, bremste und brachte das Fahrzeug abrupt zum Stehen.

»Dort ist es.« Er schaltete die Scheinwerfer des Ferrari aus. Zwei Blocks entfernt stand mitten im Karree ein hässliches Bürogebäude. Es war vierstöckig und unterschied sich in nichts von den zahllosen anderen Bauten in der Straße. Ein rechteckiger Betonblock mit kleinen Fenstern. In der oberen Etage brannte Licht.

Unvermittelt ging Malnikovs Handy los. Er sah nach, wer anrief, und schaltete es stumm. Zu Dewey sagte er: »Nimm dir eine Waffe aus dem Handschuhfach.«

Während Igor auf Calibrisis Rückruf wartete, legte er das Handy auf den Schreibtisch und fing an zu tippen, zog die Schlinge um Clouds Hals noch enger zu.

Zunächst legte er redundante Zugangspfade für den Fall an, dass Cloud sein System herunterfuhr oder es ihm gelang, ihn einzuschließen. Als Nächstes forschte er nach alternativen Ausgängen und nahm eine zügige Bestandsaufnahme der digitalen Pfade vor, die von Clouds Netzwerk ins Internet führten. Er stieß auf insgesamt 16 verschiedene Verbindungen, die das Gebäude Vostochnyy 17 an die Außenwelt anbanden, infiltrierte sie alle und installierte Trapdoors, um jederzeit eindringen zu können.

Mit einem Mal erwachte sein dritter Monitor zum Leben. Worte erschienen auf dem Bildschirm:

X:\Users\CX7-44> wer ist da

Igor überlegte einen Sekundenbruchteil, dann tippte er:

C:\Users\002> wo ist es

Während er auf Clouds Antwort wartete, erschien eine weitere Zeile:

Igor stockte. Er wusste, dass im Moment jede Sekunde zählte.

Er musste versuchen, Cloud lang genug hinzuhalten, bis Calibrisi seine Leute vor Ort hatte.

Igors Handy klingelte.

»Igor?«, fragte Calibrisi.

»Am Apparat.«

»Was haben Sie?«, fragte Calibrisi.

»Er hält sich in einer russischen Stadt namens Elektrostal auf«, sagte Igor.

Polk klappte den Laptop auf, holte eine digitale Russland-karte auf den Schirm und zoomte auf Elektrostal.

»Hector«, sagte Igor, »da gibt es etwas, das Sie wissen müssen. Er hat eine Unterhaltung mit mir begonnen.«

»Wie denn?«

»Per Chat.«

»Was sagt er?«

»›*Wer ist da?*‹«

»Und was haben Sie geantwortet?«

»Ich fragte: ›*Wo ist es?*‹ Er antwortete bloß: ›*Wo ist was?*‹«

Calibrisi blickte Polk an, der angestrengt nachdachte.

»Wir brauchen Zeit«, sagte der NCS-Chef. »Wir müssen Dewey hinschaffen. Fragen wir ihn, wo das Geld ist. Dann glaubt er, Malnikov hat ihn gefunden.«

»Verstanden«, meinte Igor.

»Control«, sagte Calibrisi. »Sie müssen eine weitere Nummer hinzufügen.«

Auf einem Bildschirm studierte Cloud den Hack, um einzuschätzen, woher er kam. Ein zweiter Monitor zeigte in weißer Schrift auf schwarzem Hintergrund die Worte seines Gegenspielers an:

C:\Users\002> das geld

Cloud fand die Stelle, an der sein Gegner eingedrungen war. Über eine temporäre Lücke, die Cloud gezielt zugelassen hatte, um einen seiner Angriffe abzusetzen.

Kaum hatte der andere diese Schwachstelle ausgemacht, ging er auch schon ans Eingemachte. Er schickte sich an, den Verschlüsselungsalgorithmus zu cracken, der Clouds gesamtes Netzwerk absicherte. Der Angreifer hatte sich einer sogenannten Brute-Force-Methode bedient und unter Einsatz gewaltiger Rechenleistung den Code geknackt, indem er systematisch alle möglichen Varianten durchgespielt hatte, bis er am Ende auf die richtige stieß.

Nun, da er sich im System befand, gab es keine Möglichkeit mehr, ihn rauszuschmeißen. Der Unbekannte hatte das Netzwerk bereits übernommen und eine neue Verschlüsselungsebene errichtet, die er kontrollierte und nicht Cloud.

»Wie ist er reingekommen?«, wollte Sascha wissen.

»Ein dummer Off-by-one-Error.« Wütend auf sich selbst schüttelte Cloud den Kopf.

»Ich lasse einen Registry-Scan durchlaufen. Schick mir den Schadcode rüber.«

»Das bringt nichts. Er hat die Verschlüsselung geknackt.«

Cloud registrierte mehrere Warnhinweise auf einem weiteren Monitor. Schrittweise wurden seine DNS-Nameserver gehijackt, so schnell, dass er kaum einzelne Codezeilen zu lesen vermochte. Wer immer da draußen lauerte, hatte inzwischen jeden einzelnen Rechner und jedes einzelne Programm von Cloud übernommen.

»Heilige Muttergottes«, fluchte Sascha. »Das ist ja die reinste Sturmflut.«

Wer immer es war, wollte ihm weismachen, dass er für Alexei Malnikov arbeitete. Vielleicht stimmte das sogar. Doch Cloud bezweifelte, dass der Chef der russischen Mafia sich Gedanken um das Geld machte. Jedenfalls nicht so sehr, um in einen derart ausgeklügelten Angriff zu investieren wie jenen, der gerade Clouds virtuelle Verteidigungslinien durchbrach und sein gesamtes Netzwerk zum Erliegen brachte. Gerade die Antwort ›das geld‹ machte Cloud stutzig. Alexei Malnikov hätte ihn eher getötet, als sich sein Geld zurückzuholen.

Er tippte auf die Vereinigten Staaten. Auf die CIA.

Cloud schaltete das Handy ein, um sich zu vergewissern, dass es benutzbar war, um den Dialog mit dem Angreifer fortzusetzen. Er tippte folgenden Satz:

Ich will einen deal abschliessen

Prüfend schaute er auf den Monitor, um zu checken, ob die Verbindung noch funktionierte. Auf dem Monitor erschienen die Worte exakt so, wie er sie geschrieben hatte:

X:\Users\CX7-44> ich will einen deal abschliessen

Cloud stand auf. »Lass alles stehen und liegen«, sagte er zu Sascha. »So wie es gerade ist.«

Dewey öffnete das Handschuhfach des Ferrari. Vier Pistolen lagen darin. Viermal das gleiche Modell: Desert Eagle .50 AE.

Er griff nach einer der Waffen, stieß das Magazin aus, um sicherzugehen, dass es voll war, und steckte ein weiteres als Reserve ein. »Wir müssen Hector Bescheid geben«, fand er.

»Dafür ist keine Zeit«, widersprach Malnikov. »Wenn wir jetzt Hector anrufen, vergeuden wir wertvolle Sekunden und auf einmal ist es fünf vor zwölf.«

Dewey starrte die Windschutzscheibe an, auf die der Regen einprasselte. Ihm war klar, dass sie sich mit Hector in Verbindung setzen mussten, aber ihm war ebenso klar, dass Malnikov recht hatte. Es kostete tatsächlich Zeit, die sie nicht hatten.

Und es gab nichts, das Hector sagen konnte, um etwas an ihrem Plan zu ändern.

»Einer von uns bleibt hier«, entschied Dewey.

»Wir gehen beide rein.«

»Nein. Einer von uns muss die Ausgänge im Auge behalten. Und zwar du! Vergiss nicht, wir brauchen ihn lebend.«

Malnikov ärgerte sich, trotzdem nickte er. Er griff in die Türablage und reichte ihm ein Handy. »Hier! Auf Kurzwahl eins ist meine Nummer gespeichert.«

Dewey stieg aus und rannte auf das Gebäude zu.

Cloud trat mit der Pistole ans Fenster. Einen Block entfernt bemerkte er das leuchtende Kirschrot eines Ferrari. Sie waren bereits da.

»Aber Cloud«, ereiferte sich Sascha. »Wir müssen alles löschen, zumindest …«

»Lass es«, herrschte Cloud ihn an. »Du darfst dich noch nicht mal abmelden. Sie sind schon drin. Die wissen ganz genau, wo sie uns finden. Wir können nichts löschen, selbst wenn wir es wollten.«

Sascha schnappte sich einen Rucksack und rannte zum Ausgang. Cloud folgte ihm. Der andere hielt ihm die Tür auf. Im Näherkommen hob Cloud den Arm und richtete die Waffe auf Sascha. »Tut mir leid, mein Freund. Du wärst für mich nur ein Klotz am Bein.«

Er drückte ab. Die Kugel traf den anderen in die Brust und schleuderte ihn zu Boden.

Blut bildete einen dunklen Kreis auf dem Hemd. Sascha wirkte weder überrascht noch wütend. Er sah seinen Chef ein letztes Mal an, dann klappten die Augen zu.

Cloud hörte sein Handy klingeln.

C:\Users\002> ich verhandle nicht

Mit der Waffe im Anschlag trat Cloud ins Treppenhaus. Er starrte aufs Display, stieg währenddessen zum nächsten Absatz hinunter, blieb stehen und schrieb:

Ich sag euch wo die bombe ist aber ich will eine gegen-leistung dafür

Die Antwort kam sofort:

C:\Users\002> was willst du?

Cloud reagierte nicht auf die Frage. Er steckte das Handy weg und lief in den Keller.

Dewey rannte zum Eingang des Gebäudes, riss die Tür auf und fand sich in einem düsteren Treppenhaus wieder, das von einer einzigen Glühbirne erhellt wurde, die im oberen Stockwerk, mehrere Treppenfluchten über ihm, von der

Decke baumelte. Mit der Waffe in der Hand ließ Dewey den Blick über den Sims schweifen. Wasser tropfte ihm aus dem Haar und vom Gesicht. Alles wirkte ruhig und verlassen. Trotzdem hörte er etwas. Oder bildete er sich das nur ein?

Von außen hatte man nur unter dem Dach Licht gesehen. Doch sein Blick war auf die Kellertreppe gerichtet.

Cloud betrat das Untergeschoss nur wenige Sekunden, bevor er hörte, wie jemand ins Gebäude kam. Sein Atem ging schwer, der Puls raste. Mit einem Satz war er hinter der Wand, hob die Waffe, spähte um die Ecke. Dewey Andreas.

Der Amerikaner hatte einen wütenden Ausdruck im Gesicht, hielt eine Waffe vor sich gestreckt, die Mündung geradeaus gerichtet. Der Lauf folgte seinen Augen, die den Eingangsbereich absuchten.

Cloud musterte ihn, als er um den Treppenabsatz im Erdgeschoss lugte. Seine Hände zitterten. Direkt über sich vernahm er Andreas' Schritte.

Soll ich ihn töten?

Reglos, an die Betonwand des Kellers gepresst, verharrte er. Schließlich hörte er von oben weitere Schritte, danach das Geräusch einer Tür, die geschlossen wurde. Er spähte aus seinem Versteck. Erst kam eins von Andreas' Beinen, dann der Rest des Körpers in Sicht. Unvermittelt schoss der Blick des Amerikaners nach unten, fast so, als spürte er seine Gegenwart. Cloud rührte sich nicht, hielt den Atem an.

Nein. Diesen Kampf würde er gewinnen. Bevor du Zeit findest, die Waffe zu heben und abzudrücken, wirst du dir eine Kugel einfangen. Er bringt dich nicht um, jedenfalls nicht sofort. Vorher wird er durch Folter die Information aus dir herausholen.

Cloud erinnerte sich an das Handy in seiner Tasche. Er hatte vergessen, es auf lautlos zu stellen. Der Dialog mit dem Hacker. Wenn jetzt eine neue Nachricht eintraf, bekam Andreas es unweigerlich mit. Andererseits, wenn er den Arm bewegte, um den Nicht-stören-Modus zu aktivieren, brauchte nur leise Stoff auf Stoff zu reiben, und Andreas würde es bemerken …

Cloud umklammerte seine Waffe, wünschte sich sehnlichst, seine zittrige Muskulatur unter Kontrolle zu bekommen, bloß kein Geräusch von sich zu geben.

Vorsichtig ließ er die linke Hand in die Tasche gleiten und schaltete das Handy stumm, ohne dabei die Augen vom Treppenabsatz über seinem Kopf zu lösen.

Andreas starrte noch ein, zwei Sekunden länger die dunklen Stufen hinab. Es kam ihm wie eine Ewigkeit vor. Endlich machte der andere kehrt und verschwand.

Dewey öffnete die Tür zum Erdgeschoss.

Leer und dunkel. Er blickte in den Keller hinab. Nichts als Finsternis. Er erklomm die Treppe, rückte Etage um Etage vor. Im ersten Stock öffnete er die Tür. Nichts. Eine Ebene höher schlug ihm Hitze entgegen. Nachdem seine Augen sich an die Finsternis gewöhnt hatten, sah er Hunderte von Servern, in Reihen übereinanderstehend, verbunden mit weißen und schwarzen Kabeln. Ihre pulsierenden Lämpchen verbreiteten einen ominösen rot-grünen Schein.

Dewey legte die restlichen Stufen zur oberen Etage zurück. Lautlos drehte er den Türknauf, um die Stahltür zu öffnen. Die Mündung der Desert Eagle .50 AE folgte seinem Blick quer durch den Raum, während er zu erfassen versuchte, ob sich irgendwo etwas regte. Eine weitläufige, weitgehend leere Fläche. Abgesehen von Tischen, ein paar Stühlen und Computern.

Schließlich bemerkte er die Leiche am Boden. Der Kerl, den er vor dem Safe House gesehen hatte. Seine Augen starrten blicklos zur Decke, die Brust war voller Blut.

Dewey arbeitete sich mit schussbereiter Waffe langsam vor, durchsuchte alles, fand jedoch niemanden. Cloud hatte sich abgesetzt.

Cloud wartete mehrere Minuten, lauschte auf das Geräusch sich öffnender und schließender Türen, während Andreas den oberen Teil des Gebäudes inspizierte. Als er hörte, wie die Tür zur zweiten Etage auf- und wieder zuging und anschließend das leise Stapfen von Schritten den Aufstieg in den dritten Stock begleitete, nutzte er die Gelegenheit, um durch die Tiefgarage zur Mauer neben der Einfahrt zu rennen. Dort war ein Stahlkasten an die Wand geschraubt. Er öffnete ihn, zückte sein Handy, leuchtete mit der integrierten LED-Leuchte hinein. Vier rote Schalter, die einem simplen Zweck dienten: Sie erlaubten die Verriegelung der Brandschutztüren auf sämtlichen Stockwerken.

Mit einer fließenden Handbewegung legte Cloud alle vier gleichzeitig um. Selbst hier unten vernahm er noch schwach das Krachen aus den oberen Etagen, mit dem die Stahltüren ins Schloss glitten.

Er ging zum Motorrad, setzte den Helm auf, klappte den Seitenständer hoch und drehte den Zündschlüssel. Dröhnend erwachte die Ducati zum Leben. Er drehte einmal am Gasgriff, und der Sound entfesselter Urgewalt hallte durch das fensterlose Parkdeck. Er schaltete den Scheinwerfer an und heizte aus dem Schutz des Gebäudes hinaus in die verregnete Nacht.

Der Klang von Metall, das auf Metall schlug wie ein Hammer auf einen Amboss, zerriss die Stille. Unverkennbar Türriegel, die krachend in Position fuhren.

Dewey ging zur Tür. Verschlossen. Er zog das Handy aus der Tasche, während er sich in Richtung Ausgang bewegte, und hielt die 1 lange gedrückt. Malnikovs Kurzwahl.

»Hast du ihn?«, fragte der andere.

»Er ist nicht hier. Außerdem bin ich eingesperrt.«

»Ich komm zu dir.«

Malnikov wurde von einem schrillen Kreischen unterbrochen, eindeutig das Quietschen von Gummi, der mit hoher Geschwindigkeit über den Asphalt schrubbte.

Dewey rannte ans Fenster und spähte nach unten auf die Straße. Ein orangefarbenes Motorrad schoss aus dem Tiefgeschoss. »Er ist durch einen Seitenausgang raus. Du musst ihn verfolgen. Einen Block weiter, dann links. Bleib unbedingt an ihm dran.«

»Bin schon dabei.«

Dewey beobachtete, wie Cloud auf dem Zweirad eine Seitenstraße entlangraste und in der nassen Schwärze abtauchte. Sekunden später kam der rote Ferrari um die Ecke geschossen.

»Bist du sicher, dass er sie auch erhalten hat?«, fragte Calibrisi. Er bezog sich auf Igors letzte Nachricht.

»Ja, ganz sicher. Er hat sie auch gelesen.«

Calibrisi blickte Polk an. »Vorschläge?«

»Zeit, unsere Dame zu opfern«, meinte Polk.

Calibrisi nickte. »Sag Igor, er soll ihm Katya anbieten.« Er griff zum Hörer. »Control, geben Sie mir Derek Chalmers.«

Chalmers saß vor dem offenen Kamin, als sein Mobiltelefon klingelte. Obwohl es Juli war, herrschten in Schottland wegen des Unwetters gerade mal 15 Grad. Aus diesem Grund hatte er spontan Feuer gemacht. Katya war unten. Nach zwei sechsstündigen Sitzungen gönnte er ihr ein paar Stunden Schlaf, obwohl er nicht glaubte, dass viel aus ihr herauszuholen war.

»Chalmers.«

»Ich bin's. Hector.«

»Hallo, Hector.«

»Wir haben ihn gefunden. Er will einen Deal machen.«

Chalmers sprang auf. »Hector, ich brauche Sie nicht auf die Gefahr hinzuweisen, dass er ein falsches Spiel mit Ihnen treibt.«

»Nein, das brauchen Sie nicht. Aber ich werde ihm im Tausch gegen die Bombe etwas anbieten.«

Unvermittelt wurde die nach unten führende Tür geöffnet. Langsam streckte Katya den Kopf hindurch und lächelte Chalmers an.

»Ich werde dafür sorgen, dass sie bereit ist«, versprach Chalmers. »Eine Frage habe ich allerdings noch: Was geschieht, nachdem er Ihnen verraten hat, wo die Bombe sich befindet?«

Calibrisi schwieg. Beide kannten die Antwort: In dem Moment, in dem sie die Bombe in ihrer Gewalt hatten, würde Cloud sterben. Höchstwahrscheinlich durch einen Drohnenschlag aus heiterem Himmel, der alles im Umkreis von 15 Metern als Kollateralschaden ebenfalls auslöschte.

»Lassen Sie sich ebenfalls nicht reinlegen«, mahnte Calibrisi. »Es ist unvermeidlich. Ich gebe Ihnen Bescheid, was er dazu sagt, aber einstweilen sollten Sie schon mal losfliegen.«

»Wohin?«

»Nehmen Sie Kurs auf Moskau. Unser Außenminister wird sich um die nötigen Genehmigungen kümmern.«

»Wissen die Russen über die Bombe Bescheid?«

»Nein. Was Moskau angeht, bringen wir ihnen einfach ihre Ballerina zurück.«

»Aber warum sagen Sie es ihnen unter diesen Vorzeichen nicht einfach?«, fragte Chalmers.

»Weil ich mir nicht 100-prozentig sicher bin, dass die Russen einen solchen Anschlag tatsächlich verhindern wollen.«

Dewey forschte nach einem alternativen Fluchtweg. Etwas weiter hinten befand sich eine zweite Tür, aber auch die entpuppte sich als verriegelt. Er probierte, sie einzutreten, doch vergeblich. Er saß fest. Auch draußen entdeckte er nichts, das ihm hilfreich erschien.

Beim Abwenden vom Fenster streifte sein Blick die massiven Kabel, die Rechner und Bildschirme miteinander verbanden. Nicht viele, aber unter Umständen reichte es ja, um sich zumindest ein Stockwerk oder auch zwei abzuseilen. Von da aus konnte er springen.

Er hob die Waffe, richtete sie auf die Scheibe und drückte ab. Die Kugel traf und blieb darin stecken. Es gab einen dumpfen Schlag, mehr aber auch nicht. Er zielte erneut auf dieselbe Stelle. Wieder nur ein dumpfer Schlag. Versuch Nummer drei. Diesmal traf die Kugel das in der Scheibe steckende Geschoss und prallte ab. Er machte so lange weiter, bis das Magazin leer war.

»Fuck!«, fluchte er und schleuderte die Waffe frustriert gegen das Glas. Er rief Malnikov an.

»Mach's kurz«, bat der.

»Ich komme nicht raus. Die Fenster sind kugelsicher und die Türen hermetisch abgeriegelt.«

»Kommst du aufs Dach?«

Dewey schielte nach oben. »Möglich.«

88

IN DER LUFT
ÜBER DER NORDSEE

Einer der Piloten sah aus dem Cockpit nach hinten. »Da kommt ein Alarm aus dem Klo, Derek.«

Chalmers löste den Gurt, um zum Heck des Jets zu gehen. Er pochte an die Toilettentür. »Katya?«, fragte er. »Alles in Ordnung?«

Keine Antwort. Er hämmerte fester. »*Katya!*«

Beide Piloten kamen aus dem Cockpit.

»Wo ist der Schlüssel?«, blaffte Chalmers.

Einer der Piloten kam heran und stocherte hektisch am Schloss herum.

Chalmers wollte die Tür aufschieben, doch Katyas Körper blockierte sie. Chalmers warf sich mit der Schulter dagegen und es gelang ihm, den Kopf durchzustecken.

Katya lag besinnungslos auf dem Boden. Ihre Handgelenke waren aufgeschlitzt und bluteten.

»Holen Sie den Erste-Hilfe-Kasten. Wir müssen umgehend landen und sie in ein Krankenhaus bringen.«

Chalmers streckte den Arm nach unten, schob Katya vorsichtig zur Seite und stemmte die Tür auf. Er schleifte die Bewusstlose heraus und trug sie zu einem der Ledersofas in der Mitte der Kabine. Vom Brustkorb abwärts überall Blut.

Er tastete am Hals nach einem Puls. »Sie lebt noch«, sagte er erleichtert.

Er rüttelte an der Schulter, um sie aus ihrer Ohnmacht zu reißen. Als das nicht funktionierte, schlug er ihr mit der flachen Hand ins Gesicht. Sie öffnete die Augen.

»Ich hab's erst nicht kapiert«, presste sie hervor. »Es tut mir so leid.«

»Was meinen Sie?«

»Ich weiß, wohin die Bombe unterwegs ist. Mir ist da was eingefallen. Etwas, das ich zufällig belauscht habe.«

»Wohin bringt er sie?« Chalmers zückte bereits sein Handy und wählte Calibrisis Nummer.

»Tut mir leid. Ich wollte es Ihnen nicht verschweigen. Ich hab's jetzt erst begriffen.«

»Wohin ist die Bombe unterwegs, Katya?«

»Nach Boston.«

89

WEISSES HAUS
WASHINGTON, D.C.

Calibrisi und Polk hielten sich in dem beengten Büro einige Türen neben dem Situation Room auf, als das Handy des CIA-Direktors vibrierte. Es war Chalmers.

»Hi, Derek. Sitzen Sie schon im Flieger?«

»Ja. Katya hat mir gerade das Anschlagsziel genannt.«

Calibrisi schnippte mit den Fingern, um Polks Aufmerksamkeit zu erregen. Er schaltete das Gespräch auf Lautsprecher.

»Glauben Sie ihr?«

»Ja. Sie hat einen Selbstmordversuch unternommen. Ich glaube, allmählich wird ihr bewusst, dass sie als Mittäterin gilt, falls sie uns nicht hilft. Wenn schon nicht vor dem Gesetz, dann zumindest moralisch.«

»Wohin ist die Bombe unterwegs?«

»Nach Boston.«

»Weiß sie Genaueres?«

»Nein.«

Polk nickte Calibrisi zu und sprintete zum Situation Room.

»Wir werden landen«, kündigte Chalmers an. »Sie braucht ärztliche Hilfe.«

»Sie müssen sie in der Maschine verarzten«, widersprach Calibrisi. »Wir müssen sie unbedingt nach Moskau schaffen.«

»Sie wird uns verbluten.«

»Im Moment kennen wir nur den Namen einer Stadt und damit hat es sich. Wer weiß, ob die Angabe überhaupt richtig ist. Solange wir diese Bombe nicht haben, ist Katya der einzige Trumpf, den wir ausspielen können. Bitte, Derek, bringen Sie sie auf direktem Weg nach Moskau.«

90

SITUATION ROOM
WEISSES HAUS
WASHINGTON, D. C.

Im Situation Room gab es keinen freien Stuhl mehr, nicht mal einen Stehplatz. Dennoch war die Stimmung angesichts der herrschenden Anspannung erstaunlich ruhig.

Neben Präsident Dellenbaugh waren die wichtigsten Vertreter von Weißem Haus, Pentagon und Nachrichtendiensten versammelt. Wer nicht persönlich anwesend sein konnte, ließ sich zuschalten. Zahlreiche Gesichter auf den Flatscreens an den Wänden ergänzten auf diese Weise das Auditorium.

Präsident Dellenbaugh saß am Kopfende des enormen Mahagoni-Konferenztischs. Der Bildschirm zu seiner Rechten zeigte Satellitenaufnahmen aus Boston. Das Hafengebiet der Ostküstenmetropole wurde von der Kameraoptik vollständig eingefangen. Alle Einsatzkräfte von Küstenwache, FBI, Polizei und Militär wurden auf der Darstellung rot hervorgehoben, darunter zwei Aegis-Zerstörer der Navy, drei Kutter der Küstenwache und über 100 Boote von FBI und Polizeieinheiten aus Boston und Umgebung.

Ein grün leuchtendes Raster ging auf eine Auswertung der Defense Intelligence Agency zurück. Dort glich man die Aufnahmen mit einem Milstar-Satelliten und dessen IONDS-Plattform ab, die den Hafen nach Anzeichen von Tritium-, Uran- oder Plutonium-Emissionen abscannte.

Alle Augen waren auf einen der Bildschirme gerichtet. Bob Schieffer von CBS News sprach gerade. Auf sechs weiteren Monitoren liefen andere Sender, bei allen war der Ton abgestellt.

Während Schieffer moderierte, unterbrachen die übrigen Stationen wie bei einem Dominoeffekt nacheinander ihr laufendes Programm für Sondersendungen.

Dellenbaugh forderte den Mitarbeiter, der die Technik steuerte, mit einem kurzen Blick auf, die Lautstärke der CBS-Ausstrahlung herunterzuregeln.

»Wie finden wir das Mistding?«, fragte Dellenbaugh.

»Wir lassen 800 Leute mit Geigerzählern am Ufer ausschwärmen«, erklärte FBI-Chef Kratovil. »General Electric lässt Geigerzähler von seinem Werk in Pittsfield herschaffen. Bei Siemens haben sie das komplette Lager geräumt, um uns auszuhelfen. Wir werden Boot für Boot durchkämmen. Falls die Bombe da ist, Mr. President, finden wir sie.«

91

MOSKAU, RUSSLAND

Während sein Ferrari auf der Autobahn westwärts rauschte, drückte Malnikov eine Kurzwahltaste.

Stihl, Malnikovs Hubschrauberpilot, nahm ab. »Alexei, es ist halb vier Uhr morgens.«

»Keine Zeit zum Rumjammern. Du musst jemanden abholen. Er ist außerhalb der Stadt.«

»Wo?«, wollte Stihl wissen.

»Elektrostal. Ein Gebäude an der Ecke Vostochnyy und Michurinskiy.«

»Wann?«

»Sofort.«

»Die S-92?«, fragte Stihl. Damit meinte er Malnikovs komfortabelsten Hubschrauber, einen Sikorsky S-92 VVIP.

»Nein«, sagte Malnikov. »Nimm die Dauphin.«

»Die hat aber keine Sitze, Alexei. Ich hab sie doch für Kampfeinsätze umrüsten lassen.«

»Genau deswegen. Und jetzt los! Der Typ heißt Dewey.«

Jedes Mal, wenn Malnikov dachte, er komme näher heran, schien Cloud es mitzubekommen und kitzelte genau im richtigen Moment die letzten Reserven aus dem Motor heraus. Rücksichtslos peitschte er das Bike vorwärts, schwenkte mal nach links, mal nach rechts, wich hin und wieder einem Wagen oder Lkw aus, um zu entkommen.

Malnikov besaß sechs Motorräder. Mit zwölf hatte er zum ersten Mal auf einer Maschine gesessen. Aber er wäre nie auf die Idee gekommen, in einem solchen Höllentempo wie Cloud zu rasen – noch dazu bei Regen.

Ein Blick auf den Tacho: 230 km/h.

Schneller konnte er nicht mehr fahren, trotzdem gab er noch einmal Gas, als eine lange Gerade vor ihm auftauchte. Der Abstand zur Ducati verringerte sich. Aus 400 Metern wurden 300, schließlich nur noch 100.

Über den verschwommenen Lichtern des Motorrads zeichneten sich vor dem dunklen Nachthimmel deutlich die Wolkenkratzer Moskaus ab, hell erleuchtete Türme aus Glas und Stahl.

Als Malnikov keine vier Meter mehr von der Ducati trennten, bremste Cloud abrupt und bretterte eine Ausfahrt entlang. Damit hatte Malnikov nicht gerechnet. Er trat auf die Bremse, legte eilig den Rückwärtsgang ein und raste zurück, bis er sich wieder auf Höhe der Ausfahrt befand. Dann rammte er den ersten Gang rein und nahm erneut die Verfolgung auf.

Abermals gewann Cloud an Vorsprung, doch Malnikov hatte Blut geleckt.

Er jagte Cloud am Fluss entlang und holte rapide auf. In der Nähe des Zentrums der Moskauer Geschäftswelt legte der Hacker sich abrupt in eine Rechtskurve, nahm Kurs auf das wimmelnde Labyrinth aus Glas- und Stahlpalästen.

Malnikov holte aus dem Ferrari heraus, was er konnte, ohne auf dem rutschigen Untergrund ins Schleudern zu geraten. Laut Tacho fuhr er fast 260.

Als er sich schließlich neben Clouds Motorrad setzte,

schien die Zeit stehen zu bleiben. Ungeachtet des tiefen, brachialen Brummens des Ferrari, trotz des Aufheulens der Ducati und der chaotischen Straßenverhältnisse durch den Regen empfand Malnikov tiefe Ruhe und Gelassenheit.

Cloud spürte die Scheinwerfer förmlich, hörte das tiefe Grollen des roten Sportwagens, während ihm der Wind um die Ohren pfiff und mit der dahinrasenden Ducati um die Wette heulte. Ein rascher Blick nach links. Es war doch Malnikov.

Cloud schielte ins offene Autofenster. Er hatte sich geirrt, was die Amerikaner betraf. Nicht deren Hacker hatten ihn aufgespürt, sondern Malnikov. Er hatte die Vereinigten Staaten über- und den Gorilla unterschätzt, der sich in diesem Moment eine halbe Wagenlänge hinter ihm befand und eine Waffe auf ihn richtete. Cloud vernahm den lauten Knall im selben Moment, in dem er hörte, dass die Kugel den Rahmen der Ducati traf. Jede Sekunde konnte der nächste Schuss krachen …

In einer überraschenden Bewegung schob Cloud das rechte Knie nach außen, legte sich, vornübergebeugt, nach rechts, als würde er von der Maschine herunterhechten wollen, und drückte den linken Lenkergriff mit aller Kraft nach vorn. Das Bike neigte sich scharf zur Seite, das Hinterrad rutschte weg, fing sich jedoch wieder. Er befand sich nun allein auf einer menschenleeren Straße. Vor ihm ragte der jüngste Wolkenkratzer Moskaus in die Höhe, der Evolution Tower, erst halb fertiggestellt.

Cloud gab Gas. Jetzt oder nie. Er musste Malnikov loswerden. Als die Waffe in seinem Rücken erneut aufbellte, duckte er sich tiefer und riss den Gasgriff bis zum Anschlag hoch.

Mit der Linken ließ Malnikov die Scheibe auf der Beifahrerseite herunter. Während er die Hand erneut ans Lenkrad brachte, griff er mit der Rechten nach der Waffe auf der Mittelkonsole. Er zog mit Cloud gleich, zielte auf den Kopf des Computerspezialisten, hielt das Fadenkreuz sekundenlang auf ihn gerichtet. Instinktiv drehte Cloud sich zu ihm um. Mehr als das getönte Visier des Helms bekam Malnikov jedoch nicht zu Gesicht.

Malnikov spürte den Stahl des Abzugs. Er wünschte sich nichts sehnlicher, als dem Kerl, der seinen Vater in den Knast gebracht hatte, eine Kugel in den Kopf zu jagen. Dem Kerl, der ihm 100 Millionen Dollar gestohlen und bloß Scherereien bereitet hatte. Doch er schoss nicht. Stattdessen senkte er den Lauf etwas und zielte auf das Hinterrad der Ducati. Er drückte ab. Die Kugel streifte das Blech direkt über dem Reifen. Das Motorrad scherte abrupt nach rechts aus.

Malnikov legte eine Vollbremsung hin. Er öffnete die Tür, sprang aus dem Wagen, die Hände mit der Waffe vor sich ausgestreckt. Auf keinen Fall ließ er diesen Verbrecher entwischen.

Malnikov feuerte, einmal, zweimal, dreimal. Die dritte Kugel zerfetzte den Hinterreifen endgültig. Das Bike drängte nach rechts, während Cloud darum kämpfte, es aufrecht zu halten. Er lehnte sich scharf nach links, bemüht, Geschwindigkeit wegzunehmen, bevor die Ducati auf den Asphalt schlug. Das Vorderrad wurde gestaucht, das Motorrad kippte nach hinten und schlitterte mitsamt Cloud die Straße entlang. Funken sprühten, Flammen züngelten empor, als das Blech über den Asphalt schrammte. Doch Clouds entsetzlicher Schrei übertönte den Krach.

Malnikov sprintete zur Unfallstelle. Rauch und Flammen schlugen empor, der Regen konnte sie nur teilweise löschen.

Er rannte, bis er nur noch wenige Schritte von dem Wrack entfernt war, dann wurde er langsamer, hielt die Waffe schussbereit.

Hinter der schlimm beschädigten Ducati musste Cloud liegen, besinnungslos, womöglich sogar tot. Die Waffe gespannt, den Finger am Abzug, die Mündung ausgerichtet, umrundete Malnikov den qualmenden Blechhaufen.

Doch Cloud war verschwunden.

Dewey ließ den Blick über die Decke streichen, suchte nach einer Möglichkeit, aufs Dach zu gelangen. In der Mitte des Raumes befand sich in mindestens viereinhalb Metern Höhe eine Luke.

Er schob die Tische zu einer Reihe zusammen, die auf Höhe der Öffnung endete, lief ans hintere Ende, sprintete über die Tische, schwang sich, mit Armen und Beinen rudernd, in die Luft und bekam den Rahmen der Luke zu fassen. An der Decke baumelnd hielt er sich mit der linken Hand fest, während seine rechte auf die stählerne Barriere einhämmerte. Sie saß fest. Nachdem er sich über eine Minute vergeblich abgemüht hatte, ließ er sich zu Boden fallen. Unwillkürlich entfuhr ihm ein Schmerzenslaut, weil der Sturz die Wunde am Bein reizte.

Nachdem er wieder zu Atem gekommen war, ging er ans Fenster, nahm die Waffe an sich und verstaute sie in der Jackentasche. Er kletterte zurück auf den Tisch und wiederholte seine Bemühungen, rannte, so schnell er konnte, stieß sich ab, bekam den Lukenrand zu fassen. Er zog die Waffe aus der Tasche, schlug sie mit voller Wucht gegen den Stahl. Diesmal dauerte es keine Minute, bis die von jahrzehntealtem Rost zugeschweißte Fuge einen Riss bekam. Dewey stieß den viereckigen Durchlass auf und zog sich aufs Dach hinauf.

Es goss in Strömen. Der Wind trieb den Regen in Schleiern vor sich her. Minutenlang saß der Amerikaner nur da und rang um Atem. Er schloss die Augen, ließ sich von den Tropfen durchweichen, verdrängte jeden Gedanken an Cloud und Russland, dachte an gar nichts mehr. Denn er wusste, dass jeder Gedanke ihn nur in die brutale Wirklichkeit zurückholte, mit der er sich konfrontiert sah. Dass er, wenn er sich in Gedanken an seine Familie flüchtete, ohnehin nur an die Bombe dachte – an den atomaren Sprengkörper, der sich in dieser Sekunde der amerikanischen Küste näherte.

Cloud hinkte zum Fuß des Wolkenkratzers. Malnikov verfolgte ihn bereits. Er musste dringend in ein Krankenhaus. Das ging allerdings erst, nachdem er seinen Jäger getötet hatte.

Die gekrümmten Halbbogen des Evolution Tower erinnerten ihn an geschwungene Stahlbänder, miteinander verflochten und 300 Meter hoch in den Himmel gehängt. Auch wenn der Bau erst halb fertig war, empfand er die Konstruktion als atemberaubend. Er hatte den Rohbau schon früher von Weitem bewundert. Nun stellte er seine einzige Hoffnung auf Rettung dar.

Das Gebäude war hell erleuchtet. Auf Kränen und Baugerüsten brannten Lampen, im Innern Halogenscheinwerfer für die Handwerkerkolonnen, obwohl um diese Uhrzeit niemand mehr arbeitete.

Cloud schob den Bauzaun auf, schleifte das rechte Bein hinter sich her, nahm die rechte Hand zu Hilfe, um es nachzuziehen. Er hinkte durch das Fundament des Turms, zwischen aufgestapelten Stahlträgern hindurch, an gewaltigen Baufahrzeugen vorbei, an riesigen Zementhaufen zum Betonmischen, an Kränen und weiteren Maschinen.

Er blickte nach oben. Die Spitze des Bauwerks schien sich im Wind zu bewegen. Es erzeugte die Illusion, dass der massive Wolkenkratzer gleich über ihm einstürzte.

Cloud hörte ein Scheppern vom Bauzaun her, machte sich jedoch nicht die Mühe, den Kopf zu drehen. Sein Blick glitt nach unten. Erst jetzt bemerkte er, dass er nur einen Schuh anhatte. Sein rechter Fuß war nackt und blutig. Ein paar seiner Zehen konnte er nicht mehr sehen. Die gesamte Körperhälfte fühlte sich wund an. Ein Großteil seines Hosenbeines war beim Sturz regelrecht zerrieben worden. Furcht durchflutete ihn beim Anblick seiner Verletzungen. Weil er sie nämlich nicht spürte. Weil sie ihn, wenn sie nicht behandelt wurden, zwangsläufig umbrachten.

Wenn du am Leben bleiben willst, musst du ihn töten.

Hinter einem Holzstapel entdeckte Cloud einen Bauaufzug. Er humpelte hin, kletterte hinein und knallte das Gitter zu. Nach Berührung eines roten Schalters ging ein Ruck durch die Kabine. Sie setzte sich am Turm entlang nach oben in Bewegung.

Malnikov kam ins Licht gerannt, sah den Aufzug nach oben fahren, hob die Waffe und schoss. Die Projektile trafen den Stahlkorb unmittelbar rechts von Cloud. Er duckte sich in die Ecke, um Schutz vor dem Patronenhagel zu finden.

Selbst in einer ruhigen Nacht war der völlig schwarze, speziell umgerüstete Eurocopter EC155 B1 Dauphin äußerst schwer auszumachen. Der Pilot konnte die Positionslichter nach Belieben löschen und mithilfe eines hoch entwickelten Wärmebild-Nachtsichtgeräts navigieren, wahlweise im Helm integriert oder auf der Innenseite der Cockpit-Scheibe eingeblendet. Im höllischen Unwetter heute Nacht wurde der Hubschrauber endgültig so gut wie unsichtbar.

Für Stihl machte das Wüten der Elemente keinen Unterschied. In zwölf Jahren bei den russischen Spezialkräften – darunter in Tschetschenien mehr Schlachten, als er zählen konnte, Schlachten, von denen in der Welt da draußen nie jemand erfahren würde – hatte er sich Fähigkeiten angeeignet, mit denen eine Standardausbildung nicht mithalten konnte.

Als Malnikov ihm sagte, er solle den tödlichsten Hubschrauber entwerfen, den er sich vorstellen konnte, hatte Stihl eine Woche in Marseille verbracht und alles ausgetestet, was Eurocopter zu bieten hatte. Er scheute keine Kosten, um die Maschine mit jeder erdenklichen technischen Finesse auszurüsten – darunter manche, die noch gar nicht auf dem Markt verfügbar waren, etwa Flight Envelope Protection sowie Navigations- und Waffensysteme, die Stihl über ein in den Helm integriertes Zielgerät und exoskelettartige Bewegungssensoren steuerte.

Er ließ sich vom Navigationssystem zu den Koordinaten leiten, die Malnikov ihm genannt hatte. Ein Wärmebildmodul im Helm leuchtete das Gebäude bereits aus einer Meile Entfernung aus. Als er im Sturzflug näher kam, erschien wie ein Phantom eine rote Gestalt auf dem Dach. Sein Passagier.

Mit einem Button an der Instrumententafel rief er das Intercom auf. Augenblicke später stand die Verbindung zu Malnikovs Handy. Während Stihl tiefer ging, lauschte er dem Klingeln. Ein rundes Dutzend Mal. Der andere nahm nicht ab.

Er rief weitere Bedienelemente auf, die im Visier angezeigt wurden, und befahl dem Navigationssystem des Choppers, das Handy per GPS zu orten. Eine Sekunde später flackerte in grünen Digitalbuchstaben folgende Kennung auf:

Ein schwaches elektrisches Surren weckte Dewey aus seinen Gedanken. Mit einem Mal kamen Wind und Regen aus einer anderen Richtung. Er stand auf, spähte prüfend nach oben, entdeckte jedoch nichts.

Er lauschte, nahm eine leichte Änderung der Windverhältnisse wahr und wirbelte herum, genau in dem Augenblick, in dem hinter ihm die Rotoren des Eurocopters die Luft zerrissen. Wie ein Blitz aus heiterem Himmel schoss der Hubschrauber auf Dewey herab, stürzte aus der Wolken- und Regenwand und hätte ihn um ein Haar gestreift. Dann kletterte er doch noch mal ein paar Meter, ehe er sich neben Dewey aufs Betondach senkte.

Dewey schob die Seitenluke auf, stieg ein, nickte dem Piloten zu und ließ sie wieder zugleiten. Das Fluggerät schraubte sich vom Dach, legte sich in eine Linkskurve und ließ Elektrostal hinter sich.

Dewey musterte die Kabine. Alles Überflüssige war entfernt worden, es gab keinerlei Bequemlichkeit. Alles rein funktional, auf einen einzigen Zweck ausgelegt. Keine Frage, er befand sich in einem Kampfhubschrauber. Es gab nicht mal Sitze, nur jede Menge freie Fläche. Die Doppeltür auf der gegenüberliegenden Seite wirkte wie eine Spezialanfertigung – aufschiebbar für maximale Flexibilität im Einsatz.

Von der Decke hingen stählerne Haken mit Kunststoffleinen, an denen man sein Gurtzeug befestigen konnte. Die Luken an beiden Seiten der Kabine ließen sich weiter als normal öffnen. Die Kombination aus Gurtschlössern und Luken versetzte Schützen in die Lage, Gegner aus jedem erdenklichen Winkel anzugreifen, ohne befürchten zu müssen, dass man aus dem Hubschrauber stürzte, vor allem wenn sich der Pilot gezwungen sah, plötzliche Ausweichmanöver zu fliegen.

Der Boden war rau wie Sandpapier, man fand darauf guten Halt. Er ließ sich per Knopfdruck wie eine Falltür für Absprünge im niedrigen Schwebeflug öffnen. Die Rückwand bestand aus einem Stück Maschendrahtzaun vor einem Gestell mit modernsten Feuerwaffen und sonstigem Gerät, alles fein säuberlich in senkrechten Fächern nebeneinander aufgereiht. Jegliche Arten von Schusswaffen, zudem Panzerfäuste und Boden-Luft-Raketen.

Neugierig zog er eine Schublade darunter auf, gefüllt mit genug Munition, um einen kleinen Krieg anzuzetteln.

Der Hubschrauber ruckte, wurde von Windstößen, die den Regen vor sich hertrieben, hin und her geworfen.

Dewey lief zum Cockpit. Hinter dem dunklen Visier des Helms war das Gesicht des Piloten nicht auszumachen. An der Instrumententafel brannte nicht ein Lämpchen.

Sein Retter reichte ihm einen Funkkopfhörer.

»Ich bin Stihl«, stellte er sich mit hartem russischem Akzent vor. »Festhalten, gleich wird's ungemütlich.«

»Wohin fliegen wir?«

»Alexei ist in einem Gebäude im Zentrum. In drei Minuten sind wir dort.«

»Kannst du ihn per Intercom erreichen?«

»Ich werd's versuchen«, sagte Stihl, während der Hubschrauber unvermittelt nach rechts schlingerte, als ihn eine seitliche Bö erfasste.

Dewey hörte, wie es in der Leitung klingelte, dann ertönte Malnikovs Stimme: »Wo bist du?«

»Wir sind in der Luft. Wie ist die Lage?«

»Er ist verletzt und in den Evolution Tower geflüchtet. Ich bin im Aufzug unterwegs nach oben, um ihn zu finden.«

»Soll ich auf dem Dach landen?«

»Da gibt es kein Dach«, sagte Malnikov. »Das Teil ist erst halb fertig.«

»Warte unten am Sockel«, schlug Stihl vor. »Aus der Luft kann ich sein Wärmebild orten. Sobald wir dort sind, gehst du rein.«

»Zu spät«, sagte Malnikov. »Ich bin längst drin.«

92

GOULSTON & STORRS
BOSTON

Erika Highland, seit drei Jahren Partnerin bei Goulston & Storrs, biss in einen Apfel, während sie den Kaufvertrag las. Einer von Goulstons Klienten, eine Immobiliengesellschaft, wollte ein Gebäude in der Innenstadt von Los Angeles erwerben.

Ihr Blick wanderte zum Hafen. Wie an einem Freitagabend in den Sommermonaten üblich, platzte er vor lauter Booten aus allen Nähten. Das galt besonders für den heutigen 3. Juli, den Auftakt eines verlängerten Feiertagswochenendes. Trotzdem, irgendetwas war anders als sonst. Sie zählte sechs verschiedene blinkende Blaulichter.

Highland griff zum Fernglas. Ein großer Kutter der Küstenwache pflügte quer durch den Hafen. Schiffe strebten eilig dem offenen Meer entgegen, weg vom Hafenbereich, so als hätten sie Anweisung, ihn umgehend zu verlassen.

Ihr Feldstecher schwenkte zum Ozean, über Revere hinaus. Ein riesiger grauer Kahn der Navy näherte sich – ein Aegis-Zerstörer, wie sie mit kundigem Blick erkannte.

»Donna«, rief sie.

Highlands Assistentin kam ins Büro gerannt. Ungläubig starrte sie auf die Szene vor dem Fenster.

»Was zum Henker …?«, entfuhr es ihr.

»Wie heißt dieser Typ noch mal, den du kennst, drüben bei WBZ?«

»Hagen?«

»Ja. Du solltest ihn anrufen.«

Acht Minuten später – eine Minute bevor CNN, zwei bevor NBC und fünf bevor Fox News und ABC auf Sendung gingen – unterbrach CBS sein normales Programm. Die Worte CBS NEWS SPECIAL REPORT flimmerten über Millionen amerikanischer Fernsehschirme.

»Ladys und Gentlemen, Sie sehen eine Sonderausgabe der CBS Evening News. Ich bin Bob Schieffer und melde mich mit einer Eilmeldung live aus unserer Nachrichtenzentrale in New York City. Bei den Bildern, die Sie gleich sehen werden, handelt es sich um aktuelle Luftaufnahmen aus Boston, Massachusetts. Im Bostoner Hafen wimmelt es von Bundes- und Staatspolizei, außerdem sind kürzlich zwei Aegis-Zerstörer der U. S. Navy eingetroffen. Laut Quellen unseres Senders laufen, und ich zitiere, Ermittlungen wegen eines mutmaßlichen Terroranschlags.

Wir schalten jetzt um zu Hagen Ward, live aus unserem Studio in Boston …«

93

H&M AGGREGATES
REVERE, MASSACHUSETTS

McLaughlin schritt de letzte Pier im Jachthafen von Revere ab, in der linken Hand einen portablen Geigerzähler. Er war einer von 40 FBI-Agenten, die das Hafengebiet von Revere durchkämmten und Boot für Boot auf Spuren von Radioaktivität absuchten.

Noch auf dem Steg betätigte er die Sprechtaste des Funkgeräts am Kragen seines dunkelblauen Anoraks.

»Der Jachthafen ist sauber«, meldete er dem auf einem Aegis-Zerstörer der U. S. Navy eingerichteten Befehlsstand Boston-Mitte.

»Dann wechseln Sie rüber zum Industriehafen.«

McLaughlin betrachtete den schmalen, felsigen Landstreifen, der Jacht- von Industriehafen trennte. Das erste Dock der Anlage lag gut 100 Meter entfernt.

Es wäre einfacher, zum Jachthafen zurückzukehren und rüberzufahren, dafür dauerte es aber auch länger.

Zu Fuß arbeitete er sich an der steinigen Küste entlang, knapp über dem Wasserspiegel. Träge schwappten kleine Wellen um seine Füße. Innerhalb weniger Minuten gelangte er zu einem rostigen Maschendrahtzaun. Er kletterte hinüber, ließ sich auf einen uralten Steg aus Holz und Stahl hinab. Dort lag ein Kahn vertäut, turmhoch mit Streusalz beladen. Er fuhr mit dem Geigerzähler am Rumpf entlang. Mit einem Mal wurde das Rauschen des Geräts lauter. McLaughlin ging zum Bug des lang gestreckten Kahns. Mit jedem weiteren Schritt verstärkte sich das Stakkato aus dem kleinen Lautsprecher.

Schließlich fand er die Plane. Er blieb stehen und streckte den Geigerzähler vor sich. Das kleine Gehäuse überschlug sich fast, stimmte einen schrillen Dauerton an. Er schlug die Abdeckung zur Seite und enthüllte einen länglichen Stahlzylinder. Am Ende befand sich eine quadratische Vorrichtung mit einem blau blinkenden Lämpchen.

Er drückte die Sprechtaste. »McLaughlin hier. Ich habe die Bombe.«

94

CHERRY HILL ROAD
GLOUCESTER, MASSACHUSETTS

»Hey, Scooter, wie magst du deinen Hotdog?«

Saxby Ruggierio stand in einer blau-weißen Schürze auf der Terrasse und beugte sich über den Grill. Im Garten drängten sich Freunde, Familienangehörige und die meisten seiner Angestellten aus dem Jachthafen.

»Halb durch«, antwortete sein Nachbar.

Ruggierio lachte, nahm einen kräftigen Schluck Bier und ging rein in die Küche. Sein Sohn saß mit einem Mädchen aus der Nachbarschaft am Tisch, beide futterten Cheeseburger und verfolgten das Red-Sox-Spiel.

»Wer gewinnt?«, wollte Ruggierio wissen.

»Keine Ahnung«, erwiderte Billy. »Die haben die Übertragung unterbrochen.«

Ruggierio schaute zum Fernseher. Eine Sondersendung vom Bostoner Hafen.

»Stell das lauter«, bat er, während er näher an den Fernseher trat. Aktuell war eine Luftaufnahme des Hafens zu sehen, in dem es von Polizeibooten mit Signallichtern nur so wimmelte.

»*... es ist zwar schwer zu erkennen, aber sie scheinen sich auf das Gebiet um Revere zu konzentrieren, von der Bostoner City aus gesehen am gegenüberliegenden Ufer. Offenbar wird am Vorabend des Wochenendes zum 4. Juli wegen eines geplanten Terroranschlags ermittelt ...*«

»Heilige Scheiße!« Ruggierio griff zum Telefon und wählte 911.

95

EVOLUTION TOWER
MOSKAU, RUSSLAND

Unvermittelt schwebte der Aufzug im Freien, über 30 Stockwerke hoch in der Luft. Der Wind fegte über die Stahlgerüste und trieb den Regen vor sich her, der Malnikov wie mit Nadeln malträtierte. Der Förderkorb ächzte laut auf dem Weg nach oben.

Malnikov lugte durch das gelbe Bodengitter in die Tiefe. Moskau war aus dieser Perspektive eine völlig andere, eine deutlich trübere Stadt. Ganze Gebiete lagen im Dunkeln, der Niederschlag ließ die Lichter vor seinen Augen verschwimmen.

Malnikov bemerkte eine rote Lache am Rand des Käfigs. Clouds Blut, das der Regen nun wegspülte.

Ein Schuss zerfetzte die Nacht, gefolgt vom lauten Scheppern, mit dem die Patrone vom Stahl neben seinem Kopf abprallte. Malnikov duckte sich, während bereits ein zweiter Schuss folgte, spürte, wie ihm etwas heftig gegen die

Schulter schlug und ihn nach hinten schleuderte. Er warf sich auf den Boden der Kabine, während weitere Kugeln sie auf dem Weg nach oben störten.

Eine Etage höher kam der Aufzug geräuschvoll zum Stehen.

Malnikov blickte auf seine Schulter. Blut quoll aus einem Loch in der Jacke. Er kroch an den Rand des Korbes, versuchte, eine Ebene tiefer zu spähen. Doch kaum schob er den Kopf über die Kante, da brandete ein weiterer Schuss auf und traf das Bodenblech. Direkt unter Malnikovs Kinn bildete sich eine kleine Ausbuchtung.

»Hat das wehgetan, Alexei?«, brüllte Cloud.

Malnikov legte sich auf den Rücken und starrte zu den grauschwarzen Wolken empor. Das Atmen fiel ihm allmählich schwer, als lägen mehrere Sprints hinter ihm. Er zog den Reißverschluss der Jacke auf und zerrte sie von der Schulter. Alles rot. Sein erster Eindruck – dass die Kugel noch in der Schulter steckte – erwies sich hingegen als Irrtum. Nur wenige Zentimeter oberhalb der Brustwarze klaffte ein Loch. Bei jedem angestrengten Atemzug quoll ein weiterer Blutschwall hervor.

»Ich brauche den Aufzug«, sagte Cloud. »Es macht dir doch sicher nichts aus, woanders zu verbluten?«

Nach wie vor auf dem Rücken liegend, streckte Malnikov den Arm aus und senkte den Verschlusshebel zur Korbtür. Er trat die Tür auf. Langsam, vor Schmerz stöhnend, wälzte er sich auf die Seite und richtete sich, an die Rückwand der Kabine gelehnt, auf die Knie auf, raffte sich in eine kauernde Position hoch, brachte die Mündung der Waffe an den Rand des Korbs und zielte auf die Stelle, von der die Schüsse gekommen waren. So schnell er den Finger krümmen konnte, feuerte Malnikov, dann stürmte er durch die Öffnung.

Dewey kehrte in die Kabine zurück und trat direkt ans Waffenregal. Er nahm ein Nachtsichtgerät heraus, setzte es auf, klappte es vor die Augen und aktivierte es, streifte eine taktische Weste über. Anschließend schnappte er sich Gurtzeug, legte es rasch an und ließ den Blick über die lange Reihe von Schusswaffen gleiten. Er entschied sich für eine Desert Eagle .50 AE, die er im integrierten Holster der Weste oberhalb der linken Brust verstaute. Anschließend griff er nach einem KSVK-Scharfschützengewehr, einem 12,77-Millimeter-Modell, Anti-Matériel, das über genügend Durchschlagskraft verfügte, um eine leichte Panzerung zu durchdringen.

Erneut traf eine Windbö den Chopper, drückte ihn abwärts und brachte ihn nach links vom Kurs ab.

Stihl drehte sich nach hinten.

»Wir kommen heiß rein«, warnte er. »Angurten!«

Dewey klinkte sich an der Laufreling in der Mitte der Kabine ein und ging zum Cockpit. Automatisch spulte sich die Leine ab. Hinter der Scheibe des Cockpits zeichnete sich der Evolution Tower in Form zweier in den Himmel ragender Stahlbänder ab. Da noch nicht alle Etagen fertiggestellt waren, wirkte die Spitze, als wollte sie jeden Moment auseinanderbrechen.

»Perimeter-Check«, sagte Dewey. »Mal sehen, was er uns verrät, bevor wir reingehen. Es wäre toll, wenn wir den miesen Bastard überraschen könnten.«

Vollkommen ruhig griff Stihl an die rechte Helmseite und betätigte mit traumwandlerischer Sicherheit einen Taster, während sich direkt vor ihm die Spitzen des Neubaus aus dem Nebel erhoben, sporadisch in das gelbe Licht von Halogenscheinwerfern getaucht.

Aus dem Helm senkte sich ein schwarzes, speziell konstruiertes Visier über die Augen herab. Die Ansicht glich einem Videospiel; mit einem Mal wurde das Gebäude als dreidimensionales digitales Raster dargestellt. Grüne, rote und gelbe Linien vor einem schwarzen Hintergrund füllten in geometrischen Mustern das Display aus.

Stihl langte nach links und griff nach etwas, das an einen Handschuh erinnerte. Er streifte ihn über, wiederholte dasselbe mit der anderen Hand. Mit einem Mal wurden die schwarzen Handschuhe weiß, hellten sich auf, als wären Stihls Hände mit einem fluoreszierenden Material überzogen. Er fuchtelte damit in der Luft herum, fast als führte er Selbstgespräche, während die Bedienelemente des Hubschraubers integraler Bestandteil eines Hightech-Exoskelett-Computers wurden, der Flug- und Waffensysteme kontrollierte und durch Stihls Bewegungen gesteuert wurde. Der Chopper reagierte prompt und schwenkte nach links in die Schlucht zwischen dem unfertigen Wolkenkratzer und einem daneben gelegenen 73-stöckigen Büroturm.

Unweit der Spitze nahm Stihl ein Hitzeflimmern wahr. Er vollführte eine fast unmerkliche Bewegung mit dem kleinen Finger der Linken. Die Digitalkamera fuhr näher heran und vergrößerte die grünen Hologramme. In Stihls Visier wurde rechts oben ein weiterer Screen eingeblendet. Er zeigte zwei Stockwerke, dazwischen als horizontaler Strich die Betondecke. Im oberen kauerte ein Mann im Aufzugkorb. Im unteren strebte ein anderer hinkend einer Treppe am Rand des Bauwerks entgegen und richtete eine Waffe auf den Zweiten.

Im Aufzug sah Stihl etwas rot aufblitzen, Schüsse, sie wurden auf die Etage darunter abgegeben.

Mit einer Fingerbewegung aktivierte Stihl die Kabinensprechanlage. »Wir haben eine Schießerei«, sagte er. »Du kommst besser mal rüber.«

Stihl bewegte den Daumen, und auf der Frontscheibe

des Hubschraubers wurde wie auf einem riesigen Fernsehschirm die gleiche Darstellung wie im Helm eingeblendet.
Keine Spur mehr vom Regen. Die beiden Gestalten schwebten wie Phantome vor einem schwarzen Hintergrund.

Dewey trat rechts neben Stihl. »Kannst du sie näher ran-
holen?«

Sie wurden Zeugen, wie der Bewaffnete im Korb mit
einem Tritt die Kabinenseite öffnete und in die Finsternis
stürmte, während zur gleichen Zeit am anderen Ende des
Stockwerks ein Mann langsam die Treppe emporgestiegen
kam.

»Wer ist wer?«, fragte Dewey.

»Keine Ahnung.«

Der Kerl aus dem Aufzug rannte durch das verlassene
Stockwerk und wechselte in einen Spurt. Sein Weg führte
ihn direkt zu dem Mann, der über die Stufen nach oben
kam.

»Das ist Alexei«, erkannte Stihl.

»Welcher?«

»Derjenige, der rennt. Er läuft ihm direkt in die Arme.
Das ist sein Tod.«

»Bring mich hin.«

»Erst leg ich den Kerl auf der Treppe um.« Unvermittelt
schaltete Stihl das Waffenkontrollsystem ein.

»Nein, das wirst du nicht tun«, protestierte Dewey. »Bring
mich hin!«

Dewey ging in die Kabine zurück.

»Er wird sterben, wenn ich nicht …« Stihl verstummte
mitten im Satz, als unversehens ein grellweißes Leuchten die
linke Seite seines Visiers – und auch des Frontbildschirms –
ausfüllte.

Instinktiv wusste er, was passiert war.

»Festhalten!«, brüllte er.

Ein heftiger Scherwind, der tornadogleich wie durch einen Trichter in die Schlucht zwischen den Wolkenkratzern strömte, erfasste den Hubschrauber mit voller Kraft, hämmerte gegen ihn wie ein Vorschlaghammer. Sie wurden zurück und nach rechts geschleudert, mit einer solchen Wucht, dass Stihl um ein Haar der Helm vom Kopf geflogen wäre.

Die Rotorblätter des Choppers standen bereits vertikal. Stihl mühte sich mithilfe der Exoskelett-Handschuhe ab, sie aufzurichten, bevor das Fluggerät in den Rohbau krachte.

96

LONG ISLAND SOUND
VOR DER KÜSTE VON STAMFORD, CONNECTICUT

Faqir steuerte eine Meile aufs Meer hinaus, behielt dabei jedoch die Lichter der Küstenlinie im Auge. Winzige gelbe und weiße Punkte, hell erleuchtete Häuser am Ufer, ein typisch amerikanischer Abend.

Draußen auf dem Wasser war alles pechschwarz. Er trug ein Nachtsichtgerät. Im Radio liefen die Nachrichten, es ging um einen mutmaßlichen Terroranschlag auf Boston. Soeben hatte der amerikanische Präsident verkündet, man habe den Anschlag verhindert.

Faqir war klar: Wenn das Weiße Haus so etwas mitteilte, ahnten sie nichts von der Existenz der zweiten Bombe; der Bombe, die an Deck neben ihm lag.

Der Großteil der Crew hielt sich in der Kajüte auf. Ungefähr einmal pro Stunde ging Faqir zu ihnen, fühlte ihren Puls, prüfte, ob sie noch lebten. Hin und wieder schlug einer der Männer die Augen auf. Der Boden war mit Erbrochenem bedeckt. Im Grunde genommen waren sie alle längst jenseits von Gut und Böse.

Irgendwann nachts hatte Faqir aufgehört, sich zu übergeben. Aswan, einem Mann aus der Crew, war es ähnlich gegangen, bis er, eine Stunde nachdem sie Boston verlassen hatten, urplötzlich starb. Er hatte ihm einen Betonklotz an den Knöchel gebunden und ihn über Bord geworfen.

Faqir sagte zwar nichts, doch seine Besorgnis wuchs zusehends. Er fragte sich, ob er lange genug durchhielt, um das Boot in den Hafen von New York zu steuern.

Einer der Tschetschenen, ein hellhäutiger Teenager namens Naji, war der Einzige aus der Crew, der sich in noch halbwegs anständiger Verfassung befand. Er brachte genug Energie auf, um wenigstens über die Reling zu kotzen. Wenn es etwas zu erledigen gab, war der Junge derjenige, an den Faqir sich wandte.

Er hatte Naji beigebracht, wie man das Boot steuerte und navigierte, nur für den Fall, dass er unerwartet das Zeitliche segnete.

Die Talaria befand sich nun in Ufernähe, da der Long Island Sound zunehmend schmaler wurde, je näher sie der Stadt kamen. Als er zum Ufer blickte, saßen Menschen auf einer belebten Marina im Freien, aßen in einem Restaurant direkt am Wasser zu Abend. Hunderte von Wasserfahrzeugen, vom ramponierten Ruderboot bis hin zum protzigen, Millionen von Dollar teuren Schnellboot, lagen an Piers vertäut, die sich weit ins Wasser erstreckten und im Schatten von Büro- und Apartmenthäusern gut 400 Meter an der Küste entlangzogen.

Vor Faqirs innerem Auge blitzte eine Erinnerung auf.

Vor vielen Monaten hatte er sich ausgemalt, am Abend, bevor er die Bombe zündete – seiner letzten Nacht auf

Erden –, zu feiern, so wie seinerzeit Mohammed Atta vor 9/11. Er stellte sich vor, wie es wäre, jetzt anzulegen und die anderen zum Essen einzuladen. Vielleicht bestellte er sich sogar ein Glas Wein.

Ein leises Grinsen huschte über sein ausgemergeltes Gesicht bei dem Gedanken daran, was für ein großer Spaß das wäre. Sein Grinsen verschwand jäh, als ihm klar wurde, dass mit Ausnahme von Naji die gesamte Crew tot war.

97

EVOLUTION TOWER
MOSKAU, RUSSLAND

Der Scherwind peitschte den Eurocopter in die Seitenlage. Die Rotorblätter neigten sich in die Vertikale, innerhalb von Sekunden sackten sie 60 Meter tief ab, bevor der Drehflügler sich überschlug. Inmitten des Regens und der Finsternis geriet der dreieinhalb Tonnen schwere Helikopter, 60 Stockwerke über der Straße, völlig außer Kontrolle.

Dewey spürte, wie die erste Bö sie erfasste, und konnte nichts weiter tun, als die Hand auszustrecken, um den Kopf zu schützen, ehe er gegen die Rückwand geschleudert wurde. Krachend schlug er dagegen und sank zu Boden.

Verzweifelt tastete er an der Wand entlang auf der Suche nach etwas, woran er sich festhalten konnte. Er fand eine Haltestange und klammerte sich mit aller Kraft daran, während der Chopper von den Urgewalten durch die Luft gewirbelt wurde.

Stihl war am Pilotensitz festgeschnallt und konzentrierte sich auf den digitalen Monitor im Visier. Die Bordelektronik hatte er bereits übernommen, sodass das Schicksal des Eurocopters nun vollständig den Hightech-Exoskelett-Handschuhen anvertraut war. Er musste die Karosserie aufrichten, bevor sie abstürzte.

Normalerweise hätte der Scherwind sie in gerader Linie treffen müssen, nicht anders als eine Welle. Doch er prallte an die hohen Gebäude, die seine Richtung veränderten. Jeder Turm aus Stahlbeton fälschte sie erneut ab, machte das Ganze unberechenbar.

In den Bergen bei Grosny war Stihl durch die wildesten Schneestürme geflogen und hatte im Hindukusch sogar Hurrikans bezwungen, doch nun stand er vor einem ernsthaften Problem, dem schlimmsten, mit dem er sich je konfrontiert gesehen hatte.

Er streckte die Hände aus, bemüht, in dem Abwärtsstrudel ein gewisses Maß an Stabilität herzustellen. Er konzentrierte sich auf die grafische Darstellung der Strömungen. Die Verwirbelung befand sich genau in der Mitte, in auf dem Kopf stehender U-Form. Und sie bewegte sich. Auf der anderen Seite war die Luft völlig klar.

Stihls Blick glitt zum oberen Rand des Bildschirms. Leuchtend grüne Isobaren-Linien, die einen rechteckigen Kasten bildeten, näherten sich dem Zentrum. Ein Wolkenkratzer. 90 Meter entfernt, nur kam er immer näher. In wenigen Sekunden krachten sie dagegen, wenn er nichts unternahm.

Er wartete noch einen Moment länger, nicht ganz sicher, ob das, was er vorhatte, auch funktionierte, begriff jedoch, dass ihm keine Wahl blieb. Jetzt handelte er rein instinktiv. Ein Vierteljahrhundert Mumm und Bauchgefühl fanden in einer einzigen Aktion zusammen.

»*Festhalten!*«, brüllte er.

Stihl ließ aus allen Tanks bis auf einen den Sprit ab, anschließend blockierte er abrupt sowohl den Haupt- als auch den Heckrotor. Eine halbe Sekunde später gab er den rückwärtigen Rotor wieder frei.

Der Chopper neigte sich bedenklich nach unten, mit einem Mal wies der Bug nicht mehr zum Himmel, sondern zum Boden. Im selben Moment sackte das Fluggerät ab. Rings um den Heli strömte Benzin nach unten, vermischte sich mit dem Regen, machte ihn leichter.

Unvermittelt jagte Stihl beide Turbinen auf volle Touren, Haupt- und Heckrotor wühlten sich wie entfesselt durch die Luft. Der Hubschrauber machte einen Satz nach vorn, abwärts. Er wurde im Sitz nach hinten gepresst. Was an Sprit noch nicht abgelassen war, entlud sich in die Turbinen des Eurocopters, die damit eine kaum beherrschbare Kraft entfalteten. Jeder Rest an Schub, den der Eurocopter zu generieren vermochte, wurde benötigt, als es auf dem digitalen Schirm bereits so aussah, als würde der Hubschrauber mit dem Wolkenkratzer zu einer Masse verschmelzen.

Dewey, der sich nach wie vor an den Handlauf klammerte, wurde zur Seite geschleudert, zur Frontseite der Kabine. Sie entwickelten zu viel Schwung. Er konnte sich nicht länger halten, segelte durch die Luft und krachte gegen die Vorderwand.

Stihl ging tiefer, unter den Scherwind, hinab in die Schlucht zwischen den beiden Gebäuden, schoss der Erde entgegen. Die Straße wurde größer und größer. Gebäude, die sich nach unten hin verbreiterten, wucherten zu beiden Seiten des Choppers in die Höhe; nicht mehr lange, dann blieb Stihl kein Platz mehr zum Steuern oder Wenden.

In der digitalen Visieranzeige traten die grünen, geometrischen Linien der Hochhäuser links und rechts immer klarer hervor. Die Maschine schien sich jeden Moment in den Untergrund zu bohren. Und doch, zum ersten Mal seit einer halben Minute hatte Stihl wieder das Gefühl, das Fluggerät unter Kontrolle zu haben. Sie befanden sich unterhalb des Scherwinds. Das einzige Problem waren die Stahlbetonwände, die ihn flankierten, und das Erdreich direkt unter ihm.

Stihl richtete den Chopper auf, stabilisierte ihn und wendete, ging an der Fassade eines Skyscrapers entlang in den Steigflug über.

Er atmete einmal tief durch, schwenkte den Hubschrauber um eine Gebäudespitze und nahm erneut Kurs auf den Evolution Tower. Als in der Ferne die beiden geschwungenen Stahlbänder des Rohbaus auftauchten, wechselte er erneut auf die Wärmebildanzeige und aktivierte die Kabinenlautsprecher.

»Du dahinten, lebst du noch?«

»Ja«, ächzte Dewey.

Malnikov sprintete vom Aufzug weg über den kahlen Beton, feucht vom Sprühregen, den das Unwetter hereingeweht hatte.

Beim Laufen pochten Brust und Schulter, das Bein spannte, immer wieder durchfuhr ein Stechen den Schenkel. Doch er ignorierte es. Er arrangierte sich mit allem, was das Schicksal für ihn bereithalten mochte. Egal ob Schmerzen oder Strafe.

Am Aufzugschacht rührte sich nichts.

Hatte er Cloud erwischt?

Vor einem Betonpfeiler blieb er stehen. Er hörte Metall auf Metall schaben, eine Pistole, die durchgeladen wurde. Ganz nah.

Malnikov fuhr herum.

Cloud war barfuß, sein Fuß blutüberströmt, die Hose zerrissen, vom Knie abwärts fehlte sie komplett. Die aufgeschürfte Haut, rot und schwarz verfärbt, ließ an einigen Stellen das rohe Fleisch aufblitzen. In der Hand hielt er eine Waffe.

»Du willst also dein Geld zurück?«, fragte er.

Dewey stand auf, ging nach vorn und streckte den Kopf ins Cockpit. Auf dem Bildschirm erfasste er ein dreidimensionales digitales Piktogramm des Turms.

Stihl raste mit dem Eurocopter direkt darauf zu.

Als sie näher kamen, wurden im oberen Stockwerk zwei Männer erkennbar. Sie standen dicht beieinander. Malnikov war der Größere. Er ragte vor Cloud auf, der ihm eine Waffe an den Kopf hielt.

»Eine Landung kriegen wir da nicht hin«, stellte Stihl fest.

»Er wird ihn gleich umlegen. Welche Möglichkeiten haben wir?«

»Maschinengewehre«, meinte Stihl. »Aber ich muss dich warnen, in dem Fall gibt's keine Überlebenden.«

Dewey starrte auf die Einblendung, die quasi die komplette Frontscheibe beanspruchte. »Kannst du das wegmachen?« Er deutete auf das Display.

Der Schirm erlosch und machte dem tatsächlichen Geschehen hinter der Frontscheibe Platz. Regentropfen bedeckten das Glas. Der Evolution Tower, unregelmäßig in gelbes Neonlicht getaucht, wirkte surreal, wie aus einer anderen Welt. Die noch unfertigen Ebenen mit den rauen, unbearbeiteten Kanten, wirkten, als fielen sie unweigerlich gleich auseinander.

»Bring mich näher ran.«

»Festhalten!«

Während Stihl den Heli zu den oberen Etagen des Evolution Towers manövrierte, trat Dewey in die Kabine, hakte sich von der Laufreling los, entledigte sich des Gurtzeugs, ließ es achtlos fallen und griff zum KSVK-Sniper-Rifle. Er zog den Helm fest und kehrte ins Cockpit zurück. Sie schwebten keine 30 Meter mehr von den beiden Kontrahenten.

Dewey klappte das Nachtsichtgerät vor die Augen und knipste es an. Die Anzeige im Helm blitzte dunkelblau auf und stellte sich scharf. Malnikov lag, sich vor Schmerzen windend, am Boden. Cloud stand vor ihm und richtete die Waffe auf den anderen.

»Bring mich hin«, blaffte Dewey.

»Das kann ich nicht.«

»Du musst!«

»Ich kann dich bis auf drei Meter ranbringen. Mehr geht nicht. Du würdest bei dem starken Wind seitlich weggeweht.«

»Mach die Tür auf und schwenk dorthin«, befahl Dewey in scharfem Ton. »Bring mich so nah ran, wie du kannst.«

Stihl schüttelte den Kopf zum Zeichen, dass er nicht einverstanden war, dann machte er eine wegwerfende Handbewegung. Abrupt schoss der Hubschrauber vorwärts, drehte rechts ab und schwebte tiefer.

»Ich werde den Anflug von unten einleiten«, verkündete Stihl.

»Gib mir Bescheid, wann ich springen soll.«

»Gut! Tritt einen Schritt zurück und halt dich fest. Gleich wird's hier drin feucht und windig.«

Stihl schloss die Tür zum Cockpit.

Mit der rechten Hand tastete Dewey nach einer Halteschlaufe, in der linken hielt er das Gewehr.

Die Türen des Hubschraubers glitten auf. Ein wütender Windstoß fuhr in die Kabine, drückte Dewey nach hinten an die Wand. Kalt schoss der Regen herein und durchnässte ihn.

Er konsultierte die Digitalanzeige im Helmvisier, während der Hubschrauber direkt auf den Wolkenkratzer zuflog.

Dann spürte er es. Wärme, den pochenden Herzschlag, das Adrenalin.

Geh aufs Ganze, Dewey. Du musst jetzt alles geben!

Der Heli raste durch den peitschenden Wind in Richtung Turm, kam näher und näher.

Stihls schwerer russischer Akzent dröhnte über das Helmmikro: »*Drei! Zwei! Eins!*«

Dewey rannte auf die offene Hubschraubertür zu, machte einen großen Schritt und vernahm Stihls letztes Kommando: »*Los!*«

Der Hubschrauber war keine zwei Meter mehr vom Evolution Tower entfernt. Dewey stieß sich mit dem rechten Fuß vom Kabinenboden ab, sprang aus dem 55. Stock ins Leere, während Stihl den Chopper hart nach rechts drückte.

Der Amerikaner ruderte mit Armen und Beinen wild in der Luft, erreichte den Rand der Struktur, schleuderte das Gewehr weg und schlug mit der Hüfte hart auf der Betondecke auf. Er krallte sich in den Untergrund, seine Hände schrammten über die nasse Oberfläche. In diesem Moment erfasste ihn vom Hubschrauber her ein Windschwall und zerrte ihn weg, dem Abgrund entgegen, während er sich verzweifelt um Halt bemühte. Doch vergebens, die Naturgewalt war zu stark. Er rutschte ab, seine Hände glitten bis an den Rand.

Dewey spürte, wie er fiel. Seine Hände fassten nach der Deckenkante, glitten weg, er stürzte, griff ins Leere. Dann bekam seine rechte Hand etwas Scharfes zu packen, klammerte sich daran fest. Einen schrecklichen Moment lang hing er an einer Hand in der Luft, die Finger fest um das schartige Ende eines Armiereisens geschlossen.

Ein Blick nach unten. Er baumelte mehr als 50 Stockwerke hoch in der Luft. Er holte tief Luft, zog sich hoch, stieß sich ab, stemmte den Körper nach oben, schwang das linke Bein über die Deckenkante. Langsam zog er sich auf die Betonfläche, fand das Gewehr und hielt nach Clouds und Malnikovs Wärmebild-Silhouetten Ausschau.

Malnikov lag am Boden. Cloud stand hinter einem Betonpfeiler. Dewey visierte den Pfeiler an und drückte ab. Ein dumpfer Schlag folgte, im selben Augenblick fräste sich ein Loch in die Stütze. Cloud schrie laut auf, wurde nach hinten geschleudert und landete neben Malnikov.

98

NATIONALARCHIV
WASHINGTON, D.C.

Katie Foxx saß an einen Aktenschrank gelehnt auf dem Boden, Tacoma ebenfalls, mehrere Meter von ihr entfernt. Beide wühlten sich durch die Unterlagen.

Jede Akte im Raum beschrieb ausführlich einen CIA-Agenten, Führungsoffizier, Paramilitär oder verdeckten Ermittler, der es nach Einschätzung der Agency verdiente, terminiert zu werden. Die Fälle unterschieden sich deutlich, doch manches zog sich wie ein roter Faden hindurch. Das Hauptthema lautete Verrat, dicht gefolgt von nicht autorisiertem Mord.

Die Unterlagen türmten sich stapelweise.

»Ich hab hier etwas«, sagte Katie.

In der Hand hielt sie einen kleinen Stoß vergilbtes Papier, am Rand bereits ausgefranst:

LOS ALAMOS NATIONAL LABORATORY
MEMORANDUM
VON: H. Agnew
AN: N. Bradbury
BETREFF: A. VARGARIN – KONSEQUENZEN SEINER THEORIE
DATUM: 10. September 1982

Norb – ich konnte mich mit Anuslav Vargarin in Wien treffen, wo wir beide an der Konferenz teilgenommen haben. Wie du schon sagtest, ist er ein sehr umgänglicher Mensch. Die meiste Zeit unterhielten wir uns über Wein!

Allerdings erwähnte er auch etwas, das – so es denn stimmt – von Bedeutung ist. Dr. Vargarin behauptete, dass er und einige Kollegen im Zusammenhang mit nuklearer Bremsung und Reflexion mit divalenten Atomen experimentieren. Er sagte zwar nicht, mit welchen, aber du wirst mir wohl beipflichten, dass Z am vielversprechendsten erscheint. Das meiste war nur harmloses Geplauder, da wir unter Beobachtung standen. Aber Vargarin erwähnte etwas, das ich weitergeben sollte. Er sagte: »Wir haben nun zum dritten Mal in Folge den Test erfolgreich abgeschlossen.«

Die Konsequenzen liegen auf der Hand: Sollten die Sowjets in der Lage sein, unter Verwendung von Z (oder anderem) schnelle Neutronen in einer Laborumgebung vorhersagbar auszubremsen, hieße dies, die Sowjets könnten die Skalierbarkeit ihres hochangereicherten Urans und damit innerhalb weniger Monate auch das Ausmaß ihres Atomarsenals verdoppeln.

Gib mir Bescheid, wenn du möchtest, dass ich diesbezüglich etwas unternehmen soll.

Harry

»Was ist das?«

»Clouds Vater war Wissenschaftler«, erklärte Katie, »und hat eine Formel entwickelt. Um die geht es in diesem Memo.«

Sie stand auf und zückte ihr Handy.

»Na und wenn schon«, meinte Tacoma. »Anscheinend krieg ich hier irgendwas nicht mit.«

Katie lauschte den Klingeltönen in der Leitung. »Allerdings. Es ist eine Formel, um aus einer Atomwaffe zwei zu machen.«

99

PRESSEAMT
WEISSES HAUS
WASHINGTON, D. C.

J. P. Dellenbaugh steckte den Kopf in das völlig überfüllte Büro seines Pressesprechers John Schmidt – des Mannes, dessen Aufgabe darin bestand, die widerspenstige Reporterschar zu bändigen, die das Pressekorps des Weißen Hauses bildete.

Es war 23:38 Uhr. Schmidt biss gerade einen großzügigen Happen von seinem Jumbo-Cheesesteak-Sandwich ab, während er sich bemühte, abwechselnd sechs Fernseher im Auge zu behalten, die alle das Gleiche zeigten: aus Hubschraubern aufgenommene Videobilder der chaotischen Vorgänge in Boston.

Polizeiboote, Kutter der Küstenwache und zwei Navy-Zerstörer tauchten den Hafen in bedrohliches blaues und rotes Licht.

Der Begleitkommentar von ABC-News-Journalist Dan Harris war voll aufgedreht. »*Sie sehen hier Liveaufnahmen aus Boston*«, berichtete Harris, »*wo, wie ABC News nun bestätigen kann, ein Terroranschlag geplant war. Es ist keine zwei Stunden her, dass Polizeikräfte – aufgrund eines Hinweises – in der Nähe des Bostoner Hafengebiets eine Entdeckung machten. Wir waren noch nicht in der Lage fest- zustellen, wer hinter dem Anschlag steckt oder was entdeckt wurde, aber wir wissen, dass im Verlauf der letzten Stunde mehrere Schiffe aus dem Hafen ausgelaufen sind.*«

»Hey, John«, flüsterte Dellenbaugh. »Brauchen Sie eine Schaufel dafür?«

Schmidt verschluckte sich, um ein Haar hätte er alles wieder ausgespuckt.

»Sollten Sie vor meiner Wiederwahl einen Herzinfarkt bekommen, bringe ich Sie um«, schob der Präsident hinter- her.

Schmidt kaute, schluckte, nahm rasch einen Schluck von seiner Diet Coke und drehte sich leicht verlegen zu Dellenbaugh um.

»John, ich bitte um Entschuldigung«, sagte dieser, ehe Schmidt etwas zu antworten vermochte. »Mir ist ent- gangen, dass Sie eine *Diät*-Cola trinken. Das dürfte eventu- elle ungesunde Auswirkungen des Cheesesteak-Sandwiches natürlich vollständig kompensieren.«

Schmidt fing an zu lachen und der Präsident stimmte ein.

»Ich habe noch nichts zu Abend gegessen.«

Einer der Schirme lenkte Dellenbaughs Aufmerksam- keit auf sich. Zu sehen war ein hell erleuchteter Ufer- streifen, umstellt von Militärfahrzeugen, Kranken- und Streifenwagen sowie Hunderten von Menschen, die meis- ten bewaffnet und in Uniform beziehungsweise taktischer Ausrüstung.

»*Vor sich sehen Sie eine Luftaufnahme von Revere, Massachusetts*«, schilderte Harris. »*Näher lässt man uns nicht heran. Wie Sie sehen, haben starke Polizeikräfte und das Militär die Situation unter Kontrolle. Offenbar hatten Terroristen Boston als Ziel eines Anschlags ausgewählt. Es sind noch viele Fragen offen.*«

Schweigend starrten Dellenbaugh und Schmidt auf den Bildschirm.

»Gott sei Dank, Sir!« Schmidt blickte Dellenbaugh an.

Dieser legte ihm die Hand auf die Schulter. »Ich hab gerade das Gleiche gedacht.«

»Soll ich Ihnen rasch ein paar Stichpunkte für die Pressekonferenz machen, Mr. President?«

»Nein. Ich weiß schon, was ich sagen werde.«

Schmidt drückte eine Taste am Telefon. Automatisch wurde es laut gestellt. »Sorg dafür, dass sie sich setzen und ruhig sind«, sagte er zu Joanne Hildebrand, seiner Stellvertreterin.

Im Hintergrund liefen die Nachrichten weiter.

»*Im Moment warten wir auf ein Statement des Präsidenten der Vereinigten Staaten*«, sagte Harris, »*der sich, wie es heißt, persönlich sehr engagiert zeigte bei der Reaktion der Regierung auf den geplanten Anschlag. Soeben erfahre ich, dass wir dorthin schalten. Ladys und Gentlemen, ich gebe weiter ins Weiße Haus, wo Präsident J. P. Dellenbaugh sich mit einer Ansprache an die Nation richten wird.*«

100

Dewey stand auf, ließ das Gewehr fallen und stürmte los, während er bereits die Pistole aus dem Schulterholster riss. Mit gezogener Waffe sprintete er zum Betonpfeiler, umrundete ihn und bekam Cloud in die Schusslinie.

Sein Blick ruckte zu Malnikov, der am Boden lag, die linke Brusthälfte blutüberströmt, Cloud mit dem Gesicht nach unten vor ihm.

Deweys Blick erfasste die Waffe des anderen. Sie lag neben Clouds Kopf auf dem Boden.

Die Pistole auf Clouds Hinterkopf gerichtet, trat Dewey zu ihm und kickte sie außer Reichweite.

Mit dem Fuß stieß er den Hacker an und wälzte ihn herum. Er hatte die Augen geöffnet. Sein rechtes Bein sah schlimm aus, die Hüfte noch schlimmer. Ein kleines Stück fehlte, das Geschoss des Anti-Matériel-Gewehrs hatte es weggerissen.

»Wirst du es schaffen?«, wollte Dewey von Malnikov wissen.

»Ja«, meinte dieser, während er sich abmühte, aufzustehen.

Ohne Cloud aus den Augen zu lassen, wählte Dewey eine Nummer auf dem Handy. Eine weibliche Stimme meldete sich. »Name?«

»Andreas, Dewey.«

»Identifikation?«

»NOC 2294-6.«

»Sprechen Sie.«

»Ich benötige eine Verbindung zu Calibrisi. Krisen-fall-Priorität.«

»Protokoll?«

»Dayton.«

»Bleiben Sie dran.«

Dewey hörte, wie es ein paarmal in der Leitung klickte, dann hatte er Calibrisi am Apparat. »Verdammt, wo steckst du?«

»Wir haben ihn, Hector. Was musst du wissen?«

»Wir haben die Bombe gefunden«, sagte Calibrisi. »Sie ist abgefangen und entschärft.«

Dewey schwieg mehrere Sekunden. »Du solltest wissen, dass wir es Katyas Info verdanken.«

»Wo war das Ding?«

»Im Hafen von Boston.«

Deweys Blick glitt von Clouds Augen zu dessen Hüfte. Er kannte solche Verletzungen vom Schlachtfeld her, sie mach-ten ihm längst nichts mehr aus. Trotzdem sah es grauenvoll aus. Durch das Blut hindurch konnte man das matte Weiß des Knochens erkennen. Haut- und sonstige Fetzen baumel-ten auf den Beton, auf dem sich eine Blutlache staute.

Cloud starrte ihn an und sagte nichts.

Er hatte ihn sich ganz anders vorgestellt. Der Hacker wirkte kein bisschen verschlagen oder gemein; eher zer-brechlich, intelligent, wissbegierig und vor allem unschuldig. Vielleicht war er das ja auch mal gewesen. Aber etwas schien diese Unschuld zerstört zu haben.

Zu seiner Linken vernahm er Malnikovs Schritte. Beide musterten Cloud. Für Dewey war er ein Terrorist, der Zehn-tausende Menschenleben auslöschen wollte. Malnikov sah in ihm den Mann, der ihm den Vater genommen hatte.

Nach wie vor hielt Dewey das Handy ans Ohr. »Willst du damit sagen, Cloud sei entbehrlich?«, fragte er.

Calibrisi überlegte kurz. »Positiv.«

Dewey legte auf und verstaute das Handy in der Weste. Er packte die Desert Eagle fester, den stählernen Lauf auf Clouds Kopf gerichtet. »Boston«, meinte er zu dem Hacker. »Wie originell.«

Mit einem Mal setzte sich der Fahrstuhl scheppernd und rasselnd nach unten in Bewegung.

»Wir müssen weg von hier«, warnte Malnikov.

»Hier!« Dewey hielt ihm die Waffe hin.

»Nein, nimm du sie. Du hast mir das Leben gerettet.«

»Willst du es nicht tun, Alexei?«, fragte Dewey. »Mir ist es egal, solange er hinterher tot ist.«

Der Russe zuckte mit den Schultern. »Hm, soll ich dir was sagen? Seit er mich verarscht hat, ist nicht ein Augenblick vergangen, in dem ich mir nicht gewünscht hätte, ihm eine Kugel durch sein Superhirn zu jagen.«

Dewey reichte Malnikov die Waffe.

»Bitte, er gehört dir.«

101

BÜRO DES STABSCHEFS
WEISSES HAUS
WASHINGTON, D.C.

Adrian King saß in seinem Büro. Bei ihm befanden sich Calibrisi, Josh Brubaker und FBI-Direktor George Kratovil.

Auf zwei Monitoren lief die Berichterstattung aus Boston. Ein dritter übertrug einen Videofeed vom Tatort, aufgenommen vom FBI. Drei Personen in leuchtend gelben Schutzanzügen bereiteten die Atombombe für den

Abtransport vor. Ein weiterer Screen zeigte den Briefing Room des Weißen Hauses. Das Podium war verlassen, der Saal bis auf den letzten Platz gefüllt.

Es klopfte. Arden Mason trat mit besorgtem Gesicht ein.

»Was gibt es?«, wollte King wissen.

Mason reichte jedem eine Aktenmappe. »Ich denke, das sollten Sie sich alle ansehen. Es kam vor ein paar Minuten rein.«

Die Mappen enthielten Kopien eines Polizeiberichts, eingereicht vom Department in Gloucester, Massachusetts. Er schilderte den Kauf eines Bootes am heutigen Tag. Der Eigentümer der Marina war der Meinung, der Kunde habe »verdächtig ausgesehen«. Seinen Angaben zufolge noch jung und arabischer Abstammung. Und das Wichtigste: Er hatte eine gebrauchte Hinckley Talaria zum Preis von 450.000 Dollar erworben.

»In bar bezahlt«, betonte Mason.

»Dann ist das also das Boot?« King blickte erst Mason, dann Kratovil an. »Okay, schreiben wir eine grüne Hinckley Talaria zur Fahndung aus. Das wäre doch ein gelungener Auftakt ins Wochenende. Erst stoppen wir die Bombe, danach nehmen wir die Terroristen selbst fest.«

»Präsident Dellenbaugh geht gleich auf Sendung«, sagte Brubaker.

»Ich denke, wir sollten ihm eine Notiz zukommen lassen, bevor er mit seiner Rede anfängt. »Wenn er einbauen kann, nach was für einem Boot wir fahnden, dürften wir es ziemlich bald ausfindig machen.« Sein Handy vibrierte. »Calibrisi.«

»Katie hier.«

»Ich rufe zurück.«

»Nein, ich muss dringend mit dir reden. Es geht um Vargarin. Wir haben etwas herausgefunden.«

»Wir haben die Bombe entdeckt, Katie. Warum schnappst du dir nicht, was immer du gerade im Haus hast, und wir treffen uns im Willard? Ich könnte jetzt einen Drink gebrauchen.«

»Moment«, meinte Katie, »sagtest du gerade, ihr habt die Bombe gefunden?«

»Ja. In Boston.«

»Wie viele?«

»Wie viele was?«

»Bomben.«

»Eine.«

»Und war es die ursprüngliche Bombe?«

»Was meinst du damit?«

»Wurde sie umgebaut? Irgendwie verändert? War sie kleiner als die Bombe, die aus Kiew verschwunden ist?«

Calibrisi blickte auf den Bildschirm, auf dem der FBI-Feed eingespielt wurde. Zwei Männer hoben die Bombe an. Sie sah nagelneu aus, ein länglicher Edelstahlbehälter, völlig anders als die ursprüngliche Bombe.

»Sie sieht anders aus«, sagte Calibrisi. »Wie eine übergroße Konservendose.«

Brubaker versuchte, Calibrisi auf sich aufmerksam zu machen.

»Einen Moment, Katie.« Der CIA-Chef deckte das Mikro mit der Hand ab.

»Möchten Sie sich das durchlesen, bevor Schmidt es dem Präsidenten bringt?«, flüsterte Brubaker. »Wir müssen das unbedingt noch in die Nachrichten kriegen.«

»Katie«, sagte Calibrisi. »Ich werde dich zurück…«

»Es gibt zwei Bomben, Hector!«, entfuhr es Katie. »Das war der große Durchbruch, der seinem Vater gelungen ist. Nimm eine Bombe und mache zwei draus. Wegen dieser Entdeckung haben wir ihn umgebracht.«

Calibrisi starrte Brubaker an. Er legte auf, betätigte eine Kurzwahltaste.

»Control.«

»Stellen Sie mich unverzüglich zum letzten Anrufer aus Übersee durch.«

»Bleiben Sie dran.«

Jeder im Raum starrte Calibrisi an, der mit geschlossenen Augen dasaß und auf den Gesprächspartner am anderen Ende wartete.

»Was ist los?«, wollte King wissen.

»Es gibt noch eine zweite Bombe.«

Schweigen breitete sich über den Raum.

»Der Präsident der Vereinigten Staaten steht im Begriff, eine vollständige Aufklärung zu verkünden«, meinte King. »Ich lasse die Pressekonferenz abbrechen.«

»Nein«, sagte Calibrisi, nach wie vor das Handy am Ohr. »Die Menschen in Amerika müssen erfahren, was los ist. Im Moment ist es das Beste, die Terroristen im Glauben zu lassen, wir wüssten nichts von ihrem Trumpf in der Hinterhand. Soll J. P. Dellenbaugh sie ruhig einlullen, damit sie das Gefühl haben, unverwundbar zu sein. Das verschafft uns wertvolle Zeit. Er darf auf keinen Fall das Boot erwähnen.«

Endlich hörte Calibrisi es zweimal piepen, gefolgt von Deweys Stimme. »Wie soll ich dich denn vermissen, wenn du mich nicht in Ruhe lässt?«

»Was immer du tust, bring ihn nicht um.«

102

Dellenbaugh kam in den Briefing Room des Weißen Hauses und trat ans Rednerpult, auf dessen Frontseite das Siegel des Präsidenten der Vereinigten Staaten prangte.

Bis auf das hektische Klacken der Kameras herrschte absolute Stille. Er trug eine zuversichtliche, selbstsichere Miene zur Schau. Lediglich die leichte Röte im Gesicht verriet einen Anflug von Erregung.

»Heute Nacht wurde der Versuch eines Terrorangriffs auf die Vereinigten Staaten unterbunden«, begann Dellenbaugh. »Der misslungene Anschlag sollte in Boston stattfinden, einer Stadt, die eine äußerst wichtige Rolle in der Geschichte unseres Landes spielt, zumal zu dieser Jahreszeit, zu diesem Datum. In den kommenden Stunden, Tagen und Wochen werden wir Ihnen noch vieles mitzuteilen haben. Fürs Erste ist es wichtig, dass wir unsere Ermittlungen abschließen, bevor wir zu viele Einzelheiten preisgeben. Aber ich kann Ihnen mitteilen, dass es sich unserer Einschätzung nach um keine groß angelegte Verschwörung handelt. Es handelt sich um die Tat einer kleinen Gruppe, die auf eigene Faust handelte.«

Der Präsident ließ den Blick über die versammelten Medienvertreter streifen.

»Ich bin zutiefst empört, dass jemand versucht, unseren Nationalfeiertag, den 4. Juli – einen Tag, den man im Kreis von Familie und Freunden begeht, um die Geburtsstunde unseres Landes zu feiern –, zu missbrauchen, um unschuldigen Menschen Leid zuzufügen. Manch einer, das ist mir klar, wird sich angstvoll fragen: Was, wenn da draußen noch eine weitere Bedrohung lauert? Das Schlimmste, was wir tun könnten, wäre, auf unsere Feiern zu verzichten, die Parade abzusagen und Moms Kuchen nicht mit einer Glasur in Rot, Weiß und Blau zu schmücken. Denn dann hätten diese Verbrecher gewonnen.

Morgen werde ich im Kreise meiner Familie mein traditionelles Barbecue veranstalten. Anschließend sehe ich mir die Parade in der Stadt an. Falls Sie auch dort sind, hoffe ich, dass Sie auf mich zukommen und mir Guten Tag sagen. Ich werde nicht mitmarschieren, bloß Zuschauer sein, denn am 4. Juli bin ich ebenfalls ein ganz normaler Bürger der Vereinigten Staaten. Ach ja, außerdem werde ich es meinem Schwager heimzahlen, dass er mich letztes Jahr im Tischtennis geschlagen hat. Falls er zuhört: Wir wissen doch beide, dass es bei diesem Match nicht mit rechten Dingen zuging.«

Er lächelte, als unter den akkreditierten Journalisten Gelächter ausbrach.

»Dieses Independence-Day-Wochenende lässt sich jetzt schon gut an und ich weiß, dass es das schönste meines Lebens sein wird. Denn heute habe ich miterlebt, wozu mutige Landsleute in der Lage sind. Die Tatsache, dass es ausgerechnet in Boston passiert ist, hat etwas ausgesprochen Poetisches an sich, das muss ich schon sagen. Die Stadt, in der unsere Nation aus der Taufe gehoben wurde, war heute Abend der Schauplatz, der unsere Freiheit bewahrte.

Möge Gott Sie alle und die Vereinigten Staaten von Amerika segnen. Ich wünsche Ihnen einen fröhlichen 4. Juli.«

»Mr. President, können Sie uns noch etwas mehr sagen?«, rief ein Reporter.

Doch Dellenbaugh hatte das Podium bereits verlassen und ging mit raschen Schritten den Flur entlang. Als er um die Ecke bog, sah er sich King und Brubaker gegenüber. Mit verschränkten Armen standen sie vor dem Oval Office.

Dellenbaugh trug ein breites Lächeln im Gesicht. Er riss sich die Krawatte vom Hals, während er an ihnen vorbeiging. »Nichts, was Sie sagen, könnte mich jetzt noch beunruhigen«, meinte er, betrat das Oval Office, schleuderte die Krawatte auf einen Stuhl, öffnete den Schrank und holte seine Angelrute heraus.

»Es gibt noch eine zweite Bombe, Mr. President.«

103

EVOLUTION TOWER
MOSKAU, RUSSLAND

Dewey blickte Malnikov an, machte die Geste des Halsabschneidens und schüttelte dabei den Kopf, um ihn vom Schießen abzuhalten.

»Warum?«, fragte der andere wütend. »Ich fühl mich grad mächtig verarscht!«

»Es gibt noch eine weitere Bombe.« Dewey sah Cloud in die Augen. »Keine Sorge, du kannst es später nachholen.«

»Er macht es nicht mehr lange, Hector«, flüsterte er, an Calibrisi gewandt.

»Was soll das heißen?«

»Er verblutet.«

»Was ist passiert?«

»Er hat sich einer Kugel in den Weg gestellt.«

»Wie viel Zeit bleibt uns noch?«

»Vielleicht eine Stunde. Zwei, wenn ich die Blutung für eine Weile stoppen kann.«

Aus dem Aufzugschacht hallten Stimmen empor. Beide drehten den Kopf.

»Du musst den Chopper zurückholen«, sagte Dewey.

Malnikov zückte sein Handy und wählte Stihls Nummer.

»Wie lauten deine Anweisungen für mich?«, hakte Dewey bei Calibrisi nach.

»Kannst du ihn zum Flughafen schaffen?«

»Einen Flug wird er nicht lebend überstehen, falls du das meinst.«

»Nein, das meine ich nicht. Schaff ihn einfach zum Flughafen Ostafjewo.«

Begleitet von Agenten des Secret Service ging Calibrisi durchs Oval Office, trat auf eine gepflasterte Terrasse hinaus und durchquerte den Rosengarten des Weißen Hauses.

Auf dem Südrasen zerteilten die Rotorblätter eines Sikorsky S-76C erwartungsvoll die Luft.

Während der CIA-Direktor in die Kabine stieg und der Helikopter in den finsteren Washingtoner Nachthimmel schwebte, wählte er bereits Chalmers' Nummer.

»Hector?«, meldete sich der andere.

»Ist sie noch am Leben?«

»Ja. Wir haben ihre Handgelenke verbunden. Sie ist stabil.«

»Wo sind Sie?«

»In einer Viertelstunde landen wir in Moskau. Die russischen Behörden haben angekündigt, uns auf dem Rollfeld in Empfang zu nehmen.«

»Welcher Flughafen?«

»Domodedowo.« Der größte Moskauer Airport.

»Sagen Sie Ihrem Piloten, er soll nach Ostafjewo fliegen«, entschied Calibrisi. »Wir brauchen ein paar Minuten mit Katya, bevor die Cops sie wegbringen.«

»Warum denn? Ich habe den Kurzbericht von Interpol gelesen. Ihr habt doch die Bombe.«

»*Eine* der Bomben. Es gibt noch eine zweite. Das hier ist unsere letzte Chance.«

»Katya befindet sich in keiner sonderlich guten Verfassung«, warnte Chalmers. »Sie hat sich beide Pulsadern aufgeschnitten und eine Menge Blut verloren.«

»Sie sagten, sie fühle sich schuldig?« Calibrisi blickte durch die Scheibe auf das für den 4. Juli bereits in Rot, Weiß und Blau angestrahlte Washington Monument. »Richten Sie ihr aus, sie hat bereits mindestens 100.000 Menschenleben gerettet. Danken Sie ihr im Namen des amerikanischen Volkes. Und lassen Sie sie wissen, dass sie die Chance erhalten wird, noch zehnmal so viele weitere vor dem Tod zu bewahren.«

»Wird gemacht!«

Eine Minute später schoss der Hubschrauber auf das Dach des Nationalarchivs hinab, wo Katie und Tacoma warteten, Letzterer mit einem Pappkarton voller Akten. Die Luke des Helikopters schwang auf. Sie stiegen ein und sofort erhob sich das Fluggerät wieder in die Luft.

»Habt ihr sonst noch was gefunden?«, wollte Calibrisi wissen.

Katie nickte. »Rat mal, wie einer der Führungsoffiziere hieß, der Zeuge von Vargarins Ermordung war.«

»Josh Gant.«

»Woher weißt du das?«

Calibrisi blickte Katie wortlos an. »Verschieben wir das auf später. Im Moment müssen wir eine Atombombe stoppen, die auf einer Hinckley Talaria unterwegs ist. Ich möchte, dass du Igor anrufst. Gib ihm Fabrikat und Modell des Bootes durch und frag ihn, ob er etwas für uns tun kann.«

Katie hing bereits am Handy. »Wie meinst du das? ›Ob er etwas für uns tun kann‹?«

»So was Ähnliches wie Gesichtserkennung. Egal welche Software er auf die Schnelle zusammenbastelt, ich will, dass sie live über jeden Videofeed und jede Überwachungskamera von Providence bis Washington läuft, Schwerpunkt New York.«

»Fahren wir dorthin?«

»Ja«, sagte Calibrisi. »Mag sein, dass ich falschliege, aber ich muss davon ausgehen, dass sich unser Ziel letztlich dort befindet.«

Dewey ging zu Cloud. Dieser hatte die Augen geschlossen und schien bewusstlos zu sein. Ein kurzes Tasten am Hals förderte einen schwachen, aber wahrnehmbaren Puls zutage. Cloud war definitiv am Leben. Dewey packte ihn und warf ihn sich quer über die Schulter.

Die Stimmen aus dem Fahrstuhlschacht wurden lauter.

»Wir müssen los«, mahnte Malnikov.

Dewey folgte dem Russen zu einer Treppe. Sie stiegen drei Fluchten empor, kamen auf der höchsten Etage heraus. Der Wind fegte über den Beton des Rohbaus, trieb den Regen vor sich her und durchnässte sie.

Am Himmel zeigte sich ein silbriges Grau, die Dämmerung lag nicht mehr fern. Ab und zu hüllte Licht aus anderen Gebäuden die Moskauer Skyline in einen gedämpften Schein. Zwei gekrümmte Stahlbänder ragten schwarz vor dem Nachthimmel aus dem Beton, schwangen sich kühn in die Höhe.

Das Blut aus Clouds Wunde tropfte auf die rechte Seite von Deweys Jacke und Hose. Er spürte die Feuchtigkeit deutlich, wärmer und klebriger als der Regen.

Malnikov hielt sich die Schulter, während sein Blick den Himmel nach Stihl absuchte.

Deweys Kopf ruckte zu Malnikovs blutgetränktem Hemd. »Das muss weg von der Wunde.«

»Nein. Es tut zu weh.«

»Weg damit.«

Malnikov zögerte einen Moment. »Mach du's.«

Dewey streckte die Hand aus, vorsichtig zog er Malnikov das Hemd von der linken Brustseite. Die Einschussstelle war deutlich erkennbar – ein winziges schwarzes Loch, aus dem unvermindert eine dunkelrote Flüssigkeit sickerte. Dewey streifte ihm das Hemd ab und begutachtete den Rücken. Jede Menge Blut, aber keine Austrittswunde.

»Die Kugel steckt noch drin«, erkannte Dewey. »Sie hat das Herz zwar verfehlt, muss aber entfernt werden.«

Malnikov nickte.

»Du wirst nicht hören wollen, was ich dir als Nächstes sage.«

»Was denn? Dass ich sterben werde?«

»Nein. Geh zurück nach unten. Lass dich von den Cops – oder wer sonst da ist – ins Krankenhaus bringen.«

»Auf gar keinen Fall.«

In diesem Moment brach der Eurocopter durch die Wolkendecke und schoss, von Seitenwinden gebeutelt, in Schräglage auf die Gebäudespitze zu.

»Versprich mir etwas«, bat Malnikov.

»Was denn?«

»Sollte ich sterben, sorg dafür, dass Calibrisi seinen Teil der Abmachung einhält.«

»Du wirst nicht sterben, Alexei.«

Der Heli senkte sich rasch herab, durch den schnellen Sinkflug fing Stihl die Wucht des Winds weitgehend ab. Den Bug nach vorn geneigt, kam der Eurocopter näher und näher, sodass es fast aussah, als würde er mit der Nase voran in die Betondecke krachen. Im letzten Moment zog der Pilot den Bug hoch, sodass erst die Hinterräder aufsetzten, danach die vorderen.

Durch das Brausen des Rotors hindurch huschten Dewey und Malnikov zur Luke.

»Dann wird es dir ja nichts ausmachen, es zu versprechen, oder?«, brüllte Malnikov.

»In Ordnung. Ich versprech's dir.«

Dewey stieg in die Kabine und legte Cloud auf dem Bodenblech ab. Malnikov folgte ihm, die Luke rastete hinter ihnen ins Schloss ein. Sekunden später hob Stihl ab.

Dewey ging nach hinten, begann, Schubladen und Fächer auf der Suche nach einem Verbandskasten aufzuziehen, trug die Stahlbox zu Cloud und drückte mehrere große Mullkompressen auf die Wunde. Der Hacker zuckte vor Schmerz zusammen, hielt die Augen jedoch geschlossen. Dewey verband ihm die Hüfte, so gut er konnte, sorgte dafür, dass die Kompressen möglichst fest auf der Blessur auflagen.

Mit einer weiteren Mullbinde ging er zu Malnikov, drückte die Kompresse auf die Schusswunde und legte ihm quer über die Brust einen Verband an, um die Kompresse an Ort und Stelle zu halten.

»Woher soll ich wissen, dass du dein Versprechen hältst?«, fragte Malnikov.

Dewey sah ihn nur an. »Ich halte immer, was ich verspreche.«

Chalmers' Bombardier landete auf dem Flughafen Ostafjewo und kam am Ende der Rollbahn zum Stehen.

Chalmers schnallte sich los und ging zum Cockpit.

»Fahren Sie rüber zum Terminal, aber halten Sie mindestens 30 Meter Abstand.«

»Okay, Derek.«

In der Kabine nahm der MI6-Direktor gegenüber von Katya Platz. »Hören Sie, ich muss mit Ihnen reden.«

Die Ballerina lag mit geschlossenen Lidern auf dem Ledersofa im Mittelteil und zeigte keinerlei Reaktion.

»Die Vereinigten Staaten haben die Bombe gefunden«, fuhr er fort. »Sie war in Boston. Dank Ihrer Hilfe wurde sie aufgehalten. Mindestens 100.000 Menschen wären getötet worden, hätten die Kerle sie gezündet. Ihre Informationen haben das verhindert. Sie haben eine Menge Leben gerettet.«

Katya rührte sich weiterhin nicht.

»Aber wir benötigen noch etwas mehr von Ihnen. Es gibt noch eine weitere Bombe. Es waren zwei. Es gibt nur einen einzigen Menschen, der wissen kann, wohin sie unterwegs ist.«

Katya schlug die Augen auf. Die Tränen rannen ihr über die Wangen. »Woher soll ich das wissen?«, flüsterte sie. Sie blickte Chalmers an. »Ich hab doch bloß zufällig ein Gespräch mitgehört. Das müssen Sie mir glauben. *Ich weiß es nicht!*«

»Aber Pjotr weiß es.«

»Ich habe keine Ahnung, wo er ist«, beteuerte sie. »Was soll ich denn machen? Er ist ein Ungeheuer. Er würde sowieso nicht auf mich hören.«

Von Weitem drang das Geräusch eines Hubschraubers in die Kabine. Chalmers drehte sich zum Fenster. Katyas Blick folgte ihm. »Nein«, kreischte sie. »*Nein!*«

»Er wird auf Sie hören«, sagte Chalmers. »Sie müssen jetzt stark sein. Nur noch einmal, dann ist es vorbei. Sie schaffen das. Ich sehe doch, wie mutig Sie sind. Sie bekommen das hin, da bin ich mir sicher. Menschenleben hängen davon ab.«

Während der Chopper die Moskauer Morgendämmerung durchschnitt, tippte Dewey dem Piloten auf die Schulter.

»Wie lange noch, bis wir dort sind?«

»Fünf Minuten«, sagte Stihl.

Dewey lief zurück in die Kabine. Malnikov saß stumm da, ein Häufchen Elend. Dewey ging neben Cloud in die Knie und untersuchte die Wunde. Der Verband war vollkommen durchnässt, unterhalb der Hüfte sammelte sich eine kleine Blutlache auf dem Boden. Dewey fühlte den Puls. Schwächer als zuvor. Dewey rüttelte den Jüngeren an der Schulter, bemüht, ihn wach zu bekommen. Ohne Erfolg.

Er zückte sein Handy und rief Calibrisi an. »Wir werden gleich landen. Ist sie da?«

»Ja. Ist er noch am Leben?«

»Gerade so. Bewusstlos. Ich werde versuchen, ihn so weit fit zu kriegen, aber ich weiß nicht, ob es klappt.«

»Du musst etwas erfahren«, sagte Calibrisi. »Es hat mit seinem Vater zu tun.«

»Mit seinem Vater?«

»Er war Atomphysiker. Vor dem Zerfall der Sowjetunion haben wir ihn rekrutiert. Er war mit dem Regime unzufrieden und wollte überlaufen.«

Der Hubschrauber schoss nach vorn, legte sich in eine Kurve und ging tiefer. Dewey spähte aus dem Fenster. In der Ferne geriet der Flughafen in Sicht. »Kann das nicht warten?«

»Ein Agent namens Roberts hat Clouds Vater und Mutter vor seinen Augen erschossen. Damals war er fünf Jahre alt.«

Dewey starrte Cloud nachdenklich an. »Was haben wir mit dem Agenten gemacht?«

»Die Agency verhängte Sanktionen gegen ihn, er sollte exekutiert werden, konnte jedoch entkommen. Mir ist nicht bekannt, ob er noch lebt.«

»Verstanden.«

Dewey legte auf und ging zum Erste-Hilfe-Koffer. In einem Seitenfach befanden sich mehrere Arzneiflaschen, darunter Schmerzmittel und Antibiotika. Er fand, wonach er suchte: Epinephrin. Quasi konzentriertes Adrenalin. Dewey entnahm dem Kasten eine Spritze, befreite sie aus ihrer sterilen Verpackung, saugte die passende Dosis an, ließ die aufgezogene Spritze im Koffer liegen und stand auf.

In einiger Entfernung zeichnete sich bereits die Rollbahn ab. Ein hellblauer Jet mit brennenden Positionslichtern und eingeschalteter Kabinenbeleuchtung stand dort.

»Geh neben dem Flugzeug runter«, bat Dewey.

Stihl ließ den Hubschrauber nach links abdrehen und wechselte in den Sinkflug. Eine halbe Minute später schwebte das Fluggerät wenige Meter über dem Boden. Die Räder senkten sich, schließlich setzten sie sanft auf der asphaltierten Piste auf.

Dewey öffnete die Seitenluke, überwand die kurze Distanz zum wartenden Jet, dessen Kabinentür bereits herabgelassen wurde. Er erklomm die Stufen und betrat die Kabine.

Zur Linken saß mit übereinandergeschlagenen Beinen Chalmers. »Hi, Dewey.«

Katya saß gegenüber von ihm.

»Gehen wir«, sagte Dewey.

Katya blickte Chalmers an. Dieser stand auf und streckte die Hand in ihre Richtung. »Es ist so weit«, verkündete er.

Dewey ging voran. Zu dritt überquerten sie das Rollfeld.

Auf halbem Weg zum Helikopter berührte Chalmers Dewey am Ellbogen. »Sie hat versucht, sich umzubringen«, raunte er außerhalb von Katyas Hörweite. »Beeilen Sie sich. Sie muss ins Krankenhaus.«

»Ich geb mein Bestes, Derek. Aber im Moment zählt nur eine Sache.« Er öffnete die Luke des Helikopters und stieg ein, gefolgt von Katya. Chalmers wartete kurz, dann folgte er ihnen und schob die Luke hinter sich zu.

Suchend glitt Katyas Blick durch das spärlich erhellte Innere. Schließlich entdeckte sie Cloud und kniete sich neben ihn. Ein entsetzter Ausdruck huschte über ihr Gesicht, als sie erfasste, dass am rechten Bein unterhalb des Knies nur noch rohes Fleisch übrig war. Sie musterte Clouds Hüfte, den dunkelroten Verband, das Blut auf dem Boden.

Sie starrte Dewey an. So schockierend Katya die Taten ihres Verlobten finden mochte, zeigte ihre Miene nun doch eine wesentlich heftigere Reaktion. In ihren Augen spiegelte sich blanke Abscheu vor dem, was Dewey Cloud angetan hatte.

»Pjotr«, flüsterte sie. »Pjotr, ich bin es.«

Cloud blieb reglos liegen.

In Katyas Rücken nahm Dewey die Spritze aus dem Koffer und kniete sich neben sie. »Das ist Adrenalin«, erklärte Dewey. »Ich werde versuchen, ihn zurückzuholen. Lassen Sie mich zuerst reden.«

Katya nickte.

Dewey knöpfte Cloud das Hemd auf, legte die Brust frei. Mit der Linken tastete er sie ab, um das Brustbein zu finden. Mit zwei Fingern drückte er auf eine bestimmte Stelle fast genau in der Mitte, schob die Spitze der Nadel zwischen den Fingern hindurch und stieß zu. Blut quoll aus dem Einstich. Er versenkte die Nadel mehrere Zentimeter tief, drückte den Kolben und pumpte Cloud die Substanz direkt ins Herz.

Die Augenlider des Bewusstlosen öffneten sich flatternd, schlossen sich sofort wieder. Einen Moment später fing er an zu schreien, sagte etwas auf Russisch, immer dasselbe, wieder und wieder.

»Was will er?«, fragte Dewey irritiert.

»Dass wir ihn töten«, übersetzte Malnikov.

»Pjotr, hör zu«, sagte Dewey.

Cloud schrie weiter. Erneut schlug er die Augen auf und schüttelte den Kopf unkoordiniert hin und her.

»Ich weiß, was die getan haben. Und was wir getan haben«, erklärte Dewey ruhig.

»Das kannst du gar nicht wissen«, flüsterte Cloud.

»Wir haben deinen Vater umgebracht. Und deine Mutter. Ich weiß Bescheid. Aber der Mann, der dafür verantwortlich ist, handelte ohne offiziellen Auftrag. Er sollte dafür hingerichtet werden, ist jedoch entkommen.«

»*Du lügst!*«

»Roberts«, sagte Dewey. »So hieß der Mann, der es getan hat. Die Leute, die du in Boston töten wolltest, und die weiteren, die du noch umbringen willst – die haben deine Eltern nicht umgebracht. Es war bloß *ein* Mann. Ein durch und durch schlechter Mensch.«

»Lügen«, stöhnte Cloud.

Dewey zog sich in den vorderen Teil der Kabine zurück.

Jetzt erst bemerkte Cloud Katya. »O Gott.« Er stöhnte. »Ich …«

»Pjotr«, flehte sie ihn an, während ihr die Tränen kamen. »Du musst es ihnen sagen.«

Cloud wandte den Blick ab und schloss die Augen.

»Du musst den Amerikanern sagen, wohin die Bombe unterwegs ist. Es ist nicht fair. Es ist nicht richtig.«

»Was ist schon fair, Katya? Es muss immer jemand der Verlierer sein. Begreifst du das nicht?«

»Du hast vor, eine Million Unschuldige in den Tod zu schicken. Was sie getan haben, war falsch, aber Gott allein wird den Mann richten, der es getan hat.«

»Ich war ebenfalls unschuldig. Meine Mutter war unschuldig. Mein Vater, er war unschuldig.«

Er blickte Katya fest in die Augen, blinzelte heftig, bemüht, sich nicht von seinen Gefühlen übermannen zu lassen.

»Sag es ihnen«, flehte Katya. »Bitte. Tu es für mich.«

Cloud starrte sie an.

»Liebst du mich?«, fragte sie.

»Natürlich liebe ich dich.«

»Und wenn ich dort wäre? Wenn ich mich an dem Ort aufhielte, an den du die Bombe schickst? Würdest du es ihnen dann sagen? Oder würdest du mich sterben lassen?«

»Ich würde es ihnen sagen«, flüsterte er. Sein Blick wanderte zu Dewey, dann zurück zu Katya. »Aber du bist nicht dort.«

Sie beugte sich über ihn, ihr Kopf war nur wenige Zentimeter von ihm entfernt. Fast berührten ihre Lippen sich. »Pjotr, bitte. Zeig ihnen den Menschen, den ich kenne. Zeig mir den Menschen, den ich liebe.«

Dewey entfernte sich weiter von ihnen und beugte sich ins Cockpit. »Bring den Vogel in die Luft«, forderte er Stihl auf.

104

Faqir steuerte das Boot den Harlem River entlang, weg vom New Yorker Hafen. Die Positionslichter waren gelöscht und er hatte ein Nachtsichtgerät aufgesetzt. Er ließ die Talaria langsam vor sich hin dümpeln. Fast geräuschlos glitt die Jacht in nördliche Richtung.

Wer zur Freiheitsstatue wollte, näherte sich ihr logischerweise über das Wasser. Auf dem Harlem River oder dem Hudson würden die Behörden wohl kaum nach ihm Ausschau halten. Und falls doch, hatte Faqir den ultimativen Plan B: die Bombe direkt zünden. Das Erreichen des Stadtgebiets versetzte ihn in die Lage, eine eng besiedelte Fläche dem Erdboden gleichzumachen, Tausende von Gebäuden zum Einsturz zu bringen, Hunderttausende Menschen zu töten.

Er starrte zum grün gestrichenen Stahl der Brücke hinauf, während er nordwärts tuckerte. In jenem Moment begriff er, dass er bereits gewonnen hatte. Die Amerikaner konnten nichts mehr tun, um ihn aufzuhalten. Er brauchte nur noch den roten Knopf zu drücken.

Faqir zog eine Schublade neben dem Steuer auf und nahm den Fernzünder heraus. Fast liebevoll streichelte er den Knopf mit dem Zeigefinger. Dann stellte er das Kästchen auf dem Teakholztisch ab, der die Mitte des Decks einnahm.

Unvermittelt schwang die Tür zur Kajüte auf. Naji erschien mit weißen Farbflecken an Händen und Kleidung an Deck. »Oberhalb der Wasserlinie habe ich alles weiß gestrichen, wie du's wolltest.«

Faqir hielt einen Finger vor den Mund und verzog wütend das Gesicht. Er bedeutete Naji, näher zu kommen, und schob die Nachtsichtbrille auf die Stirn, damit er dem Jungen direkt in die Augen blicken konnte. »Zunächst mal«, wisperte er, »halt verdammt noch mal den Mund. Sieh dich um! Wir befinden uns in der Höhle des Löwen. Die könnten uns suchen.«

»Du hast es doch im Radio gehört«, flüsterte Naji. »Ihr Präsident ist davon überzeugt, dass keine Gefahr mehr droht.«

»Es sei denn, sie wollen uns bloß täuschen«, gab Faqir zu bedenken. »Die Amerikaner sind nicht die Hellsten, aber selbst ein blindes Huhn findet manchmal ein Korn. Also tu uns beiden den Gefallen und sei endlich still.«

Naji nickte. »Ja. Tut mir leid. Ich hab den Rumpf fertig gestrichen. Mehr wollte ich dir gar nicht sagen.«

»Gut. Wie sieht es aus?«

»Wie ein Rembrandt.«

»Wir gehen hier für ein paar Stunden vor Anker, bis die Farbe trocken ist.«

Faqir lenkte das Boot dicht an die Westflanke des Flusses, sodass es teils von der Brücke, teils von der Uferbefestigung, einer Betonmauer, verborgen wurde, die sich neun Meter in die Höhe erhob. Er drückte einen Knopf, der den Anker aus seiner Verriegelung in dem am Bug eingebauten Schacht löste. Als er hörte, dass der Anker im Flussbett aufschlug, ließ er den Knopf los.

»Es ist wichtig, dass du verstehst, was ich dir gleich sagen werde«, sagte er zu Naji. Faqirs Stimme war nicht mal mehr ein Flüstern. Seine Augen huschten unstet umher. Mit einer Kopfbewegung deutete er auf den Zünder. »Jetzt hindert uns nichts mehr. Es ist der 4. Juli. Wir haben es geschafft. Sollten sie uns schnappen, drückst du diesen Knopf.«

»Ich dachte, unser Ziel sei die Freiheitsstatue.«

»Natürlich. Aber für den Fall, dass sie uns ausfindig machen, bevor wir dort ankommen …«

»Ich verstehe.«

Faqir setzte das Nachtsichtgerät ab und reichte es dem Jungen. »Du hältst jetzt eine Weile Wache. Ich versuche zu schlafen.«

105

IN DER LUFT
MOSKAU, RUSSLAND

Die Rotorblätter des Hubschraubers wurden merklich schneller, die Räder setzten noch einmal kurz auf, dann hoben sie endgültig ab.

»Wohin?«, fragte Stihl.

»Egal. Bring uns einfach in die Luft.«

Dewey drehte sich zum Cockpit um. Chalmers erwiderte ausdruckslos seinen Blick. Wenige Sekunden nach dem Start schwebten sie bereits mehrere Hundert Meter hoch in der Luft.

Er drückte einen Knopf an der Wand. Die Seitentüren glitten auf und das Tosen der Rotoren dröhnte durch die Kabine. Der Wind trieb Regen herein, durchnässte alles und jeden.

Deweys Hand stieß hinab und packte Katya am Kragen.

»Dewey!«, brüllte Chalmers, während die Tänzerin gleichzeitig aufschrie.

Mit einer Hand hob er sie hoch und trug sie zur offenen Luke, während sie schreiend um sich trat und nach ihm schlug. Er behielt sie stoisch im Griff – wie eine Puppe.

Mit der Linken angelte er nach einem Riemen über der Tür, während seine Rechte sie nur noch an der Jacke gepackt hielt und nach draußen stieß. Hilflos baumelte Katya aus dem Hubschrauber und klammerte sich verzweifelt an seinem Unterarm fest. Sie erfasste die in hohem Tempo vorbeirauschenden Gebäude unter sich. Panisch klappte sie den Mund auf, wollte schreien, doch kein Laut kam heraus. Sie wurde hysterisch. Der Wind zerrte an ihren Haaren, klatschte sie gegen Deweys Arm, das einzige Geräusch, während sie sich verzweifelt darauf konzentrierte, bloß nicht loszulassen.

Es wurde vom Regen und dem Getöse der Rotoren verschluckt.

»*Tun Sie's nicht, Dewey!*«, rief Chalmers. »*Sie ist unschuldig.*«

Zehn, zwölf Sekunden lang ließ Dewey Katya im Freien hängen, dann drehte er sich um und stellte Augenkontakt zu Cloud her. »Du hast genau fünf Sekunden, um mir zu verraten, wohin die Bombe unterwegs ist.« Seine Miene zeigte keinerlei Emotion. »Dann lasse ich sie fallen.«

Cloud schloss die Augen und wiegte den Kopf vor und zurück.

»Fünf«, leitete Dewey den Countdown ein, »vier … drei …«

Katya wollte etwas zu Cloud sagen, aber vor lauter Angst brachte sie keinen Ton heraus.

»Zwei …«

Clouds Kopf wackelte nicht länger hin und her. Er blinzelte hektisch, als kalkulierte er Chancen durch, mühte sich mit letzter Kraft ab, die Lippen zu bewegen. Sein Blick wanderte zu Katya. Durch den verschwimmenden Nebel sah er ihr in die Augen.

»New York City.« Die Worte eines Sterbenden. Blut sickerte ihm aus Mund und Nase. »Die Freiheitsstatue.« Dann sagte er nichts mehr.

106

HOTEL CARLYLE
MADISON AVENUE
NEW YORK CITY

Um 5:30 Uhr landete ein Sikorsky-Hubschrauber der CIA auf dem Haverstraw Airport unmittelbar nördlich von Manhattan.

Calibrisi steckte in mehreren Zwickmühlen gleichzeitig.

Erstens: Eine Atombombe war auf einem Boot unterwegs zur Freiheitsstatue. Vorausgesetzt, die Terroristen hatten das Transportmittel nicht gewechselt, kannte die US-Regierung sowohl Baujahr als auch Fabrikat des Wasserfahrzeugs, auf dem sich der Sprengkörper im Augenblick befand. Doch sobald die Gegenseite Verdacht schöpfte, dürfte sie das Teufelsding einfach hochgehen lassen. Cloud schien besessen von der Absicht zu sein, einen Schlag gegen eines der heiligsten und wichtigsten historischen Denkmäler der USA zu führen. Doch ganz gleich, wo an der Küste eine Atombombe hochging, der Schaden wäre nicht minder dramatisch und bleibend.

Das zweite Problem stellte seine eigene Regierung dar. Sie mussten das Boot lokalisieren und dann unbemerkt Schritte einleiten, mit List, Geduld und äußerster Verschwiegenheit.

Calibrisi traute den Polizeibehörden nicht zu, einen derart heiklen verdeckten Einsatz unbemerkt durchzuziehen. Da setzte er sein Vertrauen schon eher in die Navy. Greer Ambern kommandierte das Navy-Team vor Ort. In weiser Voraussicht hatte Ambern das jüngste Kriegsschiff der Flotte, die *USS Fort Worth*, schon letzte Woche vor die Küste der Mittelatlantikstaaten New York, New Jersey und Pennsylvania verlegt.

Obwohl Calibrisi Ambern kannte und ihm vertraute, war ihm nicht wohl bei der Sache.

Am Hubschrauberlandeplatz von Haverstraw wurden Calibrisi, Katie und Tacoma mit einem schwarzen Suburban abgeholt, der sie zu einem nicht öffentlichen Eingang des Hotels Carlyle brachte. Sie nahmen den Aufzug in die neunte Etage, in der zwei Privatapartments untergebracht waren. Vor einem davon stand Igor.

Seine Frisur erweckte den Eindruck, als hätte er kürzlich den Finger in eine Steckdose gesteckt. Er war barfuß und trug Jeans. Quer über die Brust seines weißen Muskelshirts verlief in Goldbuchstaben die Prägung AK-47, darunter war mit rosa Faden ein Bild der Waffe gestickt.

»Hübsches Hemdchen«, kommentierte Tacoma, als sie durch die Tür gingen.

»Hat mich 800 Dollar gekostet.«

»Ich verkauf dir meins für 100«, schlug Tacoma vor.

Sie traten ein und folgten Igor in ein Büro. Auf dem Tisch stand eine Konsole mit sechs Flachbildschirmen, drei oben, drei unten, alle in Betrieb. Zwei fingen Luftbilder des Hafens von New York ein. Alle paar Sekunden erschien ein kleiner roter Kreis, schoss auf eins der Boote hinab und vergrößerte es. Das mittlere Display zeigte Programmcode, weißer Text auf schwarzem Hintergrund. Auf den drei restlichen Screens waren ausschließlich Menschen zu sehen. Links die

Operationszentrale an Bord der *USS Fort Worth,* in der Mitte ein Konferenzraum in der New Yorker Außenstelle des FBI. Und zuletzt der Situation Room im Weißen Haus. Ohne Ton.

Über Nacht hatte der Präsident für das Zusammenwirken von Militär- und Bundespolizeikräften ein Vorgehen auf mehreren Ebenen angeordnet. Die erste Sicherheitsstufe und bevorzugte Methode, die Terroristen zu stoppen, stellten Scharfschützen dar, für deren Koordinierung das FBI verantwortlich zeichnete. Die zweite Stufe übernahm die Navy. Rings um die Freiheitsstatue waren unter Wasser SEALs in Mini-U-Booten im Einsatz. Die *Fort Worth* war ebenfalls einsatzbereit. Falls notwendig, sollte sie ihre RIM-116-Raketen absetzen oder einfach mit dem 57-Millimeter-Geschütz das Feuer eröffnen.

Die Polizeiboote des NYPD drehten ihre üblichen Patrouillenrunden. Es ging darum, dem Gegner Normalität vorzugaukeln.

»Soll ich die Konferenzschaltung einleiten?«, fragte Igor.

»Noch nicht.« Calibrisi deutete auf die Videofeeds aus dem Hafen. »Bringen Sie uns auf den aktuellen Stand. Zunächst mal: Gibt es Meldungen von Polizei oder Küstenwache bezüglich gestohlener oder vermisster Boote?«

»Von Maine bis Florida keine einzige.«

»Wie funktioniert die Software?«

»Ich habe Ihren Vorschlag umgesetzt.« Mit einer Kopfbewegung wies Igor auf die Bildschirme. »Die beiden Aufnahmen vom Hafen sind live. Die Kameras suchen das Wasser ab. Was Sie vor sich sehen, ist, in Ermangelung einer besseren Formulierung, die weltweit erste Booterkennungssoftware.«

»Wie oft scannt sie das Wasser ab?«

»Zehnmal pro Sekunde. Wenn sie auf ein Objekt stößt, das den Abmessungen der Talaria entspricht, visiert sie es an, scannt es erneut und gleicht das Foto mit der Datenbank ab.«

»Welche Videoquelle nutzen Sie dafür?«, erkundigte sich Katie.

»Genau genommen handelt es sich um den Feed eines Google-Satelliten. Jemand war mir noch einen Gefallen schuldig. Jetzt sind wir quitt, obwohl der Betreffende nichts davon ahnt.«

»Funktioniert es?«

»Ja, fast ein bisschen zu gut. Die Software wird die Hinckley Talaria orten, sobald sie in den Hafen einfährt. Das Problem ist, dass das Programm auch andere schwimmende Objekte erfasst, die die gleiche Länge und Breite wie die Talaria aufweisen, und davon sind da draußen eine ganze Menge unterwegs. Aktuell befinden sich bereits 31 Boote dieser Größe auf dem Wasser.«

Calibrisi schielte auf seine Armbanduhr: zehn nach sechs.

»Stoßen Sie die Konferenzschaltung an.«

Igor drückte ein paar Tasten. Mit einem Mal erscholl Präsident Dellenbaughs Stimme in der Leitung. »Ich will einen Statusbericht«, sagte er. »Was haben wir an Einsatzkräften in beziehungsweise um die Freiheitsstatue?«

»Es gibt Scharfschützen an vier Positionen, Sir«, meldete sich jemand vom FBI zu Wort. »Auf Ellis Island, Governors Island, im Liberty State Park und in beziehungsweise an der Statue selbst. Alles in allem 52. Darüber hinaus haben wir weitere zwei Dutzend auf Booten postiert. Wir setzen eine Kombination aus beschlagnahmten Ausflugsschiffen und Privatbooten ein. Alle Mann in Zivil.«

»Captain Ambern«, sagte Dellenbaugh. »Was konnten Sie aus dem Stegreif auf die Beine stellen?«

»In dieser Sekunde befinden sich fünf SDVs im Wasser, zehn Froschmänner ziehen ein enges Netz um die Insel«, meldete Ambern von der *USS Fort Worth*. »Darüber hinaus sind wir auf Gefechtsstation und bereit, die Hinckley auf Befehl abzuschießen. Wenn Sie mich fragen, Mr. President, rate ich Ihnen, sobald das Ziel ausgemacht ist, zusätzlich zu den Scharfschützen sofort unsere Raketen einzusetzen.«

»Was bedeutet das für die Schiffe in der Nähe?«, fragte jemand im Situation Room.

»Es gäbe Kollateralschäden«, räumte Ambern ein. »Aber die Bombe zu sprengen, ist etwas anderes, als sie zu zünden. Wir reden von ein paar Menschenleben im Gegensatz zu Hunderttausenden.«

»Wie lange braucht so eine Rakete bis zur Freiheitsstatue?«, wollte Dellenbaugh wissen.

»Vom Knopfdruck bis zum Ziel? Etwa fünf Sekunden, eher weniger.«

»Sprechen wir über das Ziel«, meinte Dellenbaugh. »Hector?«

»Können Sie denen das hier auf den Bildschirm legen?«, hakte Calibrisi bei Igor nach.

Dieser nickte.

»Ja, Mr. President«, sagte Calibrisi. »Gleich werden Sie alle eine Echtzeitaufnahme des Hafens sehen, gefiltert durch eine auf Gesichtserkennungstechnologie basierende Software. Das Programm scannt jeden Quadratmeter der Wasseroberfläche ab, um Modell und Typ des Bootes ausfindig zu machen, das nach unseren Erkenntnissen den Sprengkörper transportiert. Während eine Kamera das Boot ins Visier nimmt, gleicht das Programm das Bild parallel mit einer Datenbank ab und sortiert alles aus, was nicht übereinstimmt.«

»Hector, Greer hier. Nach welchen Kriterien erfolgt die Selektion? Ich nehme an, wir werden auch einige Negativtreffer erhalten. Schlimmstenfalls identifizieren wir einen

Falschen und unser Terrorist schippert munter weiter und zündet seine Bombe.«

»Sie haben recht«, räumte Calibrisi ein. »Die Zuverlässigkeit der Software hat ihre Grenzen. Letzten Endes brauchen wir jemanden, der die Ergebnisse kontrolliert.«

»Das werden Sie erledigen, Hector«, entschied Dellenbaugh. »Alle anderen: Bereithalten! Alle Leitungen bleiben offen.«

Calibrisi blickte zu Igor. »Stummschalten.«

»Alle bereit?«

Tacoma nickte. »Ja, wir können loslegen.«

107

WALL STREET
HAFEN VON NEW YORK

Polk hielt zwei Styroporbecher von Dunkin' Donuts in der Hand, die er Katie und Tacoma reichte, als sie ins Speedboat stiegen. Er ließ den Motor an. Ein kariertes Buttondown-Hemd und Shorts schlackerten an seinem Körper. Die Beine waren so blass, wie es nur bei Leuten der Fall ist, deren Haut seit Jahren keine Sonne mehr abbekommen hat.

Tacoma nahm einen Schluck. »Igitt, ich hasse die Brühe von Dunkin' Donuts.«

»Du mich auch«, erwiderte Polk. Er machte das Boot los, trat ans Steuer, legte den Gang ein und tuckerte vom Anleger weg.

Auf dem Wasser war bereits die Hölle los. Powerboote, Segeljachten, Ausflugsdampfer, Fähren, sogar Dutzende von Kajaks. 7:10 Uhr, verriet Tacoma seine grüne Rolex.

Polk nickte über die Schulter zur Heckplattform. Darauf

stand ein kleiner Pappkarton. Katie öffnete ihn. Im Inneren befanden sich zwei winzige gläserne Etuis mit Ohrstöpseln. Sie nahm sich eins und gab das andere an Tacoma weiter.

»Hört ihr mich?«, fragte Polk.

»Ja.«

»Alles klar.«

»Brillen aufsetzen!« Polk deutete auf einen Matchbeutel am Boden.

Tacoma holte zwei Sonnenbrillen heraus, reichte eine Katie. Es handelte sich um Spezialanfertigungen, das rechte Glas war ein leistungsfähiges Fernglas, ein Monokular.

»*Leute, ich bin's*«, meldete sich Calibrisi über Funk. »*Wir haben unser erstes hartes Ziel. Ich lege es auf euren Bildschirm.*«

Ein Tablet-PC war mit Klettverschlüssen an der Heckplattform befestigt. Das Display zeigte eine hell erleuchtete Karte des Hafenbereichs und markierte die aktuelle Position ihres Bootes. Ein blinkender roter Punkt tauchte auf. Es handelte sich um das Boot, das Calibrisi und Igor ausgemacht hatten. Eine gelbe Linie zwischen beiden Objekten wurde eingeblendet. Sie zog sich quer übers Display und zeigte die genaue Entfernung an: 326 Meter.

»Verstanden!« Polk steuerte nach links und gab Gas.

»*Ich möchte, dass ihr euch zuerst nähert*«, sagte Calibrisi. »*Deshalb seid ihr da draußen. Wenn wir den Bombenattentäter ausmachen, werden wir entscheiden, ob wir die Froschmänner oder die Scharfschützen einsetzen.*«

»Oder uns«, ergänzte Katie.

»*Oder euch*«, bestätigte Calibrisi. »*Robbie, bist du fit, falls wir dich brauchen?*«

»Wechsel mich jederzeit ein, Coach«, flüsterte Tacoma, während er neben Polk trat und Ausschau nach dem fremden Boot hielt.

»*Nicht zu schnell, Bill*«, mahnte Calibrisi.

Polk navigierte mit leicht gedrosseltem Tempo durch den überfüllten Hafen.

Tacoma ließ den Blick übers Wasser schweifen, zählte die Boote und gab bei 200 auf. Weit entfernt ragte die Freiheitsstatue auf. In diesem Moment erkannte er zum ersten Mal nicht nur den Ernst der Lage und die bittere Wahrheit, was an diesem Tag auf dem Spiel stand, sondern ihm wurde auch bewusst, dass er ebenfalls umkam, wenn sie die Terroristen nicht aufhielten.

Er schloss kurz die Augen und schüttelte den Kopf.

»Was ist los?«, fragte Katie.

Tacoma sah sie an. »Nichts.«

»Wir nähern uns«, meldete Polk.

»Das seh ich selbst«, versetzte Tacoma nervös. »Langsam, auf halb zwei, neben einem Segelboot.«

Polk steuerte in einer lang gezogenen Kehre hin. Aus sicherer Distanz musterten sie den verdächtigen Kahn.

»*Wir haben noch einen weiteren Treffer*«, teilte Calibrisi per Funk mit. »*Könnt ihr Entwarnung geben?*«

»Es ist blau«, meldete Katie. »Ich sehe einen ganzen Pulk Mädchen auf dem Boot.«

Polk änderte den Kurs. »Negativ, das ist es nicht, Chief.«

»*Das zweite müsste mittlerweile bei euch auf dem Schirm sein.*«

»Hab's«, meinte Polk.

Wie von Cloud verlangt, näherten sie sich von Norden über den Hudson River. Seit ihrem Aufbruch im Hafen von Sewastopol ließen sie sich von der Annahme leiten, dass die Amerikaner nach ihnen suchten.

Das Radio lief. Ein lokaler Nachrichtensender, der sie ununterbrochen mit Neuigkeiten aus Boston versorgte.

Mit keinem Wort wurde die Bombe erwähnt, lediglich ein Terrorkomplott. Ein Bericht fasste Stellungnahmen diverser amerikanischer Offizieller zusammen, die sich nach dem vereitelten Anschlag vorsichtig optimistisch zeigten.

Faqir stand neben dem Lenkrad der Talaria und lehnte sich gegen die Reling, während Naji die Jacht in den Hafen von New York manövrierte. Seine olivfarbene Haut hatte eine ins Gräuliche tendierende Schattierung angenommen, als hätte jemand seinen nunmehr haarlosen Schädel und das hagere Gesicht mit Kreide bestäubt.

Er fühlte sich schwach und ein wenig schwindlig. Aber beim Ausruhen war etwas mit ihm passiert. Er wachte mit neuer Energie und Zuversicht auf. Vielleicht lag es daran, dass er nun bald ein Ziel erreichte, das er schon vor Augen hatte, seit er denken konnte. Oder es lag an seiner Entschlossenheit und Hartnäckigkeit, auf die er sich so viel einbildete.

Oft tröstete Faqir sich damit, dass er in einer anderen Ära einen guten Feldherrn abgegeben hätte, möglicherweise gar einen König. Doch er war nun mal in diese Epoche hineingeboren worden. Nicht ein Land oder eine Armee hatte ihn zum Anführer erwählt, sondern er führte einen gänzlich anderen Kampf: den Dschihad.

Naji deutete auf ein Gebäude zur Linken. Die glänzende Stahl- und Glaskonstruktion des Freedom Tower. Bei dem Anblick bekam Faqir eine Gänsehaut.

Du bist im Krieg. An das, was du heute tust, wird man sich ewig erinnern. Du wirst Ruhm und Ehre ernten für den Schrecken, den du ins Herz des Feindes trägst.

Nach Jahrhunderten des Schweigens und der Knechtschaft nahmen Allahs Soldaten sich endlich, was ihnen zustand. Natürlich ging so etwas nicht von heute auf morgen. Es brauchte Zeit. Hunderte von Jahren. Aber etwas wurde in Gang gesetzt. Ihr Aufstieg begann. Heute wurde das zweite Kapitel jener großen Heldensaga vollendet, die man eines Tages über den Sieg des Islam über Amerika verfassen würde. Dieser Tag, der 4. Juli, nahm für Muslime bald denselben Stellenwert ein wie die Boston Tea Party für die Amerikaner.

Unter Muslimen würde Faqir genauso berühmt wie der Freiheitskämpfer Paul Revere bei den Amerikanern.

Zu beiden Seiten der Reling drängten sich zahllose Boote auf dem Wasser. Selbst mit Kajaks paddelten die Leute in der Sonne am Ufer entlang. Sollte einer von ihnen sich Gedanken über einen Terroranschlag machen, ließ er sich jedenfalls nichts anmerken. Es wirkte alles so ... *einfach*.

Bisher hatten sie lediglich drei Polizeiboote bemerkt, alle in der Nähe des Brooklyn Navy Yard. Eine Viertelmeile vor der Küste zeichneten sich die Umrisse eines Kutters der Küstenwache ab, dahinter ein Zerstörer der U. S. Navy, aber der schien eher wegen des Feiertags hier zu sein.

Naji lenkte die Jacht gemächlich durchs Fahrwasser, hängte sich mit dem Bug an eine kleinere Jolle.

»Naji«, flüsterte Faqir.

»Ja?«

»Wir sind da.« Er deutete auf die Freiheitsstatue vor ihnen und streckte fordernd eine Hand aus.

Naji verstand. Er griff in die Ablage über der Konsole, zog einen Pappkarton herunter und reichte ihn dem anderen.

Calibrisi saß neben Igor. Jackett und Krawatte hatte er abgelegt, die Ärmel hochgekrempelt.

Die Finger des Computerexperten flogen über die Tastatur, so schnell, dass Calibrisi es aufgab, nachzuvollziehen, wie er das hinbekam.

Gegen zehn Uhr hatten sie neun verdächtige Wasser-fahrzeuge ermittelt. Sechs davon hatten Polk, Katie und Tacoma in Augenschein genommen. Die übrigen drei nahmen sich Zivilagenten des FBI in Sniper-Booten vor.

Mit jeder Minute, die verstrich, wuchs die innere Unruhe. Calibrisi registrierte den Druck und die Anspannung im Weißen Haus, verdeutlicht durch einen der Monitore über ihm, der Präsident Dellenbaugh zeigte, wie er im Situation Room auf und ab tigerte und begierig darauf lauerte, dass sie den Terroristen endlich schnappten.

Unvermittelt stieß Igor ihn mit dem Ellbogen an. »Wir haben da was«, meinte er und drückte eine Taste. »Fährt vom Hudson her in den Hafen ein.«

Die Kamera schwenkte nach unten und stellte sich scharf. Die Passagiere waren unter dem Bimini-Verdeck nicht zu erkennen. Das Boot war grün lackiert, die Aufnahme so scharf, dass das kleine goldene Hinckley-Logo am Rumpf deutlich zu erkennen war.

»Bill«, sagte Calibrisi, »wir haben da etwas, hinter euch. Ich leg's auf deinen Schirm.«

»*Hab es*«, bestätigte Polk.

Calibrisi blickte auf den linken oberen Bildschirm. Greer Ambern stand auf der Brücke der *Fort Worth*, umringt von seinem Gefechtsteam. »Greer?«

»*Ich sehe es, Hector.*«

»Wo befindet sich das nächstgelegene SDV?«

»*Ein paar Hundert Meter entfernt*«, antwortete Ambern. »*Keine Minute, dann sind sie da.*«

Faqir stellte den Karton auf den Tisch und lehnte sich dagegen, um einen festeren Stand zu bekommen. Vorsichtig löste er den Deckel und langte hinein. Ein quadratisches

Edelstahlgehäuse mit rotem Knopf kam zum Vorschein. Der Fernzünder.

»Naji«, sagte er.

Dieser hatte das Gesicht abgewandt, da er sich aufs Navigieren konzentrierte.

»Fang!« Faqir warf ihm den Zünder zu.

Auf Najis Gesicht zeichnete sich jähes Entsetzen ab. Er nahm die Hände vom Steuer, streckte sie aus, um den Fernzünder aufzufangen, ehe er auf dem Deck aufschlug.

Wie ein rohes Ei hielt er ihn fest und starrte den grinsenden Faqir fassungslos an. »Was sollte das?«, fragte er, geschockt vom Leichtsinn des anderen.

»Ach, ist doch jetzt eh egal. Wir sind am Ziel. Na los. Willst du den Knopf drücken?«

Dreieinhalb Meter unter der Oberfläche schob sich das SEAL Delivery Vehicle lautlos durchs Wasser. Das Tauchboot war mit drei SEALs bemannt. Pilot und Co-Pilot saßen in winzigen, offenen Abteilen am Bug. Burns, der Kampfschwimmer, hielt sich nahe dem Heck an einem Handlauf fest.

Über der Wasserlinie herrschte das reinste Chaos. Bootsmotoren pflügten die Wellen auf, erzeugten Wirbel, die die Sicht trübten. So viele Rümpfe, alle schienen miteinander zu verschwimmen.

Während sie ihrem Ziel entgegenstrebten, hörte Burns die Stimme des Piloten von vorn: »Captain. Ich benötige die exakte GPS-Position des fraglichen Boots. Hier draußen ist einfach zu viel Verkehr.«

»Roger«, bestätigte jemand auf der *Fort Worth*. »*Ich übernehme für einen Moment Ihre Steuerung.*«

Die Leuchtpunkte auf dem Navigationsdisplay des

Piloten, die die Boote direkt über dem SDV darstellten, fingen mit einem Mal an zu blinken. Um einen der Punkte erschien ein grüner Kreis und pulsierte dreimal. Ein hellgrünes Zielsymbol leuchtete auf.

»Hab's!« Der Pilot richtete den Kurs auf das angezeigte Boot aus. Das SDV schwebte in der bisherigen Tiefe in genau derselben Geschwindigkeit darunter, bewegte sich im Gleichklang mit dem anvisierten Boot und folgte ihm. Der Pilot ließ die Steuerung los. Er und der Co-Pilot waren nun bereit, Burns beim Zugriff zu unterstützen. Über die Sprechanlage fragte er: »Bist du bereit, Burnsey?«

Dieser legte die freie Hand auf die wasserdichte Tasche an der Brust und ertastete die Ausbuchtung seiner Waffe, eine 9-Millimeter-Beretta mit Schalldämpfer.

»Positiv, Captain.«

»*Fort Worth*«, funkte der SDV-Pilot, »auf Ihr Kommando.«

»*Warten Sie, bis wir oben alles erkundet haben.*«

Auf Polks Monitor leuchtete die Position der Jacht rot auf. Eine Entfernungsangabe erschien: *214,8 Meter*. Er steuerte auf das Zielobjekt zu, schlängelte sich zwischen allen möglichen Wasserfahrzeugen hindurch, die allesamt nur langsam vorankamen, die meisten abgelenkt von Lady Liberty.

Polk schaute auf die Armbanduhr: 10:28. Er wusste, dass heute vier Feuerwerke abgebrannt werden sollten, das erste um halb elf. Während er den Bildschirm fixierte, hörte er, wie jemand rief: »Pass doch auf!«

Er blickte auf, gerade rechtzeitig um Zeuge zu werden, wie ihr Bug ein Schnellboot mit laut dröhnendem Motor streifte.

»Sorry«, sagte er entschuldigend.

Ein hochgewachsener Mann mit Bierbauch stand am Ruder. Eine Frau kam angerannt, um nachzusehen, ob ein Schaden entstanden war.

»Wehe, wenn da jetzt ein Kratzer ist …«, polterte der Mann los.

»Da ist was!«, krähte die Frau. »Eine große schwarze Schramme, Rudy!«

Der Besitzer hastete zur fraglichen Stelle. Polk legte den Rückwärtsgang ein. Während er langsam zurücksetzte, packte der Mann eine der Klampen und hinderte ihn am Wegkommen.

»Lassen Sie los«, bat Polk. Er überlegte, ob er einfach Gas geben sollte, befürchtete jedoch, dass der Kerl dann über Bord ging und seine Frau die komplette Stadt mit ihrem Geschrei alarmierte.

Bevor er eine Entscheidung getroffen hatte, schlang der Mann eine Leine um die Klampe.

»Ich will Ihren Fahrzeugschein«, brüllte er.

»*Was ist denn da bei euch los?*«, wollte Calibrisi über Funk wissen. »*Macht, dass ihr zu der Hinckley kommt, sofort!*«

Tacoma kam vom Heck des Bootes heran. Er zückte sein Kampfmesser, hielt es unter die Leine, kappte sie mit einem einzigen Schnitt. Der Eigner des Schnellboots holte zum Schlag aus, doch Tacoma duckte sich reaktionsschnell weg. Da er Angst hatte, der Kerl mit der Plauze könnte ins Wasser plumpsen, verpasste er ihm einen Schlag auf den Mund, der ihn rückwärtstaumeln und aufs Deck sinken ließ.

Katie saß auf dem Heckbalken, ohne groß auf das Theater zu achten. Durch ihr Monokular beobachtete sie das verdächtige Boot, inzwischen nur noch 30 Meter entfernt. Eine grüne Talaria. Ein Mann mit ziemlich langen dunklen Haaren ohne Hemd stand am Ruder.

»Ich glaube, das ist es«, meldete sie über die Sprechanlage. »Hector, ich glaube, das ist das Boot, das wir suchen.«

»Ich bin in zehn Sekunden drüben«, sagte Polk.

»*Nein*«, lehnte Calibrisi ab. »*Greer, schaffen Sie Ihre SEALs dorthin.*«

Burns ließ den Handlauf im selben Moment los, in dem die beiden anderen SEALs von ihren Sitzen sprangen. Nur kurz vor den Teamkameraden erreichte er die Unterseite der Talaria. Mit der Hand packte er einen Messinggriff, der sich am Heck entlangzog, entledigte sich der Flossen, öffnete den Reißverschluss seiner Waffentasche und zog sich lautlos auf die Ski-Plattform am Heck hinauf.

Gleich darauf waren die beiden anderen neben ihm. Burns kletterte an Deck. Mit der Linken signalisierte er ihnen: *Meine Show!*

Eine Tür schwang auf, ein Mädchen im Teenie-Alter trat aus der Kajüte, bemerkte Burns und keuchte entsetzt.

Der Mann am Ruder drehte sich um und hob die Hände. »Was immer Sie verlangen«, brachte er mit zittriger Stimme hervor.

Ein schriller Schrei zerriss die Luft. Er kam von einem Segelboot, nur wenige Meter entfernt. Eine Frau hatte die drei Froschmänner auf der Hinckley entdeckt. Finstere Gestalten ganz in Schwarz mit Waffen.

Najis Kopf zuckte herum, als der Schrei über das Boots- gewimmel hallte. Wie gelähmt starrte er auf die drei Taucher.

»Faqir!« Er deutete auf die grüne Jacht in 30 Metern Ent- fernung.

Faqir identifizierte die Männer sofort. SEALs oder FBI. Sein Blick fiel auf den dunkelgrünen Rumpf.

Sie sind hier.

»Wo ist er?«, fragte er. In seiner Stimme schwang Verzweiflung mit.

»Wer?«

»Der Zünder!«

Naji deutete auf den Tisch. Der rote Knopf ragte in die Luft.

Mit ausgestreckter Hand sprang Faqir darauf zu.

Polk stand am Ruder und beobachtete aus der Ferne, wie die drei SEALs an Bord kletterten. Er wartete darauf, den Steuermann umkippen zu sehen. Plötzlich tauchte der weißblonde Schopf eines Mädchens an Deck auf.

»O mein Gott«, flüsterte er. »Hector …«

Der Schrei hallte übers Wasser und riss Polk aus seiner Erstarrung. Er drehte sich zu Katie um. Ihre Blicke trafen sich.

»Abbruch!«, bellte Calibrisi. »Greer, sagen Sie Ihren SEALs: Gefechtsbereitschaft aufheben. Sie sollen sich identifizieren und diese Leute beruhigen. Wenn die Terroristen davon was mitbekommen, ist alles aus …«

»Roger«, bestätigte Ambern.

»Bin schon unterwegs«, sagte Polk.

Polk schob den Gashebel nach vorn und schoss auf die Jacht zu.

»Verdammt«, murmelte er kopfschüttelnd.

»Das war mein Fehler«, meinte Katie.

»Nein, war es nicht. Ich bin schuld. Ich hätte Tacoma fahren lassen sollen. Rob, du übernimmst.« Irritiert fragte er: »Hey, wo ist er denn?«

Katie drehte den Kopf, blickte sich nach allen Seiten um. Tacoma war verschwunden.

108

Tacoma entdeckte ihn im gleichen Augenblick, in dem Polk das Schnellboot rammte. In dem Augenblick, kurz bevor Calibrisi den SEALs ihren Einsatzbefehl erteilte.

Der Terrorist stand auf dem Deck einer anderen Jacht, einer weiß lackierten. Hinter einem Schnellboot. Und nicht auf der, die von den SEALs jeden Moment geentert wurde.

Er hatte eine Glatze. Sein Gesicht war aschfahl. Der unverkennbare Grauton des Todes; der ungesunde Teint von jemandem, der einer Überdosis Strahlen ausgesetzt gewesen war. Tacomas Mutter hatte kurz vor ihrem Tod ganz ähnlich ausgesehen.

Im Sekundenbruchteil, in dem ihm dies klar wurde, wusste Tacoma, dass die SEALs das falsche Boot ins Visier nahmen. Wenn der Kahlkopf die Froschmänner bemerkte, war es vorbei. *Alles.*

Sobald das Schnellboot Tacoma einen Moment lang vor den Blicken des Fremden verbarg, riss er sich Hemd und Jeans vom Leib. Darunter trug er einen tropentauglichen, olympisch anmutenden Kampfschwimmeranzug aus dünnem Material, tiefschwarz, ärmellos, mit halbem Bein. Er glitt ins Wasser, während Polk und Katie in die entgegengesetzte Richtung schauten, auf das andere Boot, dem die SEALs sich näherten.

Er tauchte, bis er tief genug unter den Schiffsrümpfen war. Tacoma orientierte sich auf dieselbe Weise, wie er es als Kind getan hatte – bevor er überhaupt wusste, was ein Kampfschwimmer war, lange vor der *Hell Week,* vor den SEALs, bevor es Masken mit digital eingespielten Karten gab –, und er lernte, was eine Funkverbindung war. Genau wie damals, als er nur das Wasser im See und das Mondlicht hatte.

Er schwamm so schnell wie nie zuvor. Die Arme schossen nach vorn, während die Beine wie wild nach hinten traten. Die Lunge bestand aus purem Schmerz. Verzweifelt wünschte er sich, Luft zu holen. Als er den Atem nicht länger anhalten konnte, schwamm er einfach weiter, bis er den grünen Rumpf der Talaria erreichte und direkt oberhalb der Wasserlinie die frische weiße Farbe entdeckte, die die Terroristen zur Tarnung aufgetragen hatten.

Wärme durchströmte ihn. Adrenalin flutete seinen Körper. Die Zeit schien stillzustehen. Es kam ihm vor, als wäre er allein für diesen Einsatz geboren worden.

Er packte die hölzerne Ski-Plattform und kletterte hoch. Lautlos glitt er über den Heckbalken, gleichzeitig befreite er die SIG Sauer P226 aus der Waffentasche und richtete den schwarzen Schalldämpfer auf die beiden Gegner.

Er stieg an Deck. Tropfnass stand er da, lauerte, die Selbstladepistole umklammert. Er visierte den Mann am Steuer an, wartete lautlos. Da hallte der Schrei eines jungen Mädchens über das Wasser.

Die beiden Männer wirbelten herum.

Tacoma verpasste dem Mann am Steuer einen Treffer in die Schläfe. Blut und Hirnmasse spritzten über die Armaturen, verkrümmt sank er zu Boden.

Im darauffolgenden Sekundenbruchteil hob der Kahlköpfige kraftlos den Arm, schien auf etwas zeigen zu wollen.

Im selben Moment erfasste Tacoma, was los war.

Zwischen ihnen befand sich ein Tisch. Darauf lag der Fernzünder. Der rote Knopf ragte in die Höhe, als appellierte er an die Umstehenden, ihn endlich zu drücken.

Der Blick des Kahlköpfigen bohrte sich in Tacomas

Augen. Die Pupillen des Glatzkopfs waren klein, schlau, schwarz und voller Hass. Seelenruhig musterte er die Öffnung am Ende des Schalldämpfers, der nach wie vor auf seinen Kopf gerichtet war.

Langes, vielsagendes Schweigen senkte sich über das Deck.

Beiden war klar, wo sich der Zünder befand. Beide wussten sie, dass der Terrorist, wenn er jetzt einen Satz machte, selbst wenn Tacoma ihn noch im selben Moment erschoss, wahrscheinlich genug Schwung entwickelte, um direkt auf dem Zünder zu landen.

»Ich weiß, was du gerade denkst«, sagte Tacoma schwer atmend. »Du denkst: Soll ich es versuchen? Selbst wenn er mich erschießt, treff ich ihn wahrscheinlich bei der Landung. Stimmt's?«

Der Kahlköpfige antwortete nicht. Stattdessen ging er in die Knie, ganz leicht nur, baute in den Beinmuskeln Spannung auf, wartete auf den richtigen Moment.

»Die Sache ist nur die: Würde ich dir in den Kopf schießen, hättest du recht. Die Kugel würde dein Gehirn glatt durchschlagen und am Hinterkopf austreten. Wahrscheinlich ginge das ziemlich schnell, weil dein Hirn so verdammt winzig ist.«

Mit einem flüchtigen Grinsen senkte Tacoma den Lauf so weit, bis er genau auf die Brust des Terroristen zielte. »Aber dein Brustkorb ist robuster«, fuhr er fort. »Dumm gelaufen. Du hättest es versuchen müssen, solange ich auf deinen Kopf zielte. Dann hättest du gewonnen. Jetzt, wo ich deinen Brustkorb anvisiere, spielt es keine Rolle mehr, wie viel Schwung du aufbringst. Überhaupt keine. Solange ich deinen Brustkorb treffe, wirst du nach hinten geschleudert. Daran führt kein Weg vorbei. Das nennt man Physik, Kumpel!«

Mit einem weiten Satz hechtete der Terrorist zum Tisch. Damit traf er Tacoma völlig unvorbereitet. Doch die Überraschung währte keine Sekunde. Tacoma drückte den Abzug. Nur ein metallisches Klicken war zu hören, als die Kugel aus dem Lauf jagte. Sie traf den Gegner voll in die Brust, riss ihn von den Füßen und schleuderte ihn gegen die Bordwand. Er klatschte zu Boden.

Tacoma überquerte das Deck, die Waffe die ganze Zeit auf den Terroristen gerichtet. Er trat vor ihn und blickte ihm tief in die Augen. »Siehst du? Hab's dir doch gesagt.«

Er richtete den Schalldämpfer ein paar Zentimeter höher, jagte dem Terroristen ein weiteres Projektil zwischen die Augen.

»Fröhlichen Unabhängigkeitstag, du Arschloch!«

EPILOG

Das Freemans war brechend voll. Die Inneneinrichtung des in New York City am Ende einer düsteren Gasse gelegenen Restaurants glich einer rustikalen Jagdhütte. Dunkles Holz, ausgestopfte Elch- und Hirschköpfe an den Wänden. Es war kaum hell genug, um die Umgebung zu erkennen.

Dewey traf ein paar Minuten zu früh ein, also stellte er sich an die Bar und bestellte einen Bourbon und ein Bier. Er kippte die Getränke so flott hinunter, dass der überraschte Barkeeper zweimal hinsehen musste. »Noch mal dasselbe?«

Dewey nickte.

Gut und gern zwei Dutzend Leute drängten sich am Tresen, die meisten in den Zwanzigern. Dewey schätzte, dass drei Viertel davon weiblich waren und drei Viertel davon Models.

Tacoma, dachte er, während er den zweiten Bourbon exte, sich danach auf einen Hocker setzte und mit einem Schluck Bier nachspülte.

Plötzlich flog eine Zeitschrift vor ihm auf den Tresen, im selben Moment spürte Dewey eine Hand auf der Schulter.

Grinsend stand Calibrisi vor ihm. »Grüß dich, du Teufelskerl.«

»Hi, Hector.«

Auf dem Tresen lag das neueste Heft von *People*. Die Titelseite zeigte einen männlichen Filmstar, den Dewey

nicht zuordnen konnte. Darunter: ›The 50 Sexiest Men
Alive‹.

»Oh, toll«, meinte Dewey mit geheuchelter Begeisterung.
»Die Ausgabe habe ich noch gar nicht gelesen.«

Calibrisi setzte sich auf den Hocker neben Dewey und
orderte einen Rotwein. »Auf Seite 60.« Lächelnd nickte er
in Richtung Zeitschrift.

»Hast du's endlich geschafft?« Dewey blätterte durch das
Magazin. »Wird auch langsam Zeit, dass die merken, wie
sexy große, dicke, haarige Bäuche sind.«

»Du mich auch! Lies.«

Dewey hielt im Blättern inne, allerdings bei einem Artikel
weiter vorn. Auffallendstes Merkmal war ein großes Foto
von Katya Basaeyeva. Lächelnd saß sie auf einem Stuhl, die
Beine übereinandergeschlagen. Hinter ihr zeichnete sich in
einem Fenster bei strahlendem Sonnenschein die Moskauer
Skyline ab.

»Sie tanzt wieder«, verriet Calibrisi.

Dewey erwiderte nichts darauf.

»Hättest du sie wirklich fallen lassen?«, fragte Calibrisi.

Sekundenlang verharrte Deweys Blick auf Katyas
wunderschönem Gesicht, ehe er weiterblätterte. Er gab
keine Antwort.

Schließlich kam er zu Seite 60 und starrte ungläubig das
Foto an. Ein ganzseitiges Hochglanzporträt von Tacoma.
Im eng sitzenden, tiefschwarzen Schwimmanzug, eines
Olympiaschwimmers würdig, stand er da, tropfnass, die
Mähne mit Gel gebändigt. Arme und Schultern gebräunt,
deutlich zeichneten sich die Muskelberge ab. In jeder Hand
hielt er eine Pistole, beide auf die Kamera gerichtet. Neben
ihm knieten zu beiden Seiten Frauen in knappen String-Bi-
kinis, die eine blond, die andere brünett. Sie blickten
anhimmelnd zu ihm hoch.

»Mir kommt gleich das Kotzen«, sagte Dewey.

Calibrisi lachte, während er sich in den Begleittext vertiefte:

#4: Rob Tacoma, der amerikanische Held

Heißer noch als die Kugeln aus der Waffe von Ex-Navy-SEAL Rob Tacoma ist der glühende Blick dieser grünen Augen im sinnlichen Gesicht des Mannes, der gebürtig aus Virginia stammt. Mit seiner Heldentat am 4. Juli hat sich der 29-jährige Tacoma einen Rang im Pantheon legendärer Amerikaner erobert. Mit dem Aussehen eines Filmstars und den definierten Muskeln verdient Tacoma Platz vier auf unserer diesjährigen Liste der World's Sexiest Men Alive. Tacoma ist Single und beabsichtigt, es auch zu bleiben – es sei denn, einem der einsamen Mädchen da draußen gelingt es, seine kugelsichere Weste zu durchdringen und einen Volltreffer ins Herz des Mannes zu landen, dem die Frauenwelt zu Füßen liegt.

Dewey klappte die Zeitschrift zu und blickte den Barkeeper an.

»Ich brauch noch einen Bourbon.«

In diesem Moment hörte man vom Eingang her einen tumultartigen Aufruhr. Katie stand in der Tür. Sie wartete auf Tacoma. Der stand noch draußen, von überwiegend weiblichen Fans umringt. Mit gezücktem Kugelschreiber gab er Autogramme. Katies Blick fand Dewey. Kopfschüttelnd verdrehte sie die Augen, anschließend kam sie an die Bar.

Die Agentin trug eine braune Leinenhose, hochhackige Sandalen und eine ärmellose, durchsichtige Seidenbluse. Ihr

Haar hatte sie wachsen lassen. Sie erinnerte ihn an die junge Ingrid Bergman.

Dewey verfolgte, wie sie näher kam, musterte sie von oben bis unten, ohne den Blick von ihr zu wenden.

»Was guckst du dir denn an?«, fragte sie kokett.

»Dich.«

Katie errötete ein wenig.

»Du siehst gut aus.« Er streckte die Arme nach ihr aus.

»Gut?«, flüsterte sie, während sie ihn umarmte. »So was mag ich. Wo wir gerade dabei sind, wie geht's dir, Süßer? Du hast mir furchtbar gefehlt.«

»Du mir auch. Mir geht's gut.«

Sie ließ Dewey los und schlang die Arme um Calibrisi. »Hey, Großer.«

»Hi, Katie.«

Mit einem Nicken deutete Dewey auf Tacoma, der nach wie vor belagert wurde. »Geht das überall so?«

»Ja.« In Katies Stimme schwang Verzweiflung mit. »Es ist zum Verrücktwerden. Als ich ihn heute Morgen abholen wollte, hatte er zwei Mädchen auf dem Zimmer. Ich glaube, es waren Cheerleader.«

»Wie kommst du drauf?«

»Sie trugen Cheerleader-Uniformen.«

Dewey lachte.

»Ihr glaubt gar nicht, was dieser Artikel mit seinem Ego angestellt hat«, sagte Katie. »Falls ihr bisher geglaubt habt, sein Selbstbewusstsein sei ein bisschen übersteigert …«

»Lass ihn«, meinte Calibrisi. »Soll er's genießen. Er hat etwas Bedeutendes vollbracht. Er ist jung und alleinstehend. Er hat sich seine fünf Minuten im Rampenlicht redlich verdient.«

Katie schüttelte den Kopf. »Das sagt sich so einfach. Sosehr ich mich freue, dass die Sache ein gutes Ende genommen hat. Manchmal wünschte ich mir fast, die Bombe wäre hochgegangen.«

Dewey, Calibrisi und auch Katie mussten lachen. Sie drehten sich um, um nach Tacoma zu sehen. Er gab ein letztes Autogramm, dann betrat er das Freemans. Die Haare adrett zum Seitenscheitel frisiert, trug er eine hellbraune Lederjacke, den Reißverschluss halb offen, kein Hemd darunter. Dazu Madras-Shorts und Cowboystiefel.

»Ich glaube, Katie hat recht.« Lächelnd winkte Dewey Tacoma heran. »Hector, hast du Bokolovs Nummer noch?«

Tacoma nickte Dewey zu und zielte mit dem Zeigefinger auf ihn, tat, als gäbe er einen Schuss ab.

»Hat er mir gerade zugezwinkert?«, fragte Dewey.

»Er trägt kein Hemd drunter«, stellte Calibrisi fassungslos fest.

Tacoma kam an den Tresen, umarmte erst Dewey, dann Calibrisi und nickte dem Barkeeper zu, der ihm eine Flasche Bier brachte.

»Okay. Bevor ihr irgendetwas sagt, will ich drei Sachen loswerden.«

»Lass mich raten«, meinte Dewey. »Du hast eine Frau kennengelernt, die es geschafft hat, deine kugelsichere Weste zu durchdringen und einen Volltreffer in dein Herz zu landen.«

Tacoma schüttelte den Kopf. »Erstens: Ich kann nichts dafür, wenn so eine Illustrierte mich in ihre Liste der Sexiest Men Alive aufnimmt. Wenn ihr mich fragt, hätte ich sowieso mindestens auf Platz zwei landen müssen, aber dieser peinliche Fehler lässt sich im Nachhinein nicht mehr korrigieren. Zweitens: Ich hatte keine Ahnung davon, dass sie nachträglich die beiden Tussis ins Bild reinmontieren.«

»*Tussis?*«, fragte Katie. »Geht's noch ein bisschen sexistischer?«

Tacoma nahm einen kräftigen Schluck aus der Flasche.

»Und drittens?«, bohrte Dewey nach.

»Was?«, fragte Tacoma.

»Du hast gesagt, du willst drei Sachen loswerden. Das waren erst zwei.«

»Zwei. Ich sagte, zwei Sachen.«

»Tu uns allen einen Gefallen und mach mal ein paar Minuten halblang, Mr. Sexy, okay?«

Tacoma nickte ein wenig bedröppelt, doch dann lächelte er. »Yeah, tut mir leid, Mann.«

In diesem Moment kam die Bedienung. »Ihr Tisch ist frei.«

Sie folgten ihr in ein schummrig beleuchtetes Nebenzimmer, bestellten zum Abendessen ein paar Flaschen Wein. Beim Dinner tauschten sie ihre Erlebnisse aus, fanden schließlich sogar Gefallen an den Husarenstücken, die Tacoma ihnen auftischte. Detailverliebt schilderte er, was ihm seit jenem schicksalhaften Tag widerfahren war, an dem er im Hafen von New York den Terroristen getötet hatte.

Irgendwann wurde ihnen klar, dass Tacoma nicht im Geringsten ein Aufschneider war. Die Geschichte mit dem *People* Magazine hatte ihn genauso überrascht und sprachlos gemacht wie sie und er nahm das Ganze nicht sonderlich ernst, auch wenn es ihm enorm schmeichelte.

Nachdem das Dessert abgeräumt war, geriet die Unterhaltung ins Stocken. Dewey blickte zu Calibrisi. Seine Erinnerungen wanderten zurück zum Anfang der Mission. Nach Castine. Calibrisi war nicht wegen des bevorstehenden Anschlags hingeflogen und auch nicht, weil er Dewey zwingend brauchte. Nein, an jenem Tag war er gekommen, um ihn zu retten. Dewey war nicht besonders gut darin, Danke zu sagen, zumindest nicht mit Worten, doch er gestattete sich ein kurzes Lächeln und hob das Weinglas. »Auf Hector.«

»Auf Hector«, fiel Tacoma ein und prostete dem CIA-Direktor ebenfalls zu.

»Auf unseren furchtlosen Anführer«, ergänzte Katie schmunzelnd.

Calibrisi grinste in sich hinein und stieß mit den dreien an.

»Was gedenkst du wegen Gant und Roberts zu unternehmen?«, erkundigte sich Dewey, nachdem er den restlichen Wein in seinem Glas ausgetrunken hatte.

»Josh verbringt seine Zeit in einem unserer entlegeneren Stützpunkte«, sagte Calibrisi. »Sollte auf Biak je eine terroristische Bedrohung auftauchen, wird er der Erste sein, der davon erfährt.«

»Biak?«, fragte Katie.

»Eine Insel bei Papua-Neuguinea. Es heißt, dort soll es noch Kannibalen geben, aber ich persönlich habe da so meine Zweifel.«

»Was ist mit Roberts?«, wollte Dewey wissen.

Calibrisi lächelte vielsagend, blieb ihm jedoch eine Antwort schuldig.

Genau in diesem Moment kam die Bedienung mit der Rechnung. Calibrisi griff zu, bevor jemand ihm zuvorkam.

»Was hast du heute Abend noch vor?«, fragte er Katie.

»Nichts, was dich vom Hocker reißt«, antwortete sie. »Vielleicht bleibe ich noch ein bisschen in der Stadt. Ich weiß es noch nicht.«

»Wohnt Igor nicht ganz in der Nähe?« Tacoma grinste.

»Ja, ich glaube, schon«, fiel Calibrisi ein.

Katie lächelte verschmitzt, dann wandte sie sich an Calibrisi. »Und was machst du so?«

»Ich fahre heute Nacht nach Hause. Ich habe Vivian seit einer Woche nicht mehr gesehen.«

Damit blieb nur noch Dewey übrig. »Wie steht's mit dir?«

»Mit mir?« Dewey blickte auf seine Armbanduhr. »Shit! Ich hab ja noch etwas vor.«

»Etwas?« Katie wurde neugierig. »Sag bloß, du triffst dich mit jemandem.«

»Ja. Aber nichts Besonderes.« Mit diesen Worten stand er auf.

»Du gehst noch nicht«, sagte Tacoma. »Erst erzählst du uns, was los ist.«

»Auf gar keinen Fall.«

»Komm schon, Opa. Wie heißt sie?«

Dewey bedachte Tacoma mit einem abfälligen Blick. »Das fällt nicht in die Gehaltsklasse eines Sexiest Man Alive.«

Tacoma lächelte breit. »Du willst uns also nicht verraten, wer die Glückliche ist?«

»Weißt du was, Mann aus Virginia?«, meinte Dewey. »Lass uns armdrücken. Falls du gewinnst, verrat ich dir ihren Namen. Falls ich gewinne, krieg ich deine Lederjacke.«

Dewey setzte sich und stellte den rechten Arm auf, den Ellbogen auf der Tischplatte. Tacoma brachte sich ebenfalls in Position. Ihre Hände verschränkten sich ineinander.

Eine kleine Menschenmenge scharte sich im Nebenzimmer zusammen – Bedienungen, Männer wie Frauen, ein paar Gäste von der Bar –, bis kein Platz mehr war.

»Auf drei geht's los. Katie, du zählst an.«

»Mal im Ernst«, meinte sie. »Ihr benehmt euch wie kleine Kinder.«

»Katie«, mahnte Dewey.

»Na schön«, meinte sie lächelnd. »Eins … zwei … *drei*.«

DANKSAGUNG

Letztes Jahr habe ich meine damals sechsjährige Tochter ins Flatiron Building nach New York mitgenommen. In dem Gebäude ist die Zentrale meines Verlages, St. Martin's Press, untergebracht. Als Sally Richardson, CEO der Firma, hörte, dass wir im Haus sind, bestand sie darauf, dass wir nach oben in ihr Büro kommen, um Guten Tag zu sagen. Wie üblich hatte Sally unvorstellbar viel um die Ohren. Aber sie ließ alles stehen und liegen, um uns zu begrüßen. Wir machten ein bisschen Small Talk und alberten herum. Da ich ein schlechtes Gewissen hatte, weil wir der Chefin die Zeit stahlen, meinte ich, es sei an der Zeit zu gehen, damit Sally sich wieder ihrer Arbeit zuwenden könne.

»Warten Sie noch einen Moment, Ben«, bat Sally. Damit wandte sie sich an Esmé. »Esmé, könntest du noch etwas für mich tun, bevor ihr euch verabschiedet?«

»Klar, Mrs. Richardson.«

Sally klopfte auf den freien Stuhl neben sich. »Liest du mir bitte etwas vor?«

Meine Tochter setzte sich neben Sally auf das große Sofa. In den folgenden zehn Minuten las sie Sally und uns anderen vor. In diesem Moment wurde mir einmal mehr klar, weshalb ich Schriftsteller geworden bin, und ich erkannte, was für ein Glück ich habe, bei jedem Buch St. Martin's Press an meiner Seite zu haben.

Darum vielen Dank euch allen bei SMP. Mein spezieller Dank gilt Sally, Keith Kahla, Jennifer Enderlin, George Witte, Martin Quinn, Jeff Capshew, Lisa Tomasello, Krista Loercher, Paul Hochman, Justin Velella, Kelsey Lawrence, Melissa Hastings, Rafal Gibek, Jason Reigal, Ervin Serrano und Hanna Braaten. Und ein besonderes Dankeschön an den mittlerweile verstorbenen Matthew Shear, dessen Lachen und Freundlichkeit ich nie vergessen werde.

Danke auch den talentierten Leuten, die mich vertreten: Nicole James, Aaron Priest, Chris George, Terra Chalberg und Rachel Sussman.

Wie bei jedem Buch konnte ich auf die Unterstützung einer ganzen Reihe von Fachleuten zurückgreifen, die mir Orientierung und Empfehlungen gaben. Danke für eure Hilfe: Gail Riley, Matthew Bunn, Alex Mijailovic, Kevin Ryan und Rorke Denver.

Abschließend noch ein ganz besonderes Dankeschön an Nicole James und Keith Kahla. Sie verlangen mir stets das Beste ab und schaffen es dank Scharfsinn, Hartnäckigkeit und Geduld, vor allem aber mit ihrem Humor, es aus mir herauszuholen.

Zu guter Letzt möchte ich von ganzem Herzen meiner Familie danken: Shannon, Charlie, Teddy, Oscar und Esmé. Ich bin so stolz auf euch – auf euch alle – wegen eurer einzigartigen, wunderbaren Gaben. Ihr bringt mich zum Lachen, lehrt mich Demut und findet ständig neue Möglichkeiten, mir eure Liebe zu zeigen, wenn ich sie gerade am nötigsten habe. Hundertmal am Tag denke ich mir, was für ein glücklicher Mann ich bin. Als einziger Mensch auf Erden, der euch fünf ansehen und diese Worte sagen kann: Das ist meine Familie.

DIE DEWEY-ANDREAS-SERIE

Infos, Leseproben & eBooks: www.Festa-Verlag.de

www.bencoes.com

Der amerikanische Bestsellerautor BEN COES begann seine Karriere im öffentlichen Dienst, arbeitete im Weißen Haus unter den Präsidenten Ronald Reagan und George Bush. Später schrieb er u. a. Reden für den texanischen Öl-Milliardär T. Boone Pickens. Ben lebt heute in Boston mit seiner Frau und vier Kindern.

Zuletzt erschienen in der Reihe FESTA ACTION:

Wenn Lesen zur Mutprobe wird ...
www.Festa-Verlag.de

Festa: If you don't mind sex and violence and lots of action

Niemand veröffentlicht härtere Thriller als Festa. Werke, die keine Chance haben, in großen Verlagen veröffentlicht zu werden, weil sie zu gewagt sind, zu neuartig, zu extrem.

Statt der üblichen Matt- oder Glanzfolie haben die Bücher von Festa eine raue, lederartige Kaschierung. Sie symbolisiert die Härte und sexuelle Gewagtheit unseres Programms. Diese »Bücher im Ledermantel« sind auch sehr widerstandsfähig – die Bücher wirken nach dem Lesen noch wie neu.

Unsere erfolgreichsten Buchreihen:

HORROR & THRILLER – Moderne Meister des Genres

FESTA ACTION – Blockbuster zum Lesen

DARK ROMANCE – *Erotik Romance*-Bestseller aus den USA

FESTA EXTREM – Wenn Lesen zur Mutprobe wird ...

Wegen der brutalen und pornografischen Inhalte erscheinen die Titel als Privatdrucke ohne ISBN und werden nur ab 18 Jahre verkauft. Sie können nur direkt beim Verlag bestellt werden.

Festa steht beim Thema harte Spannung für viele Jahre bewährte Qualität. Darauf geben wir sogar eine Zufriedenheitsgarantie. Dieser Service ist für einen Buchverlag einzigartig.

Warum tun wir das?

Frank Festa: »Wir wollen, dass die Leser unsere Bücher lieben. Das geht nur mit Qualität. Und als Spezialist für Horror und Thriller aus Amerika können wir in dem Bereich diese Qualität garantieren – so einfach ist das.«